小さな天体
全サバティカル日記

加藤典洋

Københavnn ▶ Santa Barbara

新潮社

小さな天体——全サバティカル日記　目次

装画　カワナカユカリ
表紙写真　加藤典洋
装幀　新潮社装幀室

小さな天体——全サバティカル日記

＊これは、２０１０年3月30日〜２０１１年5月31日までの日記である。半年ずつ、デンマークのコペンハーゲンとアメリカ西海岸サンタバーバラで過ごしたサバティカル（特別研究休暇）の全期間、および帰国後の二ヶ月が記されている。まもなくサバティカルを終えようという3月11日、震災が起こった。帰国したのは、出発時には思いもよらない「震災後」の日本だった。

（筆者）

コペンハーゲン日記

2010年3月30日〜9月17日

２０１０年３月30日（火曜）

はじめて見るコペンハーゲンは、荒涼とした感じ。

Ａは疲れたといって、ホテルのベッドで寝ている。薄暗がりの中で寝顔を見ると、彼女の若い頃のはなやいだ面影が残っている。

窓の下すぐには、海から続いた運河が広がっている。風に水面が手づかみにされる。運河の水面は風に吹かれるシイツのよう。皺クチャ。そこを平べったい船が重いエンジン音を残して通り過ぎていく。午後7時が不思議な時刻になった。明るいのか暗いのか。夜なのか、昼なのか。――まったくわからない。

誰一人知らない、全く解さない言葉の国にいる。デンマークに半年の間、住むために来た。それなのに、この国の言葉のことに思いをいたさなかったわけなのは、どうしたことだろう。十代のはじめ、生活のなかに入ってきたばかりのテレビでバイキングの大男達が、斧のようなものを片手にオーデーン！と叫んでいたのは、あれは、この国の言葉だったか。これから、何度にもわたり、この言葉に叱責され、面罵され、足蹴にされ、復讐されつづけることだろう。その予感がある。いつものことだが。

地図を見ると、わずかに、そこに、わが初恋の哲学者、ゼエレン・キルケゴールの名を冠した――建物なのか、広場なのか――地名がある。レギーネ・オルセン、彼女もまた考えてみるなら、この都市、コペンハーゲンの人だったのだろうか。

４月２日（金曜）

到着翌日に、ホテルからここ、Ｇのアパートメントに移っている。Ｇは早稲田で教えた大学院生。コペンハーゲン大学から留学してきて、パートナーのKが日本の大学の博士課程にあったため三年間滞在した。優秀。研究助手になってもらい、修士論文を指導した。コペンハーゲン大学大学院を最優等の成績で卒業、いまはケンブリッジ大学の博士課程にいる。そのGが自分の持ちアパートを、滞在中、貸してくれるのである。

その日、やはりGが手配してくれていたコペンハーゲン大学の院生であるPがホテルに迎えにくる。デンマーク人にしては小柄。様子にもどこかラテン的な明るさがある。聞くと、ラテンとは方向が逆だが、お母さんはグリーンランドの人だという。

最初の試練はその親切なPが、一通りの世話をしてくれて、帰って行った後に来た。

日本からの荷物、大きな四つの段ボールからなる百キロを超える配送物がこの日、届いたのだが、Gのアパートは、コペンハーゲン市中のたいそう便利な場所に位置するものの、百五十年前くらいに建てられた古い堅固な建造物の最上階の五階で、しかもエレヴェータがない。配達人は運転をしてきた老人で、昇ってきた最上階の戸口に立ちデンマーク語でまくしたてる。重すぎて運べない、来て、手伝え、と言っているようだ。降りていくと、アパートの前に赤い運送会社の中型トラックが横づけされ、荷物が舗道に下ろされている。

この老人がアパートの階段の上り口に運び込むのか。書物などを大量に飲み込んだこれらの箱がどんなに恐るべき重さであるかを日本で荷造りした私はよく知っている。私一人ではほとんど動かせなかった。重さは三〇キロに迫る。発送のとき、心配になり、運送会社に大丈夫なのかと尋ねた。いや、問題はありません、と会社は答え、やがてきた年配の男性と若い男の二人組が軽々と運んでいった。しかし日本の家では階段は一階分を降りるだけ、あとはエレヴェータがあった。それがここデンマークでは五階分、上らなければならず、しかもそれを運ぶのがもう七十に迫ろうという様子の老人と、非力きわまりない私だという。相手にわからない英語で、断乎として協力を拒否する。

GがPを通じて準備、手配してくれていたデンマークの携帯電話がさっそく役に立つ。それで現地の運送会社に電話し、もう一人スタッフを送れと要請するのだが、明日からイースターで、担当者は不在だという。解決策がわかったら連絡をくれるよう、こちらの電話番号を相手方に伝えて電話を切る。でも、しばらくしたら、荷物が上がってきた。四つの箱のうちの二つは生活用品と衣類で、さほどの重さではない。残りの二つは、書籍が中心で、きわめて重い。どしどしという足音と一緒に下方から、時々あえぎ声――こちらは老人のものに違いない――が聞こえる。先の足音の方は軽快でさえある。

扉を開けると、血色のよい金髪の若者と、少し遅れて老人。仏頂面の老人の差し出す書類にサインを終えると、バイバイ、と軽やかに手を挙げて若者は階段を走り降りていく。通りすがりの若者に頼んだのであるらしい。当方も年老いている、手伝うつもりはもうとうない、その分、高額な代価を支払っているのだ、と私は電話で言った。そういうやりとりを、手の中でくしゃくしゃと丸めて、ぽいと捨てるような軽やかさで、にこやかに青年は私の視界を去っていく。

戸口の前に積まれた四個の箱を部屋に運び込むのにさらに一苦労がいった。力を使い果たしたせいか、直後に、ジェットラグの脱力とめまいがくる。立っていられない。

夜、外に食べに行くがイースター前夜で、人通りは少なく、開いている店もかつて住んだ欧米の街並のようではない。三十代の前半に三年と数ヶ月を過ごしたモントリオールは、複数言語の飛び交う場所で、移民の都市だった。地区ごとに、ギリシャ人、中国人、ユダヤ人、イタリア人、という特色があったものだ。一九八〇年前後、ケベック・ナショナリズムの独立の機運が高まっていた頃で、街は喧噪に充ち、野卑なほどの活気があった。また、四十代の終わりの一年を家族と猫三匹同道のうえ過ごしたパリは、まだユーロの出回る前で、街角のここかしこに、犬の糞と一緒に洒脱な生活の息吹がみちていた。住んだところがサンジェルマン・デ・プレの近く、サンシュルピス教会前の広場に面したアパルトマンだったこともあり、ビュシのマーケットが近く、ムフタール街もさほど遠くなく、毎日毎日に刺激があった。

しかし、ここ、コペンハーゲンの三月の夜空は寒く、街の中心地から歩いて十分くらいのところだろうに、街並みに八百屋、肉屋、文房具屋、本屋、そういうものが見あたらない。結局入ったベトナム料理店らしき小さな店で、写真でナンバーの振られている料理を指さし、これは「フォーだね」と言うが、店員には通じない。ベトナム料理の店で「フォー」がわからない。見ると料理人もアジア系の人間ではない。少し恐れながら、フランス語圏でならRouleaux impérials（ルロー・アンペリアル）と呼ぶ揚げ春巻き一皿と、フォーを二杯、Aと二人で頼む。私用には、ビールの小瓶も。支払いの段になって、金額を示され、いわれた額を支払って出るが、考えてみると、フォーが一杯、一一〇クローネ、一八六五円である。日本の感覚で言ったら、少し高めの塩ラーメンふうのフォー。味は必ずしも悪くはない。しかし、それが一八六五円だとは。

Aと二人して、今後は、この日Pに案内されたスーパーで買い込んだ食材でイースターの期間を生き抜くべく頑張らなければ、と話しあう。Aはすでにこのコペンハーゲンという街と、デンマークという国に、不審の感情を育てはじめている。あまり下向きにならないよう、祈る。逆境に弱いこと、すぐに気分を下降させ、不満を次から次へと口にすることがAのいつも変わらぬ愛すべき特技なのだ。下降が地上近くなると、そこでしっかりと持ちこたえる。長い間の共同生活で、そこへの信頼には強靭なものがあるのだが。しかし、どこに穴ぼこがあるか、わからない。注意しなければならぬ。

昨日は四月一日。誕生日だった。六十二歳。これがどういう年齢か、六十歳をすぎてからほぼ完全に年齢感覚を失ってしまった私には、わからない。

昼、近くの住宅街を散歩。大きな通りを一つはいると、人々の住む生活圏が現れる。どこの国でもそうだが、そういう場所に出るとほっとする。道路を猫が通りすぎる。家の庭先にも別の猫がいる。じっと見ると、端然として、しっかりとこちらを見返す。たじろがない。

Hvad hedder du?
Jeg hedder Norihiro.
Jeg kommer fra Japan.
Nå, fra Japan.
Taler du dansk?
Ja, men kun lidt.
(君の名前は？　私はNorihiroです。日本から来ました。あそう、日本からですか。デンマーク語は話すの？　ええ、でもほんの少し)。

こういうやりとりが、来る直前、若い友人のくれたデンマーク語教則本に出てくる。いまそこから書き抜いた。名前のところは変えてある。最後は事実ではない。デンマーク語は、「ええ、ほんの少し」ではなくて、「いや、まったく」。できれば最後に、「残念ながら」とつけ加えたいのだが。

そして今日、私の六十二歳の最初の朝。屋根裏的に天井が斜めになった私の書斎の小さなスペースには、天窓が一つ開いている。書きはじめたときはまだ暗かった空が、もう明るんでいる。

上空には雲一つない。晴れになりそうである。

4月3日（**土曜**）

四日前のことを記す。

コペンハーゲンに来る飛行機のなかでは映画を見ようとしたが、日本語の吹き替え版では未知の場所に向かう心を後ろ向きにさせられるような気がする。とはいえ英語版で見ると、いまの私の語学の聞き取り能力では半分ほどもわからない。結局、いろいろと目移りしたあげく、英語字幕の映画にしたが、つまらなそうなのでやめて、日本から持ってきた鶴見俊輔の近刊『ちいさな理想』をひらいた。

老年になってから、あるいは老年の自覚をもってから、主に鶴見の住む京都の地方新聞に寄稿した短文、コラムふうの文章をまとめたものらしく、これまで目にしたことのない文章が多い。飛行機は北極海に近いシベリア上空を飛んでいた。ふと上を見上げたら、機外の温度が、マイナス六三度だった。そこで、こんなことを考えた。

この人は、年老いるにしたがって、自分を小さく小さくしてきた。折り紙をたたんでいるので、何ができるのかなと待っていると、それを小さくして小さくして、それは何物でもない。ただの紙切れなのだ。しかしそのしぐさは、ただの紙切れとは何だろう、と考えさせる。

書かれているのは気の利いたこと、人を唸らせるようなことではない。「もうろく帖から」と副題されたコラム。きっと懐中に「もうろく帖」なるものがあるのだ。一度私はそれを見せてもらったことがある。若い頃からのノート、それが数十冊、いや百冊は優に超えるくらいあった。その一番新しいノートの部分から、時々、これらの言葉、つぶやきが漏れてくる。

北極海の上、零下六三度の空を小さな密閉空間が時速八五〇キロくらいで飛行している。その内部でさらに小さく読書灯をともらせ、私はこの老人の「ちいさな理想」なるものを読む。

私はある時から、日本語で書く先行者のうち、この人と、吉本隆明の書くものに刺激され、啓発されてきた。若い頃は人と会って何かを得るということがあるとは考えなかった。それほどに傲慢な人間だった。しかし、三十代のはじめに、モントリオールでこの人に会い、その後、日本で吉本隆明という人物に会い、その傲慢を打ち砕かれた。

一年前、吉本隆明の講演というものを見た。これが最後の講演なのではないか、と思ったからかもしれない。元学生のS君が準備、手配、提供してくれた。吉本さんは、壇上で、何重にも包帯でがんじがらめにされている人のようだった。同じことを繰り返し、手を宙に舞わせ、言葉を探し、語ろうとしていた。その広い会場にはたぶん数百人がいた。でも、吉本さんが、何とか伝えようとしていることをわずかながらでも聞き取れる人間が、数人いたかどうか。

吉本さんは、日本語の文法、さらに五十音の意味ということに向け、自分の考えをまとめようと困難な努力を続けていた。彼は前人未踏のことを、考えており、また語りたい。語ろうとしているのだ。

しかし、時間はすぎ、刻限が来て、主催者が懸命な努力で数十分を延長したが、話は終わらず、というよりも、全体のほんの数パーセントを述べたところで、中断となった。

私は昔、まだ二十代の頃だろう、友人のOの母上の危篤の席に立ち会ったことがある。娘らしい人たちが、「あとどれくらいもつだろうか」と話しているのを見て、はらはらとした。危篤の床にある人が、ただ自分の考えを外に表すことができないだけで、すべて理解していることが、私にはわかったからである。なぜわかるのかと言われても、困る。でもそうなのだ。私は、顔を近づけ、O君とはできるだけ会うようにしますね、と大きく耳に口を寄せて言った。母上は、私の手をぎゅっと握った。

吉本さんは、その瀕死の人に似ていた。

というより、瀕死の人として語っていた。

大きなことを、たとえ壮健であっても、それを語るには本が一冊必要となるようなことを、語ろうとしていた。
一方、鶴見さんは、小さく小さく、語る。小さく小さく、自分をしている。それらはなんと深い思想の営みであることだろう。これまで、誰もしなかったことを、この人もしている。「退行計画」という詩がこの人にあるが、そう、「退行」することもできる、そこにも無限がある。これはある時、この人に教えられたことである。

4月9日（金曜）

前回このノートを記してから、ほぼ一週間がたつのはこの間、一つ仕事をしていたからだ。一つの仕事にかかると、どうしてもそれに集中してしまう。このノートのほうがおろそかになる。でも、それだけではない。四月六日、Gがイギリスのケンブリッジから来てくれて、このデンマークの生活の手引きをしてくれた。我々はまず今住んでいるフレデリクス市の市役所に赴いた。外から見ると変哲もない大きなシティ・ホール。シティ・ホールというだけあって、正面から入るとすぐにそこが大きな会堂になっている。市民が結婚するときの会堂なのだ。

我々は市民権手続きを行うためにに三階（――だったか。それも確かではない。さまざまなことが到来し、細部が次から次へと欠けていくのだ）に上ったが、その旧式のエレヴェータというのが、初見だった。扉はない。ただそこを、次から次へと箱が上昇していく。上に昇る人は、ちょうど大きな縄跳びの輪にひょいと入るように、その箱にひょいと飛び乗り、自分の降りる階に来るとひょいと飛び降りる。Aが勢いで、すっと乗る。あっという間に姿が消える。Aはいまでは足が余りよくない。二十歳の時に遭った交通事故の影響が老年に入って出てきている。大丈夫だろうか。青くなって次の箱に――と思ったときには、もう次の次になっている――Gと一緒に乗り込む。けっこう箱は速く動く。暗闇。すぐに光がさし、上の階。そこにAがいる。にこにこ笑っている。ずいぶんと古くからあるか。古形か。Gはこれに乗せようとして正面の入り口から入ったようだ。エレヴェータらしい。エレヴェータというものの原形になった巨大な会堂を見下ろす回廊をぐるりと回り、反対側の市民登録のカウンターとなっている大きな部屋に入った。

ずいぶんと待たされたが、順番が来て、いつ結婚したか、相手は誰か、等々を聞かれる。結婚証明書はない、というと、では、この次、もう一度結婚する際には、最初の結婚証明書と離婚証明書を、併せて提出するように、といわれる。隣で、Gが気を遣って、それはないそれはない、とさえぎるが、係の女性は、でもこれを言うように決められているのでね、ごめんなさいね、と軽やかに笑っている。

番号をもらう。これがないと、デンマークでは生活できない。かつてカナダで生活したときに取得した社会保険番号のようなものだ。これからコペンハーゲン大学に行くが、そこでパソコンでの大学教員IDを取得するのにも、これがないとダメらしい。これがないと、いまでは合体して一つになっているらしい王立図書館にも、大学図書館にも、入れない。登録ができないのである。

Gは、自分が生まれてすぐにこの番号がついた、名前よりも早く番号がつくのだ、という。そういえば、全部で十二桁の数字からなる番号の最初の八桁は生年月日の数字からできている。それに、その人ごとの暗証番号めいた四桁の数字が加わって、市民番号となる。

私はGのアパートの同居人という資格で、この市民登録を行うことができた。非デンマーク人がこの番号を取得するには、これが最も手っ取り早い合法の方法であるらしい。でもGがデンマークを留守にしていた五年の間にGのアパートを借りていた人、少なくともその最後の人が、転出届けをしなかったので、我々は、はじめ、この部屋にいったい何人が住んでいるのか、と尋ねられた。市民になって最初に決めるのは、ホーム・ドクターである。Gがアドヴァイスしてくれて、Gのパートナーである K が選んでよいお医者だったという近くに住むドクターを指名する。何かあればこのドクターに電話する。予約を取って診てもらう。すべて医療費は無料となる。ヨーロッパ圏内なら、短い旅行をして、病院にかかる場合も、医療費は市がもつ。市ではなく、国かもしれないのだが。

今後三年間にデンマーク語を学習し、習得してください、そのために、こういう学校での教育プログラムをあなたに用意します。教材費・学費は、ほぼ無料。そんなことが書いてあるパンフレットも渡された。

この街に住んでほぼ一週間。来てすぐの数日がイースターにかかったため、街は灰色にくすみ、人通りは少なく、冷たい雨がふり、ただ広い空にかもめが舞っていた。それが、この日は空も綺麗に晴れ、日がさんさんと注ぎ、店が再開し、街は活気にあふれている。

フレデリクスの街は、日本人の普通の感覚でいうと、コペンハーゲン市の一部に見える。歴史的経緯があるらしく、国王がかつて造営した広大な庭園とそこにいたる「王の道」の周囲の区画が、フレデリクス市で、税金もコペンハーゲン市に比べるとほんの少しだが安い。いまでは少し高級な住宅街を擁する一角となっている。コペンハーゲン市の特別区のようなところだというと、わかりやすい。

Gは、大通りのガメル・コンゲバイを歩きながら、ここがおいしいパン屋さん、ここが魚屋さん、と教えてくれる。コペンハーゲンといえば北の海に面した人魚姫の街である。ガイドを見てそこに魚屋、あるいは魚のマーケットの記述が一つもないので私は実は深く落胆していた。到着の翌日、Pに聞くと、いや、魚屋はありますよ、とのことだったが、マーケットはない、デンマーク人は、ほとんど肉類が主食だから、と言った。むろんいわし、にしんの酢漬けの類はある。一度、試した。悪くないが、その程度のものではむろん満足できない。それが、しっかりした魚屋さんが、自分のアパートからさほど遠くないところにあったのである。中を覗くと、鯖の立派な燻製が肌をやや翳った金色に輝かせている。ムール貝を包んだネットも見える。たちまち心が騒ぐ。この街に来て、この方面では失望の連続だった。ようやく、運が向いてきた。

コペンハーゲン大学で、呼んでくださったN先生と会う。いろいろと話す。研究室も一つ用意してくださるとのこと。しかし、余り大学には来たくない、と正直な気持ちを伝える。かつてパリに一年間滞在したとき、旧知のパリ在住の友人がいたのに、申し訳なかったが連絡しなかった。滞在先の研究機関を紹介してくれた友人がパリに来た時を除いて、ほとんど誰とも連絡を取らず、時々所属している機関主催のセミナーに顔を出すほか、猫三匹、家族四人での気ままな執筆生活を楽しんだ。先にモントリオールで数年を過ごした際、勤務したところが東アジア研究所で、日本人社会のなかにどっぷりつかる生活をした。それにこりたAが、パリでは日本人、その紹介者とは誰ともつきあわない、と宣言し、家族一同、それに賛成して、勝手に生活したのである。二人の子供は大学を休学して、一年をそれぞれ語学の学校その他に通ってすごした。家には、息子の学友の日本人、韓国人、スペイン人の若者が到来した。猫は何とか無事に過ごした。

いまは、Aと二人の生活だが、こうして考えると、パリでの一年間が実に独特の時間と空間にみちた機会だったことがわかる。旧知の誰とも会わない。街を歩き、部屋でものを書き、本を読む。コペンハーゲンには半年の滞在の予定だが、大学には近寄りたくないというのが、正直な気持ちだ。大学に職を得て、二十四年になるが、いまだにそこを自分の場所と考えることができないのである。

4月10日（土曜）

昨日は、コペンハーゲン大学のN先生と会い、ブラックダイアモンドの異名をもつ王立図書館に連れていっていただいた。国会議事堂周辺の古いヨーロッパの佇まいの残る一角、運河のそばに、超近代的な変則的立方体の建造物が何の違和感もなく聳えたっている。図書館に入り、数百年前から続くと思しい堅牢な書庫部分に足を踏み入れると、独特の書籍の匂いが身体を包む。昔、大学を出たときに出版社の試験に落ち、大学にも残ることができず、ようやく国会図書館の試験にだけ合格して、図書館員になった。そのときには、自分の選択の意味を考える余裕もなく、書庫の中を這いずり回り、本を出納する日々だった。でも、その事実があって、いま、図書館という場所が確実に自分の知的な身体の一部になっている。こういうところに来ると、それがわかる。

一九一〇年といえば、日本では大逆事件、日韓併合のあった年だが、その八月二十八日から九月三日まで、ここで国際共産主義第二インターナショナルの大会が開かれた。ローザ・ルクセンブルクが出席、レーニンもこれに参加している。N先生は、レーニンがこの王立図書館の読書室に通ったことをよく知られていることとして教えてくださる。私は不明にして知らなかった。まだ革命が起こる前のこと、レーニンは、ここからストックホルムに飛んで、病を養う母と面会している。それが最後の面会となった。シュツットガルト、チューリヒ、コペンハーゲンなど、ドイツから北欧、東欧にかけての都市がまた、ローザ・ルクセンブルクの活動圏であった。地図を見ると、ヘルシンキからちょっとバルト海を渡ればそこに、サンクト・ペテルブルク、かつてレーニンの名が冠されたロシアの旧首都があるのである。

　図書館を見た後併設された洒落た運河沿いのレストランでブランチをご馳走になる。レストランの名前はSøren K。ゼエレン・キルケゴール。コペンハーゲンに到着したとき、地図に見つけたキルケゴールの名前を冠した場所とは、この王立図書館の前の広場のことだった。こうしてジグソーパズルのピースが一つ埋まる。旧館のヨーロッパ十九世紀都市の感じを濃厚に残した正面の庭園に立派なキルケゴールの座像が立っている。見上げると建物の向こうの空に国会議事堂の尖塔がそびえ、国旗がそれを囲むように半旗でひるがえっている。この日、ナチス・ドイツがデンマークに攻め込んできた。その日のことをこの国の人々はいまも忘れず、四月九日には国をあげてそのために犠牲になった人々を悼んで半旗を掲げる。後で街をKの運転する車で走っているときに、Gがそう教えてくれる。

　この図書館には、キルケゴール、アンデルセンも、通ったただろう。

　N先生の案内は続く。国会議事堂前広場の向かいにある古風なホテル。岩倉使節団が来たとき、ここに投宿して、ここから馬車を仕立てて、広場を渡り、いまの国会議事堂の建物で国王の謁見を賜ったとのこと。コペンハーゲンに来て、すぐに思い浮かべたのが森鷗外の小説だったが（N先生が鷗外の研究者でもあることも、これには関係しているだろう）、鷗外が訪れた明治前期のヨーロッパの趣きは、戦禍に遭い、灰燼に帰した後、いまではすっかり現代都市となってしまったベルリンよりも、N先生のいうとおり、この旧套の欧州の「強い小国」の首都コペンハーゲンのほうに残っているのかもしれない。

　金曜の午後、国会前広場を過ぎると、ストロイエ通りが先日一度来たときとは面目を一新するにぎわいである。そこを突っ切ると、古い街並みの続く区画に入る。ノアポールは、旧市街区の北面の門があったところ。N先生にコペンハーゲン随一の魚屋さんの場所を教えてもらう。砕かれ、敷き詰められた氷の砕片のうえに北の海の幸が並ぶ。おひょう、サーモン、エビ、牡蠣。烏賊まであるではないか。釘付けになり、今日一番の収穫はこれだ、と感じている私は、いったい何者なのか。

4月12日（**月曜**）

昨日は一日、何もできなかった。旅行の手続きとか、さまざまな生活の手配にかまけているうちに、夜になった。買い物に行った際、半額以下になっていたのでついイタリア・トスカナのお気に入りのワイン、モンタルチーノのブルネッロを買ってしまう。せめて一日のうち、一つはよいことをしよう。それでなくとも、記憶に残ることを。薄暗い中、銀の燭台に蠟燭をつけ、コルク栓をあけ、神妙に美酒をいただき、一日を終える。

4月13日（**火曜**）

今日は日本から出発直前に送った小形包装物がようやく届いた。ぎりぎりになって読みたくなって急遽購入して送ることにした山室静さんの『サガとエッダの世界——アイスランドの歴史と文化』とか室井光広さんの『キルケゴールとアンデルセン』などの書籍と、いくつかのコンピュータ関係の備品、別送品では送ることのできなかった食品などが入っている。これで、今後半年を過ごす大体の準備は整ったことになる。iPod に入れてきた数百枚のCDの音楽をブルートゥースで受けて音を流すポータブルのスピーカが到着したこともうれしい。これで音楽が聴ける。さっそく、Eさんが推奨していたのを手に入れ、このところ日本で親しんできたグレン・グールドのシベリウスのピアノのためのソナチネを流す（これがいまも流れている）。

グールドは、昔モントリオールに住んでいたときにはまだ存命で、トロント近郊に住んでいた。ある日、テレビを見ていたらよれよれのコートを着たグールドが戸外で風に吹かれてテレビカメラに向かい、何か話していた。トロントの街を紹介する番組に出ているのだった。グールドは北の方位に並々ならない関心を示していた。このたびの最初の旅行先をヘルシンキにしたが、シベリウスが妻の名にちなんで建てて後半生を過ごしたアイノラの家も見てみようと思ったのは、このグールドの演奏が関係している。

グレン・グールド。ジャン・シベリウス。ヘルシンキ。トロント。コペンハーゲン。固有名詞とは、不思議だ。

4月17日（**土曜**）

昨日届くはずだった日本からの航空郵便物がアイス

ランドの火山爆発で届かない。火山の名前は、Eyja-fjallajökull エイヤフィヤトラヨークトル。今度のことがなければその名を知ることはなかった。しかし太古から存在したのである。

ニューヨーク・タイムズが、タイムズ・スクエアでこの名を示して何と読むのかを市民に言わせている。BBCニュースでその報知を読み、NYTのウェブサイトに入ると、個々の応答が音声で出てくる。五人、六人、何人もがアーウー、言いながら、発音する。まったく違う。最後に正しい発音が流れる。アイスランド語の発音は難しい。でも玲瓏。最近届いたMさんのメールにあった言葉を思い出す。

コペンハーゲンの上空にはアイスランドの火山の噴火による灰が漂っているみたいです。／東京からヨーロッパに向かう飛行機もキャンセルされましたね。／地球はやっぱりかなり小さな天体なんですね。

そう、地球は小さな天体で、ヨーロッパは、ユーラシア大陸の西側に突き出た少し大きめの半島である。

午前から午後にかけ、航空郵便物不着のために空いてできた時間で、今度I書店から出す本の仕事をする。以前書いた自分の文章を読むことは、ふだんは苦痛以外の何物でもないのだが、今回は、少し違う。自分もけっこうよくやってきたのではないかと、ひそかにねぎらいたい気持を味わう。ページを繰ると、一枚、一枚、自分が自分から剝がれ、その何枚もの半透明の自分が、少し前の自分を振り返り、笑い、消える。こういうことは、これまで余りなかった。

仕事の傍ら、サロンの窓から下を覗くとまだ早い午後の時間だというのに道路に連なる車がすべて小さなライトをつけている。目には見えないままに火山灰が降っているのだろうか。BBCのニュースでは、融けた氷河の洪水で自動車道路が途絶したといっている。実況中のリポーターがひょいとかがみ込んで路上に転がる氷の固まりを拾い上げ、カメラに向かって差し出している。アイスランドの氷。青く透きとおり、もう数時間路上にあるだろうに、まだそのエッジはとがったままである。

4月20日（火曜）

アイスランドの火山が爆発したことによる航空機の

混乱はなかなか収まらない。二十二日から三泊四日で予定していた我々のヘルシンキへの小旅行もキャンセルすることにした。ケンブリッジから来ているGも、今日の帰国便が飛ぶか怪しくなり、汽車の切符に切り替えた。二十八時間かけて、ケルン、ブリュッセルと乗り継ぎ、ロンドンに帰る。コペンハーゲンからケルンまでが十二時間。二十年前と変わらないという。

この三日間、また仕事に集中していた。急ぎの航空郵便物がいつ届くかわからないため、なかなか外出できない。デンマークでは小包郵便など郵便受けに入らないものが届くと、配達人が上まであがってきて運んでくれるが、そのとき不在だと、こちらが郵便局まで取りにいかなければならない。重い箱を抱えて郵便局から歩くのは、できれば避けたいところである。

それでも家の中に一日いるわけにはいかないから、一度は外に出て、買い物をし、散歩をし、またあの長い五階までの階段を二人して上る。最上階まで一気に昇るとさすがに少し息切れがする。でもそれが私とAのささやかな身体との会話なのだ。

コペンハーゲンは、空と屋根の連なりが美しい。目を下に移すとなぜか道路はすさんでいる。Aは汚い町だねと顔をしかめるようにしていう。ところどころゴミが散乱している。私はなぜか、コペンハーゲンのために味方したくなる。いや、それほどでもないよ。実際にはいわないが。今日は晴れ。Aは空を見上げ、あれはフェルメールの雲だね、という。十年ほどまえ、デン・ハーグのマウリッツハイス美術館にフェルメールを見に行き、修復してまもない「デルフトの風景」を見た。「デルフトの風景」は絵として縦と横の比率がほんの少し一般の絵とは違う。専門的なことはわからないが、普通の絵よりも横が短かい。そのため、特別な感じがする。ここで購う「デルフトの風景」の絵はがきは規格外で、送るときにも注意しないといけなかった。日本国内では五〇円ではなく、八〇円かかるのである。

何よりもその絵の迫力、神々しいまでの美しさに圧倒され、大きな複製を買った。パリから帰国した後、それを額装し、埼玉の家では寝室に飾っている。毎日我々はフェルメールの「デルフトの風景」を見ているのだが、そこで一番印象深いのが、（プルーストの黄色い壁もさることながら）青く晴れた北の空に分厚いままに浮かぶ雲なのだ。

その絵と同じく、鍋であれば底にあたる部分を柔らかに翳らせた雲が、夕暮れの青空を背景にぽっかりと浮かぶ。

その下に、鮮やかな煉瓦色の五階建てに統一された建物の屋根と屋根が連なる。

「デルフトの風景」の秘密はその分厚い雲に隠されていると私は思っている。この絵は、中央に運河を配し、デルフトの市街を運河のこちら側から遠望する。視線は水平、鳥瞰はしない。デルフトの町の中心は尖塔をもつ教会である。それは強い北方の陽光に輝いている（一番の明度が「プルーストの黄色の壁」。プルーストはそれをたしかパピヨン・ジョーヌ papillon jaune と形容していた。ちらちらと動く黄色いチョウチョのよう、と。その語感がすばらしいと思ったことをおぼえている）。それなのに、絵のこちら側は、いったん分厚い雲に遮られ、かすかな翳りの部分を隔てたもう一つの陽射しのうちにある。つまりこの絵を見る我々は、陽射しの場所から蔭になった分厚い空気の層を透かし見る形でデルフトの陽光に輝く街並みを、望見するのである。まぶしいものを見るときに無意識に手をかざすように。

どんな明るいものも、暗い空気を通してそれを見るとき、一番その明るさが生きる。その明るさが、人間的なものになる。

フェルメールには、そういう秘密があるのだ、とひとり勝手に決めている。

昔、フェルメールの別の絵を書斎に張っていたことがある。

Aの友だちのWさんがくれた。「手紙を書く女」。この絵では、貴族の婦人らしい女性が手紙を書く手を休めてこちらを見ている。まなざしは今度は水平ではない。少し下方に向いている。やさしげなまなざし。彼女の見ているのは、愛犬だろうか。そして愛犬も彼女を見あげているのだろうか。そうではなく、見ているのは彼女の子供、赤ん坊なのだ（と私はひとり思っている）。そして赤ん坊は眠っている。彼女を見あげてはいない。彼女は、——自分を見ていない——自分の慈しんでやまないものを、手紙を書く手を一瞬とめ、見ている。フェルメールはそういうことは描かない。何の説明もない。誰もがわかっていて、ただわかっていることに気づいていないこと。そこに目をとめている。

フェルメールの雲にカメラを向けると、危ないわよ、とAの声。コペンハーゲンの町を歩いていて怖いのは、自動車ではなく、歩道脇、焦げ茶に塗られた専用の行路を高速で疾走する自転車乗りの列である。

4月21日（水曜）

生活をはじめてしばらくすると、自分の周囲に自分の生きた痕跡が浮かび上がる。カタツムリが、ちょっと見ると葉っぱの上で動かないのに、後で見るとだいぶ移動している。そこに白くかすれた筋が残る。その痕跡と同じだ。

ここで生活をはじめてまもなく、アパートに置いてあったGのコーヒー茶碗をAが小さく欠けさせた。私なら気にしないが、口を切るおそれがあるから使えない、別のものを買ってくるという。その後、この街の目抜き通りストロイエにあるロイヤル・コペンハーゲンの本店で、無地の茶碗と受け皿を買った。

ストロイエはお上りさん専用の通りのようで、客筋はあまりよいといえない。ロイヤル・コペンハーゲンの店は、よいものがあるが当然、価格は非常に高い。そういうものに私は反応しないようにできている。いいね、すばらしい、と適当なことを言いつつ、二階に上り、三階まで行く。三階は、染めつけが上手くいかなかったような、いってみれば失敗作の売り場なのである。そこに不思議なものがあった。この店は手描きの陶器の名品を売る店として知られている。なのに何も描かれていないただの無地の下ぶくれふうの小ぶりのコーヒー茶碗と、いかにも小さくみえる受け皿が、ばら売りされているのだ。普通なら買わないが、欠けたコーヒー茶碗のことがあったので、それを一組、購入する。一組にするとさらに安くなり、八九クローネ。約一五〇〇円。このデンマークで、ロイヤル・コペンハーゲンの茶碗を買ったというには、嘘だといわれそうな値段になってしまった。

Aは、自分に誇りをもつ店ならこんなことはしないだろう、自ら不出来とみなすものを売ったりはしない。こういう店はいやだ、というが、私はどうとも思わない。いい加減なのである。

買ったものは、店の中で見るとみすぼらしいことこのうえない。でも、家に持ち帰り、コーヒーを飲んだら驚いた。無地の塗りが柔らかく、色もかすかに薄青く感じられる。先入観にやられているね、と笑いながらつかいはじめたのだが、数時間もすると、その違いは否定できないものになった。特に受け皿がすばらしい。何の変哲もない。ただの円が二つ、同心円の形に並んでいるだけ。それなのに、——美しいのだ。（付記。以来、この一組が私の専用となった。これはGにおいていかなければならないというので、その後、あと一組を需《もと》めてきた。それはAがつかっている）
こんなふうにして、地名の上に、息が吹きかけられ、少しずつ、この見知らない街が、私の手のひらの上で、私の街になっていく。Aが、K君、雪が降ってる、という。街に小雪が降り、すぐに見えなくなる。

4月22日（木曜）

ヘルシンキの旅行をとりやめたためにぽっかりとした停滞の気持ちのなかにいる。昨日は突然の雪。コートを着て外に出たらまもなく、まぶしい晴れ。買い物に街を歩いていて日が射してきたときには喜んで、すごいな、ここは、カメラをもってきたかったななどと笑ったが、スーパーマーケットIrma（イヤマ。ヤマという発音に近い）を出たら、氷雨に変わっていた。ちょっと前、雨滴に光り、目を奪われた通りの小さな花々とほとんど白に近い桜のつぼみが、いまはどんより暗い沼の畔の風情を見せている。

Aの妹宛のメール。

〈ヘルシンキ旅行はどうも無理そうなので、昨日キャンセルしました。これが、とても大変でしたが、お金は例外的に全額戻ってくるみたいです。／昨日は、一時間半の市内観光バスにのりました。バスが粗末で暖房が効いていないので寒く快適じゃなかったけど、街の全体が大体つかめて、まあよかったです。それよりも、何よりも、ここで一番よかったのは、歩いて15分くらいのところにある一昨日行った公園です。林や藪はそのままに、広ーい敷地を運河の小川が巡っていて、そこに水鳥や色々な鳥がいっぱい憩っていてほんとパリのリュクサンブールとモントリオールのモンロワイヤルの中間くらいの感じのすばらしい公園です。街はダメだけど公園はいいから、田舎に行ったらきっといいんじゃないかとK君と話しました。〉

Aが時々メモ用紙に書いた手紙をもってくる（マウスの動かし方もしらないのだ）。急ぎじゃない、とか、今日中の方がうれしい、とかいう。私は、昔渋谷にあった恋文横丁のことを思い出す。自分の文章をパソコンに打つのは疲れないが、人の言葉を書きとるのは、奇妙な労働である。

数日前、仕事のあいまに近くのフレデリクスベア公園を訪れた。Aのコペンハーゲンとの和解が成立した記念すべき日だったが、そのまま書くのがためらわれた。「幸せな一日」というような一日だった。

もっと暖かくなったら、この公園にワインなどを片手に、仕事の道具ももって、行こう。半日ほどをすごすのだ。こちらの人たちは夏の公園では大変ですよ、と先日Gが笑っていった。GのパートナーのKがこちらのある会社でアルバイトしていて、夏、同僚に誘われ、公園にピクニックに行った。ふだん一緒に働いている女性が陽光の注ぐ芝生に腰を下ろすなりするすると上半身すべて脱いだので、Kは目のやり場にこまったそうだ。

半年に近い夜の季節をすごすこの国の人の気持ちが少しはわかる。日が射すと街の表情が一変する。建物の壁、ガラスに映る街並みがいっせいに色づく。ひとつひとつのものがお日様と一対一で対話する。明るい告解室。胸をさらしたくもなるだろう。

ニュースを見ると航空機は運航再開。やっぱりヘルシンキに行きたいね、とまたぞろAはつぶやいている。

4月23日（金曜）

早朝起きて、近くの安い方のスーパーマーケット、ファクタで売っている一リットル一〇クローネのミックスジュースを小さなガラスのコップに入れ、机の脇に置く。パソコンを開く。このノートを書く。

朝は、誰も訪れない、ひとりだけの時間である。できれば、毎日、早朝、数時間は、こういうときがあるといい。ヴァレリーは、まだ若いときに、二十年間近くも、書いて発表する生活からリタイヤしている（彼のデビューは早かったのだ）。私設秘書などをしながら、早朝の書き物と早朝の考え事の生活を続けた。そして壮年になってから、公然と物書きをはじめた。こういうことを実現した人間がおり、そういう人間を生かしめた社会があったということに、私は静かに感動する。

昨日、午後からはI書店から出す本のあとがきに取りかかった。それは夜までかかって、だいたい終えた。

こちらに来てから行う仕事は、どの程度の出来なのかは日がたってみないとわからないが、うまく動いていると思う。

午後、六月に訪ねる予定のポーランドのJからメールが入った。日本の基金に応募していた研究滞在助成申し込みを受理するという知らせが届いたようだ。推薦文のことを、ありがとうと、いってくる。にわかにワルシャワ行きが現実味を帯び、その予定を詰めるべく、何度かやりとりを交わす。Jは自分が連れていってもよいといってくれるが、クラコウへは、一人で行くことにする。クラコウからちょっと行ったところにビルケナウとアウシュビッツがある。そこへは一人でないと、行きにくい。

以前、広島を訪れることにし、松元寛さんとお話しした。はじめて行くのですと申し上げたら、広島についての著書をもつ松元さんは驚いていた。では会いましょう、といってくださったが、市内は自分一人で歩き、広島を去る直前に、二時間ほど、ホテルでお会いして別れた。

その松元さんも亡くなられた。雑誌の編集後記でそのことを数ヶ月してから知り、強い陽射しの射す日、未亡人のおられるお宅を訪問した。亡くなったときにはお子さんの住まわれる宝塚に移っておられた。呼吸器に問題を抱え、急に体調を崩されて亡くなった。被爆の影響もあったのではないか。私はそう思っている。松元さんは母上を原爆で亡くされているのである。

昔から、原爆とかアウシュビッツとか、極端なものを敬遠してきた。そこには強すぎる光と闇がある。そこに近づくには、それだけの自分の理由、弱い光が保たれていることが必要である。弱い光は強い光の中で霧散する。霧散することで強い光の弱点がどこにあるかを教える。薄明と薄暗さを見えなくしてしまう強い光とは何か。弱い光は強い光にとっての炭坑のカナリアなのだ。だから、自分のなかにそのためにすぐにもかき消されてしまうような弱い光のないときには、その種の強い光、社会的な問題には近づかないようにしてきた。在日朝鮮人の問題に口をはさむようになったのも、在日朝鮮人の友人ができたからである。哲学者のTは、よく知られた人だが、私にとってははじめてできた在日朝鮮人の友だちなのである。

その私が、原爆の広島を訪れ、いままた、絶滅収容所のアウシュビッツを訪れようとしている。私もいつまでも生きてはいない。この世界に生きている以上、この世界が何を経験したのか、自分がどういう場所に住んでいるのか、知ったうえで死にたい。Jは、一人で行くと書いてやったら、それがいい、といってきた。

4月24日（**土曜**）

昨日、デンマーク工芸博物館というところを訪れてデンマーク語の小さな本を買ってきた。むろんまったく読めない。本を買うときに、ミュージアム・ショップの小柄な女性が問うようなまなざしを見せる。イヤまったく読めないけど、買いたいので、というと、花が咲くようにわらう。

正方形の本である。白い紙に黒く字が印刷してあり、また木版の絵が月の変わり目に入っている。毎日一つ、言葉が断片のまま記述されている。日本にも一日に一つの言葉の載った暦式のものがあるが、これはただ、一年の三六五の日に、一つの言葉が選ばれて配置されている。出たのはもう二年前。

まったく読めない字で書いてあるが、出典に引かれている人名にはわかるものが少なくない。これを買った四月二十三日の言葉は、Epikur。

Hos de fleste mennesker er hvile sløvhed og handling galskab.

いったいエピクロスは何と言ったのだろう。それをなぜ、この本の編者は選んだのだろう。そしてこの言葉を、この言葉がわかる人は、どう読むのだろう。エピクロスの述べた古代のギリシャ語が、デンマーク語に翻訳されている。そのいずれの言語も私にはわからない。しかし、言葉はわかることが一つの価値で、わからないことがもう一つの価値なのではないか。そうひそかに私は思っている。

バベルの塔の話を私はそう読む。

人間たちがバベルの塔を建設した。天まで届くような塔を作ろうとしている。神が怒って、働く者同士の言葉が互いに通じないようにしてしまった。塔の建設は中断され、塔は打ち捨てられ、人々はそれぞれ四方に散った。

でも、言葉は、互いに通じなくなってから、そして人を四方に散らせる力になってから、通じないことで、はじめて、「言葉」になったのではないだろうか。言葉の力は、通じることが、一つ、通じないことがもう一つ、その二つをコインの両側にして、成立しているのである。

　私はある人の旅行記を読む。若者に大変人気がある。私も嫌いではない。好きだ。しかし一つさみしいのは、旅行する書き手がどこの国に行っても、言葉が通じなくて途方にくれる場面がないことである。言葉は遮る。通せんぼする。お前はここに入れないぞ、という。しかしそれもよい経験だ。そして言葉がそうであるのは、わたしたちにとって、他人、わたし以外の人間がそうであるのと、同じことなのだ。

4月26日（月曜）

ひとりでいられないことで、人はどんなに多くのことを失っているのだろうか。

　日本の自宅にいると、まず、電話が来る。それから、宅配便の配達人がベルを押す。さらに手紙も来る。しかしここには誰も来ない。電話もなければ手紙も来ない。たまに訪れるひとも、言葉が全然通じない。

　この間、郵便受けに郵便局からの知らせが一通入っていた。デンマーク語と日本語の辞書も未着のままだから、まったくわからず、言葉を書き写し、イギリスのGにこういうデンマーク語の知らせが入ったが郵便物の配達時不在の通知ではないのか、とメールで尋ねてやったら、すぐ返事が来て、癌に気をつけましょう、というキャンペーンですね、先生のメール中のRはKの誤りでしょう、といってきた。

　Aは、このところ右目のまぶたが垂れてくる、といっている。おかしい、と例によって顔を曇らせているが、今朝になり、その原因がわかったという。あまりにこの街が面白くない。そのストレスでまぶたが垂れてくるのだそうだ。

4月27日（火曜）

旅の手続きにはSkypeを使う。Aは日本の携帯電話を外国でも使える仕様にしたものを持参したが、これはほとんど使えない。料金がかかりすぎるのだ。わたしはこちらで手配してもらったデンマークの携帯電話。それでAに電話すると、私の声が日本を経由してAに届く。通話料はAの使う日本の会社に流れる仕組みである。これに対し、Skypeは、パソコンを使う電話だが、ほとんどお金がかからない。日本からの電話も

Skypeからデンマークの携帯電話に転送して、話す。

Gによると、これを考案したのは、スウェーデンとデンマークの若者であるらしい。ニコラス・センストロムと、ヤヌス・フリス。名前に北欧の響きがある。わたしは使わないが、リナックスという無料のコンピュータ・オペレーション・システムも、やはりフィンランドの若者リーナス・トーバルズがヘルシンキ大学の大学院生のとき個人で開発した。名前がリーナスなので、リナックス。スウェーデン、デンマーク、フィンランド。彼らの背後に、ピーナッツのライナスでも、またキティでもない、ムーミン谷の住人がいる。

彼らが北欧社会に育った若者であることと、これら「無料」のオペレーションを創設しようという考え方の間には、関係があるだろうか。あるような気がする、というのが、現時点での私の感想である。

いま、ハンガリーのブダペスト。Aがやはり旅行に出ようというので再度「無能な旅行代理店」が開店した。ヘルシンキは、最低気温〇度。いまの我々の気分には寒すぎる。急遽最低気温が一〇度近くになり、おおむね東京並みというブダペストに変更となった。西欧を飛び越し、北欧から直接東欧に飛んだかたちだが、先の「無料」の話から共産主義、社会主義との北欧および東欧の隣接の仕方ということを考えさせられる。

ブダペストは私の好きな街の一つで、一九九六年に一度ひとりで訪れた。そのときから十五年近くがたっているが、北欧からくると、身体の細胞が温泉を求めて騒ぐ。街をゆく人々の雑多さ、荒廃と活気。そう遠くない過去に社会の激動があったことが見てとれるのは変わらない。ロシア同様、お金という資本主義の基本価値が甚だしく幅をきかせていることも。共産主義、社会主義への幻滅と反感と憎悪は、この国の一定以上の年齢の人たちの共通項だろう。

北欧は共産圏の大国ソ連と隣接し、堅固に共産主義化されることを拒んできた。独自の社会思想をこれに対置し、それを育んだが、その北欧に共産主義、社会主義の理想はいま、ゆるやかな社会思想、社会感覚のかたちで、生き延びているのではないだろうか。

あるときから、私は東欧を旅することが好きになった。そしていま北欧にいる。東欧、北欧と簡単に一括りすることはできないが、一括りすると見えてくることもある。リーナス・トーバルズの両親はヘルシンキ大学の学生のとき、左翼の活動家で共産主義者であったようだ。私などとそれほど年齢は変わらない。一九六九年に生まれたリーナスの名前も一九五〇年代のアメリカのマッカーシズムの嵐にさらされたノーベル賞受賞の化学者で平和運動家のライナス・ポーリングから取っている。日本で言えば安保世代と全共闘世代の中間。共産主義と社会主義の思想は、上意下達方式でソ連と中国を経由することではうまく結実しなかったが、北欧において頑強に抵抗されつつ深刻に影響を与えることで、いま、新しい社会思想を生みだそうとしているのかもしれぬ。それが、インターネット時代に「無料」の社会創設の動きが北欧から出てきたことの意味の、一つなのではないか。

そして、このことが日本に無関係だとも思わない。旧ソ連は西端でフィンランドに接し、東端で日本に接している。北欧と日本は旧ソ連――共産主義思想――を間にはさんで、向かい合っているのである。

マイクロソフトのビル・ゲイツは引退し、いまではゲイツ財団というボランティアの機構を作っている。米欧では、インターネットで財をなした多くのもと若者が、類似した動きを示している。Gはこの財団のケンブリッジ大学院生向け奨学金の最終電話インタビューを早稲田の小さなアパートで受けたが、財団責任者の四人が直接電話口で、日本のアニメと小説を研究することが世界のためにどういう意味があるのか、世界にどう役に立つのか、と単刀直入に訊いている。かつて共産主義と社会主義が掲げた理想は、いま「無料」と「寄付」――フリーとボランティア――という考え方に転生して、生きようとしている。

ここブダペストでは、西欧のホテルの多くで無料となっているインターネット・アクセスが、有料である。代表的なホテルの一つといっていいようなところに宿泊しているので、他もそうと考えてよいだろう。それもかなり高額で、二十四時間、五時間、一時間とアクセスの時間枠がある。それを「買う」。英文でしっかりと「WiFi is available in your room and password can be purchased at Reception」と書いてある。リナックスはマイクロソフトの独占的な考え方に反対したい気分のなかで生まれている。ここから利益を得ようと思えば巨額がえられるという場面で、一転して、それとは対立する価値が「創出される」こと。彼ら北欧の若者がどう考えたかに、私の関心は向かう。

4月28日（水曜）

ブダペストの街を歩くと、勝手に私はこの国の同年代の人間と自分との間に共通なものがあると感じる。強烈な社会思想の洗礼を受けた経験といえばよいだろうか。私は共産主義思想には染まらなかったが、共産主義に基づく革命思想には深く影響を受けた。

バスを待つ。なかなか来ない。路線の掲示に顔を寄せて見ていると、同年代の人間が話しかけてくる。話してくるのは決まってこの年代の男性だ。英語はブロークン。途中からハンガリー語になる。しかしまったくお構いなし。ところがこちらも、どういうことを話しているのかは、だいたいわかる、と感じてしまう。表情が、わたし達の世代に共通のもの（と思われるもの）なので。デモなどで、逃げまどった末、物陰で知らない者同士が話す、――「まいったね」「ひでえな」。その先に立ち入ることができない領域があることはお互い、わかっている。しかし、「社会」に対する対応、それをささえる両義的な感性に共通するものがある。「社会」を少しでもよくしたいという意欲と、この種の意欲を前面に出して人を圧迫してくるイデオロギーへの警戒心と反感と。どうすればひとつを濾過しても う一つに達せるか、という関心。二つが重層してひとつの感性を作る。それが既視感をおぼえるある表情をとる。

私はこれまで日本の戦後について、民主化（democratization）とは字義矛盾で、その矛盾にさほど注意を払わなかったことが日本の戦後を脆弱なものにしてきたと述べてきた。しかし、それよりも日本の戦後における――他から押しつけられた――民主化の経験と、東欧圏諸国の戦後における――他から押しつけられた――共産化（communization）の経験は、同じ「衛星国」としての本質をもっていると考えた方がよいのではないか。そんな考えに思いあたる。

前回来たとき、ブダの王宮の丘に、十三世紀半ばモンゴルの襲来があり、再度の襲来に備えてハンガリーの王が築いた城塞が起源であるという掲示をみつけた。モンゴルはすごい、西の端であなた方の国を襲った数十年後に、今度は東の端でわたし達の国を襲ったのですよ、もう少しのところでわたし達は同じ征服者のもとでの服属者になるところでしたね、と話したら、この国の人がそれは面白いと笑った。しかし、モンゴルを大国一般と言い直し、またこれが二〇世紀、強大な思想に変成したと考えれば、北欧とも、また別の意味で東欧とも、日本は比較可能な経験の位置につくだろう。

昨日は、来てすぐにAをゲッレールト温泉に連れていった。十五年前は例外的少数者だった温泉での水着着用者がいまでは一般となっている。案内人にも大丈夫と言われ、白いガウンのようなものだけで浴場に入ったが、水着をつけていないのは私だけじゃないの、とAは憮然としている。入らなかったとのこと。十五年前は、アメリカ人らしい青年だけが水着をつけていて、「目明きは不自由だね」と端で見て私は嘯いた。しかし、男湯（?）のほうも同じ。伝統的な出で立ちは例外的老年者のみ。しかし私はかまわず前垂れのみで入浴、日本なら鎌倉時代あたりから続く温泉につかり、香気ただようスチーム・バスを楽しむ。四十余年の社会主義もなしとげなかったことを、十余年の資本主義がなしとげた。文明開化からもうすぐ百五十年。日本の温泉文化、恐るべし。

4月29日（**木曜**）

ブダペスト三日目。コペンハーゲンから来て驚くのはこの街の人々の様子の多様さ、表情の異彩さである。メトロは地下深くを走る。エスカレーターは日本の二倍ほどは長い。そこを高速で移動するのだが、すれ違う人々の顔、服装、表情が驚くほど多彩、しかもいかにも一癖ありそうな人たちばかりなのだ。

苦しそうに歩く犬がいる。子供を抱き、その子供に歌を歌わせ、乞食をする人がいる。

でもほっとする。この町が好きだ、コペンハーゲンは似たような人ばかりなので息苦しいと、Aはいう。

昨夜、王宮の丘の国立ダンス劇場で現代ダンスのパフォーマンスを見た帰り、深夜のバスに揺られていると、背の高い二人組の青年が乗りこんできた。バスの中でも無言。一人は長髪にあごひげ。もう一人は髪が波打っている。バスを降りてから一言、ラゴージンと偽ムイシュキンがいたねというと、Aも、私ももう少しでまったく同じことをいうところだったと、答える。

オーストリア゠ハンガリー帝国の国会で、代表者は、当初、マジャール（ハンガリーの言葉）を使用することができなかった。セーチェニという伯爵が科学学芸アカデミーの建設に一年間、自分の私財をなげうつという演説を行ったのが、最初のマジャール語の演説である。帝国の栄華の残映がいたるところにある。しかもそこに屈折がある。夜の街をいくと、店が廃業したのか、鎧戸がおりている。その鎧戸のアール・ヌーボーの装飾の繊細さ。そのむこうでパリにもないような繊細な玻璃の天蓋をもつパサージュが塵にまみれている。レヒネル・エデンの設計になる工芸美術館も、美しい黄色の壁がいたるところ剝がれている。でも、その剝がれた壁が美しい。

午後、遊覧船でドナウから街並みを眺め、異様によくできた日本語のブダペストの歴史と史跡の解説に耳を傾ける。暗くなってもう一度河岸に出かけ、はじめて対岸の三つの丘に建つ王宮、教会、史跡と橋の夜景の美しさに息を呑む。ちょうどやってきた河岸を走るトラムに跳び乗り、窓から川面に映る橋の光を見る。あっというまに河岸を離れ、トラムは深夜の街路をがたごとと走る。揺られていると、暗がりにところどころ明度の低い街灯が浮かぶ。終点に着くと、乗客がぞろぞろと降り、あっというまに闇の中に溶けていく。

5月1日（**土曜**）

昨日、コペンハーゲンに帰着。

三泊四日のブダペスト滞在、最後の日は、郊外電車で四十分ほどの小さな町、センテンドレを訪れる。支流の河岸の石堤に腰を下ろし、前日中央市場で買った持参のトカイワインでささやかな酒盛り。水鳥が川に浮かび、小さな船が係留してある。何日かは滞在してみたい、隠れ里のような町だった。

夕刻7時半、まだ空港は明るい。わからない言葉の国からわからない言葉の国へと帰ってきた。コペンハーゲンは清澄。空気が澄んでいる。それと道路の何となめらかなこと。ブダペストとはコンクリートの質が違う。人も、車も少ない。赤と青の信号のゆらめく街並みを、タクシーは滑るように高速で走る。街並みも堅固。人々が半袖で歩いていたブダペストとは大違いで、肌寒いが、自分の身体がそれをも、欲していると感じる。

5月2日（**日曜**）

待っていた航空郵便物がブダペスト行きの直前に日本から届いていたが、またしてもひとつ仕事をやりかけていたため、今日まで、開封しなかった。今日こそその仕事を終えて、そちらを開封するつもりだったが、なぜか昨日の仕事がパソコン上からすべて消えていた。

　パソコンを使うようになってから、何度かこういう目に遭っている。この脱力感には独特なものがあり、以前、京都に住む年少の友人J君に誘われ、関係していた雑誌でこの特殊な消失について特集したことがあった。

　朝早く起き、その日感じたことをこのノートに書く。それからおもむろに、一日の仕事に取りかかる。昼過ぎになり、食事をするところで、一休み。後は、その日の気分で、仕事を続けたり、本を読んだり、買い物に出たり、散歩をしたりする。しかし、ただ一日の仕事がそっくり消えてしまっただけで、ぽっかりと心に穴があくのだ。しばらく動けない。

　ブダペストに行った後、ブダペストで活躍したベートーヴェンの音楽が聴きたくなった。心の穴を埋めるべく、iPodに入っているベートーヴェンの演奏を持参のポータブル・スピーカで聴く。あの頃の音楽とはどんなものだったのだろう。録音機器はない。それを享受していた人々は限られていただろう。十九世紀のヨーロッパの宮殿と教会のネットワークのなかで、次から次へと何と素晴らしい音楽が生み出されたことか。

しかしそこでも、音楽は、人を酔わせ、一度消えれば二度とは取り出せない経験だった。一度だけで消えるもの。音楽とはそういうものだった。でも、そういう音楽も消え、一緒に、そのように音楽を聴くこと——も消える。ブダペストには何かが消えた後の大いなる沈黙があった、といまにして思う。ホテルで、Aになぜか、閑さや岩にしみ入る蝉の声、というのは、静かじゃないんだね、蝉の声だらけなんだ、ただ、岩にとっては静かなんだ、と話した。なぜそんな話をしたのかは忘れたが、あの喧噪に充ちたブダペストにも大きな大きな岩が埋まっていて、その岩は沈黙を聴いている。夜、歯を食いしばる気持ちで、すべて消えてしまった仕事を、もう一度やる。

5月3日（月曜）
コペンハーゲンに来てから続けていた一連の仕事も、最後の部立ての最初の章の草稿を終えて、だいたい書き終える目途がつく。今日から、日本から送られてきた本について感想を書くために、これを抜《ひら》く。そこにデンマークの小説家であるアイザック・ディネーセンが出てくる。Aと近日中にその博物館を訪れようと話している作家である。

この作家の「バベットの晩餐会」という小説（映画にもなった）の舞台になった場所がノルウェイの北端にある。その荒涼の極みともいうべき厳寒の冬の風景が、コペンハーゲンにくるスカンジナビア航空の雑誌に出ていた。飛行機の中で見つけ、是非ともそこに行こうと準備したが、夏にそこに行くことの中途半端さと旅行の困難さとから、いささか妥協し、そこに近くはあるが北端とまではいかないロフォーテン諸島への旅行に変えた、という経緯がある。

アイザック・ディネーセンは英語で書く男性名小説家だが、実名はカレン・ブリクセン。この人についでは、後に書くこともあるだろう。一ヶ月のコペンハーゲンでの生活からわかることは、実にアフリカ、ケニアは、彼女にとり、北欧、デンマークの対極だったはずだ、ということである。

5月4日（火曜）

日本から送られてきた新作小説を読む。その感想というか、書評を書いたところだ。

日本からのメールに、この作品がシニカルな批評に見舞われているということを知らせるものがあった。小説作品の批評は、むろん辛辣なもの、好意的なもの、いろいろなものがあるのが本当の姿だと思う。さほどでない作品に微温的な好評が寄せられるような世界に、可能性はない。

私は、小説の批評というと、梶井基次郎の初期短編の傑作である「檸檬」への評を思いだす。梶井の日記を読んでいると、この作品を同人雑誌「青空」に発表し、彼は合評会に臨むのだが、そこで「檸檬」はさんざんの酷評に遭うのだ。作者はそれに打ちのめされる。梶井のそれまでの作品はよくなかった。それが「檸檬」で突然、希有な傑作を書く。それ以後、小説に開眼した彼は、秀作を矢継ぎ早に書いていくが、とにかく最初の作は、遠くから好評の声があがるまで、同人のただなかで、低評のままに推移した。預言者が故郷で迎えられないがごとく、近縁の評は、作者をよく知るだけに、誤る。知識ある人は誤りやすいのである。

ベストセラーなどになると、多くの批評者はわれ知らずこれに批判的になる。ほんらい批評的であるべき姿勢を、近隣の人の反応に持ち替えてしまうのだ。

批評のもっとも高度な働きは、その作品のうち、もっとも単純な要素を、もっとも単純にいうことである。それが小説であれば、よいのか、ダメなのか、よければどれくらいよいのか、ダメならばどれほどダメなのかを、簡単にいう。

もっとも簡単な要素とは、大きさである。

大きな作品であるとして、この作品はどれくらい大きいのか。

指で示せる、これくらいか。

腕を振り回さなければ示せない、こおれ、くらいか。

そういう批評でないと、いけない。

ジョージ・ルーカスの映画『スター・ウォーズ』はたしか冒頭が、大きなスクリーンいっぱいに広がった宇宙船の底面だった。それを見たときの衝撃を忘れない。巨大なアカエイのようなものの本体の、ごく一部がスクリーンいっぱいに広がっている。それがはじまりで、アカエイがゆっくりと前方に遠ざかっていく。そこではじめて、観客の前に、アカエイの全貌、つまり巨大な平べったい宇宙船の全容が明らかになる。

この映像の写し方は、その後、数多く模倣されていまでは珍しくないが、それまでは誰も思いつかなかった。スクリーンにスクリーン以上の大きさのものを映すこと。見たところ何かわからないもの、それがずうっと遠ざかってはじめて、自分の見ていたものが何だったかわかる。そういう映像を見せることを、それまで誰も考えつかなかったのだ。

スクリーンにスクリーンよりも大きなものを映すと、それは「なにかわからないもの」になる。しかし「なにかわからないもの」を映すことは大事だ。それは、大きなものを原寸大で、示すことだからである。

5月5日（水曜）
不思議な夢をみる。
私は生まれ故郷の山形のさらに見覚えのない田舎にいて、そこでは方言辞典が作られており、その方言辞典には僅かなイントネーションの違いで変わる意味が列記してある。足（アシ）という言葉がその発音の部のところに三十か四十並んでいる。その辞書の制作にかかわったらしい学校の先生めいた人が二人子供を連れて田んぼに来ていて、わたし達は見知らぬ同士なのだが、私がその辞書を手にしていることをむこうは知っている。二人の子供も辞書作りを手伝ったらしく、ときおりなにやら声をあげる。私が聴いていることを知っている口ぶり。

いつのまにか私の隣に兄がいる。昔はこんなに違いはなかったのだがなあ、と首をひねっている。とにかくアシに、さまざまな違いがあり、それは、ある時期に水稲の根元に足指を入れたときのアシと、水稲と水稲の間に足指を入れたときのアシとは、違うということのようなのだ。むこうで二人の子供が聞こえよがしにさまざまなアシを発音している。

私は足指を水稲の根元にそっといれてみた。目に見えないほど小さな蟹の子がいるらしく、それが何十匹と私のアシの足指に群がり、表皮の柔らかいところをつつく。あ、痛、と思わずいう。蟹だな、おかしいな、と兄は自分の疑問にかかりきりである。私は別の稲に足指を入れる。今度は、もっと弱々しい感触。魚の子供がささやかに群がり、小さな酒宴をひらいている。

隣の田んぼでは相変わらず、教師と二人の子供が、アシの発音を繰り返し、遠回しに私を教育しようとしている……。

目が覚めてからちょっとのあいだ、ぼんやりしていた。

これまでやってきた日本から持ち越しの仕事が、ひとつ終わる。ヨーロッパに滞在している間に、この間読む時間のなかったものを読み、必要なら、もう一度絵を見に行き、ピーター・ブリューゲルの絵について、考えたいと思ってきた。それがこの地に来た目的のひとつでもある。もうすぐロンドンに行かなければならないので、その地にどのようなブリューゲルがあるか、下調べついでに、昨夜、ブリューゲルについての本を繙いた。飛行機のトランジットで立ち寄った以外、ロンドンには行ったことがない。はじめての訪問である。

ブリューゲルはイタリアに勉強しに行く。わたし達が二年前に訪れたシチリアにまで行っているようだ。イタリア本土ではミケランジェロが一世を風靡していた時期で、ミケランジェロとも会った可能性がある。帰国後、ヒエロニムス・ボッシュ風のエッチングの注文を受け、ボッシュを見る。ボッシュが、この時、ブリューゲルが唯一、深い関心を寄せた先行の画家だった、と書いてある。いったい、いつ、どのようにブリューゲルは、ボッシュの絵を見ることができたのか、と著者は考えている。

実は昨夜、この本を読んでいるとき、自分がブダペストで大きな失敗をしていたことに気づき、深く落胆したのだが（ブダペストの国立美術館にブリューゲルがあったのだ！　それを見損なったのである）、久しぶりに違う世界に足を踏み入れ、気分が変わり、こんな夢をみたのだろうか。

コペンハーゲンはまだまだ寒い。しかしウェブで天気予報を見ると、数日後に行くダブリン、ロンドン、ケンブリッジ、すべてほぼコペンハーゲンと変わらない寒さだ。最高気温が一〇度、ないし一一度。

5月6日（木曜）

Mさんへ――。

アイスランドの火山がまた勢いよく噴煙をあげて、それがイングランドとアイルランド上空に「漂って」います。それで明日、ロンドン経由でダブリンに行けるのか、不明でした。でも大丈夫のようです。

昨日、ダブリン空港が閉鎖され、エア・リンガスは二〇〇キロ近く離れたシャノン空港、あるいはコーク空港に振替え飛行の後、陸上移動でダブリンへ乗客を運んだのだが、今朝は、予定通りダブリン空港への運航となっている。さっそくオンラインでチェックインする。今回の旅行は、先に決まっていたもので、「無能な旅行代理店」が無能ぶりを発揮し、講演予定日を一週間間違って航空切符を予約してしまったため、増改築を繰り返す旅館のような複雑な日程になった。でも本来は、五月十日のケンブリッジ大学で小さな講演をひとつ行うために組んだ旅行である。日本と同じく車は左側通行だというので、車をレンタルする。イギリスでは、Aも運転する予定である。

明日、早朝に出発。まずロンドン経由でダブリンへ。そこで二泊し、ダブリン市のサミュエル・ベケット橋を渡り、『ユリシーズ』の面影を感じ、少しだけアイルランドのパブの匂いをかいで、郊外を走る。それからロンドンに。そのままケンブリッジに行き、翌日、講演。その夜、ケンブリッジに泊まり、再度ロンドンへ。そこでブリューゲルを見、ロイヤル・オペラ・ハウスで簡単なバレエのプログラムを観劇した後、数日を郊外にすごす。つごう八泊九日の旅。

ケンブリッジでは、戦後の問題を基調に日本の怪獣映画について話す。ゴジラという怪獣が、五十年間にもわたり、二十八回も、ほぼ太平洋上の環礁近くから日本に「帰ってくる」ことをやめなかったのは、それが戦争の死者の客観的な相関物だったからではないか、しかしその「再帰」は死者への追悼の儀式とはならず、不気味な死者を無菌化、衛生化するための馴致の儀式として機能した、近年のポケットモンスター、ハローキティなど「かわいいもの」たちの出現には、その副産物という側面がある。そんな話である。

なぜだか知らないが、二〇世紀の二回の世界規模の戦争がもった世界史的な意味というものに光をあてることを、この時期に生まれ、育ち、人となった自分の仕事のひとつにしようと、あるときから考えるようになった。「戦後」というものを、世界史的な規模で、西洋、アジア、その他の地域を含むひろがりのなかで考えてきたが、いまは、非西欧近代の可能性というあり方に形と意味を与えたいと思っている。二度の世界戦争は、近代と現代を分けたけれども、同時に、近代を西洋から引き剝がす役割を果たした。近代が西洋から剝がれ、非西洋が経験する近代というものが生まれた。それが、現代、ということとの一番大きな定義(のひとつ)ではないか、と考えるのだ。

ヨーロッパに半年、滞在し、やってみたいと思っていることがいくつかある。ブリューゲルの絵について書くこと。そのための準備をしているあいだ、見たくなったときに、見たくなったものを見ることのできる場所にいたかった。もうひとつが、ヨーロッパにおける戦後と、非西洋諸国がやはり第二次世界大戦後に経験することになる「非西洋近代」(まがいものとしての近代＝もう一つの近代＝現代)の可能性の関わりを、その地に身をおいて、自分なりに構想してみることである。

そのことに合わせ、日本の戦後が作り出した思想の核心とは何なのかに言葉を与える仕事をしたい。それがさまざまな言語の世界に住む読者にもわかるように、言えないものかと思う。日本の戦後の思想は、――あの吉本隆明、鶴見俊輔、中野重治、竹内好、堀田善衞、埴谷雄高といった人々の興趣つきない考え方は、まだ日本以外では、十分に理解されていない。私の評価はそうである。しかし、それを理解できる形にするためにも、日本以外の国々の「戦後」を知らなければならない。これがこの五年間、外国語で、外国の学生などに日本の「戦後」について語ってきて得た私の感想でもある。「戦後」は、どこの国にもある。普遍的な経験である。特権化すれば、それは死ぬ。

5月7日（金曜）

増改築の末に決まった日程のため、朝7時45分発という早朝の便。5時に起きて、家の前からバス、地下鉄を乗り継ぎ、空港に向かう。一時間もかからない。しかし、火山灰の影響か、飛行機は一時間二十分ほど遅れて離陸。ロンドンに着くと、「無能な旅行代理店」がまたもや失態を犯していたことが発覚する。空港でのチェックインで荷物をトランジット扱いにしていなかったため、ダブリン行きの荷物がロンドンで降りてしまったのだ。おかげで人間たちまでロンドンで一度出入国手続きをしなくてはならなくなった。巨大なヒースロー空港でターミナル間を移動し、なんとか午後2時すぎ、ダブリンに着く。ダブリンの空港はすべてアイルランド語が英語の上に表記してある。ここで、乗ってきた航空会社エア・リンガス（Aer Lingus）がそもそも、アイルランド語であることに思いあたる。

公用表示が複数語表示なのは、たとえばモントリオールでフランス語が公用でその下に英語表記があるのと同じだ。発音はわからない。でも、ここがイギリスでないということは、よくわかる。パスポート検査で信じられないほど待たされ、その後、ようやく入国。

今回の旅における最初のレンタカーを、カー・レンタルのオフィスに行って借りる。そろそろと車を出し、高速に入り、空港から市中に向かう。途中、高速を降りた後、二度、道に迷う。何より、現地のしっかりした地図をもっていないことが致命的。街まで行ってそこで買おうとしたのが甘かった。しかし、間違えて入ったN1、国道1号線では、穏やかな住宅街の舗道を、学校帰りらしく、少女たちが笑いながら歩いている。なんでもないただの通り。でも静か。日差し。笑顔。いいところだね、とAはつぶやいている。B&Bの表示に、こういうところで世話になるのもいいな、と思う。郊外で数度車を停め、道を聞くが、人々はみな信じられないほど親切。市中に入り、さらに迷うが、途方にくれて見渡すと、なんと目の前にあるのがめざすホテルであった。

はじめての街は、広さがわからない。以前、車でトスカナからローマに入ったときは、その規模の大きさがつかめずにどうやってもチェントロ（ダウンタウン）まで近づけず（環状線が大ローマの環状線にはじまっていくつかある）、途中、何度か死ぬ思いをした。

ダブリンは、思ったよりも小さい。さっそくイーストンというダブリン有数の書店を教えられ、行って地図を求める。オコンネル橋を渡ると、飛行機から降り立ってすぐに「あ、違う」と感じた、まったく湿気のない風が川面を渡ってきて頬をなでる。書店にはアイルランド出身の小説家たちの肖像。ジョナサン・スウィフト、オスカー・ワイルド、ウィリアム・B・イェイツ、バーナード・ショー、ジェイムズ・ジョイス、そしてサミュエル・ベケット。知らなかったが、ワイルドは、アイルランド出身でしかもその出自にまったく関わらない作品を書き続けたとある。そうなのか、と一人深く納得。この国とこの街が、小説家を大事にしていることがひしひしと伝わってくる。街のパブの名前、通りの名前が、言葉として目を撲《う》つ。何しろ、『ユリシーズ』の街なのだ。

パブ、レストランの建ち並ぶテンプル・バー通りをひやかし、私はギネス。Aはカプチーノがないというので、アイリッシュ・コーヒーにする。そのアイリッシュ・ウィスキー入りのコーヒーにAはすっかり酔ってしまう。いったんホテルに帰り、入浴。夜、ホテルのコンシェルジュに教えてもらったオイスター・バーで、アイルランドの海の幸を食べる。天然のカキは養殖ものの倍かかって同じ大きさになる、と網手袋をはめてカキの殻をあける若いバーテンダーが説明する。前の大学の教え子たちが十年ほどまえ北アイルランドの大学に留学した。また今いる大学の教え子がここダブリンに二年前に留学に来ている。彼らから聞いたアイルランドの話。ダブリン。夜のグラフトン・ストリート。トリニティ・カレッジ。スウィフトのいくつかの辛辣なエッセイ。さまざまな処刑の話。ここでは人々は、町の街路の石畳とともに何かを知っているようだ。それに私はひそかに「屈辱」という言葉をあてがう。

5月8日（土曜）

朝、早い朝食をとり、車で郊外に向かう。今度は詳しい地図がある。N3にすんなり入るが、その後の道行きでまた道に迷うことを懼れ、私は運転に神経過敏になり、イラついてしまう。Aが、もう日本に帰りたい、と涙をにじませて怒る。神経質で人間のできていない運転手は、そこで反省の念を示し、二人して無言のまま、黙々とタラの丘に向かう。アイルランドの人々の心の原郷とも呼ばれている場所である。

何もない高台の草原の一帯がうねりながら続いている。四方三六〇度が見渡せる。その中心に石の柱がひとつ。ところどころに墳墓跡らしいマウンドがあるが、それもすべて草に覆われている。羊だろうか、牛だろうか、別種の野生動物だろうか、かすかな獣道らしいものがあり、糞がところどころに転がっている。というか、糞だらけ。「イラついた過去をもつ旅行代理店」はそこで一つ、大きな糞を踏んでしまう。

ちょうど土曜で、インフォメーション・センターを兼ねる教会は閉まっている。人もいない。しかし、石の壁の一部、門の傍らの位置に人がまたげば入れる隙間が刻んである。墓石の前に水仙の花が植えてある。墓石を読むと、葬られている人は意外にも、近年亡くなった、近くに住む人である。

In Loving Memory of Barbara Isabel Violet Grieve

風が吹いている。この教会は、タラの丘の付近に住む人々の教会として、現役なのだ。これほど生き生きとした「人々の心の原郷」を名乗る場所に、はじめて来た、と思う。帰り、Holy Well（聖なる井戸）なる表示が目にとまる。小道の先に一抱えできるような井戸の暗がりがあり、中は見えない。少し離れたところに水が湧いている。「タラの丘の古文書に記された六つの井戸の中の一つ」とある表示のもとに、古文書からの引用があった。

「王の砦の東方に位置するこの井戸は一族の井戸である。このタラの丘の井戸は、暗い目（ダーク・アイ）、治療する人（ザ・ヒーラー）、白い雌牛の井戸（ザ・ウェル・オブ・ザ・ホワイト・カウ）という三つの名で呼ばれてきた」。

丘のふもと、誰一人いないところで、ダーク・アイが、瞑目している。人間のできていない運転手は、頭を垂れる。

アイルランドはどれほど、繰り返し、隣国の強国イングランドに敗れてきたことだろう。英雄的な、どこを探しても見つけることの難しいほどにすぐれた人間たちが、拷問にかけられ、絞首の末、処刑されてきた。タラの丘は、そういう国の人々の心を三六〇度みはるかす原郷なのである。

トリムをへて、巨石の墳墓跡のニューグレンジへ。

五千年前の巨石文化を見る。一年に一度、冬至の日だけ、その入り口から墳墓の奥の石室に光が届くことを一九六〇年代の終わりに、一人の女性学者が発見した。案内者が、その日がくると、こうなります、というと石室が全くの闇になった。古代の人はこの暗がりでどのように仕事をしたのだろう。漆黒の闇の意味が彼らと今の自分との間でまったく違うことを思い知らされる。やがて、ほんの少しずつ、光が入ってくる。ぼんやりと周囲が明るむ。冬至の日には、そこからひととき、直射の光がさしこむ。五千年前、光は、まったく今とは異なる意味をもっていたに違いない。

夜、ダブリンに帰着。巨石文化の古代の人の事蹟からくる感動と、タラの丘の近代のアイルランドの歴史からくる感動とでは、後者の方が遥かに深いことに気づく。古代人からくる感動は、ある深さまでくると、そこでとまる。これに対し、近代の人間を介した感動には、底がない。

ホテルで入浴。夜、食事のあと、目当てにしていたパブ、デューク街二一番地、Davy Byrnesを訪れる。ジェイムズ・ジョイスが昔よく行っていたというパブである。曰くありげな男女ばかり。サイダーはありますか、と尋ねると、バーテンダーは、パイント？ とけ、と聞いてくる。いや、ハーフ・パイント。それとギネス。日本でイギリス文学研究家の詩人のFさんに聞いていた通り、グラスにギネスを注いでも、そのままにしている。泡が消えるのを待ち、さらにそれに慎重にグラス一杯になるまで注ぐのだ。こちらはそれを見ていてカウンターまで取りにいく。

戸口の脇で三人の年老いた男性が歌っている。真ん中はバンジョー。ビールの杯を重ね、ふいに迫力ある歌に変わる。翌日、インフォメーション・センターのCD棚の一番上にそのCDが置かれていて、彼らがこの地で名高いミュージシャン達であったことを知った。酔って出たホテルへの帰途、Aが浮浪者の人にお金を渡している。私は例によって知らぬふり。そのまま歩き、角で待つ。乞食の人への喜捨はAの病気である。

5月9日（日曜）

午後2時まで市内を歩く。ジョナサン・スウィフトが主席司祭をしていたという聖パトリック大聖堂の庭は、花が咲き乱れている。その向こうは住宅街。Aが大聖堂の時計、狂ってるね、というが、やがて、時計が止まっていることが判明する。何かいわくがあるのだろうか。庭のベンチで抱えるほどのコッドとチップスのフィッシュ・アンド・チップスを食べた後、タクシーを拾ってホテルに戻り、駐車場から車を出してもらう。ガソリンスタンドの場所を尋ね、ガソリンを満タンにして、ジェイムズ・ジョイス・センターへ。シニアだというと、えっ、信じられない、と受付の女性が笑う。東洋人は年齢がわかりにくいのだ。室内にはいると、溶暗のなかに、ジョイスの言葉が浮かんでいる。

"The supreme question about a work of art is out of how deep a life does it spring."「一個の芸術作品に対する最高の問いは、生がどれだけの深さから汲まれているか、ということである」。

ジョイスは、旅先の一時的な滞在先を転々としながら『ユリシーズ』を書いた。そう説明がある傍らに、狭く汚れた旅行鞄のおかれた部屋の一角が復元されている。たしかに貧しい。汚れている。Out of how deep a life does it spring?

3時に車を返し、5時のフライトでロンドンへ。ヒースロー空港からまっすぐケンブリッジまで行くバスで来るのがよいと勧められ、そのつもりで準備してきたが、ターミナル4まで行き、目当てのナショナル・エクスプレス・バスの切符売場にたどり着くと、閉まっている。訊くと二分前までは開いていたという。自動販売機に並び、予定の切符を購入する。すると、すでに満席と表記される。さて、そこからわれわれの地獄のふたが、ゆっくりと開いた。

窓口の開いていなければならない時間に、シャッターが降りている。その前に外国から来たらしい人々が沢山いる。黒い人、黄色い人、白い人。数分後、そこに係員が、夕食らしい軽食をもってそそくさと帰ってくる。外側では何人もの慣れない旅行者がお金を入れたのに切符が出てこないと弱り果てている。しかしいくら待ってもシャッターは開かない。結局十五分ほどして、ようやく開く。ロンドン、恐るべし！　勤務時間中にもかかわらず、この係員はシャッターの向こうで、ゆっくりと自分の楽しい夕餉の時間を過ごしていたのである。

こうしてこの係員の投げやりな間違った指示のために、私たちはこの後、「ヒースローの地獄」と名づけられる奈落に落ちた。都合三時間、重いスーツケースを引き、空港ターミナルの1から4へ、4から5へ、5から4へ、そして最後、再び1へ。地下鉄とバスと徒歩とで右往左往。ようやくもともといたターミナル1からすぐのところにあったセントラル・バス・ステーションにたどり着き、最終のバスでさらに三時間かけてケンブリッジに着く。それが、午前0時35分。深夜のバス停からGに電話すると、やがてGとKがタクシーで迎えにくる。足に故障をかかえるAは、深夜の街灯の下で青ざめている。

5月11日（**火曜**）

いまいるのは、ケンブリッジ大学ウォルフソン・カレッジのゲスト用の寮。窓から見える庭は、緑に包まれ、藤の花が垂れ、すっかり春の装いを見せている。ケンブリッジ大学のこのカレッジの庭は野性的でナチュラル。地味なくすんだ色合いの葉と華やいだ花々の組み合わせが美しい。

昨日は、午後5時からアジア中東学部の建物の八番教室で、講演を行った。一時間半のうち七十分間ほどを、パワーポイントを使い、ゴジラと戦後日本の話。その後、質疑につづいて、会場でワインを抜いての参加者同士の歓談の時間が数十分あった。それから十分ほどケンブリッジの夕刻の街を歩き、クイーンズ・カレッジ、キングス・カレッジをすぎて、予約してくれてあったイタリアン・レストランでディナー。Gの指導にあたるS先生、主任教授のM先生、学部で教えるB先生、日本から来ている旧知の元M新聞学芸部長・論説委員でいまは大学の先生である客員研究員のOさんを含め、総勢八名。Gは講演後のディナーに四人まで先生が出てくるのは異例で、ふつうは主催者だけで教員は誰も来ないこともざらなのだと囁く。S先生はやはり昨夜午前1時に近くのスタンステッド空港にエストニアのタリンから帰ってきたばかり。来年そこで開かれる日本研究学会の準備会に参加したが、主催者の先生の提唱で、サウナで打ち合わせをして、楽しかった、と言う。M先生はシャイな人柄、B先生はさばけた物腰。コペンハーゲンに滞在しているというと、S先生は身を寄せてきて、タリンは近いですよ、タリン大学で一度、レクチャーしませんか、ホテルも大学持ちになるけれど、と笑う。何を話すんですか。今日のゴジラ・レクチャーでよいでしょう。この人は、眠りについての本を書いている。

ディナーの帰りに、ケンブリッジでも一番格式の高いというトリニティ・カレッジに、そこのフェローでもあるM先生が案内してくださる。先生と一緒でなければ入れない建物の扉をくぐると、別世界である。遠くからミサ曲らしい合唱の声が聞こえ、カレッジ卒業生の彫像が並ぶ。フランシス・ベーコンという名前は聞いたことがある。十七世紀の人ではなかったか。最奥は、ニュートン。別の部屋から聞こえていたコーラスが突如、とだえる。練習をしているのだ。傍らのパンフレットに八〇〇年祭の文字。この大学の公式な創設年は一二〇九年、日本では鎌倉時代、実朝の生きた時代から続く。

薄暗い教員だけの談話室みたいなところに入ると、老齢の教授めいた人が二人小声で話している。M先生も小声でわれわれに説明してくれる。午後10時をすぎている。Gの友達のBは、オクスフォードからケンブリッジの博士課程に来て、トリニティ・カレッジの出身者でもあるという超秀才だが、私もここに入るのは今日がはじめてだと小声で囁く。そこを出、円柱をめぐらした回廊を歩いているところで、発表に用いたパソコン、レクチャーノート一式を入れたリュックをレストランに忘れてきたことに気づく。Oh, I have forgotten my rucksack at the restaurant! と酔った声をあげると、Aがまたか、という顔をする（ブダペストでも一度、帰途、空港に向かうタクシーの中で、ホテルのロビーにリュックとカメラを忘れてきたことに気づいたのである）。

M先生がゆっくりと立ち止まり、寒いから、さっきの教授談話室で待ちましょう、といい、Bが私が取ってきます、と言ってくれる。どんなリュックですか、というので、Prada と答えると、Gが、えっ、先生がPrada、と絶句。これには長い話がある。しかし、面倒なので説明はしない。気づくと、BもM先生もいない。七分くらいで、と言っていたほぼ時間どおりに、二人が私のリュックとマフラーをもって戻ってくる。

さすがに、午後11時をすぎると、ケンブリッジの空も真っ暗。では、私はここまで、とM先生が言い、私とAとGは、Bとも別れ、ウォルフソン・カレッジの寮へと帰ってくる。部屋に戻る。講演が終わってほっとしている。たしかに、重荷を下ろした気分である。

5月12日（水曜）

ロンドンにはきのう午後、ケンブリッジから移動した。ここでは地下鉄をアンダーグラウンドと呼ぶ。地上の表記もすべてこれである。村上春樹が地下鉄サリン事件の被害者にインタビューした『アンダーグラウンド』にこのロンドンの地下鉄名の語感が含まれていたわけだ。地下鉄ピカデリー線グロスター・ロード駅近くのホテルで荷物を解いた後、コートールド協会ギャラリーと、ナショナル・ギャラリーで、かねて目当てのピーター・ブリューゲルの絵、計三点を見る。

ピーター・ブリューゲルには現在、ほぼ真筆と目されるもの、やや疑わしいものまで含め、四十九点の絵画作品がある。以前、この画家の最後近くの作品「絞首台のうえのかささぎ」を東京の美術展で見て心惹かれた。オーストリアのウィーン美術史美術館で「雪中の狩人」その他、彼の傑作群を見るに及んで、たまらず、この画家について何かを書きたいと思うようになった。それ以来、もう十五年。外国の町を訪れるたび、ブリューゲルがあれば、見るようにしてきた。これまで、六つか七つの美術館で半数ほどの絵を見た。ナポリ、プラハでは、美術館が閉まっているなどの理由で見られなかった。一方、この間のようにブダペストではなんと、ブリューゲルを見逃している。今回は、コペンハーゲンであらかじめその四十九作品のリストを作成したうえでの、雪辱の訪問である。

中で、コートールド協会ギャラリーに強い印象を受ける。エドゥアール・マネの「草上の昼食」とかセザンヌの「カード遊びをする男たち」とか、教科書に載っているだけでこれまで目にしたことのない絵がいくつかあった。ゴッホの風景も、とってもよい。それらが壁にしっくりとなじんでいる。ひっそり、やあ、きたね、と言ってくる。

こういう個人蒐集をもととしたギャラリーに来ると、「美術館」というものの倒錯めいた性質に気づかされる。それはたとえて言えば、音楽のCDでいうベスト盤のようなものだ。曲がアルバムの何番目かの歌であるように、絵は場所と結びついている。space と place との違い。一つの絵が一つの場所にあるのには、必ず理由がある。そしてその向こうには一つの物語がある。そういう固有の場所に属する絵が、そこから切り離され、別の標準で集められ、並べられたものが「美術館」で、その典型が、パリのルーブル、マドリッドのプラド、またロンドンのナショナル・ギャラリーなのだろう。

コートールド協会ギャラリーは、上から見下ろすと、階段の手すりの曲線、その緑と赤土色の対照が、美しい。地下のカフェがきれいすぎず、生活感があって落ち着いている。展示でも、ブリューゲルの絵の場合、参考作品を同じ部屋で見ることができるのだ。

夜は、チャイナタウンで、北京ダックめいたダックのカリカリ焼いたものを食べる。耳を指でさしながら、豚耳（ポークス・イヤー）はありますか、と尋ねると、苦笑しながら、あるよと、言ってくる。好物の沖縄料理のミミガーとまでは行かないけれど、大ぶりの豚の耳だ。ビールでいただく。

はじめてのロンドンは、多くのことを考えさせてくれる。

第一に、日本の近代の指導者たちが実現をめざしただろう近代の原型が、ここにあった。これまで私は西洋の大都会といえば、パリくらいしか知らない。パリは生活しているとわかるが、東京とは似ていない。メトロでは何の車内放送もないし、ドアをあけるノブは手動である上、非常に重い。それがロンドンのアンダーグラウンドの何と東京の地下鉄と似ていることだろう。次はどの駅か、そこで何線に連絡するか、手取り足取り、注意してくれる。パリを西洋の標準と考えていた私は、なぜここまで「過保護的」なのか、と日本のあり方を煩わしく感じたものだ。でも、そのやり方は明治のはじめ、日本国家がこの英国から学んだものだったと、ロンドンに来て思いあたる。国民がなんと言おうとやり方を変えない、というとき、近代日本の国家エリートの脳裏にあったのは、この大英帝国の首都のあり方だったのだ、と。

それぞれヨーロッパ、中国という大陸部からちょっと離れた島国という点、イギリスと日本は似た地政学上の位置を占めている。この国にできたことが日本にもできないはずがない、たとえば幕末にイギリスに留学した伊藤博文は、そう考えたことだろう。維新後パリに滞在した中江兆民のうちに、フランスの革命の気分が受け取られたように、明治の指導者たちは、まずイギリスを近代国家の手本に「目標」とし、次に、ビスマルクのドイツに、遅れてきた近代国家の「追いつくノウハウをもつモデル」を、求めたのである。

ロンドンに来てわかる第二のことは、日本における敗戦の意味だ。イギリスは日本が経験したような意味での敗戦経験をもっていない。ナチス・ドイツのロケット攻撃まで受けたが、ロンドンは陥落しなかった。日本がすぐれた政治指導者と軍事指導者に恵まれ、第二次世界大戦を敗戦という形で迎えずにすんでいたら、いま、どうだったろうか。あとにふれるエヴァン・エヴァンズ社の観光バスの案内者が、面白い話をしてくれた。チャールズ皇太子の住む宮殿の衛兵交代の場に、きらびやかな制服を着た衛兵のほかに地味なふだんの制服を着た衛兵が控えている。その衛兵たちが車の出入り時にぞろぞろと出てきて道路を警護するのだが、彼らはすべて、アフガニスタン等から戻った実戦経験者から選別された兵士なのだという。実際に人を殺傷した経験のある兵士を、イギリスは有効に「活用」している。戦闘経験の意味をよく知っているのだ。

もし日本が敗戦を経験していなかったら。

日本はいま、誇りをもつ、そして遅まきながらも国際的信義にめざめた、ほどほどによい大国でいただろう。そして国際連盟時と同じく、国連の安全保障理事会常任理事国の一角を占めていたかもしれない。同時に、いつ戦争を起こすかわからない、やっかいな国になってもいただろう。しかしもっと大事なことは、その場合には、日本には私たちが経験してきた「戦後」はなかったということだ。

その場合、私という人間は、いなかっただろう。私がアイルランドのタラの丘に惹かれるということもなかっただろう。なぜなら、惹かれる理由が、そこにはないことになるから。また私の目が、空港内で、黒いスカーフをまとった中東の女性の感じているだろうプレッシャーに向かうということも、少なくとも今のような形では、ないに違いない。ハンガリーに関心をもつこともなかったのではないか。日本の戦後の思想と考え方と感性のすべてが、明治の「成功」と昭和の「失敗」という、相反する二つの経験をもとに作られている。現代の日本にはその二つがあるのだ。

トラファルガー広場にはトラファルガー海戦でナポレオンのフランス・スペイン連合艦隊を破ったが自らは狙撃兵の銃弾に命を落としたネルソン提督の像が立ち、その四隅にライオンが控える。これを作ったときイギリスにはライオンがいなかった。犬をモデルに作ったので犬みたいだ。でもこのライオンは「強さ」の象徴なのだ、とバス案内者は説明する。ロンドンでイギリスを見ていると、どこにも王室の刻印がある。ライオンがいる。誇りと栄光と強さのオンパレード。彼らには、「敗戦」という経験がないのだなあ、とわかる。何かが欠けている。それはつまり、二一世紀の現在、大人になっていない、ということでもあるのではないだろうか。

5月13日（木曜）

一昨日は、時差の関係で締め切りに間にあわないことに気づき、急遽原稿を、三時間ほどかけて書いた。文学賞の選評だが珍しく少数意見である。

そのため、寝たのが午前3時すぎ。しかし6時すぎに起床。まず早朝、きのう書いたようにロンドンを観光。その後、楽しみにしていたヴィクトリア・アンド・アルバート博物館で、ウィリアム・モリス関連の事物を見たが、総じてここには失望した。なぜかはわからない。でもここにいると、一般に工芸というものが日本で考えるよりも小さく「ちまちましたもの」と感じられる。息苦しくなってくる。そもそも工芸とは、思想なのだが、それをはぎ取られてしまうとそれは、生きフェティッシュになる。モリスはイギリスでは、生きているという感じが余りしない。むしろ柳宗悦の民芸運動の伝統を持つ日本でいま、生きているのではないか（それともこれは、単なる私の寝不足の疲れなのだろうか）。

這々の体でホテルに帰り、いったん午睡のあと、夕刻、再び外出してロイヤル・オペラ・ハウスでダンスを見る。三つの出し物のうち、最初のものは斬新。真ん中はダメ。最後の『カルメン』が、非凡だった。間違いなく超一流の正攻法で鍛え抜かれたダンサー達の身体の動かし方が、フーコーの言葉でいう混在郷（ヘテロトピア）的。翻訳できないぞ、と言い募っている。男たちにときにブレヒトめいた一九二〇年代的な身の動かし方があるかと思うと、カルメンの分身がふいに大相撲の土俵入りの四股踏みに似た動きをする。それでいて、オーケストラによるビゼーのカルメンの音楽が、なんのけれん味もない調べで奏でられ、それがそのまま観客の心に沁みるのだ。スウェーデン出身らしいその演出家の名前はMats Ekと言う。ロンドンの人々は、よいものにも、よくないものにも、一様に拍手をするのが不思議。幕間に飲むシャンパンが、おいしかった。

その後、コベント・ガーデン駅から再度、中華街まで歩く。つい目移りして麻婆豆腐だの、中国野菜の炒め物だのを頼んでしまう。行くときは止まっていた地下鉄のピカデリー線が、いまは深夜、なにごともなかったように再開している。小雨になってきた。Aと肩を寄せ、地下への階段を降りる。

5月14日（金曜）

昨日の朝ホテルを出て、パディントン駅から鉄道でオクスフォードに行き、そこで車を借りた。コッツウォルズの一部なりと車で回ってみようという計画である。教えてもらった車関係の店でオクスフォードとオクスフォードシャーの間に合わせの地図を買い、それを頼りに、高速のA34を南下、やはり二度間違ったあと、A417号線に入る。コッツウォルズとは、羊の丘の意味。なだらかな丘陵に羊たちがまどろんでいる。ときに背後に後続車を連ね、気にしながら、ときおり先に行かせ、のろのろとレックレイドをへて、農道を通り、午後、バイベリーのホテルに着く。ここはウィリアム・モリスがイギリスで一番美しい田舎と呼んだところ。ホテルにある一九〇〇年当時の写真を見ると、このホテルのほかには何もない。

付近を歩き、ひとりぎめに、ああ、モリスはここのことを言ったのだな、という場所を見つける。コルン川の水源の一つでもあるだろうホテルから道一つ隔てた川縁の庭園の奥に、泉がある。これ以上ない清冽さで滾々と水がわき出ている。周りには水草が漂う。クレソンが揺れる。花は浮かんでいないが、桜の木が上に枝を伸ばす。ミレーのオフェーリアの絵を彷彿とさせる。

――夜、その泉の水を所望して、ホテルのディナーを食べる。食欲なく、前菜二つにしてもらう。サーディンのサラダがおいしい。

5月15日（土曜）

昨日、ホテルの朝食の場で日本人客を見かけ、挨拶し、言葉を交わし、コッツウォルズの地図がなくて困っていますと話すと、自分のものを貸してくださる。チッピング・キャンプデンという村の手前の道に、藁葺きの屋根の家が並んでいる。目抜き通りから一つ離れているので、誰もいない、と教えていただく。

車で、バイベリーを発ち、サイアレンセスターから、ストウ・オン・ザ・ウォルドへとA429を辿る。十八世紀、産業革命で荒廃したとき、これらのロンドン郊外の丘陵地帯の自然破壊はどうだったのだろう。ここの美しさは、一度破壊されたうえでの「回復」なしには、ありえないと思われる。失ってはじめてわかる自然の美しさ、壊れやすさ、そのうえに、この堅固な、けっして華奢でない自然が保たれている。

ストウ・オン・ザ・ウォルドで、人がようやく一人入れるような路地を見つけ、どこまでもそこを辿ったら観光客の見あたらない別の通りに出た。目にとまったアンティークの店で十八世紀末のChinese tea cup & saucerを求める。いかにも壊れやすい。しかし手描きで簡明。店主の説明では、罅が入っている、それでこの値段なのだという。ここそこ、背面にまで届く罅。しかし私はかまわない。私は罅の入った容器を壊れるまで使うのが好きなのだ。壊れたら金継ぎをする。うまく金継ぎができると、容器はもとよりもっと美しくなる。そう、「敗戦国民の感性」である。

地図で見ると、あの細い小道には名前がちゃんとあった。名は、King's Arm Alley ── 王様の腕なんだ、長い腕だなあ、などと悦に入って駐車場に戻ると、駐車した場所がDisabled person専用の駐車スペースであった。前面にべったりと駐車違反の切符が張られている。

A44でオクスフォードまで戻り、一般車輌の立ち入りを制限している中心街区を迂回し、午後3時すぎ、郊外のホテルに入る。

5月17日（月曜）

イギリス最後の夜、オクスフォードで泊まったのは、広大な敷地をもつ四つ星のホテルである。ここは実に懐の深い宿舎だった。まず、リフトがないというのでスーツケースを運んでもらうことにすると、制服でないTシャツ姿の若者が現れ、部屋まで来ると、扉も開けずにそそくさと帰ろうとする。チップを渡すと、あ、どうも、という感じで消える。部屋には冷蔵庫がない。空調もない。代わりにワイン、ジュース、ミネラル・ウォーターがおいてあるが、何の表示もない。インターネットをつなごうと思い、フロントに電話するとパスワードを渡すという。無料。ついでに部屋にある飲み物は？　と尋ねるとすべて無料。トイレット・ペイパーは、もう少しでなくなるものがそのままおいてある。質実剛健とは、こういうことか、と感じている。

窓の向こうで鴨がひなたぼっこしているのが見える。広い芝生の庭には小暗い川が流れていて、庭の突端でオクスフォードの町につながるテムズ川に合流している。そこを鴨の親子が泳いでいる。白鳥もいる。オクスフォードの町を出たボートによるクルーズがこのホテルの敷地の川にまでやってきて、やがて迂回する。その川幅の広くなったところには、このホテルの大きな持ち船が停泊しているのである。

車でオクスフォードの町には入れない。どこに駐車すればよいか尋ねると、町の近くにある同じ経営の別のホテルに停めるようにと券を渡される。どこまでも神経が行き届いている。それらがことごとく無料である。

必要なことはしっかりケアするが、それだけ。おためごかしがまったくない。これまで私はなぜか、イギリスとロンドンには関心がなかった。しかし、ナショナル・ギャラリーを無料で覗き、コッツウォルズの村々、ケンブリッジ大学の図書館を通過して、実際にこの地に身をおいてみると、イギリスという国の太い骨格が、徐々に私の目にも見えてくる。この国とこの街にどうしようもなく関心が湧いてくる。ロンドンの国会議事堂近くの広場脇に、巨大なチャーチルの銅像が立っている。猫背で、前屈みで、偏屈そう。銅像の姿勢としてはまことに異様。近代を最初に実現したここは、実に変わった国なのである。

オクスフォードの町は、時間の関係でカレッジの中に一つ、二つしか入れなかったせいか、余り強い印象を受けなかった。車の数が多い。空気が悪い。車両制限の理由がわかるような気がした。

早めにホテルに帰り、庭を散策する。午後8時。コンスタブル、ターナーの風景画で親しい蜜柑色の光が木々の間で揺れている。川の向こうの小道を犬を連れた人が散歩していく。犬はときどき走る。それから立ち止まって、自分の好きな人がやってくるのを待っている。

翌朝、イギリス最後の日は、早く出て、オクスフォードからロンドンに戻り、ブリティッシュ・ミュージアムで「フラ・アンジェリコからレオナルドへ」と銘打ったイタリア・ルネサンスの素描展を見る。ここも常設展は無料。その代わり、素描展は高額をとる。その素描展は中央の特別の区画で天井が美しい。レオナルドの「女の顔」、フラ・アンジェリコの「ダビデ王」、サンドロ・ボッティチェルリの「豊穣あるいは秋の寓意」がすばらしい。しかしなぜか、ミュージアム・ショップにこれらの傑作のポスター等はない。

そこからバスに乗り、ロンドン郊外のスタンステッド空港へ。この空港はケンブリッジには近いが、ロンドン市中からは遠い。東京から成田くらいだろうか。長い時間をバスに乗る。出発地はロンドンのベーカーストリート駅近く。この界隈は、荒んでいる。

イージージェットは飛行機内サーヴィスがすべて有料。しかし空港で外から買ってきた海苔巻き寿司と餃子を食べた私たちは、すべてパス。うつらうつらしているうちに、飛行機は、二時間もせずに小雨降るコペンハーゲンに到着する。

出発するときもコペンハーゲンは雨。旅行の間中、ひとときの小雨こそあったがダブリン、ロンドンはほとんど晴れ続き。この九日間、私のいない間、コペンハーゲンでは、ずうっと雨が降っていたのではないか。そんな思いがこみあげてくる。それが一昨日の夜のこと。昨日も一日、曇りだった。

コペンハーゲンは、暗い。私の中に、北欧とは何だろう、という問いが浮かんでくる。明らかに西欧とは違う。ダブリン、ロンドンでさんざんデーン（Dane）の攻めてきた跡というのを見聞きしたが、デーンと言えばバイキング、それはデンマーク人ということでもあるのだ。オスロに行ったら、ムンクを見よう。そこに暗い北欧の魂がある。そんな気持ちがむくむくと湧いてくる。

と、ここまで書いたら、私の声が聞こえたか。ノートの上方、天窓からようやく淡い日が射してきた。外に出てみる。

風が冷たくない！　暖かな日差し。空気が気持ちよい。ねえ、Aよ、春だ。光が、大気が、何もかもが違う。春のコペンハーゲンは、何と素晴らしい気分だろう！

5月18日（火曜）

昨日午後、Aと一階まで階段をおりて通りに出てみると、木々の緑がまぶしく輝いていた。陽光が街を包み、吹きすぎる風が気持ちよい。「寒い」という感覚から自由になると、こうもまわりが違って感じられるものか。見たことのないコペンハーゲンの街がそこにあった。

かつて生活したモントリオールも冬の長い街で、季節が変わると世界が変貌したものだ。春は、いっせいに、雪崩れのようにやってきた。パリでの最初の春の日の訪れも忘れられない。ある朝起きると、信じられないような陽光が通りにみちていた。思わず娘を呼び、二人で街に飛び出した。通りを颯爽と歩いていく女性の、細く白いパンツ姿から、くっきり小さな明るい下着の色が浮き出ていた。

コペンハーゲンでは、春は気づかれないようにひっそりとくる。後ろから手をまわしてある日、両手で目隠しする。見えない。でも春が来ているのがわかる。そういう挨拶を受けたように思う。そこには明らかに、私の現在の年齢も反映している。だんだん、自分の身体の内側に起こることと、外側に起こることに、私という存在は敏感になってきている。コッツウォルズで買った茶碗と同じだ。罅が背面まで来ている。言葉で、その隙間を埋めている。

5月19日（**水曜**）

いま午前6時半過ぎ。ようやく早朝のノートの場所に戻る。今日からまた、仕事の日々がはじまる。昨日は、春の訪れに気持ちを抑えがたく、一つ簡単な仕事をこなしただけで家を出た。午前のうちから、市中の中央駅に行き、はじめてコペンハーゲンから列車で市外に遠出した。デンマークの田舎、地方の風物を見るはじめての小旅行である。

行き先は北方、ハムレットの城で名高いヘルシンオア行きの鉄道を三分の二ほど行ったホムレベクという町にあるルイジアナ美術館。海の向こうにスウェーデンを望むカフェテラスからの眺めが素晴らしい。平日なのに来館者が多いのはきっと私たちのように春の到来に浮かれて外に出た人々が多いからに違いない。この美術館は、外から見ると普通の家のよう。入り口も小さい。代官山のデンマーク大使館が、普通の家のようで、思わず扉を開け、大使館ですか、と尋ねたが、それに通じる。入ると、中は打って変わって広壮。大きく窓を取って海に開け、広大な芝生の庭がそのまま浜辺に傾斜し、海に続いている。数多くの人が日の燦々と注ぐ戸外に出て、おだやかな海風に髪を揺らせ、ビール、ワインで昼食を楽しんでいる。

この美術館は地上に彫刻を、地下に絵の作品を収納して回廊式に見せる。地下から、順路が途中いったん階段を上ると、ふいにまばゆく青い海が見える。海が主人公の美術館だ。ジャコメッティが多い。クレーにも美しい作品がある。カンディンスキーもいい。私の好きなフランシス・ベーコンもある。

帰途、まだ時間が早いので、終点のヘルシンオアまで行ってみる。天気が少し傾き加減だったことも関係するのだろうか、駅の周りの街並みは、荒廃した印象。雑然とした店先が続く。城は遠くから見るだけ。作品『ハムレット』のモデルとなったと伝承のある城だが、シェイクスピアともハムレットとも関係はない。これまでさんざん、城というものを、フランスその他で見てきたが、城とか宮殿というものを長く見ていると、気持ちがよくなくなってくるのはなぜだろう。雑然としたアンティークの店に迷い込んだようだ。人に使われていないものは、私は苦手らしい。通りにひんやりした風が出てくる。マフラーをまく。海辺の誰もいないカフェ・レストランで城を遠く見ながら、若いウェイトレスの女性が私たちのために作ってくれたコーヒーをいただく。ああいうきれいなところじゃなくて、こういう寂しいところを、おぼえているのよね、とA。一休みし、トイレを借り、そうそうに帰る。デンマークの田舎は美しい。林と森はしっかりと小道をもっている。その小道が一瞬見え、また車窓のむこうに消える。

5月20日（木曜）

旅行の間に届いた雑誌のゲラを直す仕事が残っていた。疲れが残り、引き延ばしていたのを早朝、気持ちを引き締めて起きて、数時間かけて見直したところだ。これで今月の雑誌関係の仕事は終わりで、また、自分の仕事に帰ることができる。ハンガリー、アイルランド、イギリスと旅行してきたが、何か、ロンドン滞在だけが、どこかに旅行したというのとは異質の感じで私の中に残っている。大都会だからか。

はっきりしないままに書くと、私はそこで「世界」を経験した。風物を見たのではない。むしろ見なかった。多くのものを見たが、それはロンドンのローカルな部分で、そのほかに何も見ないという経験があった。そこでは風物が消え、感情だけが通りに浮かび、漂っている。

ロンドンから帰ってくると、コペンハーゲンが、一つのローカルな場所であることがよりくっきりと見えてくる。一つの謎のように。

5月21日（金曜）

朝、6時過ぎに起きて、また新しい雑誌連載の仕事にとりかかる。頭が半分、ブリューゲルのほうに行きかかっているので、戻るのに心の努力がいる。早くこちらを終えたいが、連載の最後近くの部分でもあるから、生半可な気持ちではやれない。一日の一番よい時間をせめてそれに捧げよう。

簡単な朝食をはさみ、10時半くらいまで仕事をして、机を離れる。疲れている。今日の分はここまでと自分に言い聞かせ、書類などを整理する。コッツウォルズでお借りした地図を書留で返すというので、郵便局に行くついでにノアポールの近くにある郵便通信博物館を訪れ、かねて行ってみようと話していた屋上のカフェに昇る。

十九世紀までに建てられたとおぼしい街並み。同じ高さの赤い煉瓦色の屋根がちょうどこちらの目の高さに並んで広々と続く。これまでの西欧の都市ではあまり見たことのない眺め。それが水平線らしいところまで見渡せる。教会と市庁舎の塔が青と金の時計盤を光らせ、他に教会の尖塔が三つ四つ、屋根瓦の上に突き出している。通りを一つ隔てた建物にも小さな鐘楼がある。上に飾りが突き出ている。先に真鍮板が載っている。板には1896の数字が切り抜かれて浮かんでいる。

屋外のテーブルを選び、Aはカプチーノにケーキ。私はビール。ケーキは甘くないとのこと。フレデリクスベア公園以来、コペンハーゲンで一番好きな場所ができたとAは上機嫌だ。春になり、街が色づいて以来、Aのコペンハーゲン株は上昇している。

今日は道路の角に寝そべって電話している男性を見た。ホームレスではない、普通の身なりの男性が、携帯電話をしながら日向の道路に寝そべっている。ちょうど芝生に寝そべるように。ラクダと同じ気持ちなんだね、とAは言うが、この地にいると、そう突飛には聞こえない。

5月22日（土曜）

旅行疲れか。Aは再び目の調子がよくない。私も一日気怠い。朝起きて仕事。なかなか難しい局面をそろそろと進む。天窓を開けると、風が入ってくる。天窓から見える空は小さく切り取られたまま。もうすぐ一時帰国するAは、その準備を始めている。私は、昨日から「喜界ヶ島の俊寛」を名乗っている。

5月23日（日曜）

今日も午前は仕事。午後、Aがもうすぐコペンハーゲンを離れるというので、バスを乗り継ぎ、コペンハーゲン市がもっている不思議な場所、クリスチャニアを訪れる。コペンハーゲンに隣接するクリスチャンハウンの島の一部を占める、一九七〇年代初頭に生まれたヒッピーの解放地区。その後、国や市や近隣住民との間に闘争、協議を続けて現在、部分的自治の権利をもっている。以前、警察とぶつかっているニュースを新宿の英語学校で学習用に見た。コペンハーゲンの地名の現地発音はそこで覚えた。その地区で写真はとってはいけない、クレジットカードは使えないので現金を持参することと、英語のガイドブックに書いてある。

地区のインフォメーションで一〇クローネのガイドを買う。外部社会との闘争の歴史が記されている。当初、この場所を作った人々はすべてこの地を去った。しかし、その精神はいまもこの地に生きている、と書いてある。元は軍隊の兵士の宿舎などのある地域だった。堀は要塞の跡らしい。広大な敷地が運河にも似た堀に面し、一部はその対岸の土地をも擁して広がっている。かつては麻薬の売人が多数いたというプッシャー・ストリートは汚れ、すさみ、ああ、六〇年代というのは、汚かったのだなあ、とある種の感慨がくる。向こうを『アメリカの鱒釣り』の作者が歩いている。こちらも水辺に沿って散歩道をどこまでもいく。かたつむりがいる。ブリキの缶が投げてある。手作りらしい家々が草地のところどころに建っていて、人が住んでいたり空き家になっていたりする。木の船なども作ったのだろうか。置いてある。住んでいる人は千人。しかし一年に百万人が訪れ、中には毎日やってくる人もいる、とある。ホームレスの人にとっては天国なのだ。

人のあまりいないところに、ヴェジタリアンのレストランらしい建物があったので入る。庭のテーブルに待っているらしい人が、まだ準備ができていないんだよ、時間通りじゃないからね、と言う。聞こえてくる言語はさまざま。フランス語、スペイン語。ドイツ語。やがて扉が開く。今日の定食は、タイのレッドカレー

&ライス、七五クローネ、ホワイト・ソースのミネストローネ、四五クローネ。並んでレッドカレー&ライスを注文すると、まだできてない、いまはスープだけ、と青年が答える。ミネストローネとサラダと、チャイ。チャイは、ぬるい。スープとサラダはおいしい。コペンハーゲン市中はどこにいってもエコロジー食品のマークだらけ。しかし、ここにはエコロジーという言葉は、存在しない。車の乗り入れは禁止。ドラッグと暴力、ハードなロッカー的行動は、禁止。守らない人はこの地から追放、と書いてある。レストランの青年とのやりとりにまったくプレッシャーというものを感じなかった。そのどこかフェミニンな感触が、帰りのあいだ残像のようにとどまりつづける。エコロジーとは言わないこと。そういう生き方を何と言うのだろう。

帰宅後、再び、仕事。

5月24日（**月曜**）

仕事。もうすぐ六月だというのに、好きなプラム、さくらんぼ、イチゴにありつけないので、一種の禁断症状。こちらに来て一度だけ、これまで食べたことのないくらい美味しいラズベリーにめぐりあった。香り高くしかも甘い。フランスでも深めの船形の容れ物に入ったラズベリーは何度か買ったが、香りはよいものの味はもうひとつだった。ここにきて、ラズベリーというのは、こんなにおいしいすばらしい果物だったかと感激したが、その後、お目にかからない。これはと思い、買っても、いま一つ物足りない。

ものを買うということ。二度続けて外れると、その後もそれを買おうという「力」が出てこないという法則。外からは見えないが中が変色したプラム、とてもおいしそうで高価なのに、一つ物足りないラズベリー。二度続くと、もう手が出ない。心が冷えている。これはたぶん私の個人的な法則なのだろう。

六、七年ほど前、ある女性登山家の話を聞いた。日本の女性ではじめてエヴェレストに登頂した人だ。自分の見聞した範囲では、受験というのは、二度目までが一番可能性がある。三浪以上で関門をクリアするのは、困難だという、冗談めかした話だった。それは鳥を見ているとわかることだ。ヒマラヤに住むアネハヅルという鳥は冬になるとヒマラヤを越えてインドに南下するが、八〇〇〇メートル級の山脈をどう越えるかというと、この季節に生まれる上昇気流に乗って一気に高みまで運ばれ、山頂をまたいで渡る。しかし、気流は不安定この上ない。しばしば失敗する。しかし彼らは、同じ場所では、二度までしかトライをしない。二度失敗すると、場所を変える。繰り返し観察したが、例外はなかった。

私の中に、生き物としての智慧が埋め込まれているとは思わないが、社会的生物としての私は、これらの鳥に似ているようだ。

六月になれば、デンマーク産の小さなイチゴが出回る。それがおいしい（らしい）。しかし、いま八百屋の店頭にあるものは、おいしくない。さくらんぼも一度試した。いまは、我慢のとき。夜、ようやく一つ、仕事を終える。疲労。船でいうと、完全に行方を失い、波間に漂っている。

私にはおいしいもの、楽しいこと、美しいものが必要だ。仕事だけが、何とか支え。夜、Aが月がきれいだ、と呼ぶ。薄っぺらい雲がいくつもいくつも午後11時の空を流れていく。これまでに経験がない。くらげたちのようだ。雲を透かして月が見える。それがぼんやり滲んだり、また戻ったり。海面を行く船団の船の底を、二人して窓の向こうに、海の下から見ている。

5月25日（**火曜**）

サッカーのW杯壮行試合で日本が韓国に0対2で敗れる。ウェブでそのニュースを空しく見る。どんなものにも青年期のような輝かしい時期と、落日の衰退の時期とがある。日本の選手がイタリアで活躍していたとき、Aとパリで落ち合い、イタリアを旅行する途中、ペルージャという町まで試合を見に行った。その日がその選手のシーズン初のゴールのあった日で、試合後、レストランにいると、Primo gol! とイタリア人が話しかけてきた。青いイチジク、フィーグがおいしかった。何もかもが輝かしかった。いまは翳り、くすみ、力がない。しかしどこかで私は、そのことに安んじてもいる。輝かしいこと、衰えていること。その二つがあることが、私たちの世界である。

5月26日（**水曜**）

仕事の見直し。午後、買い物に出る。魚屋さんに行って、サーモンの燻製、サーディンの甘酢煮、フィッシュケーキを買う。フィッシュケーキは日本の薩摩揚げと似ている。甘酢煮を指さし、この魚料理はどう食べるのかを尋ねると、魚屋さんが、親切に教えてくれる。黒パンをスライスしたのにのせてね、タマネギも刻む。このタルタルソースが合うのだと、小さなプラスチックの容器の一つを勧めてくれるが、味が強すぎることを恐れ、Aはうーん、と言ったきり動かない。お勘定をしていたら、これは私から、と目配せして、そのソースの容れ物を添えてくれた。一度、Gに魚のお店で親切にされたことを話したら、コペンハーゲンではそれはとても珍しい、ふつうはそういうことはない、と言われた。魚屋さんは私たちによくしてくれる。魚が好きなことが通じるせいだろう。よく考えてみたら、日本人は昔から、肉より魚を食べてきた半分のヴェジタリアンなのだ。

ここに生活していると、なぜ西洋にヴェジタリアンが生まれてきたかがよくわかる。宮沢賢治はヴェジタリアンだった。生き物を殺したくなかったからだろう。でも、コペンハーゲンにいてわかるのは、ヴェジタリアンでなければ、毎回、大量の肉を食べなければならないことだ。ほんの少しならよい。でも、毎回、大量の豚肉、牛肉を食べるのは苦しい。生き物の殺傷以前に、野菜が欲しい。日本にどれだけヴェジタリアン・レストランがあるのかわからないけれども、たぶん客の来店理由は、ここととだいぶ違っているだろう。

結果として、だんだん、コペンハーゲンでは外で食べる機会が少なくなる。街から灯火が消えていく。おいしいものを食べられる場所をもつことは、私にとっては重大なことなのだ。

午後、予定より一日早く、元の大学の元学生のI君から電話。I君はいま、東京都心のレコード・CDチェーン店のある店の店長をしている。音楽のプロで、時々、イギリス、北欧あたりにレコードの買い付けに来ている。チボリ公園の前のインフォメーション前で落ちあう。極上の佃煮をお土産にもらう。土地勘がよく、一日歩き回っただけで、私よりもうよくこの街を知っている。夕餐にAと三人で豪勢なベトナム料理。歓談。明日は、スウェーデンのマルメの街を回り、また別の国に行くという。買い付けるレコードは会社から一任されている、とおだやかに笑っている。卒論は、エリック・クラプトン。それで私もだいぶ、この歌手のものを聴いたのだった。

夜、新しい仕事。いよいよ最終回の原稿。

5月27日（**木曜**）

六月のポーランド旅行に備えてポーランドの勉強をする。そのための本が日本から届く。デンマークは人口約五百五十万人。読者の総数が東京の人口にも満たない。だから書物の価格は高い。英語の本も少ない。結局、何冊かの本を、日本で購入し、日本から送ってもらう。ポーランドも、先に行ったハンガリー、アイルランドに似ている。ある意味ではそれ以上の民族的苦しみを味わっている。

韓国に行ったときに、ところどころに壬辰《じんしん》・丁酉倭乱《ていゆうわらん》というような言葉が見え、そのために徹底的に破壊されたとあるのが、秀吉の朝鮮出兵のことだと知った。日本の本土にこの種の野蛮な暴虐と侵略を受けた歴史がないことは（原爆投下は受けているが）、一つの欠落として、日本人の考え方を制約しているだろう。大概の国と民族が他国、他民族からの暴虐を受けている。そのことの記憶がその国を作っている。いろいろの作り方、そして作られ方が、ある。

5月28日（**金曜**）

アウシュビッツの案内を、日本人唯一のその地の公式ガイドであるN氏に依頼するメールを出す。N氏のアドレスが、旅行ガイドに出ている。アウシュビッツに関する記事を読みながら、自分がこの数日の間に書いてきたことを思いだしている。プラム、さくらんぼ、いちご。フィーグ、ラズベリー。魚と肉。おいしいもの、美しいもの、楽しいことが自分に必要だという話。そしてじっとしている。動かない。

一方のはしが、アウシュビッツに接触している。そして、もう一方のはしが、ラズベリー、さくらんぼ、サーディンの甘酢煮に触れている。そのまま動かない、そうすることが大事だ。誰にとって？　私にとって。

一方のはしから、足の裏を離し、楽しいことを離れ、否定し、他方のはしでアウシュビッツを訪れるのでは、一人の私がアウシュビッツに行くことに、ならないだろう。

5月29日（**土曜**）

昨日はアンデルセンの生地として知られるフュン島のオーデンセに行った。コペンハーゲンのあるシェラン島から海底トンネルを通り、そこを出てからは一部海に架かる鉄道橋を通って隣のフュン島に渡る。最初にアンデルセンが二歳から十四歳までを過ごしたという家を訪れる。扉が開かない。閉まっているのかと帰りかけたが、Aがノブをぐるりと回したら、開いた。日本の感覚で言えば六畳間から八畳間くらいの空間の二部屋からなり、向かって左の奥に、案内の女性がいる。他には誰もいない。入場料を払うと、よければ説明しますよ、とのこと。説明をお願いする。

この二部屋が、独立した二世帯の住む長屋で、向かって右の大きく見ても八畳の部屋に、アンデルセンの一家、靴職人の父と、七歳年上の母と、アンデルセンと別の子供が住んだとのこと。小さな木の机で、食事をし、父は靴修理の仕事もした。階段下のような狭いところにベッドがしつらえられているが、日本の感覚からいっても、押入の三分の二くらいの長さしかない。ベンチが一つ、女性はベンチの蓋をあけ、この箱になった内側に子供たち（children）は寝た、というので、何人いたのか、とたずねると、よい質問だが、アンデルセンは、自分は一人っ子だと言っていたのね、と言う。答えは聞きそびれる。窓の上の木の棚に薄汚れた本が二冊。

アンデルセンの父は三十代の前半に失意のうちに死んだが、当時の靴職人には珍しく文字が読めた。母は私生児で、その後アルコール依存症を病む。アンデルセンは、自分の幼年時代のことを、理想化して語ったが、真実は語らなかったと、彼女は言う。

台所は、一畳もない。ストーブが一つ。貧困の度外れた程度が胸をつく。昔、野口英世の生家を中学校の修学旅行で訪れたことがあり、その貧しさの度合いに度肝を抜かれたが、それに勝るとも劣らない。野口英世の母からの息子宛の手紙を思いだす。この小さく貧しい生家を訪れる人はほとんどいないらしく、女性は、様々な話をしてくれる。当時の街並みはこの周辺にかろうじて、ほんの少し残っている。この通りの向こうは、といって笑って言葉を呑み、手を振った先に、市庁舎があり、アンデルセンの銅像があり、とてもお金のかかったアンデルセンの博物館がある。

後に博物館にも行ったが、アンデルセンは、このデンマークで、尊敬もされていなければ、愛されてもいないのでないか、という気がした。ただ、利用されているだけ。コペンハーゲンのいちばんの通りは、アンデルセンの名を冠した大通りだが、アンデルセンは、生前、文法も知らないと同時代の批評家にこき下ろされ続けた。いまも、そんな状態は変わっていない。博物館は、アンデルセンの外側だけをなぞっている。でも、そうであるところに、この小説家になり損ねて意に満たないまま童話を書いた人の真骨頂は、あるのかもしれない。顔に田舎者じみた苦労を滲ませたこの人の像を、誰が正面から立ち止まって見ようとするだろう。

コペンハーゲン最初の一夜を過ごしたホテルの数軒先に、アンデルセンが気に入って住んだ家があった。生家の屋根裏に上り、隣の家の女の子と話をしたというのは、本当の話。ここに来る途中に飛行機で読んだ「ちいさな理想」という言葉が浮かんでくる。オーデンセの街は、アンデルセンの匂い。みすぼらしい生家と、公園の傍らの坂道が、よかった。

夜遅く、疲れて帰宅。

今日は、朝から仕事。午後4時、ようやくこの間の雑誌の連載の仕事を、第一稿としては、書き終わる。深い達成感が徐々に出てくる。この数日、気持ちが下降していたのは、執筆の緊張だったか。

5月30日（日曜）

窓から見下ろしていると、向かいのエコロジー製品専門のマーケットの前に、赤い横断幕が立てかけられ、数人の活動家のような人々が舗道を行く通行者に、ビラのようなものを配っている。Boycott Israel。なんだか怖いね、とA。活動家が、横断幕の前で記念写真を撮っている。報道写真なのかもしれないが、そんなふうに見える。それほど緊迫していない。でもマーケットの内部では、一部覆いを下ろしている。そこだけ外から見えない。通行人の幾人かは、立ちどまり、ビラを受け取る。受け取らない人もいる。受け取らない人の何人かはそのまま、店に入っていく。

この店では最近、エコロジー仕上げの「ハリボー」（グミ）めいた当地の甘い半透明のゼリー・キャンディを気に入って買っている。ゼリーだが、堅い。味覚が変調をきたしはじめていて、何か「甘くて堅いもの」が必要なのだ。

その後、思いたって買いに行く。もう妨害者たちの姿は見えない。店内は何事もなかったよう。目当てのものはあるが、詳しいことはわからない。

戦争前にも、こういうことはあった。実際には知らないが、映像で見ている。ユダヤ人の店に卵を投げつけたり。扉に落書きをしたり。アウシュビッツの映画でもある『ライフ・イズ・ビューティフル』のシーンも思い浮かぶ。いまは、たぶんイスラエルの反動的な姿勢に反対するリベラルな活動家たちが、こういうことをやるのかもしれないが、何も事情を知らない人間から見ると、これは困る。国の名前を冠したボイコットの幕が、ただの人の店の前に置かれるのは、おかしなことだ。たとえ日本がどれほど悪いことをしようと、私の勤務先がそれに深く関与していようと、「日本人は出ていけ」とアパートの前に書かれるのは、正当な糾弾ではない。

夕刻、A、帰国。留守宅の用と高齢の親のご機嫌伺いその他を日本で行うため。三週間ほどの不在。二人で空港に行き、一人で帰ってくる。

5月31日（月曜）

ポーランド旅行の準備に本を読む。並行して、また新しい日本での仕事のためにも、何冊か、本を読む。数日前、何冊かまとめて、日本から送られてきた。

読んだのは、第二次世界大戦時の日本兵捕虜秘密尋問所についての本。一九四四年から四五年の敗戦まで、東京大空襲をはじめとしてあれだけ精密な空襲がなされた。その空襲について、その目的が何であり、なぜそれが可能になったのか。その政策思想を、空襲をやられた側から考えてみるという発想は、これまで、日本になかった。ある小説家が大阪空襲の空撮写真を見て、ここを自分は逃げ回っていた、空から見下ろす者には難死するものの視点が欠けていると述べたが、そのことも、難死する場所にいて、空襲する者の視点を想像してみることも、同じように困難なのである。

なぜ彼らが正確に爆弾を投下できるのか。その背後にどれだけの準備と戦略思想があったのか。また、「玉砕」をへつつも、どれだけの日本人の捕虜が米軍にとらわれ、どのように帰還し、戦後をどのように生きたのか。そういうことについて、当事者が述べるということも、ほかの人間が当事者を捜し出し、その口から聞くということも、ほとんどなかった。大きな空白と、盲点が、われわれの戦争論と戦争体験論にはあったし、たぶん、いまもあるのだろう。

目に見えるものの背後に、膨大な目に見えないものがある。目に見える事象を先入観なしに受けとめれば、その背後に潜むものへの疑問が出てくる。曇りのない目で見れば、何があるのだろう？　という空白が浮かびあがるはずなのだが、そういう目が欠けている。

九月から行くサンタバーバラで迎えてくれるEさんから、メールがくる。住む場所としてかねて交渉中だった一軒家の賃借交渉がダメになる。現在の借家人が一年滞在を延長することになったという。落胆。家賃は高いが、素敵な庭もあり、抜群の眺望。半年だから奮発しようと、「豪邸」のコードネームで呼んでいた。豪邸、消ゆ。また候補を探さなくてはならない。

6月1日（火曜）

英語の本を売っている書店があったはずと思いだし、案内を手に、市庁舎の広場に面したその書店を訪れる。一階にデンマーク語の本のほか、英語の本とドイツ語の本が置いてある。今度行くポーランドの、それぞれワルシャワとクラコウのガイドブック、七月に予定しているフランスとスペインにまたがるバスク一帯の旅行のためのバスク地方のガイドブックを買う。

ついで、デンマークの歴史の本、デンマーク文学史の本について尋ねると、デンマーク文学史の本はないという。英語の本がない、という意味なのか。デンマークの小説家はいるではないか。たとえばカレン・ブリクセン、と（英語で）言うと、ブリクセンの作品はある。しかしブリクセンについて書かれた本はないと（英語での）答え。あ、いや、一冊はあるけれど、と著者名をあげるが、聞こえない。結局デンマークの歴史の本を一冊、コペンハーゲンにある興味深い建築物のガイドを一冊、購入。ともに英語。

日本で、Kさんが、デンマークというと、ハムレット、ブランデス、ブリクセン、カール・テホ・ドライヤー、とたちどころに名前をあげた。映画好きのAさんは、ラース・フォン・トリアーと言った。自国の文学史の本はない（英語では？）。こういう国柄から、ゲーオア・ブランデスの世界文学という概念が生まれている。ニーチェと友人になり、彼にキルケゴールの存在を教えたのは、コペンハーゲン大学のブランデスなのである。

キルケゴールにはじまり、ブリクセン、ドライヤー、トリアー、とコペンハーゲン近辺のデンマーク人たちに共通するもの。薄い氷の向こうに広がる異質な世界の酷薄さの印象。窓の向こうに景色が見えるのだが、その窓が凍っている。

それはデンマークで「家」というもののもつ一種苛烈な枠組みと、無縁ではないのだろう。キルケゴールの父は、キルケゴールの母を性的に陵辱して結婚したことと、若年時、一度神を呪ったことに深い罪の意識をもっていた。自分の子供はキリストの死んだ三十四歳以上は生きないと思っていた（事実、数人の子供はその通りになった）。父と母のことを知って、後年、キルケゴールは衝撃を受ける。そして以後、彼の放蕩がはじまる。一方、『裁かるるジャンヌ』のカール・テホ・ドライヤーは私生児で、十七歳で家を出たあと養家の門をくぐっていない。ブリクセンは、スウェーデン人の貴族だった夫から梅毒を移され、アフリカの地で離婚する。ラース・フォン・トリアーの両親は無神論者、ヌーディスト運動の実践者で、母が死の床で、「芸術家の血」を受け継ぐために別の男性を遺伝子上の父親としたことを明らかにした。トリアーはやはり衝撃を受ける。ここでは子供は十八歳になると家を出ることになっている。この部屋に置いてある赤い大きなソファは、Gが十八歳で家を出た後、独りで住むようになってはじめて買った家具なのである。


これらの本をビニールの袋に入れてもらい、ぶらぶらさせながら、今まで行っていなかった市中の公園の門をくぐる。辞書には出てこないから固有名詞なのだろう。名前はØrstedsparken。Aよ、この公園が素敵だった。コペンハーゲンはかねてわれわれが話してきたように、地面こそ粗野ではあるけれど、空気が澄んでいる。自転車専用道路が清浄な血管のように市中をくまなくめぐっている。町の真ん中にある公園なのに、いったんそこに入ると、郊外にいるみたいだ。窪地があり、その底が池。木々の葉が池の面に被さり、くすんだ木の橋が渡されている。白鳥がいる。池に張り出したベンチ。屋外にテーブルと椅子を広げるしゃれたカフェ。

そこでホーガルテンを飲み、バスクのガイドを読む。N先生も日本に行っているので、いま、この街に私の知り合いは、誰もいない。街を行き交う言葉もわからない。かつて、日本の小説家がサイゴンの街に滞在し（ベトナム戦争の頃）、サイゴンの街を知ろうと、タウンマップを一〇〇メートル四方くらいの方眼に区切り、毎日、それを一つ一つ潰していった。そんなくだりを彼のエッセイか何かで読んだ。そんなふうに毎日、くまなくこの街をさまよったら、どんな街の姿が浮かびあがるのだろう。カフェで、空を見あげ、深呼吸する。Aよ。都市というのは、いいね。ひとりになると、その良さがわかる。
芝生を走り回る犬を横目で見ながら公園をぬける。14番のバスに乗り、いつもの場所で降りる。通りを横切る。向かいのイヤマに入る。今日イヤマで買うイチゴは、大ぶりで、おいしい。

6月2日（水曜）

快晴。ポーランドに行く前にと思い、連載の最後の回を、もう一度見直し、日本に送った。これでようやく、日本を出るときにやりかけていた仕事が終わる。
午後、街に出ようと、地図を取り出し、しばらく検討。コペンハーゲン市を取り囲むかたちで続くThree Lakesに沿って、歩いてみようと、外に出る。バスには乗らず。舗道を歩く。日射しは強い。行ってみると、湖とはいっても、浅い堀端のよう。白鳥も鴨も浮かんでいる。両側が散歩道になっており木陰ではベンチで人が休んでいる。湖沿いの家並みはバルコンを張り出している。花を飾り、きれい。中には庭に小径を作り、湖沿いの散歩道に出られるようにしている家もある。立ち止まり、中を覗く。途中から街並みに入り、古本街めいた一角に出て、イタリア人のやっているスタンドのようなところで昼を食べる。飲料はビール。古本屋の主人は穏やかな人。顔を上げ、Can I help you? デンマーク文学史について尋ねると、一冊、大きな英語の本を見せてくれる。目次を見て、デンマークにも文学史のあることを確認。アンデルセン、キルケゴールの生きたGolden Ageの記述はあるが、目次にアンデルセンは出てこない。カレン・ブリクセンが、やはり目立つ。英語の美しい装本の*Out of Africa*も教えられ、手にとってしげしげと見る。買おうか買うまいか、だいぶ迷ったが、やめておく。悔やむことになるか。

6月3日（木曜）

N先生が日本から帰ってきたので、お会いしに行く。久しぶりの大学のはずが、椿事出来。バスから降りて、乗り換えようと思ったら切符を挟んだ財布がない。バス車中でどうもスリに遭ったようだ。現金以外にもクレジットカード、身分証明書、運転免許証、ほかの銀行関係のカード、デンマークの住民登録カード、王立図書館カードなど、すべてをなくす。

　路上からN先生に事情を話し、相談し、会合の約束をキャンセル。かろうじてコイン入れに残っていた五〇クローネ足らずをかき集め、現金でバス賃を支払って家に戻る。現金がなくなり、Aが帰国しているために、手もとには三〇クローネのみ。家のパソコンで、Skypeを使い、日本のクレジット会社、銀行等に連絡、カードのブロック等の処理手続きと、緊急代替カードなるものの発行の依頼を行う。固定電話でないため、フリーダイヤルを使えず、苦労を重ねる。その後、家にある「円」を探しだし、かき集め、残りの三〇クローネ余りで、中央駅に行き、三万円をクローネに替える。それから、パンと飲み物を買って、オペラハウスへ。

　われながら何をしているのか、という気持ちもあるが、この気分のまま部屋に帰るのはいたたまれない。今夜が切符を買ってあるオペラの日なのだ。とはいえ、気づいたときにはよい席はもう買えなかったので、購入していたのは、かろうじて残っていた安い切符。行ってみたらなんとそれは、立ち見席であった。言葉が読めないのは、悲しいことである。ほかのキャンセル切符に替えられないか尋ねるが、ダメ。スリに遭い、我を失った日の夜、動転しつつ、見事なオペラハウスの最上階バルコンで、オペラを観劇。というより俯瞰。演目はむろん『カルメン』。7時半にはじまり、終わったのが11時半。見て、やはりロンドンのダンスの『カルメン』がいかに非凡な出来だったかを確認する。

　それにしても、盗難に遭うと人がこれだけ衝撃を受けるのは、なぜか。たぶん盗難とか強盗とか殺害とかの不法行為は、それに接した人から社会的な庇護のシールともいうべきものを剝がすのだ。人はそのとき、自分から社会的な皮膚が剝がされると感じる。自分が社会から脱落し、放り出された存在だと思う。何というよるべなさだろう。財布が見あたらず、驚いて周りを見渡したとき、襲撃にあった動物の感じる生命的な切迫感に似たものを、私はおぼえた。そしてそれは、ここが日本でないということとはあまり関係がなかった。日本でも、同じ条件であれば、景色は、同じように空気が白濁しているだろう。帰宅後、椿事を知らせたAから、運転免許証の再交付は本人が日本に帰らないことにはほぼ不可能であるらしいウェブの情報を知らされる。自分でもそれを確認。国際免許証が使えない。この後の旅行が、車の運転を前提としたものばかりなので、帰国するしかないのでは、と言われ、自分でも考えた末、深夜、帰国を決意。すべてのキャンセル手続きを行い、日本への切符を探し、むろん直通便はないから、せめてワン・ストップの便の候補をと目星をつけ、準備万端を整えて、寝る。

6月4日（金曜）

早朝、電話で起こされる。日本でAが奔走し、運転免許証の代理申請が認められるので、早急にその必要書類を準備するようにとのこと。孤立する「喜界ヶ島の俊寛」にさまざまな試練が殺到する。すべて昨夜キャンセルし、おまけに旅行中止を前提に、緊急カードを来週自宅で受け取った後、帰国する手配までを終えたところである。もう一度、キャンセルの打ち消しの手続きを各方面に行なう。さらに、午前中かかって、必要書類を作り、コピー屋を探してパスポートの必要頁をコピーし、郵便局に行ってそれを送る。急遽明日の朝、出発となる。とはいえ、せっかくここまで来たのでと、お気に入りの郵便通信博物館に立ち寄り、そこの屋上テラスのテーブルでビールを飲んでしまうのが、現代版「喜界ヶ島の俊寛」である。

隣のテーブルの思い切り色の濃いビールを指して、あのとってもダークなのを私にも、と俊寛は頼む。すると島人が答えるには「あれはビールではない」と。色濃いものはコークであった。今日も、雲が見事。露店に黒々と好物のチェリーが並び、輝く。小さな袋に入れてもらって、帰途につく。

6月5日（土曜日）

結局、当初の予定通り、午前9時55分にコペンハーゲンを離陸。午後2時すぎワルシャワ到着。ワルシャワはこの二ヶ月の豪雨で南部が大変な被害にあったらしく、飛行機の窓から見える草原、畑地のところどころに大小の水たまりが残っている。それがほうぼうで一瞬光る。今日は打って変わって快晴。空港にJが迎えに来てくれている。

Jの友人のジャーナリストで詩人のBが車で待っている、というので（またしても）両替を忘れてしまい、そのままBの車へ。ホテルへ向かう車中、両替をしなかったことに気づく。ユーロでも大丈夫、と言われるが、手持ちは些少。そのうえ、懐中にあるのは円のみである。

ホテルはJが自分のアパートからすぐのこぢんまりとしたよいホテルを選んでくれている。三十分後、迎えに来てくれ、Jのアパートへ。Jの夫君はブラチスラバの大学で教えている。週の半分をワルシャワで過ごすがこの週末は、不在。

JのアパートでさっそくBからのインタビューを受ける。先に英語の雑誌に載せたゴジラとハローキティに関するエッセイを、Jが面白がり、ポーランドの雑誌に翻訳して掲載した。それが数年前のことで、それを読んだBがゴジラと最近の日本文化について訊くという趣旨である。詩人でもあるBは、英語は話さない。間にJが通訳に立ち、英語でやりとりする。Jがこちらの話すことをたちどころに理解し、補ってくれるため、superが連発されて、無事終了。その後、Jの用意したクスクスのご馳走にあずかる。ふと見たテーブルの上においてある今日の新聞の付録の表紙が、誰かと思ったらJである。彼女の小説が数ヶ月前に刊行されたらしく、インタビューがカバー記事。Jはどうもいまポーランドで最も注目されている女性小説家の一人らしい。訊くと、その小説はすでにドイツ語、ヘブライ語など数カ国語で、現在翻訳が進行中だとのこと。

その後、ワルシャワ大学で教鞭をとる日本専攻の文化人類学者のBK先生が招待してくださっているとのことで、Bの車で先生のお宅に向かう。途中で停車。花を買う。お住まいのコンスタンチン地区というのは、日本で言えば軽井沢のようなところ。戦前、ポーランドの貴族が別荘を建てた避暑地らしい。先生のお宅はそこにあり、広壮な庭を持つ。猫が三匹いる。BK先生とご主人が迎えてくださる。

最初の話題は、スリ。大変でしたねえ、といわれるがすでに、空港で両替を忘れたうえ、Jに財布はどこに入れていたのかと訊かれ、上着のポケットと答え、あきれられている。ええ、まあ、と言葉を濁して応じる。

BK先生は日本語も流暢。日本語で話しているうちに、BK先生のそもそもの専門が日本文学で、三島由紀夫だとわかる。三島についての博士論文を先生は、パリ大学で準備したとのこと。パリにおよそ十年間住んだという。ご主人は父上がポーランド人、母上がベトナム人で、日本語、英語も話されるがフランス語が流暢。結局、先生ご夫妻とはフランス語での会話となり、ポーランド語、日本語、英語、フランス語の行き交うヤギさん郵便のようなやりとりとなる。

ポーランドに着いて、六時間ほど。まったくワルシャワの街は見ていない。ふと、ここはどこだろうと思う。聞こえるのは鳥の声。まわりは森と林。一人一人の人間が、それぞれの物語をもっている。たとえばBについて、Jは、説明する。彼女は若い頃、非常に注目された詩人だった。でもいまはやめている。それまでは非常に酒が強く、浴びるように飲んでいた。でも、あるとき、やめて、それ以来いっさい飲まない。そしたら詩もやめてしまった。

Bはその説明を笑って聞いている。Bはいまではコーヒーも飲まない。閉所恐怖症のため、エレヴェータにも乗らない。一足先に家を出て、階段を下りる。そういえば、Jのアパートは十階だった。Bはそこにも歩いて昇ったのだ。飛行機もダメ。もし日本に行くならシベリア経由、ナホトカから船で行くつもりという。子供の時にゴジラを見た。その日の夜、夢に出てきた。以来、ゴジラは彼女のアイドルなのであるらしい。

おいしいものをたくさんいただき、BK先生宅を辞去。別れ際にポーランド式の腕を回しての乾杯。これをやると、この後はファーストネームで呼び合う仲になる。とたん、私はノリとなり、ほかは、二人のベアタ、ステファン、そしてヨアンナである。

6月6日（日曜）

午前中にJがホテルに迎えに来てくれ、タクシーを呼んで両替所を探すが日曜日で閉まっている。ようやく市の中心地で一つ見つけ、無事両替を終える。イェロゾリムスキェ通りから新世界通りに入り、Jのついこの間までの勤務先であったポーランド科学アカデミーの立派な建物を仰ぎ見る。広場中央に鎮座するのは巨大なコペルニクスの座像。ワルシャワ大学を過ぎた先にある大統領官邸前は、いまも弔意を示しにくる人々の列が絶えない。カチンの森の虐殺を悼む式典に参加する途中、飛行機墜落事故で亡くなった大統領夫妻の白黒写真の上に、双子の兄である前首相のカラーの大統領選ポスターがべったりと貼ってある。Jはそれを見て uncanny だとは思わないか、という。ゴッホのことを思いだす。ゴッホは、先に生まれた子供が死んだので、もう一度「身替わり」として出産された子供で、そうと知らされて育った。今日は共産政権下、抵抗を示し、処刑された聖職者がローマカトリック教会より聖人に列せられることを祝う国民的式典の日。祝賀式典会場には人々でごった返している。その先の広場でBと落ち合う。

昨日のインタビューが当地の女性雑誌に載る。若いカメラマンがやってきて、さんざん時間をかけて撮影を終える。その後、車でポエトリという名前のレストランに行って昼食。さらにワジェンキ公園で見事なクジャクの羽根を見て、ワルシャワ大学図書館裏手のヴィスワ河に面した芝生の広場を歩き、人魚像のある橋のたもとに行く。川は氾濫の痕跡をとどめ、茶色に濁ったまま。深々と流れている。ふつうよりは水かさが二メートルは高い、とJは言う。一九四四年、この河の向こうにソ連軍がいた。そしてワルシャワ蜂起でドイツ軍に追い詰められた市民が河岸のここで虐殺されるのを黙って見ていた。人魚の像はそれでここにある。その話は知っていたが、その河がこんなに川幅の狭いところとは思わなかった。ちょうどこのあたりでたくさんのインテリ、学生、ジャーナリストたちが、死んでいった。旧市街まで車で行き、そこで運転してくれたBと別れる。礼をいう。旧市街の広場のカフェで休み、タクシーを呼び、ホテルに帰る。夜、名高い女性詩人と会う約束だったが、体調が悪いとのことで、会合はキャンセル。Jのアパートで少し話し、その後、帰る。

6月7日（月曜）

クラコウへ。列車で向かう。一等車。はす向かいに一人だけ客のいるコンパートメントで、この間から読んできたフランクルの『夜と霧』の増補版に基づく新訳を読み終わる。列車は特急でどこにもとまらないが、ずいぶんとかかり、クラコウに着いたのは、午後1時半ころ。シャワーを浴び、ヴァヴェル城のまわりを中心に旧市街を歩く。中央の市場広場は、完全な観光地だが、城に登って高台から街を見ると、旧市街を公園が環状に囲んでおり、その周辺から外側は閑静な地域になっている。

ポーランドにあって空襲をまぬがれた例外的な古都、クラコウは美しい街である。いたるところに書店がある。そのうちの一つの並びのトスカナ風のパティオをもつイタリアン・レストランに入り、ワインで軽いタ食。スキャンピのグリル。夜、部屋で翌日の準備。

6月8日（火曜）

前日、事前に予約していたアウシュビッツの公式ガイドであるNさんにメールし、二時間から三時間の案内で、アウシュビッツの二十倍の広さがあるというビルケナウにも行けるのかを尋ねた。行くには行くが、ざっと一望するだけ、との答えを得ていたので、朝早くホテルを出て、ミニバスで一足先にオシフィエンチム市に向かう。ミニバスはいろいろな場所に停まりながら行く。盛んに揺れるので少し気持ちが悪くなる。一時間二十分ほどで、到着。アウシュビッツの収容所跡は、ほとんど真夏といってよいほどの強い日差しの中。観光地のような人だかり。すぐにシャトルバスの乗り場に行き、ビルケナウに向かう。

ビルケナウは見渡す限りの収容所跡。鉄道線路が入り口を貫き、そのまま敷地の奥深くまで敷かれている。手前のバラックが残っている一列の棟を見る。一つ目、二つ目は、人だかりだが、そこをやり過ごし、三つ目まで進むと誰もいない。誰もいない棟は、暗い。静か。音を立てない。観光地の真ん中に、死者の家がある。そこを出て、レールに沿ってでこぼこの中央の道をどこまでも歩く。突端に碑があり、集められた人々の様々な言語で書かれた碑文が一列に並んでいる。その横にガス室跡がドイツ軍によって破壊されたままの姿で残っている。さらに、ここまでくるともう、ほとんど人はいない。最初に被収容者たちが持ち物をすべて提出させられ、裸にされ、体中の毛を剃られ、被収容者用の服に着替えさせられたという、敷地の奥にぽつんとある建物を見る。ちょうど出てきた人と入れ違いになり、入ると、その室内にも、誰もいない。この間、二時間ほど。ぐったりと疲れ、木陰のベンチで、水を飲み、パンを食べる。ぷうんと、蚊が寄ってくる。池からは蛙の声が聞こえている。再び強い日差しの中を入り口まで帰り、バスでアウシュビッツに戻る。ミュージアム入り口脇のカフェでジュースを飲み、靴を脱いで、脚を休める。

午後3時。Nさんにお会いし、今度はアウシュビッツの方を案内していただく。同行者は予定より二人増え、全員で四人。様々な場所を見る。銃殺処刑用の壁、ガス室、マクシミリアン・コルベ神父の死んだ地下牢、ガス室など。Nさんの口からビルケナウにアンネ・フランクも収容されていたことを知る。案内がビルケナウに移動したところで、辞去し、一人でタクシーでオシフィエンチム駅まで戻り、列車に乗る。列車は二時間以上かかり、のろのろとクラコウに向かう。でもこの線路を逆に、ユダヤ人の人々が運ばれたのだ。ホテルに着くと、午後7時20分。あるいは、と思っていたショパン・コンサートは7時開始なので、行けない。

6月9日（水曜）

朝10時過ぎに、ホテルをチェックアウトし、荷物を預け、旧市街のへりをめぐる公園に沿って散歩。観光地めいた通りを一つすぎると、生活の匂いのする町並みが現れる。これが本物のクラコウなのだ。街の人々の集まる居心地よいカフェを見つけ、休む。ポーランドに来てはじめて見つけた好ましいカフェである。一つ一つのテーブルがみんな違う。どこかから見つけてきたような中古のあり合わせの椅子と机のようなのだが、すべてがその場にしっくりとなじんでいる。先に行くと、公園沿いの一帯が大学になっている。大学には言葉が漂っている。その言葉について考える。

ホテルへの帰り、面白いランプシェードを見つけ、購入。商品を荷造りするまで待てと言われた内庭の軽食カフェがまた、何とも言えず、よかった。

ホテルを出て、タクシーで空港へ。手続きを終え、離陸すると、もう飛行機の中はすべてフランス語である。フランス語を話す人々の、快活なこと！ この解放感は、たまらない。自分がフランス語が好きなのは、フランス語を話す人々の作るこの屈託のない、そして辛辣な「世間」が好きだからなのだ、と確認する。ほぼ時間通り、オルリー空港着。

一九八〇年、カナダのモントリオールから、このオルリーに降り立ち、ああ、ここがランボーが歩き、リルケが夜の街を見下ろしたパリなのだと、紋切り型に感動した。しかし感動は、紋切り型でも、よいものなのだ。オデオンまでメトロに乗り、一九九六年滞在時の息子の友達でいまもパリに住むジャズ・ミュージシャンのS君とカフェで待ち合わせる。街を眺める。雨が降っている。

7時過ぎにやってきたS君と、今度の宿泊先であるマザリーヌ通り四〇番地のアパルトマンに向かう。貸し主は大学教員・研究者・物書きの国際宿泊互助組織を通じて見つけたMGさん。ロシア系亡命者たちの∎

ーロッパ経験についての著書をもつロシア系フランス人の研究家である。契約を終え、皿洗い機の操作などの説明を受け、別れる。Mさんは、この後、二人いる娘さんのうち、一人の住む場所に向かい、そこでバカンスを過ごす。日本はどこにお住まい？　と聞かれ、東京、と答えると、あ、京都だったらよかったのに。京都だったら、この部屋と交換で、住みたいんですけどね、と呟いて、バイバイと手を振る。何かあったら、もう一人の娘のAに電話してくださいね。その娘さんは文化人類学者だとのこと。

久しぶりにS君とサン・ジャック街の中華料理店ミラマに行く。値段だけが高くなっているが、他はまったく変わらず。働いている人たちもまったく同じ。相変わらず、ラビオリ入りのスープは絶品である。

ノートルダム寺院の見えるカフェでエスプレッソを飲み、11時過ぎ、S君と別れる。帰途、深夜営業の八百屋でチェリーを購入。安くて、おいしい。パリに戻ったことを実感。

6月10日（**木曜**）

9時過ぎにレンヌ街の郵便局に行って、カード会社の緊急現金支払いサーヴィスで部屋代分の現金を受け取る。あとは、Aからの銀行カードが届けば、いつでもキャッシュを手に入れられる生活にようやく戻ることができる。昨日は結局S君に、先払いの部屋代を借りた。クラコウの空港でS君へのおみやげのズブロッカを買ったら、最後、数ズオチしか残らなかった。お金がなく、街から街、国から国へと列車で移動し、飛行機で飛ぶのは、心細い。

サンジェルマン・デ・プレのドゥ・マゴを通りの向こうに見つつ、スーパーマーケットのモノプリに入り、食品、当座の生活に必要なものを購入。重くなったので、ビュシのマーケットを横目に、そのまま家に帰る。湯船で洗濯などをして、夕刻、メトロで回数券（カルネ）を買い、サントーギュスタンへ。サントーギュスタン教会でモーツァルトのレクイエムを聴くのだ。

最前列近くの席からは、左のヴァイオリンと右のチェロの関係がよくわかる。合唱は弱いが、独唱のうち、ソプラノとメゾ・ソプラノの歌手は迫力がある。

6月11日（**金曜**）

朝、早く起きて日本の仕事のための読書。ゴミ清掃の車が来てまた街がきれいになる。静か。昼過ぎに外に出るが、窓のすぐ下が画廊街、カフェとホテルとまず小ぎれいな店が並び、旅行者が行き交う。昔住んでいたサン・シュルピス広場を覗きに行く。広場に古本と古物の臨時マーケットができている。そこを冷やかし、区役所隣の書店プロキュールに入り、一通り、歴史関係、人文関係の棚を見る。フランクルとアンネ・フランクの本を買う。古物市で、目をつけていたリトグラフの絵について、帰ってきた古本屋の親父さんとやりとり。セレスティーノ・セレスティーニという一九六一年、フィレンツェで亡くなった画家というが、知らない。本を見せられる。リトグラフに鉛筆でほうぼうに手が入っているものが一枚あり、それに心を惹かれる。誰が手を入れたんだろう？　私じゃないからね、と親父さんは笑う。画家の女友達が売却したものだからね、と目配せし、それでこんなにオリジナルがたくさんあるのだと説明する。説明通り、本に写真の載っているのと同じ作品のオリジナルが何枚も、全部で十五枚ほどある。こちらはそもそもプロの目利きではない。知らない画家の知らない絵に惹かれたというだけ。この手の入れ方が大胆だから、これは画家自身が手を入れたのだと思う。これを買う、というと、あなたは絵をやっているのか、というので、いやまったく、と応じると、それにしてはあなたも大胆だね、と笑い、近くに来たら寄ってくれと名刺をくれる。誰かわからない手の入っているリトグラフは、当然ながら、価値が低いのである。

教会脇のカフェ・ド・ラ・メリーで休み、そこを出てカフェ・マビヨンを覗くと、サッカー・ワールドカップの第一試合の放映中。ビュシのマーケットでチェリーを、向かいの肉屋でプレ（鶏の丸焼き）を半分に切ってもらい、買って帰る。夜、フランス・チームの試合を部屋で見る。フランスの選手がゴールし損なうたび、通りからは、「アー」というため息が聞こえてくる。

6月12日（土曜）

Mさんの部屋にあるCDのコレクションはバッハを中心にしたミサ曲、クラシック音楽などと、旧ソ連のさまざまな歌い手の歌をフランスで出したものなどからなる。映画のコレクションもすばらしい。書架に並ぶ本もただごとではない。どういう人なのだろうと好奇心をそそられ、書架の本、CD、DVD、ビデオの背表紙を見る。中にこの人の著書があった。Marina Gorboff と名があり、*La Russie Fantôme: L'émigration russe de 1920 à 1950* 幻のロシア――ロシアからの移住一九二〇年から五〇年まで。ハーマン・メルヴィルの全集もMさんの書架に並んでいるのだが、題辞に引かれているのは、そのメルヴィルからの言葉である。

「そこはどんな地図にも載っていない。

本当の場所は地図には出てこないのだ」。

台所脇に面白い証明書が額に入れて飾ってある。一九五九年九月の一日から二十八日までMさんがG.-T.という会社の工場で工員として働いた証明書。本の著者紹介によれば、このときMさんは二十三歳のはず。シモーヌ・ヴェイユに女工として一年前後を働いた時の日記があり、『工場日記』として訳されているが、この人も、若い頃、ヴェイユのようなことをしたのだろうか。

Mさんの部屋は屋根裏部屋のような造りで、天井が異常に低い。注意していたがとうとう、昨日、中央に張り出した梁にしたたかに頭をぶつけ、顔をしかめる。

6月13日（日曜）

疲れたのでS君に勧められていたジャズのフェスティバルを見に行くのをやめ、さくらんぼと近くで買った菓子パンとカメラをもって近辺を散歩する。ドゥ・マゴ隣の書店ラ・リュヌで本を探す。この近く、六区について書かれた本をもって出たが、カフェで休んだ後、しばらくサンジェルマン・デ・プレ教会裏手の庭のベンチに腰を下ろし、それを読む。それによると、マザリーヌ通り四二番地、つまり、いま借りているアパルトマンの隣の建物のある場所、そこに十七世紀後半、ゲネゴー座という劇場が開かれ、一六七一年に史上最初のフランス語オペラである『ポモーヌ』が上演されたのだという。そもそもこの通りの一二番地がモリエールの最初の芝居小屋イリュストル・テアートルの場所である。彼の死後、彼の一座が一六七三年から八九年まで腰を落ち着けたのもこの四二番地とのこと。すぐ先のビュシの四つ角はフランス革命後最初のギロチンが設置され、初の処刑が行われた場所。二月革命のときにはたしか若きボードレールも、そこにいたことを何かで読んだ。その先のカフェ・プロコープは、ボルテール、ルソーが常連だったことで名高い。S君の見立てとは違い、この天井の低い建物は、どうも一六〇〇年代からの遺風なのではないか、などとあらぬことを考える。すると床の歪みまでが奥ゆかしく感ぜられてくるのが妙である。

帰宅後、日本の仕事の本を一冊読了。それから、ウェブでレシピを確認し、見よう見まねで直径二センチは優にあるホワイトアスパラガスを料理。今夜はこれがメイン・ディッシュ。砂糖がなかったので代わりにカシスのゼリーを入れた煮汁でゆでたが、ことのほか合う。副産物のスープがおいしい。

6月14日（月曜）

五区の書店カンパニーを中心に、ピーター・ブリューゲル、ヨーロッパの戦後の本の他、この後の旅行予定のバスク地方、コルマール地方のガイドを買う。地図は、オー・ヴィウ・カンペールに行けと言われ、何度か人に尋ねて探し出してみると地下と一階とからなる地図専門店である。さすがにこの後に旅行を予定しているノルウェイのロフォーテン諸島の地図はないが、ほかの旅行予定地のミシュランの地図を二つ需める。途中から雨。傘を差してさらに周囲の本屋を回り、ワイン、水を買って、午後3時半過ぎに帰宅。部屋で一人、日本のワールドカップ第一戦を観戦。

6月15日（火曜）

モンマルトルのフナックに行き、フランスの映画作家クリス・マルケルのSans SoleilとLa Jetéeを買う。これは昨日お会いしたパリ第六大学で教える映画の専門家FSさんに薦めていただいたもの。ついでにMさんの部屋にあって気に入って聞いているハイフェッツの一九一七年から二四年までのSPレコード録音のAcoustic Recodingsという三枚組のCDを探すが、こちらはない。メトロのレンヌからソルフェリーノに移動し、オルセー美術館の「罪と罰」と題する特別展を見る。主に革命以後のフランスの犯罪と法規、処罰、処刑、監獄等の歴史を絵画を元に追う興味深い展覧会である。大量に血を吸ったと思われるギロチン台が展示してあるのは、もう死刑が廃止された国だからだろうが、はじめて見る使い古されたギロチンは、なかなかに刺激的。革命後のこの処刑機械の出現とおびただしい生首の輩出が人々に与えた衝撃が、当時の絵画作品、素描等による記録からうかがわれる。また、出口近くに予期しないものがあった。カフカの「流刑地にて」に出てくる処刑機械をあるアーチストが一九九〇年代に制作したもの。巨大。部屋の中央に所狭しと鎮座している。こういうものを動員でき、また動員してしまうフランスのパリという環境について考えさせられる。

5時までに帰宅。6時前、息子から電話。パリに着いて、こちらに向かっているとのこと。一日だけ、ここで落ち合う予定。彼は明日、クロアチアに向かう。やがて下のブザーが鳴り、息子が到着。セーヌ河畔を歩こうというので、外に出て、川沿いの舗道をぶらつき、サン・ミシェルを越えた通りにあるミラマでS君と落ち合う。三人で会食。息子、日本からの飛行機ではほぼ寝ていないらしく、疲れを訴えるので、S君と握手し、夜11時半くらいに別れる。

6月16日（**水曜**）

朝、作りおきの白アスパラガスのスープ、卵焼きその他で息子をもてなす。昨夜は食欲がないといっていたが、今朝は腹がすいているらしく、好評。日本から汚れたままもってきた衣服を洗いたいというので、朝のうちに洗濯機に入れておいたが、出してみると乾燥が十分でない。家を出、ノートルダム寺院まで歩き、サン・ルイ島に入り、橋を渡って、二人でサン・ポールの先のマレ地区をぶらつく。息子はファラフェルなるものを買う。ヴォージュ広場に行き、そこの芝生に腰をおろして食べる。ついで、カフェに寄ってビールで喉をしめらせ、近くのギャルリ・デ・ビブリオテックが開くのを待って、Rimbaudmania（ランボーマニア）と題する特別展を見る。時間があまりないため、一通り見て、後はカタログを買って帰る。

ファラフェルでGパンを汚した息子は、私のGパンと取り替え、生乾きの洗濯物と一緒に、ランドリーで乾燥させると言う。私が洗濯物の袋をもち、息子がスーツケースを引いてそのままランドリーへ。乾燥機を使った後、近くのRER（郊外地下鉄）駅のリュクサンブールでシャルル・ドゴール空港に向かう息子と別れる。

帰り、リュクサンブール公園を散策。木陰から日向の人々を眺め、一時間ほどを過ごした後、帰宅。家を掃除し、本をだいぶ買ったために格段に重くなったスーツケースと大きなフナックの買い物袋を下げ、八日間世話になった部屋を出る。夜9時35分発のノルウェイの航空会社の飛行機、行き先はコペンハーゲン。北方の空はいつまでも明るく、夜11時をすぎてもあざやかな夕焼けがそのままに続く。雲の下は夜。雲の果てがぎらぎらと燃えるようである。乗客もリラックスし、機内で有料販売のワインなどを片手に空いている席に座り込み、知り合いでないらしい何人かが集まって楽しそうに話す。かと思うと、別の席では女性が裸足になって隣の空席との間の肘掛けをあげて横になり、本を読んでいる。まるでどこかのサロンのよう。それをそれとして楽しいと感じる自分が、いまや異質な北欧の白夜の国の住人であることを実感する。11時過ぎにコペンハーゲンに到着。外に出ると、再び、ひんやり澄んだ空気が身体をつつみ、聞こえない声が私に「おかえり」と言う。

6月17日（木曜）

朝起きて、明日来るAの搭乗券をインターネットでのチェックインで取得。昼を食べようとこれまで敬遠していた近くのスモーブロー（デンマーク名物の黒パンにのせたオープンサンドイッチ）の店を覗く。ショーウィンドーに飾ってある大きめのものとは違う小ぶりのスモーブローがおいしそうなので、ローストビーフをのせた小さなのを一つ、トマトのスライスをのせた小さなのを一つ買う。値段を聞くと、手頃。そうか、中に入れば違う世界があるのか、と一人ひそかに納得。家に帰り、コーヒーを淹れ、旅行の無事終了を祝って燭台を灯し、トカイワインを脇に立て、食べてみる。美味。これから愛用したい店が一つ、近くにできた。

午後、しっかりと身を固め、例の掏《す》られた曰くつきのバスで、大学へ。今度は無事着く。午後2時、N先生の研究室を訪れ、旅行直前のスリ騒ぎでの助言のお礼を申し上げ、久闊を叙す。N先生に、路上からの第一報の声は「震えていましたね」と言われる。

6月18日（金曜）

アパート下の戸口からのブザーがなる。階段に出て見下ろすと、手すりの間から五階下の地上階にAの水色のスーツケースが置かれている。A、日本から帰還。疲れているだろうに、帰るやすぐに部屋の掃除をはじめるのは、私が掃除をしていないということなのだろう。再び、Aとの生活がはじまる。私の中で何かが変わる。Aは私の好物の仙台の塩辛をもってきてくれよ

う と冷凍庫に入れていた。それがほんの十数時間前、成田の空港で廃棄されたことを私に話す。空豆をもってきてくれたので、ビールを買いに行き、ビールとワインでしたたかに酔う。夜、なぜか眠れず。さまざまな夢魔めいた思いが私の脳を訪れる。

6月20日（**日曜**）

午後、息子コペンハーゲン着。日本の仕事の五冊目の本を読了。夜になり、明日からのノルウェイ、ロフォーテン諸島を中心とした旅の準備を慌ただしく行う。ウェブで見る限り、滞在中のロフォーテン諸島の天候はあいにく曇りと雨。北極圏は寒いらしい。最高気温八度、最低気温は六度。

6月21日（**月曜**）

早朝、近所の専門店にAと息子を連れて行き、小ぶりのスモーブローを買い込む。三人分を箱に入れてもらったものをAが抱え、息子と私はスーツケースを引き、三人で空港へ。そこから一時間と少しで、オスロ、さらに北に一時間半飛んで、ボードーへと辿る。そこで四時間ほど待った後、プロペラ機で海を渡り、いま、ここは、ロフォーテン諸島のスタムスンという漁村にいる。午前1時半。はじめての北極圏。窓の向こうは雨。海面に一個、橙色のブイが浮いている。その向こう、対岸はしっとりとした小屋を抱えた草地と岩。その背後の空は、なぜか中学校の校舎から見た五限の窓の向こうの曇天を思わせる。大きな中学校の校舎にみんないるのに、どこからも音が聞こえない。さっきまではロルブーと呼ばれる木造キャビンの背中合わせになった隣の部屋から、筒抜けに隣人の声が聞こえて、やかましいほどだった。でも、いまは静か。もうみんな寝た。窓の外は、放課後の中学校のよう。誰もいないグラウンド、時刻は午後4時くらいに見える。でもいまは深夜、午前2時なのだ。

漁師小屋を改造したキャビンの居間のテーブルでこれを書く。二階にはAが、一階の別の部屋には息子が、眠っている。

6月22日（**火曜**）

昨日は、島の中程にあるスヴォルバーという空港のある町でレンタカーを借り、時に雲間から陽光の降り注ぐ午後8時の島を二時間ほど南下し、橋を二つ渡り、島を一つ横断して宿泊地、スタムスンに午後9時すぎ、到着した。今日は、予報通り朝からの雨。午後に晴れることに望みをつなぎ、まずボルグのヴァイキングの大きな住まいと船とを見に行くが、さほどの感慨はない。ただ復元された船を見て、その小ささに、こんな手こぎの木造船で南を指してフィヨルドを漕ぎ出していった人々のいたことに胸を衝かれる。何という遠さ。それも目的は強奪なのだ。

途中、三十分ほど光が差した以外は、一日中、雨。その中を一路、国道E10に沿いひたすら南下する。ヌースフィヨルドの神々しいばかりの大絶壁に驚き、レイネに寄り、モスケネスで休み、最後は南端のオーの外れの道の終点で車を降りる。この町の名、オーはÅと書く。ノルウェイ語のアルファベットの最後の語だ。島の最南端の町ということなのだろう。そこから、私はイヤだから車に戻るというAを残し、息子と二人、嵐に近い風雨の中、さらに南の端に位置するキャンプ地の断崖まで歩く。

岬の突端で、ふいに風が強まり、嵐のようになり、息子の傘が壊れる。私たち二人の他は誰もいない。海の向こうに見たかったモスケン島がぼんやりと浮かんでいる。

ここに思い入れがあるのは、この先に広がるロフォーテン諸島とモスケン島の間のモスクストローメンと呼ばれる海域が、昔から、世界でもっとも強い海流の生じる場所として知られてきたからである。最初にロフォーテン諸島行きの話が出た時に、どこかで聞いた覚えがあったものの、記憶が定かではなかった。しかし地名の響きに心が動いた。言われてみれば、何のことはない、エドガー・アラン・ポーの「メエルシュトロームに呑まれて」の舞台、また、ジュール・ヴェルヌの『海底二万哩』の最後、ネモ船長の潜水艦ノーチラスから主人公のアロナクス博士らが脱出するのが、ノーチラスが大渦巻きに巻き込まれる、この海域なのだ。そのことを、Aとの話で、Aの友人の話から、昨日、思い出させられた。あのポーの短編の大渦巻きが、満月の夜、そして新月の夜、ここで起こる。そもそもメエルシュトロームという言葉が、この海域の名前から生まれた。昨日、町のスーパーで買った一〇クローネの地図にも、Moskstraumen と海域名が記されていて、よく見ると、その脇に、ノルウェイ語、ドイツ語、英語で、「世界でもっとも強い海流」と付記があるのである。

今日は一日、海沿いを車で走り、夕刻、7時前にオーの断崖近くで遭った風雨でずぶ濡れになったまま、ロルブー小屋に帰還した。私は平気だが、息子はだいぶこたえた様子。快晴ならどんなに美しいか、というような怪異な光景が次から次へと現れてすぎる。しかし、すべて雨天のもと。これだけ海沿いの集落を通過しながら、港町、漁村、という感じがまったくしないのはどうしたわけか。村から村へ。フィヨルドからフィヨルドへ。どこか、やはり人の住む世界ではない、人外境の感が強い。

キャビンには、太い蠟燭をはじめ、テーブルに大小の蠟燭がおいてある。しかし、マッチもライターもない。今日、Aがスーパーでようやくライターを一個買ってきた。それで蠟燭をつけ、かたわらでこれを書く。太い蠟燭の蠟芯のまわりだけが、ほんの少し暗い。午後11時半。今日も同じ。曇天の海景色が窓ガラスの向こうに広がっている。

6月23日（**水曜**）
夏至。朝、8時過ぎに出て、七〇キロほどを走り、二日前に到着した空港のあるスヴォルバーに行き、インフォメーション・センターでトロルフィヨルド行きのクルーズの切符を購入する。ついでにオーの南の海域のメエルシュトロームについて訊くと、それはvisibleである、大渦巻きを見ることができる、との答え。いつ大渦巻きが起こるかは、モスケネスのインフォメーション・センターに聞けばわかる、と言われ、心が躍る。モスケネスは、昨日、立ち寄った場所。しかし、再度行くにはどう考えても遠すぎる。昨日、ずぶ濡れになり這々の体で南端のキャンプ地から車に戻ろうとしたとき、嵐のような風雨の中を、女性が一人、赤のアノラックの上下に身を包み、完全装備で、黙々と誰一人いない断崖に向かって歩いていった。ことによれば大渦巻きを見に行くのではないか、と一瞬、思ったが、そうだったのかもしれぬ。今日も雨模様。トロルフィヨルド行きのボートは10時出航。
ノルウェイではアルコール購入が面倒。ビールを買いに行き、ぎりぎりで間に合う。運転手は、こういうときにしか、アルコールをたしなめない。港を出ると、小さな船は、大いに揺れる。Aはすぐに横になる。乗客は、我々三人を含め、北欧のどこかの国のツアー客その他の人々からなる、総勢二十名ほど。

　周囲の不審の目を感じつつ、かすかに匂う美味なるノルウェイ産干魚をさかなに一人ありがたくビールをいただく。思わず笑いがこみあげてくる。船は海峡を遡行する形でフィヨルドの奥へと進み、さらに細い支流ともいうべきトロルフィヨルドに達する。そこまでくると、海なのに、もう波はない。両側すぐ手の届くところに岩壁が迫り、海面はあくまで静謐。どこから来たのか、カヌーでそこを行く人もいる。ヨットがゆっくり進む。滝の飛沫がかかってくる。皆、岩壁伝いに、そろそろと、海を行く。

　波の荒い外洋からここまでくると、フィヨルドというものが、どういうものであるか、よくわかる。海と続いているが、波がない。どこかで何かがぷつりと切断されている。別世界なのだ。かもめがすぐ手の先をいつまでも離れずに同じ距離で浮遊する。かもめは、飛行中、飛行機のように脚を指先まで丁寧にきれいに揃え、身体にぴったりとつけている。指先が僅かに震えている。鳴くときにはしっかりと嘴が四五度くらいに大きく開く。やがてかもめの群れにまじり、海鷲も降りてくる。


港に戻り、そこから昨日とは逆の島の北辺を走り、一つの半島の突端に位置するエグームへ。道路の先、初期の漁労集落跡地に入り込むと、奇跡のように青空となり、強烈な夏の陽光がふりそそぐ。海の色があっというまにエメラルド色になる。雨滴を含んだ芝生の草原がいっせいに輝く。車止めの先まで歩いていくと、湖になったフィヨルドが姿を現してくる。

荘厳。奇跡は三十分ほど持続し、また、曇天に戻り、空は雨模様となる。

　雨をついて、もう一度スヴォルバーに戻り、再度のおだやかな曇り空のもとで、海岸での夏至祭を見学する。どこからともなく、アルコール依存症がかったおじさんがふらりと現れ、巨大な灯油のタンクを抱え、廃材が山のように積まれた背後に回る。やがて、空気が揺らぎ、音がして、炎があがる。拍手喝采。おじさんは少し額のあたりをやけどしたよう。赤い顔をして廃材を動かす。これが、世界の観光客を集める夏至祭か、と半分あきれつつ、眺める。たぶん火への渇望がこの祭りの底にはあるだろう。それは貴重なものであり、また人々の心を深いところで融かすのだ。

　帰りの道々、ところどころから炎と煙が上がるのを見る。島をひたすら、宿泊地のスタムスンに向け走っていると、午後10時、突然、曇天の雲の切れ間から太陽が覗く。思ったよりも遥かに高い位置に、太陽は浮かんでいる。午後10時の空をかもめが群れをなして飛び、高速を出す幹線道路には羊の群れがはみ出している。動物たちは、体内時計を狂わせている。音はなし。狂動物たちを轢かないように注意しなければならぬ。気じみたものが、この北極圏の夏至の夜にはみちている。

6月24日（**木曜**）

朝、念のため、午前6時に起きると、快晴。すぐに準備し、午前7時にチェックアウトして、再度、南に向かう。曇天のロフォーテンも悪くないなどといっていたが、快晴のもとでのこの島の美しさはまた格別である。運転手は視界の端々に美しい風光を感じとる。風景というものはしかと目には見えなくとも、十分に感じられるものであることを実感する。

レイネまで、快晴続き。突端の公園でガソリンを入れたところで、とうとう出来心でモスケネスまで脚を伸ばし、件のインフォメーション・センターまで行くことにする。行ってみると、先日休んだカフェの隣が、めざすインフォメーション・センターであった。カウンターの若い大柄な女性は、メエルシュトロームを見にきたというと、快活に笑う。どこか小学校の若い理科の先生ふう。そして、この海域のメエルシュトロームは、目で見てそれとわかる大渦巻きのかたちはしていないのね、と続ける。大渦巻きなら、ボードーの沖に生まれる。ポーは、想像力で書いた人で海洋学者ではない。伝説は昔からあった。私は山の山頂から一度だけその現象を見たことがあるけれど、見渡す限り一帯がエメラルド色に変わり、白濁し、海面が泡立ち、それはそれは素晴らしい眺めでした。この先は世界で一番強い海流が流れていて、そこにプランクトンが発生するので好漁場として昔から名高く、しかも危険きわまりない水域だった。水夫の間にいろんな言い伝えがあります。フィッシャーマンに話を聞きなさい。みんないろんな経験をしている。喜んでいろんな話をしてくれますよ。ありがとう。にっこり笑い、返事はするが、むろんそんな時間はない。この海域の地図だけを買い求め、そこから一路、スヴォルバーへと取って返す。

一三〇キロを走り、空港で車を返し、何とか間に合い、飛行機に乗る。スヴォルバーからボードーへのプロペラ機は、快晴の中、海峡を渡る。雲一つなし。光り輝く海面と島の向こう、北極圏の彼方の山々が地平線をなし、眼下に海と奇岩の光景がまばゆく広がる。ここにあの大渦巻きが起こったらどう見えるだろう、と一瞬夢想する。ついで、ボードーからオスロへ。オスロで飛行機が高度を下げると、懐かしい深い色の緑が眼下に広がってくる。ここまで来ると、北欧も、もう人間世界である。

オスロのホテルは、宿泊客のための、軽い夕食と飲食のサロンをペントハウス的な最上階に隠しもっている。驚いたことに朝食のほか、明記されていない夕食のサーヴィスがついている。宿泊客が三々五々、そこでくつろぐ。午後8時30分、客が数名となったところで、お許しを得、そこの大型テレビを独占するかたちで、息子とAと三人、日本・デンマーク戦を観戦する。ゴールのたびにウォーと叫び、他の客に驚かれ、笑われる。日本快勝。試合終了のころには、もう酩酊した私たちのほか、誰もいない。

6月25日（金曜）

午前中、三人別々の行動となり、私は一人でフェリーに乗り、博物館の集まるビグドゥイ地区へ。Aと息子は別々に街を散策。まず、アムンゼンの北極、南極旅行にまつわるフラム号を格納するフラム号博物館に行くが、そこでつかまり、二時間を過ごす。ナンセン、アムンゼンという冒険家たちの人柄を知り、ノルウェイという国のヒューマニズムの根源にふれる。ナンセンは北極の航路を探索しようと、学生時代に身体を鍛え、氷原に閉じ込められての漂流行をめざし、特異な探検船フラム号を準備する。北極探検の後は、外交官になり、さまざまな地で難民救済に動いた。その後、オットー・スヴェルドルップがフラム号を使い、グリーンランド西方の地を発見し、ノルウェイの領有を国に進言するが、ノルウェイ政府は、これを退ける。その地は後、カナダ領となる。これに続き、同じフラム号を使い、アムンゼンが、南極を制覇する。彼は、飛行船ノルゲ号での北極点通過なども達成するが、後に、他の探検隊の救援中に行方不明となり、死亡する。

一九〇五年、ノルウェイはスウェーデンから独立を試みる。その際、交渉代表にフリチョフ・ナンセンを選出する。これに対し、スウェーデンは、やはり探検家であるスヴェン・ヘディンを選び出してくる。

北欧とはどういう国々か。国の代表が探検家。人外の地を肌で感じるかの地の子供たちは、学び舎でこういう人々を偉人として教えられ、育つのである。

ノルウェイの探検家たちの特色の一つは、氷の国の住人であるイヌイットの人々の智慧から多くを学んだことだろう。それはアムンゼンとイギリス人の探検家スコットの比較からもよく見えてくる。フラム号博物館では、イヌイットの人々の紹介にも多くのスペースが割かれている。百年後ようやく刊行なったというアムンゼンの南極行の際に書かれた分厚い日記、また、フラム号で使用していたものを復元したというホーロー引きのカップと小皿を購入。フェリーで再び市中に戻り、Aと国立美術館内のカフェで落ち合い、エスプレッソを飲む。息子もそこに合流。再び館内に散って、それぞれてんでにノルウェイの画家の絵を見る。

私にとっての白眉は、やはりムンク。ロフォーテンの自然を見てきた目に、ノルウェイの画家たちの作品が、また違ったように見えてくる。ゴーギャン、ゴッホ、セザンヌの絵のもつ世界性と、ノルウェイの好ましい画家たちの作品に刻印されたローカル性と、両者を分かつものは何なのだろう。その中にあって、もっとも北欧らしいとすらいえるムンクの作品にのみ、ゴッホ、セザンヌに匹敵する世界性が感じられるのは、なぜなのか。昔は、この手の国立美術館に来ると、ローカルなその国の美術家の作品には関心がなく、そこを素通りして、目当てのセザンヌ、ゴッホ、あるいはフェルメール、ブリューゲルなどを見るのに時間を割いた。その国の美術家の作品の絵は、くすんで見えた。けれども、特に今回の滞在以後、コペンハーゲン、ブダペスト、アイルランドと見てきて、自分の目が徐々に、このローカルな画家たち、ナショナルな画家たちの作品に向かうようになっているのを感じる。

このオスロの国立美術館でも、ロフォーテンを見てきた目に、彼らの作品は興趣尽きない。と同時に、そこにあるゴッホ、セザンヌ、グレコと彼らの絵は、はっきりともう、カテゴリーが違う。両者を隔てるものは、何だろう。そこでムンクにだけ劃然とある世界性とは、何によって可能となったものなのか。そんなことを、疲弊した頭で、いろいろと考えている。

午後、オスロからストックホルムへ。

ストックホルムのホテルは、港に面しており、旧市街に接する。オスロでは、夜、暗くなったが、ここストックホルムは、いま、午前2時でも、夕暮れのままである。オスロで見たムンクの絵が、ロフォーテン諸島で経験した全くの白夜の狂気じみた感じと、私の中でぴったりと重なってくる。あ、これは白夜だ、と思ったら、その絵のタイトルが、ノルウェイ語で記されていて、その英訳名がThe White Nightであった。絵は白くない。青い。人外の地の狂気が、ムンクの絵の中に色濃く封じ込められている。

ストックホルムは、西洋風の瀟洒な都市の感じ。シーフードのレストランが沢山ある。12時過ぎまで続く夕焼けの中、青空もかいま見える旧市街、ガムラスタン地区を、A、息子、私、三人で歩く。

6月26日（土曜）

午前中から、息子は別行動。Aと再び、ガムラスタン街に行き、私は、ノーベル博物館を覗く。Aは関心がないと、前の広場のベンチで休んでいる。館内を一巡りし、カミュ、ヘミングウェイ、ベケットの顔写真を見て、そこから裏手に回り、フィンランド教会の小さな庭にいると、突然の驟雨。それが土砂降りめいたものとなり、長く続く。歩行者たちは、みな軒下のようなところに雨宿りしている。しかし雨はやまない。小やみになったところを、海岸の道沿いに国立美術館まで歩くが、この日は何とミッドサマーホリディで、閉館。夏至祭とでもいうのだろうか。これがこの国の人々の休日なのだ。行く予定のなかった現代美術館が開いていると教えられ、そちらに行くが、このストックホルムの現代美術館が、何とも予想を超えて、意欲的な、すぐれた美術館であった。

アメリカの現代美術家エド・ルシャの回顧展が特別展としてあったが、この未知のアーティストの仕事にも、強い印象を受ける。ほかにも、マルセル・デュシャンの巨大なガラスのインスタレーション、ソ連時代のロシアのアート作品や、ビデオ作品など、思わず釘付けになる作品が少なくなく、現代の芸術と近代の芸術の世界性、ローカル性に関する違いについて、ここでもいろいろと、考えさせられる。現代芸術には、近代芸術にあったローカル性、世界性という差異線は存在しないようだ。このことは、何を語っているのか。北欧で見る現代美術は、刺激的であり、喚起的である。

美術館を出ると、一転して真夏のような日射し。その下をホテルまでとって返し、荷物を受け取り、一路、タクシーで空港へ。現代美術館と市庁舎を見た後、一足先に空港に着いていた息子と合流し、午後7時、離陸。コペンハーゲンに夕方の8時、帰着する。

6月27日（日曜）

息子と三人でワイン、チェリー、それに近所の店のスモーブローなどをもって、フレデリクスベアの公園にピクニックに行く。相変わらず鳥がのんびりと芝生で休んでいる。日光浴する人々も多い。そこで簡単な午餐。昼過ぎ、バスで今度は市庁舎近くまで行き、下車。そこからストロイエを通って、郵便通信博物館屋上のテラス・レストランへと昇り、飲食。息子はコペンハーゲンに来てから、プラタナスか何かの花粉で完全なアレルギー状態に陥っている。立て続けにくしゃみをし、目が赤い。運河クルーズで海に逃れると、それがだいぶ軽快する。

運河から見るコペンハーゲンの街は広々としていて、ダイナミック。さまざまな暮らしの断面を浮かび上がらせ、地上から見るのとは一転して、生活感をもち、魅力に溢れている。海に向いたベランダで家族が談論しているかと思うと、ボートの上で語らっている人々も多い。運河に面した芝生の一帯では、五名ほどの女性たちが半裸で寝そべっている。Aもさすがに、いいね、と呟く。

港にあがった後、船から見えた、サッカー観戦の船上カフェに入り、ドイツ・イングランド戦を、両国の人間が入り乱れる甲板上のカウンターで観戦。ドイツがゴールすると、ドイツ人が歓喜の声を上げ、イングランドが攻勢を見せるとイギリス人が雄叫びを上げる。その後、チボリ公園を初の見学。Aは乗り物が一切ダメ、息子は高所恐怖症というので、三人で、三歳以上なら大丈夫、という最下位ランクのアトラクション、ビッグ・クロックに乗る。何のことはない、時計のまわりを針が回るように、四人乗りの小さな箱が、地上五メートルくらいまでの直径で、ごとりごとりと回るだけ。せいぜい、三分くらいか。大人同士で乗っているのはわれわれのみ。その数周だけでも、Aは「あ、気持ち悪い」と鉄枠にしがみついて、動かない。

三分後、無事、大時計は止まり、三人して公園内のイタリア・レストランで夕食を食べる。

バスで帰宅後、日本の仕事のために読む本の最後の一冊にとりかかる。

6月28日（**月曜**）

早朝、息子はアムステルダムへ。そこを経由して、夜の飛行機で日本に帰る予定。空港から帰宅すると、水道が故障したらしく、突然の断水となるが、管理人に尋ねると、水道工事とのこと。考えてみると、旅から帰った部屋に一枚、デンマーク語の通知らしい紙片がはさんであった。それが、断水の通知だったわけだ。英語とデンマーク語の辞書を使い、読んでみる。言葉がまったくわからないとは、恐ろしいことである。助けてくれ、と言われても、こちらは何のことかわからない。笑って聞き流すことだって、ありうる。その逆もしかり。

二、三時間で修復すると言われ、Aと魚屋へ。今日は新鮮なものが多く仕入れられている。幸福感がみちる。夕刻、建築家のNさんが、スタジオのスタッフであるOさんと二人でいらっしゃる予定。数年前、Nさんの設計で小さな山小屋を建ててもらったが、そのときの担当がOさんで、このお二人が今夜のゲストなのである。

二時間ほどして、洗面所の水道は回復するが、台所は不通のまま。Aが再度、管理人に苦情を訴えにいくと、管理人から状況の問い合わせを受けた同じ水道管を使う二階の隣人が、スパナをもって裸足のまま五階まで昇ってくる。笑顔を浮かべ、入っていいですか、と裸足のままつかつかと台所に行き、蛇口を調べ、何度か自室と行き来し、問題を解決してくれる。工事終了後、工事で汚れた水が蛇口を通った。その際、蛇口部分をカルキで詰まらせたらしい。近くの工具店に行って洗浄液を買い求め、一時間、蛇口を洗浄液に浸けて、問題を解決する。この間、三時間。

Nさんから電話があり、他の用件ができたため、来訪はキャンセル。代わりに明日、コペンハーゲン郊外の民家園にご一緒することとなる。Aと簡単な食事。久しぶりの白米の食事をいただく。夜、仕事。

6月29日（**火曜**）

早朝起きて、仕事。午前11時、中央駅で待ち合わせ、Nさん、Oさんとコペンハーゲン近郊の民家園を訪れる。民家園は広大。Nさんは十二年前にもここを訪れているらしく、そのとき購入したガイド本をもう一冊買いたいと言って、施設のスタッフに驚かれる。そんなに前に来たんですか。このガイドはもうないんです。

午後、四人で日本・パラグアイ戦を観戦しながら、昨日魚屋で買ってきたムール貝、サバの燻製その他による簡単な昼餐を楽しむ。日本、延長戦後の、PK戦で、惜しくも敗退。この後、当地の建築家のお宅に向かわれるお二人と別れ、ソファで酩酊の続き。日本敗退の打撃が徐々に身体に沁みてくる。夜、ようやく昏迷から回復。このノートを開く。明日で六月が終わる。この一ヶ月のあわただしい旅行の日々が、あのスリ盗難の日からはじまったのであったこと、そして旅のまにまに、サッカーのワールドカップ、日本の仕事と併走する日々であったことを確認して、眠る。

6月30日（**水曜**）

日本の仕事であるK社ノンフィクション賞の選考のための全作品を読み終わり、その評価と感想を記す。こういう地球の裏側で、日本のノンフィクションの作品を読むことには、さまざまな要因が関係してくる。日本語で仕事することがこの国の言語を解さない、従って、日々の新聞すら読めない私にとっての救いでもあるという側面もある。日本の社会とジャーナリズムの狭さが見えてくると同時に、どこでも人間は、深く生きようとすれば、その狭さをも受け入れなければならないのだ、ということも見えてくる。日本の外にいれば、日本社会の狭さがわかる、というような簡単なものではない。そういうことが、日本の中にいても、日本の外にいても、共通の認識となること。それが大事だと、いまのところ、思う。

7月1日（**木曜**）

コペンハーゲン大学の春学期終了のパーティに顔を出す。秘書のSさんから警察の盗難届を受け取る。スリ騒ぎでお世話になったお礼を言う。久しぶりにPも来ている。Aから言付かった日本からの焼酎を渡す。

7月2日（**金曜**）

亡母の誕生日。死んだ人の誕生日には、前夜飲み残したままグラスに残っている朝のワインを思わせるものがある。もう飲めない。でも、できたら、その濁った液体に朝摘んできた可憐な小さな花を、生けておきたい。心のどこかで砂糖菓子の薄い氷河が崩れ、一瞬の間、花が匂う。母の死んだ日には感慨はないが、誕生日には、いくつかの感情が、ちぎれ雲のように従っている。

この間、終えられなかった若い人との約束を果たすため、一日かけて、仕事をする。一つは昨年、大学で教えた北京大学の学生Xの卒論の最後のチェック、もうひとつは別の大学の学生Y君がゼミで行った私へのインタビュー原稿の見直し。ともに数十頁に及ぶもの。Xの卒論は北京大学とのダブル・ディグリーの提出論文で、平成期の天皇制を論じたもの。Xは、中国で日本の天皇制について色々と学んでから、日本に来てみたら、同級生の日本人学生が、まったくといってよいほど天皇制と天皇に関心をもっていないことにショックを受けた。これはいったいどういうことだろうと思い、卒論の指導教員になってほしい、と言ってきた。中国からの学生の指導は、これがはじめてではないが、きわめて優秀な学生が、多い。単に優等生というのではない。想像力と深い配慮に富む。そのことに心底驚かされることが何度かあった。英語もきわめて水準が高い。しかも謙虚。そうでない野心的な学生も、いることはいるが、そうでない学生が少なくない。日本と中国の差は、優等生の層の違いなのではないだろうか。日本人の優等生には、つまらない学生が多すぎる。逆に日本では、(自分にも跳ね返ってくることだが)概して面白い学生は、勉強をしない。Xは米国の大学院に進む。来週、卒業。私の指導が遅く、北京で、悲鳴をあげているはずである。

もうひとつの、Y君の私へのインタビュー原稿も、半日かけて、直す。いずれにしても、英語の仕事、日本語の仕事が、私を支えている。デンマークという言葉のまったくわからない国で生活していることの心的影響が、確実に私とAを襲ってきている。言葉のない世界は人を不安にする。私はまだいい。Aは、ときどき、私は何でこんなところにいるのかなあ、と窓に向かって言う。その向こうには、平べったい世界が風景画のように広がっている。

7月3日(土曜)

旅の計画は、欲張りすぎたかもしれない。今月のパスク行き、来月、娘を迎えて行うノルウェイとフランス・アルザス地方への旅行が残っているが、六月の旅はスリ事件の余燼で、心労が多かった。その疲れがとれないまま、明後日、またフランスへと旅立たなければならない。

コペンハーゲンから南フランスのボルドーまで飛び、そこでレンタカーを借り、スペイン国境近くのバイヨンヌから山間に入り、サン・ジャン・ピエ・ド・ポーというフランスのバスク地方の巡礼の起点の町に行く。中世以来のスペイン北西部に位置するサンチャゴ・デ・コンポステーラにある聖ヤコブの聖骸に向けての巡礼の道と、大きく言うと、重なるルートでもある。でもむろん、サンチャゴ・デ・コンポステーラまでは行かない。五日かけて、ビルバオまで車で山の道、海の道を縫って走り、その後、バルセロナに二泊して帰ってくる。

Aが十年くらい前に、新聞の日曜版で、南仏からスペインに逃れる寸前に捕らえられ、服毒自殺したヴァルター・ベンヤミンをめぐる紀行記事を読み、以来、ピレネーを越えて、バスクを旅したいと考えるようになった。それが今回のバスク行のきっかけである。昔、地中海沿岸のペルピニャンから車でスペインに入った。ポル・ボウの近くも通った。ベンヤミンは、マルセイユから地中海に近い地点でピレネーを越えて、その地で死んだのだが、今回のわれわれの旅は、大西洋の近くから山岳地帯に入ってスペインへと越える。コペンハーゲンとパリで購入した英語とフランス語のガイドブックを頼りに、この道の先人である友人のFさんの夫人Kさんから事前に懇切な情報提供と助言をいただいての旅である。でも、もう怠惰に行くことにしたい。思いきり、中身の薄い、目的もない、身体を休める旅をするのだ。そう言うと、Aは、疑わしげな表情を浮かべる。これから、バス＝ナヴァール、ピレネーの山中と、ビスケー湾沿いの海辺の道を、五日間車で行こうとする運転手の言うことではないかもしれないが、何とか、それで行きたいと、思う。

7月6日（**火曜**）

昨夜、夕刻、シンバー・エアでコペンハーゲンからフランスのボルドーへ来た。二時間とちょっとの飛行で午後9時過ぎに到着。フランスはこのたびも解放感と蠱惑にみちている。空港の近くのホテルに投宿。一夜明け、朝のレストランのカフェテラスに出てみると、さすがにホテルの庭も花の香りに満ち、外で摂る朝食が気持ちよい。9時過ぎにホテルのシャトルバスで空港へ行き、レンタカーを借り、そこから、一路高速道路E5でバイヨンヌへと向かう。久しぶりのフランスの高速は快適。二時間ほど走り、バイヨンヌで降りる。インターネット通信のためのSIMカードを購入しようとして、一時間をロスしたのは、不気味な序章。

以後、気を取り直し、海辺に沿った国道D911に入り、瀟洒きわまりないビアリッツの街並みを通過、ビダール、サン・ジャン・ド・リュスへとたどるが、その地でのお目当てのレストランは、火曜日で、休業している。向かいの店で、魚、貝、野菜のグリルを取るが、味はいまひとつ。例によって細部までチェックしないのが、この「旅行代理店」のユルいところである。さらに、広場脇の駐車場でまたもや駐車違反カードを切られる。英語のガイドブックの道順に従い、のどかな山道を選び、サン・ジャン・ピエ・ド・ポーをめざす。

野辺の道をしばらく行き、国道に戻った後、途中で橋を渡って右に曲がり、ビダライユという村による。丘の上に登ると、十二世紀創建になる古い教会がひっそりと建っており、その傍らに巡礼者向けの宿所が何ともいえない穏やかな風情で佇んでいる。エスプレッソとマンタロー（ミント水）を注文すると、本格的なマンタローが出てくる。二ユーロ三〇サンチーム。日本円に直して二五八円。パリのカフェは、EUになり、ユーロで勘定をするようになって完全に「金」に負けたというのが私のみならず誰もが感じるところだろうが、ここにはパリと無縁のフランスがある（フランスではない、バスクなのだが）。

コーヒーと手作りの清涼飲料水で、三〇〇円足らず。コペンハーゲンの人間に見せてやりたいと、この請求メモを取っておく（後にフランス語のガイドブック『ルタール』を見たら、この一軒家の旅籠は、この地有数の巡礼客向けの古い旅籠だった。安い部屋はトイレ共用だが、何という奥床しさ〔Quelle charme!〕、とある。事実、お借りした食堂奥のトイレの手洗いの水が、ノブを押し、井戸から汲み上げるはじめて見るスタイルのものだった）。

年老いた一見無愛想なマダムが、またなかなかの人物であった（私が支払おうとすると、仕事をしていてなかなか振り向いてくれない。脇にいた女性が、ママンと呼んだら、振り返り、明細を渡してくれた）。カフェテラスで休んでいると、巡礼客が次から次へと山の向こうからやってくる。皆結構な年頃。杖代わりにスキーに使うようなストックをもっている。

夕刻、サン・ジャン・ピエ・ド・ポー到着。ホテルは、この町でもっとも定評あるところらしい。町役場の隣り、旧市街への城門前に建つ。ニーブ河畔でもっとも風情があるといわれている評判通りの美しい川沿いの散歩道が近くにある。夜、このホテルでディナー。私は前菜だけ。Aもメインディッシュ一品のみ。私の見聞の範囲でなかなかない、洗練された味だが、しかし、量がやはり多目。二人で分ける。年を取ったせいかわからないが、料理は、フランス料理を含め、日本のものが平均的にはもっとも洗練されているのではないかと、思う。だんだん、外国でおいしいものを食べようと思うのが間違いだよ、という気になってきたが、それでも、おいしいものに出会うと感激する。

夜、旧市街に入り、教会でのバスクの合唱団の歌唱会に行きあたる。奇妙に、懐かしい感じ。「青い山脈」という歌を思いだした。山間に入ってからは、表記はどこも、二言語併記。そのせいかどうかわからないが、人々の様子も町の感じも、どこかアイルランドとかの国の人と、似ている。

7月7日（水曜）

朝、散歩。旧市街の巡礼宿の戸口に飾られた花が綺麗で写真に撮っていると、旅籠の二階の窓が開く。挨拶をすると、こちらに来いという。中を見せてくれる。ここには朝鮮人の巡礼が来て泊まった。日本人もたまに来る。どこに泊まっているのか、と聞かれ、小声でピレネー、とこの町随一のホテルの名をあげると、おばあさんはオーと声を上げ、私も一度、あそこのレストランで食べたことがある、という。よく手入れされた内庭の写真を撮らせてもらい、辞去。

ホテルをチェックアウト。出発して三十分、最初のルートD933を逆走していることに気づく。とって返し、D19をイラチ高原を越え、ラローへ。今日の行路は、英語のガイドブックをもとに用意した、バスク奥地のラローまで入り、そこから、冬は閉ざされるという道でピレネーを越え、スペインのサンチャゴ巡礼の聖地の一つオチャガビアへと抜けるという順路なのである。

バスク奥地、ピレネー山嶺を走る道は、ガードレールがない。不注意に運転していたら、そのままずるずると誰一人いない谷へと落ちていきそうである。Aはしきりに、対向車はないのだから、真ん中を走れ、と言う。シズの谷で、一休みし、さらに山を越えるが、途中、二十頭ほどの牛の群れに囲まれ、動けなくなる。クラクションを鳴らしても、牛は涎を垂らしたまま動かず。近くから見ると、背丈は車より高い。パンプローナの牛追いの映像が一瞬よぎる。無理に車を進めて、怒らせてはとか、興奮させて道ばたの牛を谷に落とすわけにもいかないしなどと、困り果てていると、若いフランス人の男女の車が来て、面白がって写真を撮る。中の一人が、声を上げて牛の中に入っていくと、ようやく牛が動く。何とか車を進め、イヤー、驚いたねー、みんな写真を撮ってたねー、というと、カメラを手にしていたAは、写真とらなかった、と困惑している。ただおろおろとしていたらしい。

ラローを経て、一五〇〇メートル級の山道を進むと、山稜に四角い迷彩色を施した四角い箱が並んでいる。きっとあれが国境のラインなのだとAは言うが、私は「そうか」と冷淡。国境箱など、聞いたことがない。しかし後に、Aの言う通りであることを知る。国境には、ここからナヴァーラというスペイン側の表示はあるが、ここからフランスという表示はない。両国間の力関係を示すものか、それとも、ナヴァーラというバスク的な自意識がそうさせているのか。

スペインにはいる。道路は意外にもスペインの方がなだらか。手が入り、整備してある。スペインの巡礼路の起点の一つであるオチャガビアは、シエスタのまっただなか。真夏の日差しの中、村全体が眠っている。教会に岩ツバメが群れている。村の住人は見あたらず。通りに散見するのは、二、三組の旅行者のみ。なにしろ、ツーリスト・オフィスを覗いても、2時から4時半まではシエスタで休みなのだ。カフェソロ（スペイン版エスプレッソ）とカフェ・コン・レチェ（同カフェオレ）を村で唯一開いている酒飲み老人たちのたむろするバールで飲み、そこからNA140を通り、宿泊地のオーリッツへ。ここはサン・ジャン・ピエ・ド・ポーからの巡礼路で、少し先まで行くと、サン・ジャン・ピエ・ド・ポーから峠を越えてくる巡礼客たちの宿所として名高いオレアーガがある。

道は一直線で両側に立派な並木が続く。「サンチャゴ・デ・コンポステーラまで790キロ」という道路標識がある。車ではなく、歩行の巡礼客向けのサンチャゴ巡礼の道の案内なのだろう。何しろ、ここから七九〇キロ先。そんな遠方を知らせる車用の道路標識があるわけがない。オーリッツは道沿いの家がほとんど巡礼客用の旅籠、あるいはホテル。夜、ホテルのサロンでスペイン人宿泊客とスペイン・ドイツのワールドカップ準決勝戦を観戦する。意外とおだやか。しかし、強敵ドイツを破り、スペインが快勝すると、スペイン人客、立ち上がって、喜ぶ。

7月8日（**木曜**）

今日から、ガイドブックによる道順を放棄し、もう怠惰路線で行くことにする。素直に国道沿いにオーリッツからパンプローナをかすめてそのままサン・セバスチャンへ、というルートを選ぶが、途中、N135から内陸のパンプローナのバイパスを抜けて海へと北上する国道N121に入ろうとして、大いに迷う。赤い国道の標識が途中でふっと消えるのだ。どこでバイパスを抜けるのかわからず。何度もラウンドアバウトでUターンし、仕方なく、来た道をズビリまで引き返し、間道から山道を抜ける道で、めざす国道N121に入る。そしてああ、そうかと、そのわけに思いあたる。道路標識にフランシアという都市名が他に並び、しきりと出てきた。どこにあるかと地図の索引で調べるが載っていない。フランシア、イルンともに、地図に見あたらず。と思っていたら、フランシアとは、フランスのことではないか。国名が他と同様の標記で出てくるので、それがフランスだと思わず、フランシアことフランスが、頭から抜けていた！　無知とは何と恐ろしいことか。それにしても、そういうことも忘失したまま、スペインの道路を走っている自分が、恐ろしい。

これ以上、道に迷うわけにいかないと、国道からそのまま高速を経由して、奇跡的に瀟洒なリゾートの都市サン・セバスチャンの街を抜け、そのままめざすホテルへ。午後3時前後に着いた後、5時すぎに町に出る。旧市街は思いのほか、さびれている。歩いていると、茫洋としてくる。足首が痛む。私はいったいなにをしているのか。そんなことを思い、Aを見ると、Aも浮かないくらい顔つきをしている。

『アンナ・カレーニナ』が言うように、不如意は人生の色合いを微細にし、豊かにし、暗くする。旧市街を出たところにあるリベルタード大通りはさまざまな人々が長い夕暮れを過ごす場所。アイスクリームをなめ、そこのベンチで二人、一時間ほど通りを見ている。そこからコンチャ海岸脇の公園に場所を移し、また、一時間ほど海を見ている。レストランはすべて、8時半にならないと開かない。帰ろうか。また出直そうか。迷ったあげく、中途半端な時刻のバールに入り、いくつか小皿料理をもらい、私はビールを、Aはシードルを頼む。高いところから注ぐのはバスク式。鰯のフリットがおいしい。いいね、と、お代わりをしようとするが、あっというまに売り切れ。もうない。

いったい何をしているのだろう、は心の声である。旅行の日々が多くなり、いろいろと不如意が重なる。言葉が通じない。観光でここに来ているわけでもない。ポール・ボウルズの作品『シェルタリング・スカイ』は、こういう根無し草の旅の日々の疲れを描いた秀作だった、と思う。言葉がわからないということが、酢のように皮膚を荒らす。するとその内側もしっかりと荒蕪の感に染まる。例外はない。ここに来るまで、何と多くの徒歩の巡礼者たちに出会ったことか。この人たちは、何をしているのか。そう思いつつ若い人、年老いた人、彼らの背中を追うが、巡礼の道は、小暗い森の中を抜け、日照りの野辺の道へとつながりつつ、いたるところで車が一〇〇キロ前後で走る国道と交錯しながら、出会い、手を振り、また遠く離れていく。

一方、このサン・セバスチャンでは何もかも、色彩も味覚も破格。マクドナルドの前では若者たちが階段を占拠し、路上にプレートとコップを並べて食べている。緑なす広場を行きかう人たちは、ほぼ誰もがおかしな顔をしているし、おかしな身なりをしているし、おかしなしゃべり方をしている。変人というなら、ここでは誰もが変人である。一人酔っぱらった女性がわれわれに声をかけようと近づいてきては、やっぱりやめるか、と首をふって戻っていく。そんなことがもう何遍も続いている。しかしそのことから醸される心の動揺が心地よい。これと対照的なコペンハーゲンの様子を思い浮かべていると、キリスト教の旧教と新教の闘いというのは、ヨーロッパの南と北の対立だったのではないか、という考えが頭に浮かんでくる。

以前、パリにいてハンナ・アレントを読んでいると き、西欧と東欧が、これまで思っていたように Western Europe と Eastern Europe という純粋に地理上あるいは地政学上の概念なのではなくてOccidental EuropeとOriental Europeという文化的、社会的な概念であることを知らされて、驚いた。後者の一対は、西洋的なヨーロッパと東洋的なヨーロッパという意味である。アレントは、西欧出身のユダヤ人と東欧出身のユダヤ人の差別が当初、存在し、やがて、両者もろともナチスの収容所に連行されることになる推移を記録している。

しかし、もうひとつ、ヨーロッパには北と南という対立があって、それが新教と旧教、イタリア・ルネサンスとネーデルラントを中心とするルネサンス、あるいはベネチアの繁栄とハンザ同盟などを媒介にした北方都市の勃興との関係などを動態として、中世を終わらせる力となっている。中世の世界体制を壊しているのはこの北と南の分裂と抗争という「動態」ではないか。ざっと概観するとそんな考えが、サン・セバスチャンの夕暮れとともに、私の脳裏にやってくる。

と同時に、私のブリューゲルが、その北方都市の雄アントワープで画家となり、落日のスペインの圧政に立ち上がった北ネーデルラントの抵抗と絶望のなかに修業期を送った画家であったことに思いあたる。ネーデルラント？　ネーデルラント北部はいまならオランダだ。そしてブリューゲルの友人の多く、またゲーテに悼まれ、ベートーヴェンの曲にも取り上げられたネーデルラントの英雄エグモント伯を、理不尽な支配の果て、斬首刑に処しているのがスペインなのだ。おお、お前はどっちだ？　ワールドカップの決勝では、スペインを応援するのか、オランダを応援するのか？　しかし、このおかしな人々を見ていると、私はどうしても、スペインを応援したくなる。許せ、ブリューゲル。そう思い、スペインへの思いを冷ますべく、スペイン人でもオランダ人でもない、シノワ、チーノと呼ばれる日本人である私は、もう一時間、そこにとどまっている。

7月9日（**金曜**）

サン・セバスチャンから海沿いにバスクの寒村ヘタリア、スマイアを経由して山の道に入る。静かな川沿いの町アスペイシアで休み、ロヨラの生まれた城へ行くが、その城が今もって土地の人に手厚く守られ、周辺の人々を集めて光り輝くようであることに強い印象を受ける。ロヨラは一四九一年に生まれている。本来、彼の生まれた城は教会ではないのだろうが、いまは聖イグナチオ・デ・ロヨラを祭る教会である。お母さんの膝もとで、幼い子供三人が一心にお祈りをあげている。その声が胸を打つ。

ロヨラはこの城に生まれた末っ子で、騎士として叔父の従者となりパンプローナの戦いで脚を損ない、療養中にキリストの事蹟を読んで、聖職者への道をめざす。パリ大学に留学、六年間、人文学を修め、そこで十五歳年下のフランシスコ・ザビエルらとほとんど戦闘集団の戒律をもつイエズス会を作る。「死体のごとく従順なれ」。これがロヨラの戒律である。ほぼ同時期に、北では中産層の鉱夫の家に生まれたマルティン・ルターが宗教改革運動を始めている。その背後に、北のブルジョワジーの勃興があるだろう。その中心の一つがハンザ同盟で、その貿易の産品の一つが、あのロフォーテン諸島のタラなのだ。ここバスクのサン・セバスチャンを歩いていたら、昨日、バカラオという名高いタラ料理の名を冠するレストランを見かけた。ロフォーテンで私が食べた料理、スヴォルバーで私たちが入ったレストランと、同じ名の料理、同じ名のレストランである。

そこからアスコイシアを通り、高速に乗り、パンプローナの方にしばらく行った地点から、国道N120に入る。日本の友人Fさんの夫人Kさん推奨の場所。ウルバサ台地の頂き近く、ミラドール・デル・プエルト・デ・リザラガという高台がある。写真で見ると、彼方に屏風のような絶壁を見渡す断崖の地。そこで反フランコ軍、またバスク独立運動の闘士たちが(断崖絶壁からつき落とされてなのだろうか)、何人も処刑された。その数ざっと三百名。峠を昇っていくと霧が徐々に濃くなる。車はもう通らない。写真で見ていた「桃源郷」のような光景が広がっているだろう場所に、一本高い十字架の立つ場所があり、断崖に出っ張ったテラスがある。車を停め、Aがそこに向かうと、すぐ下から大きな鷲が飛び立つ。音はない。霧。断崖の向こうは見えず。しばらくそこを動かない。立っている。

短いトンネルを過ぎると、道はなだらかな下り坂になる。みるみる霧が晴れる。もう一度戻るが、トンネルのところまで来るとまたもや濃霧。あきらめて引き返し、峠を下り、4時過ぎに、山間の古い町エステージャに着く。

小さな町だが、緑の広がる公園の奥に、エガ河が流れ、その河畔に人々が集っている。女の子が釣りのまねごとをしている。犬が川の中に入ろうか迷っている。スペインのレストランはどこも夕刻8時半から開く。それまでの時間を、ワインと山盛りのオリーブで川縁のテーブルに寄りかかり、過ごす。三ユーロ。夢のような場所での、夢のような時間。

7月10日（土曜）

朝、早くエステージャを出て、ホテルの前のN132をそのままヴィットリオに向かう。街の一部、フロリダ公園をめざすが、行き着けず。代わりに停車した別の公園から、高速を経由し、A622の国道に入り、塩田跡を見る。さらにエスペーホからはA625を北上、途中、ブルゴス州に入り、バスク山間地の怪異な地形に穿たれた最大の滝を二つ、見る。途中、小村のバールに入ると、見たこともない奇怪なものが皿に入っている。こういうものを見ると食べたくなるのが私という人間で、どう食べるのか、仔細に尋ねると、仕草で教えてくれる。どうも、フジツボ科の貝らしい。見た目は超小型の豚足といったところか。その根本を折ると中身が出る。シン・アルコール（アルコール分抜き）のサン・ミゲルで、食する。美味。これは何という食べ物か、と問い、答え、percebesの名前を紙に書いてもらい、辞去。A2521から再び高速に入り、一時間あまりを一四〇キロほどで走り、ビルバオのホテルに着く。

予約していたのはグッゲンハイム美術館の真ん前に建つホテルだったが、急病人が出たというホテル側の本当かどうか不明の説明を受け、別のホテルに変わる。結果的にはこれは、よくなかった。昔シェラトンを名乗ったがいまは違うホテル。レセプションは怠惰。公園近くのカフェで軽食を食べ、部屋で時間を過ごし、寝る。

7月11日（日曜）

朝、ビルバオ駅にレンタカーを返しに行く。行ってみるとめざす駅裏の地区はスラム街の様相を呈していて、一方通行の狭い街路が入り組んでいる。あっというまに、道を見失う。道を聞くが英語はほとんど通じず。スペイン語で、わかりません、を連発するが、むだ《ナーダ》。レンタカー返却のパーキングになかなかたどり着けない。返却時刻を過ぎた後、何度も危ない目に遭いながら、ようやく到着。車のチェックに係員と事務所を出ると、後方から一人の外国人が走ってきて呼び止める。車は駅前に置いてある。ここまでは戻せない。もう汽車の時間だ、「プリーズ」とカギだけ置いて去っていく。そう。とても一般の旅行者にたどり着ける順路ではない。時間超過をこちらから不問に付し、そのまま駅を出ると、かたわらにうつむいて黙りこくった相手をなだめる中年の二人連れの旅行者がいる。私たちみたいだね、とA。これに、車を返却した安堵も手伝ってか、「こういう姿を見るとほっとするね」。続けて、「これだよ、これが人生の真相だ」などと路上で嘯いていると、「おはようございます」と通りの先の旅行者に話しかけられる。一週間ほどのスペイン旅行で初めて、日本人に会ったという。だいたい日本人は日本人に会うと、知らないふりをする。こういうところで見知らぬ日本人に日本語で話しかけられるのは、なかなか気分のよいものである。

日本語で教えてもらった旧市街のおいしいバールでバスクの山海の美味を楽しみ、そのままタクシーでグッゲンハイム美術館へ。前にそびえたつ張りぼてのような巨大な犬がすべて本物の小さな花々からできていることに驚嘆する。驚嘆の度合いが強いため、やがて笑みがこぼれる。見ると、周りの人がみんな笑っている。誰もが間近までくるとそのことに気づく。そして、ついうれしくなり、笑いだす。ここで完全に建築家フランク・ゲイリーの魔法にかかってしまうのだ。

一九九四年から二〇〇五年までに作られた七作品を一堂に集め、二十五年間の予定で設置されているリチャード・セラの巨大なインスタレーションのほか、開催中の特別回顧展がなんと、アニシュ・カプーア。ほかに、アンリ・ルソー、ロバート・ラウシェンバーグの特別展示まである。カプーアの作品の一つは、体育館ほどもある巨大な部屋に設置された直径三〇センチはあろうかという赤色インク弾を不定期に壁に向かい発射する大砲のインスタレーション。われわれが入ると、地響きのような音がしたのは、それが発射された音で、壁にべたりと張り付いた絵の具の固まりが、床に山のように積まれている。音が鳴り、驚いたのだろう、幼児が泣き出す。

カプーアの作品は、去年、ロンドンに留学してきた学生のMが卒論に選び、それを審査するため、日本で、森美術館などいくつかの場所に見に行った。卒論に言及されていた初期の顔料のシリーズ、鏡のシリーズは初見。鏡のシリーズでは、大人と子供が同じになる。その力を実感する。誰もが笑う。知らない人同士が、相手を鏡に見出しては、にっこりする。

アンリ・ルソーの初期作品が、フリーダ・カーロにも似て、実物で見ると美しかったのも、うれしい驚きだった。高揚した気分で、ホテルに帰り、タクシーで空港へ。一時間遅れのイベリア航空の飛行機で6時半、バルセロナに到着。バルセロナでワールドカップの決勝のスペイン・オランダ戦を見るのを楽しみにしていたが、私のものを含め、五分の一ほどの乗客のラゲッジが不着となる。二年前のシチリア旅行で、エール・フランスの手落ちで一人だけスーツケースが届かなかった。結局二週間の旅行中、不着のまま。対応はずさんそのもの。その悪夢が蘇る。以後、エール・フランスは利用しないと心に誓ったのに、もう今年の八月の旅行に、使う予定にしている。そういうところが我ながらいい加減で、その戒めか、と暗い気持ちになる。

ホテルに電話し、チェックインが遅れることを告げ、窓口に並ぶ。窓口には三十人ほどいる。一組に二十分はかかる。皆黙って待っている。絶望し、Aを待たせ、トイレに行き、帰ってくると、スーツケースがある！次のビルバオからの便で届いたラゲッジに乗客の一人が気づき、皆に教えたのだという。一人、スペイン人の乗客が、トイレに行った私にラゲッジ発見を知らせに行ってくれたと聞き、探すが、見つからない。同じフライトですね、と一度だけ口をきいた人である。会えなかったが、親切をされたことが素直に嬉しい。

タクシーでホテルに着くと、決勝開始三十分前。旧市街のランブラス通りをほんの一〇メートルほど入った町場のホテルを選んだので、通りは、スペインの国旗を羽織った半裸の男たち、ユニフォームを着た老若男女に満ちている。電話をしてあるので、こちらがサッカーの決勝を見ようとしていることをホテルのレセプションのオーナーはよく知っている。俺はウルグアイ人だからね、と片目をつぶる。

試合開始。ホテルのサロンで、椅子を並べ替え、二十名ほどで騒ぎながら見る。延長戦の末、後数分というところで、イニエスタがゴール。すぐ下のバールから歓声があがる。通りの向かい、目と鼻の先で部屋が丸見えのアパルトマンからも絶叫。バルコニーに出ると、開け放たれた窓のむこうで絶叫の主の婦人は部屋の中を飛び回っている。眼下のランブラス通りで爆竹が鳴り、花火があがり、サロンの客も立ち上がり、バルコニーに出る。全員でもう勝ったかのよう。でも、まだ数分残っているのだ。テレビでは試合が続いている。黙って男性が数人、息をつめて見ている。

ようやくタイム・アップ。みんなで喜び合う。私もいつの間にか、完全にスペインを応援している。深夜のランブラス通りは歓喜の渦。カタルーニャ広場まで歩き、バールに入り、小皿料理をいくつも取り、ワインで盛り上がる。なぜか、ヴェールをかぶったムスリムの妙齢の高貴めいた婦人と同席する近くのおやじが、親指を立て、コレ、コレとはやす。アジア人でサッカーといえば、やはりコレか。私はここ、バルセロナでは、ときに朝鮮人（コレアノ）、ときに中国人（チーノ）、ときにアリガトと言われる日本人（ハポネス）である。

7月12日（月曜）

最後の夜なので、ガウディの設計した建物をレストランにしたカサ・カルベのレストランをホテルを通じて予約してもらう。それからメトロで一日券を買い、ガウディのカサ・ミラへ。サグラダ・ファミリア教会は、およそ三十年前に行っている。その後、一度見ているAが、そのときから比べるともうずいぶんと観光地化されていたけど、やっぱり外からだけでも見てみては、と言う。メトロに乗って二駅。サグラダ・ファミリア教会は三十年たち、もうだいぶ変わっている。特に正面の様子が違う。見あげる。見あげているとなぜか、涙が出てきそうになる。アイルランドに行って、巨石文化の遺跡とタラの丘に行って、近代の事象が古代の事象より心に食い込むことを面白く感じた。サグラダ・ファミリア教会から私が受け取るのは、これが一人の個人の妥協を知らない妄執の所産であることからくる感動である。

ガウディは市電に轢かれて死んでいる。ときには浮浪者に間違われた。ここに建つ巨大な、他に例を見ないほど破格の教会は、私に信仰というものについて、新しい考えるきっかけを与えてくれる。どこにも教会があり、観光の対象になっているのだが、一度中に入ると、そこは別世界なのだ。

教会は人間みたいだ。教会の中に入るのは、人間の内面の闇の中に入るのと同じだ。そう、今回の滞在の旅で何度か思った。これははじめての経験である。

その後、グエル公園を見て、タクシーで直近のメトロまで行き、郊外のコロニア・グエルまで郊外電車を乗り継いでいく。ガウディがパトロンのグエルに街全体の設計を依頼され、途中で断念した場所。電車を降りると熱風。駅前には一軒の建物もない。ラウンドアバウトがあるだけ。幸い、同じ駅で降りたグループの一人が、声をかけてくれる。後をついてコロニアにたどり着き、そこに建つ地下礼拝堂を見る。外はほとんど熱帯といってよいほどの暑さ。その灼熱を中途で未完のまま封印された上蓋のコンクリート全面に受けて、地下礼拝堂はひんやりとしている。死んだ人のように。

ガウディはここに建造する教会堂の構想に十年をかけた。そのためもあり、着手後一年ほどで、教会堂建設は中止になる。その構想の細部を逐一説明する日本語の解説が心に沁みる。

ビルバオのグッゲンハイム美術館にあるリチャード・セラは、一枚の鉄の曲面を地上に立てると自力で立ったまま動かないことに着目した。セルパン（蛇）は、数枚の巨大な鉄の曲面をもつ板が、ただ、地面の上に並んで置かれ、蛇のようにくねる通路となった作品である。ガウディも曲線に注目した。二つの曲線のありよう。その近さと遠さ。芸術と言葉の違いというアイディアが頭に浮かんでくる。視覚芸術は、誰にも通じるから国境がない、と言われる。でも私には、視覚芸術は盲目で、言葉こそが明視の芸術なのだ、という気がする。芸術の力は、言葉を奪われているということではないのだろうか。そして言葉の力は、「通じない」ということなのではないだろうか。おお、「通じない」こと。それは何とすばらしいことであるか。

ホテルでシャワーを浴び、8時半、カサ・カルベへ。これは本格的なレストラン。キール・ロワイヤルからはじめ、ガスパッチョ、と海鮮料理のディッシュを選ぶが、とにかく量が適度、かつ繊細。絢爛たる残り香をもつ豪勢な料理を楽しむ。つい白ワインをお代わりし、帰り、不覚にも酩酊。Aに支えられ、タクシーを捕まえ、ふらつく足でホテルに戻る。

7月13日（**火曜**）

午後1時の飛行機でコペンハーゲンへ。タクシーに乗り、帰宅。交差点の前で止まってもらうべく、シグナルで、と言ったあと、Aと二人、思わず、「あ、手前、手前」、と日本語で話しかけたのには、我ながら驚く。顔を見合わせ、苦笑するが、旅のしすぎで、二人とも頭が壊れかけているのだ。車から降りると、空気が澄んでいる。涼しい風がすぎる。こんな空気のいい街はあまりない。帰るたびにこの街に対する愛憎の色合いが、微細に広まり、かつ深まる。でも今回は、それと同時に自分への問いが重なっている。いったい何をしているのか、私は。

7月14日（**水曜**）

娘が日本から送ってくれた空豆を郵便局に取りにいく。傷んでしまい、ビニール袋に入れられている。それを抱え、帰宅。午前、帰りの道はすがすがしく、気持ちがよい。近くのメイヤーズ・デリに行き、テラスでビール。日本から一月遅れで届いた雑誌に載った自分の文章を読む。こうして、異国の街の路上のテラスで自分の書いた文章を読むのは、何と贅沢、豪奢なことか。

7月15日（**木曜**）

空高く飛ぶ渡り鳥。あれらの鳥は、どこで羽根を休めるのだろうか。彼らを迎える物陰はどこにあるのだろうか。一日、崖のでこぼこの窪みの薄青い翳りのなかで、羽根を休めている鳥のように自分を感じ、ぼおっとしている。旅の日々に読みつぎながら、読み残していた音楽の本を読み終わる。再び、ブリューゲルの本を開いてみる。それから、九月から住むアメリカの住まいについて、メールする（まだ見つかっていないのである）。

夜、9時くらいに夜の街を歩いてみようとAがいうので、外に出る。街は薄青い夕暮れの中にある。夜9時を過ぎてまだ街灯はついていない。これまで行ったことのない南北に走る道——地図で見たら、私の住む四つ角の「手前」までがアランブラバイ、その「向こう」は、H・C・オレステスバイという。アイスキュロスの三部作の「オレステス」と関係があるのかどうか——をぶらぶらと、二人で、どこまでも歩く。帰りは、この南北の道を遠くまで行く3Aのバスで帰ってくればよい。そう思うと気楽なのだ。

途中、カフェに立ち寄り、テラスでエスプレッソを飲む。小さな店を覗くと、私の好きなベルギーの白ビール、ホーガルテンがある。それを二本ずつ袋に入れて、さらに歩いていく。空は藍色に染まり、彼方はぼんやりとした夕暮れ。空が昼で、地上近くが夜というルネ・マグリットの絵が、奇想の産物なのではなく、北の国々の都市の夏の夜の風景にほかならないことに気づく（深くて青い空もそうだ。そこに浮かぶのはやはり薄青のちぎれ雲。ほとんど店じまいして人の消えた昏い街並みがその下に広がる。森があれば、きっと黒々と目に映るだろう）。

夕刻10時半。ようやく街灯がつく。大きな犬を連れて、人が散歩している。今日のコペンハーゲンの夜の街の美しさを、忘れない。これは、渡り鳥の直感である。

市の中心部から離れたここにはタイ・レストラン、ベトナム・レストラン、ギリシャ・レストランが、薄闇の中、ところどころに明かりを灯して散らばっている。きっと移民の地区なのかもしれぬ。どこか、昔住んだモントリオールの移民街とも似ている。日暮山とも書いて、ニックラ山。なぜか、そういう名前のトンネルをくぐって、山小屋に向かった日本での日々が、思いだされる。

7月16日（金曜）

午前、仕事。午後、15番のバスでAと工芸博物館に行く。二度目の訪問。Aがおみやげに買いたいと思っていた小さなカード入れがそこにしかないため。チケットを買わないでミュージアム・ショップに行ってよいかと聞くと、もちろんどうぞ、といわれる。係の女性に、在庫を調べるのに、時間がかかるけれど、と言われ、カフェのカウンターに行き、私はジンジャーのビール、Aはキャロット・ケーキに紅茶を注文し、中庭のテラスで木陰のテーブルに腰を下ろして待つ。中庭では、夏の間、劇をやるらしく、中央に二百人は腰掛けられるくらいの赤いベンチ席が並んでいる。背のひとつひとつに番号がついている。前面に舞台。中央の一区画をぐるりと囲むように木立ちが連なり、回廊状の芝生の左半分に、木のテーブルと椅子が散らばっている。N先生がコペンハーゲンの夏は、たぶんどこよりも過ごしやすいでしょう、といわれていたが、その通り。灼熱のスペインから帰ってきた身に、この北の国のひんやりした空気と木々のさやぎが、快い。

帰宅する途中、バスの窓から案内に、画家のフリードリヒの名前を見たような気がし、ウェブで調べると、チボリ公園裏手の大きな建物でコペンハーゲンの画家とカスパー・ダーヴィト・フリードリヒの二人展が、行われていた。明後日まで。ドイツのロマン主義の画家フリードリヒは私の好きな画家で、昔、ベルリンでずいぶんと多くを見た。

フリードリヒは、ドイツの最北端に近い、当時スウェーデン領だった小さな町で生まれている。一七九四年から九八年まで、コペンハーゲンの美術アカデミーで学んだという。同じアカデミーでカレン・ブリクセン（アイザック・ディネーセン）も絵を学んでいる。この町を多くの人が通過している。フリードリヒ、カレン・ブリクセン、ヴィルヘルム・ハンマースホイ。だんだんとこのコペンハーゲンとデンマークという国の後背地の森の部分が、街並みの向こうから、せりあがってくる。

7月17日（**土曜**）

午前中、旅行後、再びマイケル・F・ギブソンのブリューゲル論『挽臼と十字架（*The Mill and the Cross*）』を読みはじめている。数年前、日本の雑誌で柴田元幸さんが紹介していたのを読み、注文していたもの。午後、別行動で、Aは、イルムスに北欧のフライ返しを買いに、私は、ニイ・カールスベルグ・グリプトテク美術館にフリードリヒを見に行く。14番のバスに同乗し、市庁舎前のバス停で私だけ降りる。

フリードリヒはやはり頭一つ抜けている感じ。しかし、十九世紀初頭にこぞって出現するナショナリズムとロマン主義を体したデンマーク風景画家たちの作品は、コペンハーゲンの透明感のある大気に慣れた目に、とりわけ好ましく映じる。昔、勤務する大学でご一緒した経済学の碩学であるT先生が、バイカル湖の水の透明度がどれだけのものか、魚を釣って新聞紙の上に置くと、魚をとおして新聞が読めるんだよ、君、とおっしゃった。私も、いまは亡き先生に心の中で報告する。T先生、コペンハーゲンの鳥は、鉄砲で撃って、落ちてきたものを新聞にくるむと、鳥を透かして新聞が読めそうです。

屋上に上ると、空はどこまでも澄み、向かいのチボリ公園のジェットコースターと垂直昇降のアトラクションの塔が際だった色合いで古い街並みの上に突き出ている。おだやかな空にときおり遠く、小さな絶叫がこだまし、高低し、収束する。再び、少し離れたところで、再発。そして収束。空のどこかに小さな籠が浮かび、そこではつかねずみがくるくると輪をまわしている。

あと二ヶ月で離れるという予感が私の中でコペンハーゲンに対する愛着を育もうとしている。夫人がコペンハーゲン生まれであるポール・ゴーギャンの部屋に、十六ほどの作品が並ぶ。ハンマースホイは、一つだけ。入り口を入った奥にある石像と池を囲んで棕櫚の繁茂するガーデンは、とてつもなく高いところにガラスの屋蓋をもつ。巨大な温室空間になっている。名は「冬の庭（ウインターガーデン）」。きっと酷寒の冬、人々がこの常夏の庭に集い、棕櫚を見ながらテラスを張り出したレストランでワインなどを傾けるのだろう。

午後4時。ノアポール（北門）近くの広場でAと合流。カフェ・ラテを飲み、14番のバスで帰ってくる。夕刻、食事を終えて、午後8時くらいに昨日とは逆の方向に道を辿り、中央駅の裏手と運河寄りの下町方面を散歩する。今夕、空はテーブルクロスのよう。交換すると皿、グラス、コーヒーカップの感じが変わるように、空の色合いが、濃い青から薄まり、白に近づくにつれ、刻々、街の屋根、窓の風合いが変貌していく。

煉瓦の色が微妙に変わる。ひととき、その美しさに立ち止まる。公園のベンチには誰もいない。コペンハーゲンに住んだ画家ハンマースホイの絵には、人があまり出てこないのだが、そもそもコペンハーゲンという都市が、人のいない場所、通り、公園、水辺を多く持っている。

交差点を渡ると、通りの向こうは澄んだ空。まっすぐの通りには、誰もいない。チャイナタウンのなり損ないのような狭い区画（そういうものしかこの街にはないのだ）をめざす散歩なのだが、たどり着けず。おかしいなあ、と首をひねるが、Aは、無言。この人、もうろくしてきているのでは、というロフォーテンでの私を評した息子の言葉を、思いだす。バス3Aで帰還。エスプレッソを飲み、下町の風情に身を浸し、

7月18日（日曜）

午前、日本から電話が来て、この間、読みついだノンフィクション賞の選考結果の報告を受ける。意外なことに私の推した作品が満場一致で受賞作に決まったという。概してこれまで私の推す作品は、選考の場では少数派と相場が決まっていたので、驚くと同時に、いささか嬉しい気持ちを味わう。もうひとつの受賞作

も、私のノンフィクションとしての評価は辛口だったものの、作品自体はよいと思っていた。その道の人が多く認めるのであれば、いいですよ、とあっさり追認すると、電話のむこうで、えー、という声があがる。

昼すぎ、甘くて堅い「ハリボー」を買いに向かいのエコロジーの店エグフェルドに行くと、日曜なのにエグフェルドのみならず、スーパーマーケットのイヤマまで開いている。Aに電話し、他の買い物を聞いて、イヤマでも買い物をする。

風の中の日だまりが余りにも気持ちよいので、買い物の帰り、向かいのベンチに腰掛け、本を読んでいると、誰かが三人掛け見当のベンチの片方の端に腰を下ろす。見ると当方よりも二十歳ほど年長、八十歳は過ぎていようというご婦人。しばらく無言で二人して一つのベンチをシェアし、ひなたぼっこしている。やがてご婦人が立ち上がるとバスがやってくる。なぜバスがやってくるのがわかったのか——ベンチからは見えないのに——、不思議である。

そのままメイヤーズ・デリのテラスで読書していくことにし、Aに電話。交差点を渡り、店に入り、好物のクリーム・エイルのビールをコップにもらい（これが小サイズ。サイダーのように小さなコップにビールを供する）、テラスのテーブルで読書する。こちらは木陰なので、少し涼しすぎる。しかし、この気持ちよさは、この数年、まったく経験したことのないものである。

読んでいるマイケル・F・ギブソンの『挽臼と十字架』が佳境に入り、読み応えのあるキリスト論を展開している。ローマの総督ポンティウス・ピラトゥスによるイエスの死刑判決と磔刑について。このイエスの死が、旧約聖書におけるアブラハムのイサクに対する子殺しと対称形になっていると彼はいう。旧約では神はアブラハムに山に登り、最愛の子イサクを生贄として捧げることを命じる。アブラハムがイサクに手をかけようとする瞬間、神の声が聞こえてアブラハムをとどめる。山に登るイサクは薪を背負っている。その姿が十字架を背負うイエスを予告するものとの説は、従来からあるらしい。ギブソン説は、イエスの物語では、神が、自分の最愛の子であるイエスを、生贄として捧げているとする。旧約と新約の関係が、ここによく出ている、と。私がとりわけいま、この説に興趣をおぼえるのは、このあと考えたいと思っている旧ソ連の小説家ミハイル・ブルガーコフの『巨匠とマルガリータ』が、まさしくこのイエスの受難におけるピラトゥスとイエスのやりとりを背景に、書かれているからである。

夜、日本の仕事。別の賞の選考のため、科学関係の本を読む。

7月19日（月曜）

ギブソン著の続きを読む。午後、買い物。コペンハーゲンに来てから髪を刈っていないので、目をつけていた通りがかりの美容室を覗き、Aに、ここは男の客でもよいのか、聞いてもらう。店の人がむろん、と答えている。それを私は外で見ている（意気地なしのようだが、私は床屋、美容室、洋服店が大の苦手なのだ。他にも苦手はある。電話である）。

今日もメイヤーズ・デリのテラスでクリーム・エイルのビールを所望。木陰の下で読書の続き。夜、まだ半分もわからぬ英語のエルキュール・ポアロをテレビで見たあと、日本語に切り替え、日本の仕事の一冊目の本を終え、二冊目に入る。

7月20日（火曜）

ギブソン著を読了。最後はすこしもつれているが、ブリューゲルの絵のもつ二面性というものをうまく取り出している。考えてみれば、ここまでブリューゲルの絵をずいぶんと長い間見てきたが、自分ではこれを論じるという発想がまったくなかった。日本の専門的な学者のブリューゲルの絵の分析は、読んだが、自分のやりたいこととは別だと思っただけである。といって、自分として、何がやりたいのか。そのときわかっていたわけではないし、いまもなお、わかっていない。

これまで、ブリューゲルを論じてきた欧米の学者や研究者や著述家が、ブリューゲルのうちに、精神性、宗教性といった垂直の軸と、それに反する日常性、日々の生活への着目、平俗性ともいうべき水平の軸とを見てきたこと。さらに、その分岐にブリューゲルの特異さを見ていること。彼の生きたネーデルラントの同時代市民の宗教的政治的経済的な独立をめぐる闘争、抵抗に大きな意味があるらしいことなどが、ぼんやりと見えてくる。でも、これまでこういうことを何一つ、考えなかった。ただ見るという、「不毛なこと」を繰り返してきたのだ。

キリストという個人の迫力。彼が二千年近く前、自分のために血を流して死んだと、いま、この私が信じるということ。彼が死んだ、と私が信じる、のこの秤。キリスト教というものと、ただの一人の人間として向かい合わないと、この時代の絵と、向き合えないという感じが、私の中に生まれている。

夕刻、バス3Aの道を南に下り、散歩の折り、目をつけていた小さなタイ・レストランに入り、海老を揚げたもの、春巻き、グリーンカレーを注文する。好ましい風情。デンマーク語を話すタイ人女性は、われわれがシンハと呼ぶビールを、シンガと呼ぶ。

帰宅後、中古書籍のウェブに入り、だんだん目星のついてきたブリューゲル関連書籍を九冊ほど、注文する。

7月21日（**水曜**）

午前、W・G・ゼーバルトのエッセイ『破壊の博物学について（*On the Natural History of Destruction*）』にとりかかる。これはプリンストン大学のB先生に教えてもらった本。私が九〇年代の半ばに書いた戦後論とほぼ同じ頃（一九九九年）、まずドイツ語で書かれ、すぐに英語に訳され、評判になった。ゼーバルトは、小説家。ドイツからイギリスに移って、英語圏でドイツ語の仕事をした。B先生は、去年、来日した折り、私の戦後論とよく似た位置を占める、ドイツ知識人世界の戦後の言説全体に対する批判として、ご存じでしょうけど、とこの本を教えてくれたのである。

ゼーバルトは一九四四年生まれ、ノーベル文学賞の有力な候補にあげられていたが、二〇〇一年に運転中に脳卒中の発作を起こし、交通事故で死んだ。なぜドイツ人は戦後、空襲という、自分たちが受けた連合国による理不尽な非戦闘員に対する圧倒的な殺戮を、正面から受けとめずに、あたかもなかったかのように、あるいは、自然災害でもあるかのように、記述してきたのか。ゼーバルトはそこに、戦後ドイツのトラウマの抑圧があったと考えている。

B先生からは、なぜ似たような著作なのに、ゼーバルトのものは好評であなたのものは酷評されたのでしょうね、と言われたが、読んでみると、教えられることが少なくない。両国の事情、言語環境の違いはあるにせよ、それとは別に、自分の姿勢に何が足りなかったのか、考えさせられる。

午後、コペンハーゲンに来てはじめての美容院。一般の床屋にすべきかだいぶ迷った上での決断だが、日本でも二十年間ほどは床屋、美容院というところがイヤで家で髪をAに切ってもらってきた。十年以上前にもう面倒を見切れないと言われ、知り合いの写真家のIさんに、インディペンデントな美容師Oさんを紹介してもらった。年に七、八回は、原宿に通っている。デンマークに来てから三ヶ月半。髪はだいぶ野性化しており、天気でいうなら荒模様。もう、限界だった。結果は良好。当地のポップ歌手の美容師として日本のツアーに同行したこともあるというプロフェッショナルの女性ヘア・ドレッサー。さしさわりのない話をしながら、一時間ほどで終了する。

7月22日（**木曜**）

午前、Aと二人、コペンハーゲン郊外のルングステッズにあるカレン・ブリクセン博物館を訪れる。中央駅から郊外電車でクランペンボルグ駅まで行き、そこから883番のバスに乗り換えるが、海沿いに走るこのバス路線が、素晴らしい。ビーチと広壮な邸宅、住宅、公園、草原が続く。ところどころにヨットハーバー、個人用のヨット乗り場が点在する。

博物館はこの道路に面している。海辺に向かって建つ小ホテルの敷地全体を、一八七九年、ブリクセンの父が購入し、住まいに改造した。ブリクセンは一八八五年にこの家で生まれ、一九三一年にアフリカから帰国してから亡くなる一九六二年まで、三十余年間、ここで執筆生活を送った。博物館には、アーサー・ミラー、ミラーの妻だった時分のマリリン・モンロー、カーソン・マッカラーズ、ブリクセン、四人一緒にカフェで語らう写真、コペンハーゲン来訪時のシュバイツァーと握手する写真などが、絵はがきになって置いてある。靴の上に袋状のカバーをつけて部屋を見て回る。部屋にそれぞれ見事な花が生けてあるのは、鳥や花の好きだったブリクセンの生前の習慣を絶やさないため。そのための地域運動もしたらしく、博物館の一帯が、いま、渡り鳥のサンクチュアリになっている。

案内に従い、広大な庭の奥から丘へ林を抜け、五分ほど歩くと、彼女の墓があった。小径の奥に、畳一畳分よりは少し小さめの石板が一つ、甃《いしだたみ》の帯に囲まれ、山の主のような樹木の前に横たえられている。石には一語、Karen Blixen の名前。

デンマーク人が多いが、フランス人のほか、英語を話す来館者も少なくない。明るい室内を見て歩く。ミュージアム・ショップで『アフリカの日々』のほか、「バベットの晩餐会」の入った短篇集を求め、帰りのバスで、「バベットの晩餐会」を読みはじめる。

その舞台になったスカンジナビア半島北端のベアレボーフィヨルドの冬の写真が、コペンハーゲンに来るSASの飛行機内の雑誌に載っていた。それをAが見つけ、二人してこれはすごいと、そこに行く計画を立てたが、遠すぎる。変更されてそれが、六月のロフォーテン行きとなった経緯がある。いまでは小説の舞台である北極圏のその地がどういうところで、フィヨルドの町がどんなふうか、少しはわかる。ブリクセンは、どういう娘だったのだろう。絵の勉強をし、パリにも学びに行った。コペンハーゲンの地に戻り、婚約したとき、結婚後は、ふつうの生活はけっして送るまい、と決心していた。夫方の親戚の男性がイギリス領のアフリカから帰国し、その地の風物、写真を見せてくれたとき、天啓のごとく、二人してアフリカに住むアイディアが浮かび、実行する。

今日われわれが電車に乗ったコペンハーゲンの中央駅を一九一三年に出発。イタリアのナポリまでは、母と妹も同行。そこで二人と別れ、一九一四年一月、新婚の夫婦がケニアに着く。第一次世界大戦がはじまる年に、デンマークの一人の金持ちの家の娘が、ヨーロッパからアフリカに向かったのである。

家に帰り、短篇集は、机に。『アフリカの日々』のほうは、もう一人の娘、パリで求めたアンネ・フランクの日記の隣に、よりかからせる。

7月23日（金曜）

九月から移り住むサンタバーバラのアパート提供者とのやりとりをはさんで、午前から午後にかけて、「バベットの晩餐会」を読みつぐ。夕食後の散歩にも持ち出し、帰宅後、読了。子供の頃に夢中で物語を読んだ、その感じと似ている。最後、「次善のものにつくように促されること」、それほど芸術家にとって「恐ろしい、耐え難いこと」があろうか。そう語るオペラ歌手パパンの嘆きが、私の心を刺した。

ブリューゲルの絵の中で独自の混淆と和合とせめぎ合いを演じているヨーロッパの北と南の対位が、ここにも顔を見せているだろう。ブリクセンでそれは、ノルウェイ北端のピューリタニズムとフランス、ラテンのカトリシズムの対立、禁欲主義と快楽主義、北の極寒とアフリカの灼熱の対位を背景に、何とも魅力的な主人公像を造型するうえでの骨格となっている。

パリから汽船で取り寄せた食材の中から亀が現れ北端の町の禁欲的な家の台所で、首をもたげる。しかし晩餐に供されるスープには澄んだコンソメがあるばかり。ここには深い性的な含意も、ある。この物語で恋愛が、一つとして、無駄に描かれていないことに驚く必要がある。この北端の町の物語は、カレン・ブリクセンがアフリカから帰還し、このコペンハーゲンの人々をどのように見たかを、よく伝える話でもあるのだ。

作中、晩餐が供されるのは、十二月十五日。冬至に近い。高緯度の北極圏に位置するベアレボーなら、午後3時にはもう夕暮れだろう。今日、夕食後の散歩に出て、最初の秋の訪れを感じた。なるほど、この土地ではこのように夏の間に秋がまじるのかと思う。夕暮れのカフェの外にしつらえられたゆったりした三人がけの席。隣のテーブルに犬を連れた若い女性が二人、腰を下ろし、ビールを注文する。少しすると店内から腰にかける毛布をもってくる。犬は足元でおとなしくしている。

7月24日（土曜）

再びゼーバルトに戻り、『破壊の博物学について』。日本語で書くことと英語で書くことの意味の違いというようなことが頭にのぼってくる。昔はどうだったのだろう。わからないが、いまで言うならその違いの一つは、読者の層の厚さ、広がり、である。

書き手にとっての問題は、そこで用いられる言語である以前に、読者としてどのような人々がいま、この世界にいるのか、その像と、その詳細を思い浮かべ、考えてみる想像力だという気が、いま、私にはする。そうして、たとえいま書く言葉が届かないとしても、その無力感を越えて、遠い読者に向けて書くことが勇気あることなのだ、と。遠い人々はどこにいるのか。どういう街を歩き、テラスで軽やかに語らう一方、また、どういう灼熱の陽光のもと、朽ちかけた壁の傍らで、暗い表情を浮かべ、絶望的に空を見あげているのか。何のあてもないことに向けられた、そういう想像力。日本語を解さない人々を自分の読者として構想し、これらの人を含んで、互いに相手を知らない読者たちに向けて、日本語で書くこと。私に必要なのは、その意欲なのだ。

7月25日（日曜）

このところ、眠る前にテレビをつけ、デンマーク語字幕のついた英語の映画をテレビで見ている。昨夜は、途中からだったが、デヴィッド・リンチ監督の一九八〇年代の映画『ブルーベルベット』にぶつかった。この監督のものとしては初期に属する作品で、公開当時、映画館で見ている。それを、よくわからないながら、英語で追う。見終わったときAと二人、深く感激していた。誰の中にも暗い領域がある。性というのがその代表的なものだ。その二つの領域の間で、引き裂かれることと、その分裂をこえること。それが、この映画で描かれていることだろう。これが私の感想である。感動が深かったために、深夜、さらに一時間ばかり、Aと話す。デヴィッド・リンチのものでは、これが一番よいのではないか、というのがAは知らず、私の結論である。

午前から断続的に、続きの読書。ゼーバルトは、フリードリヒ・レックというナチス兵士の残した日記を引いている。レックは、戦争終了間際にダッハウに派遣され、その地でチフスにかかり、死んでいる。一九四三年八月二十日のこと。上バヴァリア地方のある駅で、彼は四、五十人からなる避難者グループが停車中の列車に殺到する光景を目撃する。プラットフォーム上に一つのスーツケースが「落ち、入っていたものが散乱する。おもちゃ、マニキュアケース、よれよれの下着。そして、最後に幼児の屍体。焼け焦げ、ミイラのように縮んでいる。半狂乱の母が記憶に新しいわずか数日前のできごとの形見として運んできたのである」。

ゼーバルトによれば、小説家ノサックを唯一の例外として、ドイツの著作家たちは誰一人として、この空襲の悲惨に対し、このナチスの兵士が書き残したような、具体的な光景を戦後も、書きとめることがなかった。

ハンス・エーリッヒ・ノサック。ここで私は懐かしい名に出会う。二十代の前半、新宿の書店で『文学という弱い立場』という本を購入した。いまはないが、長い間、二十代の私の本棚にあったはずだ。ノサックはその作者。一九〇一年生まれ。ゼーバルトは一九四四年生まれ。そう、こちらはほぼ戦後生まれで、私の年齢に近い。ともに同じ小説家を、読んできたのである。

読んでいると、また、別のことが思い浮かぶ。戦争終結間際、アメリカは日本に原爆を落とした。戦後、日本の占領に多大な費用をかけ、きわめて寛大な復興策支援を行ったが、アメリカ国民はこの膨大な出費に異を唱えなかった。そこに、彼らの無言の同意とそれを支える感情が底流しているかもしれない。原爆を投下したことへの、意識下の、罪障感である。

夜、日本の仕事で日本語の本を読む。読了。ゼーバルトと並行して読むのにちょうどよい。歴史関係の本。この本からも、いろいろと考えさせられる。

7月26日（**月曜**）

サンタバーバラに何とか新しいアパートを確保する。市内でビーチの近く。豪邸からはほど遠く、二人で住むのが精一杯というアパート。ただし立地がよい。サバティカルの大学教員を主な対象者とする住宅探索のサイトで見つけた。相手は大学院博士課程在籍の若い人。やりとりの中でだいぶ相手の要求に譲歩したという思いがあり、その後何日も返答がないときなどは、ちゃっかりしているではないか、と思い、強い言葉で返信を求めたりした。後味はあまりよくない。

ゼーバルトを読みつぐ。ゼーバルトは、多くの空襲の被害を描く作品が隠喩に、また、前衛的な表現に逃げていると指摘している。彼のような観点から、日本の原爆文学について論じたら、どのような論ができるだろう。ひととき、そんなことを考えていると、『広島長崎修学旅行案内』という面白い本をも書いた、もういまは亡い広島の人、松元寛さんのことが思い浮かんでくる。松元さんはどんなときも穏やかだった。その穏やかさは、どこからきていたのだろう。松元さんなら、住居探しのやりとりなどで、イラだったりはしないに違いない。

7月27日（**火曜**）

N先生が案内して下さるとのことで、Aと二人で先生お住まいのヘルシンオアを訪問する。町を案内していただき、ハムレット伝説の城クロンボー城を見る。城内の大広間の窓のすぐむこうを大きなフェリーが過ぎる。風に草が靡き、海峡を隔てた鼻の先がスウェーデンである。N先生の話では、そこに大砲を据え、通過する船から税金を徴収することを考えたのはこの地に住んだオランダ商人だったらしい。Aも私も、デンマークの王はなかなか強欲なことをする、と思ってきたので、えー、と驚いて声をあげる。N先生は東京生まれ。日本人ながら、デンマークを深く愛される方なのである。

町では大聖堂、教会を案内していただく。お嬢さんが教会のオルガン奏者であるN先生は、教会の人と知り合い。バッハの同時代の作曲家であるディートリヒ・ブクステフーデがこの教会でオルガン奏者の職についていた。八年間住んだ家が、「これです」。すぐ目の前の小ぶりな建物。壁は黄色に染められて、落書きがある。当方はその名を知らず（後でブクステフーデについてヘッセの『デミアン』が触れていることを知った。「私は悩ましいときは、ピストーリウスに古いブックステフーデのパッサカーリヤをひいてくれるように頼んだ」とある。高橋健二訳）。この教会の天蓋から吊され、宙に浮かぶ船が面白い。この地では、船乗りたちは、出航の際、教会に参って、出発したらしい。

その後、ヘルシンオアの町中のレストランに行き、昼を食べる。これまでデンマークで入った中で、一番感じのよい店。さほど広くない入り口から入ると、使い込んだ落ち着いたテーブル席がある。細い通路のさきに、明るい、それほど広くない内庭があり、八つほどのテーブルが並んでいる。値段も手頃。そのうえ、出てくるものがたいそうおいしい。地ビールもこれまで味わったことのない風合いをもっている。

フェリーで対岸のスウェーデンのヘルシンボリへ。海から見ると、クロンボー城の特異さがわかる。海の突端に突き出た城はいかにも怪異な伝説が残りそう。一六〇〇年代初頭、この城にまつわる伝説がイギリスの劇作家を刺激し、一つの物語を作らせる。ギルデンスターンとローゼンクランツはこの城から、船でイングランドに向かうのだ。私の中では、当然、北のこの伝説から生まれたハムレットは、南のベネチアの風説から生まれたのであろうもうひとつの作品のアントーニオ、シャイロックと、一つの対を構成している。

スウェーデンまで二十分。ヘルシンボリは対岸の国で第四の都市。規模は大きいが、逆に、デンマークの諸都市の頑固なまでの古い都市景観保存が、強い意志の結果であることが伝わってくる。再度、ヘルシンオアに戻り、夕刻、駅でお礼を申し上げ、別れる。

コペンハーゲン中央駅で降り、ガイドで見ていたベトナム・レストランで簡単にフォーでも食べようと、はじめての通りに入るが、よく見ると性産業の界隈らしく、通りは面白いくらいその種の店で埋め尽くされている。目当ての住所にそのレストランが見つからず、石段に腰掛けている人に尋ねると、その人は、喉に黒々とした穴をあけている。立ち上がり、かすれ声で、穴を指で押さえながら、むこうじゃないかな、と教えてくれる。ようやく見つけ、入ってみるが、またしても外れ。高いうえにおいしくないフォーをAは、半分くらい残す。

7月28日（**水曜**）

午前中、I書店から出した本が届く。三冊。多額の関税を支払わされ、よろめく。しかし、ある種の感慨あり。

午後、不在中に届いた別の航空手荷物便を郵便局に取りにいく。帰り、切れた電球の換えを買うためにだいぶまわり道をして別のスーパーまで行き、バスの3A路線に沿い、歩いて帰ってくる。アパートの一階階段下に荷物をおき、そのままメイヤーズ・デリに直行。テラスでビールを飲みながら読書。帰宅後、ふと気になってゼーバルトの他の本を探してみると、いま読んでいる本が『空襲と文学』という題で二年前に翻訳されていることがわかる。タイトルが違うのでうかつにもすでに翻訳されているとは思わなかったのである。しかもご丁寧に、解説者はB先生がこれと似ていると言って下さった私の本をめぐる、批判者の一人ときている。

夜、このところ、毎夜連続放映中のエルキュール・ポワロのテレビ・ドラマを、食後、二人で見ているが、今夜も、トリックの意味がわからないまま、見終わる。英語全然わからないね、とA。その通り。しばらく、返す言葉もない。

7月29日（**木曜**）

日本の仕事の三冊目の本に着手。徐々に面白くなってくる。窓の外は雨。通りには誰もいない。朝起きると部屋の空気が冷たい。傘をもたずに外に出、雨に降られて帰ってくる。気持ちは悪くない。でも、少し寂しい。まだ七月だぜ、A。コペンハーゲンの夏が、確実にすぎようとしている。

7月30日（金曜）

一日、英語でと、日本語でと、交互に読書。英語の本では、ジャン・アメリーについての章。日本語の本も、脳科学から日本の歴史、現代社会の問題までを一望するまったく新しい種類の本。読了し、大きな刺激を受ける。

ジャン・アメリー。フランス人の名前を名乗ったオーストリア生まれのドイツ人の文筆家。父が第一次大戦で戦死した後、ドイツ人の母方の家に育つが、父がユダヤ系オーストリア人だったことから、ナチの体制下、ユダヤ人であることを引き受ける。戦時下、レジスタンスに参加し、ベルギーでゲシュタポに長期間にわたり、過酷な拷問を受け、その後、ユダヤ人であることを理由に、アウシュビッツに送られる。解放されたのは、ベルゲン・ベルゼン収容所。戦後、雑誌記者などをしながら、生活するが、一九六〇年代に、著述活動を開始。何冊かの本を世に問うた後、七八年に自死。彼とその墓の写真をウェブで見る。クールな風貌。墓石に、名前、そして彼が収容されていたときのアウシュビッツの番号。彼は、その著書に、自分の左腕には、いまもアウシュビッツの番号が刻印されていると述べていた。

クラコウから訪れた、アウシュビッツ収容所の光景が思い浮かぶ。拷問について書かれたくだりがあり、読んでいたら、処刑場跡に同じ種類の拷問用具があったことを、思いだした。

調べてみると、このジャン・アメリーの翻訳がいくつか、日本で出ている。それも知らなかった。何と多くのことを、知らないで、この年まで生きてきていることか（ベルゲン・ベルゼン収容所はアンネ・フランクの死んだ場所である。彼女もアウシュビッツ・ビルケナウにいた。彼女の腕にも番号が刻印されていただろうことに、思いあたる）。

8月1日（日曜）

日本の賞の選考のための本を読み終わる。心に残る本と、それほどではない本とがある。選考のメモを作る。これで日本関係の仕事は終了。英語でもう少し楽に本が読めればよいのだろうが、今のままでは苦しい。あるいは、これは語学力の問題ではないのかもしれぬ。日常、話す相手が一人だけなのだ。そう、私はいま人体実験をしている。どれだけ、ある種の言語経験を遮断して、生活すると、どういう影響が出るかという。時間を過ごすことが、端的に苦しい。信じてもらえるかどうかわからないが、私もAも、ふつうに生活している。そして、それでいて、苦しいのである。

8月2日（**月曜**）

晴れ。一人で、Aはダウンタウンのスーパーマーケット、イヤマへ。私は、フレデリクスベア公園へ。時間を過ごし、家に帰ってくる。その後、曇り。夕刻、晴れ。

8月3日（**火曜**）

日本から娘が来訪。空港に迎えに行き、三人でタクシーで帰ってくる。海辺の小さなくぼみに、朝、満ち潮になり、海水が少しずつにじみ出てくる。砂の上に横たわっていた海草が、砂を離れ、もう一度ひろがり、揺らぐ。自分の小ささと、空の高さ。ときどき、一人、空を見あげる。

8月4日（**水曜**）

娘を案内するので、コペンハーゲン市中を歩く。ロイヤル・コペンハーゲンその他の店を覗き、運河のクルーズに乗った後、はじめて、娘の持ってきたガイドにあった紅茶専門店を訪れる。A・C・パークス・テーハネル。ヨーロッパでも最古の部類に属する老舗で、創業以来変わらない「小さな店構え」と書いてある。行ってみると、その通り。店内は狭く、大勢の客が薄暗いカウンター前に立っている。私は外のベンチで待っていた。すると、どのくらいたった頃か。かわいい紙包みを手に、Aと娘がやってくる。一九〇センチはあろうという大男の店員が、一〇〇グラムの紅茶を計量し、さっと紙の袋に入れ、手際よく袋を閉じ、さらに紙で包装し、糸をかけ、その端に小さな木片をつなぎ止めたかと思うと、この木片を持って、さげて、お帰りなさい、と言ったのだという。Aの顔が心なしか上気している。日本でもこんな風にしてもらったことはない、とその瀟洒に紙で包まれたダージリンを、私に示す。

店の前に「ティールーム」とある。しかし、店は百七十年前から変わらない小さな造り。飲むところはないよね、と見上げると二階の窓が開いていて、ティールームと表示がある。格子戸めいた扉を開け、内庭に入る。そこから暗がりを二階に昇る。娘がスコーンとダージリン、Aが同じくスコーンとアールグレイ、私はチャイ・クラシック。落ち着いた風情のテーブルに来た娘のダージリンがただものでない美味しさ。スコーンもおいしく、ロンドンでも結局一度も味わえなかった本格的なティーを、コペンハーゲンでいただく。私のチャイ・クラシックも、はじめてチャイというものの奥ゆかしさ、美味しさを教えてくれる出来である。娘のダージリンのポットを三人で分け、三人とも、感激し、しばらく、言葉が出ない。ほんとうに感心し、参りました、と言える相手に、コペンハーゲンではじめて出会った。Aも脱帽。私も脱帽。

パリのマリアージュ・フレールという店がまだ日本であまり知られていない頃、偶然、知って入り、感激したことがある。でも手広く商売するようになり、いまでは、パリの店も、昔日の影もない。

このコペンハーゲンの店は、日本風にいえば王室御用達。他のことは知らないが、ここの店舗を見る限り、手を広げない。どこか、京都の老舗を思わせる風情で、みすぼらしさすら、漂う。価格も、きわめて手頃。お金を儲けようとしないことが、なぜこんなに私を動かすのだろう。三人、晴れ晴れとした気持ちで帰路につく。家に帰ってからも、興奮がさめない。

8月5日（木曜）

午前11時55分コペンハーゲン発オスロ行きのＳＡＳ便が、飛行機整備の不調から、四時間の遅れ。3時45分に搭乗、午後4時20分に離陸。1時半オスロ着の予定が5時半となる。娘はホテルの隣の国立美術館に直行、目当てのムンクをかろうじて、三十分ほど見る。

ほぼ半日をロスする。デンマーク人、ノルウェイ人を主とするのだろう乗客が、航空会社のこれだけの失態にそれほど文句を言わず、また、対応するスタッフが、一度としてI am sorry. と言わないことに奇異の感じをもつ。航空会社としては、飛行機が最終的に離陸した際に、機長が一度、I am sorry. と言ったらしい。私は飛行機が離陸することの安堵で、つかの間、寝ていた。

フランスで、オルリー空港行きのバスが、シテ・ユニヴェルシテール近くの高速入口の大渋滞に巻き込まれ、二十分近くも動かなかったときには、目が合うと、隣の若いフランス人が、「またこれだよ」というように、うんざりといった「連帯の仕草」をしてきたものだ。「参るよね」とこちらも目で挨拶。そういうことが、ここではない。この人たちは、どのように、いつ、怒るのか。それとも、この人たちが、逆の立場に立つと、SASのスタッフと同じ対応を行うということなのだろうか。

二度目のノルウェイは好きな国だが、ただ一つ慣れることができないのが、この国の物価の高さである。N先生によれば、オスロは現在、世界でもっとも物価の高い都市だとのこと。久しぶりに中華料理店に入り、ラーメン三杯のほか、春巻き一皿（二個入り）を三人で分け、ビールとジュースで、五九〇クローネ。ほぼ八五〇〇円である。この値段のために、どうしてもこの国に素直な好感がもてない。ノルウェイは昔は貧しい国だったらしい。それが、一九六〇年代に北海に油田が発見され、豊かになった。面積は日本とほぼ同じだが、人口は五百万人足らず。国民一人あたりのGDPは、世界二位。北欧はいまや、隠れた中東なのである。

娘は、美術館から帰ってきて、ムンクの部屋に並んだ名高い原画を見、とりわけ「叫び」に、感激している。飛行機が遅れなければ、郊外のムンク美術館に連れて行くことができたのだが。

8月6日（金曜）

早朝、起き出して、朝7時に食堂で簡単な食事。すぐにチェックアウトをして前夜、呼んでもらっておいたタクシーで駅へ。初めてのオスロ駅は、巨大で、全貌が摑めず。昼食のための焼きそば様のものが入ったランチボックスをおっかなびっくり購入し、ベルゲン急行の最先端車輛に乗車する。一等車のみ、簡単なコンパートメント仕様になっている。通路をはさんでの四人席が二つ。計八人の席で、フランス人家族と一緒になる。当方は三人家族、向こうは五人家族。横一列に四人席の構造を無視して予約席を配分してしまうノルウェイの鉄道会社のシステムに、ともに困惑しつつ、挨拶を交わし、片側ずつテーブルごしの四人席で「席替え」を行う。若い娘さんたちも、一人一人、やってくるや、グドモーニング、とにこやかに挨拶。こちらもそれににこやかに応じる。話してみると、トゥールから来られたご一家。五十代とおぼしいご両親のうち、夫人は流暢に英語も話す。私の隣に腰を下ろした長男の若者は、ル・モンド紙の夏休み用ムックである政治学クイズなる本を読んでいる。向こうではお父上と娘さん二人が、あまり見たことのないゲームに興じる。若者は、フランス語のみ。英語は苦手。

コンパートメントの隣りは、一等席と二等席を隔てる公共空間となっていて、二つ椅子が窓に向いて並び、つれづれに乗客が車窓の光景を楽しむのだが、途中からそこを二人の日本人が占拠して、以後、席を譲ろうとしない。何人もの乗客が、次の番を待って後ろで待つがやがてあきらめたように帰っていく。自分にも思いあたることだが、人口の多い社会の洗礼を受けている日本人や中国人は、何かにつけ、相手を「出し抜く」、「裏をかく」、「少しでも有利な席を取る」等のことが、身体に染みこんでいる。人のことは言えないのだが。でも、せめてそのことを肝に銘じないと、と思わせられる。何しろ、デンマークとノルウェイ両国の人口を合わせても、東京の人口と同じ程度なのだ。

ベルゲン急行は、ノルウェイの山間の村々を縫って走る。それらの村々を取り囲む水郷の水の清らかさは、どうだろう。こういう村々に住んでいる人の暮らしは、どんなだろう。その一日はどんな風に過ぎるのだろう？　車窓を眺める私の考えることは、子供の頃と何一つ変わらない。

路線でもっとも標高の高いフィンセ駅に近づくと氷河が現れる。氷河はカナダにいるときに、一度、その上で遊んだ。しかし、いまノルウェイの氷河を見ると、「生きた氷河」という言葉が思い浮かぶ。青光りしている。ハダンゲル氷河という名前。なんだか昔よりも、外の世界から多くのことを受け取ることができている気がするのは、当然、こちらの生命力が衰えたせいだろう。水力発電と同じ原理で、当方のレベルが下がったおかげで、彼我の落差が、感動を生むのである。

ミュルダール駅で乗り換えるが、フロム鉄道は、観光客で満杯。私はあまり興をそそられず。美しい風景は、退屈である。美しい風景を見ることの難しさを痛感する。

フロムに到着し、ホテルに入り、そこから雨中を三人で十分ほど歩いてペンションを経営するレンタカー事務所に車を借りに行く。車種はプリウス。はじめて乗るが、運転のやり方がこれまで乗った車とまったく違う。一つ頭を抜いている。遅まきながら、米国のトヨタ叩きが、一種のイジメにほかならないのでは、と感じる。この車の技術上の目を見張るばかりの欧米への「挑戦」ぶりと、叩かれた際の会社上層部の弁明の低姿勢の「旧態依然」さの組み合わせは、相手をさぞ混乱させたことだろう。どこに自分の敵がいるのか、と。あの技術のアグレッシヴィティの大本は、誰の元にあるのか、と。

そこから二時間あまりをかけてラルダールの地にあるボルグンの木造教会を見に行く。経路に冬の間は閉ざされるマウンテン・ロードを選ぶが、何年をかけたのか、その下に二五キロに及ぶ世界最長の山をくり抜くトンネルが造られている。フィヨルドを遥か眼下に見下ろす道をくねくねと上ると、フィヨルドがはじめての娘は、無言。息を呑んでいる。足元遥かしたに、村落の赤い屋根、教会。一転、山岳地帯の頂上付近の道路はこの世のものとも思われない荒蕪の岩肌の連続。ところどころにおびただしく小石が重ねられており、三途の川原さながらの光景が続く。Aと二人で、いったい誰がこういうことをしたのか。どういう気持ちで石を積んだのか、と言葉を交わす。周囲には何もない。雲らしきものが眼下を行く。天界に接するこういう場所に来てしまうと、誰もが、手近なもので、天と地をつなぐ、少しでも地を天に近づけようとする。そんな所作を、するのか、と話す。

途中で、車を停め、Aはブルーベリーを探す。付近一帯がブルーベリーだらけ、という場所の連続。ところどころにこれを採集しているらしい車が停まっているが、Aの話では少しまだ早いらしい。途中で、直売の小さな出店があり、穫りたてのラズベリー、また、日本で言うところのアメリカン・チェリーを、やはり穫りたてのものとしてははじめてノルウェイの地で購入し、味わう。英語を話さない老女と、無言の取引き。産品はきわめて美味である。

ようやく到着したボルグンの教会に、Aと娘と一同、立ちつくす。目のあまりよくない娘が車から見て、教会の周りに人がいる！　と言ったのは、来てみれば、人ではなく墓石であった。当たらずといえども遠からず。教会は、アイルランドのタラの丘の教会同様、周辺に土地の人の墓地を持ち、草地に散らばるそれらの墓石に、囲まれている。草地の傾斜は道をはさんでそのまま、川へとつながる。十六世紀、この地域に住んでいた住民の全人口は二百人。当時は、死んだ人はすべて教会の床の下に埋めた。しかし、やがて異臭がひどく、十八世紀になり、この風習をやめた、と説明書にある。

バルセロナのサグラダ・ファミリア教会も、十二世紀末に造られたこの木造教会も、ともに、イエス・キリストへの信仰の産物である。イエスへの信仰とは、何物なのか。

帰路は、世界最長のトンネルを二十分ほどで走り抜け、一時間と少しでフロムに着く。ホテルの食事は、高くてまずいとわかっており、窮地ではステーキという長年の経験に立った智慧で、難を逃れる。どんなにまずいところでも、日本でならラーメン、外国でならステーキ(それに醬油をたらすのである!)。北米大陸に数年住んで生き延びてきた我々の生活の知恵である。

8月7日(**土曜**)

朝、車を返し、フェリーに乗って、ソグネフィョルドを一時間。別の入り江にあるグドヴァンゲンへ着く。水深は一〇〇〇メートルを超える。波は立たない。そこからバスで、ヴォスに向かうが、バスにはうって変わって我々しか乗客がいない。そこに、停車するたび、途中から、旅行者らしい乗客が次々に乗り込んでくる。ヴォスから、再びベルゲン行きの列車に乗り込み、一時間ほどで終点のベルゲンに到着。駅を出るがどこにもタクシーが見つからない。スーツケースを引きずり、駅のまわりを半周してようやく、逆の側にタクシー乗り場を見つけ、ホテルにたどり着く。ベルゲンのホテルは、港をはさんでかつてのハンザ同盟に属するドイツ商人の居留地ブリッゲン地区を望む。窓が南面と東面に開けているほか、何と浴室にも広く窓が取られ、その向こうは海! これまでに泊まった中で最高の浴室に、三人が次から次に入り、感激して、出てくる。

ブリッゲン地区の回廊を行った先に、地元客からも忘れられたような静謐な中庭をもつカフェがある。外の喧噪から遠く、その中庭で、時折降る雨に濡れながら、Aと娘はコーヒーを、私はビールを飲む。隣の旅行者らしい若者は、赤ん坊を遊ばせながら、一人で白のグラスワイン。赤ん坊が、時計をいたずらし、落としても、テーブルの上を這っても、眼鏡を取りあげ、取り落としても、ワイングラスを隣の椅子の上に移し、鷹揚に笑っている。メニューをもってきてもらい、しばらく見ていたが、店の女性が注文を取りに来ると、何もいらない、と答えている。そうとも。ノルウェイは高い。私はすっかり感心してその親子を眺めている。雨天のもと、そこを出て、ホテルで教えられたアジア的な海鮮レストランで、夜の食事。テラス席は満杯。テラスに面した内側のテーブルに就く。

8月8日（日曜）

朝、風呂に入る。たぶんわが生涯でもっとも気分のよい入浴であろう。バスタブから、曇り空の海を見下ろす。それから、娘の所望する編み込みセーターの専門店オレアナへ。

日曜日だが、正午からの数時間だけ、開いている。この店の主な売り物はわれわれの言葉で言うカーディガン。それに日本で言うなら、帯にあたる民俗ふうのベルトとシルクサテンのスカートを着用し、帽子をかぶり、厚手のマントを羽織ると、当地の正式の礼装になる。そのカーディガン、毛糸のリストウォーマー、アームウォーマー、スカート、マント、コート、帯の模様すべて、どこまでも日本の感覚で言うと、鄙びている。それでいて、品があり、美しい。日本とは違う美のヒエラルキー、つまり美しさの感覚が貫かれていて、そのうえ、洗練されている。

この店はヨーロッパの大都市に系列店をもつが、日本には進出していない。それも、こういう感覚の違いによるのだろう。そんなことを勝手に思いながら、娘とAがおみやげなどを選んでいるのを、ぼんやり見ている。

昔、パリなどの店で、おみやげに母に何か「普段着」のようなものを買いたいと思った。けれども、地味一方の彼女が受け入れるようなものを見つけることが、パリでは絶望的に困難であった。しかし、このオレアナにあるものは、北欧の美女が着用して映えると同時に日本の地方都市の老女が着ても普段着になると思わせる。しかしもう私には不要。Aは、店から国際電話をかけ、いま病気療養中の叔母に、サイズを訊いている。やはり地味好きの叔母は、国際電話で、さかんに遠慮して、いらない、いらない、を繰り返す。Aがさらに言うと、最後に、本当？　うれしい、と答えた。おしゃれの店で、最後に、こういう感情を味わうことは、よいことである。

その後、ベルゲン美術館に行き、ムンクを見る。三人で、「カール・ヨハン通りの夕暮れ」にひどく感心する。Aは、この絵を見て、はじめてムンクがよいと思った、とのこと。ケーブルカーで山に登ると、ベルゲンは壮大なフィヨルドのただなか。山を下りて、ブリッゲンのハンザ博物館を訪れる。ハンザ同盟の人間は同盟員である間、独身を貫かなければならなかった。徒弟制度が徹底しており、目下の人間には苦しい世界だったことがわかる。思った以上に、中世的な秩序のうちにある組織で、近代の訪れとともに廃れたのも、なるほどと思わせる。暗がりの作業場の奥、タラの行き先にリスボンの地名がある。

ホテルに預けていたスーツケースを受け取り、五分ほど歩いて、エアポート・シャトルに乗って空港へ。夜、コペンハーゲンに帰着。

8月9日（**月曜**）
旅の疲れもあり、昼近くに外出。再度、ティーハウスのA・C・パークスに向かい、ハイ・ティーを楽しむ。

知らなかったが、この界隈はコペンハーゲンでも、だいぶ洗練された地区らしく、レストランなども、食指を動かす風情を漂わせている。同じ通りにベルゲンで教えられていたオレアナのコペンハーゲン店を偶然見つけ、中に入る。ベルゲンのオレアナとは違い、北欧の民俗的な色合いは後景に退いている。しかし、やはりどこか私の緊張を和らげる雰囲気がある。外のコペンハーゲンの街並みとは違う色と模様の世界。考えてみると、北欧の色の使い方には独特のものがあり、それが特に、子供の服に現れている。子供の服に、日本ではほとんど見ない、懐かしい、意外な色の配置があるのは、そのためであるらしい。そう、そこには懐かしい色と模様の取り合わせがあり、それは、日本では一九六〇年代の前半あたりに「古臭い」と思われて、絶滅してしまった。私が見ていたのは、そういう郷愁めいた色だったのかもしれぬ。

それかあらぬか、Aはそこでベストを買う。ある時期から、あまり自分のためにものを買わなくなったAには、珍しい行動である。帰途、ニイハウンの運河に面したテラス席でエスプレッソ。家に帰り、Aお手製のカレーライス、家庭の味で、娘を歓待する。

8月10日（火曜）

郊外線に乗って、ハムレットの城のあるヘルシンオアを訪れ、先日N先生に連れて行っていただいたお気に入りの地元のレストラン、ラドムンド・デイヴィズ・フスへ行く。ポークのスモーブローの皮が固くなったへりの部分を、最後にぽりぽりとかじるのが、地元の人間の食べ方なのだとN先生が教えてくれた。そのまねをして、最後、残った皮の棒をポリポリとかじる。ウナギの骨のせんべいに似ているが、それより固く、ビールに合う。内庭でおいしいデンマーク料理を堪能し、前回案内していただいたルートを踏襲し、フェリーでスウェーデンへ。帰り、ルイジアナ美術館に寄るが、海に面したテラスは素晴らしいものの、カフェの食べ物はもう一つ。展示物も少なく、二度目の来訪で、少々失望を味わう。少々の失望を味わうと、もう二度と来たくなくなるのが私で、この後、来訪予定のWさんをここにご案内すべきか、思案すべき問題が一つ生まれる。

帰宅し、娘の持参してくれた明太子でごはん。雑誌のゲラ直しをしていると、編集者のMさんから、メールが届いている。

8月11日（水曜）

早朝、5時に起床し、8時20分発のSAS便で、パリのシャルル・ドゴール空港へ。そこからエール・フランス機で、ストラスブールへ。シャルル・ドゴール空港のターミナル2Gという国内線エール・フランス専用ターミナルは、エアポート・シャトルとバスを乗り継いでいくロンドンのヒースロー空港なみの面倒臭さ。何とかたどり着き、そこから一時間の予定で、エール・フランス機に乗る。機内で空港で購入したアルザスのガイドを見ていると、隣りの席のアフリカ系のフランス人が話しかけてくる。ロンシャンという地名を探しているのだが、と尋ねると、ル・コルビュジエは知っているが、ロンシャンの礼拝堂は、聞いたことがないという。二人して地図を調べるがわからず。彼はアルザスの生まれだが、アイルランド、ダブリンで働いている。ダブリンのパブもよいが、やはり自分には、アルザスのワイン、シャンパンだと言う。空港で車を借り、一路、ストラスブール市中のホテルへ。またしても、道に迷い、途中、車を降りて、人に尋ね、ようやく奇跡的にたどり着く。いつも、車でたどり着く時には「奇跡的」と思うのは、どういうわけか。

目当てのホテルは、来てみると、名前の通り、ホテルというよりはヴィラ。訊くと、元はゲストハウスであった建物を改造した。どこか日本の民宿の感じ。若い長男らしい男性が、しかつめらしくわれわれに応対する。どうも実は妹らしい若い応接の女性が、その男性に対し、いちいち、エクスキュゼ・モア・ムシューと他人行儀にうやうやしく問い合わせるのが、劇を見ているようで、面白い。シャワーを浴び、それから、二人は入れそうな大きな湯船に湯を満たし、疲れをとる。その後、トラムで市街へと向かうが、何を思ったか私はそこで回数券を買ってしまう。十枚では余っちゃうね、というと、二人から憐れみのまじる軽侮のまなざしが向けられる。トラムを降り、名高い赤い砂岩で建てられた大聖堂を見る。以前、十五年ほど前、詩人の友人のSさんと二人でこの地を訪れ、見て以来だが、その落魄ぶりが、なかなか、よい。

ヴィラの若主人に、ここが絶対一番おいしいと薦められたレストランは、評判の店らしく、夜、開店してまもなく入るも、席はガラガラながら、コンプレ。9時45分からでないと、席があかないと言われる。風邪気味で、足元もおぼつかなく、持参の携帯電話は、故障したらしく電源が一日で枯渇していて、使えない。タクシーの運転手の女性に、二番目に薦められたレストランのカードを示し、ここに電話して予約ができるか、たしかめてほしいと依頼。当方のフランス語が十分に通じなかったのか、パ・ド・プロブレムとの答えの後、私がカードを差し出し、シルブプレと、お願いすると、ジュドワテレフォネ？（あ、私が電話するのね）と驚く。よろしく。電話をとりあげ、エトランジェに頼まれていまタクシーから電話しているが、予約はできるか、と訊いている。無事予約でき、めでたく到着。チップをはずんで、車を降りる。娘は、ピカタ、Aはヒラメのムニエル、私はオマールとキノコのソテー。おいしい。ヴィラの紹介だというので、サーヴィスに供された地元の白ワインのミュスカが、マスカットの薫り高く、すばらしい。

8月12日（木曜）

早朝に車を出し、アルザスのワイン街道として観光地化されつつあるらしい古くからのワイン製造の村々をつなぐ道沿いにコルマールに向かう。途中で、ワイナリーの扉を叩き、入れてもらい、そのドメーヌのワインを買う。その家の若奥さんらしい女性が応対。彼女に、おすすめは、と訊くと、あなたの好み次第だから、と笑って、答えず。結局、昨夜の印象に促され、ミュスカをいただく。この街道沿いの町と村は半数以上がドイツ語起源の地名をもつ。窓辺、通りをドイツ風に目に鮮やかな花々で飾り、きれいなことこの上ない。中世風の城門を備えた村が、次から次へと現れる。見渡す限りのワイン畑の中を、道はのぼり、うねり、なだらかにくねって続く。そのところどころに木で造られたキリストの磔刑像が立つ風情は、すり減った石の道祖神の並ぶ信州の町並みを思わせる。地名は、フランス語とドイツ語の併記。この二つの国の間を何度か行き来したこの地域が、いま、EUになって、新たな相貌を見せ始めている。

夕刻、コルマールに到着。いまや恒例となった如く、道に迷い、人に尋ね、またもや、奇跡的にホテルにたどり着く。応対するフランス人たちは、例外なく、鷹揚。冗談を飛ばし、笑って別れる。ホテルは、旧市街に建つコルマールでも有数のホテルのはずが、不備が多く、劣悪。夜、ホテルの薦める通りを入ったひっそりした運河沿いのテラスをもつレストランに行くが、そこでも、出てくるものは、楽しめず。この日のうちに、ホテルを通じ、ストラスブールの若主人がコルマールなら必ずここ、と強く推奨した、コルマール随一というレストランの翌日のテラス席を、予約する。明日訪問予定のル・コルビュジエのロンシャンの礼拝堂への道順がストラスブールで聞いてもわからなかった。いよいよ明日となり、ホテルのレセプションの女性に相談すると、そこでも、聞いたことがない、と言われ、驚愕。ウェブで腰を据えて、いろいろ調べてもらうと、ロンシャンという村が位置するのは、何と、アルザスではなかった！　アルザスの地図の外。隣の行政区であった。ここから、一〇〇キロほどある！　それでも行きますか、と訊かれ、むろん、と答えるが、ストラスブールからコルマールまで、八〇キロ弱。コルマールからロンシャンまで一〇〇キロ。この旅行の主目的がロンシャンの礼拝堂への訪問であるにしては、いかにも奇異な旅程。すべては、私の勘違いによる。

何かでコルマールからロンシャンに行ったという話を読み、すっかりコルマールの周辺くらいに思い、コルマールへの旅が前提となっていた。部屋に帰って報告すると、Aも娘も、あきれ顔。またもや、私のまわりに暗雲が漂う。

8月13日（金曜）

とはいえ、ずいぶんと前から、この旅の主な宿泊地をコルマールと思いこんだのは、見たいものがあったからでもある。朝、ホテルを出て、そのお目当てのウンターリンデン美術館を訪れ、グリューネヴァルトの「イーゼンハイム祭壇画」を見る。これは、同じ埼玉のニュータウンに住むエイブルアートの指導者のAさんと画家のHさんご夫妻から強く薦められていたもの。Aさんは、若い時にグリューネヴァルトの絵を見て衝撃を受け、それから絵を志すようになった。お仕事でフランスに来た折り、この絵を見て、深い感銘を受けたとのこと。日本を離れる直前に会食した際、是非行きなさい、とおっしゃった。

私も、複製でグリューネヴァルトを、見ていたが、自分の好みに合うかどうか不明、くらいに思っていたのが、実際に見て、心底、驚愕。深い驚愕は人を心の底からしんしんと落ち着かせる。身体をしゃんとさせるものであることを、久方ぶりに思いだす。

この種の震撼は、法隆寺の宝物殿で見た百済観音以来のことである。

どこかに書いたおぼえがあるが、一番目は、一九八〇年代初頭にはじめてフィレンツェで見たアカデミア美術館の実物のミケランジェロのダヴィデ像。次が、十年ほど前の奈良法隆寺での百済観音像。グリューネヴァルトの描くキリストの姿は、それに並ぶ。勝るとも、劣らない。

この美術館は、元修道院であったのを、いま、美術館に転用している。アルザス地方から出土したキリスト像を数多く有していて、ほとんど日本の古仏の石像に変わらない。それがまた、素晴らしい。しかし、グリューネヴァルトの祭壇画、中でもキリストの磔刑像は、私の予想を遥かに越えている。またその美の方位の異質さにおいて、意表をついている。

複製で見た時、それは私に不気味に、少々気持ちの悪いものに思えたものだ。たとえば、地獄の図での悪魔たち、また、屍斑の浮き出たイエスの姿など。しかし、実際に描かれたものは、不気味という感じからはほど遠い。図柄と、描かれたレフェラント（指示対象）からいえば、おどろおどろしいといってよいはずの地獄図が、凄愴、清冽。それは、そこに私が、勝手に、一方的に、画家の怒りの深度を感得するからだ（グリューネヴァルトが当時の中世の理不尽に絶望的な怒りを覚えて描いたのかはわからない。私が勝手にそう思うだけである。グリューネヴァルトがどういう人だったか、まったくわからず。違うかもしれぬ。同時に、そういう思いが浮かんでくる）。

屍斑の浮き出たイエスの姿が、私を深く、慰藉する。私をぐったりさせ、虫けらのように、安堵させるが、これも、同じ道理によっている。首をがっくりと折り、口を開け、絶望し、絶命しているイエス。傍らで色を失って倒れかかり、付き人にささえられるマリア。無力の果て、という言葉が浮かぶ。これほど、万人の無力に通じるイエスの像を見たことがない。

マラソン選手で言ったら、ふだんのイエス像は、苦悶の表情を浮かべつつも、首位でゴールインするトップ選手の顔をしている。でも、このグリューネヴァルトの磔になったイエスを見ると、体調を崩し、落伍し、よれよれになり、それでもゴールをめざそうとしながら、倒れ込む、ビリの選手の顔である。このようなイエスが、中世に描かれたということ。百済観音にも感じたことだが、イエスが何と崇高さから遠く、自然に、無力に、みすぼらしく、うち捨てられた姿で、描かれていることか。こういうイエスにならば、私も帰依するかもしれぬ、と一瞬、よろめく。

これほど無力の果てにあることの力を、ありありと示す像は、見たことがない。夜の中で、真実の光のまわりを、一匹のうつろな蛾が飛び回っている。それが、私である。

結局、イーゼンハイムの祭壇画の前では、一枚も写真を撮ることができなかった。

ウンターリンデン美術館を出て、車で高速を一時間ほど走り、スイス国境のバーゼルに近い都市ミュルーズまで南下、さらにベルフォールへと続くA36に入り、そこから二〇キロほど、山間の道を人里離れた村、ロンシャンへ。その高台に、ル・コルビュジエの設計した聖母をまつる礼拝堂がある。

ヴィヴァ・ル・コルビュジエ！

この日は、この二つに圧倒され、帰路、ストラスブールのヴィラの若主人が絶対にここに寄れと薦めてくれた小さな村ニーダーモルシュヴィールを見た後、夢見心地、なかば亡霊のようになって、劣悪なホテルに帰還する。

夜、コルマール随一というレストランの一番よいテラス席で、ニューヨーク仕込みという多分に日本的に洗練されたサーディンのアントレ、子羊のメイン・ディッシュをいただく。待ち時間にと、ウンターリンデンで購入した絵はがきをつい、見ようとするが、悪趣味でなる私もさすがに、グリューネヴァルトは、レストランでは、見ることができないとわかる。不穏な雰囲気のなか、Aにたしなめられる前に、自ら紙の袋に入れ戻す。料理は、絶品。

入り盆だというので、娘が持参した三匹の猫の写真を四人席の空いた一人分のスペースに並べる。キヨ、クロ、そして、ジュウゾウ。十五年前、この三匹の猫をフランスに連れてきて一年を過ごした。すべて近隣の野良猫を拾ったものだが、一番長い猫で十五年ほどともに生きて、私を追い抜き、先に年老い、死んでいった。深夜、午前4時頃目が覚める。グリューネヴァルトのキリスト像のことを考え、いよいよ眠れなくなり、一時間ほど、輾転反側するが、気持は悪くない。うとうとし、その後、生々しい夢を見る。

8月14日（土曜）

明け方の夢の話をすると、Aも娘も午前中、もう一度、ウンターリンデン美術館に行ってもいいと言ってくれるが、「もうろくしつつある旅行代理店兼運転手」としては、今日中に車をストラスブール駅に返し、TGVでパリに向かうことを考えると、それはできぬ。昨日通りかかって、よさそうだと目星のついた周辺の町、チュルクハイムに寄って、ひととき、散策。そのままコルマール市街を通過して、A35経由でストラスブールに向かう。レンタカー会社で渡されたのは、契約車よりも遥かに大型で高価なベンツ。途中でフランス人のご婦人たちに道を訊くと、すごい車じゃないの、と冷やかされ、レンタカー、レンタカー、と笑って答えた。その「すごい車」がここに来て、本領を発揮。アクセルを踏み、気がつくと、速度計が一五〇キロを超えている。安定した走りで、高速を平均して一三〇キロから一四〇キロの速さでとばす。とはいえ、フランスの高速の制限速度は、一三〇キロ。アルザスあたりは、その流れで走らないと、かえって危険なのである。

何とか1時すぎにストラスブール中央駅にたどり着き、車を返し、娘とAと車の記念写真を撮り、駅に荷物を預け、旧市街までタクシーで向かう。簡単な昼食をとり、バスで駅に戻り、午後4時すぎ、TGVでパリ東駅へ。TGVは、一両に五、六人しか乗客がいない。快適な車内でいつの間にか寝ている。

着いてみると、パリは雨。メトロで行くか、バスで行くか、タクシーで行くかで議論。私はメトロ、娘はバス、Aはタクシー。結局タクシーにするが、運転手氏との話で、彼が、カンボジアにいた頃、ポル・ポト政権下で投獄された経験をもつ亡命者であることを知る。S21番。これが自分の投獄された監獄の番号だと、彼は言う。いろいろ話した後、別れる時に、彼は手を差し出す。握手して別れる。

パリでの定宿は以前住んでいたサン・シュルピス広場近くのホテル。前回と同じ55号室に何とか部屋を確保し、夜、これもパリに着いた日の定番となっているサン・ジャック街のミラマで、スープ・ペキノワーズその他をいただく。ふだんは、気むずかしいAも、パリにくると完全に小娘のようにその魅力とやらに、参ってしまう。

夜、ノートルダム寺院の見えるサン・ジャック街から、サン・ミシェルを通り、サンジェルマン大通りに平行にセーヌ沿いをメトロ二駅分、ぶらぶらと歩き、帰ってくる。A、娘と手をつなぎ、終始上機嫌。

8月15日（日曜）

パリは終日雨。雨中を、バスでオランジュリ美術館に行き、ひとわたりそれぞれが好きな絵と再会する。コンコルドからメトロで日曜日でも店が開いているマレ地区に向かい、ユダヤ人地区の食堂でファラフェルを食べる。ピカソ美術館に行くが、改装中とやらで、閉館。

スペイン人の家族と扉の前で一緒になる。およそ八十歳過ぎと思われるおばあさんが、昼だから閉まっているのか、と思っていたところ、二〇一二年春まで閉館だとわかり、破顔一笑。身体を揺らして、笑い転げる。それがあたかも、冗談でしょう、それまではとても待てないわよ、私の身体、と言っているかのよう。

やがて、そのおばあさんが、ピカソ美術館の巨大な扉を、コンコンとノックし、みんなで笑う。娘さんが、扉の向こうのピカソに、プリーズ・オープンと声をあげる。ピカソはここパリに美術館をもつが、スペイン人。ピカソの同国人が、はるばるピカソに会いにやってきたのだ。開けてよ、ピカソ（フランス人の館員なんか、どうでもいいから）。冗談まじりに懇願する。次には息子さんがインターフォンを押し、スペイン語で、美術館の係員と話す。振り返り、私を見て、英語を話すか、と言う。代わって、ボタンを押すが、相手は、英語で、クローズド、の一言のみ。当方も、これだけでも見る価値があると娘とAに薦められ、「母と子」なる絵を見に来た目的を果たせずに終わる。

雨の中、傘をさし、フードをかぶり、バイバイ、と英語で声をかけ合い、スペイン人家族と別れる。帰途、傘の下で、スペイン万歳、と一言。スペイン人の朗らかさは、ただものではない。

雨はやむ気配を見せず。セーヌを渡り、左岸のモーベール・ミュチュアリテ駅から再びメトロに乗って、オルセー美術館へ。パリはいまやどこに行っても人だかり。まるで東京のようである。

オルセーも改装中。雨中の強行軍に疲弊し、一階のめぼしい作品を見て、そうそうに逃れ出るが、北欧の近代画を見て回り、とりわけ前々日グリューネヴァルトを見た目には、フランスの近代の絵画、印象派、ポスト印象派の絵が、以前とはずいぶんと違って見える。

考えてみれば、クールべあたりまでは、フランスの絵画も、ローカルな地方絵画にすぎない。クールべのような天才が出てくるが（そして彼にはいまや名高い女陰を描いた「世界の起源」があるが）、それでも、本質は変わらない。フランスの絵は、次の印象派で、地方絵画でなくなる。たぶん、十九世紀前半の写真の発明も、引き金になっているだろう。でも、エドゥアール・マネの「草上の昼食」、なかんずく「オランピア」のスキャンダルが大きい。

マネが、フランスの絵が世界性を獲得する上で、大きな役割を果たしているというのが、私の考えである。ビートルズでいうと、マネがジョン・レノン、モネがその後に、クロード・モネの「印象―日の出」がくる。ポール・マッカートニー。この二人で、フランス絵画は世界性を獲得する。「オランピア」については、ジョルジュ・バタイユに『「オランピア」』のスキャンダル」という秀抜な論がある。それまでの神話中の美神に範をとった女性の裸体画の図柄を、マネは、古典の構図をそのままに女体の部分だけをくりぬいて、そこにヴィーナスの代わりにパリの娼婦の裸体を代置した。そのことが、サロン画壇の鑑賞者たちを、憤激させ、物議をかもす。絵は、そのあたりで、これまでの絵と違うものになる。かろうじて、グリューネヴァルト、ブリューゲルにつながる線上にくる。生き方と交わる線に。

マネは、古典絵画に通じていた。

印象派は光と描法の革命をもたらし、パリにゴッホ、ゴーギャンなど北の画家たちを引き寄せる。しかし彼らはパリを通過し、さらに南仏へ、タヒチへ、つまり南へと赴く。やがて、そうしたパリの絵の世界性が、他の画家を引き寄せ、東欧からも、ロシアからも、スーティン、シャガールなどがやってくる。イタリアからもモジリアニなどが吸い寄せられてくる。マネ、印象派、そしてポスト印象派。そこで絵は、すでにフランスから切り離された国際的な運動となっている。フランスの地方性から、切れている。やがてくるピカソ、ダリらもむろん、フランス人ではない。

コロー、ピサロなどの印象画家の絵画は、セザンヌ、ゴッホ、ゴーギャンなどと違い、絵の専門家の狭さを感じさせる。グリューネヴァルトは、ダ・ヴィンチの同時代人だが、まだ中世の残映を色濃く残している。いまの北フランス、ドイツに生きて、絵を描いた。また教会の建設などに携わった。絵とは何だろう。私はまた、わからなくなる。

カフェで休み、もうそこからタクシーを拾い、雨の中、ホテルに帰る。車窓の向こうで、だんだん、パリが昔知っていたパリでなくなっていく。しかし、ボードレールが『パリの憂鬱』を書き、リルケが『マルテの手記』を書き、さらにはベンヤミンが『パリ、十九世紀の首都』を書いて以来、パリはそこを訪れる人に、そういう感想を与えながら、パリであり続けてきた。仏文学のS先生も、以前パリでお会いしたときに、同じことを言われた。でも、この後も、そうか。Aは、オルセーの中で、我々を待つ間、オルセーの改装計画のビデオを見たが、私たちが好きだったレストランもなくなる、全体的に現代的になるらしいね、と報告する。メルドだね、と私。メルド、と後部座席で娘も声を出す。

夜、疲れて休むAをおいて、娘と近くのアジア惣菜店に行き、寿司、ネム（ルロー・アンペリアル）、中華料理のお惣菜、スープなどを買い込み、ホテルでアルザスのミュスカをあけ、ささやかな酒盛りを行う。久方ぶりの寿司が、なかなかおいしい。その後、Aと娘はルーム・サーヴィスでプチ・クレームを頼むが、当方は、ミュスカに酔いしれ、ベッドに伸びたまま。そのうち、実際に寝てしまう。

深夜目が覚め、一人風呂に入る。その後、ウェブでグリューネヴァルト関連の英語のサイトを見ていると、ゼーバルトの一九八八年作『アフター・ネイチャー』なる詩とも批評とも小説ともつかない断片集が、「イーゼンハイム祭壇画」を描いたグリューネヴァルトを素材としたものであることを知る。死後、英訳が刊行。それを一部、注文する。

8月16日（**月曜**）

朝から雨。その後も雨が昼過ぎまでだらだらと続く。ホテルを出て、雨の中をリュクサンブール公園へ。公園には数名の旅行者を除いて誰もおらず。ただ彫像のまわりの花々が美しく咲き乱れている。きれいだよね、と芝生に入り、花を眺めていると、呼び子が鳴り、婦人警官に出ろ、と注意される。昔、フランス語を勉強したときに、同じような場面があった。そこで警官は、エップラバ！　と大声を出して注意する。エップラバ！　とは、ああ、どんなスペルだったか。雨のリュクサンブール公園は木々の幹が黒々と続き、葉の緑はどこまでも深い。公園を出て、Aの購入予定の布を買いに、ボナパルト通りのインド布の店へ。帰り、サンジェルマン・デ・プレ教会の前のドゥ・マゴで昼を食べる。

昔、この近くに一年間住んだ時には、観光客で賑わうこの店についぞ入らなかった。戦後、名高い人々が出入りしたということも、気に入らなかった。でも、その後、短期滞在を繰り返す中で、この店のギャルソン氏たちの気っ風のよさにひかれ、立ち寄るようになった。Aはそういう私を尻目に、よくこの店に入ったものだが、ここでは、いつもカフェ・クレームにタルト・タタンを注文する。私は、赤のグラス・ワインとオリーブの実。この店では、赤ワインをグラスのてっぺん近くまでなみなみとつぐ。それが、日本の安い赤提灯の焼酎のつぎ方に似ている。さらにいまはメニューにないオリーブも、注文すれば小ぶりの容れ物ながら山盛りに入れてもってくる。時にはそのオリーブの、お金を取らない。これらが、私のささやかな転向の理由なのである。

帰り、近くの鞄の店バガジュリで、兄に鞄を買う。こちらに来る時にお餞別が送られてきた。鞄を欲しがっていることを知っていたのでメールでどんな鞄がご所望か、尋ねると、「正直はっきりした／イメージはありませんが、／革製品の本場らしい／普及品で、庶民的な価格／の日常使えるものであれば、と思います」と答えてきた。こういう言い方。答え方は、死んだ母直伝のものである。

そう、兄の中に母が生きている。必ずしも、ご希望通りではないが、適切なものを見つけ、「日常の用に足りる」普通の鞄を購入。いったんホテルに帰り、一休みし、再度、通りの角にあるカフェ・ド・ラ・メリーの二階へ。そこで、いま、この日記を書いている。

十五年前、このカフェの四軒隣りのアパルトマンに住んでいた。家族一同、よくこの店でカフェを飲ませてもらった。その際のパリでの研究休暇滞在を助けてくれたフランス文学者のNによれば、その昔、アンドレ・ブルトン、ジョルジュ・バタイユらがこのカフェを贔屓にしたという。あるフランス映画を見ていたら、主人公たちが、ここの二階で待ち合わせをする。でも一階から階段を上るその二階のシーンに、別のカフェを使っていた。いまいるのは、映画で忌避された実物の殺風景な二階。誰もいない。座席のソファはすり切れている。その一角で、Aは恒例の日記をつけ、私はノートパソコンでこの日録を書く。

8月17日（火曜）

昨日は、夜、コンシェルジュリのそびえるシテ島にあるサント・シャペルでヴィヴァルディとバッハのヴァイオリン曲のプログラムからなる音楽を聴き、そこから左岸に戻り、再度、ミラマに行き、最後のおいしい中華料理を食べた。コペンハーゲンではとても望めないアジアの料理を満喫し、夜、オデオンまで歩き、交差点にテラス席を張り出したカフェで雨の上がった深夜のパリの街頭の光景を楽しんだ。腕に小粋なタトゥーをあしらったウェイトレスは隣の席にチップのつもりで置いて行かれた数サンチームの小銭に目もくれない。手に取りもせず、といって、捨てもせず、メニューを置いたテーブルに放置している。その隣で、夜更け、もう少しいたいねとA。帰りたくないと、娘。そういう気持は私にもあるが、コペンハーゲンにいるので、パリやロンドンでないヨーロッパが見えた。北と南のダイナミズムに目を開かれた。グリューネヴァルトとダ・ヴィンチが同時代人であるように、たとえばこの度も、バッハとヴィヴァルディが同時代人であることに気づくのだ。

バロックという概念にもその対位は生きているだろう。北と南の対位がヨーロッパの近代をもたらしたとすれば、そこに東と西の対位が入ってきて、ヨーロッパは現代を経験する。東というのは、むろん、ロシア、スラブ、東欧、そして共産主義。二〇世紀の政治体制である。

朝、ホテルの朝食の席で新聞を開くと、日本が経済力で中国にはじめて追い抜かれたという記事が、フランス紙のル・モンド、英語紙のインターナショナル・ヘラルド・トリビューンの双方で、一面を占めている。なぜか理由は知らず、記事を読んで、悪い感じはしない。ホテルを出て、タクシーで空港へ。時間通りに離陸し、午後1時過ぎ、コペンハーゲンに戻る。

またしても、コペンハーゲンは雨。家に帰り、娘を連れて、近くのメイヤーズ・デリでお昼。サーブする女性の物腰の柔らかさに、デンマークに帰ってきたことを痛感する。

夜、下の階の工事の影響か、水道の水が一時濁る。程なく戻るが、その後飲んだ水が災いして、私とAは何事もないにもかかわらず、娘が急性の食中毒症状を呈し、嘔吐、下痢を繰り返す。深夜、すぐ隣のセブンイレブンに降りていき、ミネラル・ウォーターを求める。娘は寝込んだまま。

8月18日（水曜）

朝から雨。娘は昼過ぎに起きて、朝食の果物を食べる。午後も雨。三人三様、部屋でぐずぐずと日を過ごす。娘は終日床を離れず。親二人がイヤマに行き、買い物をして帰ってくる。夜は、鴨汁うどん。

夜、メールでサンタバーバラのEさんから米国の新聞に寄稿する気はありますかと問い合わせがあり、ニューヨーク・タイムズ紙の特集記事の編集者とやりとりする。日本がGDPで中国に抜かれたという前日のニュースが特集の主題。これについて何を思ったか、何か書かないか、と訊かれる。たまたま、昨日、記事で見ていたので、Eさんに翻訳していただけるなら、という条件で、引き受ける。夜、二時間ほどかけ、一文を草し、Eさんに送る。

8月19日（木曜）

Eさん、日本から米国に帰国したばかりだったらしく、朝起きると、時差ぼけはいいですね、とメールで返事が来ている。そこにクールな英文翻訳が添付されている。指定の字数にまとめるのに、少し手こずりましたが、とあるが、七百五十語の指定のところ、七百四十八語。お見事。それを、NYTに送ってもらうと、オーケーが出る。メールの宛名が、ファーストネームに変わっていて、内容よろし、迅速な対応に感謝、とある。

昼から娘を郵便通信博物館屋上のカフェテラスに連れ出す。コペンハーゲンが一望できる。その後、最後の買い物をして、A・C・パークスでお茶。さらにオレアナに行って、娘、Aともに、ベスト、その他を買う。すっかりこの二つの店のリピーターになっている。帰宅し、Aのポテトフライ、ローストビーフを家族三人で囲む、コペンハーゲンでの最後の夕餐。

8月20日（金曜）

晴天。娘帰国の日。気持ちのよい風に吹かれ、三人でフレデリクスベア公園を散歩する。娘は、この公園に来てコペンハーゲンの印象がまったく変わったと大感激。これまではおしゃれな都会くらいに思っていたが、それだけではない、この公園は夢のようと、言う。入り口脇に先日見つけておいた野外カフェでAはマキアート、娘はカプチーノ、私はカフェラテを飲す。夏の陽光のなかでカフェのテーブルを囲む。家に帰ってきて、うどんを食し、バスで空港へ。この度も、三人で行き、二人で戻ってくる。

新聞記事のことで、メールでEさんといくつか技術的なやりとり。静かになった部屋のマットレスをAと両側から抱え、寝室のベッド下に戻す。

書斎に入り、この間、寝かせていた賞選考の最終的な紙面回答を日本に送る。

午後からは曇天。Aが雲間の飛行機を指さす。娘が帰り、夏が終わり、急に、もうコペンハーゲンに一ヶ月もいないのだということが、心に迫ってくる。

8月21日（土曜）

午前10時。コペンハーゲンの午前は晴天。無事日本に帰った娘とSkypeのビデオ電話で、会話する。日本は暑い、蒸し暑い、という。

Aとの二人の生活に戻る。午後、暇にあかして、オレアナについてウェブで調べると、情報はきわめて少ない。しかし、ある米国人のブログに、コペンハーゲンで偶然この店を見つけ、中の編み込みカーディガンに魅せられた、という記事あり。そこから、この店の背景を語るサイトに入る。

オレアナは、ノルウェイの若いニットの起業家二人が一九九〇年代初頭に立ち上げた会社である。名前は、ノルウェイのヴァイオリニストで作曲家のオーレ・ブルに因む。オーレ・ブルは、ベルゲンを拠点としてヨーロッパにノルウェイの民俗的背景をもつ音楽を広めた芸術運動の中心にあった人で、グリーグに影響を与え、イプセンをベルゲンに呼んだりもした。グリーグの「ソルヴェイグの歌」はオーレ・ブルの音楽にインスパイアされて作られた曲の一つとある。オーレ・ブルはその後、アメリカでオレアナというコロニーを作ろうとして、挫折。その借財を支払うのに、多くの場所で演奏会を行った。オレアナの社名は、若い起業家二人が、この果たされなかった夢のコロニーの名から取ったとある。あるとき、彼らが当時気鋭のデザイナーとして知られていた「もう一人のソルヴェイグ」であるソルヴェイグ・ヒスダルという女性のオスロでの近作展示会を見に行く。そして、これだと思い、以後、デザイナー、ソルヴェイグ・ヒスダルが、この会社の専属となり、すべての服飾デザインと広報用写真は彼女が決める形で、三人の協力のもと、このオレアナ・ブランドが確立する。

二人の若い起業家は、ノルウェイのニット産業がことごとく廃業に追いやられていく一九九〇年前後の時期に、イギリスで学んだノウハウをもとに、ノルウェイの伝統の技術と審美性を大切にし、独自の哲学をもって徹底的に妥協を排してやれば、絶対にうまく行くはずと、手始めに中古の機械を購入し、ベルゲン近郊の工場で、ベルゲン近郊の羊の毛だけを使い、自分たちの美しいと思うものだけを頑固に追求することからはじめた。そしていまでは、欧米に根強い支持者をもっている。

このウェブの記事は、うれしい。グリーグの「ソルヴェイグの歌」は、死んだ母の一番好きな曲で、家にレコードがあった。昔、何度も聞いた。鄙びていて、しかも美しい。独立した調べがオレアナとつながる。もう十五年も前、母が父とともにパリに来たときには、あるシャンソニエで特にリクエストして歌ってもらったこともある。そのときは、黙って笑って聴いていた。

8月22日（**日曜**）

ゼーバルトの『破壊の博物学について』の最後、ペーター・ヴァイスに関する章を読み終わる。この本を読んでよかった。ドイツに行きたくなる。『アウステルリッツ』も面白そう。でも、もうすぐ来る『アフター・ネイチャー』を先に読むだろう。それが来るまで、届きはじめたブリューゲル関係の書籍を読んでおく。九冊注文したうちの八冊が届いたが、中で面白そうなのは、古典的名著とされるマックス・フリートレンダーによる一九一六年刊の『ネーデルラント絵画史――ヴァン・エイクからブリューゲルへ』。十五世紀から十七世紀にかけてのネーデルラントの絵画の動きの背景を論じる本である。ヨーロッパを離れる前にブリューゲルの同時代人の絵とその背景を少しでも見ておきたいと思い、九月にアムステルダムとブリュッセルを訪れることにした。オランダ、ベルギーには以前も絵を見に行っているが、今回ははっきりとした目的がある。著者はファン・エイクからブリューゲルまで、十九名のネーデルラントの同時代の画家について、それぞれに章を設け、論じている。この本をガイドに、そのうちの何人かの絵を見たい。それにもうひとつ。アムステルダムでは、アンネ・フランクの家にも、行きたいのだ。

ニューヨーク・タイムズに寄稿が出る。メールを開くと、寄稿を読んだという未知の人からの、面白かったとか、日本語の原文を読みたいが、といったメールが幾つか舞い込んでいる。紙の新聞を買っておこうと、下のセブンイレブンに行くが、インターナショナル・ヘラルド・トリビューン紙はなし。夕刻、日本語のほかに中国語、ハングルにも通じるサンタバーバラのEさんが、中国のサイトで、NYTの私の記事に対するコメントが幾つか出ていると知らせてくれる。影響力の大きな英語圏の新聞に寄稿すると、反響はこんな形で訪れるのかと、はじめての経験に面白みを感じる。

8月23日（月曜）

朝起きると、NYTの記事に関する批判が、未知の人からメールで届いている。やれやれ。またか、という気になるが、気にしないことにして、マックス・フリートレンダーの本を読む。

昼近く、Aと久しぶりに魚屋さんに行っていろいろと買い物。今日、友人のWさん夫妻が来られる。元教え子のSも同じ便で来ることになっている。これら日本からの友人たちに、二日後、拙宅に来ていただく夕餐のための食材。帰り、スーパーマーケットのイヤマに寄ると、ブルネッロ・ディ・モンタルチーノが当地に来てから二度目の半額セールをやっている。値引き額は前回よりも大きい。みんなわかっていて、みるみる半額以下のブルネッロが、消えていく。私も一本買い、一度家に戻り、他の食材を運んだ後、再度舞い戻り、新たに三本を買う。これで、Wさん夫妻との夜、また、コペンハーゲンを去る夜までの純良なワインは、確保できたことになる。

午後、空港に行き、Wさん夫妻、Sを迎える。両者を紹介し、雨中、タクシーでまずSのホテルに寄り、その後、Wさん夫妻のホテルへと行く。市庁舎前の広場に面したホテル。そのロビーにAが待機している。部屋は上々。部屋に落ち着いた夫妻を、下のバーで待ち受け、それから、ストロイエを歩き、広場前のカフェ・ヨーロッパに入り、歓談。友人と、遠慮なく日本語で話すのは、ずいぶんと久しぶりのこと。楽しい。Wさんとも、三月、送別会と称して、友人のT、Kさん、Aさんと四人、箱根に行って一夕遊んでから五ヶ月ぶりの再会である。

有朋自遠方来。不亦楽乎。

漢文表現の日本語における位置に独特のものあり。過不足のない感情表現の器としての器量。古代中国のように、これは、「遠方」をもつ国の表現なのだと、勝手に実感しつつ、カフェの窓の外に目をやる。雨がやんで、空を雲が動いている。

8月24日（火曜）

朝、激しい雨、後晴れ。午前10時、AとWさん夫妻の逗留するホテルへ。ご両人と落ち合い、晴れているうちにと運河クルーズに繰り出すが、中途、雨、ついで晴れと、不安定きわまりない天候。晴れ間をついて、オレアナで買い物。その後、A・C・パークスで昼食兼用のハイ・ティーを楽しんだ後、フレデリクスベア公園へ。公園をめぐる池での鳥たちの遊弋を眺め、拙宅近くのカフェまで歩いて、ホーガルテンのドラフトを飲む。その後、再び、買い物。夕刻、ニイハウンの波止場に面したレストランで、オマール、ラングスティン（手長エビ）、リブ・アイなどを食す。このレストランは、珍しく当たり。全員、満足してホテルまで歩き、そこで明日のプランを打ち合わせ、別れる。友人と久しぶりに話す。日本語で。ともに夫婦連れで。こういうことは、今回の滞在ではじめて。帰宅すると、ゼーバルトの『アフター・ネイチャー』が届いている。ほぼ、散文詩。たしかにグリューネヴァルトからはじまっている。

8月25日（**水曜**）

朝、起きると日本の通信社から、NYTの記事の日本語原文を送ってくれとの要請。混乱を避けたいので英語でのみ、読んでいただくよう、返事を出す。朝の時間を利用して、数日前に日本から寄贈を受けた、中川裕『アイヌ語のむこうに広がる世界』を読む。Kさんのやっている小出版社から出ている談話記録のシリーズの一つ。そこに出てくるTが送ってくれたもの。

Tは、元の私の大学での教え子である。「アイヌが取りあげられる記事は、だいたいの場合、その人が『民族の誇りに目覚めた』というまとめ方で終わっている。それはどういうことなのか。目覚めてからどうなるのか」と、彼女のアイヌ語の先生でもあるこの人に問いかけている。「目覚めてからどうなるのか」とは、魯迅のエッセイを思いださせる、面白い問いである。

目覚めてから、われわれは、どこにいくのか。

どこにいけるのか。

目覚めない方が、よかった、という状況のなかで。

午前10時、強風のなかを、ホテルへ。今日は私一人でWさん夫妻を案内。一緒にデンマーク・デザインセンター、工芸博物館、ついで戦時のデンマークの対ナチレジスタンスを記念した自由博物館で時間を過ごし、その後、国立美術館を訪れる。自由博物館と国立美術館は私にとっての初訪問。自由博物館では、ナチ制圧下の弾圧と英雄的なレジスタンス運動の記録が雄弁に掲示されている。でも、これまでポーランドでワルシャワの話を聞き、アウシュビッツなどを見てきた目には、構図がわかりやすすぎないか、ということが気になる。拷問の用具、火器類、銃殺刑での柱、最後の手紙など。雄弁なそれら。それらは、物語に支えられ、物語を支えている。でも、大事なのは、これらのものであると同時に、また、そこから漏れ出ていくもの、また、そこに入ってこられない要素なのだと思う。

国立美術館には、ヴィルヘルム・ハンマースホイの部屋がある。そこでハンマースホイを十点ほども見る。すっかり心を奪われる。ハンマースホイはやはり、すばらしい。コペンハーゲンでの発見。「やがて妻になる人の、若い女性としての肖像」、ほぼそんな意味の表題の絵があり、どこか心細そうな若い女性が、うつむき加減にこちらを見ている。

そこから、強風やまぬ舗道を国立美術館敷地沿いに北上し、青信号で道路を渡り、バスを捉え、当地のスーパーマーケットとして、まずイヤマの前で下車、そこをご案内し、15番のバスに乗り、拙宅へ。遅れてルイジアナ美術館から電車でノアポール駅まで、駅からは、ホテルの自転車を乗り継いでと、やってきたSを加え、ささやかな夕餐。ひさしぶりの元学生、友人との語らいに、時のたつのを忘れる。Aが買い置きしていた、とっておきのフランスのワインは、コルクが開かず。急遽私のブルネッロを開陳。二本をうれしく消尽する。

明日、ホテルから空港に直行し、ストックホルムの友人宅に向かうWさんご夫妻と、別れる。明日は、デンマーク最古の町リーベを訪れるSは、ホテルから借りた自転車で、夜の闇の中に消えていく。

8月26日（木曜）

午前、日本の雑誌のゲラを直し、午後、天気がよいので、Aと3Aのバスに乗って終点まで行ってみる。ノルドハウン・ステーション。市の北にある港。バスはこれまで一度も行ったことのないコペンハーゲン北郊の街並みを走る。沢山人がいる。街を歩いている。活気がある。いったい、この半年近く、この一帯のコペンハーゲンをまったく知らなかったとはね。何なんだろう。バスはそんな私たちの会話を残して、あっという間に、街並みをすぎる。北波止場（ノルドハウン）から、海を眺め、再び郊外線で二駅、市中心部のノアポールまで戻り、そこから市中の公園に入り、芝生脇のテラスで休み、14番で帰ってくる。

五月末、Aが日本に帰り、一人でコペンハーゲンに残ったとき、この公園に来た。とても静かな、池に張り出した涼み台もある公園。次にはAと来ようと思った二日後に、スリに遭い、私のコペンハーゲンの生活にも、ハードな色合いが加わったのだ。

帰宅すると、日本での賞選考の仕事の結果が出ている。私が推した作ではないが、高く評価したものの一つで、その一作の受賞。結果が出てしまえば、素直に祝福したい気持ちになるのが、賞選考という仕事の面白いところか。誰もが手抜きしないで、自分の評価をぶつけ合う。それが、最後に、そういう感想に人を導く。とはいえむろん、自分の評価しない作であれば、反対を言い続けることになるのだが。

夜、『アイヌ語のむこうに広がる世界』を読了。アイヌという少数民族の言葉の抱える問題に目を開かれるが、中川裕という言語学者がアイヌ語の研究に入る上で、この人の記憶に残っている一つのできごとが、語られている。

その個所が目にとまる。

この人が大学四年のときに、大学の建物で「爆弾騒ぎ」があった。「僕も珍しく授業に出ていたんですが、ドンッという大きな音がして建物が揺れたんです」。「アイヌ解放戦線と名乗るグループが仕掛けたものだという話で、アイヌ民族を抑圧する帝国主義の手先を生み出している、東大法学部をねらったのだという声明を出したという話でした」。

時期的なことを考えると、これをやったのは、友人のSさんだろう。当時、「世界革命戦線・大地の豚」を名乗って、こういうことを行った。グループではなく、一人。後に逮捕され、十九年近くを拘置所と刑務所に過ごし、八年前に出所した。出所後、お祝いの会に私は風邪をこじらせて出席できなかった。その後、私の住む埼玉県の小さな町まで会いに来てくださった。ひょんなことから、この人の「救援」の活動を、他に三人の仲間と、十数年間、続けた。仲間の一人は、現在九十歳を越えるご高齢のUさん。Sさんは、逮捕されたときに外国に本部をもつある宗教団体の信徒となっていたが、教祖を批判し、その後、さらに、他の爆弾事件の当事者をも獄中で批判したため、当時、獄内外で孤立していた。Sさんの行動と、この言語学の先生の活動が、こんな形でふれあい、現在、その人の教室に、私の元の教え子であるTが、自分の出自の言葉でもあるアイヌ語に親しむため、顔を出している。

話の最後、それまで黙って話を聞く側の一人でいたTが再び、口をはさむ場面がある。一つは、アイヌの中でさまざまな活動を行ってきた人の話になり、中川さんの口から、「僕が最近ものすごく感心しているのはね、山本多助さんっているでしょ、彼は一九五七年から六五年まで」限定三十二部のガリ版刷りのアイヌ語雑誌を出していた、その「中身がすごいの」、と仲間と雑誌を出していた一人の人名を出すと、Tが、「私は山本さんの孫だと思われていたくらいで、両親もお世話になったんです。山本さん以外もアイヌですか?」と他のメンバーについて尋ねる。もうひとつは、話の最後近く、Tが「私はどの言葉でもいいから習いたいというところまで来てから、アイヌ語を習おうと思ったんです。そこまでは、なんとなく遠ざけていた。ぽかーんとしていました」と述懐する。一九九〇年前後のある日、ゼミに入りたいと、Tが研究室にやってきた。また、何かの機会にやってきたTのお母さんと、もう日本に二人しかいない少数民族の一人というお母さんのお友達とを前に、たとえ少数民族の出自であろうと、子どもは、自分のやりたいことをやるのがいいので、民族の文化の伝承を引き受けなくてはいけないなんていう道理はないと言って、その集まりを主宰された高名な政治学者であるS先生と、きついやりとりを交わした。

そんなことがあったことを、思いだす。

深夜、Tに本のお礼のメールを出す。

8月27日(金曜)

朝、賞の選評を書く。昼近く、Aの買い物返品等のつきあいで、市中に行く。イルムス・ボーリフス、ラコステで換品、返品を頼み、その後、オレアナへ。売り子の女性にオレアナのデザイナーについて尋ねる。いろいろ話しているうちに彼女がベルゲンから来たノルウェイ人であることがわかる。流れている音楽が耳にここちよいので、歌手について尋ねると、それもノルウェイのミュージシャン。A・C・パークスでスコーンつきのダージリン・ティーをいただき、26番で帰る。これに乗ると、繁華街のど真ん中までまっすぐ行けることに、半年近くの滞在をへて、九月近くになり、ようやく気づいたところなのだ。

Gよりメール。Kの故国であるプエルト・リコで暑い夏を過ごし、昨日デンマークに帰着したとのこと。

明日、日本の小説家のイベントに一緒に参加する。会場のあるミュン島まで、Kが運転し、Gのお父上の所有になる車で、元学生のSをも同道し、五人で向かう。

この間の疲れか。一日、ソファ、ベッドでうつらうつらする。

8月28日（土曜）

早朝、こちらに来る前にKさんの勧めで入手していた北欧文学の専門家で批評家の山室静著『サガとエッダの世界――アイスランドの歴史と文化』を思いたって開く。あっという間に引き込まれ、急速に、アイスランドに行きたくなる。Aにその話をすると、Aも乗り気になるが、もう時間がない。あと三週間で、コペンハーゲンを離れるのだ。山室著を抱えたまま、Kの運転する車に乗り込み、G、Aに元教え子のSを加えた五人で、日本の小説家の談話を聞きに一時間半ほどコペンハーゲンを南に下ったミュン島にあるイベントの会場に向かう。ミュン島最大の町ステーゲの広場で食事をし、ホテルに荷物を置いた後、元の国民演劇学校を改造した建物へ。KとSはホテルに残り、チケットを持つGとAと私だけが、午後2時から、イベントに参加する。司会の話がはじまる。総勢二百名ほどの聴衆を前にした親密な雰囲気は悪くない。ジャズピアノの演奏があり、短編小説の日本語とデンマーク語翻訳とからなる変則的朗読があり、その後、質疑。休み時間をおいて、壇上でのインタビュアーとの質疑、さらに会場からの質問に対する応答。終わったあと、ビュッフェの時間があり、参加者はてんでに芝生の庭に広がるテーブルと、会館内のテーブルに分かれ、簡単な食事。庭に、このイベントの企画に少なからず参画したらしいN先生の顔も見える。声をかけ、同じテーブルで、GとAと四人で、だべる。日本の小説家夫妻は、途中から姿を見せたらしく、奥で主催者たちと談笑している。

会場内での写真、電話が禁じられているため、裏に回り、GがKに電話。やがて、KとSが現れ、N先生と別れ、みんなで車で帰る。まだ明るいので、車で島の東端にあるミュン・クリントまで遠出。デンマークで一番美しいという評判の断崖絶壁の海岸線を眺める。夜、元学生のSが部屋に来て、Aと三人で久しぶりに話す。

8月29日（**日曜**）

イベント二日目。午前中、教会、庭などミュン島の名所をめぐる。この日のチケットの席は最前列。ディスカッションでもなく、シンポジウムでもなく、少数の親密な小説家のファンの集まりであるような会で、最前列に無粋な日本の文学関係者がいるのも、やりづらいだろう（というか、そうだろうしました、こちらも気詰まりになる）、それと、二日続きで、この種の似たようなやりとりの場に身を置くのも苦しい、という気になったのとで、Sにチケットを譲ることにしていたAに倣い、朝、あまり気の進まないKに頼み、代わりに行ってもらう。その間、Aと二人、ホテルの部屋にいるが、山室著を読みながら、いつの間にか眠る。いびきをかいていたと、後で指摘される。疲れていたのだろう。起き出して、散歩。ホテルは庭を降りるとそのまま広大な海に接する湖に面しており、カヌーがいくつか入江に裏返されている。

5時半過ぎ、G、K、Sが帰ってくる。全員で再び帰還の途へ。車中、小説家をめぐる話の途中、Gが牧草地の羊を見て、日本語で、ヘンかもしれないけれど、ヒツジって撫でてその手の匂いをかぐと、いい匂いなんですね。幸せな気持になれる匂い、と言う。脇で運転しているKが、前を見たままSo sweet. と補足する。いつか二人で撫でたのだろう。

車は、雨天から晴天、またにわか雨とめまぐるしく変転するデンマークの晩夏の空の下を、走行している。コペンハーゲンにまもなく到着。タイ・レストランで食事して別れる。

山室著には、思い入れがある。小諸の山小屋に出向くようになってできた友人の一人が、木材家具作家である山室さんのご子息のYさん。それにもともと、この批評家は、古くから好きな書き手の一人なのだ。昔、J・P・ヤコブセンの『ニールス・リーネ』を、この人の訳で読んだ。夜、部屋で、手放せなくなったアイスランドの話を読みつぐ。

8月30日（**月曜**）

朝、賞の選評を送る。すぐにMさんから、読んだという返事が来る。この人は書き手の気持ちを大事にする編集者である。ほっとして、机を離れる。それから、午前10時半、市内の運河クルーズの船着場まで行き、そこで元教え子のSと落ち合う。そこからオレアナに案内し、その後、A・C・パークスで一緒に紅茶を飲む。ホテルでスーツケースを受け取ったSを、中央駅まで見送り、別れる。Sは午後のSAS便で日本に帰る。中央駅の階段を下りるSに手を振る。

ついで、市庁舎前広場に面した書店ポリティーケンの前で、GとKと落ち合い、Kの運転する車でGの生まれ育ったコペンハーゲンから一八キロの別荘地ヴェアレーセ近くの森のレストランに行く。Gは少女時代、この森の中で乗馬を覚えた。いまも、馬に乗れるという。お母さんがなくなった一ヶ月後に、この新しい別荘地に移り、その後、お父さんと二人で暮らした。そのような日々、よく訪れたという自家製ビールを醸造するレストランで、伝統的なデンマーク料理をAと二人、GとKにご馳走になる。明日、GとKはイギリスに帰る。ケンブリッジで小さな学会の発表がある。コペンハーゲンの水源に問題が起こったときに、その水を用いるという備蓄湖の役目をもつ美しい湖に案内される。足元すぐ近くまで、水が来ている。

AがGをもオレアナに連れて行き、Sの時と同じく、気に入ったカーディガンを、選んでもらい、それをお礼の贈り物にする。家まで送ってもらい、別れる。来年一月に学会出席のためにサンフランシスコに来る。そのついでに、サンタバーバラにも寄るという。オーケー。Gが日本語で、寂しい、と言う。アパートの前で、車が発車し、Aが手を振る。バイバイ。私は、ちょっとだけ。後は背を向け、アパートのドアを開ける。夕飯は、ご飯と、ふりかけ。アイスランドの本を読んで、眠る。

8月31日（火曜）

コペンハーゲンで好きなところは、バスの運転手がそれぞれ、バスの中で自分の好きな音楽をかけて走っていることだ。あるバスでは、ヒップホップがかかっている。別のバスに乗ると、ロックがかかっているし、ラジオの場合もある。ビートルズの流れているバスもある。

また、個人と個人の関係が何かあっさりした感じであるところも、気持がよい。アパートの水道が故障したときに、尋ねに行ったAの話を聞き、直しに昇ってきてくれた下の階の隣人は、裸足のままつかつかとやってきて、水道を直し、自分は waterman をやっている、と言って笑うと、さっと姿を消した。お礼を言いたいと思うが、その後、ふた月ほど顔をあわせない。下には床屋さんと、子供服の店と、古本屋さんが店を開いており、アパートの内庭で夏の間、その人たちが、だべっていた。私は仲間に入れてもらえない。言葉ができないだけが理由ではない。でも、そのことに自然な感じがある。

床屋、古本屋、子供服の店、waterman。ただ、笑顔でハイ、と挨拶をする。友だち、隣人、同僚、市民。その間に、仕切りがある。いろんな窓が、さまざまな方向に開いている。誰もが四方に窓をもつ部屋なのだ。Gの大学での経験などから、デンマークの社会にも、他の社会と同様のストレスが存在することは、わかっている。でも、その成り立ちは、私の知る日本の社会とずいぶんと違う。

ここに来た当座、N先生に案内していただいて王立図書館から国会議事堂を抜けて街の中心部へと向かうと、内庭に自転車置き場があり、多くの自転車が並んでいた。かなりの数の国会議員が自転車で国会議事堂に通っているのだ。そういう話が、自然に耳に入る。レーニンは革命が成就した当初、自転車で動いたか、動こうとした。効率が悪いところから、やがて、それを断念しなければならなかった。そのときの妥協が、ソ連のスターリン崇拝、多くの粛清と、ソ連の全体主義まで続く。レーニンの社会感覚は、ソ連にではなく、デンマークのような北欧の地に、まったく別の形で根づいたのだと言えなくもない。でも、その淵源は、共産主義というようなものではないだろう。むしろ、アイスランドの民主主義に近いものかもしれない。

ウェブの日本のサイトに入ると、政界の争いのニュースが連日続いている。みんな自転車で動くようであれば、ずいぶんと日本の政治の景色も変わる。政治家のKもOもHも、みんな自転車で道路を渡る。右に曲がるときには腕を横に伸ばすのだ。

それにしても、日本は客の利便を大事にする方向で会社がサーヴィスを競うために、そこに働く人の利便を犠牲にしすぎている。私の知る多くの若い友人が、過酷な労働条件、社会環境のなかで、身体を損ね、精神を損ねてきたし、いまも損ねている。お客様は神様だ、と言うが、人はお客様であることよりも、働く人であることの時間のほうが、多い。働く人は神様だ、というのが、基本的人権の考え方である。

コペンハーゲンに来て、うれしいことは、もうひとつ、スカーフをかぶるムスリムの女性と、知り合いになれたことである。近くのイヤマに働くムスリムの女性は、英語ができる。つい何かのおりに、いろいろと尋ねているうちに、淡い友だちになった。友だちとも言えない。ただ、会計のときに目が合うと、ハイ、と笑いあうのである。

9月1日（**水曜**）

山室著のアイスランドの本に、相手のくるぶしを見てその少女に恋する勇士の詩人の話が出てくる。自分がその家を訪問すると、小窓から誰かが覗いているらしく、そのくるぶしの部分がドアと床の間から見えていた。

あそこに足が爪先立っている！
コルマクはしばしば危険よりも
くるぶしの前で怖れた

これがアイスランド最初の恋愛詩人コルマクの詩の一節。そもそも、アイスランド最大の詩人のスノリが、最大の学者であり、「富と名誉」を追求する権謀術数の政治家であり、最後、家に火を放たれて一族郎党ともに暗殺される。スノリだけではない。誰もが、「富と名誉」を求め、兄弟同士、友人同士、夫婦同士で裏切り、だまし、逃れ、殺し合う。愛も憐憫もない。勇気と命のやりとりのみ。『平家物語』のよう。キリスト教という「愛」の宗教が到来する前の古ゲルマンの世界である。

この恋物語でも、コルマクは、恋しいくるぶしの持ち主である絶世の美女ステンゲルデと結ばれない。最後は、当の相手に拒絶され、兄弟とスコットランドに去り、アイルランド、イングランドを荒らし回った後、三十一歳で戦死する。

大胆なるヴァイキングとして
われ日々を戦いしが
いま藁の上に、ステンゲルデよ
われはさびしく藁の死をとげる！

この本を読んでから、街に出ると、キリスト教到来以前の北欧ヴァイキングの世界の末裔の面影が、主に街を歩く女性のうえに漂っているのを感じる。ある種の女性の横顔に凛としたものがある。そう思うのは、私が、男だからでもあるだろう。

夜。山室著読了。どうしようもなく私の中に、アイスランドの世界が入りこんでしまった。サガの物語の切れ端をAに語って聞かせているうちに、今回の機会を逃したら二度とその地に行けないだろうという話になる。やがて、再び「旅行代理店」が開業、二泊三日の旅行を予約。フライト、ホテル、そしてレンタカー。すべて予約し終わると、それまで同調していたAが一転、マクベス夫人のように、K君、こんな大それたことをして、大丈夫なの？　と囁く。

9月2日（**木曜**）

早朝、家を出て8時15分のSASの便でアムステルダムへ。アムスからヨーロッパの新幹線であるタリスでブリュッセルへ行って帰ってくる二泊三日の旅。ブリューゲルとブリューゲルの同時代の画家の絵を見てこようと、準備してきたことは先に記した通りだが、アントワープの美術館は、改装中で、現代絵画を中心とした特別展をやっており、使えない。アムステルダムの国立美術館も数年越しの改装中で、所蔵一万点中の数百点を、マスターピース展と称して、特別展示しているだけ。ブリューゲルに関しては、ブリュッセルの王立美術館所蔵のものと同時代の画家のものを流れの中で見る、というのが今回の旅の主目標である。

アムステルダムは、はじめて。午前11時くらいにホテルに着くが、このアムステルダム有数のホテルはチェックイン・タイム前にもかかわらず、何も言わず、そのまま部屋に案内してくれる。インターネットはフリー、ミニバーのものも入っているものについてはすべて無料。オランダが世界に冠たる時代に覇を競った六つの商館が合同して入っていたという堂々とした建物を改装したホテルで、ガラスに帆船のステンドグラスが埋め込んであり、エレヴェータを上ると、ホールが銀行の窓口めいた造りになっている。そこから、近くの中央駅まで歩き、トラムでオランダの国立美術館に。数百点からなる傑作展なるものを見るが、レンブラントの、初期の自画像、聖アンナ、預言者エレミアの絵に絶句。フェルメールの「牛乳をつぐ女」に、感嘆する。これまでレンブラントをかなり見てきたつもりだったが、これはすごい。フェルメールも、初見の右の絵に、釘付け。

その後、そこを出て、五分先の国立ゴッホ美術館へ。弟テオのもとに残ったゴッホの絵が中心。初期から順序に従ってみていくと、一八八〇年から一八九〇年まで。アルル、サン・レミ、オーヴェール・シュル・オワーズと訪れたが、ここに来て、ゴッホの画業の時間の短さに胸を衝かれる。

ゴッホには、生涯に数枚の写真しかないらしい。そのうちの一枚、友人の画家のエミール・ベルナールとパリの河岸らしいところに腰を下ろし話すゴッホの写像が大きく壁を覆っている。そこでのゴッホはコートを着た後ろ姿。思わず、写真を撮りたくなり、尋ねるが、不可。

先の国立美術館に掲げられた一六六五年、レンブラント晩年の傑作「イサクとリベカ」。その音声説明にゴッホの言葉が出てきた。この絵を見てゴッホが、手紙に書く。もし固パンをもって二週間、この絵の前に佇んでいてもよいと言われたら、僕は狂喜するだろう。馬鹿みたいだと思われるかもしれないが、それくらい、この絵を見ているのが好きなのだ、と。

解説は、この絵のレンブラントの型破りの破天荒な技法をゴッホの狂喜の理由にあげているのだが、私は、違う、と思う。この絵の若い夫と妻の、何か人生のただ中にいるという様子には、ただの人生を生きることの喜びと悲哀が、みちている。そういう普通の人の尊厳が、他にたとえようのない生きることの疲れと、疲れの中にある安らぎのうちに、描かれている。レンブラントは晩年破産に追い込まれ、自分の大きな家も手放す。この絵を描く九年前のことだ。それから数年後にはアムステルダムのギルドから画家の資格も剝奪されている。そうした晩年の失意が、この絵から、彼の画家としての偉容を取り去り、彼の絵をただの絵としての尊厳へと、立ち返らせている。ゴッホは、この絵の、そういうところに、惹かれたのではないだろうか。

ホテルに帰り、風呂に入り、夜、ホテルからそう遠くない中華街に食べに行く。意外に麺がおいしい。近くの夜の町並みをひやかして歩いていくと、フットマッサージの店があり、入る。三十分ほど、足をほぐしてもらい、さらに歩いていくと、赤い光の路地。いつの間にかアムステルダムの名高い「飾り窓の女」の界隈のただ中に入り込んでいる。コペンハーゲンでもしかり。Aと知らない街を歩くと、よくそういうことが起こるのは、なぜか。ほぼ全面的に裸体の女性たちが狭い道の両側から微笑みかける。狭い路地をいきかう男女が押し合いへしあいする。何とかそこを抜けだし、旧教会をへめぐり（とはいえ由緒ある古い教会がほぼ飾り窓の家に囲繞されているのである）、そこから三つの小運河を横切り、ホテルに帰ってくる。もうその頃には、アムステルダムという街に、何とも言えない、愛着が育っている。

そう、ここは、古くからのヨーロッパの港町なのだ。船乗りが陸にあがり、売春婦を求める。江戸時代、もっとも世界に覇を唱えた国はイギリスではなくて、オランダだった。だから、福沢諭吉も誰も彼も、外国語を学ばなければと思い、オランダ語を学んだ。洋学といえば、蘭学。福沢は、日本の外に出てオランダ語がまったく話されていないことを知って衝撃を受け、再度、英語を学び直す。その意気やよし。でもとにかく、十七世紀前半のオランダは、世界随一の貿易国家なのである。

9月3日（金曜）

ホテルの朝食をとると、地階のレストランにこれまで見たことのない見事な、ダイナミックきわまりない人魚像が飾られている。豊満な身体に精悍な頭部を載せ、長い髪を風になびかせ、背後に数メートルに及ぼうという尾鰭を揺らめかせている。オランダの隆盛を誇った時期の勢いもかくやと思わせる。

駅からトラムに乗り、アンネ・フランクの家へ。午前10時、すでに家の前には入場者の列ができている。入場者が殺到しているのではなく、さほど大きくない家を順路に従って進むので、博物館内に人が入りきらないのだ。アンネ・フランクというこの少女は、関心をもつようになって、知ると、つくづく面白い。亡命オランダ政府がナチ占領下の市民に、占領下の生活の記録をつけるように呼びかける。それを政府が保護し、保存に責任をもとうという提案に、彼女は、これを占領終了後発表すれば面白い読み物になると思い、日記をつけつつ、その日記をさらに、自分で推敲、清書している。将来の夢はジャーナリスト。それが、日記の後段では、後に著述家になることへと、変わっている。

自分が読んで気に入った文章の引用帳も残っている。書くことの、書く人間にとってもつ意味には、禁断の、そして秘密の感触があるのだが、彼女はそれに気づいていて、野心とか、人に働きかける喜びとか、そういうものの禁断の味に、すでに魅せられているかのようなのだ。

　そこに、十五歳の少女の日記が、多くの人を動かすこととなった秘密があるだろう。日記の一節が、館内の壁のところどころに記されている。こういう一節に目がとまり、書きとめた。

　"The best remedy for those who are afraid, lonely or unhappy is to go outside, somewhere where they can be quite alone with the heavens, nature and God. Feb.17, 1944"（おそれを抱き、一人ぼっちで、不幸せな人に一番よい治療法は、外へ出ることだ。空と、自然と、神と一緒に完全に一人っきりになれる、そういうどこかへと）。

　この言葉は、私に、若くして自死した日本の少年、岡真史の次の詩句を思い出させる。

こころのしゅうぜんに
いちばんいいのは
自分じしんを
ちょうこくすることだ
あらけずりに
あらけずりに……

　アンネ・フランクの家で時間を取ったので、その後に覗こうと思っていたレンブラントの家はあきらめ、ホテルに戻り、スーツケースを引いて駅に戻り、タリスを待つ。プラットフォームのベンチでオランダに住むアルジェリア人の男性と隣り合わせて、話す。

　お父さんが数年前に亡くなり、母上が心労で倒れ、肝臓に腫瘍ができて入院したが、快癒。休暇を取って母上に会いに行く。二週間しかいられない。ここに息子もいるし、妻もいるからね。人生はきついが、仕方がないね。笑う。フランス語を話すか？　からはじまった会話。列車が入ってきて、手を振って別れる。アムステルダムを出て、アントワープを通り、約二時間の運行。数分の遅れで、3時半近くにブリュッセル・ミディ駅着。そこからタクシーでエラスムスの家に直行するが、近くの道が工事中で、三十分もかかり、結局近くで降りて、スーツケースを引いて石畳の道を歩く。ようやく、4時過ぎ着。何とか5時の閉館前に間に合う。

　エラスムスは、ヨーロッパの南と北の対立が、旧教と新教の宗教対立という形をとったとき、彼に心服していたルターを当初はサポートする。けれども、ルターが過激化の一途をたどると、袂を分かち、ルターをたしなめるようになる。最後、ルターと論争し、ルター側からも、旧教側からも、排撃され、一つの場所に長くとどまることができず、ヨーロッパの各地を転々とする。ブリュッセルのこの家には一五二一年に数ヶ月滞在しただけだが、この博物館には、デューラーのエッチング、ボッシュの絵、エラスムスの真筆の手紙などがある。書斎の中央の骸骨が、エラスムスの頭蓋骨のムラージュ、複製であると知らされて驚く。

この頭骨の人エラスムスに、昔は関心がなかった。でも、こちらに来て、自分なりのヨーロッパ像を得るようになると、この北と南の対立の意味にいち早く気づいたと見えるこの人にだんだん関心が深まって、一度、その滞在の跡を訪れたいと思うようになった。後に司祭になる男性と医師の娘の間に私生児として生まれ、早い時期に両親をペストで喪い、その後、修道院で教育を受け、学才の卓越ぶりで頭角を現す。イギリス、イタリアで学び、ケンブリッジ大学の教壇にも立った。その後、声望高く、各所に招聘され、迎え入れられ、時に避難先を求め、ヨーロッパ中を移り住む。ブリューゲルにやや先んじながら、ブリューゲルの生きた時代を準備した、この時期最大の思想家といってよい。

博物館の受付のマダムにいろいろと話を伺い、メトロで中央駅まで行き、中央駅前に建つホテルへ。夜、トラムを使って日本食を食べに行くが、予約しなかったために、入れてもらえず。仕方なく、再びトラムに乗り、さらにほぼトラム一区間にあたる距離を歩いて、ラーメン専門店に行く。そこで、都合一時間ほど、行列を作って、腰を下ろし、待たされ、餃子とラーメンを食す。ラーメン専門店のベルギー人の店員はファン・ゴッホに似ている。にこりともせず、サーブする。忙しく立ち回り、時折り、ビールを小瓶からぐいっと飲む。そう、ここにも日本には見られない光景がある。私は、日本の忙しく立ち回るラーメン屋のカウンターの内側にいる有能なお兄さんたちに、喉が渇いたとき、客を尻目に、ぐいっとビールを飲んで、不敵に客席を見渡してほしいのだ。働く人間が神様。私の注文したビールが来ないまま、ゴッホがビールを飲んでいるので、Monsieur. と呼びかけ、目配せすると、しばらくして、小瓶とグラスを並べる。それから、Désolé. という低い声が聞こえる。

9月4日(土曜)

午前に、ホテルを出て、王立美術館へ。ここが今回のブリューゲル研究のための訪問の第一の目的地。数時間をかけて、ブリューゲルに先立つ百年間の絵の流れに沿い、十六世紀のネーデルラントの画家の絵をつぶさに見、ブリューゲルの部屋で真筆四点に面会する。もう十五年ほど前にも、見ているが、今回は、同時代の他の画家との違いに目が行く。その後、十八世紀までの絵、また、別館にある二一世紀までの近代・現代の絵をざっと見るが、半日をかけ、一回りしてみてわかるのは、少なくともベルギーという場所のこの王立美術館所蔵の絵画でいう限り、当地の絵画は、十五世紀のロジエ・ファン・デル・ウェイデンからブリューゲルまでの時期が絶頂期で、その後は、ルーベンスがもてはやされるものの、拡散と衰退の一途をたどるということである。巨大なルーベンスの絵に「フランダースの絵」を思いだすがどうしてもこの画家は、好きになれない。ブリューゲル以後、オランダのレンブラント、フェルメールが図抜けているのは、昨日、はっきりと見た通り。しかし、この三人にボッシュを加えて、ほか、十五世紀〜十六世紀の画家たちを除くと、他ははっきりと見劣りがする。絵の勢いが、国の勢いにほぼ並行していることは、恐ろしいほどである。

今回、このように時代の流れの中に置いてみても、ブリューゲルの絵の隔絶した感じは、少なくとも私の偏見に充ちた目に、疑いようがない。全然違う。ことごとく。これについては、場所を改めなくてはならない。

その後、歩いてブリューゲルの家を見に行く。中に入れない、というだけでなく、きっと内部は、荒れているのだろう。家のまわりをめぐり、ためつすがめつしてみるが、脇の通りに面した窓ガラスは割れ、内側から板があてられている。家の内部に人が住んでいる気配はない。隣が、ブリューゲル書店。しかし中に入ると、週刊誌と雑貨しかない。ブリュッセルは、緑もない。東京さながら、いまや無秩序に景観を壊す建物が所狭しと建つ街。一昨晩のアムステルダムは、面白かったが、こちらは、何もかもがちぐはぐ。三度目の今回は、いまだ普請中の、うつろな都市の印象が強い。

ベルギー王立美術館は、旧館、新館のほかに、ベルギーの人気高い二〇世紀の画家ルネ・マグリットの美術館を隣接させており、特別展が行われている。でも、マグリットは、一度日本で大きな展覧会を見ている。そして少々、がっかりもしている。今回はパスして通りすぎたが、帰り、ポスターになっているそのうちの一枚に、Aが立ちどまる。例の、空が昼で、街並みが夜の絵である。L'empire des lumières のシリーズ。これが、コペンハーゲンでの散歩の折りに話した絵だというと、このポスターはいいね、とAが、珍しく関心を示す。ポスターでは大きすぎるというので、一回り小さいものがないか、ミュージアム・ショップの人に尋ね、いろいろと調べてもらうが、存在しない。

帰途、マグリット美術館から少し行ったところにマグリット・ギャラリーなる美術館直属らしいギャラリーを見つける。そこに入ると、先のものとまったく同じではないが、同じ味わいの別の「光の帝国」シリーズの作品のリトグラフが一枚残っているという。ギャラリーの若い係員が、「一分待って下さい、持ってきますから」と言い、階上に消える。いや、そう言われても。値段は？　とその背中に声を投げかけるが返事はなし。やがて、なかなかに素晴らしいリトグラフを手に降りてくる。うーん。ね、よいでしょう？　値段を聞き、しばらく無言のあと、I'll take it. とAがいうので、ギャラリーの若い係員と私と、双方が、目を合わせる。

ホテルに帰り、スーツケースを受取り、向かいの中央駅から空港行き急行の列車で、空港へ。あんなに大それたことをして、よかったの？　アイスランド行きの意趣返しに、嫌みを言う。あなたも買え、って言ったじゃないの。夜8時10分発のブリュッセル航空機で、コペンハーゲンに帰着。

帰宅後、マグリットのリトグラフを開く。私の感じでは、本物よりも、こちらのほうが、美しい。マグリットは、本物よりも、すぐれた複製のほうが美しい、現代に固有の画家である。

9月5日（日曜）

机の上には様々な書類、旅してきた町と国の地図、買ってきた絵はがきの類が散乱している。身体は疲労の極に近い。果たして明日、アイスランドに行けるのか。一日中、家でごろごろしている。Aが簡単な買い物をしに外に出て行く。

9月6日（月曜）

午前に家を出て、市庁舎広場の前で降り、スーツケースとAをバス停において、広場を横切り、ポリティーケン書店が開くのを待つ。午前10時、店が開くと、中に入り、アイスランドのガイドブックを買う。再びバスに乗り、オレアナに寄り、購入した品物の交換を行い、メトロで空港へ。デタックスの手続きは、こちらの手落ちもあり、不可。あっさりあきらめて、出国手続きを済ませ、アイスランド・エアでレイキャビクに向かう。この日記は、二週間見当で一纏めとして、日本に送っているのだが、飛行機の中で、その送付の一回分をAに示し、事実の間違いなどがあるかないか、チェックしてもらっている。機内でそのチェックを頼む。このことが、あとで、大きな厄災のもととなる。

デタックスの手続きがうまく行かず、どうも今日は幸先が悪いなどと軽口をたたいているまではよかったが、貨物室に預ける荷物のチェック要員が、他に気を取られていて、エレクトリック・チェックが、中途半端なように思えた。でも、手にした機器からたしかにピッという音がしたので、大丈夫だろうと、気にはなったものの、二人とも、そのままにしていた。しかし、悪夢再来。我々のスーツケースだけが、レイキャビクで、バゲッジ・クレームのベルトに現れない。この数年間で、何と三度目のロスト・バゲッジである。

ところが、ことはそれですまない。スーツケースのタロン（控え）の半券を添付したAの搭乗券半券が、見あたらない。私の日記原稿を見た後、それを席の前のポケットに入れた。そこに搭乗券半券をはさんでいたらしい。あ、忘れてきた、とA。もうバゲッジ・クレームの区域から元のボーディング区域には戻れない。さらにバゲッジ・ロストを証明する半券もない。絶体絶命。空港内の警察派出所に行けと言われ、カスタムを出て、さらに半時間から一時間。悪夢の時間がすぎる。まず、半券。ホテルに帰り、ホテルから午後6時以降、電話せよ、それまでは飛行機の整備が完了しない、の一点張りで、窓口の向こうでけんもほろろだった係員の対応が、エレクトリック・チェックの「ピッ」という音が十分でなかった、という擬音を入れた我々の言葉をきっかけに、奇跡的に、軟化する。えっ？　背後から別の係官が近づいてくると、ちょっと待て、バッグの色は？　問いがあり、我々はあなたのバッグを預かっている、という言明があり、それから、一分足らず、我々のスーツケースが戻ってくる。

おお、「ピッ」という擬音の魔力よ。言葉にまじないの力があるとしか、思えない。

到着ロビーらしき場所に向かうが、迎えに来ていたはずのレンタカーの係員は、とうに待ちあぐねて帰ってしまっている。親切な別の会社の係員が、困っている我々を見かねたように、名前は？　と聞いてきて、電話してくれる。精悍な顔をしたトルコ人の若者がやってくる。バゲッジ・ロストで遅れた、というと、ときどき、あるね、と優しく受けて、キャッシュマシーンでアイスランド・クローナを引き出す我々を、少し離れた場所でつつましく待つ。先の人、この若者。見も知らぬ人に親切にされるとは、何とありがたいことか。自分も困った人がいたら、親切にしよう、と心に誓う。

車を借り、一路、レイキャビクに向かうが、案に相違して空港はレイキャビクから五〇キロも離れている。ブルー・ラグーンという露天温泉が近くだと聞き、地獄からの生還を祝い、幹線道路を外れ、そこに寄り道。もはや夕刻。しかも雨。周囲はとても地球とは思えぬ見渡す限りの溶岩の原野で、寒々としている。

地熱発電の熱水を利用したというこの巨大な露天温泉は、どこか地方都市のヘルスセンターめいている。二人して、水着を借り、温泉プールで落ちあう。お、生ビールだ、とばかり、購入してお湯につかりつつ、二人で飲むが、気がつけば、お湯を出た後、数十キロを走ってこれから、レイキャビクまで行かなければならないのである。

午後6時過ぎ、冷え冷えとしたレイキャビクのホテルに到着。再び車に乗り、食事に出るが、人口三十万人という国の首都の午後7時は、言いようもないほど、さびしい。ガイドに出ていたレストランにたどり着くと、廃業。コペンハーゲンは空気の澄んだ街だが、ここレイキャビクの午後7時は、空も、屋根も、人も、水たまりも、それ以上。すべてがなかば透きとおりかかっている。ひえびえ。水と空気の区別がつかない。通りを曲がればほらそこ、足元の暗がりに、魚が数匹、浮かんでいるよ、と言われても、驚かないだろう。

観光客など一人もいないタイ・レストランにふらふらと入り、注文するが、それがウソのようにおいしい。野菜炒め、そして、薄い豚肉の串焼き。車でホテル近くに戻る。建物に沿って歩く黒猫を、Aが勝手にかつてのわれらの愛猫の名で、クロちゃんクロちゃんと呼ぶと、薄闇のなか、クロちゃんが伸びをして、ニャーンと啼く。

9月7日（火曜）

当地とコペンハーゲンの時差は、二時間。朝の6時くらいに目が覚めるが、午前8時だと思えば、納得がいく。7時過ぎに朝食を食べ、8時過ぎには車でホテルを出る。今日は、一日、ガイドブックの教えるルートに従い、幾つか目当ての場所を回る予定である。

車は首都からあっというまに無人の荒野へ。雨が激しい。それが途中から、日が射し始め、やがて暑いほどになる。内陸部にはささやかな草原らしき平地が広がり、馬が放牧されている。アイスランドの馬は、ときどき、しゃがんでいる、とAは言うが、車を高速で運転する私には目撃のチャンスがない。しかし、人馬に注意の道路標識がしきり。幹道の脇に平行して細い道が走っているが、あれは、馬の道なのでは、とふと思う。

アイスランド島の面積は、一〇万三〇〇〇平方キロ、日本で言うと北海道と四国を合わせたほどの広さである。それが八つの地方に分けられているが、レンタカー会社に借りた分厚い道路地図の説明によると、道路行政の区分が、第二区から第九区まで。そこに第一区がないところが、この国らしい。第一区に当たるのは、島を環状に巡り、八つの地方をつなぐ道――リング（環）と呼ばれる国道1号幹線――である。そして道路はすべて、以下、第四区のレイキャビクでは、40号、41号、その支線は415号、432号というように、その区の数字を頭に掲げた番号をふられる仕組み。我々はレイキャビクのある第四区から内陸の第三区へと東行する。昨日、空港から北上した幹道は第四区内の移動だったので、41号だったが、今朝の道路は、1号、ついで35号である。

内陸に向かい、クヴェラーゲルジの町を通過、何と呼ぶのか、Ölfusaという名の川に架かる橋を渡り、セールフォスの町で小休止した後、35号線を北上。クレーターにできた沼を見て最初の目的地スカルホルトに向かう。アイスランドへの植民以来、千年余で二十回噴火を記録したというヘクラ火山は、今日は見えない。

スカルホルトの村は、いかにも古代に人がここに住もうと思ったことが納得できる場所。威厳ある山と湖を望む草原の懐深く、位置している。最初のアイスランド人の司教となった「白いギツール」の息子イスレイブが開いた司教座のあったところで、学校が開かれ、有力な首領の子弟がそこに送られた。その跡地があるが、いま見ると、心を締めつけられるくらい、小さい。後にこの地で、司教の何人かは、断首の刑に処され、殉教もした。古くからの教会がレイキャビクに移された後、新しく建てられた教会は、現代的なステンドグラスが柱を彩るように設計されている。アイスランドはいやに現代的で、そこが少し外から来たアジア人の目には、悲しい。

付設されたセミナーハウスには、外国から来ている学生が二、三十名研修中。英語でがやがやと、討論めいたことを行っている。我々は、天窓部分にブーゲンビリヤの枝が這い、桃色の花の咲き誇る、温室の作りになっているカフェで、少し早めの昼食を摂る。ついでに絵はがきを買い、アイスランドの地図をあしらった一枚を手に、この間噴火した山はどこにあるか、と質問する。さらに、×印のついたそこを指さし、発音してみて、とお願いすると、料理人は、にやりと笑い、これは特に発音が外国人には難しい、「エイヤフィヤトラヨークトル」。えっ?「エイヤフィヤトラヨークトル」。

そこから、お定まりの観光コースで、グレート・ゲイシール(間欠泉)、ガルフォス(大滝)を見た後、今回の旅の目的地である最古の議会(アルシング)の開催地であるシンクヴェトリルに向かう。

アイスランドに来て一番強く感じたことは、この国の人々の数が現在、三十二万人強であるということである。私の生まれた東北の地方都市の人口を少し上回る。でも、幾多の日本の県庁所在地の都市を下回る規模。昔はもっと多かったというわけではない。そもそもは無人の土地。そこにノルウェイ王の支配に服することを肯んじない北欧の部族の首領たちが移り住んだ。この人口規模で、一九五八年から一九七六年まで、イギリスとの間に、タラ戦争(Cod War)と呼ばれる漁業海域をめぐる国際紛争も戦った。山室著では、一〇世紀から十三世紀にかけてのサガ、エッダなどの学芸の興隆、最古の議会制度の成立などは古代ギリシャに匹敵するできごとと評されているが、レイキャビクには事実、いまも、書店が少なくないらしい。一つ訪れたそこにも、アイスランド語の書籍がびっしりと並んでいる。この世界で、三十数万人しか解さない。でも、千年以上の歴史をもち、数十巻のサガとエッダをもつ。

この国の人がアメリカ大陸（ヴァインランド）を発見したとき、二度ほど遠征し、植民を試みるが、先住民からの襲撃を受け、あっさりと断念している。彼らはイングランド、ノルマンジーから、地中海近くまでを荒らし回った「勇猛野蛮」なヴァイキングなのだが、女王を戴いたコロンブスとは、だいぶやり方が違う。先住民を殺戮しない例外的植民者なのだ。タラ戦争でも、奇跡的に死者が一人も出ていない。そういうところに、この国の人々の、戦いにたけた戦士の伝統を感じる。

ヴァイキングの掟の一つに、「戦いで得たものは、大小、価値の高低にかかわらず、すべて団旗の下に持ち寄ること。これをなさぬ者は追放する」とあるが、これが、思うところ、ヴァイキング料理の原理なのだろう。

また、「城内に女をつれこんではならない」、「外泊は三夜にわたってはならない」とあるが、これなどは、先にベルゲンの博物館で知ったハンザ同盟の規約に通じる。ハンザ同盟もその基底部で、ヴァイキングのあり方とつながっているのかもしれない。

シンクヴェトリルは、いま、北アメリカ・プレートとユーラシア・プレートの裂開する「裂け目」という地学的興味から話題になるが、私には、歴史的来歴が興味深い。一〇世紀に、部族の首領間の争いを調停するための仕組みを作ろうと考えたウルブリョットという人物が、いまでいう共和国の構想を抱き、憲法と裁判のための研究と調査を重ね、祖国ノルウェイ他の国を巡り、さらに、アイスランドの従来の慣習を取り入れ、原案を作る。しかし、容易にまとまらない。すると、今度は、「山羊ひげのグリム」と呼ばれる男が島中を歩き回り、最後に誰もが受け入れられる場所として、この地を見つける。古来から、追放者が逃げ込んだ場所。大陸プレートが幾筋もの断崖になり、その岩地の一方が、広大な湖に面している。

島民たちは、ウルブリョットの労を多として、一人一ペニングを彼に支払うことを決議した。しかしウルブリョットは受け取りを拒否し、その金をこの地に立てられるべき神殿建設の費用に差しだした。

一人一ペニング。それがどれくらいの額だか、私にはわからない。でも、アイスランド・クローナの貨幣の表には、ただの魚が泳いでいる。一〇クローナの表を泳いでいるのは、女王でも、王でも、塔でもない。四匹のカペリン、樺太ししゃもである。

9月8日（水曜）

朝、早く起きて、ホテル近くのマーケットに行き、果物と水、キャットフードを買う。キャットフードをもって、窓から見えるホットドッグの屋台前のテーブルにうずくまるクロちゃんに会いに行く。ニャーン。日本の猫そっくり。コペンハーゲンの猫と違い、いたって愛想がよい。ナーン。そう聞こえるのは、耳の迷いか。

荷物をまとめ、チェックアウトをすませ、アイスランド国立博物館へ。そこで、死者が彼の馬とともに埋葬されている展示を見る。この馬は死んだ人の馬ですか、と係の年配の女性に尋ねると、死者が死後も困らないよう、戦士が死ぬと、その馬、その犬も、殺されて、一緒に埋葬されたのだと、言う。あきらかに人と動物を隔てるキリスト教の文化とは違う。親近感とうれしさが私の身体にみちてくる。

最初に、このことに深く気づいたのは、ヴェネチアでの展覧会で、フリーダ・カーロの自画像にはじめて実物でふれたときのことである。彼女の絵は、おどろおどろしい図柄であるにもかかわらず、まったくそういうことを感じさせない、繊細さと、美しさにみちていた。複製でしか知らなかった私は驚いた。その自画像では、彼女自身が、（例のうすひげをはやして）彼女の猿と、彼女の犬と、一緒にこちらを見つめている。そして、神の土偶のようなものが、中空から、その彼女を見守っている。こういう自画像は、西欧ではありえないだろう。この四者の関係が、彼女なのだ。彼女の中に、猿がいて、犬もいて、私を見ている。犬と猿の中に、彼女がいて、我々を見ている。犬の思いつめたような、真摯なまなざし。そして、それら全体を見守る存在のいることを、彼女は感じている。それと同じものを、私はアイスランドの古代の死者に、感じるのである。

あっという間に時間が来て、名残惜しく、博物館を後にし、一路、空港へ。空港で、車を返し、午後1時15分離陸。午後6時近く、コペンハーゲンに帰着。メトロとバスで帰ってくるが、スーツケースを五階まで持ち上げると、しばらく、動けない。でも、もう一週間の滞在である。夕食に、バス路線3Aの道を北上。目をつけていたはじめてのベトナム料理店に入る。コペンハーゲンで見つけたはじめてのまともなベトナム料理の店。ネムもおいしい。フォーも、おいしい。聞くと、五ヶ月前に開店したとか。店を出ると、もう暗闇。風がつめたい。お気に入りのカフェに行くが、さすがに外ではなく、中でエスプレッソを飲む。

9月9日（木曜）

今日は、コペンハーゲン大学のN先生のゼミ学生を相手に、日本の文学と社会に関する質問に答えるという変則的な講義の日。Aは、これが最後になるというので、挨拶にだけと、一緒にN先生の研究室に来て、N先生と話し、そこから帰る。先々週が、ミュン島でのイベントだったため、今日が、新学期の一回目の授業。N先生も、一年生とは初顔合わせであるらしい。急遽、院生数名と、四学年すべての学生が顔を見せることになったとのことで、大きめの教室に場所を替える。総勢五十名ほど。英語での、何でもどうぞ、という形での質疑。英語の聞き取りが十分でない、しかし、質問の意味がわかる限りは、何でも答える、少なくともそうトライします、と断り、最初の質問がなされ、答える。やりとりは進み、四十五分が過ぎて、ブレーク。教室を替えて、二度目の質疑。同じように推移。無事、さまざまな問いをこなす。

これだけの数の若い人と顔を合わせるのは、久しぶり。とはいえ、コペンハーゲン大学の学生が、かつて身を置いたモントリオール大学の学生と同様、十代から五十代まで、さまざまの年代の人からなっているのがわかる。なんとなく気分がよいのは、こちらにいる人間と、少しはまともなコミュニケートができたからだ。言語でのやりとりがあったからだ。そのことの意味を、私の身体が嚙みしめていると思う。

午後1時すぎ、N先生と大学近くの河岸のレストランで会食。ごちそうになる。N先生は、日本の新聞にミュン島での日本の小説家の会について、寄稿したと言う。

家に帰り、日本のニュースを見ていたら、前回オリンピック大会で、負けて泣いていた日本の柔道選手をめぐる記事が目にとまる。今回は、めでたく国際大会で優勝したらしい。前回オリンピック以来、スランプが続き、優勝に手が届かず、先の合宿時には「代表から外してください」という言葉も頭をよぎった。でも、このとき、S監督の言葉を思いだした。「家族のためとか、日本の柔道のためとか気にするな。柔道は自分のためにしかできない」。

S監督は、もっと前のオリンピック大会決勝で、なんとかスカシという技を審判に誤審され、涙を呑んだ選手である。そのとき、茫然自失していたが、そのせいか、あまり抗議をしなかった。以来、ヌーボーとしたこの人に淡い好感をもっている。こういう人が、こういうことを言うのは、私には、うれしい。

9月10日（金曜）

終日、アメリカへの移動のための引っ越し準備。Aはてきぱきと働くが、私はなかなかはかどらず。この後、私はニューヨークを経由してロサンゼルスから、サンタバーバラへ。一方、Aは日本へ帰り、Aと私と双方の親に会いに行く。おじいさんは山に柴刈りに、おばあさんは川に洗濯に、というお伽噺の定型からすれば、桃が流れてくるのは、Aに、だろうか。

三月に一括して飛行機の切符を取ったが、コペンハーゲン、ニューヨーク間だけが、直行便ではなく、ワン・ストップ便で、ワシントン経由。昨日、N先生に、その旨をお話ししたら、ワシントンはテロリスト対策で、トランジットの鬼門かもしれない、と言われる。乗り換え時間は、一時間四十五分。調べてみると、ワシントンのダレス空港は、ヒースロー空港ほどではないが、ターミナル間をシャトル・バスで連絡する巨大な空港のようである。少々不安。Aは一ヶ月後にサンタバーバラに来る。二ヶ月間滞在し、年末と年の初めに、再び一ヶ月ほど、日本に帰る。その切符の手配などを行う。

書斎の本の山を切り崩すと、探していた本が見つかる。この本も、あの本も。読むつもりで持ってきた本が次から次へと出てくる。ああ、この六ヶ月間、何をやってきたのか。デカンショの歌ではないが、後の半年は、旅はなし。サンタバーバラで、「横臥して」暮らす。読書と執筆と、思索の日々であらんことを。

9月11日（土曜）

本格的に荷詰めをはじめる。すぐに疲れる。途中、ワインをあけ、しばらく一人でグラスを傾けている。

アル中になったのではないか、とも我ながら疑うが、量が少ないアルコール中毒とは、アルコールを嗜むということと、同義であろう。

アメリカ行きの本は、運送会社から送られてきた段ボール三個に収まる。Wさんが、この部屋に来て、本の少なさに驚いていた。しかり。Wさんのような本格的な著述家、蔵書家に比べれば、私の本など、お話にならない。昔、図書館に勤めていた。それから、書評などに手を染め、やたらと本の送られてくる時期があった。ほかにも、外国滞在で人に預けた大事な本がすべて消えた、ということがあった。それらの重なりがあって、以来、私の本は、がらくたばかり。身の回りのものは、十点にたらず、というガンジー翁のありようが、我が家の理想であり、現状はむしろその対極にあって彼方を渇望するばかりとはいえ、Aも、本には何の同情もない。いずれは、無一物の身になることが、理想。まだまだ、その境地にいたらず。捨てるものがこれしかないのか、とあきれている。

テレビをつけると、9・11の追悼セレモニーが映っている。

9月12日（日曜）

テレビでは、BBCのキャスターが、アメリカのムスリム関係の協会の会長という人にインタビューしている。我々は、ムスリムのアメリカ人なんです、まず何よりもアメリカ人なのですよ、と述べ、穏やかに、表情一つかえず、諭すように話す。気づくと、この人の様子に、感銘を受けている。第二次世界大戦下の日系のアメリカ人の経験――アメリカ人なのに、差別により、敵視され、敵性国人と見なされ、強制収容された――が、何の言及もないままに、こうしたやりとりに、生きているのだ。

いろいろな人がいる。知らないことが多い。我々はお互いに相手を知らない。そういう世界に生きている。でも、そうであるからこそ、我々は我々に見える以外にもあるはずの、「あの空の下に住んでいるだろう人々」のことを考える。どこにいても、地平線のむこうに空がある。空は広い。それは、我々の頭上に見え、地平線の向こうに広がり、我々に見えていない世界が（我々とともに）あることを、教える。

荷詰めが大体終わる。日本には大二個、小一個。アメリカには大一個、小四個。重い本は、小さい箱に入れ、衣類、日常生活のための用品は、大きな箱に入れてある。小さな葛籠と、大きな葛籠。海彦、山彦の話を、思いだす。右に曲がると、山への道、左に曲がると、海への道。そういう分かれ道が、きっと日本には、多くの場所に、あったのだろう。

9月13日（月曜）

私の乗継便、Aの飛行便の手配などを行い、昼前、外に出る。コペンハーゲンの街に出かけるのはこれが最後になる。はじめて名物の屋台のホットドッグを食べる。おいしい。この地のホットドッグはソーセージが美味であるため、かなりいけることに、ミュン島で気づいた。昔、カナダに在住していた折り、旅に訪れたプリンス・エドワード島の小村で、信じられないほどおいしいハンバーガーの店に巡りあったことがある。村の外れにある、雑貨屋のような構えの店だった。

お土産の品の足りないものを補いに、アンティークの店を回るが、お目当ての店は月曜日で、2時で閉まっている。最後のオレアナへの訪問。店に行き、今日は、私の友人に、マフラーを買う。店にいるのはマダム。前回、ベルゲンから換品のカーディガンを見つけ出し、取り寄せてくれたマダムに、Aが小さな日本のものをお礼にさしあげた。たいそう喜んでいたが、今日ははじめて、私が自分の買い物をすると述べ、三人にお土産を買った後、一つだけ、マダムにも見てもらい、マフラーを選び、これは自分用に、と言うと、ほんとうにそうか、と念を押した後、最後に、それを包まず、私の前に押し出し、これは、私からのギフト、と言う。差しだす方も差しだされる方も、いささか、赤面。驚きのなかで、最後、いただく。

店を後にすると、あまり感じたことのないうれしさが充ちてくる。コペンハーゲンではじめて、人にプレゼントをもらった。それが、オレアナのコペンハーゲン店のマダムからの、商品棚にあったマフラーである。

いつもの道順で、A・C・パークスで、マフィンとダージリン・ティー。今日は写真を持っていって撮る。中で一番淹れ方のうまい一見すると無愛想な女性が、帰り、目が合うと、にこりと笑い、バイバイ、と手を振ってくれる。バイバイ。今日が最後である。

夜、箱を閉じる。明日は、朝早く、大学の図書館のMさんが、ここに残していく日本の本を取りに来てくれる。日本の小説家のミュン島の会のポスターも、写真に撮った後、引き取ってもらう。だんだん、部屋が、最初に来たときの様子に戻っていく。一日、ほんとうに秋らしい気持のよい日和。夜が深まり、うす青い空が窓の向こうにひろがっている。

9月14日（火曜）

終日雨。部屋はがらんとしている。この間、三年前に亡くなった演劇のOさんのことを思いだした。旅行の途上で、疲れを感じ、人は死ぬ、と思ったら、死んだ後の残像のあざやかな人として、Oさんが浮かんできた。Oさんは肺癌で亡くなったのだが、亡くなる数週間前、京都から東京の病院に転院していた。ある日、友人のTと二人でOさんに会いに行くと、ふだんと変わらず――放射線治療で、頭には毛糸の帽子をかぶっていたが――、今後、やりたい仕事があるねえ、などといつものちょっと開きかけた花のような笑いを浮かべた。もうできないかなあ、でも、あるんだねえ。目は希望にみちていた。

前日は、状態がひどく、ほとんど、面会謝絶の状態だったというが、そのことが信じられないような穏やかさで、いつもと同じ、話をした。私も、Tも、つられるような気持で、けっして稠密でない、ただの話をしたと思う。

Oさんの劇をはじめて見たのは、劇団の解散公演のときである。それまで何度か招待されていたが、これら意欲的な劇をやる人々一般のもつ芸術臭が苦手で敬遠してきた。劇は、数ヶ月稽古して、数百人を前に、三日公演して終わるんでね、見てもらいたい人が来ないと空しい、と後で言われたことがある。そのときは、顔をふせた。

最初に見たのは、『小町風伝』。能舞台のような何もない舞台からはじまり、そこに俳優が舞台の道具をそれぞれに背中にしょって、登場する。終始無言。やがて、一昔前の室内らしき、箪笥、障子などのある舞台の設えができ、劇が展開するのだが、それも終始、無言である。一時間ほど、劇は続き、やがて、ちょうど開始時と逆に、それぞれの俳優が、その登場時に背負ってきた大道具、箪笥、障子、家の柱などを、丁寧に外し、紐をかけ、赤子をそうするように、背中に背負い、一人、それから一人と、消えていく。そして最後に何もなくなる。

それが、私には、俳優が、黒子で、舞台の道具のほうが、主人公で、それが、羽根をはやして、天からゆっくり降りてきて、また、舞台の向こうへと浮かび、消えていく、一瞬の幻影のように見えた。身震いするような感動だった。後で、台本を見たら、登場人物のそれぞれに長い台詞が割り付けてある。葛藤を含む人と人との劇なのだった。しかし、台本の端書きには、一言、役者は、これらの台詞を頭の中で話すこと。これらは一切、舞台上で発語されてはならない、と断られている。

がらんとした部屋を見ていると、自分が黒子だとわかる。別の何かが、ここにやってきて、いま、消えようとしているのだ。

9月15日（水曜）

今回、引っ越しの荷詰めの中で浮上し、また、水中に没した本の中に、ライナー・マリア・リルケの一九一〇年の小説『マルテの手記』があった。次に手に取るのは、いつになるか。これを私は、かつての愛読書であることから、もってきたが、心のどこかに、このモデルのマルテ・L・ブリッゲが、デンマーク出身の詩人とされていることも、ひっかかっていたと思う。

いま、調べてみると、マルテ・L・ブリッゲのモデルとされるシグビョルン・オプストフェルダーは、デンマークのではなく、ノルウェイの詩人だった。作風がエドワルド・ムンクの画風に通じるというばかりでなく、実際、二人は友人だったようだ。病弱に生まれつき、放浪をつねとし、パリに遊学し、一九〇〇年にコペンハーゲンで結核で死んだ。三十三歳。亡くなったその日に、娘が誕生した、ともある。

それから数年して、リルケは、この詩人から人物設定の一部の枠組みを借り受け、六年がかりで、『マルテの手記』を書き、刊行する。ウェブで調べると、オプストフェルダーは、キルケゴールの影響も受けている。ノルウェイ語のサイトには、詩が載っている。私には読めない。シグビョルン・オプストフェルダーを、いま、誰が知っているか。

ものを書き、何かを語ろうとし、姿を没し、世に知られない人々が、どんなにこの世界に多く存在していることだろう。そう思うと、空から降って消える雪が、何かの教えのように思われてくる。

9月16日（木曜）

今日、半年近く住んだアランブラバイ街のアパートを引き払う。いまは、もう自分のではない部屋に住んでいる空き巣の気分である。昔、ジャン・ジュネの『花のノートルダム』を読んだときのことを思いだす。あれを読んではじめて堀口大学訳の素晴らしさにめざめたのだ。そこに出てくる挿話に、空き巣で誰かの屋敷に入る。そこの豪奢なサロンの真ん中に、脱糞して、帰ってくる、というのがあった。まさか、そういう気分ではないが、いま、こうして、まさしく人の部屋で、日記を書いているのだ。

いくつか、書き残してきたことがある。

十四日、荷詰めの終わった日本とアメリカ行きの合計八個の箱を、運送会社の係員が取りに来た。ここに着いたとき、とんでもない目に遭ったので、現地の会社との結びつきがしっかりしている日本の会社の現地支店であるドイツ・ハンブルクの支店に直接連絡を取り、手配を依頼した。今度はそういうことはない、という保証を求めての委託だったが、この度もその日になってからの急遽変更の依頼、こちらの強硬な抗議を受けての予定変更、と同じことが続いた後、予定を一時間半繰り越した時刻にやってきたのは、一人だけだった。当方は、五階でエレヴェータがないので、一人では無理だと言ってあるにもかかわらず、またもや一人。昇って来るなり、手伝ってもらえるかな、と息を切らして言う。書類が来ていないか、とも言う。何も聞いていないようだ。驚いて、会社と連絡を取ってくれというと、電話し、とにかく荷物を戸口の外に出して、と言って、何とも重い書籍入りの箱を肩に担ぎ上げ、降りていく。一八〇センチを優に超えるがっしりした青年だが、二度目に上がって来たときには、顔中から汗が噴き出ている。見るに見かねて、この度は、手伝う。階段を下りていくと、昇ってくる彼と目が合う。相方は、親指を立て、笑う。

終わったあと、案の定、腰がぐらぐら。椅子に倒れ込む。しかし、あれは見ていられなかったよ。Aに弁解しつつ、ハンブルク支店に、苦情のメールを出す。

手伝ってくれ、と言われて手伝って、腰が立たないようだと言われても困る、と言われそうだが、あれは、見ていられなかった。一人では無理だ、二人よこせ、と言ったのに、それを現地の会社に徹底できなかった支店に、そのことの苦情を申し立てているのだ、というのが、当方の言い分のつもりなのである。

三月、来たとき、老人を手伝わなかった。今回のように階段が下りではなく、上りだったので、手伝うこと自体が難儀だった、ということはあるが、西欧に来て、自分の権利をしっかりと述べる欧米風の流儀でいかなければ、という気持も、どこか頭にあった。少なくともそのことが私の心にひっかかっていたことはたしかである。

九月、帰るとき、今度は、青年を手伝い、最後に、二人分用意していたチップを、そのまま渡した。青年は、渡されたものを見て、驚いて、その後、笑い、国の外に出るのか、よい旅を、と言った。当地の感覚から言ったら全くのナンセンス、お人好しの所業だろうが、それでいい。それでいて、腰が立たなくなり、会社に苦情メールを出す。これが、「見ちゃいられない」日本に生まれた、私のやり方なのだ。

昨日、十五日は、最後のお別れ会があった。私のための会ではなく、大学の研究所の恒例の学期はじめの会に、N先生のゲストの資格で、呼んでいただくのである。Aは、最後の日でもあり、家の用事がどうなっているかわからなかったので、パス。私一人で参加した。まず、仲間の教授のお一人の自宅に集合し、三十分ほど、ワインを飲み、全員が揃い、ウォーミングアップができたところで、タクシーに分乗してレストランに繰り出す。レストランには、事前に各人の取るメニューを告げておく、というのがこちらのやり方である。

約束の時間に、そのご自宅に向かうが、行ってみると、以前、散歩した折り、こんな素敵なところもあるのかと驚いた市中の湖に面した高級住宅街の一角にあるアパートの三階で、広いベランダが湖に面している。キース・ジャレットが流れ、ミラン・クンデラという名前も見える本棚を眺め、遅れてきた中国を専門とするD先生と話す。D先生はデンマーク人だが、キルケゴールの話になり、「おそれとおののき」の話（アブラハムとイサクの話）をすると、全部忘れた、と笑う。

自分たちは若い頃はフランスの哲学者に惹かれた、というので、誰かと尋ねると、サルトルの名前があがる。「個人」と「責任」という言葉がその口をついて出る。その口元は僅かに微笑んでいる。そう、ともにナイーブで、シンプルな言葉だが、大事ですね、ナイーブすぎるかもしれないが、と答えて、相手の顔を窺うと、同じ微笑みが淡く、淡く、いつまでも、消えずに、浮かんでいる。

こういう会話を、デンマークの人と交わすのは、はじめてです、でもあと二日で、ここを去る。

どこへ。

カリフォルニアです。

ほお、それはいい。

そこを出て、レストランに移り、チベットの専門家、ハンガリー人の研究者、マイノリティ研究の教授、日本の道徳教育を専門とする先生、中国人の博士課程の院生、十人ほどがテーブルを囲み、レバノンのワインをあけ、モロッコ料理に舌鼓を打つ。近くで数日前に起こったテロリストの誤爆事件の話で盛り上がるが、私は、そんな事件のあったことも、ついぞ知らないのである。

気がつけば、そこでは十人全員が、英語で話している。尋ねなかったのでわからなかったが、私がそこにいなければ、全員、デンマーク語で話したのではないか。私がそこにいるので、全員が、テーブルの向こうでも、英語で話してくれているのではないか。

そんなことを考えている。

一人がだじゃれを言い、みんなが笑う。三回に一回くらいしか、私には意味がわからない。でも、迎合してというのでなく、私も一緒に笑う。意味がよくわからなくとも、おかしいということがわかるだけで、なんとなく、楽しい。昔は、意味もわからず、笑う、というのは、迎合で、そういうことはしたくないと思っていたが、どうも、人間というのは、もう少し、精巧な作りにできているらしい。

9時。N先生が促して下さり、一足先に、数人とともに、先に辞去。もう一人の人とタクシーに分乗し、雨の中、家に帰る。

9月17日（金曜）
ホテルから、空港へ。
コペンハーゲンを離れる。
一七一の夜と昼が、この地のために用意され、そのうち、三分の二強が、この地で過ごされ、三分の一弱が、ブダペスト、ダブリン・ケンブリッジ・ロンドン、コッツウォルズ、ワルシャワ・クラコウ・パリ、ロフォーテン諸島、フランスとスペインのバスク・バルセロナ、ベルゲン、ストラスブール・コルマール・パリ、ミュン島、アムステルダム・ブリュッセル、アイスランドと、ヨーロッパの各地ですごされた。

行こうと思い、行けなかったところ。

オードロップゴー美術館のヴィルヘルム・ハンマースホイの部屋。

市立博物館のキルケゴールの部屋。

王立図書館の閲覧室。

国立博物館のミュージアム・ショップ。

Mさんに薦められたデンマークのフィヨルドの岸辺に建つホテル。

久米邦武がコペンハーゲン来訪時に関心をもった彫刻美術館。

ティコ・ブラーエが天文観測を行い、いまはスウェーデン領になっている島。

行ったところ。

コペンハーゲンの街の多くの裏通り。フレデリクスベア公園、いびつなレンガの壁と壁、そして多くの店。

さようなら。

サンタバーバラ日記

２０１０年９月17日〜２０１１年３月30日

9月17日（金曜）

アメリカへの移動の切符を三月に一括して予約したことは、先に記した。日本の旅行会社のサイトでは、日本からのフライトと接続していなくては切符を取れないのだが、Eさんに紹介してもらったアメリカの航空切符の予約サイトを使うと、日本以外の場所からのフライトでも、半年後のチケットでも、広範に予約できる。これはすごい、と三月に一挙に東京・コペンハーゲン、コペンハーゲン・ニューヨーク、ニューヨーク・ロサンゼルス間の三フライトを予約した。全部で一六〇〇ドルほど。だいぶ航空運賃の節約になったと喜んでいたが、コペンハーゲン・ニューヨーク間のみ、直行便がなく、その経由地がワシントンだった。これが、N先生の予言通り、厄災をもたらす。

着陸直前、機内で、スカンジナビア航空のスチュワーデスにワシントン・ダレス空港での乗り換えのことを相談した際にも、二時間近くあるのだから、大丈夫、私が保証しますよ、といわれ、安心していた。しかし、通関の入国審査に、思わぬほど多くの人が殺到した。さらに、研究者ヴィザをもつ私の場合は、そこで新しい書類の書き込みを求められるなど、さらに時間を取られ、入国できたのは、乗り継ぎ便出発の五分前。途中で、案内所に相談に駆け込むと、もう出発したとのこと。えっ、と絶句。相手はにこにこしながら、次の便の手配をしなさい、と指示する。荷物はもう、行ってしまったんですが。イヤ、向こうで待ってますから、と、あっさりしたものである。

指定の場所に行くと、入国審査の様子を彷彿とさせる数十人の列。一つの航空会社だけで、これだけの人が乗り継ぎに遅れている。UAという航空会社はどうなっているのか。三十分ほども待つと、スカンジナビア航空九二五便で来た人はいるかと、訊いている。名乗りを上げ、列を離れる。オー、と列の中から声が上がる。同じ便で遅れた人が、他に二名いた。特別の手配をしてくれるが、最初の二名は、少し早い便、私はそこにも席がなく、ほぼ四時間遅れの便に差し替えられる。無線インターネットのアクセスをネットで購入し、心配しているだろう娘に、大丈夫である旨を知らせ、さらにコインをかき集め、ホテルにも電話する。この時点で、もう出発してから、十二時間近く。コペンハーゲンとは六時間の時差があるので、午後6時といっても、真夜中の勘定である。

クラムチャウダーとビールで食事をした後、午後10時近くの搭乗時刻に合わせ、指定されたゲートに行くと、係員がやってきて、乗客が少ないからなのか、便がキャンセルになったとのこと。サーヴィスカウンターでは、次の便は明日の朝だ、と言う。米国人の男性が、ホテルはどうするのか、何の補償もないとはひどいではないか、と抗議している。カウンターの女性は、それを聞き流しつつ、そっぽを向いている。終始無言。茫然とそのやりとりを眺めていると、向かい側の男性係員が、見るに見かね、やってきて、何人かこちらに来なさい、と招き入れる。三人のボゴタから来たグループと私の四人がそちらに向かう。色々手配し、JFK空港への代替便を見つけてくれる。三人は、喜色満面。がやがやと話している。次は私。しかし、二番手にはまたしても、席はなく、ラガーディア空港か、ニューアーク空港か、どちらかだという。しかし荷物がJFK空港に行っている。困りますが、と抗議すると、やめますか、ラガーディア空港からタクシーでJFK空港まで荷物を取りにいくか、明日の便か、どちらかですねと返される。

午後11時過ぎ、ラガーディア空港到着。ほぼ同じ目にあった米国人の男性とUAの用意したタクシーでJFK空港に向かう。ブリュッセルから来たという。もう二十二時間たったという。こういうことはよくあるのですか。イヤ、自分の場合ははじめてだね。またトランクが見つからないのではないかとびくびくしていたが、トランクは、あった。ホテルに着いたのが、深夜0時半。コペンハーゲンの時間で言ったら、午前6時半である。

だいぶ手荒な洗礼を受けた。でも非はこちらにある。

日本で数ヶ月かけ、二つの国での滞在ヴィザを取得した。コペンハーゲン空港では入国審査に一分もかからなかった。それで、安心していたが、米国の、それもワシントンから入国しようというのは、無謀だったのである。

ホテルから、Skypeで日本に電話すると、Aが出てくる。Aは元気そう。コペンハーゲンからの出発は、私よりも三時間四十五分遅かったはずだが、もう自宅に着いて、風呂に入り、疲れを取ったところだという。五月のヒースロー空港での事態と似ている。Aを巻き添えにしなかっただけでもよかったというべきか。珍しく、大いに同情され、当方も、入浴して、寝る。

9月18日（土曜）

ホテルの簡単な朝食を終え、一年半前の滞在時、行きそびれていたグッゲンハイム美術館へ。ビルバオで、フランク・ゲイリーの分館を見ているので、フランク・ロイド・ライトの設計になる本館はさぞかし素晴らしいのだろうと思ったが、メイン・エリアは展示準備中。閉鎖されている。

最近は、かなりの頻度で、この「一部公開」に出会う。展示では、一九三〇年代初期の数年を中心としたカンジンスキーのドイツ・バウハウス時代という小さなコーナーが面白いくらい。むしろ、それを見るアメリカ人の入場者を観察しているほうが、興味深かった。

館内のスタッフはきわめてフレンドリー。神経が細やかな対応をする。一方、入場者のほうは、てんでにオーディオ説明器具などを耳に、絵の前に立ち止まり、カップルでしゃべり合ったり、家族で見たり、一人で、歩き回ったり。その様子が、何とも、自由というか、自分勝手というか、大げさにいうと、やりたい放題といった感じである。この、自由奔放な鑑賞者たちが、現代美術というものを、作ったのではないか。アメリカにおけるこの即物的で、気持ちよいほどの、何の事前の知識もなしで、絵の前に立って繰り返す、一般鑑賞者の「何なの？　これ」、「へえ、面白い」という自問自答、率直な即物的対応。これこそが、ヨーロッパで生まれたキュビスム以降の絵画を現代絵画へと「離陸」させた揚力だったのではないだろうか。

街を歩くと、ニューヨークの中心地区、ミッドタウンは、見える空の部分が少ない。摩天楼というのか、高いビルディングが、列をなし、聳立している。六番街のロックフェラーセンター前を歩くと、さすがに、同じ形の巨大なビルが三つも並んでいるので、アメリカの富の空恐ろしさが威圧的に胸に響き、心が騒ぐ。
これは、たぶん、中世のゴシック建築の変形なのだろう。ヨーロッパの中世ではどこまでも高く、と教会の尖塔が天に向かったのだが、それがいまは、エンパイヤ・ステート・ビル、ワールド・トレードセンターという形になっている。ストラスブールの半分崩れた印象のカテドラルが一瞬私の脳裏をよぎる。それにエンパイヤ・ステート・ビルによじ登ったキング・コングと、ワールド・トレードセンターに突っ込んだアラブのテロリストたちの航空機の映像が、ゆっくりと重なってくる。それにしても。
コルマールの、
グリューネヴァルトの、
キリストの磔刑像からの、
何という距離。
昼を、ノイエ・ギャラリーのカフェ・サバースキーですます。ここには、前回も来た。ウィーン風。今回はギャラリーには入らない。そこからタクシーでニューヨーク近代美術館の隣のアメリカン・フォークロア・ミュージアムに行き、シカゴのアウトサイダー・アートの描き手として名高いヘンリー・ダーガーのパーソナル・コレクションを見る。ダーガーの絵は、この美術館が購入し、ダーガー研究をも立ち上げているのだ。
夜、前の大学での同僚で、いま大学の校外実習で学生たちを連れてニューヨークに帰還中のRと、Rのパートナーの編集者Eの住むアパートメントでの、学生を加えたパーティに参加する。Rはもう二十五年来、日本に住んでいるが、ニューヨークのチェルシー地区にアパートを持ち、東京とニューヨークを往復しつつ生活している。根っからのニューヨークっ子らしい、瀟洒きわまりない知識人である。
一年半前も、プリンストン大学に二週間ほど来たおり、彼のアパートに泊めてもらった。パーティには、学生が帰り支度をする頃、深夜近く、新たな参会者が来る。これがニューヨーク流らしい。いま私の勤める大学に三十年も近く前に籍を置いたことがあるというアメリカ人男性。一歳半の女の子を連れている。十九階のアパートを、深夜、女の子は走り回る。もう一人は、ニューヨークでもう二十五年、エディトリアル・デザインの仕事をしているという日本人男性。ともに、気持ちのよい人たちで、色々と話し、午前0時をとうに過ぎた時間に、辞去。タクシーでホテルに帰る。

9月19日（日曜）

朝、気がつくと、眼鏡をRのアパートに忘れている。昨夜の男性たちがよってたかって、いろいろと書店のことを教えてくれた。そのメモも全部置いてきたままである。何とか書店の名前を思い出し、ウェブで調べ、地下鉄でダウンタウン、グリニッジ・ヴィレッジに近いユニオン・スクエアまで行き、バーンズ&ノーブルというチェーンの書店と、そこから数ブロック、ブロードウェイを南に下ったところにある大型古書店ストランドを訪れる。

買った本の配達料が、ここからカリフォルニアまでなら、最初の一冊が四ドル、後は、何冊でも一冊につき五〇セントだという。いそいそと大きなカートを動かし、目についた本を放り込み、二階の美術書売場へはエレヴェータで上る。ブリューゲル関係の大型本を二冊購入。

この書店は楽しい。書架の間が路地のよう。バーンズ&ノーブルでも、三階まで上ると巨大なカフェになっていて、ごく少数の人がコーヒーを片手にPCを広げている。ところどころにあるコンピュータに書籍名を打ち込むと、それが、どこの書棚にあるかを一望のもとに案内し、現在地との関係を指示する。

また、ストランドでは、精算のカウンターで、宛先を書き、クレジットカードの登録をするだけで、手続きが終わる。三日から五日で、着く。本の文化というものが、何かまだ人の生活と地続き。この都市では読書人という概念が、まだしぶとく生きている。

六〇年代後半、新宿の紀伊國屋書店の二階奥に、ブルックボンドというカフェがあり、よくその奥の席で、買った本を広げた。貧乏だったが、夏の日射しは強く、日蔭の部分が居心地よく、贅沢な気分を味わったものである。ストランド書店を外に出ると、すでに数時間が経過しており、日射しは夏の光。時差で疲れた身体を運んで、ニューヨーク大学の学生は割引というオーガニックの店で、昼を食べる。

タクシーでホテルに戻り、『ジャパナメリカ』という本の著者であるKさんと、ロビーで待ち合わせ、近くのレストラン二階で二時間あまり話す。ニューヨーク・タイムズに書いた記事に関心をもち、話を聞きたいとEさんを通じて連絡をくれた。ニューヨークからのメールだったので、お会いして話すことを引き受けた。日本の持続的な資源節約の行き方に、一つの可能性があるのではないか、という論文を準備している。この人は、先に、A Public SpaceというNYTの雑誌が出た際の編集者の一人でもある。あのNYTの記事に対し、日本からはどんな反響がありましたか、と訊くので、あなたからの反応が最初ですと言うと、あはは、と愉快そうに笑う。

夜、再度、RとEのアパートを訪問。眼鏡を受け取り、ハドソン河に並行して街の上に渡された不思議な散歩道を歩く。そこから見るフランク・ゲイリーのガラスの建物が美しい。カメラをもってこなかったことを後悔する面白い光景が次から次へと現れる。

空き地にしっかりしたライティングで大きく単語が書いてある。上から見ると車輛一両分くらいはある大きなコンテナの蓋の部分で、そこに書かれた文字が、移動可能で、ときどき替わるらしい。最初の空間に、「BELIEF +」とあり、次が、「DOUBT =」、最後が「SANITY」。

信じること+疑うこと=健全さ。

昔、Tさんから教わった荀子の「信信信也。疑疑亦信也」を思いだす。信を信じることは、信じることだが、自分の疑いを疑うことでも、人は信へといたることができる。竹内好からTさんを通じて私に届いた荀子の教えが、二〇一〇年九月、少し整理され、ニューヨークのチェルシー地区の夕暮れに浮かんでいる。

タクシーでイーストサイドへ。日本人が多く集まりはじめているという地区で、小さなプレートで食べる、おいしい夕餐を楽しむ。

9月20日（**月曜**）

ニューヨーク滞在三日目。

午前、もう一度ブリューゲルの麦刈りの絵を見たくなり、メトロポリタン美術館に行く。しかし、月曜で休館。代わりにこれまで行っていなかったセントラルパークの反対側にあるアメリカ自然史博物館へ。大恐竜の骨格標本を実物で見てみたいと思ったからだが、さほど感激がない。館内を歩き、J・D・サリンジャーの小説に出てくるジオラマのシーンとはこういう感じか、とも思うが、記憶が違っているかもしれない。ネイティブ・アメリカンの土地で古来聖なる石とされてきたという長径二メートルにも及ぶ巨大な楕円形の隕石が、すごい。何と多くの科学の分野で、この国は探求を続けていることか。その精華が、誰にもわかるように、ことに子供の好奇心に叶うように、展示されている。

手の届くところに、隕石も、月の石も、ビッグバンも、ある。科学者になろう！　その直接の感じに、圧倒される。日本の科学が、アメリカを経由していることを実感。宇宙飛行士が、その好例だろう。アメリカに選抜され、この国のロケットで空に浮かぶ。その間接の感じが、日本という国にどんな困ったことを引き起こしているのか。なかなか一筋縄ではいかない問題である。

ホテルに戻り、その後、Rのアパートで、日本人の学生に簡単なトークを行い、疲れて帰ってくる。ホテルの近くの寿司屋で実に久しぶりに寿司を食べる。夜、メトロポリタンに行けなかったことから急遽、当日の切符をウェブで取ったミュージカルを見る。ホテルがタイムズ・スクエアのごく近くにある。見せ物は、『オペラ座の怪人』。なるほど、アメリカという国がよくわかる。そういう代物。ビゼーの『カルメン』などと比べると、曲想が単一すぎる。それについては、いずれまた、書くだろう。

外に出ると、午後11時のタイムズ・スクエアは、ネオンサインに囲まれ、雑踏の人だかり。警官が昼同様に、突っ立ち、監視している。ここにも、もうひとつの白夜がある。

最初の日にほぼ一日眠らず、そのまま時差ぼけにつながったためか、ニューヨーク滞在中、強度の疲労が持続した。考えてみれば、このホテルの部屋は条件が極度に悪く、昼も明かりをつけなければいられないほど暗い。そういうところに部屋替えの要求もせず、三日も過ごしたのはなぜか。Aがいたら絶対に抗議したはずだが、この間、忙しく、そういうことを思いつかなかった。

ワシントンの傷か。気分が下降してくる。サンタバーバラに着いたら数日、また、ぼおっとしていることだろう。サンタバーバラのEさんにメールすると、すぐに丁寧な返事が来る。

9月21日（火曜）

ニューヨーク、JFK空港を、タクシーの運転手は「ケネディ」と呼ぶ。パリの運転手がCDG空港を「シャルル・ドゴール」と呼ぶように。

いま、その「ケネディ」のターミナル8。

パソコンを電源に繋げるブースで、このノートを開いている。もうすぐ搭乗時間。前回に懲りて、早めに、タクシーを使ってここまで来た。スーツケースが重い。これをもってニューヨークのサブウェイの急な階段を上り下りするのは、いまの私には、苦しい。

あとはサンタバーバラに行くばかりと思うと、ある安寧がある。都合五日間のニューヨーク滞在は、極度の疲労のうちに過ぎた。いま考えると、セントラルパークに隣り合った自然史博物館を訪れたのは、無意識のうちに、サリンジャーの小説に誘われたのだったかもしれない。そこにこの博物館が出てくる。そういえば、『ライ麦畑でつかまえて』も、ニューヨークを舞台にした、五日間ほどの物語だった。

正午、定刻に離陸。

いまは、機内。日本の音楽を聴きながら、続きを書いている。

日本を離れてから、日本の音楽を聴くのに抵抗があったのが、ここに来て、それがまったく消えている。バンド名は「ゆらゆら帝国」。いま私は、アメリカ大陸をアメリカン航空の航空機で横断しつつ、赤ワインに軽く酩酊しつつ、iPodから、ゆらゆら帝国の二〇〇七年のリリース、『空洞です』を聴く。サンタバーバラに着いたら、新しい仕事に取りかかる。その一つが、音楽である。日本のJポップを聴いて、いま、自分の感じることを書くのだ。

予定より三十分ほど早く、午後5時半過ぎ、ロサンゼルスに到着。時差は三時間。時計を午後2時半に戻し、予約していたサンタバーバラ行きのバスを一便早め、乗りこむ。運転手氏は親切。事情を話すと運転しながら自分の携帯を差し出し、使え、と言ってくる。Eさんの携帯に電話。留守電になっている。一便早く迎えにきてほしいと伝える。

午後の曇天の中、バスは海岸沿いに南カリフォルニアの荒蕪の原を走る。暗灰色の雲が分厚く重なり、水平線近くまで続く。水平線の付近だけが、雲が切れて、光の帯になっている。やがて、行く手に島。それが、太平ロフォーテン諸島南端のモスケン島のようにも、太平洋の向こうの日本の島のようにも、感じられる。

　行く手の一個所だけ、雲が切れ、この曇り空の下、太陽の光を燦々と受けている場所がある。近づいてみると、果たしてそこがサンタバーバラだった。

　とあるホテル前が、バスの停留所。後でわかるのだが、Eさんから先にいただいていた電話番号が違っていた。正しい電話番号が前日、メールに記されてあったのに、以前の番号をメモしているので書きとめなかった。私は論外として、Eさんにもけっこう、こういう「穴ぼこ」があるらしい。結局、また、しばらくの右往左往のあと、一時間ほどして、宿泊するホテルの部屋の戸口にEさんがにこやかに現れる。ホテルの部屋に置いてあったシャンパンを抱え、まず、今度住むアパートに行き、カギを探し当てて、中を見る。古いがこぎれいな作り。一九二〇年代の当地のグランド・ホテルに付属したコテージという雰囲気が残っている。一安心。

　そのまま、Eさんのお宅に行き、夫人のSさんとEさんの準備してくれたすばらしい和食の夕餐をいただく。Sさんは日本人で、コロラド州のボウルダーにある別の大学の先生をしている。専門は江戸の歌舞伎作者、鶴屋南北。また、その作品に出てくる幽霊。

深夜、だいぶ酩酊し、ホテルまで送っていただく。

9月22日（水曜）

コペンハーゲンを出てから、およそ一週間。私にはそれが、百六十八時間も続く長い一日のように思える。

朝食で、サンタバーバラ・ニュース・プレスという現地の新聞を読む。

　こういう話が出ている。

　ベトナム戦争中、ハノイ攻撃のため中立のラオスに潜入して山中にレーダーを設置する特殊任務があった。その作戦中、戦友を救助し、自らは負傷し、その後死んだ技術上等兵の子息に、オバマ大統領から三十数年後、第一等の名誉の勲章が贈られた。技術上等兵は「求められる義務以上のことをした」。中立国に潜入するという「秘密の任務」であったために表彰ができなかったが、いまその欠落を埋める、云々。

　という意味は、この秘密任務が、国際法に違反するものであったために、表立って名誉の表彰をできなかったということなのだろう。いま、「石の板」にその名は刻まれる、という表現があった。「鉄の板」だったか。とにかく、この国は、いまも戦争をしている。北欧から来て感じることは、この国が、とにかく豊かであるということ。自然条件に恵まれているということ。そうでもなければ、戦争をこれほど次から次へと、続けられるはずもない。

午前11時半、Eさんがくる。いつものさわやかな温顔。この若いニューヨーク生まれの俊才に会うと、いつもなぜこの人はこんなに人に親切なのだろう、と思う。SさんとEさん、お二人ともにほぼ私の子ども達の年代である。チェックアウトの間に、重いトランクが車に運びこまれている。車から聞こえる番組はテリー・グロスのインタビュー番組。この放送局の番組がいかに素晴らしいものを含んでいるか、興味尽きない話をEさんはする。この地では、私は、英語を話し、聞く。そういう機会をふやすというのがわれわれの間の共通了解なのだが、いまのところ、それを促すEさんの言葉も、これに応じる私の言葉も、日本語のままである。アパートに到着。スーツケースをEさんがあげてくれる。必要な食料、日用品の購入、車のリース元探し、銀行口座の開設、これらを行い、それから、大学キャンパスの突端にある岬から日没を見よう、というのが、今日の予定らしい。

まず、アパートの位置を確認しましょう、というので、散歩するが、色々と話に夢中になり、アメリカ一というイチジクの木を見て、木の精霊にふれた後、小さなしもた屋ふうのタコスの店で、一個一ドル四五セント也のタコスを、二個ずつ食べる。こういう本場のタコス、日本の立ち食いそばのようなタコスを食べるのは、三十年前にロサンゼルスの移民街で食べた屋台以来か。おいしい。喜びが肉の粒になって手からこぼれる。

アパートに帰り、レンタカー会社を幾つか調べ、電話。一番安い車のある会社を訪れるが、車が汚ない。シートが汚れてますね、と言うと、レンタカーでしょ、客が食べ散らかすから。帰路、運転しながら、客に向かって客が豚みたいに食べ散らかすから、というのも、困りますね、とEさんが笑い、そのときの会話が、そういう形容を含むものであったことを知る。

結局、車は、大手のハーツで、コンパクトタイプ、フォルクスワーゲンのニュービートルに決める。別の車を見せられ、他にないかと訊くと、一つ、笑っちゃうのがあるけど、見ますか、と言って見せられたのが、これである。アメリカでは、こういう車は、「笑っちゃう」タイプなのだろうか。なかなか、かわいい。レンタカーにつける対人・対物保険が合わせて一日二〇ドルと高い。保険の購入をとどまるが、それを除くと、万事オーケー。

食料品を購入しに、ホール・フーズという有機栽培《オーガニック》専門のスーパーマーケットへ。色々とカートに積み込むが、帰ってくると、脱落の多いことに驚かされる。今週土曜にファーマーズ・マーケットに行く予定なので、買い控えたせいもある。その後、Eさんのお宅まで戻り、悪くなりやすいものを冷蔵庫に入れ、Sさんを加え、三人で、日没を見に、UCSB、カリフォルニア大学サンタバーバラ校のキャンパスまで、二台の車で、カリフォルニア流の自動車走行を覚えつつ、高速道路のフリーウェイを走る。道路はでこぼこだが、日没はすばらしい。とても短い時間で、太陽が沈む。その近くを点が動くのは、ハンググライダー。海の上を飛んでいる。真後ろは、満月。まったく違う世界が顔の前方、そして、背中の背後、双方にある。

Eさんの研究室に寄り、一応籍を置く受け入れ先のカリフォルニア大学サンタバーバラ校学際人文センター（IHC: Interdisciplinary Humanities Center）の研究棟を覗く。これを併設する人文学部の東アジア部門は、多彩な人材を擁する陣容を誇る。

簡単な夕食を、と誘われ、今日買った食料の一部を受け取りがてら、またしてもEさん宅に行って、ご馳走になる。Sさんが夕食を準備している間、不覚にも寝入る。さっぱりしたパスタと野菜をいただくが、そこでEさんの一回目の授業が、来週の二十八日と思っていたところ、二十三日、つまり翌日であることがわかる。

この若い人は、私同様、やはり、かなり「危ない」、うかつな人なのだ。先には電話番号が、617のところ、601となっていた。それで長い間、つながらなかった。今度は、23と28が似ているので、間違った、とのこと。こういう「困った勘違い」が身の周辺に頻発するというあたりは、この英才と私の数少ない共通点の一つのようである。

「うわー、すごいプレッシャーだあ」。

Sさんが、「シラバスを配ったら？　それでいいじゃないの」と冷静にとりなすが、学部事務室の不手際で、教材が、まだ届いていない。それで、勘違いが、長く持続したのでもある。

お邪魔してはいけないので、早々に退散。道順を心配するEさんをとどめ、夜のサンタバーバラのダウンタウンを南北に貫くステートストリートを通り、白色のまだ真新しいといってよいワーゲンのニュービートルを駆り、一九二〇年代様式のコテージ型アパートに帰還する。

部屋に戻ると、疲労困憊している。風呂につかる。そう、ようやく離日以来の、バスタブのある生活に復帰したのである。

9月23日（**木曜**）

昨夜は午前2時くらいに寝たが、午前4時くらいには目覚めた。その後、眠れなかった。寒い。部屋の中が異様に冷えている。結局、風呂のある区域にデロンギの室温機があるのを見つけ、それを寝室に移して、ようやく暖をとる。午前10時に風呂場の窓の修理に男の係員二名がやってくるが、道具が違うとかで、また二週間後に出直すとのこと。いい部屋だな、とほめられる。いくらした？　と訊かれ、言葉を濁していると、一〇〇〇ドルはするかな？

それあ、もちろん！

後日の連絡のため、名刺を交換して別れる。米、パン、ジュース、ビール。基本的なものが全部脱落している。買い物に出かけ、まず、郊外にある評判高い「あひ寿司」で握りのセットを注文。おいしい。新鮮。

その後、ホール・フーズは見つからず、スーパーマーケットのアルバートソンズに行き、袋五つ分ほどを購入。しかし、六〇ドルにもならない。安いことに感激。ニュービートルに積み込み、階段を一つだけ上がって、家に運ぶ。

再び疲労が襲ってくる。コペンハーゲンまで、ほぼ地球を西方向へ半周し、さらに全部で三分の二くらいまで、西行運動を続けた。人間は、そんな勝手な生活をしてよいのか。コペンハーゲンを発って以来、眠れないという劫罰を受けている。単なるジェットラグ、なのだが。

Aと別れ、離ればなれになると、とたんに生活の色合いが変わる。前回、六月は、数日後で、掏摸《すり》に遭った。そしてかなり追いつめられた気持で一人でワルシャワ、クラコウ、アウシュビッツ、パリと動いた。今回もワシントンのダレス空港で、悪夢の一夜を過ごし、ニューヨークでは窖《あなぐら》のようなホテルの部屋で四夜を過ごし——EとRとの時間は楽しかったが——、いま、サンタバーバラの夜の寒さに震えている。

昼、バルコニーに出て、買ってきた緑色の細長い葡萄を一粒、一粒、食べながら、昨夜、Eさんに借りたよしもとばななの『みずうみ』を怠惰に読む。Eさんは訳出を終えている。面白いらしい。

夕刻、ウェブの記述を参考に、アルバートソンズで買ってきた米を鍋で炊いてみる。ホール・フーズで買った茎カリフラワーもバターで炒めるが、これはどうも、先に茹でるべきだったかもしれない。

食べようとしていると、Eさんが来る。炊飯器を購入してもってきてくれた。授業の第一日目、またも開始時間を間違ったという。勘違い。でも、授業は非常にうまく行ったらしく、なぜ授業は準備しないでやったときの方がうまく行くのか、という話でひととき盛り上がる。

文字通り、一口、Eさんにつきあってもらい、ちょっと固めのご飯を食べる。アメリカ人であるEさんは、どれどれ、とこの家の主が使っていた洗剤を審査、難しい顔をしている。私の買ってきた「ぼたん米」なるカリフォルニア米についても、「これはどう?」と尋ねると、聞いたことがないですね、と顔を曇らせている。

Eさんは完全な有機農業派、エコロジー志向の人だが、しかし、これだけは言えそうだ。私も、アメリカに生まれたら、エコロジストになるだろう。日本での和食中心の食事の奥深さ。ごぼう! 豆腐! 山芋! 日本人がエコロジーなどというのは、ここアメリカでの感覚で言うと、元祖エコロジストが、そうか、エコロジーか! などと「エコロジー」なる舶来思想に感心しているようなものだ。遺伝子組み換え、その他、やられている自然破壊(?)の規模が、お話にならない、桁違いなのである。

とにかく豊かな国、気候が温暖、というのが私の初印象である。そう、気がついてみればこれまでどこかで、私もAも、このアメリカという国を忌避してきた。アメリカについて、あるいは日本とアメリカについて、幾つも文を書いてきたが、カナダに三年とちょっと、過ごしたとはいえ、アメリカという国で、一定期間を過ごし、生活をするのは、これがはじめてなのである。

サンタバーバラも、昼、日射しこそ強く照りつけるが、湿度がないため、外に出ると気持ちがよい。日蔭に入ると、ひんやりとする。これまであまり経験したことのない空気の肌触りである。授業の話で盛り上がり、少量のワインで第一日目の授業乗り切りを祝った後、Eさんは帰還。夜、おそるおそる暖房装置を、オンにする。ガスの暖房なのだが、種火がいつもついているタイプ（台所の一九六〇年代のウェッジウッドのオーブンストーブもそう、触るといつも暖かい）。家主のKが送ってくれた注意書きによると、「そうっとゆっくりオンに回してください。でないと、種火が消えます」。

緊張しつつ、午後のうちに何度かテストしておいた手順でそろそろと進むと、音がして、無事、点火。

9月24日（**金曜**）

午前9時、このアパートに来てはじめての朝食。トーストとジュースと果物の簡単な献立。昼は、昨日の鍋にこびりついた米をこそぎ落とし、器に盛って、半熟卵と昆布を落とし、お茶漬けとしゃれてみたが、最後にちょっと卵に醤油を垂らそうと思ったら、キッコーマン減塩醤油の中型瓶が、開かない。当方が非力のせいだが何の道具もない。致し方なく、醤油の瓶をテーブルに置きつつ、買ってきたオリーブを数個、半熟卵を落としたお茶漬けと一緒に食べる。けっこういける。

午後、Eさんから薦められたよしもとばななの『みずうみ』を読みつぐ。三分の一くらいまでさしかかると、ぐんっと、釣りの浮きが沈むような手応えがあり、面白くなる。夕刻、車で街に出て、通運会社に支払う現金をおろし、サンタバーバラのバーンズ&ノーブルでEさん、Sさんと待ち合わせる。

三人でインド料理を食べた後、Eさんの同僚でジャズ通の中国映画研究家であるBさんと待ち合わせ、四人でジャズを聴く。チャールズ・ロイド・ニュー・カルテット。アメリカでジャズのライヴ演奏に接するのははじめて。その洗練ぶりに強い印象を受ける。

その後、Bさんのお宅に伺う。Bさんの夫人のSさんは、やはりロシアと朝鮮の文化の研究者だが、現在臨月で、出産が今日か明日かという状態。しかしきわめて冷静に生活されている。お宅で猫三匹を眺めつつ、しばし団欒する。話の成り行きから、明日も、サンフランシスコを中心に活動する特異なベイシスト、マイケル・マンリングの演奏会に行くBさんに、同行することになる。お宅で聴いたこのベイシストのCDに、ひきこまれた。無理を言って、ご一緒させていただくことにしたのである。

Bさんは、魚も食べないヴェジタリアン。いつ、なぜ、ヴェジタリアンになったの？　とぶしつけな質問をすると、十八歳の時、ショーペンハウエルを読んで、ヴェジタリアンになることにした、との答え。

物まねの天才だというので、みんなでせがんで、やってもらう。ブッシュのまね。早口のEさんのまね。さまざまな人物が彼の身体を通じて現れて消え、一同爆笑。私にわかるものと、わからないものとがあるが、私も、笑う。宮沢賢治という小説家で詩人のヴェジタリアンが、一九二〇年代の日本にいて、たくさん、動物の出てくる話を書いたという話をする。午前0時過ぎに帰還。アパートの木戸式の扉を開けて、外から二階のバルコニーに上がってくると戸口。その戸口前の椅子に、ストランド書店からの本の箱が届いている。

9月25日（土曜）

朝、8時過ぎ、SkypeにAから電話が入る。いま、実家とのこと。昨日は、実家からだいぶ離れた、隣の県に住む私の父にも会いに行ってくれた。九十歳を過ぎた父は元気で、Aが疲れたからと、父のいる老人用マンションのベッドで休ませてもらったら、その傍らに腰を下ろし、では、歌を歌ってあげようと、詩吟を四つ、唸ったらしい。詩吟は、父の八十歳を過ぎてからの趣味である。その後、カザルスの「鳥の歌」も聴かせてもらい、Aは、気持が上向いた。「お前、くよくよするのが一番だめだ」。九十翁は、元気なようである。

そのまま、起き出し、簡単な朝食。10時半、EさんとSさんが見えて、サンタバーバラ名物（？）のファーマーズ・マーケットに連れていってもらう。聞きしにまさる山の幸の祭典。表現はおかしいが、酒池肉林に踏みいる心地がする。

新鮮な野菜、果物、見たこともないようなフルーツが山と盛られ、他にも、蜂蜜、オリーブオイル、鶏肉、牛肉・ラム・ゴート肉の店が続く。先にEさんにお聞きしていた三十個近くのオレンジのネット袋入り、五ドル也、を買う。

そこから、Eさんのお宅へ（またも！）お邪魔し、買ったばかりの新鮮な野菜にチーズで、室内ピクニックの宴にあずかる（何と、九月下旬だが、外は日差しの下では、ちと暑いのである）。*Collection of Spit Stains* という面白い本を教えてもらう。出版社は、Darty Dacklyng Presse。

Eさんの妹さんが、ギリシャ語から翻訳した小説も見る。これも、なかなか、面白そう。

Eさんに送ってもらい、アパートに帰還。昨日開けられなかった醬油の瓶のふたを、開けてもらう。最低、瓶を開けられる握力をもつこと。これがアメリカで生活する個人の必要条件だが、虚弱な老体には、これが叶わない。

『みずうみ』の続きを読んでいて、数日前に聴いた話を思いだした。

Eさんのいとこにあたる若い海洋学者が最近までこのサンタバーバラにいた。彼の研究テーマは、体内にガラスを産出するクラゲの研究である。ある種のクラゲは、植物が光照射で葉緑素を作り出すように、外界とのエネルギー交換により体内に有機質のガラスを合成する。このガラスを人工的に「栽培」できないか。そして、そこから生じる有機的なガラスを、コンピュータ技術に用いられないか。いま、コンピュータの細密部品に使用しているガラス成分がこの有機質ガラスに代替されると、今後、自然に負荷のかからないコンピュータ技術の領域が新しく生まれる可能性がある——。

この小説の主人公の恋人も、分子生物学の学者の卵。人文的な領域と自然科学的な領域とが、もう一度、ずうっと先のところで互いに近づき、融合すると、どんなものが生まれるのだろう、と思わせる。長い間平行に走りつつ、水平線の彼方にあったものが、水平線上に姿を現し、接近し、薄闇の中、光で信号を交換する二隻の船のようであるさまが、頭に浮かんだ。

5時半、Bさんからの連絡をもらい、サンタバーバラのアムトラック駅で待ち合わせ、三五マイル離れたデンマーク風の町ソルバングへと向かう。車は美しい風光の中を北上、サンフランシスコ方面へ。サンフランシスコまでは、五時間、ないし六時間とのこと。おいおい、東京から大阪の距離だよ、と心の中で私。昨日聞いたチャールズ・ロイドの初期のカルテットで、ピアノを務めたのが、若い時分のキース・ジャレットであったこと、ロイドは、その後、チック・コリアを加え、マイルス・デイビスとも一緒に演奏したミュージシャンであったことを、教えられる。

ここから一〇マイルほど先に、マイケル・ジャクソンが住んでいた、とも。

話を載せて、穏やかな風貌のBさんは、静かに、あくまでも静かに、しかし車を高速で疾駆させている。一四〇キロくらいか。目的地には一時間足らずで到着。マイケル・マンリング。このインスツルメント系音楽の奇才ベイシストに、ジャン・ボーダンというこれも特異なベイスを操る若いベイシストの組み合わせである。

会が始まる前、ヨレヨレの服を着たふとっちょの男性が演奏器具の設置に現れ、準備し、おどけた仕草で観客を笑わせて消えた。係員かと思っていたら、それが、ジャン・ボーダンその人であった。普通の二倍ほどの大きさのベイスを操る。超絶技巧。一曲終わると、息をのむ聴衆に、おどける。一方のマンリングは、先駆的な奇才。磁石を用いて音を出す。時差ぼけから、途中、またも、頭をがっくり垂れる瞬間があり、Bさんを驚かせてしまうものの、主観的には十分に楽しむ。

その後、夜の町を散歩。この町のミッションと呼ばれる修道院近くを歩く。帰りは山の道、フリーウェイ154号線を通ってくださる。サンタバーバラの夜景が美しい。

9月26日（日曜）

サンタバーバラに着いてはじめて、遅く目覚め、一息つく。朝は、昨日Eさんに案内されて買ったクロワッサン。これにオレンジを二個縦割りにし、ガラスのレモン絞り器でつぶす。なかなかコツがいる。丁寧にしっかりと「搾り上げる」。とどめを刺し、息の根を止める。半個ずつ四回やると、大きめのグラスになみなみいっぱいになる。何という豪奢な朝食。「レモンを潰すように私の青春はすぎた」という、フランソワ・トリュフォーの言葉を思いだす。

部屋の片づけなどをし、昼はまたもウェブでレシピを確認した後、ペペロンチーノのスパゲッティを試みる。最後、パセリがないことに気づくが、それもまたよし。午後、『みずうみ』を読みつぎ、家主の置いていった音質のよいステレオでiPodに入れたコルトレーン、キース・ジャレットを聴く。再び部屋の片づけ。戸棚の中にあったクロック・ポットなるアメリカの低温料理器を持ち出し、ファーマーズ・マーケットで買ってきた野菜をザクザクに切って投げ込む。スイッチ・オン。それから、かねて教えてもらっていた台所、洗濯機用の洗剤を買いに、オーガニック専門のマーケット、ホール・フーズに行く。大事な店は、すべてダウンタウンを縦断するステートストリート沿いにある。その道が、何とカーブしつつ海辺から山に近い場所までまっすぐに続く。外は暑い。散歩もできない。

夜、炊飯器で、ご飯を炊く。「ぼたん米」という怪しげな米ではなく、これを食べてみてください、とEさんが置いていったオーガニックの（だと思う）米のほうである。これが、すばらしくおいしい。ラタトゥイユは、いまだ固し。他に小さなズッキーニをバターでいため、フライパンで焦がし、残ったオイルにざっとエノキダケをからめ、Eさんの開けてくれた醬油をたらす。ご飯がおいしいばかりに、これで大変なご馳走の感あり。

一日中、誰とも会わない、はじめての日。『みずうみ』読了。傑作か。すでに記したようにEさんはこれをもう訳し終えている。さしあたり、この小説について、話したいことは、一つである。

9月27日（月曜）

昼の間、ずうっとちょっとこれまで経験したことのないような暑さ。摂氏四〇度は超えているだろう。四二度か、四三度か。湿度が低いために何とかしのぐ。汗もそれほど出ては来ないが、台所にいて、間違って暖房をしているのではないかと、手をかざし、確かめる。

午前10時きっかりにコペンハーゲンからの荷物が届く。バルコニーから車を認め、手で合図すると、どこに置く？　と聞くので、ここまであげてください、と身ぶりで示すと、大きく身体を曲げ、失意のしぐさ。相手は大の男。改めて、これを階段五階分、担いで降りていった先の若いデンマーク人のことを思い浮かべる。それより先、三月末に五階を上ってきた老人、そして見知らぬ若者のことも。

荷揚げが完了し、オレンジジュースを差しだすと、お腹によくない、と謝絶。ミネラル・ウォーターに氷を入れたものを差しだすと、ごくごくと飲む。キャッシュ払いで一五〇〇ドルを超える紙幣を渡すと、会社と連絡した後、数え、多い、と無造作に二〇ドル札を一枚、返してよこす。チップを渡し、別れる。デンマークに比べると、時間はぴったり10時。正直であるあり方も、流儀が違う。

ニューヨークのホテルでは空港に頼んだタクシーが、ホテルと特別契約の厳密に言えば、非タクシー車だった。フロントの女性がよくなかった。いろいろな人間がいるのだが、正直であることは、アンダーパー。当然のこと。そんな無造作さを、この大柄な運送人は、保持している。

人が正直であるとは、どういうことなのだろう。なぜ人は正直なのか。嘘をつかないのか。

Aのいないままでの荷解きに、時間がかかる。なぜかはわからないが、フランス文学の博士課程の男女の住まいにしては、本棚が異様に少ない。テーブルも小さいものが一つしかない。収納の場所がないので、衣服のクローゼット奥の棚に本を並べる。急ごしらえの本棚と、小さな机（このコンピュータが載っている）のわきに、何とかサイドテーブルを用意しなければならない。その一方で、昨日買ってきた洗剤を持って、裏庭に行き、見よう見まねでコイン式の洗濯機を動かす。二時間後には、いささか疲弊した身体が荷物を整理した部屋にある一方、裏庭の乾燥機のドラム内で、洗濯物が半乾きになっている。

Eさん、Sさんがやってくる。二台の車でUCSBへ。ふだんEさんが授業している間、Sさんは図書館の研究用個室で、書物の調べ物をしている。今日は、私の大学の研究室までの行き方の練習、それに、内輪の大学院生のパーティにちょっと顔を出し、学内手続きを行うのである。

これらを一通りこなし、広いキャンパスを歩き、帰途、日本食料品店に寄る。納豆に巡り合う。味噌と、かつお節パックとともに、購入。先日買った「ぼたん米」はアルバートソンズ・マーケットでは一番高かったのだが、ここニッカでは、何と一番安い品種である。ここは大リーグだね、と私。価格が二倍以上するEさんSさん愛用の「田牧米」小サイズを購入。帰途、Eさん達とホール・フーズに寄り、日焼け止めクリームを買う。

夕ご飯は、電子レンジで解凍した前回のご飯（大リーガー米）と、納豆。昨夜作って冷やしておいたラトゥイユ。味噌汁はだしの素を買い忘れたことがわかり、お預け。

食後、風呂に入り、レモンのかけらを押し込み、バルコニーに出て瓶からメキシコのコロナビールを飲む。夜なのでわからないが、ここから、ほんの少し、おちょこで一杯分くらい、赤い屋根と椰子の木の向こう、海が見えるのだ。

9月28日（火曜）

自分で料理をしてみると、色んな発見がある。ラタトゥイユを作っていて、「歯ごたえがある」、「シャキッとしている」ことの意味を考えてみた。

おととい、製作中、見落としていたのに気づき、細いアスパラガスの束を二つに切り、その先端部分、茎の部分をラタトゥイユの上にパラパラと散らした。数時間たったところで取り出し、食べたときにはこれだけが固くて、いったん口に入れたものの、はき出した。ざく切りではじめから入れておいたキャベツの芯の部分も固くて食べられなかった。しかし、それからさらに一、二時間低温で煮込み、その後一晩ゆっくりとさまし、いま、冷蔵庫から取り出して食べるアスパラガスの茎は、「シャキッとしていて」、「歯ごたえがある」。キャベツも芯ごと、甘味があり、おいしい。固くて食べられないものが、熱などを加え、さまし、工夫する中で変成し、食べられるものになる。その過程に生まれるおいしさの一つのあり方が、「歯ごたえがある」なのだろう。

なぜ、歯ごたえのあるものを、私たちはおいしいと感じるのか。そこには、もう少し固かったら、食べられない、おいしくない――向こう側にとどまっている――はずのものが、ちょっとのところで、こちら側にやってきたことの身体的な応答がある。うわあ、こっちに来た、と誰かが喜んでいるのだ、私の中で。

昼、下に住む住人のMと言葉をかわす。昨日暑かったですねというと、ほとんど経験したことがない、ロサンゼルスは一一三度だったんですって、と言う。はあ、曖昧に笑って家に帰って調べてみると、華氏一一〇度で摂氏四三・三度。してみると、摂氏四五度にはなる。ここもそれに近かったのだろうか。ニュースでそれをどう報道しているのか、知りたい。日本の報道では、天候のことがいつも大きく扱われる、というのが私のひそかな観察である。

昼、車で大学へ。Eさんと待ち合わせて、大学副学長室のカウンターで手続きを終え、図書館の閲覧カードと駐車許可証購入の資格を取得し、受け入れ先の学際人文センターの所長代理であるB先生にご挨拶する。カギをもらい、研究室に案内していただく。5060号室。共同使用のイタリア文学研究家の女性に挨拶。

授業のあるEさんと別れ、パーキング・サービスの建物に赴き、駐車許可証を購入。ついで、大学センターの購買部門で紙を購入。五百枚で五ドルと少し。ようやく、日本に近い価格の世界に戻ってきた感あり。デンマークでは、コピー一枚するのにも街中歩き回らなければならなかった。パソコンのプリント用紙が、五百枚で五〇クローネ、七五〇円したのである。

帰り、Eさん達に、もう一つのアジア食料品店オリエンタル・マーケットへ案内してもらい、だしの素、海苔のほか、豆腐を購入する。隣のベトナム・レストランで、フォー。外に出ると異様に美しい夕焼け。海岸に行こうと、大学に戻る。こんな夕焼けははじめて、とSさんも感激している。

帰途は、101号線のフリーウェイ、Eさん達は99番で降り、私は97番で降りる。アパートから大学まで二十五分。日本風に戸口を開け放ち、風を通す。虫の音が聞こえる。秋なのだ。

9月29日（水曜）

昨夜、不調のインターネット通信を直そうと思い、ルーターをいじっていて、インターネット通信ができなくなった。バークレーに住む旧知のMKさんの子息のDさんに不調のインターネット通信のことでお尋ねしようと思い、転じて、ふと自分でやってみるかという気になって、この顚末にいたった。何とか旧状復帰後、Dさんに報告。

朝起きてみると、こういう方面は自分の方がわかるだろうと、父親のMKさんご自身がメールを下さっている。半端でない草創期からコンピュータに関わってきた人だけに、説明が、わかりやすい。ルーターを十秒か二十秒、まず、電源から外す。それは、その間、ルーターの中に「電気が残っている」からである。電源を切っても、電気というものは、まだしばらくは、体内に残っているらしい。

移動後、今日でほぼ二週間。

はじめて寝坊ができるようになり、9時すぎに起き出し、サロンの部屋の配置換えを行う。小さな机が一つしかなく、その上に小さな本棚が載っていたのを、本棚を下ろし、クローゼットの衣装ボックス様の箱を二つ取り出し、机の脇に重ねて置く。上に布をかける。これでようやく、プリンター、スキャナーを置き、さらにコンピュータをずらして本を読むスペースができる。終わると午後3時に近い。日本のものと大違いのまずいカップ麺で遅い昼食とし、この大学にいて自衛隊について書いたF先生の本に関するB先生の書評を読む。F先生はプリンストン大学のB先生の知人だが、いま、この大学の東アジア学科の学科長。でもサバティカルで、当地にはいない。

午後5時頃、はじめての散歩に出る。行き先は、フィッシュ・マーケットがあるというハーバー。サングラスと帽子は必需品。それに半ズボンという出で立ちで歩いてみると、この町の美しさ、豪奢さがわかる。どの家もきれいな芝生と奇体な花々を擁し、窓の向こうにスペイン風のパティオ、あるいは応接間がほの見える。ハーバーも賑やか。常設のフィッシュ・マーケットには、小ぶりだが生きのよい魚介類が豊富にある。岩海面を覗くと、小魚が白い腹をきらめかせている。岩場を蟹が這っている。

帰宅後、チコリをベーコンと炒め、冷ややっこ、お味噌汁で夕餉とする。料理は、まだ慣れていないために、作る順序が難しい。一人で食べる時には、うまく一人二役をしなければならないわけだ。

夜。もう十年以上前に書かれた私の論に対する英文の批判を読みはじめる。少しはしっかりとこれらに応対してみようかという気持が少しだけ生まれている。疲れると、音楽を聴き、バルコニーに出る。

いまはバルコニーのテーブル。パソコンを置き、これを書いている。暗い通りを、人が話しながら歩く。その姿は黒い影。通りの向かいの家々の戸口にだけ明かりが灯っている。ここ、サンタバーバラの住宅街、少なくとも私のいる界隈には、街灯というものがない。「はは」。笑い声が聞こえる。

9月30日（**木曜**）

昼、大学に行き、Eさんに車の保険のことを聞いてもらう。レンタカーでの保険は難しいらしいことがわかる。有線ランをつなぐイーサーケーブルを買いに大学から少し離れたマーケットプレイスのベスト・バイへ行く。

少しずつ、この町が見えてくる。コペンハーゲンの街の見えて来方とは、だいぶ違う。コペンハーゲンでは、細部からはじまりそれがバスと徒歩で外に広がっていった。しかしここでは外からだんだんと細部へと進む。主に車で。

帰宅し、テッサ・モーリス＝スズキの十三年前に書かれた私の論への批判を、ゆっくりと読む。私の論の肝腎なところは、この論者に届いていない。わかりにくい、くねくねと行路を歩む論、というようなことが書いてある。

夜、ステーキを焼こうとする。煙が上がり、火災報知器が鳴る。大急ぎで火を止めるが、火災報知器はそれからもしばらく鳴り続けている。しょうがなく、ワインをあけ、飲んでみると、今度のワインは、なかなかおいしい。

食後、明日お会いするだろうこの大学の日本部門の中心人物、N先生の著作、*Living Carelessly in Tokyo and Elsewhere* を開く。このタイトルの、Living Carelessly というところが、なかなかいい。

10月1日（**金曜**）

朝、EさんからSkypeで電話が入る。レンタカーへの保険ができそうだという。きっと時間をかけて調べて下さったのに違いない。日本のAからは、もうEさんを煩わせてはいけないと、釘を刺されているのだが。

こちらから、Eさんをピックアップし、大学近く、ホリスター通りの保険代行会社に車で向かう。頭にまで入れ墨を入れた人が保険を登録している。終わるのを待ち、私たちの順番になるが、問い合わせた結果、レンタカーではやはり、不可能だとの答え。落胆しつつ、Eさんが法律では、そういうものがどの州でも用意されていなければならないはずなのだが、と食い下がるのを見ている。すると、再びまた別の保険会社に問い合わせ。結果、いくどかのやりとりの末、ノン・オーナーズ保険、日本で言うところのドライバーズ保険が可能だという回答を得る。十一年やってきたが、これは初のケースだ、と会社の女性。保険額は、もし大手のレンタカー会社でやっていたら、ほとんどレンタカー代金と同額の勘定だったのだが、これで劇的に下がり、ほぼその額の二〇パーセント以内にとどまる見通しとなる。

その後、コストコ、ホール・フーズで買い物。今日は、EさんとSさんとが私のウェルカム・パーティを開いてくださる、その準備の買い物である。

いったん別れ、帰宅し、5時過ぎに、夜に備え、電気バスで波止場からソラ通りへ。このバスは、快適。繁華街を、ほぼ通りごとに停まって進む。

6時過ぎ、アメリカの日本研究ではなかば伝説的な人物であるN先生がラタトゥイユを手に登場。かなりの大男で、日本語によどみがなく、日本語と英語の切り替えがスムーズ。話に夢中になっていると、いつ日本語が英語に替わったのかわからない。三日前に小説を一つ、ようやく脱稿したところだと言われる。

この人は映画も作っている。一度日本で見たが、面白いものだった。この人のように三島、大江、安部という日本の三人の小説家にそれぞれ、年若い翻訳者として愛され、親しくつきあった経験をもつ人は、稀だろう。

アイヌの研究をしているL先生と、パートナーのAさん、歌舞伎の専門家であるSL先生も、それぞれ作られた料理を手に現れる。L先生とAさんは北海道に住んだ経験をもつ。元教え子のTの母上をご存じ。SL先生は絶えず穏やかな笑みを浮かべている。七人、テーブルを囲んで歓談。身体的に庇護されている感じ。かなり酩酊したか。不明。夜、L先生の車でアパートまで送っていただく。

ようやく一段落。サンタバーバラでの静かな生活が、はじまる。

10月3日（日曜）

この間コストコで買ったムール貝でスープを作るので、食べに来ませんか、とEさんから電話。夕刻、お邪魔することとなる。本格的に英語で本を読むことになったら、アマゾンのキンドルという読書機械が有効なように思え、購入を決める。Sさんが、これのデラックス版というものを購入した。近世日本文学の専門家であるSさんは、これでPDFにした日本の古典文献を読む。私は小ぶりのキンドルを購入する。これで英語の本を辞書機能付きで読もうというのだ。

N先生からメール来信。シラバスを送って下さる。いつでも、歓迎。これから半年の間、何度でも会おう、と温かい言葉が記してある。

午後の間、N先生の回想録と、アメリカの日本学者ハリー・ハルトゥーニアンによる私の論への批判とを読む。同じ英語でも、当然のことだが、両者の文章は、だいぶ違う。

夜、Eさん宅を訪問。今夜も素晴らしい饗応に与る。こんなことをしていてよいのだろうか、という懼れの気持。これまで味わったことのないくらいにおいしいムール貝のスープに、舌を巻く。Eさんの料理への情熱は、どうも半端なものではなさそう。ともに学者であるご両親にニューヨーク郊外、ロング・アイランドで育てられ、現在、若くしてギリシャ語の翻訳者となっている妹さんとともに料理を母上に教わり、少年の頃から本格的に料理に親しんだ。好きな料理の本、料理人の本を見せられる。

その合間にも、ロイヤル・タイラー訳の『源氏物語』の一節の数頁を示され、読む。雨の夜、源氏が寝たふりをするなか、左馬頭が昔語りをする。その語りの面白さ、そして酷薄さ。原文に露わには出ていないところを、タイラーがいかに浮かび上がらせているか。また、Eさんの大学の先輩にあたる日本学者の『山家集』の訳を、読ませられる。その西行の歌の訳が、どう他のものと違い、素晴らしいか。熱をこめて語る若いEさんの説明を聞きながら、自分の無学さをありありと感じる。何しろ、過去の文献のPDFのくずし字が私に読めない。それをEさんはすらすらと読む。

12時過ぎ、明日のロサンゼルス行に備えて、携帯のナビをお借りし、辞去する。

10月4日（月曜）

朝、早めに起きて、9時、ロサンゼルスに向けて車で出発。ちょっとした理由で在留証明というものが必要となり、ロサンゼルスの総領事館まで行かなくてはならない。距離は、約九五マイル。百五十数キロ。ロサンゼルスのフリーウェイの渋滞は全米一だとのことで、小さな事故も起こるらしく、片側六車線、全部で十二車線のフリーウェイの渋滞に何度か巻き込まれる。しかし、Eさんから借用したナビの日本語での指示にも助けられ、あまり迷わずに目的地に着く。用件を終え、帰りはかなり飛ばして午後3時半に、帰還。帰ると、さすがにだいぶ、疲れている。

机上のPCを見ると、送ってくれるように頼んでいた今学期のシラバスがEさんから届いている。昨日N先生が送ってくださった映画と小説を素材に行う一九四五年から一九六〇年までの日本の文化と社会という授業も、Eさんの八世紀から十三世紀までの日本の古代・中世の文学をまったく新しい観点から扱う授業も、ともに魅力的。聞き逃せないが、七十五分のクラスで週二回ずつあるお二人の授業が、ともに火曜と木曜で、同じ時間帯なのだ。

考えた末、機械的に、火曜日は、Eさんの授業、木曜日は、N先生の授業に顔を出させていただくこととする。自分が逆の身になった場合を考えると、この日は来る、この日は来ない、ということがはっきりしていたほうが、お邪魔にならないだろう。御両名にその旨を記し、参加のお願いのメールを発信。アメリカの大学での授業を、こうしてすぐれた人物の授業を通してかいま見つつ、英語の勉強もさせてもらえる。感謝しなければならない。

明日のEさんの授業の準備に、案内されたEさんの授業のサイトに入る。ポスティングという明日の教材にふれた学生の感想提示の欄。学生の意見に、目を通す。

10月5日（**火曜**）

昼に大学に向かい、与えられた研究室に行ってみるが、パソコンが使えない。事務責任者に会って、無線ランのパスワードを取得する手続きをしてもらう。教科書を購入し、図書館で木曜のN先生の授業の教材を借りだし、1時30分、Eさんの授業に顔を出す。教室にほぼ一杯の学生。三十名はいるだろう。簡単な自己紹介に、Eさんが補足。

今日の主題は『古事記』、『日本書紀』。学生の意見に面白いものがある。天皇の終戦の詔勅の放送にはじまり、『日本誕生』という東宝の映画の冒頭、『古事記』の記述を映像化したシーンで終わる。アメノウズメが踊ってアマテラスが岩戸を開くシーンでEさんがどんな踊りかな、と聞くと、機敏そうな一人が、Striptease! とすかさず答える。Yeah! Eさんが応じ、学生が笑う。

岩戸の外でアメノウズメのストリップにまわりの神々がどっと笑う。すると中に隠れていたアマテラスが何だろう、とそっと岩戸を動かし、覗く。やりとりを聞きながら、日本の神話の挿話のカギが「好奇心」にあることを、面白いことだと思う。

授業が終わり、Eさんともども図書館でSさんと落ち合い、Eさんの研究室に戻ると、同じ時間に授業を終えたN先生が顔を見せる。N先生の回想録をハリー・ハルトゥーニアンの論文と交互に読んでいるのだというと、おう、昔、この人物に、多くの彼の同僚の前で、私が書いた三島由紀夫の伝記について悪口を浴びせられ、泣きましたよ、と言う。譬えではない。本当に泣いたのだという。

その後、N先生とお別れし、EさんSさんと車でダウンタウンに向かい、ステートストリートのずいぶんと長い区画を歩行者天国にして行われる火曜日のファーマーズ・マーケットに行く。小公園のような場所の一区画を占めて行われる土曜日のファーマーズ・マーケットよりも、少し垢抜けているよう。新鮮な野菜と果物に、くらくらしつつ、今日は自重し、少ない分量を購入する。帰宅し、水菜にライムとオリーブオイル、それにいちじくを切って載せたサラダを作り、昨日のステーキの残りにつけ合わせ、夕食とする。

10月6日（**水曜**）

昨夜、珍しく雨。夜、寝台に横になったら、まわりの家の屋根瓦を叩く音が聞こえ、ああ、雨、と思った。朝、雨はあがっている。しっとりと庭の緑の芝生がぬれている。

庭は垣根一つないまま、道路に面している。その道路もしめっている。正面に大型の車が四台は駐車できるスペースがあり、その隣りに、真ん中に石造りの水盤らしい置物と花壇をもつ芝生が広がっている。水盤台の手前に雨ざらしのまま、木のテーブルと椅子がある。テーブルの上には車のキー。誰のものなのか、もう何日もおきっぱなしになっている。

部屋はほぼ四方に窓がある。寝室とこのサロンの間の扉もガラスなので、コペンハーゲンのアパートと違い、明るい。しかし暑い土地だけに、日の光が直接部屋にあまり入ってこないように作ってある。この机の、正面にも、横にも、窓が切ってある。正面の窓の向こうには重たげに葉を支える木の枝。そこにふだんは、何羽も鳥がとまる（今日は裏庭で洗濯をしていたら、ハチドリを見た。小さい！　かわいい！）。一度、その向こうの屋根瓦の上をとんとんと歩いて猫が横切っていった。何かに気をとられているらしく、窓の向こうの私にはまったく気づかなかった。

鳥の声が聞こえる。

チュン、ジジ、ジジ。

その背後からアムトラック駅に近づく長距離列車の

汽笛が、時おり聞こえてくる。西部劇の映画に出てくるような長く余韻をもつ音。それを私はEさんとSさんに、パオー、パオー、と声を出して説明した。象の鳴きまねのつもりである。どこかスケールの大きさ、鷹揚さを感じさせる。Eさんがかねて、大丈夫だろうか、アパートの家主のKは、このことについては黙っていましたねえ、と心配していた騒音である。でも、いまのところは、気にならない。

ハリー・ハルトゥーニアンの批判を読みつぐ。この人は、――この人だけではないだろう――私が、先の論(『敗戦後論』)でほとんど「奇妙なほど」実際に日本が近隣アジア諸国に対して行った侵略行為に「触れていない」と、何度も、指摘している。このことが、私の政治的な立場に(この書き手は戦後の日本を現状のままで肯定する保守派論者なのではないか、という)疑念を生じさせる結果になっただろうことが行間からわかる。事情は多くの日本の読者、特に知識層の読者の場合にも、同様だったのだろう。

しかし、こうして実際に批判の文に接してみると、なぜ自分がそこに、日本の侵略行為に触れ、謝罪の気持をこめて反省めいた文言を書き込まなかったかの、当時、心にあった理由が思いだされてくる。ある私の論の批判者の、自国の死者を「かばう」のではなく、「汚辱の記憶を保持し、それに恥じ入り続ける」ことが必要だという言葉に、私は、「これは違う、……思想というのはこんなに、鳥肌が立つようなものであるはずがない」というある対談での自分の評言を引いて、自分の気持ちを述べている。日本の戦後の良心派の反省は、この批判者の言い方と同じ、まずとにかく頭を下げるという定型をもっていた。しかし、そうではない、別の仕方で、「日本の侵略行為にふれ、謝罪の気持をこめて反省の言を述べる」ことはできないか。どうすればそれができるか、という新しい道を作ることが、私のモチーフだった。それで当然、私はこの定型のあり方を熟慮の上、忌避したのである。

私が『敗戦後論』という論を書くまで、ほぼ、戦後の日本とアジアの関係を述べる日本のリベラルな立場からの文には、こうした「侵略行為に触れ、謝罪と反省の気持ちを述べる」文言がセットされていた。その構造はいまも変わらない。日本の悪行について述べ、反省の弁を置き、それからその時期の日本にふれる。それで「バランスが取れる」、そういう、予定調和的な言説の構造を私が嫌ったのは、そこでは反省が、免罪符という別の機能をもってしまうからである。反省とは、そういう役割を持たせられない言論の構造の中で語られなければならないのではないか。そういう言説の構造のもつからくりに我々はもっと敏感でなければならないのではないか。世の革新陣営のこうした微温的で鈍感な感性の風土に対し、私が学生時代、疑問を感じたのは、その点だった。そうではない仕方で、「謝罪」と「反省」が述べられなければ、戦後の日本から、より sustainable で、堅固な、「謝罪」も「反省」も現れることはない、と当時の私は、考えていたと思う。

この気持は、いまも変わらない。

このようなモチーフを、日本をメタレベルの高みから見下ろし、断案を下すだけのハリー・ハルトゥーニアンは、理解できない。でも、それですむ話ではない。

10月7日（**木曜**）

キンドルが届く。この読書機械の世界には、ＰＤＦを除くと、アルファベット以外の言葉が、存在しないかのようだ。頭ではわかっていても、実際にこの三〇〇グラムに満たない機械がくると、全円性――満月のような姿――の過不足のなさの感じに驚く。いったんこの世界に入ると、何かが欠けているという感じがしない。その感覚は、独特のものだ。

日本がいつも「極東」であることを自認し、「辺境」、「域外」にいるという感覚を身体に沈めているのと、ちょうど逆。こういう「中心」の場所で、内側からは見えない、「外部」という考えが育ってきたことが、よくわかる。

さっそくいま読んでいるハリー・ハルトゥーニアンの批判を収録する *Japan After Japan*、Ｎ先生の回想録、*Living Carelessly in Tokyo and Elsewhere*、ロイヤル・タイラー訳の *The Tale of Genji* を購入する。わからない単語にカーソルをあてると内蔵された英英辞典の字義が現れる。英辞郎というウェブ上の辞書のキンドル用の英和辞典も組み込んでみるが、この機械で見ると、日本語が重ったるく感じられる。当分は内蔵の The New Oxford American Dictionary で行くことにする。

今日のＮ先生の授業の準備として、黒澤明の『野良犬』をＤＶＤで見、野間宏の「顔の中の赤い月」、太宰治の「メリイクリスマス」、「ヴィヨンの妻」を読む。

リーダーが未着のため、すべて日本語。映画も面白い。『野良犬』は、後の『天国と地獄』とよく似た構成で、緊密さが適度。小説の方もすぐれている。野間のものを、心に沁みる感じで読む。太宰の二作は、ともによし。久方ぶりの日本の戦後の映画と小説が、目と頭にここちよい。

ノーベル文学賞の知らせがX新聞のZさんから届いている。ペルーの小説家、マリオ・バルガス＝リョサ。この人が、どんな受賞講演を行うかに関心がある。

午後、大学に行き、N先生の授業に参加。二十五名ほどの学生が、先生の問いかけにそれぞれに手を挙げ、答える。先生は日本から来た、ほとんど発言しない学生たちに、「どうですか、意見ないですか」とそこだけ日本語で訊く。Bold（大胆）でなければいけないんですよ、とも言う。この言葉を私もこれから、何度か思いだすだろう。

N先生は、それぞれの作品について、この作品は何について書いてある？　と学生に訊く。手をあげ、学生が答える。やりとりを聞きながら、野間宏の「顔の中の赤い月」がなぜハッピーエンドに終わらないのか。その理由が書かれていない、でも、そうなのだろうなと思わせる、そのあたりにこの作品の魅力があるのだという結論に、私一人、勝手にたどり着いている。

10月8日（金曜）

午前中から昼にかけ、日本の雑誌連載のゲラ直しの仕事。掲載する原稿はコペンハーゲンで五月の時点で全て書き終えているが、掲載のたび、こうして読み直し、細部を検討するのはそれなりに骨の折れる、しかし味わいもある作業である。今回掲載する分が、たぶん今回の連載の後半の核心。この連載のために、新しく考え、加えた章なのだ。この連載の対象となっている小説家は、今回、ノーベル賞を受賞しなかったが、このことは、彼のために、よかった。彼にはまだ、その前にしておかなければならない仕事があるからである。

思いたち、そのことにふれた短文を書き、X新聞のZさん宛てに送る。かねて受けてきている原稿依頼の趣旨からそれている。枚数もオーヴァーしている。採用になるかどうかはわからない。

午後、ハルトゥーニアンの批判を読みつぐ。やはり、書いてみようと思い、こちらは英語で、これまで英語で書かれた私の論への批判に対する反論の草稿を書きはじめる。
夜、AにSkypeで電話し、指示を仰ぎながら、カレーライスを作り、ようやく10時過ぎ完成。ご飯を解凍し、食べる。
キンドルは返品。より大きな画面をもつキンドルDXを購入することにする。やはり、英語を通勤電車で読むというよりは、机の上で、仕事で使うことが多い。PDFも、この歳では小さな画面は、見るのが苦しいことがわかったからである。

10月9日（土曜）
午前、英語での反論を執筆。その後、Eさんとファーマーズ・マーケットに行く。卵、トマト、ズッキーニなどを購入。ついで、ホール・フーズに行って小麦粉、ウスター・ソースなどのほか、安売りのワインを六本まとめて買う。家まで送ってもらい、反論執筆の続き。
夕刻、再度来てくれたEさんの車で歴史学科のR先生のお宅に伺う。どのような趣旨のものかはわからないが、歴史学科の日本近世史を専門とするR先生ご夫妻が呼んでくださる集まりだとのこと。郊外の広いお宅に、二十名近くが集まり、庭のテラス、リヴィングルームでそれぞれ、談論を楽しむ。前回話せなかったSL先生の通じそうな知人を得る。D、Sなど、気心と懇談。旧知の歴史学科のHさんとも再会し、今月末に予定されているチャンスラーズ・カンファレンスのディナーに招待される。毎年大学で一名選ばれた教授が年に一度行う学長主催講演会。講演者に選ばれることは大変名誉なことであるらしいことを、帰路、Eさんに教えられる。

10月10日（日曜）
午前と午後、反論執筆。日本のZさんより来信。送った日本の小説家に関する短文をいま発表するのは当面保留にしてはもらえないだろうかとある。この新聞記者への信頼は厚い。考えた末、了解の旨、返事する。同じものをEさん、Sさんに見せていたが、そちらからは、これは、いま発表されるべき文章だと思うというコメントが来ている。ありがとうと返事する。
この部屋の貸し主の残していった書架の中にヨット・セイリングの本が数冊あった。若いカップルのどちらか、あるいは双方がヨット好きなのかと思っただけだったが、今日、バルコニーに立つと、ほんの少し見える海のところを、ヨットの帆が行き来している。あ、と心が浮き立ち、すぐにでも海岸まで散歩に出たくなる。きっと彼らも、こうしてヨット好きになったのかもしれぬ。今度、ヨットの本を開いてみよう。住んでいる場所のバルコニーに立つと、遠く、海が光り、そこをヨットが行く。そう、世界は広い。海は、大きい。

夕刻、ウェブサイトのレシピを頼りに、見よう見まねで鮭のエスカベージュ風というものを作る。一口大に切った鮭に小麦粉をまぶしてフライパンでじっくり焼き、オリーブオイル、ワインビネガー、レモン汁、蜂蜜、赤唐辛子などからなる漬け汁にタマネギのスライスと一緒につけ、粗熱が取れたら、冷蔵庫に入れて冷やしてからいただく。「粗熱」というのは、なかなかよい言葉であることに気づく。久方ぶりに美味を食する。

夜、Eさんから薦められた小松英雄『古典和歌解読――和歌表現はどのように深化したか』を読み、平安期の女性の書き手の言語表現に関する自分の考えの間違い（の可能性）に気づかされる。一度、Eさんに翻訳をお願いしたとき、ここは間違っているのでは、と指摘された。折り目正しい専門家がこう言うのだからと、英語では訂正したが、日本語で発表するときに、その根拠がわからなかったので、元に戻したら、後でEさんに、元に戻していましたね、と言われ、あはは、と笑ってごまかした。そのEさんの根拠が、これだったた。国文学界の常識なのではなく、日本の異数の碩学の独創的見解に基づく指摘であった。得心。

深夜、ジャンゴ・ラインハルトのジャズのレコード、『ジャンゴロジー』を聴く。

10月11日（月曜）

朝の一つの発見。

先日、ファーマーズ・マーケットで一束買ってきたミントと、カーリー・パセリがすぐにしおれかかったので、このところ毎日、水に挿し、その水を取り替えてきた。しかし、ミントはあっというまに水が茶色に濁り、葉もしおれる。どうしたことかと、ここ数日は日に三度、四度と水替えしてきた。今朝、そのミントの一束が根元できつくゴムで縛られているのを、外してやらなくてはならないことに気づく。おお、かわいそうに。いくら水をやっても、その上の部分には、ほとんど水が行かなかったのだ。誰もいないと、独り言がふえる。Aのいない私の世界に、話し相手として、ミントも、パセリも、ハチドリも、入ってくる。

昼、お茶漬け。

午前から午後にかけ、ハルトゥーニアンの論への応対。この日本学者が日本の戦後思想をそれほど理解していないことに、いささかあきれる。吉本隆明の「転向論」がようやく翻訳された。それがEさんの翻訳論の載っている単行本に併載されているのを教えられたばかりである（*Translation in Modern Japan*）。この反論を書いたあと、この英訳「転向論」を手がかりに、日本の戦後思想の核心であると自分の考えているものを、英語で書いてみようか。にわかにそのような気持が湧いてくる。自分にしかできない仕事かもしれない。一昨日R先生のお宅で会ったSL先生も、手伝いますよ、とおっしゃってくださっていたし、院生のSも、プルーフ・リーディングが必要なら、いつでも言ってね、と言ってくれている。一つでも英語での論文を用意するとなると、必要な文献が多くなる。日本にいる友人のH氏に英文原稿の掲載先について相談。I書店のSさん、以前、大学の授業で発表した元学生に、資料を送ってくれるよう依頼するメールを出す。

10月12日（火曜）

いま苦境にある元学生のOから来信。返事を出す。

窓の向こうに、すこしやつれた色の葉を茂らせた木が一本立っている。その一つの枝の葉が黄色く枯れかかっているのは、そこにきっと樹液が十分に行っていないからだろう。なぜ行かないのか。そこには、木の複雑な事情がある。誰にもわからない。木にもわからないかもしれぬ。誰もわからないという状況の中で、大きな木の、三つある幹のうちの一本から出た枝の一つの、先の一群れの葉が、黄色くなっている。風はない。鳥の声が聞こえている。

昼ご飯を食べて、大学へ。キャンパス内での無線ラン使用のユーザーネイムとパスワードをめでたく支給される。研究室をシェアしている研究者と少しだけ話す。いま、イタリア映画を中心に博士論文をまとめている。もう二年この大学にあり去年は教鞭も執ったという。研究室の机の上の電話について訊くと、二年前から使用不能だとのこと。二人で笑う。

持参したパソコンで、研究室で図書館のサイトに入り、新しく必要になった本の書架番号と位置を確認し、図書館に行き、借りる。五冊必要なところ、三冊があった。Eさんの授業に顔を出し、学生の『古今集』に関する発表を聞き、最後は教壇のまわりを囲んで超豪華な『古今集』刊本と江戸時代の『古今集』刊本を拝見する。この大学の図書館も大したものを持っていると思って訊いたら、Eさんの私物とのこと。

江戸時代の刊本は京都の古書店で入手した。そういえばEさんの最初の日本への留学先は、京都。そこで、大学院の授業に参加してすぐ、担当部分をあてられ、ほぼ家にこもって大学院の授業での発表に備えるべく、読めないくずし字に取り組んだらしい。ほぼ独学です、大学がどこかは関係ないですね、と言っていたが、フランス語も半年やっただけでものにしているところを見ると、語学的な才能に恵まれている上、大変な努力家なのである。私とは大違い。昼食を倹約して古書を需めたあたりも私には真似ができない。明日、アルバカーキでの学会で発表するSさんは、家で準備中。駐車場で別れ、それぞれの車で帰る。

夕食は、昨日解凍しておいた鶏胸肉を用い、南蛮漬けに挑戦。何とかうまくできる。ウェブのレシピ集を見て、材料の欄で、手持ちの素材と調味料類でできるものを探す。消極的な選択だが、いまのところ、問題はない。

夜、再び、英文での反論の執筆。

10月13日（**水曜**）

元学生から返信あり。窓の向こうの木の枝に、今日はつがいらしい二羽の鳥が来ている。陽光がまぶしい。海は見えず。

明後日来るAへの出迎えのチェックなどをした後、朝食。昼近くになり、仕事にとりかかる。英文反論執筆。夕刻、Eさんから電話。明日ミシガン州に行って行う発表の準備ができたとのことで、車の保険を「最高額」に変える手続きについて、会社に打診してもらう。その後、落ち合ってピザのおいしい店に行く。

10月14日（**木曜**）

昼過ぎまで英文反論執筆。午後、N先生の授業に顔を出し、帰宅後、さらに仕事を続ける。N先生の授業は、マッカーサーと憲法について。朝鮮戦争での米軍の苦闘とウェーキ島でのマッカーサーとトルーマンの暗闘の話を興味深く聞く。

10月15日（金曜）

午前6時に起きて、ロサンゼルス国際空港にAを迎えに行く。Aは最後の最後に出てくる。入国審査に時間をとられたとのこと。顔を見てほっとする。そのまま、車でフリーウェイ405号線から101号に入り、午後1時には帰宅。Aは車中でうたたねしたが、帰宅後は、掃除を始める。掃除機、巨大すぎ、小回りきかず。

夕刻、ホール・フーズに明日の食事の買い物。そのまま、あひ寿司で夕食。数日前、割ってしまったワイングラスの替えなどを、ワールド・マーケットという安物専門の店で購入し、帰ってくる。サンタバーバラの中心街のAの感想は、「ディズニーランドみたい。郊外のほうが、いいわね」。

夜、だいぶきれいになった家で、仕事の続き。午後11時近くになって、あひ寿司にパスポート、財布の入ったショルダーバッグを忘れてきたことに気づく。掏摸に遭って以来、カード入れを使って、必要な時以外は、財布を出さないようにしている。カードで支払ったので、気づかなかった。電話、つながらず。再度あひ寿司に行くが、閉まっている。

10月16日（土曜）

昼、ファーマーズ・マーケットにAを連れていく。Aも「これはすごい」と思っているよう。口には出てこない。黙ってみている。トマト、ネギ、タマネギ。プラム、メロン。いろいろと野菜と果物を買う。あひ寿司には相変わらず、電話がつながらない。再度行くが土曜の昼なのに閉まっている。Eさんに電話する。もう戻っている。Skypeのビデオ電話で、Aを紹介。「はじめまして」。不思議な感じ。間をおかず、あひ寿司から来電。扉に貼ってあった電話番号を見たと。息を詰めて次を待つと、ショルダーバッグはあった。Eさん宅に、Aが日本から持参した日本酒などを届け、Eさんに挨拶した後、あひ寿司に向かう。Aが来たのでとたんに安心したのだろう。そうすると、身体のどこかのモードが切り替わり、日常生活における「海上強風警報」が解除になる。ようやく、Aが来て、パスポートも戻り、一安心という生活感がみちてくる。帰宅し、英文の仕事を断続的に続ける。

10月17日（日曜）

午前から英文の仕事。気づくとAはジェットラグが来たらしく、ベッドで寝ている。昼から二度にわたり、洗濯を行う。ベッドの敷布、枕カバーから、タオル類まで。この一ヶ月、衣類以外は洗濯していなかった。Aにあきれられる。

裏庭の洗濯機脇の灌木に雀らしい鳥が群れをなしている。チチ、チ、とAは鳥の鳴き声を真似ている。

夕刻、Eさんから電話あり、尋ねていた掃除機について、日本で使っているような掃除機が、シアーズにあると、ご自宅の掃除機をSkypeのビデオに映して説明して下さる。車でシアーズの巨大な店舗に向かい、お目当ての掃除機を購入。ほっとして帰ってくる。相変わらずの小雨。夕暮れの街並みが、またもなんとなくマグリットの絵を思いださせる。I書店のSさんから、お願いしていた英文草稿に必要な文献がPDFで来ている。いつものことだが、この人にはお世話になりっぱなし。それを読み、英文の仕事に戻る。

10月18日（月曜）

朝、午前8時半あたり、Aが来てからはじめて日が差す。色彩感が戸外に広がり、灰色に曇っていた空が青く変わっていく。「あ、山も見える」。ここ数日、霧と曇りと小雨続きだった。本調子ではないが、ようやく、いつもの明るいサンタバーバラに戻る気配である。

と、朝、記した後、曇り、ときどき雨。夜には雷雨。夕刻には、一時停電までしたらしい。その間、私はヒチコック・ウェイにある映画館で、カズオ・イシグロ原作の新作『わたしを離さないで』を見ていた。以前寄稿したこの国の雑誌に、今回の映画を足がかりに、日本の文芸評論家の手になる英文でのカズオ・イシグロ論を書く（Eさんに翻訳をお願いすることになっている）。掲載誌の編集者が、DVDは出ていないが、サンタバーバラのここでやっているから見てほしいと、言ってきていた。

新作だが観客は六名。そのうち三人は近くに住むらしいおばさん達（と言い条、私もシニア料金で入っている）。予告編までは傍若無人にだべっていたが、さすがに映画が始まると、静かになる。映画は、例によって台詞あまりわからず。ただ、原作を読んでいるため、記憶が画面の英語を補う。帰宅後、仕事。午前2時まで英文の仕事を続ける。

10月19日（火曜）

朝、起きて仕事。ようやく英文の反論の第一稿を書き終わる。十二日かかった勘定である。約一万語。注の手当などをして、Eさんに英文を見てもらう準備を終える。

今朝も、かっと日が照るかと思うと、雷の音も聞こえる不安定な天候。Aに作ってもらった昼食をともにし、昼過ぎ、大学へ。Eさんの授業に出て、Eさんの研究室から電話で保険額引き上げの手続きをしてもらい、その後、家でAをピックアップ。三人でダウンタウンの歩行者天国のファーマーズ・マーケットへ行く。

Sさんはコロラド州のボウルダーへ一週間、戻っていて、Eさんは今夜、一人。簡単な夕食にお誘いした。一緒に帰ってきて、Aの作るパスタを三人で食べる。その後、深夜まで、ワインなどを飲みながら、Aも加わり、英文で書いた原稿をめぐり、歓談する。

10月20日（水曜）

朝から日が差す。Aが来てからはじめての安定したサンタバーバラ日和。一応、英文での仕事が手から離れたので、昼すぎ、少し離れたマーケットプレイス、日華食品に、買い物に出る。必要なのは、外のバルコニーを掃く外ぼうき。他にお酒、お味噌、油揚げなどの日本食品である。午後から驟雨。雨をついて、日華の後、ホール・フーズに寄り、そこで予備の洗剤その他、紅茶、オリーブ、烏賊などを買い込み、帰還。帰ると、Eさんよりメール来ており、英文原稿、悪くないとの感想に、ほっと胸をなで下ろす。

数日前、息子より来信あり、十一月の末に時間が取れるので、十日ほどこちらに来られるとのことだった。可能であれば、二人でインカ帝国遺跡のマチュピチュに行こうと夢のような計画を立てていたのだが、息子は八月、足を負傷、この夢は途絶え、アリゾナ州とユタ州の境にあるモニュメントバレーを次の候補地にあげてきていた。その旅程を（またも！）計画。準備。深更に及ぶ。

10月21日（木曜）

サンタバーバラでの生活の二ヶ月目。当地に来てからもう一ヶ月が経つかと思うと、信じられぬ。昼から日が差す。Aの洗濯を手伝い、昼食の後、早めに大学へ。R先生のところで会った院生のSと研究室で会い、すこしSの仕事を手伝う。質問は、「戦前の漫画『のらくろ』に出てくる豚の中国兵の話す『中国なまりの日本語』をどう受けとめて訳すべきか」。それに丁寧に、答える。

N先生の授業は、先生の著書 *Sorry* を元とした講義。井深、盛田、大賀という三人の巨人の話が面白い。教室で、以前勤務していた大学から留学に来ている五人の日本人の受講生と話す。来週、一緒にコーヒーを飲むことにする。その後、Eさんと会って英文の草稿をめぐる話。もう少し、はじまりのところで、手を入れるのがよい、という方向が見えてくる。読んでいない他の批判者の論にも目を通し、批判の全体の構図を見ておくことにする。夜7時に帰宅すると、帰りが遅かったせいか、二階の部屋からAがドアを開けて下を見ている。夜、Sさんからメール。Sさんの勤務するコロラド州の大学でも、一度講演することになる。

10月23日（土曜）

昼前、ファーマーズ・マーケットで落ち合い、コーヒーでも飲もう、と誘うつもりで電話すると、Eさんは喉を痛めて臥せっている。この間の過労がたたったか。そのかなりの部分が私の世話の荷重かと思われる。マーケットに行く前にEさんのコテージ前に立ち寄り、戸口前に果物などを置いてくる。シャッターが降りている。家全体がひっそりとし、何か、そこから日本的な感じを受ける。蟄居という言葉を思い浮かべつつ、辞去。

ファーマーズ・マーケットに行くと、新鮮な海老を売っている。大漁だったらしく、車にたくさんの冷蔵箱が置いてある。そこに満載された様子のものが、一パウンド五ドル。見ると、朝は生きていた、というぼたん海老である。半信半疑で、二パウンドを購入。「このまま帰りますよ」と言うと、売り手の女性がうれしそうにぽん、と肩を叩く。果物、野菜も買い込み、いそいそと帰還。昼、Aが用意してくれた刺身をいただく。新鮮。美味。幸せな気持に包まれる。

インターネットを通じて購入した携帯電話のアクテ

ィヴェーションに手間取りうまくいかないが、色々やってみた後、使ってみると、アクティヴェイトされている。不思議。しかし、PINコードはもらえないまま。試しに日本にかけてみると、一分足らずで七ドルほどかかり、ぎょっとする。しかし、これにSkypeから転送させれば、少なくとも日本からの急の用件は、非常に安い金額で受けることができる。この間の懸案が一つ解決する。続いて、息子の来訪に備えての飛行機の切符の予約。座席予約がうまく行かず、「旅行代理店」の事務が停滞していたのだが、とうとう決心して電話による個別依頼を行う。結果、ようやく、座席を確保。面倒な電話での会話を通じての用件完遂が、はじめてできたことになる。「よかったね」とAにねぎらわれる。

Eさんよりメール。大丈夫とのことだが、どうもそうではなさそう。大事をとり、明日に予定していた拙宅の小宴を、順延とする。

10月24日（**日曜**）

朝から快晴。昨日も晴れていたはずだが、久方ぶりの晴れという感じ。朝食後、Eさん宅に簡単なものを届けて帰還すると、バルコニー下の庭先の花に、ハチドリがいる。Aに知らせる。よく見ると、ラベンダーの花、名を知らない花、きれいな花にだけ吸い寄せられるようにして嘴を差し込んでいる。この人の人生は、どんなだろう、とふと思う。

以前書いた論への批判閲読の続き。若い日本名の学者が書いた批判を読み終わる。私の論を丁寧に読んでいるところと、とても浅いところと両方あり。先の英文の論の第一のセクションに、どういうことを書き加えればよいか、考えている。

読んだ媒体は、先日届いたキンドルDX。先のものを返品しての交換である。これにPDFにした英語のもの、日本語のもの、いろいろ入れて、験《ため》しているが、使ってみると、ずいぶんと読みやすい。

夕刻、Eさんから新しい携帯電話に受信。もうだいぶ元気になったとのことで、生気ある声に接して安心。三十分ほど話す。

10月25日（**月曜**）

もう一人の日本名の学者の批判を読み終え、最後、こちらは日本語のよくできるアメリカ人学者ヴィクター・コシュマンの批判を詳しく検討する。いったい何が、こうした一方的な「批判」を作り出しているのか。考えているうちに、ポストコロニアリズムの問題設定が出てきた所以に思いあたる。いや、そうじゃないんだ、違うんだと、言いたい。そちらからは見えなくとも、こちらからはよく見える。そういうマジックミラーが真ん中にあり、その背後にこちらはいる。向こうからは、見えない。向こうから私を見る姿は、彼らの似姿の反映にすぎない。そのことがどうしてわからないのだろうか。じれったい。

しかし、こうして私も、自分の理由から、ポストコロニアリズムの観点を必要とする契機にふれているということになるのかもしれぬ。つまり、彼らは、ポスト構造主義を標榜しているが、その内奥に、コロニアリズム的な独善的観点を持っていて、そのことに気づかない。そう私が感じる。「それは、コロニアリズムじゃないか」と、憤懣を禁じえないとき、ああ、こういうところから、ポストコロニアリズムという観点は生まれてきたのだな、と私は理解するのである。

これが、西欧流の頑迷な観点とぶつかった、フランツ・ファノン、エドワード・サイードらの経験だったのだろうか。だとすれば何という皮肉か。私の擬態（ミミクリー）に関する議論が、ホミ・K・バーバというポストコロニアリズムの理論家の議論と重なるものであることについて、ハルトゥーニアンが書いている。そのわけをこうして私も、私なりに、得心することになる。しかし、このポストコロニアリズムとの出会い方は、日本での、十年ほど前の、新しい思潮であるポスト構造主義の親戚的な新種としての捉えられ方とは、ずいぶんと違っている。あれは、欧米から、そういう見方が届けられたということだったが、こちらは、ポスト構造主義的な日本研究の中に、コロニアリズムの観点が潜んでいるのではないかと、それを、ポストコロニアリズムの観点から、批判しようというのである。

午前、病癒えたEさんが来訪、三人で見晴らしのよい高台の公園までサンドイッチ持参で小さなピクニック。海は遠く水平線のあたりがけぶっている。

Eさんからいま夫人のSさんが準備している画期的な研究発表の話が語られる。『源氏物語』の中に女三宮の猫のエピソードがある。それが江戸期に歌舞伎に現れる。これまでの定説はそれほどまでに源氏が巷間に知られていたというものだが、これは違うのではないか。むしろ猫の踊りを得意とした役者の出し物と女三宮の名前が結合したところからその連結は生じてきたのでは。そういう新説で、私に言わせれば、隠喩的な解釈を換喩的に転換するもの、となる。周到な実証的な裏付けをもとに、大胆に物語と表象の間の亀裂を明らかにする、Sさんらしい、大きな説である。

その話をするEさんの背後に広がる、海と山。ピクニックテーブルでの昼食の後、億万長者たちの豪邸の間の道を下界に向けて降りるが、あまりの豪邸ぶりに、いささか病的なものを感じる。送ってもらい、Eさんは大学へ。下界の非豪邸で、再び英語での仕事。

夕刻、Eさんに教えられたイタリア料理店で、三十八年目のわれわれの結婚記念日を、ささやかに祝す。味は、まあまあ。

10月26日（**火曜**）

午前、英文の仕事。昼過ぎに大学に行き、Eさんの授業に顔を出す。今回は『源氏物語』。さすがに専門家の話は面白い。帰り、サイデンステッカー訳と最新のロイヤル・タイラー訳とで、どんな違いがあるかという話を、幼いときから源氏が育てた紫の上と源氏の場面を例に、話してくれる。紫の上も成長し、源氏が彼女にもうそろそろ、と促すものの、紫の上は源氏の意を解さない。じれた源氏がとうとうある夜、紫の上に触れ、情交を交わす。その翌朝のこと。朝、紫の上がいつまでたっても起きてこないので、女房達はいぶかる。紫の上の部屋の御簾はおりたまま。源氏が中を覗くと、彼女は床に伏せ、頭をなかば隠している。褥から流れた長い髪が濡れ、掛け布に隠された額の髪も張りついているよう。サイデンステッカー訳だと、それは涙と解される。源氏はほとんどレイプしたようなものである。その結果、サイデンステッカー訳で源氏を読んだ人はだいたい、みんな源氏が嫌いになる。タイラー訳では、解釈は控えられる。ほぼ原典の通り、紫の上の額の髪を濡らしているものを汗とも涙ともつかないままに描く。それは汗なのか、涙なのか。汗と、涙なのか。聞いていると、タイラー訳の面白味が、じんわりと伝わってくる。

Aを誘うが、夕食の準備だというので、Eさんと二人、ステートストリートを歩行者天国にして開かれている火曜日のファーマーズ・マーケットへ行く。Aに頼まれたにんじん、メロンの他、チーズの燻製を買う。帰り、Aがバルコニーから降りてきて、Eさんを粗餐に誘う。牛肉、トマト、アスパラガスの皿。ほかに、なすのしぎ焼きがテーブルに現れ、好評を博す。食後、猫の話で盛り上がり、深更に及ぶ。Eさんのお宅に昔いた猫の名前は、マフィン。モーツァルトを聴きながら死んだ人間不信の猫、と言う。

午前3時過ぎまで英文の仕事の続き。大事な個所を書く。

10月27日（水曜）

午前10時、かねて懸案の美容院へ。ウェブで日系の美容師のKさんを見つけ、電話し、予約していた。美容院は、アパートからそう遠くない。美しいクリフ・ドライブで行く。一時間弱、日本語でやりとりし、おいしいタイ・レストラン、寿司の店などを教えてもらう。散髪の結果は、Aによると、悪くなさそう。午後、仕事を続け、夕刻、ようやく英文の仕事第二稿を脱稿する。

ダウンタウンに向かい、フレンチプレス（フランス風エスプレッソを飲ませるカフェ）でコーヒー豆を購入、Aは、街の青いポストに日本への手紙を二通投函する。

10月28日（木曜）

午前、風呂場の窓の修理に工務店の人が二人くる。二時間ほどかけて、窓を新しいものと交換。これでようやく、夜も寒さを気にしないでシャワーを浴びることができる。これまでは、窓が煉瓦一つ分、開いたままだった。さすがにこれだと、夜が寒い。帰るとき、“Finished. Brick.”といって窓の支え棒となっていた煉瓦を渡される。こちらからは、チップ。

午後から大学に行き、もうなくなってしまったコピー用紙を買い、図書館から借りたアンソロジーのガヤトリ・スピヴァクの分の文章をコピーする。コピー機がうまく動かなくなったところに、院生のSが来たので、Sに助けてもらう。本を図書館に返し、仕事に必要な自分の本を借り出し、N先生の授業に出席。黒澤明の一九四七年作品『素晴らしき日曜日』を見て、学生が議論する回。今回は後半部分。初見だが、生き生きとした作品である。

こういう作品をN先生の注釈つきで見る講義の贅沢

さを思うが、学生のうち、何人がそのことに気づいているかは、不明。終わったあと、日本からの留学生二人と外に出てコーヒーを飲み、励ました後、ニッカで買い物をして、帰る。

――先日Eさんから聞いたN先生の話。

若いEさんの業績審査が十日ほど前にあり、N先生が本人に代わっての紹介者となった。そこでN先生は、Eさんもまだ知らされていない前学期の学生によるエヴァリュエーション（授業評価）結果を取り出し、こう述べた。ごらんの通り、学生の評価は非常に高い。しかし、この中に二つ、最低評価の1をつけた学生が二人います。一人は、この教師の授業は、退屈でイヤだ、嫌いだ、と書いてある、もう一人は、この教師が期末試験について話しながら、「こんな試験は、時間の無駄で、何にもならない、本当はこんなもので時間を潰したくはないが、しょうがないですね」と言ったことを捉えて、なんて嫌みなんだろう、最低だ、と述べている。しかし、こういう評価もある中での全体の高評価なので、われわれとしては、これを信用に値いするものとして、受けとめることができるわけです。

悪い評価を紹介しないで、弁護することもできるが、悪い評価を紹介して、弁護することもできる。N先生のやり方は後者だったと、Eさんは笑う。私も笑ってその話を聞く。

『素晴らしき日曜日』を見ながら、スクリーンの前で、N先生は言う。

――ほら、ここ、カメラが近づく。黒澤は直接に、対象の“mind and heart”に肉薄する、一体化する。一方、『東京物語』でわかるように、こういうとき、小津なら、カメラを引く。小津は、対象に感情移入すると、“distance”を作るのです。

10月29日（金曜）

旧知のHさんの学長主催講演会が午後3時半から人文学部棟のマキューン・カンファレンス・ルームで開かれる。題名は「広島の教訓」。

理事長と学長による挨拶、紹介。それに続き、冒頭、日本の大学を卒業した後、アメリカに来て、アメリカ人になったという自分の経歴がふれられ、広島の原爆に関し、十数年前のスミソニアン航空宇宙博物館でのエノラ・ゲイ展示をめぐる議論の輪には加わらなかったこと、しかし9・11の後の真珠湾攻撃の記憶の再来と、その後のアフガニスタン、イラクとの戦争を見て、ここで発言しなければならないと思った、という導入が述べられる。

堅実な実証的研究で知られるHさんが、聴衆も思わずしんとなるほど踏み込んだ発言を行い、最後、アメリカは原爆投下は誤りだったと認めなければならない、そうでなければアメリカのバックボーンであるモラル的優位という基本精神は崩れる、と述べて終わる。迫力ある、聞き応えある講演であった。

終わったあと、レセプション。その後、歴代学長主催講演教授を招いての晩餐会。さらに夜更けて車でHさん宅に向かい、そこでHさんの友人たちとも、懇談。

一人早めに辞去。Hさんの子息のK君がハロウィン・パーティのため、ダウンタウンに行くというので、K君を乗せ、ダウンタウンのパーティ会場まで届ける。K君はUCバークレー校で建築を学ぶ大学院生。N先生から、先刻、UCSBキャンパスのハロウィン・パーティは全米一有名で、——というか悪名が高く——、アメリカ中から若者がキャンパスに集まって乱痴気騒ぎをする。そのため、妊娠する学生が後を絶たない。今日から大学は警官を入れて厳戒態勢に入るので週末は大学に近寄らない方がいい、と説明を受けていた。運転しながら、ここのハロウィンは有名らしいね、というと、電話しながら、助手席から、そう、完全に狂ってる、ク・レー・ジー、と答えてよこす。

10月30日（土曜）

日本のH氏から丁寧な英文草稿の感想。アドヴァイスの内容は、Eさんからの感想に重なる。しかし、私の論についてほぼ十全に知っている人の感想だけに、ありがたさに、格別のものがある。

昼前、ファーマーズ・マーケットに行って買い物。今夕のN先生、Eさんご夫妻を迎えての粗餐会の食材を揃える。Aが夕餐の準備をしている間、サロンのソファに寝転がりながらよしもとばなな『どんぐり姉妹』を読む。時々手伝い、ゴミなどを捨てて、ちょうど読み終わったあたりで、やがて6時、巨体のN先生が現れる。ワインをほら、割っちゃった、と指さす庭先のテーブルに割れたボトルが置いてある。車を降りたときに割れたらしい。それからEさんとSさん。風呂敷をワイン入れにして、手作りのクランベリーのソルベも。初対面になる二人にAを紹介し、Aと五人、てんでに色んな話をし、笑い、楽しい一夜を過ごす。

だんだん、このアメリカという国が見えてくる。この国は豊かだ。たぶん、豊かすぎるのだ、ほんの少し。そのほんの少し豊かすぎるところを、維持するために、大変な国家努力をしていると私には見える。もう少し、全体で生活水準を数パーセント下げるだけで、この国にも、世界全体にも、よい影響が生まれるだろうに。

しかしそれは、地球の温暖化傾向に歯止めをかけるくらいに、難しいことなのかもしれない。間近の中間選挙に向け、オバマ大統領の支持率が下がっているという最近の報道。でもこの人にはやはり、がんばって欲しいと思う。

昨日、車でステートストリートを走っていたら、Don't make big banks control our retirement. と大書したプラカードを張りつけ、てんでに老齢の乗客が窓からプラカードを手にアッピールするプロテスト・カーのすぐ後についた。退職者たちのプロテストであった。道を歩く人が、手を振ったり、振らなかったり。今日も、やはり同様の趣旨のものらしいデモの隊列にファーマーズ・マーケットに行く途上、出会う。アメリカで、正義感の上に立つ社会批判が、しばしば単純で明確な形をとり、時にハルトゥーニアン、コシュマン式に硬直した強硬論となる背景は、たぶんこの強烈な豊かさにある。その気持ちもわかる。言葉で論を立てるとそれがややこしくなるとは、面妖なことである。貧富の差も激しい。快適ではあるが、ここまで快適でなくとも、人は人間らしい生活を送れるのでは、と思うのだ。

10月31日（日曜）

朝、庭先のテーブルに置かれたままのN先生の割れたワインのボトルを片づける。Firefly Ridge 2008。どんな味のワインだったのだろう。内側を覗くと、涙のようにひとすじのワインが内壁を伝ってくる。

今日はハロウィン。昼、クリフ・ドライブを走り、スーパーマーケットのアルバートソンズに行き、ハロウィンに向けたキャンディセットを買ってくる。ハロウィンは、子どもが幼かったカナダの時以来だが、当地での人々の対応の大きさに改めて驚く。怖い着ぐるみをつけた小さな妖怪たちが、ドアを叩き、"Trick or treat!"（いたずらされたいか、おいしいものをくれるか？）と言って来る。果たしてここにも、きてくれるか。夕暮れになると、下の庭のテーブルに、隣人の一人が巨大なカボチャのお化けを三つ持ち出し、火を入れ、椅子に腰掛けて子供たちを待つ風情。Aと二人でキャンディの大皿をもって降りていき、写真に撮らせてもらい、リタイア後の御仁らしい彼と、カボチャを前に色々と話す。昨日は海の向こうに浮かぶ島に行ってきた。波止場に出ると、さまざまな魚が釣れる、十二月から三月までは、カリフォルニア湾で子どもを産んだ鯨たちが子連れでアラスカに向け北上するのに出会える、など。でもねえ、この近くにはkidsが少ないんだよ。彼の危惧の通り、夜、窓を叩く妖怪はおらず。いくぶん落胆しつつ、英語の草稿の再度の見直しを行う。

昨夜のN先生の話。

——うちの父親はねえ。ケチっていうのかなあ。ハロウィンのとき、キャンディを自分で買うのがいやで、私たち子どもに早くよその家に行ってもらってこいって言うんですよ。まだ明るいよ、って言ってもダメなんです。自分の子どもによその家からキャンディを取ってこさせて、それをトレイに載せて、待つんです。

昨日の深更の爆笑を思いだしつつ、午前1時過ぎ、最後の見直しを終え、第三稿を完了する。草稿で一万三千語。これで、この原稿の引力圏からようやく離脱できる気配となる。

11月1日（**月曜**）

朝の庭のテーブルに三個のカボチャが並んでいる。心なしか元気なく。

キンドルDXで、ニューヨーク・タイムズの記事をざっと眺め、その後、ロイヤル・タイラー訳の『源氏物語』を読みはじめる。原語で、というのもおかしいが、日本語では読んでいない。来月あたり、大学の先生方が、これをもとに講読会をやる。それに私も参加させてもらうことになった。正宗白鳥がアーサー・ウェイリー訳で源氏をはじめて読んで、こんなに面白いものだとは思わなかった、日本語ではとても読めない、と書いた。それがきっかけで、源氏の現代語訳が行われるようになる。この正宗白鳥と英訳『源氏物語』の出会いを論じたのが、Eさんの博士論文である。

さて、首尾よく正宗白鳥のように言える境地に至れるか。とてもそれだけの語学力は、当代の文芸評論家には、なさそうである。

うららかな日和の中で、Aは山室静のアイスランド、サガ、エッダの話を、私は英語で、源氏の第一帖、「桐壺」の章を読む。なんだか、昨夜の話が私の中で動く。釣りがしたくなってくる。田舎育ちのせいか。昔、子どもの頃によくやったことが、いまも私をゆりと動かす。

11月2日（**火曜**）

中野孝次『ブリューゲルへの旅』を、図書館から借りだした鮮明な挿絵つきの全集で再読。ときどき、タイラー訳の源氏と交代して読む。また、日本から書評用に送られてきた雑誌の座談会その他のPDFもキンドルに入れ、読んでみる。午後、大学に行き、ユニヴァーシティ・センターでEさんを見かけ、勧められてインフルエンザの予防接種を受ける。そのせいか、Eさんの授業を聴講するが、途中、眠気がさす。終わったあと、先日、渡されたEさんの漱石『こころ』論である「漱石ロココ」について話す。

一度、Eさんの書いた文章の日本語を評して「少し温度が高い」とコメントした。それからEさんは文章を書くと、「温度はどうですか」と私に訊く。「だいぶ低くなってきた」などと答えてきたが、ここまでくると、読んでいて心に残る、剣術で言うと、——イヤ、そんなことは言わないだろうが——残像をしっかりとのこす、ひとかどの文章になっている。

Eさん説では、「私」はそこで、「K」の生まれ変わりである。説得力もある。従来の私の説では、「私」は若い時分の先生自身で、『こころ』は、若い時分の自分が、年老いた自分にそれと知らずに会いに来て、自分に問いかけ、自分を死に追いやる、そのことで——自分も——生まれ変わる（?）、という話なのだが。

明日から数日間日本に行き、とある研究会で『源氏物語』について発表しなければならないEさんと、駐車場で別れ、帰宅。夜、ウェブでこの国の中間選挙の成り行きを見る。カリフォルニア州では、ネット通信販売大手のeBay社長兼CEOとHPの元CEO兼社長である二人の共和党女性候補が、落選。しかし、オバマ大統領の民主党は、苦戦。歴史的大敗の見通しとなる。就寝前、キンドルで日本の雑誌特別号の座談会を読む。感想は、やや混迷。

11月3日（**水曜**）

英語の仕事から離れ、心をブリューゲルに向けるべく、中野著を再読しているが、机が小さいばかりか、画集一つ開くスペースが周囲にないことから、やはり本棚を購入することにし、Aと二人、大学近くのホリスター通りにあるマーケットプレイスに向かう。そこの大型ホームセンターで、組み立て式の書架にも使える木棚を二組購入。腰を痛めながらなんとか部屋に搬入して、午後一杯かけて、組み立てる。夕刻、ようやく、それらしい書斎コーナーが、部屋の一角に完成。

いまはそこでこの日録をつけている。

もう十一月。EさんとN先生の授業は十二月初旬で終わる。それに先立ち、今月末近く、息子が来ると、授業参加をやめ、一週間ほど旅行することになる。その後は、年内、部屋で執筆に専念したい。そこまでの準備を、しておきたいのである。

11月4日（**木曜**）

朝、思いたち、今日からブリューゲル関係のノートをつけることにする。何でも思ったことをノートに書いていく。そのノートが、ブリューゲルについて私の書きたいことが何かを、漠然とではあれ、教えてくれるようであればいいと思う。

昼、ウェブで購入したSkype搭載可のノキアの携帯電話が届く。これで、何とかアメリカ国内で二つの携帯電話を使い、Aと連絡が取れる態勢になる。手続きを終え、午後、大学へ。N先生の授業に顔を出す。

今日の講義主題は、太陽族。これを映画『狂った果実』と小説『太陽の季節』で追う。中で、N先生が東京都Governorから直接聞いたという、彼が政界に移るという話をしたときの、三島の反応が面白い。

三島は、一つの話をした。伊豆あたりの道路を走らせている石原を、素晴らしい日没の光景が迎える。石原が運転手に命じ、車を停めさせ、車から降りてそれを賛嘆する。そういう様子を語って聞かせた後、政治家になるということは、君が以後、このように太陽が没することを、賛嘆しない人間になることを意味するが——政治家というものは太陽が上がることにしか意味を見ない人種なのだから——、君はそれでいいのかい？　と。

話は生彩にとみ、学生が笑う。話しぶりから、N先生の初期大江への評価の絶大さが伝わってくる。一九五八年の「飼育」の大江は「ジイーニアス」。戦争中、日本の山村の村人が、空から落下傘で降下してきたアメリカの黒人兵を捕獲し、「飼育」する。心なしか教室が静まる。たしかに、若い日本の小説家が書いたそういう話は、日本で読まれるよりも、アメリカで読まれるほうが、驚天動地であるに違いない。

夜、届いていたロイヤル・タイラー訳の浩瀚版 *The Tale of Genji* を箱から出す。キンドル版は簡略版なので、浩瀚版を用意するようにとEさんに言われ、急遽、注文し、取り寄せた。一一八二頁。厚さを測ると約五センチ。ペンギン・ブックで三〇ドルのものが、アマゾンの割引で一八ドル九〇セント。現在の為替レートで、日本円にして一五三七円。この値段に驚く。なぜだか、もったいないという感じが身に迫ってくる。この本の刊行時、訳者タイラーの属していたオーストラリアの大学は、この長年にわたる彼の訳業を学問的業績と認めなかった。たかが翻訳だからと思ったのだろうか。彼はこの無理解ぶりに絶望し、大学を離れた。

英語の世界における、異国の古典への接近の、知的に贅沢で、ふくよかな感じ。そのもったいなさ。英語圏の読書人たちの、無私と献身と自由な交友とがぎっしりとつまっている、とこの本をもつと、感じる。読書会で、そういう未知のものに、私はふれることになるのだろう。

「亡びるね」

という『三四郎』の広田先生の言葉が、何の脈絡もなく、頭に浮かんでくる。

11月6日（土曜）

珍しく今朝は曇り。でも、時をおいて、まばゆい日がさしてくる。Aとファーマーズ・マーケットへ。今日もAはマーケット入り口に座るホームレスの人にいかほどかのお金を渡す。

もう一つの出口に腰をおろしていたホームレスの老人の傍らの大ぶりの袋には、リンゴ、オレンジ、ナス、卵などが、入っている。十分の一税ではないが、みんながそれぞれにファーマーズ・マーケットで買ったものの一部を置いていく。それを今夕、老人は食する。

柿、トマト、ネギ、キャベツ。これらの言葉は、なぜこうして書いていると、気持よいのだろうか。さまざまの野菜、根菜があるのを見ると、名前を知りたい、食べたい、それを食材にしたおいしい料理のレシピを知りたいと、思う。

――ワン・ツー・スリー！　地味な服を着てギターを一つ抱えただけの若者が、自分を鼓舞し、そう口にする。身体を揺らし、ギターを奏で、ビートルズ・ナンバーを歌い出す。誰も注意しない中、一人リズムをとり続けている。その様子に、思わず、笑いがこみあげてくる。そう、私はこのような「さびしい企て」が好きなのだ。

　午後、タイラー訳の『源氏物語』の解説を終わり、もう一度、省略のない紙の浩瀚版で第一章「桐壺」を読み直す。数頁であっという間に物語にひきこまれる。母桐壺の更衣が死ぬとき、幼い源氏は眠っている。次は、祖母の死。そのとき彼は、タイラー訳では、泣く。“The boy was then entering his six year. This time he understood what happened, and he cried.”（子どもはこの時六歳になっていた。この度は何が起こっているのか理解していて、子どもは泣いた）。原文がどう書かれているのかも、日本人の現代語訳ではどうなっているのかもわからない。でも、彼の訳では、こう。この章は高校のときに教科書で一部を読まされた記憶がある。そのとき、こういうダイナミックな冒頭をもつ作品だと、気づかなかった。

11月7日（日曜）

　朝、ブリューゲルにひっかかり、新しく取り寄せていた本のうちから選んで、ウォルター・Ｓ・ギブソンの『ブリューゲル』を繙く。きっちりした学者の論。特に前半の数章は、読んでいて気持がよい。息子ピーター、ヤンの絵との比較をしたいと思い、ＵＣＳＢの関係蔵書を見るが、この大学にはブリューゲルの専門家がいるか、あるいはいたか、したのだろうか。ブリューゲル関係の文献がArts Libraryに百二十冊ほどもあることに驚かされる。

　途中から、中世という時代への関心に引きずられ、夕刻、全集の同じ巻に収録されている中野孝次のもう一つの中世論である『実朝考』を読みだす。前段から中段までは面白い。この書き手の書くものには、十分にではないにしろ、何かしら、私を刺激するものがあるらしい。

　深夜、タイラー訳、源氏を、ほんの少々。まだ「桐壺」。しかし、あいかわらず魅力的。全作品第一巻所収の中野孝次の古典論からも感じられることだが、われわれは、平安期の女性の書き手を、相当に軽んじてきたのではないか。清少納言の最初の夫橘則光への、唐木順三『あづまみちのく』を媒介とした中野孝次の共感は、感興深いのだが、一方、清少納言、紫式部への言い方に接すると、改めて、この女性の書き手への辛辣さは何か、という疑問にとらわれる。

11月8日（月曜）

晴れ。ファーマーズ・マーケットで五キロの袋で買ってきたオレンジを搾って朝食のテーブルに供する。Aと二人、窓の外の木に集う雀らしい鳥の群れを眺めながら、昔飼っていた猫のキョの話をする。

書評を引き受けた日本の雑誌の特別号の収録論文を読む。この雑誌（「展望」）は一九六四年に刊行、一九七八年に終刊した。収録論文を読んでいると、そのとき逐一、読んでいたわけではないにもかかわらず、ありありとその時代のことが思い浮かんでくるのが妙である。編者四人がそれぞれ自分の分担と関心にしたがって数編の論文を選んでいる。大澤真幸選のうち、作田啓一、橋川文三、真木悠介の論に改めて引き込まれる。また、文化大革命での中国知識界の言動を専門家の立場から批判する中野美代子の文章の勁さと躍動感に、深い印象を受ける。

午後、コーヒー豆を買いに車でAとダウンタウンへ。少し離れたキャノン・ペルディード通りに七十五分間停車可の歩道脇を見つけ、そこから歩いてフレンチプレスまで歩く。奥の席で、カプチーノを飲み、ステートストリートにようやく見つけた世界標準（？）の店「Sur la Table」で普通サイズのコーヒー茶碗を三つ購入する。「まともな店」が一つ見つかると、それだけでこの町がもう一つ、身近に感じられるようになる。

11月9日（火曜）

夏時間から冬時間へ。時計を一時間戻す。午前、日本の雑誌の収録論文を読み、午後、大学へ。一週間ぶりに日本から帰国したEさんに会うが、まだ風邪は抜けていない。授業は、清少納言の『枕草子』。Eさんはわさび味のキットカットを数十個購入してきていて、それを学生に配る。学生から、歓声。

その後、冬時間でひときわ夕闇深くなった101号線をダウンタウンへ。家に車をおいた後、Eさんの車を裏通りにとめ、電灯に照らされたテント下のステートストリートのファーマーズ・マーケットで買い物をする。

英語に心せかされる夕暮れ。

短歌の一つでも浮かんできそう。

夜、もう一つの書評のため、よしもとばななの書評対象ではない作品『彼女について』を読む。

11月10日（**水曜**）
午前、『彼女について』を読了。そのうえで、もう一度、書評対象作品の『どんぐり姉妹』を読む。
午後、Eさん、日本からのお土産をもって来訪。少しだけ話し、帰る。
夜、書評の仕事。この日終わらず。

11月11日（**木曜**）

今日は、ヴェテランズ・デイで休日。授業なし。朝早く起きて、書評を書き終わる。午前、Aに見てもらい、午後、送る。もう一つ、日本の雑誌の特別号の書評のための読書を続ける。

夕刻、EさんとSさんが来てくれて、大学の日本近世の研究をしているK（これまでSL先生と書いてきたが、いつの間にか呼び名がファーストネームのKになっているのでそう書く）の家に招ばれる。N先生も来ている。Kのご主人のCは、学部長など、大学の要職を歴任したあと、リタイアして、執筆生活を送っている。昨年自伝を出した。一九五八年に中国を香港経由で米国に脱出した言語学者。ダイナミックな経歴を持つ闊達な人だが、残念ながら、その英語の話を十分に追えない。五〇年代末の中国の興味深い話を聞きたいと思いながら、果たせず。テーブルでの英語の会話は、不思議なことに、ついてゆけないながらも、それなりに楽しい。

例によって、N先生の面白おかしい話。タランティーノの映画『キル・ビル』の女優、ユマ・サーマンの父親という人はコロンビア大学の伝説的なチベット仏教学の泰斗である。N先生は、ユマがまだ幼かった頃から知っている。このカリスマ的な教授は、事故で片目を失った。六〇年代のLSD使用者の嚆矢として名高いティモシー・リアリーの元モデルの夫人を「奪って」結婚、そこからユマが生まれた、等々。

自ら映画を作っているN先生は色んな人間とのつき

あいのあることで、人を驚かせ、かつ笑わせる。奥さんは？　と訊かれたので、英語は困ると、Aはパーティ参加を固辞しました、と答える。N先生は、口を細め、ほほう、と笑う。

帰宅後、ソファで眠っているAを起こし、一緒にお茶。

11月12日（金曜）

Aと二人、昼は、あひ寿司で寿司を食べ、その後、154号線を一時間ほど北上、何とアメリカでデンマーク風の街として知られるソルバングという町近くの葡萄栽培地帯に向かう。ソルバングは当地に来てすぐBさんに車に乗せてもらい、ジャズを聴きに訪れているが、そのときは夜であった。今日はそこに点在するワイナリーを訪問しようという昼の旅である。

しかし、最初に入ったテイスティングの店でつい、誘われてテイスティングをしてしまい、酔いを覚ますのに時間を取られる。先にウェブサイトで見ていたこともあり、ここがワイナリーなのかな、と私。そんなわけがないでしょ、葡萄畑があるのがワイナリーよ、とAはあきれ顔。いったい何をしているのか、私は。


酔いの回った頭で、車の前に立ち、周囲を見回すが、気づくと、どうも西部劇で見たことのあるような街並みが続いている。やはりAの言うとおりで、ここがワイナリーと思ったのが、とんだ勘違いだったらしい。テイスティングした店の主人に教えられ、再び車を駆って、カリフォルニア南部には珍しい、並木道の木陰に恵まれた道を進む。その先に今度は正真正銘の素敵なワイナリーが見えてくる。なるほど。不審の目を感じつつ、木陰のテラスで、しばらく時間を過ごし、もう一度、酔いを覚まし、ついで、もう一個所、川沿いのおすすめのワイナリーを見て、帰ってくる。

私は週に二日、大学に行き、時には、昨日のようにパーティなどにも顔を出すが、Aは何もしないのが好きだと、一人で家にいる。しかし、ヨーロッパの都市と違い、カリフォルニアの町は、車がなければ、どこにも行けない。機会があれば、Aと外に出ようと思うが、強い日差しの下、こういうことでもなければ、その機会は、あまりないのである。

帰宅後、再び、日本語の論考を読み、日本の雑誌の特別号の書評を書く。半年以上日本を離れると、日本の風物がずいぶんと遠く、広い河の対岸に見える。

11月13日（土曜）

朝、書評を書き終え、ほっとして101号のフリーウェイ経由でホール・フーズへ。そのまま、土曜のファーマーズ・マーケットに寄ってプラム、野菜、果物を山のように買い込み、帰ってくる。これで当分、日本語の本を仕事で読まなくともよい。そう思うとほっとする。むろん英語で読むのは大儀なのだが、仕事で読まなければならない日本語は、英語が相変わらず十分でない私に、奇妙な焦慮の感を与えるのである。

とはいえ、この間読んだ論考に刺激され、青空文庫というものからダウンロードし、実は島崎藤村の『夜明け前』をキンドルで読みはじめているのがおかしい。恥ずかしいことに、食べず嫌いで、この大作をこれまで読んでいなかった。カリフォルニアの椰子林を背景に読むと、藤村の長編小説の文体の生彩、叙述の懐の深さは、驚くばかりである。

ブリューゲルは中断したままだが、島崎藤村と紫式部が、私がアメリカで発見した日本の書き手ということに、なりそうな気配。『夜明け前』は、そういえば、父が老人用マンションに移った当座、読み返していた。面白いと言っていたのを思いだす。

11月14日（日曜）

今朝、キンドルでニューヨーク・タイムズを読んでいて、面白い体験をする。キンドルはカーソルをあてたところの英語の単語の字義を下に知らせる。大手タバコ会社の世界的な嫌煙運動への対抗の動きを報じる記事で、ある語にカーソルを当てたつもりが、その字義が“the invisible gaseous substance surrounding the earth”だった。

「地球を囲む透明なガス状の物質」。

えっと思い、テキストを見ると、カーソルは“air”という可憐な単語の傍らにある。

空気、大気。日本語では人（身体）から見てと、モノとして見て、ということなのだろう。二つの観点から見た二つの意味に添って二つの語が与えられている。私たちはエアに、「地球を囲む透明なガス状の物質」に包まれて、生きている。エア（air）とは何と、美しい語、美しい響きをもつ言葉だろう。

「いる」と「ある」。「沁む」と「染む」。ついで有機的な物と無機的な物に二つの名前を与える日本語のありように、独特の語感のひそんでいることに思いがいき、広島に生まれた松元寛さんが、その大岡昇平論で、『俘虜記』の記述が話者の身の回りを語るとき尺貫法を用い、そこから離れ、軍事的地勢的な記述に近づくとメートル法に変わることを指摘していたことに、思いおよぶ。

夕刻、用向きがありサンフランシスコに向かったSさん不在のEさんのお宅に招ばれ、ご馳走にあずかる。持参したテイスティングの店で購入したワインは、絶妙な味。そこに現れてきた品々。Aの記憶に助けられ、ここに記すと、食事前のひとときの美味しい二種類のチーズ（茶色とクリーム色）、アーティチョーク（これははじめて。一枚一枚、歯でこそいで食べていく）、そして食卓に移ってからの、リンゴを千切りにしたものとほたての前菜、にんじん少しにトマトを融かしたポタージュ、ズッキーニのサラダ、ビーフのワイン煮、それに手作りの何とかパン（名前忘失）、梨に砂糖をカラメルにして混ぜ込んだアイスクリームとキャロット・ケーキのデザート。これらが、九谷焼、ほかの美しい日本の皿に盛られて出てくる。暖炉の薪もEさんの歓待の心だろう。何度も消えては息をかけ、火をつける。

この夜の会話から、先日のKの家でのパーティで自分がいかに多くのことを聞き漏らしていたかを知る。ラジオを聴くとよいだろうというので、Radiolabという番組を教えてもらうが、最近の回のテーマは「フォーリング（落下）」。色んな落下をめぐる話が出てくるなか、猫の話を面白く聞く。

ニューヨークのある犬猫救急病院に猫が夏の五ヶ月間に、百三十二匹、高層ビルから落下して運びこまれる。猫は、一階から五階までなら、落下しても問題ない。九階以上でも、大丈夫である。三十二階から落ちて、少々怪我したものの、自力でその場から立ち去った猫もいる。では、なぜ、六階から八階までの高さが鬼門で、その高さから落ちる猫は、大怪我をするのか。その間の加速度が猫に盲点のように働く。それ以下でも以上でも、落下は可感なのだが、加速度との関係で、六階から八階の高さだと、地上近くで、猫の本能は三半規管などの関係なのか、どうも落下を忘れるらしいのだという。三人で話し、笑い、それからAと二人、暗がりの町を走り抜け、午前0時近くに海岸近くの自宅に帰ってくる。

深夜、思いたって、デンマークへの出発直前に行った『大菩薩峠』に関する小さな準備シンポジウムの記録のテープ起こし稿に手を入れ、テープ起こししてくださったIさんほかのメンバーに送付。送られてきたよしもとばなな『どんぐり姉妹』の書評のゲラに手を入れる。

11月15日（月曜）

このところ、バスルームの洗面台の水道栓がきっちり締まらず、水が流れ続けていた。最初はぽたり、ぽたり。そのうち、ぽたり、ぽたりがしゅう、しゅう、となり、その音が夜中じゅう続くようになっていた。その件で今日、午前に修理工事の人が来る。直しにかかるがすべての資材が古い。栓の根本の水道管、その壁に埋め込まれた部品、と交換作業が大事になり、昼をはさんでほぼ夕刻までかかる。やってきた人は巨漢、首筋に本物と見まがう色合いの（でもしっかりと昏のかたちをした）キスマークの入れ墨をもつ、実に丁寧な工事人である。

その間、ラジオ番組の録音取りをコンピュータにセット。一日に一度、これを聴くこととする。

日本より来信。書評のやりとり。考えるところあり。短く返事を出す。

11月16日（火曜）

『源氏物語』を英語で読む。十代後半、十七歳の源氏が妻の兄の頭中将と話しているところに二人の年長者がやってきて、女性について話す。名高い「雨夜の品定め」の場面。なぜこんなに面白いのにこれまでそう思わなかったのかと不思議に感じ、該当個所の現代語訳めいたものをウェブにあたって比べてみると、十七歳とはいえすでに結婚し、十分に大人びた光源氏と頭中将のやりとりが、英語では対等の友人同士と聞こえるのが、日本語の教科書的な現代語訳だと、「……ではありませんか」（頭中将）などと上位の者（源氏）とやや下位の者（頭中将）の会話となっている。ついで青空文庫で手に入る与謝野晶子訳の該当個所を読んでみるが、こちらも、教科書的な訳のような身分差はないものの、タイラー訳から浮かび上がる情景とは大きく異なっていて、魅力がない（たとえば先にタイラー訳から引いた子どもの源氏が祖母の死に泣く場面は、与謝野訳だと、こうなる。「これは皇子が六歳の時のことであるから、今度は母の更衣の死に逢った時とは違い、皇子は祖母の死を知ってお悲しみになった」)。

身分差とは何か。もともと身分の上下を持つやりとりを、紫式部の時代の読者は、ごく自然に受けとっていたはずである。そこでの受け取り方は、いまとは違っているに違いない。それをどう、いまの日本語で復元するか。ほかの現代語訳も読んでみよう、という気になる。

午後のEさんの授業は、『更級日記』。『更級日記』の書き手菅原孝標女は、『蜻蛉日記』の作者藤原道綱母の異母妹の娘、姪にあたる。この当時はかなり狭い交遊圏のなかに「文学」が存在していたようだ。この二つが『源氏物語』をはさんで、というか、はさむように、存在している。この三者の関係は、どんなものだったのだろう。物語といえば、『竹取物語』のようなもの、現実にない絵空事を語るものだった中で、なぜ紫式部は、現実にありうる物語という未曾有の「小説」を書くことになったのか。授業後、無教養の日本人である私は、Eさんに尋ねてみるが、きっかけの一つは、『蜻蛉日記』にあるだろうという。考えてみれば、『蜻蛉日記』の書き手は、藤原道長の父の兼家の何人かの夫人のうちの一人で、つまりは時の権力の頂点にいた人物の夫人である。『蜻蛉日記』も、改めて読んでみようという気になるが、顧みて、自分の無教養ということの意味を考える。この無教養にも、何らかの意味があるのではないか、と。

11月17日（水曜）

飼っていた猫のクロの命日。あれから四年がたつ。クロが死んで、家にいた三匹の猫がみんないなくなった。

朝食のテーブルに猫の写真が置いてある。その前で朝食を摂る。オレンジを三つ半分に割り、二つのコップに搾り入れる。

朝、寝床の中で、英語と日本語がいりまじる文章を書くことをぼんやりと夢想していた。ある町に「英語人」（宇宙人みたいなもの）がやってきて、英語を話す。そのうちに、英語が細菌のように伝染して色んな人が英語で話し始める。そういう一つの町の「英語陣」（魔方陣のもじり）の話を、その病気に伝染した人間が書き綴る。そこには町の魚屋とか肉屋、通りでのやりとり、看板の字、書店の本棚の様子なども、描かれる。街の人の様子も。でも、その記録自体が途中から少しずつ英語をまじえるようになり、やがて英語が優勢になっていく。そして、書き終わる時には、ほとんど英語になり、もう書き手は日本語を解さない。日本語が意味不明の言葉として彼の前に立ち現れてくるところで、この話は終わる。

そして、もうその頃には、その英語の世界に、今度は、別の「言語人」がやってきて、別の言語が浸透をはじめている。

そういう話を私が、Eさんとか、色んな言語の人と共作する。できあがってくるものは、もう、誰のものでもない……。

そういうものが、一冊の小冊子になって現れたら、どうか。

そう思いながら、寝床から足を出し、靴下をはいたのだ。

午前、ゲラの直しを終え、メールで送り、午後、銀行へ。

ニューヨーク・タイムズの八月の記事がノルウェイの新聞に翻訳し直され、転載されたということで、著作権料の小切手が送られてきていた。二五〇ドル。それを銀行で現金に替え、そこからコストコに行き、カーナビを買うことにするが、あいにくそのカーナビが店頭にない。オンラインで購入するように言われる。

同じモールの中で、ホーム・デポ、Kマートとめぐり、浄水器ブリタのフィルターの換え、包丁シャープナーなど、この間、補塡、充当の必要を感じていたものを買いそろえ、帰ってくる。渋滞気味の夕暮れの中の101号線。多くの車が高速のまま、さかんに右へ左へと車線を変える。その中を、いかにも「ぞろぞろと」という風情で、私も走り、97番出口で脇に逸れ、フリーウェイを降りる。下の通りは、もう真っ暗である。

11月18日（**木曜**）

午前、N先生の授業の準備にジョージ・R・パッカードⅢの *Protest in Tokyo: The Security Treaty Crisis of 1960* の第二章を読む。安保闘争のことをこれだけ詳しく論じた本が英語であるとは知らなかった。一九六六年刊。じつに興味深い観察が綴ってある。N先生の授業の前半は学生のファイナル・リポートの構想発表。後半は、岸信介と浅沼稲次郎の話。

5時から、誘われ、Eさんとともに、今年全米でもっとも水準高い翻訳者の賞を受けたというマイケル・ハイムというUCLAの教授を囲む集いに顔を出す。五つ、六つほどの言語を自由に駆使できる。クンデラのチェコ語からの訳、ギュンター・グラスのドイツ語からの訳などでも知られる人。周りを見回し、ゆっくり、ぼそり、ぼそりと話す。主題は、翻訳におけるカノン（正典）。

——ナショナルな（自国の）文学におけるカノンがいわゆる国民文学のようなものだとしたら、インターナショナルな文学のカノンとは何だということになるのだろうか。どう思う？　そう言って、顔をあげる。顔はある種の東欧の指人形のそれに似ている。またうつむく。この種のカノン製造装置の一つはノーベル賞でしょうが、もうかなり前、ロサンゼルスにノーベル文学賞の選考に携わっている委員たちがやってきたとき、ノーベル文学賞を受賞するためにもっとも大事なことは何かと聞いたところ、答えは、よいスウェーデン語訳があることとのことでした（にやりと笑う）。なぜ再訳ということが起こるのか。それをどう考えればよいのか。このドストエフスキーの作品は（後代の作家である）カフカの影響を受けている、という言い方が存在しえます。翻訳が介在すると、そういうことが、起こるのです。云々。

6時55分の飛行機でニューヨークに発たなければならないEさんを近くのサンタバーバラ空港まで送るため、ともに途中退席。小さな飛行場でEさんを下ろし、夜の101号線を走り、帰宅する。しばらくこのマイケル・ハイムという人物の残像が私の中に残っている。

11月19日（金曜）

朝、曇り。朝食の後、曇り空の下、Aと二人で外に出て、家のまわりを散歩する。隣の家とそのまた隣の家の間に細い路地が続いている。人が通れる幅で二つの歩道があり、その間を棕櫚やアロエの茂みが列になって続く。ところどころに雨ざらしのテーブルや椅子もある。

歩いていくと、どの家も朝なのに、窓の向こうに明かりがついている。窓が小さい。白壁に塗られ、部屋が明かりを必要とするよう、南国風に作られている。住んでいる人は、どんな暮らし向きなのか。皆目見当がつかない。誰一人、朝、出勤していくというふうではないからだ。

犬を連れて散歩している。通りの向こうから笑いかける。ハロー。今度は向こうから背の高い東洋人らしい住人が歩いてくる。すれ違いざま、Aがハロー、と言うが、今度は、何も答えない。色んな人がいる。おおらかであったり、そうでなかったり。一つだけ他の国、ほかの地域と異なると思われるのが、豊かさ、ということである。豊かなあまり、この国は世界のなかで、奇妙な孤立を味わっているのだと思う。

日本の雑誌の連載のゲラ直し。

キンドルに送られてくるニューヨーク・タイムズを読み、録音したラジオ番組を聴く。

11月21日（日曜）

昨夜、深更、雷鳴。その後、雨。土砂降りになり、治まった後もしばらく降雨が続く。雨の音に包まれ、何か密林の中にいるような不思議な安らぎを感じていた。考えてみると、日本ではもう二十年以上、ふだんはニュータウンの十一階に住んでいる。引っ越した当初は、雨が降っていても音が聞こえず、わからない。外に出てから雨が降っていることに気づき、傘を取りに家に戻ることがしばしばあった。

いまいるのは、二階。四方に窓があり、二つの方角が樹木に接している。窓の向こうに棟続きのコテージ様の建物の赤い煉瓦の屋根が連なり、その下に植え込みが続く。植生はきわめて多彩である。芝生も豊か。絨毯のように厚い。自分が雨だとしたら、さぞ降りがいのある――というか、降っていて気持ちのよい――場所だろう。

聴いていると、雨の音には色んなものがある。屋根を叩く強い轟きと、それが樋に流れ込み、そこから下生えの植え込み脇に流れていくらしい安らいだ音。もう少し柔らかい、木々の葉をなぶる弱い音。小さな雨滴がわずかに窓を敲く。その傍ら、どこかで、早くも水が滴っている。雨に打たれ、樹木の葉がこすれあう。それら、大きな音の集まり、雨音の大家族を思わせる集合体が真夜中、私の眠る部屋の屋根を、壁を、窓を、叩き、撲ち、伝い、広がり、流れていく。

聴いていたが、自分が森の中にうずくまる一匹の生き物であると感じた。

11月22日（月曜）

午前、ニューヨークから帰ってきたEさんからGメールのビデオ電話が入る。先に書いた『敗戦後論』批判論文への反論の英文の話。だいたいこれでよいのではないかという判断が示される。日没光景の美しい海辺のレストランでの会食に誘われる。

Sさん、Eさん、Aと四人で海辺での日没を見て、その後、会食。ニューヨークでの話などを聞く。東海岸のと西海岸のと、二種類の生牡蠣を注文するが、少し北の海岸で採れたという西海岸の生牡蠣が、やはりおいしい。

この海辺沿いに大学まで歩けるらしい。大学の同僚のKが、お母さんと海辺沿いに二時間半ほど歩いたときの話。途中満ち潮になって一個所、潮が満ちて浜辺を遮っていた。引き返そうにも潮が満ちてくるばかり。二人は服を着たまま泳いで、そこを渡った。

帰り、家によってもらい、四人でお茶を飲みながら、話す。

11月23日（**火曜**）

Eさんの授業は学生の発表日にあたるというので、欠席。

昨夜から読みはじめたカズオ・イシグロの『浮世の画家』を読み終わる。実に刺激的な作品。翻訳で読んだが、英語でしっかり読めれば、もっと面白い、と思われる。英語でのものも、キンドルで購入する。以前記したように一つ、アメリカの雑誌にカズオ・イシグロ論を書く予定がある。それを年内に書き終えていなければならない。その準備である。

イシグロはあるインタビューで、こう述べている。「二つのことがあります。……『浮世の画家』の主人公オノで重要なのは、彼が日本語で語っているはずであり、読者はただそれを英語で受けとっているだけだ、ということです。ある意味で、言語はほとんど擬似翻訳のようでなければなりません、私は流暢過ぎてもいけないし、西洋の口語体を使いすぎてもいけない。それはほとんど字幕のようで、英語の背後では外国語が流れているということを示唆できねばならないのです。実際に書いている時にはある種の翻訳臭さを用いるなどして、この点をかなり意識して、翻訳のような表現を工夫しました」（グレゴリー・メイスンによるインタビュー。菅野素子訳を参照）。

私は以前、「字幕」に注目して、二つの映画について書いたことがある。一つは、沖縄生まれの高嶺剛監督の沖縄を描いた一六ミリ映画『パラダイスビュー』で、もう一つは、リドリー・スコット監督の日本を舞台にしたハリウッド映画『ブラック・レイン』である。『パラダイスビュー』では、沖縄の物語が徹頭徹尾日本におけるトロピカルな観光地オキナワの紋切り型をなぞるように描かれる。ところどころでそのなぞりは過剰すぎ、観るものを鼻白ませる。その「行き過ぎ」を通じて、描き手のあるメッセージが伝わってくる。そしてそれは、観客を戦慄させる。「字幕」はその一つの手だてに使われている。

そこでの沖縄の登場人物たちはみな沖縄の言葉を話す。本土の俳優も沖縄の方言を話す。それは、本土の観客であるたとえば私に、半分より少し多いくらい、理解できる方言だ。けれども、監督はそれに「字幕」をつける。たとえば、「ジョートー」だとユタの老婆が言うと、「一番よい」とそれに字幕がつく。すると、登場人物たちの言葉が、意味不明の琉球語となって、私の耳に聞こえるようになる……。

『ブラック・レイン』では、こんな話が伝わっている。撮影では英語で書かれた脚本を日本語にしたものが日本人の俳優に渡された。そこで作中、日本語しか話さない脇役の日本人俳優たちに、監督は、こう言った。あなた方には脚本にある通りの日本語の台詞を話してもらう。けれどもただ一点だけ注意して欲しい。この映画が米国で上映されるとき、あなた方の台詞には字幕がつかない。あなた方の台詞は、この映画の欧米の観客に意味不明のものとして示されるのだ……。

前者では、なくもがなの字幕が入り、後者では、あるべき字幕が入らない。すると、どういうことが起こるのか。後者でこのことを繰り込んで演じることのできた日本人俳優は松田優作だけだったというのが、私の評定である。松田の演技は、高嶺剛のやり方と同じ、ステレオタイプを過剰になぞってみせること、その「なぞり」によって、文化的優位に立つものの意味の押しつけに抗う。あなた方は、こういうふうにわれわれのことを思っているんですよね。意味不明の笑い、そしてアジア人っぽいしぐさ。ですから、私は、そういう紋切り型に徹してあげますよ、とその演技はポーカーフェースのまま、観客に語りかける。これがこれらの映画における「字幕」をめぐるポストコロニアリズム的文脈にある「ミミクリー」の抵抗の意味あいをなしていた。

しかし、イシグロでは、抗いの身ぶりは、「字幕」を足場にしつつ、その向こうまで行く。右の場合、高嶺は沖縄に、松田は日本に、自分の足場を置いて、抵抗を試みる。しかし、イシグロは、日本に足場を置いて抵抗するのではない。日本にも、英国にも、——日本語にも、英語にも——足場をおかない。そのことが、彼の足場なのだ。

劣位者が紋切り型で見られることを逆手に取り、それを足場に行う優位者への言葉なき抵抗。そういう擬態のあり方が、もう、そこにはない。むしろどこにも依拠することのできない、そういう「立場」。たとえば私は、イギリスにも、インドにも同化できない、あるいはしない、サルマン・ラシュディを思い出す。西欧の近代主義にも、中東あるいは南アジアのムスリムの教えにも同化できない、あるいはしない、彼の『悪魔の詩』という作品を（『ブラック・レイン』の字幕は、当時アメリカでこの映画を観た人のブログによると、実際の放映ではついていていたらしい。大いにありうることである）。

11月24日（水曜）

先に見た映画の原作にあたる、イシグロの『わたしを離さないで』に取りかかる。英語で読みはじめるが、途中から訳書に変わってしまう。双方を照らし合わせるようにして読んでいくが、映画ではだいぶ台詞自体が私の理解を超えて語られていたように思う。訳書での読書は二度目。数年前、学生と一緒に読んだのでかなり詳しく見たはずだが、この度、再読してみるとわかる。この小説は、ただならぬ傑作である。

夜、下の住人が庭のテーブルを戸口の前に移動させ、友だちと一緒に何かやっている。上から覗くと、大きな鳥三羽の羽をむしり、さばいている。猟でもやってきたのかしらね、とA。すごいね、と私。鳥は丸テーブルの上で、羽をむしられ、みるみるスーパーマーケットで見る鳥の丸焼き用の姿に変わっていく。そう、明日はサンクスギビング・デー。あれは七面鳥で、階下の住人はきっとどこかに行って絞められたばかりの七面鳥を手に入れてきたのに違いない。夜が深まってくる。時々寝室の窓から下を見下ろす。電灯に照らされた丸テーブルの上で、七面鳥の内臓が刳りぬかれ、部屋に運ばれていくところ。私たちは、なぜかは知らず、大したものだ、ふむふむ、と感心して寝室の窓から見下ろしている。七面鳥を食べて親戚、友人の間の久闊を叙す。Eさんのところにも、ニューヨークからご両親が来られている。

11月25日（**木曜**）

十一月の第四木曜日がサンクスギビング。息子の来訪の準備にホール・フーズで買い物をする。ハッピー・サンクスギビング！　こう店内で高齢の女性ににこやかに挨拶され、何と言っていいのかわからなくて困っちゃった、繰り返すのもおかしいと思って、ハッピー！　なんて言ったけど、へんだったね、とA。帰りの車の助手席で前方を向いている。

夜のダウンタウン、ステートストリートの並木通りが、イルミネーションに輝いている。サンクスギビングの次は、クリスマス。考えてみると、十月末がハロウィン。十一月下旬の第四木曜日がサンクスギビング。十二月二十五日がクリスマス。十月の声を聞くと、あとはカウントダウンで、一ヶ月ごと、アメリカ人は、夜の行事とお祝いごとに気持ちを寄せ、冬の暗がりに向かい、年の暮れまで歩むのである。

帰宅すると、送付を頼んでいたイシグロの第一作『遠い山なみの光』が日本の娘から届いている。夜、『わたしを離さないで』を読了。初読の際とは印象がだいぶ違う。主人公キャシーの不自由な身体と心。自分に見える景色が、無色透明のフィルターではなく、不自由な汚れた小屋の窓からの眺めであること、そうであったことに、読者は徐々に気づく。次第に、うすうす、自分の力で。そういう「教育効果」をもつため、読み終わる頃には、読者は、すっかりこの小説が好きになっているのだ。

キンドルでたちどころに購入したイシグロ論の『わたしを離さないで』を論じる個所をざっと読み、それから、おもむろに、イシグロ論の草稿執筆に着手する。ジョルジュ・バタイユに *L'Abbé C*（『ラベ・セ（C神父）』）なる小説があるが、Atomic Bomb & Crone、私の中に、こんなもう一つのABCが浮かんでいる。

11月26日（**金曜**）

イシグロ論草稿を執筆。息子とのアメリカ国立公園の旅に向けて、防寒のソックス、手袋などを買いにシアーズに行く。サンクスギビングの休日の翌日だから

新潮社

新刊案内

2011 **10** 月刊

なのか、町は日本で言ったら年の暮れを思わせる混雑ぶり。久しぶりにこの小さな町で、人々の間に埋もれる、あの雑踏の感じを思いだす。

帰宅後、再び、イシグロ論の続き。深夜、院生のSから来信。ハルトゥーニアンに対する論のプルーフリードを送ってくれる。どんなに時間がかかったのか、と思うような、心のこもった見直し。その一方で、訂正の痕跡の多さに、だいぶ自分の英語の力を思い知らされる。

お礼のメールを打つ。

11月27日（土曜）

昼前のシンガポール航空の便でロサンゼルスに着く息子を迎えに車でロサンゼルスに向かう。新しく購入したガーミンのナビは好調。一九八〇年代にオリンピックを機に新設されたというトム・ブラッドレー国際ターミナルは、ゆったりした設計になっている。しばらくテーブルで仕事をしながら待っていると、息子が出てくる。数ヶ月前に友人とフットサルをしていて靭帯を損傷したとかで、一週間ほどは勤めを休んだらしい。まだ軽く足を引きずっている。

空港の駐車場で車に乗り込み、ナビを自宅に設定して、出発。車はフリーウェイ175号線から101号線に入り、一路北西へ。サンタバーバラに近づいてくると、車は海の脇を走る。青空の下、陽光に輝く風景の中を進む車中で、もはや息子はこんこんと眠り続けている。

94番出口からフリーウェイを降り、市街地を通っていると、息子が目をさます。帰宅後、歩いて五分くらいの海辺まで行くが、海に突き出たワーフで、驟雨に遭う。濡れながら帰還。夜、Aの手料理のビーフシチュー、チコリのサラダ、チーズなどで饗応。久方ぶりに子供を加えての食事を楽しむ。

11月28日（日曜）

朝食の後、ピクニック用のコーヒー、果物などを用意し、シアーズへ。そこで厚手の防寒用アノラックを購入し、そのまま、154号線に入り山岳地帯をソルバング近くのワイナリー地帯へと向かう。途中、カチューマ・レイクのキャンプサイトに寄り、湖を見下ろす高台を散策するが、さすがに寒いのか、この間はいずこにもいた土リスが見あたらない。よく見ると、日当たりのよい場所を選んで集まり、微動だにせず、ひなたぼっこしている。
ロス・オリヴォスの大通りで、前回と同じワインを買い、サンドイッチの店パニーノで好みのサンドイッチを注文した後、目当てのワイナリーに繰り出す。並木道近くの駐車場に車を置き、カウンターで息子にテイスティングをさせ、よさそうなワインを購入し、葡萄畑に向かって広がる芝生の庭に点在するテーブルで、ピクニック。風も、日差しも、強い。買ったばかりのアノラックをはおり、飲食後、もってきたパソコンで執筆中のイシグロ論を推敲しつつ、酔いをさます。息子はジェットラグもあり、すでに酩酊の気配。車中に戻るや、こんこんと眠る。さらに二つのワイナリーに寄って、帰還。ピクニックの際、着てみたところ、Aの買ったジャケットのみ万引き防止用タグが、外されていなかった。まさか、そんなものをつけて旅行するわけに行かない。帰路、もう一度シアーズに立ち寄り、外してもらい、無事帰宅。一休みの後、再度ステートストリートを山に向かって進み、ユアチョイスで、タイ料理を食べる。息子は、魚介の入らないトムヤム。それに串焼きめいたもの、グリーンカレーを三人で分ける。前回に懲り、デザートは取らず。家でコーヒーを飲む。イシグロ論の執筆。

11月29日（月曜）

早朝5時半、まだ暗いうちに家を出て、サンタバーバラ空港へ。車を長期用駐車場に置いて、チェックイン。乗るのはUSエアウェイズという国内便主体の航空会社の便。乗り継ぎ地はアリゾナ州、砂漠地帯のフェニックスである。機内でもパソコンでイシグロ論の見直し。窓から見下ろすと、砂漠の真ん中に人工的に作られたとありありとわかるその街が見えてくる。土埃のなか、フェニックス空港に着陸。乗り換えるが、空港内の回廊を移動中、さっそく前日買った防寒用のアノラックを二着入れたバッグを機内に忘れたことに気づく。息子にあきれられながら、係員に説明し、機内に戻って持ってきてもらう。カリフォルニア州とアリゾナ州の間に一時間の時差があった。思ったよりも早く、わずか数分の待機で搭乗が開始となる。フェニックスからはプロペラ機。一時間足らずでアリゾナ国立公園地帯最寄りの町フラッグスタッフの空港へ着く。降り立つと、一面の積雪。にわかに車のタイヤが心配になり、ここで借り出すレンタカーのタイヤが積雪用なのかどうか尋ねると、レギュラータイヤだが、路上は問題ないとのこと。しかし予定先のモニュメントバレーでは、未舗装道路を走る。交渉の結果、唯一空いている巨大な日産のSUVを借りることにする。ナビに今日泊まるホテル、エル・トバー・ホテルと入れるが、ヒットしない。手元の控えに住所がないので、住所を聞こうと電話すると、ここはインディアン居留地なので住所はないとのこと。緯度と経度を言うから、入力せよと言われるが、購入間もないナビの操作はおぼつかず。とりあえず、近くの地名を入れて、出発する。

超大型車の借主を見つけ、にこにこ顔の係員に見送られての、不安にみちた出発。でも、空港を国道17号線から40号線へと出て、制限速度七五マイル（約一二〇キロ）のフリーウェイを八五マイルくらいで走る頃には、だいたいの感じがつかめてくる。砂漠の中をどこまでも続く一本道。走っていると、これまでにないこととして、先行している一般車がみな道を譲る。

一時間ほど走ると、前方に一風変わった山容が徐々にせりあがってくる。標高が高いらしく、ふたたび周囲にちらほらと溶け残りの雪が見えだす。国立公園入り口で入園料を支払い、断崖のすぐそばに建つエル・トバー・ホテルへ。スーツケースのみ置いて、周囲を車で一巡りする。一五四〇年、十三人のスペインの遠征隊員が最初の白人としてこの大峡谷と出会ったという、その対面地点、ヤバパイ・ポイントで峡谷を覗く。さすがに宏大。東京から岩手県まで、この地形が続いている（らしい）。南に回り、車を停め、回遊バスに乗り込み、サウスリムという一般車輌立ち入り禁止の南縁地域で、日没どきの峡谷の雄大な眺めに立ち会う。観るものが余りに大きすぎる。大人も子供も同じ。見る人が一人一人肩をつかまれ、ぐらぐら揺さぶられる。分断され、個人に戻され、みんな、ぼんやりと夕暮れの中に立っている。途中、鹿の親子に遭遇。鹿の顔の気高さに強い印象を受ける。手袋なしでは手が凍えるくらいに寒い。

夜、ホテルで食事。寒波が来ているのか、室内にいても、暖房が追いつかない。ホテルの机上でイシグロ論の第一稿を完成。ささやかに、自祝。夜、寒さに何度か起きる。

11月30日（火曜）

早朝まだ真っ暗なうちに起き出して、午前5時半にチェックアウト。そのまま、ライパン・ポイントという展望地点で日の出を見るべく車を出そうとするが、車のフロントガラスがガチガチに凍結している。雪かきスティックも受けつけない。しばらく車内を暖房。十分ほどどし、ようやく車内が暖かくなり、氷が一部溶けてくる。まだ暗く、危なっかしいが、ブレーキを外し、出発。途中の山道は針葉樹林の中を縫うように走る。

浮かび上がる道にはびっしりと数センチの積雪。路上は完全に、凍結している。とても一般の車では通行できない。そこを、途中からは、三台の車が数珠つなぎになり、そろそろと進む。こちらは巨大SUVだが、先頭は、たぶんミニバンくらいの四駆車輛。日の出の時間が近づき、暗い夜の中に白い雪の道がぼんやりと浮かぶ。日の出には間に合うが、もうだいぶ明るい。車が一台駐車してある。人は見えない。見渡す前方二五〇度くらいは、断崖の連続。息子は過度の高所恐怖症、親が絶壁に近づくと、危ないゾ、を連呼する。むろん柵がある。軽度の高所恐怖症の親のほうは、おそるおそる、けれども無頓着に下を覗く。

ナバホ・ポイント近くで、鹿の一群が道路を横断する。

国立公園を出て、一路、次の目的地、ペイジへ。89号線を北上しているあたりで、Aに声をかける。まんざらでもなさそうなので、当方にあくびがでてきたあたりで、運転を頼む。あと四〇キロはまっすぐ、というナビの表示を確かめながら、曲がることはできないからね、と一言残し、Aはギヤを入れる。

外国でははじめての運転。八人乗り、シートが三列続き、さらに荷物置きのスペースもあるという巨大SUV。途中、陽光を避けようと日除けカバーを回転させ、車が大きく道を逸れ、路肩のバーにぶつかりかかる。車内にアー、という絶叫がこだまするが、後は沈黙。ペイジ近くまでの数十キロをつれづれなるままに走る。

ペイジが近くなると、前方に湖がきらきらと輝くのが見えるが、これは、コロラド河をダムでせき止めてできた人造湖レイク・パウエルである。

湖の長さが、東京から名古屋まで、ある。水をせき止めた後、満水になるのに、十七年間かかった。湖の名前は南北戦争で右手を失った地理学者、探検家の軍人J・W・パウエルの名に因む。彼が白人としてははじめてコロラド河を川下りで踏破した。この湖の出来る原因となったグレンキャニオン・ダム建設に反対しながら、最後に別のダム建設中止と引き替えに妥協し、これを認めた環境保全運動家のデヴィッド・ブラウアーは、生涯これを悔やみ、以後、非妥協的な運動を続け、グランドキャニオンを救った。彼の団体は、いまもこのダムの事業を中止し、完全放水し、元に戻すことを訴えているらしい。

町の傍らからもくもくと煙を上げる火力発電所が、何となくデヴィッド・リンチ監督の映像を思わせる。見るだに非現実的な眺めである。

赤土の地平線の向こうに、ビュートと呼ばれる巨大な残丘がにょっきりといくつも聳え立つ風景が見えてくる。ジョン・フォード監督の『駅馬車』などに出てくる光景である。車で数時間走ってもまだ続くこの荒野が、ナバホ・インディアンに与えられた居留地、ネイションなのだ。

荒蕪の地だから払い下げたのか。居留地となったので、開発から遠く、このように荒蕪の地のままで残っているのか。ナバホ・ネイションは、東北六県ほどの広さをもち、そこに二十五万人ほどの人々が住む。ユタ州に入ると、さらに光景は一変。制限速度の表示もない一本道の突端に、ナバホの人々が作り、経営するザ・ビュー・ホテルがあった。

部屋のバルコニーに立って、家族三人、息を呑む。巨大な残丘が三つ。誰に教えられたのでもないのだが、われわれの家族、三人が三人、それぞれに思い知る、これはどうみても観光地ではない、聖地だと。山岳信仰というものがなぜ起こったのか、わかる。あるいは、その理由を思いだす。そう、ここにはメッセージ以前のメッセージがあるようだ。残丘は、その形で何かを指さすのではない。ただ、何かとして、ある。あるだけである。

ホテルの全域で、タバコ、アルコール禁止。

車でモニュメントバレーの未舗装地帯に少しだけ入り、後は戻って、部屋のバルコニーに椅子を出し、そこから三人、日没の残丘を見ている。夜は、ホテルで食事。アルコールはない。Aはチリコンカンを、息子はグリーンポークシチューを、私は牛肉のステーキを頼む。ステーキはただ焼いたもの。しかしそれに幾つか付いてくるソースの中に醬油がある。それを垂らし、日本風に食べる。これにカラシがあれば、私としては言うことはないのだが。

部屋に帰り、息子と二人、禁止であるかもしれない持参のワインを開け、バルコニーに出て飲む。

12月1日（水曜）

早朝、日の出に畏怖。見ている自分と見られている残丘の関係が、逆転するようだ。残丘を美しい景色として見るとき、主は私で、客は残丘なのだが、その主の座があっという間に明け渡される。厳粛な気持。私は、ちっぽけな虫として、何か名づけられないものの前に佇んでいる。

年に一度の元旦のご来迎というのがそれなのだろう。昨日は日没、今日は日の出。なにかのはじまりと終わりがここでは毎日、起こっているのだ。

そういう場所に生きるナバホ・インディアンの人々にとって、自然がどういうものであったか、そして現にそうであるかが、じんわりと身を包むように納得されてくる。昨日まではしっかりと見る気にならなかったショップのサンドペインティング、彫り物などが見てみたくなる。朝食に、私はパンの他、トウモロコシの黒砂糖をかけたオートミールを食べた。

ホテルを出、数十キロ北上、メキシカン・ハットという場所を過ぎ、バレー・オブ・ザ・ゴッズという未舗装区域となっている悪路のルートを巨大な車で二時間ほどかけて横断。途中、すれ違ったのは車、一台。

その後、目の前に立ちはだかる岩壁をつづら折りに上る州道を突端まで上り、アリゾナ州の深く広くえぐられた浸食地形を望見する。帰途、サン・フアン川の怪獣の頭部を思わせる蛇行地点に設けられた州立公園に寄り、191号線でホテルに帰着。以後、日没前の二時間ほど、モニュメントバレーの未舗装の特別地区を車で動く。日没を見ようと部屋に帰ると、ベッドメイキングがなされていない。バスルームも昨日のまま。しかも、それでいて枕元のチップはなくなっている。おかしいね、と言いながら、再び神々しい日没を見る。

夜、その旨をフロントに言って、新しいシャンプーをもらうが、私はひそかに、ことによれば、昨夜の禁酒違反ワインの気配をホテルの従業員が知って、意図的にサボタージュをしたのかもしれない、という気がしている。そんなわけはないだろう、と言われる気がして、Aにも息子にも、言わないが。昔の西部劇の、見過ぎだろうか。

夜、ホテルのショップで、この地の人が作った幾つかのものを購入する。小さなビーバーの彫り物。親指より小さなそれらは、半額のディスカウント。こういうものを買う人はいないのだろう。

12月2日（木曜）

昨夜買った本で、ナバホ族のサンドペインティングが、大地との交信、大地に耳をすませ、問いを発し、その答えを聞く儀式として行われたものであることを知り、これも欲しくなる。このような巨大な残丘と共に生きていれば、そのような儀式も自然と生まれるだろう。大地に絵を描くことの感じ、に気づく。

今朝は、昨日よりも早く、日の出の一時間ほど前からバルコニーに出た。徐々に空が明るみ、地平線が赤く色づく。払暁の黒々とした「ご来迎」。アノラックを着て、帽子をかぶり、手袋をしているが、頬はこごえたままである。

日の出を見終わり、ホテルで朝食。ショップで砂絵を買い、一路、163号線、160号線をたどり、国道を南下。その大半は、例によってAが運転。

背の低い草と枯れ草がへばりついたような土地がどこまでも続く。アメリカ・インディアンはこんな不毛な土地を与えられたのか、と先には思ったが、普通には人の行かないそこは、聖地でもある。白人がこの大陸に現れるようになって、そこを追われ、インディアンの人々はどんなふうに生きたのか。そして移動したのか。アメリカは、もとは、こういう場所だったのだ。一本道、時折りすれ違うのは、たぶん一〇キロごとくらいに生徒を一人、ピックアップするのだろうスクールバスである。

居留地の光景は、Aと息子と六月に行ったノルウェイのロフォーテン諸島の荒涼とした北極圏の大地にも、九月にAと訪れたアイスランドの異星のような光景にも、似ている。自然は厳しいが、人が住んでいる。アメリカで十七番目に裕福な町だというサンタバーバラとは、だいぶ違う。

ロフォーテンでは大渦巻き、アリゾナでは大隕石か、と息子にあきれられながら、最後にこれは私のたっての希望で、フラッグスタッフ手前を左折、一時間ほど走り、国道40号線沿いのアリゾナ大隕石落下跡のクレーターを見に行く。

　砂漠の真ん中にそれはある。巨大な隕石孔は、長い間、火山の噴火口と思われていたが、ある鉱山技師が隕石のクレーターであると確信し、そこに移り住み、生涯をかけて隕石を掘り出そうとした（しかし出てこなかった。斜めに落下したのである）。

　その話を昔、何かで読んでいたので、どういうところだろうという好奇心があった。行ってみると、じりじりと日が照りつけるなか、周囲が五キロにも及ぶというクレーターの大きさが実感できない。約五万年前、北の空から、それはやってきて、ここにぶつかり、爆発した。その隕石のかけらが、クレーター内外から出てくるらしく、大きさごとに売っている。その一つを買う。これを机の前に置いておく。宇宙からの物体と一緒に、これからの人生を送るつもりである。

　時間がないので、取って返し、午後4時6分の便で、再びフェニックスで乗り継いでサンフランシスコへ。ダウンタウン、ユニオンスクエアに面したホテルに投宿。チャイナタウンで食事。安くて、おいしくて、従業員の中国人の無愛想、かつ有能であることに、感激。

12月3日（金曜）

　朝、ホテルで朝食。ケーブルカーで、途中まで行き、近くのカフェに入る。六〇年代終わりの日本のカフェにあったような自由な雰囲気。ある一角が予約席となっており、そこに七十歳前後と思われる人々が集まり、何やら会合をする気配。帽子をかぶり、ネクタイをし、あるいはセーターをラフに着こなし、ぼんやり微笑し、腰を下ろしている。本を指さし、一人が何かを隣の人に囁く。まだ人数が揃わないのである。

　ああ、こういうところに住んでいたい、と思う。バークレーその他、大学があり、学生、学生あがりといった風情の若い人たちが目につく。ケーブルカーに乗っていると目に入る坂の急なこと。そこから歩いて、坂を下り、波止場のフィッシャーマンズ・ワーフへ。アルカトラズ刑務所のある湾内の島を見ながら、昼食。私とAはオイスターを食べる。その後、バスで、ゴールデン・ゲイト・ブリッジへ。一抱えあるワイヤのモデルを尻目に、タクシーで、息子の希望のウォルト・ディズニー・ファミリー・ミュージアムに行くが、プレシディオ地区のモントゴメリー通りというのがわからず、タクシー、迷走。三〇ドル分走って、ようやくたどり着く。夜近く、さらにゴールデン・ゲイト・パーク地区のデ・ヤング美術館に行くが、ちょうど今週から夜間開館が終了とのことで、もう閉まっている。

暗がりを、再びタクシーでホテルへ。近くの日本レストランで、日本語を話さない（が日本語はわかるので、日本人らしいと判断される）日本人店員の指示に従い、ラーメンを食する。

12月4日（土曜）

午前、5番のバスでデ・ヤング美術館へ。パリのオルセー美術館の改装中一部閉館の余波が、こういう形で世界を回っている。息子はほぼ同じものを東京でも見た。ゴッホ、セザンヌ、ゴーギャンなど印象派以後の作品のなかに、一枚、見たことのないゴーギャンがある。昼を食べ、そこから、ダウンタウンに戻り、買い物をする息子と別れ、Aとケーブルカーのパウエル・ハイド路線に乗って、坂を上り、下り、チャイナタウンを突っ切って終点の波止場まで行く。帰りのタクシーで、下り坂が急すぎ、下るに先立ち、運転手がシートベルトを付けなおすのに驚く。

サンフランシスコ近代美術館には、フリーダ・カーロが一枚しかない。しかし、初期のパウル・クレーのエッチングのコレクションがすばらしい。一九二〇年前後のエッチング。ベンヤミンが死ぬときにもっていたという「新しき天使」と同じ時期のものと思われる。無名だった頃のクレーの作品を二十代後半のベンヤミンが購入したという臨場感のようなものを、感じる。どうしてもこれは欲しい。複製がないか尋ねるが、こういうものを、この美術館は、用意していないらしい。

食堂で、息子と落ち合い、ホテルに戻り、荷物を受けとってタクシーを待つ列に並ぶ。ようやく自分の番が来て、空港へ。

帰途、ロサンゼルス空港で乗り換えるが、機内の案内で、アメリカン・イーグル・バスで移動するところ、そのバスという単語を聞き取れない。息子の方が聞き取れていた。そのことに軽いショックを受けつつ、深夜、サンタバーバラ空港に到着。長期用パーキングに置いていった車を取り、三人で帰宅する。帰ると、アマゾンに注文しておいたイシグロ論に必要なSF映画のDVDが届いている。夜、音を低くして、それを見終わる。

12月5日（日曜）

朝、曇り。前日、サンフランシスコのホテルから予約したホエール・ウォッチングの会社から、早朝、キャンセルのメールが入っている。過労のせいか、軽いぎっくり腰症状になっている。天の配剤だったか。

午前中、イシグロ論に手を入れ、昼から、サンタバーバラ美術館に行く。きめ細かいコレクションで、気分がよい。どこでも見たことのないゴッホの初期作品、マチスのとてもよい作品のほか、国吉康雄もある。他にポール・ストランドの四葉の写真のコーナーがあり、それが、立ち去りがたい力を周囲に放っている。

外に出ると激しい雨。ダウンタウンのパセオ・ヌエヴォを見て回り、夜、Eさんに教えてもらったサンタバーバラ一だというメキシコ料理屋へ。ビニールを周りに張りめぐらした区画で、叩きつける雨音を聞きながら、ビールを少々、タコス他をほおばるが、いかんせん、土地の料理の食べ方がわからず。見よう見まねで、いくつかのものを試す。

12月6日（月曜）

メールが来て、Eさんは所用あり、火曜に日本より帰国予定とのこと。今日、息子を紹介できないことが判明する。息子の提案で、近くのキャマリロという町にあるアウトレットモールへ国道１０１号線を四十五分ほど東行。途中シークリフという場所で海岸に出て、遊ぶ。そこから三十分足らず、キャマリロのアウトレットはとてつもなく広い。こういうところは、衣服の購入を苦手とする私にははじめてである。だが、けっこう楽しみ、ジーパンと、セーター、シャツを買う。

サンタバーバラに帰り、寿司と照り焼き定食めいたものを大急ぎで食べる。そこから、市のコートハウス（裁判所）へ。塔最上階の名物の展望台に上る。

サンタバーバラは、一九二五年の地震で壊滅した後、スペインのグラナダをモデルに再建された。その低く限られた街並みが、昼下がりの光のもと、海まで続く。北東方面に山が広がり、山腹に豪邸が建ちならぶ。なかなかの眺めである。きれいだが、どこかもの悲しい。塔を降り、オールド・ミッションと呼ばれる初期の修道院へ。そのまま山腹に上り、高台の草原から、素晴らしい日没後の景色を眺める。先に一人、青年が来ていた。じっと岩の上に腰掛け、空を見ている。

帰り、もう暗くなった通りをステートストリートまで降り、ホール・フーズに寄り、買い物。チリから輸入されたという日本風のさくらんぼ、チーズ、野菜などを買い込む。店の外、夜は暗く、寂しい。帰宅してAのスパゲッティ、ステーキ、アスパラガス・トマトのサラダを親子三人で食べる。息子訪問時、最後の食事である。

12月7日（**火曜**）

朝、早く起き、9時前に出て、ロサンゼルスへ。空港に息子を送る。帰途、総領事館に寄り、必要書類を一通発行してもらい、キャマリロのアウトレットでフリーウェイを降り、昨日買い損ねた旅行用スーツケースを購入、さらにシークリフ近くで、看板を出している直売のコーナーに寄り、イチゴに加え、マグロとロブスターの冷凍したものを購入し、帰宅する。

さすがに疲労感が深い。ぎっくり腰は、完治せず。Aは掃除、三度ほど二人で裏庭まで往復して洗濯を繰り返す。夜、二人で、食事。机の上で、イシグロ論を最終的に見直し、検討。一定程度の達成感を味わいつつ、深夜、来年一月末までの期限で翻訳をお願いするEさん宛、送付する。

12月8日（**水曜**）

朝食後、昼まで、残り三回となった雑誌連載の原稿を見直し、日本に送る。イシグロ論の出典の調査で、一個所、読んだ記憶のある発言が見つからない。ここにあると思っていたインタビューを入手したら、そこになかった。イシグロに詳しい教え子のM君に問い合わせのメールを送る。

午後、洗濯に必要なクオーター（二五セント硬貨）を手に入れるべく、Aとともにダウンタウンのコインランドリーへ行く。住んでいるアパートの裏庭に住人用の大型洗濯機と乾燥機の小屋がある。コイン式で、洗濯機はクオーター六枚、乾燥機はクオーター四枚を要する。両方使用すると、一度に十枚。ファーマーズ・マーケットなどで機会があるたび、お釣りにもらい、ためておく。でも今回のように旅行帰りだったりすると、追いつかない。これまでにも、コイン欠乏の事態が何度か起こり、わざわざそのために、買い物に行くこともあった。色々考えた末に、そうだ、コインランドリーだ！　と思いあたり、数日前の夜、このアイディアに二人、興奮して寝たのである。

ウェブで、サンタバーバラ市中のコインランドリーを調べ、ここが良さそうという裏通りのランドリーを見つけ、到着してみると案の定、コイン両替機がある。しかし、当ランドリー利用者のみ使用可。素知らぬふりで、Aが四ドル分、私が四ドル分、コインに換え、早々に退散する。強盗団の気分。車内ではやった！と意気揚々。帰り、車内を清掃するというので、近所の車清掃ステーションに寄ると、何とこれがコイン式で、ここにもコイン両替機が二台もある。使用者制限の告知もない。さらに五ドルを両替。車を掃除し、小銭入れに入りきらないコインを抱えて帰ってくる。

さっそく洗濯。夜、昨日購入したマグロを解凍し、ヅケ丼を楽しむ。

今回の息子との旅行では、とにかく耳がついていけないことを痛感。何とかもう少し聞こえるようになりたい。精を出してラジオ番組を聞こうと、テリー・グロスのインタビュー、Radiolab を iPod にダウンロードする。

12月9日（**木曜**）

夕刻、この間、用事があり数日間日本に行っていたEさんが、Sさんと来訪。日本からのお土産を持ってきてくれる。Sさんのお父上の故郷である金沢の和菓子。四人で歓談。話がつきず、Aが簡単な食事を用意し、略式の夕飯を四人して食べる。

夜、キンドルで源氏。このところ、勉強会までに、できるだけ物語自体を読んでおこうと、青空文庫からダウンロードし、源氏を与謝野訳で読んでいる。ようやく、「須磨」、「明石」の章。コキデンの女御が皇太后となり、源氏は試練の時期を迎えている。同時代の読者であれば、明らかに誰もが知っているはずの話を、それとわからないように語っているのか。誰にとってもフィクションであるような話が、ここに語られているのか。これだけ「小説らしい筋」をもつこの小説が、日本初の小説であることに不思議の観を禁じえず。

12月10日（**金曜**）

かねて、一度ウェルカム・パーティをしていただいたお礼に、この狭い家に当地の友人、同僚を呼び、パーティをしたいと思い、案内してきた。明日がその日。準備といっても、実質的に料理その他を準備するのは私ではなく、Aである。もう三十年ほども前、カナダのモントリオールに三年余り住んだときには、大学の小さな研究所が職場だった。しばしばその交遊圏で友人に招ばれ、家でもパーティを行った。フランス語系の大学で、学生が自分の作ったワインなどを持ってくる土地柄であった。Aの料理の腕は、その時期、その地で、上達したようなものである。

しかし、ここサンタバーバラは、食器も、料理道具も十分でない、短期滞在のこの家で、人を招んで支度するのは、そうとう難儀。皿も人に借りる。役立たずの私は、台所の隣で、ひたすら恐懼の態。本を読んでいる。

ホール・フーズに行き、Eさんに教えられて以来いつも尋ねるワイン係の女性に今回もワインのアドヴァイスを求める。この度は、高価格帯のワインを半ダースまとめて所望したこともあり、私はモニカ、あなたの名前は？　と改めての自己紹介を受ける。野球帽を離さない、有能で、なかなかに魅力的なワイン担当者である。

大量に食材を買い込み、帰宅。招いた客のうち、アイヌ研究のAEはヴェジタリアンなので、最後のサフランライスのカレーも、シーフードカレーである。Aは作り置きできるのでと、さっそく、タマネギを刻み、その準備にかかる。

12月11日（土曜）

朝、ティースプーンの大きさの違いから、シーフードカレーに最後、カレー粉を入れすぎたことが判明。一夜明けても辛さが残ることから、Aはもう一度作る、と言う。料理上手のAとしてはいまだかつてない失敗。依頼を受け、ホール・フーズにスイートオニオン、その他を、再度、買いに行く。

源氏を読みつつ、私は揚げ餃子の準備。ヴェジタリアンAEのために、挽肉が入っているタイプAとアスパラとパルミジャーノだけのタイプBを用意する。そのそれぞれを、指示に従い、フォークを使い、準備していく。Aは朝から働きづめ。無能な私は、時々、肩などを揉むが、余りうまくないねと言われる。滞在中にサーヴィスされた息子のマッサージと比べての感想なのである。

お招きしたのは、大学の同僚を中心に、八人の友人。「英語お断り」と張り紙しておこうかしら、とはAの冗談だが、日本語を話さない人が数名いるので、英語のパーティとなる。6時過ぎ、院生のSと夫君のD、来訪。それから他の人々もやってくる。まずワイン、サン・ペレグリーノ（炭酸水）、チーズ。歓談のなかを、キウイとホタテの梅干しおかか載せ、油揚げに豆腐野菜挽肉を詰めた巾着、二種の揚げ餃子、リーキ（太いネギ）とアスパラガスのマリネ、シーフードカレー、が登場して、プレートが回る。好評。Kの夫君のCさんは中国人。英語で辛抱強く、私の相手をしてくれる。お父上が戦前、中国で総領事だったヨシダ・シゲルという人物の友人で、その人自身、外務大臣だったとのこと。五〇年代に毛沢東指導の「大躍進」政策のもと、餓死者続出というなか、香港経由で亡命したというのは、前回、この人の家でこの人から聞いた話である。

　Aに向かい、労をねぎらい、パーティだというからもっぱら夫が準備するのだろうとばかり思ってきたら、全部あなたが作ったようだ、ご苦労さま、と話しかけている。そう言われてみれば、前回は、この人がエプロンを付けていた。無能の夫は面目が立たず、人の後ろに立っている。

　Aは料理の手がすくと、出てくる。日本語が堪能なAEと日本人であるSさんとを相手に、日本語で話している。夜が更けていく。院生のSの夫君のDは元船乗り。素晴らしいジャズの聴き手。EさんとN先生が日本の小説家の翻訳者の話をしている。N先生は最近、はじめていま評判のノーベル賞候補の小説家の翻訳を読んでみた。先に日本人小説家がこの賞を受賞したとき、ストックホルムに同行したのはこの人である。ともに定評ある翻訳者でもあるN先生とEさん、両者の一致するところ、話題の日本人小説家の最良の翻訳者は、我々の共通の知人であるABであるということで、落ち着く。

12月12日（日曜）

娘より電話。この間、受験していた、いまついている職種の資格試験に合格したとのこと。Aとともに、朗報を喜ぶ。

　明日の源氏の勉強会に備え、先にEさんよりメールで送られてきていた講読個所を予習。送られてきていたのは、二つ。「箒木」の章、「雨夜の品定め」における「指を嚙む女」をめぐる左馬頭の話と（Eさん宅に伺った最初の夜に読ませられたのは、源氏の世界でこう呼ばれている名高い個所であった）、「葵」の章、源氏がこれまで娘同様に育ててきた紫の君とはじめて情交する場面。周到に、原典、谷崎潤一郎旧訳・新訳、与謝野晶子訳、円地文子訳、アーサー・ウェイリー訳、サイデンステッカー訳、ロイヤル・タイラー訳、ルネ・シフェール仏訳の九種が、用意してある。N先生からの要望もあり、今回は一つに絞ることになり、扱うのは「葵」の章のみ。それぞれの訳の違いを噛みしめるつもりで読んでいく。

結局、源氏は、タイラー訳では、第三の空蟬までしか読めていない。これでは追いつかぬと、数日前から、緊急避難的に、青空文庫で読める与謝野訳をキンドルに入れ、第二十一の「少女」の章まで読んできた。もう源氏は壮年、中年。須磨への流謫から帰還し、栄華の極みを味わい、やがて疲弊の影が忍びよる気配。息子の世代が登場してくる。光の息子が夕霧。この名前の妙。夕霧の影の薄さが、面白い。そしてもの悲しい。これがさまざまな意味で日本の小説の原初形なのだということへの驚きには、尽きないものがある。

12月13日（月曜）

朝、8時45分にEさんが迎えに来てくれ、勉強会を行うKの家に向かう。Kの家は二度目だが、前回は夜。朝の光で見ると、高台から海が望め、海を陽光に輝く雲海めいた雲ないし霧が覆っている。Kの家を玄関口から直線に突っ切ると、裏庭が広く取られ、そこにさらに二つの建物がある。一方がKの夫君のCの研究棟。隣家を買い取って改造したらしい。セミナーハウスを思わせるその一室で、朝食用の果物、クロワッサンなどをつまみながら、まずEさんが昨夜ロサンゼルスに行って見てきたという、テネシー・ウィリアムズの初期作品 *Vieux Carré* を元にしたらしい演劇について、絶賛。ロサンゼルスの美術館で開かれている写真家ウィリアム・エグルストンの作品がすばらしい、とも言う。ともに私には不明。知らないことの多いことを嘆かわしく、遺憾にも思いつつ聴く。

それから、本題に入り、原文の解釈、それについてのさまざまな訳の検討。谷崎訳は、どうもおざなりな感じで、円地訳がよろしい。サイデンステッカーの訳が少し近代文学的すぎるか、などさまざまな話が出る。

私は、『源氏物語』に出てくる子供のあり方の面白さ、異様さの話をする。また、この時代の日本がそうなのかもしれないが、何とこの時期のほとんど性交機械といってもよい――源氏をはじめとする――男たちが、夜をさまざまに徘徊し続けていることか。そのことへの初心者の驚きを語る。昼と夜、男と女、大人と子供が、それぞれに違うカテゴリーの存在のように見える。紫の上が、これまで育てられ、一緒に寝ていた父代わりの源氏から突如、情交を迫られ、交接される、その翌朝に感じる、情けなさ、怒り。その場面が、西洋的な「罪」というものの存在しない『源氏物語』に入った亀裂、アダムとイブの情交場面と、重なって見えてくることなど。異なる二つのカテゴリーを統合する時間、空間、人間といった観念は、どうもここにはないらしい。

いろいろと議論を交わした後、次の機会を期して散会。その後、Eさんとわが家で歓談。日本の瀬戸内海に浮かぶ直島の美術館の話になり、そこで作品を見ることのできる芸術家ジェームズ・タレルが死火山をまるごと買い取り、その噴火口を正円に作り直し、ドーム直下から空を蒼穹として浮かび上がらせるという三十年来のプロジェクトを進行中であることを教えられるが、Eさんの帰った後、ウェブで調べると、その場所は、何と先に行ったばかりのアリゾナ州。隕石孔からさほど遠くないフラッグスタッフ近郊にあった。

ああ、何ということ。どうも最近軽いと思っていたら、私という破れ目だらけの袋には、いまや無知の綿埃だけが、ふかふかになるくらいに詰まっているようである。

12月14日（火曜）

日本の雑誌のゲラ直しの仕事。元学生のM君が国会図書館まで行って調べてくれたイシグロの小さなインタビューに、探していた発言に類するものがあった。他の調査結果と合わせ、書誌事項を書き入れ、手入れし、イシグロ論を一応、擱筆する。

色々考えたが、年末から正月にかけては、一人でこの家にいることに決める。Eさんにその旨、お知らせする。クリスマス休暇はニューヨークに来ませんかと幾度も誘っていただいていたが、またコロンビア大学の恩師にも紹介すると言っていただいていたが、寂しく、一人でいるのも、嫌いではない。

ヨーロッパで色んなものを見てきて、さまざまなことを考えた。そことアメリカとはまた、異なる。日本はまた、さらに違っているだろう。何をしてきたのか、私は。そんなことを考えていたい。それに、日本で約束してきた音楽の仕事もまだ手つかずなのだ。

12月15日（水曜）

当地に来たとき最初の夜に泊まったホテルにあったのをそのままもってきた貝殻の形をした洗顔石けんが、うすい一枚の葉っぱのようになって反り返り、新しい矩形の洗顔石けんの上に載っている。もうすぐ、消えてなくなる。あと数日で、三ヶ月。ここでの滞在も、残すところ三ヶ月となる。

思い返してみよう。アメリカに来てからやったこと。『敗戦後論』の英語での反論草稿の執筆。カズオ・イシグロ論の草稿執筆（日本語）。『源氏物語』の講読（英訳、与謝野晶子訳、未完了）、授業参加。日本の雑誌連載、いくつかの書評。載らなかった新聞寄稿。そしてAと息子とのアリゾナ州・ユタ州・サンフランシスコへの旅行。

これからやらなければならないこと。ブリューゲル論の進行。音楽論への着手と進行（Jポップを聞く、そして論じる）、戦後論の下構想。持参した『大菩薩峠』を全巻読むこと。

しかし、一番の希望として私の心の小さな部屋にあるものは、――もう少ししっかり英語が聞こえるようになること、なのだ。ははは、と思わず苦笑がこぼれてくる。何と個人的な、人目につかない、小さく、みすぼらしくすらある、希望であることよ。

Radiolab、「動物の心」と題する回。傷ついて浮遊する鯨を救助したときに、一度去って行きかけた鯨が戻ってきて、ダイバーの背中をくい、くい、と押した、隣のダイバーにも同じことをした、鯨がサンキュー、と感謝の気持を表しているとしか思えなかった、と語る、感動にふるえるダイバーの声。彼は数年前のことを思いだし、話している。番組も、数ヶ月前の放送の再放送である。

アート・スピーゲルマンの父親のアウシュビッツ体験について描いた漫画*Maus*を、ひょんな偶然から読みはじめる。そして、もうやめられなくなる。

ニューヨークに住む漫画家がポーランド系ユダヤ人の父から昔の話を聞く。母は自殺し、父は再婚している。息子は父の家に通う。何というナラティブの構成の妙だろう。N先生もその名が示すようにユダヤ系アメリカ人である。私の中で、アウシュビッツとニューヨーク、ポーランドの友人たちと当地の友人たちが、少しずつつながってくる。

午後、Aに誘われ、海辺へ。幾つか候補地を回り、前回、美味しいオイスターを食べたレストランのある砂浜にたどり着き、だいぶ遠くまで歩いて、浜辺から海を見る。風が吹き、鳥が群れる。波は今日、荒々しい。海はいつもそこにこんなふうにしてある。曇り空の下、夕暮れ前の、まだ客の少ないレストランに入り、オイスター半ダース、カラマリ（小イカ）のフライを注文。白のグラスワインで食する。オイスター、前回ほどおいしくはなし。一時間足らずレストランにいて、帰ってくる。

12月16日（**木曜**）

今日は朝から、久しぶりの好天。鳥が忙しく枝の間を動き、さえずり、窓の向こうで、木の葉が一日、一日、黄色に染まっていく。今日は視界のかたわらが忙しい。葉が、のどかな陽光の中を、一枚、一枚、「しずこころなく」散っていく。日照時間のせいだろう、樹木はしっかりと季節の移り変わりを知っていて、それを何とも寡黙に私たちに教える。私たちはそれを見て、一抹の寂しさというささやかな感応の形式で、いまという瞬間が消えてまたと来ないものであることを知るのである。

この部屋でよいことは、一室しかないサロンに、大きなソファが二つあることである。コペンハーゲンでは一つしかなかったので、取り合いとなり、敗者は奥の薄暗い寝室でベッドに横たわった。横たわってしばらくすると、眠ってしまう。

ここでは、平和に二人、二つのソファに横たわる。キッチンと背中合わせの壁際のソファはAの領分。奥のソファは私の場所である。Aは自分のソファに横になり、暇なときはだいたい、キンドルDXで『夜明け前』を読んでいる。時々、芸州というのはどこか、加州というのはどこか、明治維新は、何年か、などと私に訊いてよこす。そのたび、私はわからないものはウェブを見て、問いに答える。

『夜明け前』はもう後半にかかっている。青山半蔵が、友人と、峠の茶屋で今日はこんなおいしいものを食べた、という話をAはしてくれる。

私は、読みさしの*Maus*を胸に、眠ってしまう。

*Maus*はまだ第一巻。アートのお父さんが出国ブローカーたちに騙され、ハンガリーに亡命する途中、捕まる。新たな試練が襲いかかろうとしている。

午後4時、約束の時間にEさんが来訪。Sさんがボウルダーに戻ったので、一人。今日は、アザラシ岬(アザラシの特別保護区)で子供を産んだアザラシを見せてくれるのである。多忙なところを時間通りに来てくれたのに、こちらが眠りこけていたため、手間取る。途中、フリーウェイに入る道順を間違って教え、二十分はロスするが、Eさんは冷静。終始にこやか。101号線を二十分ほど東へ。カーピンテリア付近で海の方に降り、アムトラックの線路沿いに歩き、それをまたいで越えた先、岬の突端から、何とか日没前のアザラシたちの生息地を見下ろす。

海に点々と百ほども二百ほども小さな黒いものが浮遊している。アザラシの頭である。満ち潮に乗って、いくつかの個体が砂浜に帰ってくる。食事を終えたアザラシ達。夕暮れの曇り空。波が高くなっている。体をひねって遊んでいるらしいアザラシもいる。赤ん坊は見えない。子供らしいアザラシが動く。砂の上にはいくつか車が行き交ったような跡があるがあれはタイヤではなく、アザラシの胴体がこすれた跡なのだ。

帰り、私たちの傍らを、アムトラックの鉄道列車が通過していく。パオー、の音を残して。一度乗ってみたいような、心を騒がす昔風の客車が二つつながっている。単線なので、二時間も、三時間も、遅れることがある。「使えない」のだという。いいね。一度乗ろうよ。薄闇の中、もう表情の見えない相手に軽口をたたきながら、土リスの穴ぼこだらけの道を駐車場まで帰る。

そこから、ピザ・レストランへ。いまが旬のポルチーニがあるというのでそのピザを注文するが、きわめて美味である。ポルチーニを生でいただくのはベネチアに続き、二度目のことか。獲れたての小イワシのフライ、ラピーニというイタリアのからし菜のソテーもよい。安価ではあるが、サンタバーバラでの外食で、最高の夕食。家まで送ってもらい、Eさんと三人で夜遅くまで歓談する。

12月17日(金曜)

朝、曇り。途中から小雨模様。二日後、Aはロスから日本へ、Eさんはサンタバーバラから直接デンバーへ。そこでSさんと落ち合ってニューヨークへ帰る。私は一人で、この部屋に残る。

Maus は第二巻に入っている。お父さんはアウシュビッツに入れられる。大体どんなところか、訪れているから私にはほんの少しは、わかる。Eさんが大学からの帰り、立ち寄る。スピーゲルマンの話になり、彼のその後の作品が、*In the Shadow of No Towers* というものであることを教えられる。『ない二つの塔の影の中で』。9・11の厄災後を描く。ついで、Eさんの大学の知人でもあるアメリカの若手作家ジョナサン・サフラン・フォアの第一作 *Everything is Illuminated* がホロコーストにまつわる話、第二作 *Extremely Loud and Incredibly Close* がやはり9・11にまつわる話で、スピーゲルマンに対応していることも教えられる。

そうか。フォアが。*Everything is Illuminated* は、百万部を超えるベストセラーになり、世界各国で話題になったが日本ではまったく反響がなかった。その理由はホロコーストという題材が日本ではピンとこないせいなのかも知れないですね、とEさんは言う。クリスマスと新年。一人での生活が寂しかろうと、研究室から円地文子訳の『源氏物語』全十巻を差し入れるので寄ってくれた。しかし、フォアなら、日本から持ってきている。すぐ帰ろうとするところを押しとどめ、コーヒーなどを飲んだ後、名残惜しさに夕食もともにしようと、Aが、簡単なサラダ、アボカド、チーズを用意し、ワインで会食。最後、なかなかに乙なスペアリブ載せうどんで締める。

じゃあね。よいお年を。

午後11時。暗闇の向こうにEさんの車が消えてゆく。

12月18日（**土曜**）

朝から小雨。冬の雨に濡れながらAと洗濯物を抱え、裏庭との間を何度か往復する。下の家の扉にクリスマスのリースが飾られた。真下の部屋の窓枠に、ネオンが貼り付けられた。少しずつ、クリスマスの気配が私の部屋のまわりにも満ちてくる。

夕方、*Maus* 第二巻を読み終わる。苦い、苦い味わいをもった感動的な物語。語りの切れ味に、読後しばらく動けない。さっそく、*In the Shadow of No Towers* をアマゾンで注文しようとするが、絶版なのか。高くて手が出かねる。UCSBの図書館から借りようとするが、所蔵がない。カリフォルニア大学の図書館全体でも、所蔵がない。日本の勤務する大学の図書館にはあるかと見るが、そこにもない。元図書館員としては、ようやく英語で図書館にない本が必要になるというところまで来た。これが一つの目安。英語の文献の海の、海面に顔を出して、息をする思いである。

明日からの一人の生活に備え、Eさんから聞いていたギャヴィン・ブライヤーズの“Jesus' Blood Never Failed Me Yet”、“The Sinking of the Titanic”、モートン・フェルドマンの“Rothko Chapel”をダウンロードする。*Maus*に続いてフォアの*Everything is Illuminated*を読もうとするが、第二章でつかえてやめる。代わりに、やはり先にEさんに絶品として薦められていた南アフリカ共和国の英語作家J・M・クッツェーの*Disgrace*を読むことにし、“Jesus' Blood Never Failed Me Yet”をステレオにつなぎ、それを低く流しながら、読み進む。しばらくすると、Aがいい音楽だね、と寄ってくる。何？ ホームレスの人が歌う賛美歌「イエスの血は決して私を見捨てたことはない」のその部分を、ひたすら繰り返すだけの音楽。後の方にくると、トム・ウェイツの声がそれに重なる。オーケストラがかすかに音を高め、やがて別の調べを低く奏で、もう一度、言葉が浮かび上がり、そして溶暗。消えていく。

この音楽がかかると、とたんに部屋が違う空間に感じられる。礼拝堂になったような。

12月19日（日曜）

夕刻まで激しい雨。朝、雨中をついてAをロサンゼルス空港まで送り、激しい雨の中を再び、午後2時近く、戻ってくる。ときに土砂降り。前がほとんど見えなかった。空港では、デルタ航空のオンライン・チェックインが不調で、チェックインカウンターは大変な混雑であった。チェックインの後、ラウンジで一緒に食べるためにAの用意してきたおにぎりを、食べる時間がない。列に待ちながら、二人で分け、チェックインを終えてAはそのままエスカレーターに乗り、身体検査のカウンターへ。私はそこまでは行けない。手を振り、別れ、駐車場の屋上の車の中でおにぎりの一つを食べ、帰ってくる。

今日からJポップの音楽の仕事をすることにし、手元にある音源の整理をする。

先日のパーティでのシーフードカレーの残りをAが一食分ずつ冷凍してくれているのを、解凍。ご飯を炊き、アボカドの半割にレモンと醤油をたらしたものをつけ、夕食とする。

スガシカオのファーストアルバム、『Clover』は出色。

その後、再び、ブライヤーズの“Jesus' Blood Never Failed Me Yet”を聴きながら、クッツェーの*Disgrace*を読みつぐ。途中で、歌詞が気になり、ウェブで調べると、この音楽がうまれた様子をギャヴィン・ブライヤーズが書いていた。

一九七一年、その頃住んでいたロンドンで、ブライヤーズは友人と映像作品を作る。それからほどないある日、そのとき撮ったフィルムのうち、いらなくなった部分をもらい受け、音を整理していると、偶然、いくつか町の音が紛れ込んでおり、その中に一つ、通りで誰かが酔っ払って賛美歌の一節を歌う声が入っていた。彼はそれを取り出し、それが十三小節からなるもので音楽にのせられるのに気づき、それにピアノ伴奏を重ねてみる。それを無限回繰り返されるループ・テープに作り直したものに、さらにオーケストラを重ねるべく、当時働いていたレスター大学の美術学科に持ち込む。音源をリールテープに転換する作業をしていたときのこと。

途中、コーヒーを飲もうと、部屋をあけた。ドアは開いたままだった。戻ってくると、ふだんは快活な雰囲気の部屋が異様に落ち着いた感じになっていて、人々が部屋の中をいつもよりゆっくりと動き回り、中で数人が座り込み、何人かが、すすり泣いていた。音楽の力を知った、とブライヤーズは書いている。歌った浮浪者はいまはいない。でも彼の悲観しない気持はここにある、とも。

一九七五年にブライアン・イーノが制作。九三年にブライヤーズ自身が自分のアンサンブルを使って再制作。これが最後のオーケストラ演奏、録音になった。何と多くの「知らないもの」を、老齢といってよいこの年になってなお、私は無尽蔵のようにもっていることか。

午後11時。Aの飛行機はまだ太平洋上にある。部屋には曲が流れている。

12月20日(**月曜**)
朝から午後にかけて、雨。息子が来て旅行に出た後、ファーマーズ・マーケットに行く機会がなく、このところオレンジを切らしている。トマトとぶどうを小さな皿に取り分けて、パンとコーヒーの朝食。ついで、Aが用意して置いていってくれたステーキ肉の冷凍を夜のためにキッチンに取り出しておく。

昨日は『Clover』と『Sugerless』を聴いたが、歌詞が手元にないスガシカオの他の四枚のアルバムの歌詞をウェブで調べる。また、スガシカオと並行して聴くことになっている奥田民生の手持ちのアルバムとその歌詞もチェックしておく。この二人は一九六五年（奥田）、六六年（スガ）の生まれでほぼ同年代。「ユニコーン」のメンバーとして一九八〇年代後半から知られていた奥田が先行したとはいえ、ソロのアルバムで見れば、奥田が最初の『29』をリリースするのが一九九五年、スガが初のアルバム『Clover』を出すのが一九九七年と、時期的なズレは思われているほど大きくない。

これら日本のポップ音楽に手を染めるきっかけになったのが以前、奥田民生のソロのファーストアルバムの冒頭に入っていた「674」について書いた短文であった。これを読んだ元音楽雑誌編集者のHさんが日本のポップ音楽について書くよう慫慂して下さり、二〇〇一年から〇四年にかけてJポップ関連の季刊誌に短い文章を連載した。それをもとに一冊の本を作るため、昨年夏あたりから、やってきている。その最後の章を書こうというのがこの冬の仕事なのである。

奥田民生「674」はムナシと読む。私に言わせれば、若いダメな新入社員の歌。しかし、ダメでない若い新入社員など、いるか？　自分自身がかつて極端にダメな「新入社員」であった私は、そう、思う。昨日聴いたスガの『Clover』は、二年後に出た彼のファーストアルバム。考えてみればスガも、一度、会社勤めをしている。

昼、ご飯を炊いて、AEのパートナーのAさんがここで栽培した大豆から作った味噌で味噌汁を作る。あとは、ニッカで買ってきた納豆で昼食。スガのアルバム『FAMILY』、『Sweet』を歌詞を眺めつつ聞き、疲れると、*Disgrace* を読む。

午後になってようやく雨がやんだので、海まで散歩。海岸沿いの大通りこそ、車が通るが、途中の道に人影はない。ふだんは人のいるビーチバレーのネットの張られた砂浜に、このところの雨で大きな水たまりができている。そこに百羽ほどのかもめが群れて、穏やかな集会を開いている。てんでに羽根を洗ったり。水に浮かんだり。空を見あげたり。面白い光景にこちらもしばらく歩道に立ちどまり、眺めている。人通りはなし。一組の親子が砂浜に作られた自転車の走る舗道を散歩している。道路を渡り、広い草原を横切り、洒落たコテージの並ぶ通りに沿って帰ってくる。

クリスマス間近。家々が飾りをつけ、人々は部屋の暗がりに明かりをともす。人々はそこにいる。窓から外を見ている。家の周辺が何とも美しい。そう、美しすぎるかもしれない。

夜、チコリをあっさりといため、それをつけあわせに解凍した薄いステーキで夕食を食べる。夜、*Disgrace*。音楽は、ブライヤーズ。小説、展開は急、佳境に入ってくる。

12月21日（**火曜**）

今日も雨。アムトラックの列車の音が寂しい余韻を伴って響く。時々、ずいぶんと長い間、駅に巨大な列車が並んでいるのを目にする。いまも、列車が停まっているのだろうか。

スガシカオのアルバムを一つ聴いたほかは、*Disgrace* に引き込まれ、部屋で終日過ごす。久しぶりにテレビのニュースを見ると、今年の十二月は例年の三倍以上の降水量。UCSBに留学の経験があり、その後、結婚し、そう遠くないキャマリロに住む元学生のSから来たメールにも、今年は異常と記してある。夕食は、スペアリブとセロリ、にんじんのスティック。味噌汁。食事をはさんで、*Disgrace* を読みつぐ。

この小説の舞台は南アフリカ共和国である。ハリウッド映画は、世界観察の上で一つの目安になるというのがよく言われていることで、私の同感するところでもあるが、ここ十年ほどの間に見たハリウッド映画で印象に残ったものに、アフリカを舞台としたものが多かった。そのことに私の目を向けさせた最初期の作品は、ベルナルド・ベルトルッチ監督の『シャンドライの恋』という一九九九年の作品だった。この映画は、アフリカの部族間争闘がとある村の小学校を巻き込むシーンからはじまり、すぐにローマに舞台を移す。泥の道の続くアフリカの一つの村からきた若い女性シャンドライがローマに住むイギリス人の音楽家のもとで掃除婦として働く。やがて雇い主から求婚される。その恋が実ろうとする頃、小学校教師で監獄につながれていた彼女の夫が、この雇い主の努力もあり、釈放され、ローマにやってくるところで映画が終わる。

なぜこの監督がこういう題材に関心をもつようになったのかと考えると、同じ監督が作ったポール・ボウルズ原作、一九九〇年の映画『シェルタリング・スカイ』に行きあたる。これも西洋人の夫がアフリカで無国籍者としてすら生きる方途を断たれ、死んでいくのを横に見て、西洋人の妻が生きていく話であった。

その延長上で、しばらくすると、『ホテル・ルワンダ』(二〇〇四)、『ナイロビの蜂』(二〇〇五)、『ブラッド・ダイヤモンド』(二〇〇六)といったアフリカに題材をとる秀作群が現れてくる。このことは、冷戦終了後、『007ロシアより愛をこめて』、『寒い国から帰ったスパイ』式の共産圏という外部をなくしたハリウッド映画が、一時、SF映画に新しい外部の探訪の手を伸ばしながら、いわばエキゾチシズムという回路で取り込むことのできない新しい外部としてのアフリカを発見しはじめたということなのだろう。

すべてをオリエンタリズムとエキゾチシズムで吸収消化してきたハリウッド映画が、今度は吸収消化できない「他者」としてのアフリカを発見し、それをそのようなものとして、消費しようとしている。そうでもあるのだが、アフリカが、これまでの第三世界と異なるものとして、浮上してきていることも、たしかなのではないだろうか。

一九九〇年代の末に、吉本隆明の『アフリカ的段階について――史観の拡張』という批評作品が現れて、アフリカが今後、世界を考える一つの重要な手がかりになることが示された。しかし、同じ頃、英語圏で、南アフリカ共和国を舞台にこの国に住む西洋人とアフリカ人の間を冷徹に描くこのJ・M・クッツェーの *Disgrace* が書かれているのである。『アフリカ的段階について』が単行本として刊行されたのが一九九八年、*Disgrace* の出版が一九九九年である。

この小説は、アフリカで手を汚した西洋人にとって、アフリカがどのような存在として浮上してきうるかを語る予兆的な作品となっているだろう。この小説は、『シェルタリング・スカイ』で主演したジョン・マルコヴィッチを起用して映画化もされているが、日本では未公開。集客できないと思われたのだろう。ホロコーストとアフリカ。欧米で今なお、また今後、重大であり、いよいよ重大であり続けるだろう主題から、日本は、また日本人の関心は（専門家を除けば）切り離されている（そして専門家たちは孤立している）。
しかしそれは、私自身についても、言えることだ。十余年前に、『アフリカ的段階について』を読んで大いに刺激された。そのとき、ついで、イギリスでブッカー賞を受賞したばかりのDisgraceを読んでいたら、どうだったか。そうすることもありえた。事実、そんな読者が、日本のどこかにはいるかもしれない。

12月22日（水曜）

昨日、終日の降ったりやんだりの雨で、ファーマーズ・マーケットに行きそびれた。後で気づいて悔やんだが、今朝未明、寝台のかたわらの雨漏りの音で目覚める。連夜の雨に一九二〇年代に建てられたこのコテージの屋根も驚いたのか。ぽたり、ぽたりと、かなり激しい乾いた音がすぐ近くの床でしていた。時計を見ると午前3時。タオルを敷き、その上に大きなガラスの容器とプラスチックの容れ物、さらに壁際にコップを据えたら、雨水がたまりはじめるにつれ、音が変わってくる。ぽたん、ぽたーん。アムトラックのパオー、といい、ついぞ日本では聞けない、何十年も前の音に出会っている。Aが到着早々、開口一番、ディズニーランドみたいと言ったが、ここサンタバーバラでは雨漏りの具合も、現実離れしている。早朝、いったんやんだ雨がまた降り出し、今度は雨滴が眠っている掛布団にも落ちてくる。まだ午前8時前だったが、起床。これが激しくなるようなら、家主のKに連絡しなければならない。

パンにシーフードカレーの残りをつけて、ぶどうとトマトと蜜柑で朝食。食卓でキンドルDX（Aは『夜明け前』を読む時間はないだろうと日本には持っていかなかった）を開き、ニューヨーク・タイムズを見ると、昨日、米国のロシアとの新戦略兵器削減条約（新START）が大方の予想を覆して六七対二八の投票で審議打ち切りの動議の可決にこぎつけたとある。これで今日にも新STARTは批准が承認される見通しとなる。一昨日までは、与党は批准に必要な三分の二以上にあたる六七票を獲得できないと見られていたのが、十一人の共和党の議員が、賛成に回った。数日前の記事で、危機感を募らせた民主党の議員は、もしこれが通らなければ、核拡散に歯止めがかからず、今後、アルカイダの核兵器を我々は怖れ続けなければならないことになる、と訴えていた。

　私はアメリカ人ではない。西洋人ではない。白人ではない。先日、夕刻、テレビをつけると、直近の戦没兵士を一人一人、写真つきで哀悼していた。見ていると、複雑な思いが湧く。私はどちらかというと、アフガニスタン、イラクの人々の生活感覚に近いものを身内にもって育ってきた人間である。イギリス人女性イザベラ・バードが一八八〇年に出した『日本奥地紀行』にアルカディアのようなところとして紹介している「日本奥地」、東北の盆地近くが私の本籍地である。彼女が来訪した頃、私の曾祖父あたりがそこには生きていた（はずである）。私は彼女の目からすれば、原住民の子孫である（とそのとき思った）。

　幼い頃、西部劇で白人の側から恐ろしいインディアンの襲撃を見ていた。しかし、そういう自分がインディアンの側の人間なのであった。とはいえ、いまそう言えば、ネイティブ・アメリカンの人々に、そうではないだろう、と言われるだろう。そして、事実、そうではない、のでもある。そのはざま、はざまともいえないところに、私はいる。

　そこに立つと、米国民主党議員の先の主張のむこうに、中東の人々の姿が見えていて、その二つが一つの図柄の中に収まるが、いずれにしても、平和の理念を説くだけでは、共和党の現状維持路線に勝てない。独立心ある共和党議員に訴え、賛成に引き入れることも難しいことだろう。

　とはいえ、この間のオバマ政権の巻き返しは心強い。減税・失業対策の予算措置、同性愛者の軍務就役公然化、そして今度の核軍縮条約の批准承認と、主要な三案件が議会を通過した。環境法案でのオバマの弱腰、民主党の失政など、先日Eさんから、ずいぶんと手厳しい、また悲観的なオバマ政権のこれまでへの評価、今後の見通しを聴かされていただけに、このところの現政権の健闘は、無知ゆえもあってか（?）、オバマびいきの私には、うれしい。

12月23日（**木曜**）
　昨日、後一章というところで*Disgrace*を読みとめた。今朝、ゆっくりと最後の章を読み終える。文句なしの傑作。内容については、ここに書かない。この小説でクッツェーはイギリスのブッカー賞を、はじめて一人で二度受賞するという離れ業を演じている。これだけ高水準の小説が日本に現れたということが、近年、どれだけあったかと、思い返してみる。中上健次の『枯木灘』が、これに近いか。こういう小説が一つあることは、他の小説家を刺激せずにはいないだろう。やわな作品を書いていては、仕方がない、と。力の限りに、作品を書かなければならない、と。しかしこのことも、同じことが私自身についても、いえる。

午後、ようやく雨がやみ、空が晴れ、明るい日差しが戻る。Aが日本に帰ってからはじめて買い物に出る。ホール・フーズ。長雨が終わった後の空の下、サンタバーバラの街並み、丘に並ぶ家々、雲があざやかに目に映る。

Aと一緒に行ったときには買わないことにしたクリスマスのエゾマツの葉で作ったリースを、今日は買う。家の扉に、一つ穴が開いていた。かける場所が見つかったからである。一人で過ごすクリスマスの夜に向け、ハーフボトルのスパークリング・ワインも買う。

今日もまた解凍式で、スパゲッティを作る。ミートソース。アボカドを半個。スガシカオを聴き、食後、テレビのスイッチをひねると、ジョン・ウェインが映っている。見ていると、『リオ・ブラボー』。つい懐かしく、最後まで見る。

一九六〇年、小学六年のとき、東北の尾花沢という田舎の町にいて、そこに一つだけある映画館にはじめて一人で入った。そのとき見たのが、このハワード・ホークスの西部劇映画とロジェ・バディムの『大運河』であった。こうしてほぼはじめから最後まで通して見るのは五十年ぶり。どちらの場合も、一人での鑑賞となる。感慨、なきにしもあらず。

「皆殺しの歌」のトランペットが流れるのを聞いて、ディーン・マーティン演じる副主人公、アル中のガンマンの腕の震えが収まる。彼は飲もうとしていたグラスのウィスキーを壜に戻すのだが、映画中、五十年の間、そのシーンだけがありありと記憶されていた。

その後、スガシカオ。家の扉にかかったリースのほうから、冬の林の香りがしてくる。

12月24日（**金曜**）

イシグロを読み、クッツェーを読み、その後、やはりEさんお奨めのニコール・クラウスの *History of Love* にするか、W・G・ゼーバルトの *Austerlitz* にするか迷っているうちに、手に取り、読んでいたのは水野忠夫さんの『ロシア雑記』であった。イシグロ、クッツェーが思いだださせるサルマン・ラシュディに再び関心が向いてウェブを見ていたら、『悪魔の詩』が、実はミハイル・ブルガーコフの『巨匠とマルガリータ』の影響を受けて書かれた作品であるとわかった。ファトアー宣告から一年後の一九九〇年二月、ラシュディは書いている。

「『巨匠とマルガリータ』とその著者はソビエトの全体主義体制のもとで迫害された。見本とした偉大なモデルの一つに響きあう境遇のもとに自分の作品があるのを見るのは、驚くべきことである」(「Newsweek」二月十二日号)。

『巨匠とマルガリータ』について書く時期かという思いがよぎり、その訳者であり、またこれについて今回書こうと考えている主な理由のもとでもある水野さんのこの本に手が伸びたのである。昼過ぎから読みふけり、夕食前、読了。続いて大著『マヤコフスキイ・ノート』にも目が行くが、そのあとがきに、大学生のとき、著者がマヤコフスキーにひきこまれていくきっかけになった話が、出てくる。

――学部生のとき、本国で刊行されはじめたマヤコフスキー全集をさっそく予約した。「全集第一巻に入っていた『子供の死んでゆくのを見るのがぼくは好きだ』というような詩句を未熟なロシア語の力で発見したとき、革命詩人とか煽動詩人とかといった称号をこの詩人に与えている公認の評価に疑問を覚えた」。「子供の死んでゆくのを見るのがぼくは好きだ」。

誰でも未熟な外国語の力で詩を読んでいってこう書いてあったら、立ちどまるだろう。

水野忠夫さんは、六年前、私が勤め先を変え、いまの大学に移ったとき、いまいる大学にいて、移籍に歓迎の意を表してくれた最初の人である。元の大学で教えたことのあるT君が先にこの大学に来て教員をしており、紹介してくれた。それから、年に二度か三度、大学近くの居酒屋を根城に定期的に歓談するのを楽しみにしてきた。日本酒が強い。にこやかにするっと飲まれる。日本のロシア文学の泰斗であり、この国のロシア・アヴァンギャルドの研究の発端となるお仕事をされた。色々と物議を醸すものを書き、とても人から好意を示されるような人間でない私を、なぜか、鷹揚に、また愛情をこめて迎えて下さった。

この人の訳されたブルガーコフ『巨匠とマルガリー

タ』を大学のゼミで扱い、ゲストとしてきていただくことになっていたが、直前に急逝されたのが、ほぼ一周忌の頃である。私がサンタバーバラに到着したのが、昨年の秋。私がサンタバーバラに到着したのが、昨年の秋。自分との約束として、私は『巨匠とマルガリータ』について、当地にいる間、一度、考えようとしている。そのことを口実に、水野さんの書かれたものを読もうと、小説とともに、何冊かいただいた本をもってきている。

ブルガーコフ。去年はこの小説に驚嘆した。興奮して、ベゲモート！　と叫んで何度、学生にうるさがられたことか。

今夜はクリスマス・イブ。一人で迎えるのは、何年ぶりのことだろう。やはり解凍式で、ビーフシチュー。シャンパン代わりに、ハーフボトルのスパークリング・ワイン。別にワインだけは、午後、コストコに買い物に行ったついでに少しまともなものを購入してきた。音楽は、ギャヴィン・ブライヤーズの「タイタニック号の沈没」をかけておく。タイタニック沈没のおり、楽団が沈む船の中で乗客のため最後まで演奏し続けたという史実をもとに、証言から復元し、再現するという曲想のもとに作られた音楽。ピラトゥスも、巨匠もいない。雨も降っていないから、雨漏りもない。おお、ベゲモート！

12月25日（土曜）

朝、起きて、昔小学校か中学校で読んだ詩を思いだす。

「（覆された宝石）のような朝／何人か戸口にて誰かとささやく／それは神の生誕の日」（西脇順三郎）。

机の上に大きく開いた窓の向こうに葉の散った木が一本立っている。風が吹いていて、残りの色づいた葉が力なく揺れる。風は右から左へと吹く。木の下の家の戸口にリースが架かり、カーテンがおり、その向こうに小さな明かりがついている。日差しは強くも弱くもない。壁は白。窓枠は緑。たもとの煉瓦の道に赤い花。

私はどんな感情を抱き、どんな表情を浮かべているのか。誰にもわからない、自分にも。そう思ったら、この詩句が浮かんできた。

昨日は、今回のJポップの音楽の本のためにiPodに入れてきた数十枚のアルバムに歌詞をつける仕事をした。そういうソフトのあることを知って、やってみたのである。半信半疑、午前から昼過ぎまでかかったが、うまくできた。iPodで音楽をかけ、画面をタップすると、その曲の歌詞が現れる。これはいい、とばかり、iPodを見ながら負担なくよい音で聴こうと、自分へのクリスマスプレゼントのつもりでコストコと同じマーケットプレイスにあるベスト・バイに行き、高性能のBoseのイヤホンを購入してきた。耳が疲れない。音質がよい。写真でいうと、画素数がきわめて高い、という感じである。

そのイヤホンで、歌詞を見つつ、昨日の午後、読書のあいまに、奥田民生を聴いた。Jポップというが、音楽とはそもそも、何なのだろう。そんなことを考えていた。

人類がいまほどこぞって音楽を聴いている時代は歴史上、ないだろう。老人から幼児まで。ヨーロッパの都市から、アフリカの村まで。宇宙人から見たら、音楽は、見えない食べ物と映るだろう。耳から入る質量のない食べ物。目から入る質量のない食べ物もある(絵である)。手触りを通じても、この生き物は何かを摂取しているらしいと、鋭敏な宇宙人なら、見て取り、報告書に記すことだろう。

今日は昼前、思いたって、前号で終わったKさんの雑誌連載を手に取ってみた。そしたら、やめられなくなり、昼食、夕食を間にはさんで、初回コピーから最後まで全編を読み終わる。なかなかよいものである。西村伊作の評伝だが、なぜこの人を取りあげて生涯を描こうとしたのか、という入り口の問題と、この人とつきあったために考えなくてはならなくなった出口の問題と、異質な二つのことに誠実に向きあい、答えている。

七歳の時、地震に遭い、西村は一挙に父と母を喪う。煙突の煉瓦が落下してきて、父と母の頭蓋と額とを打ち砕くのである(二人だけ。この場所での他の死者はなかった)。旧制中学校を出た後、もう彼は学校に行かず、逆に自分の子供のために、学校を作る。あるどっしりとした量感と、幾つかの言葉が、振り返ると闇の中、道のところどころに立つ蠟燭のように、浮かんでいる。

12月26日(**日曜**)

不思議な夢だった。私は学生なのだが、大学はデパートのような作りで、建物のある階のフロアを歩いている。すると、一人の学生が連れの学生にこそこそと裏の方でいま学生と当局が大変な小競り合いをしている、と囁く。どこでだろう？　何ごとが起こっているかと立ちどまってみていると、教職員専用出口（ということになるのだろう、デパートなら社員専用のドアにあたるところ）から、のっぽの学生が一人よろよろと出てくる。アノラックを着て、汗ばみ、手にヘルメットを抱えているが、すばやくアノラックの下に隠し、何気ないふうで歩き出す。そして、やってきた友人に挨拶する。「出ねえの？」、「イヤ、少し遅刻して出る」。

授業の話である。立ち止まってもう少し見ていると、数名、同じドアからぞろぞろと出てきた。みんな呼吸を整え、ヘルメットは衣服の下に腕で抱えるようにしているのか、何事もなかったかのようにしている。そして私は夢の中で、いまの学生というのは、大学というのは、社会というのは、なんということだろう、暴力、抗議、抗争、そういうものが、社会の目につかない形で行われているのだ！　と感嘆して、なぜだろう？　と考えている。

目が覚めてから、どこまでが夢なのか、どこからが醒めているのか、その区別がつかなくて、境界を知るのに数秒の時間がかかった。

Kさんの本を読んだからなのか。このところ水野さんの連載を読んできて、ロシア革命とソ連の粛清などについて考えているからだろうか。

昼、思いたって曇りのダウンタウンに向かって散歩に行く。裏通りを通り、これまでにない側から、10号線のガードをクリフ・ドライブ側からくぐって帰ってくる。一時間半くらいの散歩。運動不足を解消するため。ぎっくり腰がまだ治らない。

午前は、英語のラジオ番組を聴き、W・G・ゼーバルトの *Austerlitz* を読みはじめている。また、夕刻、こちらは日本語で水野さん訳『巨匠とマルガリータ』を読みはじめる。

12月27日（月曜）

朝から快晴。何日ぶりのことか。セロリ、トマト、葡萄に食パン一切れ、ジュース、コーヒーという朝食を終えて、ここにいる。簡単な食事と簡単なノート、そういう簡単なものでいまの私はできているようだ。

四月から始まったこのノートの前に腰を下ろす生活のなかで、貧しいことしかできていないが、このノートの前で、私は自分が誰であるのかを忘れる。年齢を忘れる。これまでやってきたことが崩れ、砕かれ、霧散する。何者でもなくなる。そして実に小さなことがらから自分が出来ていることに気づくのである。そうして、このままゆっくりと消えていくのだろう。それまでの間は、時間を大切にしたいと思う。

カズオ・イシグロの『わたしを離さないで』を読んでいる間、私の中に、前半の学校のある地名であり、学校名ともなっているヘールシャム（Hailsham）が、ヒロシマ（Hiroshima）と重なって聞こえ、訝していた。W・G・ゼーバルトの『アウステルリッツ（*Austerlitz*）』を読むと、同じように、この登場人物名がアウシュビッツ（Auschwitz）の地名に重なるものと聞こえる。

この小説は、語り手のドイツ人「私」がアントワープの駅舎でアウステルリッツという不思議な人物と出会う場面からはじまり、ついでアウステルリッツの話として、駅舎などをめぐる建築史的考察が展開される。やがて、なぜ、このようなはじまりなのかが、私なりに了解される。アウステルリッツと別れた後、彼との会話に刺激され、ひょんなことから「私」はアントワープ近郊の古い来歴をもつ要塞を訪れる。要塞の名は、Fort Breendonk。読んでいくとわかるが、第二次世界大戦の間、一時、ゲシュタポがそこを収容所として、拷問を行った。ふいにジャン・アメリーのことが出てくる。それに刺激されて書かれたとおぼしいクロード・シモンの一九九七年の作品 *Le Jardin des Plantes* からの拷問の記述への言及とともに。作中、「私」は、ジャン・アメリーが連続的に拷問を受けたその当の部屋に一人、立ちつくす。――そして、ここだ、と思うのだ。

この小説は、先の『破壊の博物学について』の二年後の刊行。二つの著作が、ジャン・アメリーでつながっている。ゼーバルトの中では、この本で書いたことへの関心が、小説に持続していることがわかる。

アウステルリッツの名は、また別のルートでもアウシュビッツに結びついているだろう。パリ新国立図書館建築の際に、一度話題になったのを記憶している。この名を冠するパリ・オステルリッツ駅が、かつてフランス国内のユダヤ人収容施設にユダヤ人を移送し、没収ユダヤ人資財をパリからドイツ向けに積み出した駅だったのだ。

ウェブで調べてみると、ゼーバルトを論じた考察の中に、ゼーバルトとアメリーを比較したものがある。彼らは、ともに母国語ドイツ語から離れて書いた。クロード・シモンのこの晩年の作がどういうものかは知らない。この作品のことは、ウィキペディアを見ると、フランス語、英語の記述には出てくるが、日本語の記述からは落ちている。

まだ快晴。下のコテージの住人Mが洗濯物のシーツを胸に抱え、芝生を歩いていくのが見える。

12月28日（**火曜**）

なにかが足りない。何かを忘れている、という気がしていたが、私の周辺に欠けていたのは幸せの味であった。Aがいなくなってから、私の周辺から幸せの味が消えた。幸せの味とは、食事以外の何か、プラスアルファの味わい、味覚である。

ふいにそれは何だろうと思い、昨日、ホール・フーズに買い物に行った際、ハーゲンダッツのラムレーズンのアイスクリームを買った。夕食後、冷凍庫に入れていたのを思いだし、一部を皿に盛ってスプーンで口に含む。幸せの味は、日ごとに変わる。しかし、ここ数日は、ハーゲンダッツのラムレーズン。贅沢な味わいで、用が足りるようである。

昨日、てっきり火曜日だと思い、二〇一〇年最後のファーマーズ・マーケットを逃すまいと、大きな手編みのバッグをフォルクスワーゲンの荷台に入れて、ステートストリートに行って驚いた。ファーマーズ・マーケットが消えている！　年末はないのかとがっかりして帰ってきたが、曜日を間違っていた。誰とも会わず、誰とも話さず、こうして九日間も、クリスマスのある期間を過ごすと、どこかがおかしくなってくる。心の腰がぎっくり腰になったかのようである。

いや、勉強はしている。本も読んでいる。英語の*Austerlitz*も日本語の『巨匠とマルガリータ』も、ともに快調なのだ。

心配ご無用。

今日は時間と場所を間違わなかったので、ファーマーズ・マーケットは、あった。オレンジ、アボカドのほかに、太いネギ（リーキ）とオイスター・マッシュルーム（ヒラタケ）を買って帰り、そのキノコを加え、ネギを刻み、サフランで匂い消しをした上、昨日作ったムール貝の白ワイン煮の煮汁で、リゾットにする。

深夜、『巨匠とマルガリータ』読了。そのまま原稿を書きはじめる。ひとつ書きたいことがある。そのことを書ければ、何か書いたことになるだろう。

まだ、アイスクリームが神通力を失っていない。深更スプーンで手のひら半分程度を取り出して舐めると、少し、私を幸せにする。

12月29日（**水曜**）

未明再び雨漏りで目覚める。今日は顔のすぐ脇に落ちてきた。音は聞こえなかったが、私の身体が異変を察知して私の意識を覚醒させる。

その後、晴れ。久しぶりにニューヨークのEさんとSkypeのビデオ電話で話す。終日『巨匠とマルガリータ』論を執筆。

12月30日（**木曜**）

昼前、バークレーに住むMKさんが来訪。ロサンゼルス近郊サンタモニカに住む係累の方への訪問がてら、そのサンタモニカから車で来てくださる。MKさんの現在出版予定の原稿の話、そのほかアメリカ人となったMKさんの近況などをだべり、一緒にタイ料理を食べ、さらに家に帰ってきて話し、3時過ぎに車で帰る。バークレーにも遊びに来るよう誘ってくださる。

ロサンゼルスも記録的な寒さ、とのこと。

その後、昨夜、中断の後、朝から続けていた『巨匠とマルガリータ』論の続きを執筆、夜8時、第一稿を脱稿する。四百字詰め原稿用紙換算で、六十余枚。大学図書館が年末閉館で参考文献が手に入らない。年末休暇中なので日本にも問いあわせられない。しかし、このような状況で書ける、ないし書いてしまう、というものもある。一応、よろしと考える。

一休みの後、MKさんの置いていった原稿を読む。

12月31日（**金曜**）

世界の動きにそしらぬ振りをして、年末を過ごしていたら、とうとうここまできてしまった。MKさんの原稿『天皇とマッカーサーのどちらが偉い？——日本が自由であったころの回想』を朝から昼過ぎまで読み、チェックし、読了。大変よいものであったとメールする。この本が、すんなりI書店の編集会議をクリアし、すみやかに書店に並ぶことを祈る。

一休みの後、午後いっぱいをかけて、私の『巨匠とマルガリータ』論を推敲。だいたいこれでよいというところで、文芸雑誌編集者のMさんにメールで送る。ほぼ六十五枚。日本は一月一日。野暮な用件を送りつけるようで気が引けるが、そうでもしないと、いつまでも手離れ、指離れがしないのである。

夜、大晦日なので空豆を茹で、アボカドと一緒に一人の晩餐をはじめる。ベルギーの白ビール、ホーガルテンにライムを搾ったもの、次にワイン。ついでチーズとオリーブ。最後にステーキとブロッコリの茎をソテーしたものとで、簡単な食事とする。今夜はラムレーズンのアイスクリームを食べようという気持ちにならない。それくらい寂しいので、一年ぶりに内田樹のブログを覗き、その面白いいくつかの文章を読む。二〇一〇年、一月から三月まで。四月から九月まで。九月から十二月まで。この年は私にとって、どのような年であったか。

2011年1月1日（土曜）

朝、入浴。パソコンを開くと雑誌編集者Mさんからのメールが来ている。原稿は受理、掲載をめざすとある。専門家の数え方では原稿七十五枚、単なる作品論としては長すぎる。

Aが作り置きしてくれたお雑煮セットを冷蔵庫から出す。昨夜、冷凍室から冷蔵室に移しておいたが、思ったようには解凍されていなかった。外におき、解凍されるまで、『巨匠とマルガリータ』論を再び推敲する。

お雑煮で、一人のお正月。美味。感謝の念わき、誰にともなく手を合わせる。

昼近く、Eさんから Skype のビデオ電話が入り、イシグロ論の翻訳が完了したとの知らせ。

私は、このたびは、世捨て人として年を越した。三十一日原稿完成、年頭、推敲はなんら不思議ではないが、ロング・アイランドのご自宅帰省のEさんが同じような時間の使いぶりでニューヨーク郊外での年末年始を過ごし、面倒な翻訳を終えてくれているのは、信じがたい。細部について資料のやりとりをしながら、検討。Eさん案の英文タイトルは、"Hailsham, Mon Amour : Kazuo Ishiguro's Never Let Me Go and the Movie It Inspired"。むろん、『ヒロシマ、我が愛』のヒロシマをヘールシャムにかけたもの。論の最後にふれている二つの語の谺（Hailsham, Hiroshima）を、タイトル化している。最終的にはタイトルは掲載誌が決めるのでどうなるかわからないが、素晴らしい、の一語に尽きる。

夕刻、年末にお誘いを受けたR先生のお宅でのお正月ホームパーティにお邪魔する。二回目。夫人のYさん手作りのお節料理が並ぶ。歴史学者のHさん、Dさんご夫妻、作曲家のTさんと夫君、全部で七人のこぢんまりした集まり。久しぶりの「人にもてなされる」経験になにか人間の経験の原石にふれる感あり。

帰り、R先生の好きな藤沢周平原作の『たそがれ清兵衛』を借りてくる。午後11時すぎから、一人の部屋で、DVDを見る。舞台となっている海坂藩は、山形県の鶴岡で、私はそこにも住んだ。使われている方言は、正確に同じではないが、この映画の力は、私にとっては、普遍的なこと（主人公の二人は半身、身分制の観念の外にはみ出しかけている。話者を含め普遍的な市民的センスの持ち主である）が方言＝田舎の言葉で語られていることに負っている。これだけつよいなまりの東北の方言だけで作られた時代劇はこれまでなかったのではないか。方言の力に降参、頭を垂れる。

深夜、サンタバーバラで、落涙。家ばかりでなく、人も、雨漏りをはじめている。

1月2日（日曜）

朝、昨日、R先生のお宅に行く前、クロック・ポットに牛のすね肉、キャベツ、カブ、リーキ、じゃがいもなどを投げ込んでおいた。そのポトフの鍋からすね肉、リーキ、カブを取り出し、フランスパンを解凍し、マスタードで食べる。再度、Eさんの翻訳を検討、Eさんの発見も取り入れることにし、いくつかの細部を加える案を作り、昼過ぎ、EさんにSkype。資料を送り、話し合う。昼はお雑煮。これでだいたい、イシグロ論の英語翻訳もカタがついた感じ。明日、何もなければ、『巨匠とマルガリータ』論の推敲分を送る。これでこの間の原稿執筆は一段落である。

夕刻、野坂昭如の『アメリカひじき』を原作とした日本の喜劇映画を見る。夜、Eさんに教えられたFrancis Veberという監督の『Out on a Limb』という映画もパソコン上で見る。奇妙な映画だが、面白い。再びポトフから肉と野菜を取り出し、ワインとフランスパンで夕食。夜、「じゃがたら」の音楽。最初のアルバム『南蛮渡来』はよかった。『それから』も特異なものだ。

1月3日（月曜）

ひさしぶりに、朝から快晴。ニューヨークのEさんとイシグロ論の細部をめぐる最終的な検討を行う。これで終了。後は期日前に送るだけ。数日の間、寝かせ、粗熱を取らなければならない。

朝食の後片付けをしていて、今日も気づく。皿を洗い、水切りかごに入れる。水切りかごがいっぱいだったり、そこに置くのが壊れやすいガラスのコップ、ワイングラスだったりする場合、テーブルクロスの上に逆さに置くが、その前に「水を切る」。ちょっと、コップ、ワイングラスを下に向け、静止させる。動かないガラスの内壁で、水の膜が厚くなり、重みを増し、ようやく滴の形になってそろそろとへりまで降りてきて、丸くなり、落下するまで、待っている。待たないと、テーブルクロスに大きな滴の染みができる。待っている間は、まるまる、私の身体も静止している。その間、動いてはいけない。

台所の仕事は、時々私を、しつける。

午後、サザンオールスターズを聴く。桑田佳祐という人物について考える。テレビの歌詞のテロップは、この人が登場してから付くようになった。「勝手にシンドバッド」。サンタバーバラの椰子並木の続く海岸を歩きながら、『kamakura』を聴けばどうだろう、と思い、カメラを首から提げ、海岸を散歩する。101号線ガードの下をくぐり、このところ見つけたカフェでエスプレッソ・マキアートに。外のテーブルに腰掛け、この町のタウン誌を眺めつつ、小一時間ほど、過ごす。タウン誌のタイトルは、なぜなのか、Santa Barbara と小さく書かれた下に大きく、Independent。帰宅して、郵便受けを覗くと、日本からの小包が来ている。いくつかの小さな日本の食べ物、菓子と、書籍。送られてきた『巨匠とマルガリータ』関係の文献を読み、再度、『巨匠とマルガリータ』論に手を入れる。かなり大々的な書き入れとなる。

夜、遅い夕食。久しぶりに味噌汁を作り、ご飯を解凍し、コッドの燻製と、ポトフから取り出した冷製の野菜で簡単な夜食みたいに食べる。キャマリロに住む元学生SからSkypeが来る。深夜、日本から送られてきた他の文献も読む。

1月4日（火曜）

快晴。朝起きて、入浴。その後、オレンジを搾り、コーヒーを淹れ、ブドウをかたわらに置いて、昨日書き入れを行った『巨匠とマルガリータ』論の最後の見直しを行う。昼前までかかり、終了。

台所に立ち、パンとコーヒーで、クロック・ポットのポトフ、フランスパンとコーヒーで、朝昼兼用の食事。食器を洗い、すぐにガチガチになってしまう解凍後のパンのかけらを捨てようとして、先日読んだMKさんの原稿にあった挿話を思いだす。

MKさんがアメリカに住むようになり、知人の女性宅で、その女性の子供が食事を大量に残して食卓を離れようとするのを見て、しっかり食べなきゃいけないよ、世界には食べたくても食べられない人もいるんだよ、と軽い気持で注意した。そしたら、そういう言い方で子供に罪の意識を植えつけるのはやめて欲しい、と知人にぴしゃりと注意された。子供にはまず、自分で色んなことを決めることが大事と、しつけているのだからと。

アメリカの特に知識層の白人は、きっと世界に対する罪責感というものを「面」のような形でもっているのだろう。私の場合も、「罪責感」はあるが、それはピンポイントに、「点」の形で立ち上がってくる。「面」のような形であるものとすれば、「もったいなさ」のほうである。

「もったいない」という言葉が、あるアフリカの運動家によって共感された。そのことの背景に、広く世界に存在する「面」としての「ひもじさ」の経験があるだろう。MKさんは戦争直後の飢餓が自分の身体のどこかにDNAとして残っていると、先にふれた原稿の中で観察している。「ひもじさ」という経験の背景は、日本においては、広く、豊かで、大きい。それは個人的というより、社会的な体験である。しかしおそらく、若い人々にはもうないだろう。だが、「ひもじさ」も「罪責感」も「自分の価値観」もなくて、どうするのか。

食後、粗熱のやや取れた『巨匠とマルガリータ』論を雑誌編集者Mさんに送付。ついで、今月中旬に予定しているコロラド大学ボウルダー校での講演準備、講演のノートを見直す。明後日から二週間ほど留守をする。ロサンゼルスに四泊、ボウルダーに九泊。ロサンゼルスに一泊。

夜、Eさんに教えてもらった映画DVD配送サーヴィスNetflixで、『Disgrace』をダウンロードし、見る。パソコンで注文すると、ダウンロードしない場合、あるいはできない場合、DVDを送ってくる。見たら専用の封筒に入れて、ポストに投函するだけでよい。日本にはアメリカにない宅配便というサービスがあるが、これは、アメリカにはあるが、日本にはついぞないサービスだといえる。一ヶ月一〇ドルで会員になれば以後、無制限。しかも最初の一ヶ月は無料。あれば大きな日本のレンタル・チェーンが潰れる。私のPCでは音が小さいのが難だが、小説を読んでいるので、ほぼ筋を追える。主人公役のジョン・マルコヴィッチと南アの景色がよい。寝る前、フィッシュマンズ。

1月5日（**水曜**）

ニューヨーク・タイムズの今朝のトップ記事は、パキスタンのパンジャブ州知事暗殺。宗教原理主義に反対してきたリベラルで類い希な人物であったらしいが、護衛官の一人に射殺された。

昨日の紙面には、ロシアの元KGB長官が、在職中、トルストイの生家跡を訪れ、もはや何一つ痕跡のない小山があるだけなのに衝撃を受け、退官後、トルストイへの評価の再考を訴える活動を行っているとの記事も載っている。

こういうできごとは、日本ではどんなふうに報道されるのだろう。そんなことを思い、PCで日本のニュースを見ているうちに、ひょんなことから、小谷野敦のブログに行きあたる。この人にはブログで一度手酷く批判されたことがある。読んでいくと面白い。書物をしっかり読み、正直に書く。人への憧れ、悔しさもそのままに浮かぶ。日本の近代の小説、近世の文学だけではない。英語に強い。クッツェーの*Summertime*がいかに傑作であるか、これを翻訳する出版社はないのか、と呟いている。

夕刻、郵便受けを見るとNetflixで、『Inception』のDVDが来ている。家のテレビで見る。監督はクリストファー・ノーラン。この人のバットマン、『The Dark Knight』はブッシュ時代のアメリカの閉塞状況をよく映した秀作であった。今回の新作は、残念ながら、英語のセリフが追い切れないこともあり、まあまあ程度にしか、受けとれず。見終わったDVDを往復ハガキめいた仕掛けの——一枚めくると返信用封筒になる

――封筒に入れて封印。明日、どこかで投函しよう。

1月6日（木曜）

朝、車でサンタバーバラを発ち、昼過ぎ、ロサンゼルスに到着する。MLA（アメリカ現代言語学会）の年次総会に顔を出してみるため。ダウンタウンのホテルにチェックインし、近くに泊まっているEさんと落ち合う。第一日目はお互い、特に顔を出すセッションもないので、一巡りした後、会場から出て、恐竜、マンモス、先史時代の動植物の標本、出土物を展示するペイジ博物館、ついでジュラシック・テクノロジー博物館という名の、それ自体がアートであるような博物館を覗く。ペイジ博物館では、その地のコールタールの沼から出てきた数百体の化石をもとに、多方面の展示を試みている。コールタールの沼の発掘現場の展示、いまもメタンガスを盛んに噴き出す池、タールの沼に足を取られたらどれほど足を引き抜くのが困難かを見せる見本など。いかにもこの国らしいが、こういうものに惹かれ、学会そっちのけで感心している二人組もなんだかおかしい。

次に、ジュラシック・テクノロジーとは何か、と思いながら訪れた博物館は、輪をかけて変わった博物館。花のレントゲン写真、前世紀初頭にアメリカ有数の天文台に一般市民から寄せられた天文学にまつわる問い合わせ、情報提供の申し出の書簡の数々（相当変わっているもの）、さらには、プルーストの『失われた時を求めて』に出てくる名高い無意識的想起の挿話である、プチット・マドレーヌを紅茶に浸した時の両者の混淆した香りを再現する機械（ただし故障中）など。これら、おびただしいトリヴィアが、迷路を思わせる順路のもとに配置され、異様な克明さと丁寧さで扱われている。

二階に上ると、ソ連の人工衛星で打ち上げられ、そのまま生還しなかった犬ライカ、また生還したベルカ、ストレルカなどの犬を顕彰する記念室（それぞれの犬の肖像が並んでいる。ストレルカの子犬のうちの一匹はフルシチョフの手で当時のケネディ大統領令嬢キャロラインに贈られている）もある。

奥の一室ではロシアン・ティーを淹れてもらえる。ロサンゼルスのような荒涼たる都市に、こういう人たちがいるのか、とこの町の印象が、だいぶ変わる。Eさんは帰り、この博物館のメンバーに登録。この人もかなり変わった人ではある。帰途、初のエチオピア料理を楽しみ、ホテルに帰投。

1月7日（金曜）

午前、コンヴェンションセンターへ。昼過ぎから、一人抜けだし、車でゲッティ・センター、ついで、LACMA（ロサンゼルス郡立美術館）を見る。ゲッティ・センターの目当てはゴッホのサン・レミ療養院での絵などのほか、ブリューゲルの時代のオランダ・ネーデルラントの挿画、装飾画コレクション。これはブリューゲル論の仕事の一環である。宏大なロス郊外の高台からの景色はよいが、一人の人物の嗜好に基づくコレクションには長所、短所があるのを痛感。展示にある種の狭さと息苦しさを感じる。

他方、LACMAでは、写真家ウィリアム・エグルストンの回顧展が充実している。またルフィーノ・タマヨ、ディエゴ・リベラ、フリーダ・カーロの常設作品を見て、この時代のメキシコ絵画のダイナミズム、素晴らしさに目を見張る。初見のタマヨの力作の迫力。また、ジョージ・グロスという亡命ドイツ人画家の亡命後のカートゥーンの面白さ。グロスは、亡命後は、それほど注目を浴びなかった人らしい。

Eさんと、Eさんの友人のKと、三人で落ち合い、リトル・トーキョーの日本食レストランでしゃぶしゃぶを食べる。車を運転する私だけ、ビールを飲めないのを気の毒がってくれ、帰り、深夜も開いているワインの店によって、ワイン、ワインの栓抜きを購入。深夜12時近く、ホテルに帰還。

部屋にワイングラスがないと、Eさんはこともなげにフロントに電話をし、周りは寝静まった深夜、ワイングラス三個をホテルの人に持ってこさせる。にこやかにサンキューというが、チップはなし。そのやりとりを世慣れない当方は、感心して見ている。Kは東京芸大の大学院に留学した経験をもつ日本のサウンドスケープの専門家。現在、かつてEさんが身を置いたプリンストン大学のソサイエティのリサーチ・フェローをしている。昔、作曲を志したというだけあって音楽の素養は抜群。コロンビア大学の院で日本文学をやり、新感覚派と映画などを研究してきたトルコ生まれの秀才である。iPodで聴かせたところ、フィッシュマンズ、じゃがたらに反応。バンド名をメモして、今度聴いてみるとのこと。こちらも三、四、知らない西欧、中東のバンドを教えられる。

1月8日（土曜）

Eさん、Kの出るセッションに顔を出す。その後、例によって一人会場を出て、徒歩で五分ちょっとのMOCA（現代美術館）へと抜け出す。ジ・アーティスツ・ミュージアムと題するロサンゼルスを中心に活躍してきた芸術家たちの総覧展。中で、Gary M. Lloydというアーティストの Chomsky's Vessel という作品が面白い。一メートルくらいの長さに鎖できつく縛り付けた二十五巻ほどの百科事典の直方体の上辺を、鑿でカヌーの舟底状に削り取った作品。一括りにされた書物に垂直に加えられた鑿の跡が、本の頁がやはり木材なのだとよく知らせる。その鑿の跡にひととき、釘付けになった。

夕刻、車でUCLAのハマー美術館へ。そこでは、UCLAのもつらしいエッチングのグリューネヴァルト・コレクションからフランシス・スタークというアーティストの選んだ作品展が面白い。夜、Eさんと落ち合い、徒歩でワインバーへ。久しぶりにチーズ、チョリソーなどで、ワインを楽しむ。ロスの都市としての奥深さに少しふれる。深夜、ホテル前で、明朝、一足先にコロラド州ボウルダーへと発つEさんとお別れ。

1月9日（日曜）

Aの誕生日。朝、数年ぶりで会う元学生のI宅を訪問するに先立ち、Macy'sに行って、子供の靴を探すがない。代わりに幼児用のポロのシャツを買う。通りすがりの旅行者としては、もうロサンゼルスで見るべきところが思いあたらない。

昼前に、路上に駐車しておいた車で、パサデナにあるバンガロー住宅の傑作といわれるギャンブル氏邸、ついでノートン・サイモン美術館を訪れる。ここは、よくできた素晴らしい美術館。ゴッホの傑作がある。そこから午後4時過ぎ、電話して、Iの家へ。I宅はパサデナ郊外の住宅地にある。そこで、デリバリーの韓国料理をいただき、パートナーの美術アーティストのNさん、生まれたばかりの赤ん坊のK君との写真を撮って、二時間ほどおじゃまし、帰還。

Iは大学からUCLAに留学。その後USC（南カリフォルニア大学）の院に入り、学芸員の仕事をへて、再び大学院に入り直し、いま博士論文を用意している。もうすっかり母親の雰囲気を漂わせ、インテリ然とした女性となっているのがおかしい。夫君のNさんは、ぎょっとするような過激な作風に似合わず、お会いすると終始穏やかに微笑まれている。

ホテルの部屋に帰ると、雑誌編集者Mさんより、編集長も読んだとのことで掲載するという『巨匠とマルガリータ』論に関するメールが来ている。掲載が決定、改めてほっとする。

明日の飛行機のチェックインを行い、明日から車を十日間預けるパーキングを選び、予約。一日、六ドルくらいで、車を預かってくれる。サンタバーバラよりも安い。私のナビはなぜか、ロサンゼルスと相性がよくなく、何度も高速からの降り口で間違い、危ない思いをした。明日で何とかひとまず無事故のまま、ロスを離れることができそうである。

1月10日（**月曜**）

朝、ホテルをチェックアウト。近くのFamima!!（ファミリーマートの当地での店名）でおいなりと「お〜いお茶」を購入し、日曜日の夜から再度、路上に駐車しておいた車に荷物を積んで、空港近くの駐車場へ行く。空港までミニバスで運んでもらい、チェックインするが、いかんせん、「お〜いお茶」は液体であった。泣く泣く廃棄。

身体検査のカウンターを通過。搭乗後、三十分ほどの遅れでデンバーに到着する。コロラド州都は一面の雪。息子とのアリゾナ旅行の際に購入した防寒具で身を包み、空港に降り立つ。この都市の別名は、マイル・ハイ・シティ。

そこから各乗客の自宅まで届けるシャトルバスで、雪原に通るフリーウェイを一時間ほど走り、美しい山並みが見えてくると、ボウルダー。カリフォルニアとも、先に旅行に行ったアリゾナとも違う。どちらかというと、昔住んだカナダに近い感じ。日本でマラソン選手の高地訓練の場所として知られている通り、標高はやはり約一マイル、およそ一六五〇メートルの山懐にある。コロラド大学ボウルダー校は、全米一の標高に建つ大学である。

郊外の閑静な一角にSさん、Eさんの住むお宅はある。最後の乗客として、結局着陸から二時間ほどかかり、到着すると、窓の向こうに見えるEさんはSkypeで会議中、Sさんは大学。荷物を置いた後、しばらく外に出て、午後5時過ぎの夕暮れの空の下、雪の公園を歩く。

　前の冬、雪を見たのは、いつだったろう。あれはコペンハーゲン。四月に降る雪であった。コペンハーゲンなら冬、一月。きっと午後3時くらいからこの程度の夕暮れになっているだろう。

1月11日（火曜）

　午前中、階下で数日後の講演の準備。Sさんの住むボウルダーのお宅は、やや郊外に位置する住宅街の一角。二階建て、窓からは青々として雪を頂くロッキー山系に属する山々を望む。私は圧縮空気で膨らむ不思議な大型ベッドをもつ二階の一室を与えてもらい、そこに荷物を解く。下には暖炉を据えたサロンと食堂をかねた空間があり、そこで三人がそれぞれ、パソコンを開いて仕事を行う。しかしいまは、Sさんは学期最初の授業を二つこなすために早朝、大学へ向かってい て、留守。Eさんは日本の当代の小説家の力作を翻訳中。私は、アメリカの雑誌から送られてきたイシグロ論の細部の変更点の検討に忙しい。

　昼、日本を離れてはじめて、おそばをいただく。つゆお手製のざるそばで、これがなかなかおいしい。午後、Sさんが初授業を終えて帰宅。紅茶を飲んで、まず、雪原用の靴、室内履きを買いにダウンタウンにあるマーケットプレイスでいくつか試し、適切なバーゲン品を購入する。その後、町随一のイタリア料理の名店、フラスカで会食。これだけのものはまずサンタバーバラにないだろうと思われる、洗練された、非常な美味を供する極上のレストランであった。

　極寒の中、Sさんの4WDのSUVで帰宅。

1月12日（水曜）

　早朝、シャワーを浴びようと下に降りるともうSさんが仕事をしている。この人の仕事ぶりは半端ではない。いったいどれだけ睡眠をとっているのかと心配になる。どうしても、年齢が親子の年に近いので、Sさん、Eさんへの対応は、気づくとしばしば、ちぐはぐなものになっている。ある時は親のよう。ある時はお世話になりっぱなしで子供のよう。Sさんは今日も、修士論文草稿の審査その他で大学へ。今日の昼は、和食。これもEさんが準備してくださる。

　午後、イシグロ論の細部の変更点について、協議。

雑誌編集部への返答を用意し、また、互いの仕事に戻る。日が傾く前に、大学の先の山にあるイオ・ミン・ペイ設計になるアメリカ大気研究センター近くに案内され、購入したハイキング・シューズで、二人して山中のハイキング・コースを歩く。研究センターで竜巻を作る実験装置、雲を作る装置、稲妻を作る装置などをいじっている時はよかったが、山に入るや急坂。この高度にすぐに息が上がり、このまま「里」に戻れるかと不安になる。一つ嶺を越えるとトレイル・コースが設けられてあるが、もう、人の気配はない。以前、Eさん達がここを歩いた時には、鹿の道に入り込み、鹿の群れに出会ったとか。なだらかな山間の道を三十分ほど歩く。帰途、大学で仕事の終わったSさんを拾い、見晴らしのよい高台へ。ボウルダーの夜景は、夜空が澄み渡り、この地の標高のただならぬ高さを教えてくれる。

町まで降りると、気まぐれなメキシコ料理の店が今夜は開いている。急遽予定変更、そこで食べる。美味。残りを包んでもらい、帰宅。どっと疲れが出て、9時過ぎに就寝。ぐっすり眠る。

1月13日（木曜）

朝、起きると、すでにEさんがSさんを大学へ車で送っていっており、留守。誰もいない。午後も私を連れ出すのに車が必要なための措置である。シャワーを浴び、アメリカ式にシリアルに牛乳、コーヒーで朝食。仕事。午後、再度、Eさんが、ハイキングに連れ出してくださる。

車を降りて、遥か下界を見渡す場所に、野外演劇場がある。天地の間に浮かぶ劇場というコンセプトか。数年前、シチリアで見た古代ギリシャの劇場に立地が似ている。そのさらに奥にロープの手すりの付いたトレッキング・コースがあり、「あれ、何かわかりますか」とEさんが振り返る。ううん、と首を振ると、盲人用のトレッキング・コースだとのこと。いまは雪に埋もれているが、たぶん新緑の頃、この人里離れた山中を、目の見えない人が、このロープに沿って、ハイキングするのである。

大学のSさんをピックアップしてインド料理店へ。そのままホテルに荷物をもってチェックインする。ボルダーラド・ホテル。一九〇九年オープンの、大変由緒あるホテルらしい。講演の前夜と当夜は、大学がこのホテルを用意してくれた。

日本から届いている『巨匠とマルガリータ』論の疑問点を一通り見た後、明日の準備。そのおり、ホテルのコーヒーを飲んだ。また、急激な寒さのため、老齢になってから冬季、しばしば乾燥肌の痒みに苦しめられるようになった。その二つが重なったのだろう。珍しく、夜眠れず。中学一年生の最初の試験前夜、緊張して眠れなかった。それ以来か。主観的には一睡もできない夜となる。しかし、経験的に、一日くらいは何とかなることがわかっているので、何度か起きて水を飲み、寝床で静かにしている。

1月14日(金曜)

朝、ホテルで簡単な朝食。ダウンタウンを散歩し、目当てのスパイスの店で、ベトナミアン・レモンカレー、タイ・グリーンカレー、その他を、いくつか購入する。一度、ボウルダーからSさんが持参してくださったものをいただいた。それがこの店のもの。かねて目当ての買い物である。

ホテルに帰って講演の準備。午後2時にEさん、Sさんが迎えに来てくださり、4時から、講演。床に座る人も出るくらいの盛況となるが、これはSさんの広報の賜物だろう。午後6時、A言うところの私の同一内容講演＝「電気紙芝居巡業」を終えて、6時半、Sさんとともに私を呼んで下さったFK先生のご自宅で、院生、先生を加えてのパーティ。若い人とも話し、結局、FK先生ご夫妻とわれわれ三人、ワインをさらに数本あけ、歓談深夜にいたる。その後、一人賢明にもワインを控えていたSさんの運転でホテルまで送っていただく。ワインの功徳か、ぐっすりと就寝。

1月15日(土曜)

朝、ダウンタウンに出て、キッチンという名のしゃれたレストランのカウンターで朝食。土曜日は9時から11時まで朝食メニューが用意されてあり、列ができるほどの繁盛ぶり。粋な格好をした女性がサーブしてくれる。

隣の人が新聞を回してくれる。ニューヨーク・タイムズ。一面トップ記事はチュニジアの独裁者の大統領が市民の退陣要求デモの高まりで国外脱出した記事。きっかけは失業した一青年の絶望の果ての抗議の焼身自殺、アラブ圏で初の市民の抵抗による独裁政権の崩壊で、他のアラブ圏の政権、市民達への影響必至か、とある。

そのまま郊外の冷え冷えとした通りを散策。書店に入り、昨日、Eさんに教えてもらっていたジョナサン・サフラン・フォアの新作、*Tree of Codes* と、ガンジーの写真の絵はがきを購入する。

新作は書店では米国の本としては珍しく、封印してある。タイトルは、ポーランド生まれのユダヤ人作家、ブルーノ・シュルツの短篇集 *The Street of Crocodiles* から。そのなかのいくつかのアルファベットを抜き出すと、*Tree of Codes* になるが、本文も実に、シュルツの作品から一部分を抜き出したものをつなぎ合わせて別の小説を作るという試み。頁にはシュルツの小説が印刷されているが、その頁のところどころが切り抜かれ、残りの部分を読んでいくと、別の小説になっている。本の頁は穴だらけ。四〇ドル、高価なわけは、そこにあった。

ガンジーは、世界の偉人の中でほぼ唯一人の私のアイドル。あの、なんかおくれのおじさんの風情が、たまらない。

昼、以前のオーナーが大の阪神ファンだったというレストラン、寿司虎で、寿司ランチ。午後1時に迎えに来てくださったSさん、Eさんと、郊外のWalden Ponds, さらにTwin Lakesへ散策に行く。Waldenといえば、『森の生活——ウォールデン』の作者、マサチューセッツ、コンコードのヘンリー・デイヴィッド・ソローだが、池のほとりに小屋はない。夕暮れ、美しい雲がTwin Lakesから見る空の上に広がる。

ワインの店に寄ってワインを購入。夜、ワイン、チーズ。またもEさん用意のおいしい夕餐をいただく。10時過ぎ就寝。

1月16日(日曜)

朝、納豆。今日は、午後、仕事をする二人を家に残し、一人で外出。近くの公園から、国道78号線沿いに歩き、小川沿いの道を二時間ほど散歩し、息を荒くして帰ってくる。

プレーリー・ドッグの巣がこんもりと小さな山になって連なる平地に、今日もプレーリー・ドッグの姿は見えない。小川は表面の氷が一部溶けかかり、そこに冷たいせせらぎが姿を見せている。車なら十分くらいだろうが、歩けば優に一時間はかかるのである。

帰宅後、二階の部屋の本棚からSさん専門の江戸期の歌舞伎をめぐる本を取り出し、読んでみる。服部幸雄『さかさまの幽霊』、高田衛、辻惟雄著など、すぐれた著作にふれる。Sさんは日本人、日本の大学を出てからアメリカの院に進み、博士号を取得して、近世日本演劇、歌舞伎の幽霊の研究を行っている。若くしてアメリカの大学に助教授のポストをもつ俊秀だが、日本に行くと、日本人なのに、なぜアメリカなんかに行ったの、本もないのに、可哀相に、と言われることもあるらしい。

日本の国籍があると、外国の研究者とは認められず、優れた人材が制度上の盲点に苦しむ結果になっているのもおかしい限り。日本の国文学者にはすぐれた人士が多いのだが、英語圏の日本文学（古代、中世、近世）の学者の視野の広さ、ただならぬ学識が、どんなに日本の内外、双方で、日本文学を支えているか、またその今後に向けた希望の核の一つであるかを、分かっている人はまだ十分な数でないようである。

そんな話をしていて、話頭がEさんの博士論文にも及ぶ。江戸期の柳亭種彦という文人の面白さ、テキストという見方では脱落してしまう江戸期のメディアの面白さ、翻訳、翻案の意義、「合巻」という書物形態など、今更ながら、多くのことに目を開かされる。

1月17日（月曜）

朝、またもや好評につき、納豆、味噌汁。昼、Eさんが食事の準備をしてくれている間に、今日なら出ているだろうと、Sさんに誘われ、プレーリー・ドッグを見に、草原に行く。数十の巣穴が盛り上がる一帯に近づくと、見張りの数匹が、チッチッと甲高い鳴き声をあげ、警戒を呼びかける。そしてやがて、みんな消える。それから五分間ほど、じっとベンチで動かないでいると、一番近い巣穴から、一匹が顔を出し、盛んに啼く。なかなか大きい。何を考えているのだろうか。考えていないのだとするなら、何を、感じているのだろうか。

そこから湖のまわりを散歩。凍った池の上に、渡り鳥らしい白い鳥の群れが着地し、休む。グループごとに、別々に。帰宅すると、もう用意ができていて、パン、スープ。にんじんの千切り。ブロッコリ。今日も凝った昼餐に与る。

いくつか江戸期の演劇、絵に関する本を読む。夜、カレーライス。ワイン。二人の博士論文の話を聴き、歓談。一足先にお暇して、二階で就寝。

1月18日（火曜）

朝、マフィン。ジュース。Eさんの研究対象である柳亭種彦の『偐紫田舎源氏』の面白さを談ずる。江戸期の二百七十年近い文化爛熟の洗練度の高さ。柳亭種彦がいまの日本のメディアを見て、練りの荒さ、洗練度の低さに驚くことはほぼ確からしく思われる。昨夜、日本の通信社から旧知のKさんが来年度の新聞連載の打診をしてきた。それをめぐってEさんとも話す。今日は快晴。

昼、南部の名物料理だというBBQを食べに連れて行ってもらう。道々、穴からいくつもプレーリー・ドッグが顔を出している。BBQは蒸し焼きにした豚一頭の肉をほぐしたものにスパイシーなソースをかけてパンにはさんで食べる。プレスリーの地元、メンフィスのソースがテーブルに置いてある。プレスリーの食べ方、というものも残っているらしく、コールスローを上に直接置いて食べるものとEさんから教わる。少年の頃、プレスリーの映画を横目で見ていて、マンネリだな、イヤだな、と思っていた。しかし、こういう食堂で、彼が黒人歌手の歌い方ができる初めての白人歌手という受けとられ方をしたこと、また同工異曲の映画作りに当人が憤懣やるかたなく、苦しんでいたことを知ると、この天才的な歌手の孤独に、新しい関心が芽生えてくる。

大学に行って、まず、Sさんの授業の枠で日本語学生とやりとりを行い、次に韓国の映画研究を専門としている韓国人の先生Cさんと会ってお話をする。ついで、3時半より、FK先生の大学院の授業に出て私の「大江と村上」と題する論考をめぐり、英語での質疑を行う。ご苦労なことに、この間、十名ほどの院生がこれを授業で読んできたとのことである。

これでコロラド大学ボウルダー校での仕事は終了。いったん帰宅すると、この間、なかなか来なかった絨毯が届いている。三人で梱包を解き、暖炉の前に設置する。階下のサロンがなかなか居心地のよい空間に変わる。これでもまだ、一つある大きなソファに向かい合うもう一つのソファが未着なのだ。こちらも届けばさぞかし、快適な空間に変わることだろう。Eさん、Sさんは私の滞在を機に、それに先立ち、すべて到着するよう手配していたのが、遅れに遅れ、こういう仕儀になったようである。

最後の夜、当地のイタリア料理のもう一つの名店、アルバへ。ここもちょっとない店。いつも店内でお酒を飲んでいて、ワインについて、相談に乗ってもらうという初老の男性オーナーがやってきて、いろいろとEさん達と話すのを、私は聴いている。以前、Eさん達がご両親とともに来て、オーナーに、このワインはどうですか、とリストを指さして相談したところ、「それはやめたほうがいい」と答えたという。「それもいいけど、こちらが特にお薦め」とか言うのでなく、「これはダメ」と。

どういう表情を浮かべて、そう言うのかな。そんな思い、好奇心から、じっとその並々ならぬ人物を見あげ、観察している。

1月19日（水曜）

朝、荷物をまとめ、シーツ、布団カバーを地下室で洗濯し、昼、大学から帰ってきたSさんを加え、三人でEさんお手製のパスタをいただいた後、ちらつきはじめた雪の中、お二人と別れ、家まで迎えに来たシャトルバスでデンバー国際空港に向かう。途中、予約した乗客の家に寄って一人、一人、ピックアップしていく。途中から吹雪となり、だいぶ遅れて空港へ。吹雪の中、広い家の庭近く、一匹のウサギが走るのを見る。雪は平地のデンバーに近づくと、少なくなる。少々焦りながらセキュリティ・チェックを通過。飛行機もだいぶ遅れ、搭乗後、三十分以上機内で待たされ、約一時間の遅れで離陸。夜8時近く、ロサンゼルスに到着。電話で呼び出したパーキング会社のミニバスで車のある場所まで連れて行ってもらい、車を引き取る。洗車が済み、ビートルは、綺麗になっている。車を運転して、明日午前10時までは駐車可とあるのを認め、車をホテル裏手の路上に駐車。徒歩でホテルへ。部屋で一休みの後、近くのタイ・レストランを教えられ、再び車を出し、フォーに似た麺と春巻きを食べる。夜、部屋で、車に積んであった亀山郁夫著のスターリン論を読む。

1月20日（木曜）

朝、ホテルで朝食。そこからロサンゼルス空港に行き、日本から戻ってきたAを出迎え、二人でサンタバーバラへと帰ってくる。Aをこの空港に迎えに来るのは二度目だが、今回はシンガポール航空でターミナルはトム・ブラッドレー国際ターミナル。広い、待つスペースもあるターミナルなので、だいぶ待ちやすい。けれど、またしても、一時間しても、Aは出てこない。やっと姿を見せる。私よりも先に私を認め、手を振っている。私は二週間ぶり、Aは一ヶ月ぶりの帰還である。

1月21日（金曜）

留守の間届いていた荷物を階下の住人から受けとる。日本のアマゾンから注文した本が届いている。『巨匠とマルガリータ』関係の本が三冊、音楽関係の本が二冊。他にAが持参してきてくれた『巨匠とマルガリータ』関係の本が一冊。それを読んで過ごす。

朝は、トーストとコーヒーと果物。昼は、一汁一菜の和食、夜は、少量のステーキ。夜の食事の片付けと、その後、コーヒーを淹れるのが私の仕事である。また、いつもの日常。心のどこかに「安らぎ」がある。今日読んだロシア人の手になるブルガーコフ論によると、「安らぎ」はブルガーコフにとって大切なものだったらしい。彼でなくとも、大切で、必要なものである。

1月22日（土曜）

快晴。今年初めてのファーマーズ・マーケット。Aと二人でイチゴ、ニラ、アボカド、穫れたてのじゃがいも、ニンニク、オレンジのほか、ぼたん海老にも巡りあう。いつ捕れたんですか、の問いに、昨日、の答え。自分と自分の父とで捕った、とのこと。いったん家に帰り、冷蔵庫に入れた後、ニッカに行って、餃子の皮、インスタントラーメン（中華三昧）、海苔、牛蒡、里芋などを買い、スーパーマーケット、アルバートソンでコロナビール、クリネックス、バターなどを買い、101号経由で帰ってくる。帰宅し、イチゴを食べ、コロナビールを瓶から飲みながら、読書。年の暮れの寂しさとの何という違いか。スターリンの粛清の話を読みつぐ。

夜、ぼたん海老を握り寿司にしたもの、Aの試作品を、いただく。美味。食後、Aに見せるべく『たそがれ清兵衛』再見。やはり、よい。

1月23日（日曜）

昨日で、日本から送られてきた文献をだいたい読んだので、朝から、『巨匠とマルガリータ』論を再度、見直す。だいぶ集中し、昼過ぎ、第三稿を擱筆。これでよいのかどうかは、まだ不明。しばらく寝かせる。

途中、サンタバーバラ帰還のEさんとSkypeで会話。イシグロ論が雑誌に映画評的に扱われている問題を話し合う。明日の夕餐にお誘いする。メールを見ると、日本の大学から来期の講義概要の督促。午後、郵便を出しがてら、電気バスに乗り、Aとダウンタウンまで散歩。フレンチプレスでカプチーノ。後は裏通りを歩いて帰ってくるが、何となく、「とりつく島」のない町だ、という印象に二人して包まれる。

夕餐前、ワインを痛飲。私はここで何をしているのか、と誰かの声。あと二ヶ月と少し。大学の来期の仕事が近づいてくる。次の仕事、最後の仕事、やり残している仕事に取りかからなければならない。そのエネルギーが、足りないか。

1月24日（**月曜**）
午前、『巨匠とマルガリータ』論の第三稿を再度見直し。昼までかかって推敲を繰り返す。編集者のMさんに送付。これで、この評論を擱筆とする。タイトルは、「独裁と錯視——二十世紀小説としての『巨匠とマルガリータ』」。原稿で、八十余枚。昨夜、「朝日ジャーナル」への原稿を書かなければならないことを思いだしたが、二〇世紀の経験ということで、日本の戦後、スターリン圧制下のソ連、共産主義、社会主義の時代、世界戦争などの経験が一括りのものとなって頭に浮かんでくる。そしてその背後に、十六世紀のブリューゲルの時代のヨーロッパの経験が控えている。ブリューゲルの「十字架への道」とブルガーコフ『巨匠とマルガリータ』におけるヨシュアとピラトゥスの対話を、キリスト受難がつないでいて、その背後に、ともに、スペインによる筆舌に尽くしがたい新教弾圧、スターリンによる大粛清のあることを、感嘆の思いで確認する。
キリストはこの二千年間、出ずっぱりではないか。ジーザス・クライスト・スーパースター。そして私の中の二つのB。ブリューゲルとブルガーコフ。
Aとともに裏庭の洗濯機のところに洗濯物を抱えて持っていくが、何という日和！ 雲一つない青空の下、外は、芝生に横になりたいような気持ちよさである。

夕刻、Eさん、大学の教授会を終え、来訪。聞くと、遅くなったのはアメリカの雑誌編集部からのイシグロ論のゲラ原稿が来ていて、それの見直し、チェックを一度家に帰ってやり終えて下さったからであった。細部が無断でいじられていたため、細心の注意で見直して下さった。疲労の色あり。タイトルも、"Send in the Clones"に変わっている。Eさんに尋ねると"Send in the Clowns"という言葉のもじりであるらしい。雑誌にまかせることとし、労をねぎらい、チーズとワインではじめ、Aの用意した——私も包装作業に参加——焼き餃子、サラダを楽しみ、お茶漬けをいただき、食後、深夜まで歓談。就寝前、見ると、日本からのメールに英国ガーディアン紙からの取材依頼あり。来日予定ジャーナリストによる「ポスト成長期を迎えた日本について」のインタビューとある。ニューヨーク・タイムズへの寄稿の反響らしい。ボウルダーでも、この寄稿に関し学生からの質問を受けた。日本にいないために取材に応じられずと返答。

日本より別に、『巨匠とマルガリータ』論、よろし、これで入稿するとのメールが来ている。寝る前、奥田民生の、インタビューによる自伝『俺は知ってるぜ』を読む。

1月25日（火曜）

朝、娘よりメール。アジアカップ、サッカーの日韓戦、詳報。PK戦で勝利とのこと。快晴。窓から見える木の葉はすべて落ち尽くしている。イシグロ論の日本語原文をEさんによる英文への翻訳に教示を受けた部分を加え、再度見直す。その一応の完成稿を、かねての約束通り、日本の別の雑誌の編集者Sさんに送付する。英語の雑誌に載った後、日本語での発表という順序である。

昼、Aの作るお茶漬けと青菜の炒め。ファーマーズ・マーケットで買ったものだがこの青菜が何とも美味しい。日本の菜花に似ている。Aが仙台で買って冷凍してもってきてくれた私の好物の青森八戸産の塩辛が、終了。

午後、奥田民生の自伝を読みつぎ、読了。ついで、一九九八年のアルバム『股旅』を聴くが、傑作であった。なぜか芭蕉の『奥の細道』を思いだす。

夜、以前101号沿いの海岸近くで買ったアヒの刺身を使ったヅケ丼、卵焼きに大根おろし。食後、テレビでアウシュビッツから脱走し、チェコスロバキア、ハンガリーに戻り、アウシュビッツの実態をプラハ、ブダペストのユダヤ人委員会に知らせた二人の青年のドキュメンタリーをやっているのを見る。

報告したチェコにも、ハンガリーにも、ナチスがやってきて、実態の報告が功を奏さず、何の歯止めともならず、数十万のユダヤ人がチェコ、ハンガリーからポーランドへと送致されていく展開に、青年の一人が泣く。その再現シーンと、証言者の話しぶりが印象に残った。ユダヤ人の経験が、現代の世界にとって、どういう意味をもっているか。ユダヤ人の問題、中東の問題に歴史的にふれてこなかったことを含め、日本の「極東」ということの意味を、改めて考えさせられる。

1月26日（**水曜**）

午前、昨日予約を取った美容院に行く。当地に来てから二度目の「通院」。日系米人のKさんに切ってもらう。帰ってきて、今日は私が作ろうとインスタントラーメンの中華三昧を本格的に野菜など入れて準備するが、途中アパートの用事が入り、車の出し入れをしなければならなかった上、スープの量の目算を誤り、うーん、不本意の出来となる。失望。

これまで続けてきた文芸誌の連載、最終段階。メール添付で送られてきたゲラを直し、次回の最終回の原稿を一緒に見直した上で、編集部のSさんに送る。こちらは来月分である。これで、二十回の連載が終わることになる。感慨なきにしもあらず。その後、ソファに寝転び、奥田民生の音楽を聴きながら、これをどのように論じるか、論じないか、考えている。

夕刻、仙台の義弟からの到来物のカラスミをAが焼いてくれたので、白ワインでいただく。心の中でひそかな乾杯。それからトンカツ、アボカドの食事。Aはソファに横になり、キンドルDXを立てて『夜明け前』をほぼ読み終わろうとしている。その傍らで私は、もう一つのソファに寝そべり、iPodからBoseのイヤホンで、奥田民生の奇妙で低空飛行な歌を、iPod画面の歌詞を見ながら聴いている。

1月27日（**木曜**）

午前、アパートの管理会社の人による部屋の状況の視察を受ける。このアパートは売りに出ていると先に貸し主のKに聞いているが、階下の住人のMはインスペクションは定期的なものなので気にしなくともいいと言っていた。しかし、今日の様子を見ると、そうでもないという印象である。二度まで部屋を見せてくれと数人が入ってきた。そして庭の芝生のテーブルで何やら話し合って三時間から四時間は、いた。

二度目に入ってきた人物は、たぶん不動産関係の人だろう。部屋の中に私たちがいるのだが、視線が私たちを通り抜けてその向こう、この部屋の事物へ、それらを突き抜けて、その向こうにまで透過していくのが、ありありと感じられる。そう、我々を見ているのではない。またこの部屋を見ているのでもない。この人は「物件」を見、調べているのである。

この一帯は、昔、サンタバーバラを代表するグランド・ホテルの敷地内だったというだけあり、瀟洒な建物が多く、モーテルも周りに点在している。でも、もう築一世紀に近い。ところどころで、売りに出ているのも、そのことと関係があるだろう。住んでみるとわかるが、内部の電気、ガス、水道のラインが、耐用年限に近づいている。しかし、今年のこのインスペクションでの彼らの熱意は不気味である(あと二ヶ月と少しで出る私たちには、たぶん、関係しないだろう。でも「物件」を見る人のまなざしに少々「被爆」したせいで、目のあたりがチカチカしているのだ)。

夜、麻婆豆腐とキュウリもみ。奥田民生について書きはじめる。でも、まだ文章の水準がわからない。机を離れ、「朝日ジャーナル」からの原稿依頼に何を書くべきか、少し頭をめぐらす。

日本の通信社のAさんが、メールで、去年夏のニューヨーク・タイムズに書いた記事が半年後の今月の英国ファイナンシャル・タイムズのコラムに取りあげられていることを教えてくれる。読むと、日本が「ポスト成長期」に入ったことを受けて出てきた興味深い論とある。肯定的。数ヶ月前に届いたケルツ氏の論文によると、英国エコノミスト誌の記者が、私の記事につき、消極的で「この間読んだ中で最も悲しむべき意見」と書いているとのことであった。そう読まれるのは不本意でもあったので(日本語原文で少々前向きに書いた部分がNYT紙とのやりとりで一部、消えた。その訂正を執拗に申し出なかった当方の手落ちもある)、こういう読み方が出てくると、やはり少しほっとする。先日のガーディアン紙のインタビュー依頼が、これを受けたものであったらしいことを知る。

今度書こうと思う短文で、いま頭にあるのは、日本にいて、世界のことを考えることが、日本の国内から浮き上がるのでないあり方がどんなふうに可能になるのか、というようなことだ。しかしそこには、同時に、日本のことを考えることが、世界から孤立するのでないというような考え方が、生まれているのでないといけない。コスモポリタンというのでなく、世界のことを考えること。逆説的だが、そのことが成り立つには、変な言い方になるものの、国自体がコスモポリタンになっていないといけない。ナショナリスティックというのではなく、日本のことを考えることができること。これも大事で、そのためにも、やはり、国が外に開かれていることが必要となる。つまりそれが、この二つが国が外に開かれているということの意味である。一枚の扉に二つの意味があるように、国が開かれうる存在であることにも、二つの意味があるのだ。

1月28日（金曜）

昨夜、アメリカの雑誌からメールで届いたイシグロ論の雑誌掲載版を、京都のTさん、Yさんご夫妻にお目汚しにお送りした。就寝前に必要があり、再度メールを開くと、すぐにYさんからご返事が届いている。私の英語の論をいま、Tさんが読んでくださっているとのこと。感激して、再度、メールでお礼を申し上げ、寝床に入ったが、今朝、起きてみると、Yさんより再度、メールが届いている。そこにTさんの「読後感」が転写されてある。面白く読んで下さったとのこと。深い幸福感を受けとる。

Tさんに七〇年代の終わり、三十代はじめにカナダでお会いし、授業に顔を出させていただき、その後、帰国して最初に書いた「アメリカの影」という論考をお送りして、カナダで同じくTさんの授業を受けた友人のR、Rの友だちの編集者のNさんと京都に伺った。そのおり、はじめて自分の書いたものを少々褒めていただいた。その時、こういうものをもう一本、書ければ、本になるでしょう、と言っていただいた。もう一本、同等のものを書くのに二年かかったが、それを最初の本にできたのは、そこに、この人の「言葉」の魔法があったからである。私は、言葉は生きていると思う。生き物だと思う。それは、目で見るとき、固形で、無機物だが、読まれてしまうと、身体の中に入り、脳の一部になり、有機物となる。魔法というものは、そんなに遠い世界の話ではない。そもそも、イエスも、その実体は、言葉なのではないだろうか。

午前、Eさんから電話。Aが、明日、いまキャマリロに住む元学生Sが来るのでドライカレーを作る予定なのでよかったら、「一石二鳥」式で申し訳ないがと、今夜の粗餐にお誘いする。昼過ぎ、大学の事務主任Nからメールが入り、図書館に本を返しがてら、久しぶりに大学へ行く。サンタバーバラ通りのサンドイッチの店パニーノで、サンドイッチを注文、二人用に半分に切ってもらったものを、大学の学生会館でAと食べ、その後ラグーンのほとりを歩く。Aはその後、学生会館ロビーで『夜明け前』。私は図書館に本を返却し、人文学部棟に行ってNの部屋で遅い新年の挨拶をし、R先生からのことづかりものを受け取り、R先生へお渡しするものをNに託して別れる。

帰り、ホール・フーズで買い物。今夜と明日のドライカレーを作るための食材を購入する。帰宅して、私は奥田民生論。6時、Eさん来訪。久しぶりにさまざまな話をする。

日本の政治家の眼鏡はなぜ世界的に見てもダサいケースが多いのか、日本とアメリカでの結婚および結婚式の違いについて、また銀行での経験など、Eさんから、興味深い話を聞く。たとえば、日本の銀行は、外国人に対しては、いつもどうもファーストネームにさん付けでしか応対しないらしい。たとえば、ポールさん、とか、ジョージさん、というように。マッカートニーさん、とか、ブッシュさん、とは絶えて呼びかけない。そのようなマニュアルがあるのではないか、とEさんは勘ぐる。日本の銀行に口座を作ろうと日本の大銀行に行くと、係員が、当然のように、外国人には口座は開けません、とも言うらしい。印鑑がなければ、ダメです、ここは日本ですよ、印鑑の社会なんですから、ともぴしゃっと言われ、日本社会に関する持論を展開されるらしい。

夜が更け、お別れした後、Aは娘とSkype。その後、机に戻るが、余力なし。しかし、ようやく、音楽について書くところまで来た感あり。

1月29日（土曜）

朝起きると、娘からサッカー、アジアカップ決勝の途中経過のメールが来ている。パソコンで、サッカー中継をスタジオの三人が見て反応するのをさらに中継するという不思議なサイトで、決勝後半と延長戦を流しながら朝食。日本、延長戦で得点。優勝。サッカー本体の映像は見えないまま、喜んでそのサッカー画面を見ているスタジオの画面を、こちらはパソコンで見ている。

昼近く、音楽の仕事を再開。やがて元学生Sが車で来訪。花とスパークリング・ワインをもってきてくれる。現在、キャマリロ近傍のカレッジで教鞭を執っているご主人と住んでいるが、ここ数年、高級スーパーとして知られるゲルソンズのレジ打ちの仕事をずうっとやってきた。いまもやっている。学生のころは優秀なことで知られ、このUCSBに留学、その後、そこで知りあった院生と結婚して、現在に至るが、夫君の仕事の関係で、いまはキャマリロに居を構えている。

私が九〇年代の初頭、当時の日本で代表的なリベラルな学者と見られていたS教授が差配する一年生相手の総合講座という複数教員による授業プログラムに参加し、講義した「平和について考えることはなぜこんなにもかったるいのか」という話を、よくおぼえていて、その話になる。それを準備したときのことは、いまも記憶している。それまで私は社会的なこと、政治的なことについて語ることをひそかに「恥ずべきこと」、「恥知らずなこと」とみなして、避けてきていた。しかし、九〇年、湾岸戦争をへて、態度を改めようと考えた。そしてこのとき、リベラル派のS教授に依頼され、はじめて、受け入れ、そういうことについて、述べることにしたのだった。Sがその時の初年度の学生で、その時のことをいまも鮮明におぼえていてくれることに、ある感慨が浮かぶ。たぶん長い間、スーパーで働いて、学者である夫君を支えても来たのだろう。

昼餐を一緒に食べた後、Aと三人、サンタバーバラ映画祭で人出のするダウンタウンを歩く。この店のハンバーガーは、おいしいんですよ。長年、この町に住んだSが教えてくれる。貧乏暮らしだったので、ここは入ったことはないんですけど、おいしいらしいです、など。裏通りの古本屋に入り、向かいのパラダイス・カフェのテラスで、お茶をして、夕方、家に帰ってくる。たくましくてしかも慎ましやかなSの表情。Aと互いにぎっくり腰になったときの話をしている。年齢を聞くと、三十七歳になったという。

夕刻、Sと別れ、Aは『夜明け前』に戻る。しばらくして、「読み終わった」、という。簡単な夕食。どうも『夜明け前』はなかなかの小説であるらしい。『百年の孤独』を思いだしたとのこと。

1月30日（日曜）

終日雨。午前、奥田民生について書くが、音楽を聴きながら二つのPCを開いていたら、なぜか、昼過ぎ、この二日書きついできた個所の原稿が突然、消える。復元できず。入浴。午後、散歩に行きかけるが、降雨。途中で海沿いの道から帰ってくる。娘から二つ、小包が届いている。サッカー・アジアカップの準々決勝と準決勝のDVDあり。

何とか再度音楽を聴き、文章を書く。義弟からもらったカラスミを焼いて夕食前にワイン。ポトフとアボカドライムで夕食。散歩の途中持ってきたタウン誌「インディペンデント」（一月二十七日／二月三日号）はサンタバーバラ映画祭の特集をやっている。『インセプション』の監督クリストファー・ノーランとか女優のニコール・キッドマンも来るとある。同じ雑誌の市政面の傍らに、「ホームレス」という欄あり。「ティモシー・フレンチと名乗る車椅子使用の四十六歳の男性が一月二十二日にパーシング公園で死んでいるのを発見された。知人によると、午前3時頃に公園内のホームレス・キャンプにやってきたが、午前10時半、起き出してみると動かなかった。癌を患っていたとのこと。新年以来サンタバーバラで五人目のホームレスの死者と目される」。

1月31日（月曜）

晴れ。気を取り直し、奥田民生について書きつぐ。音楽についての文章を、一応離陸させてからと思っているので、「朝日ジャーナル」の文章について着手できず。心のうちに緊張あり。Aは持参したドストエフスキーの短篇をいじっていたが、別のものを読みたいと検討の結果、太宰治の『津軽』を青空文庫からダウンロードし、読みはじめる。時々、ソファで読みながらくすくす笑う。藤村も、太宰も、文章がとてもよい。違いは太宰にはユーモアがあることだ、と言う。最近は、一日に一度、散歩に行くことにしている。しかし、洗濯機にコインを入れてみると断水になっている。そのケアに手間を取られ、今日は散歩できず。二人して娘の送ってきたDVDでサッカー日本代表の対カタール戦を見るが、面白い。夕食に煮豚（角煮）。美味。

食後、再び、イヤホンで音楽を聴き、文章を書く。モニターの前で、心がいくつもの藪をかきわけ、もがいている。ニュースはエジプトの大統領退陣要求デモをこのところ連日報道している。

2月1日（火曜）

朝食。晴れ。午前中、奥田民生について書きつぐ。午後、車でAとステートストリートのファーマーズ・マーケットへ。映画館の前は、映画祭で人だかり。そのすぐ前が歩行者天国のように開放されているので、だいぶにぎやか。そしてはなやか。イチゴ、ブドウ、キャベツなどのほか、五キロのオレンジ、手作りのオリーブオイルの瓶を買い込み、帰還。いったん奥田についていは、書き止めとし、次のスガシカオのアルバムを聴いていると、夕刻、約束通りに、Eさん来訪。Eさんはイタリアで刊行される英語の日本文学関係の雑誌への寄稿を、今日早朝書き終えたとのこと。ほっとしたとにこやか。大学でのジョブ・トーク（新教員選考面接）に参加した後、そのまま拙宅に来てくれた。

Aと三人、Eさんの車でノース・ミルパス通りのタイ・レストランへ行く。日本の小説家の犬を主人公にした長編小説の翻訳も、残すところあと九十頁とのこと。レストランに到着し、メールで送ってきてくれていた日本の雑誌に載った川端康成の『雪国』の翻訳をめぐるエッセイについて、しばらく話す。また、ファイナンシャル・タイムズの記事がきっかけで、アメリカの環境問題を扱うらしい雑誌から原稿依頼があった件で、相談。似たことを繰り返し書いても仕方がないので、断ることに決める。

レストランは、美容院のKさん推薦で期待していたが、味は、それほどでなし。そのまま帰宅して家のサロンで、コーヒーと果物を前に、歓談。深夜、明朝ボウルダーに向かうEさんとお別れ。次に会うのは今月下旬である。Eさんは、ミシガン大学で講演、その後ニューヨークで、昨年出した翻訳に与えられる賞の授賞式に臨む。

最初にこの人の研究室を訪れた際にいただいたこの訳書を開いてみる。私への献辞に、こうある。

"Man as you, re you, Welcome to Santa Barbara"

そして名前。この意味、わからず。後日、尋ねたところ、"Mana/ s, you/ re, you"——*Manazuru* という書名にかけた献辞であった。わからんよ、これは。

"I walked on, and something was following."という最初の一行に大変時間をかけたとのことで、このEさん会心の一行は、"and something followed"ではないところが素晴らしいのだが、私の英語力では十分に味わいかねる。考えてみれば翻訳というのは、なかなか本当の意味で、労が報われにくい仕事である。双方の言語に通じてないと、そのよさがわからない。素晴らしい翻訳者にめぐまれても、しばしば原作者はそれに気づかない。無頓着である。

2月2日（水曜）

午前、スガシカオを聴く。午後、海沿いの道をこれまでと逆の方向に散歩する。海鳥、カモメ多し。家から数分で海沿いの通りに出ることの幸せをかみしめる。帰り、エスプレッソを飲み、パンを買い、道沿いのカフェを出るが、角に東洋人ふうの若い人がいて、何か独り言を言ったように見えた。当方が手に持っていた包みに目をくれ、何か言おうとしたらしい。頬が赤くひやけしている。Aに言われ、一ドル札を渡すと、一瞬、ある表情を浮かべた。予想していたことではなかったことがわかる。これでは食べられないだろうと、もう一ドル渡し、道路を横切る。見ていると、二ドルを握って、そのカフェに入っていく。再度戻り、出会い頭、さらに二ドルを渡すと、出てきた手にはコーヒー用の砂糖が握られている。後は二〇ドル札が一枚しか財布にない。そのまま戻ったが、帰宅した後、あの人はインディオみたいな風貌だったね、と話す。Aがしばらくすると、出ていく。だいぶして、帰ってくる。もういなかったらしい。あの人は、お金をくれとは言えなかったんだね、でもよほどおなかが空いていたのだろう、もっとあげなくてはいけなかったね。でも二〇ドル札一枚しかなかったんだよね、と私。「二〇ドルはあなたには思いもよらない金額だったろうと思って、言わなかった」とA。その通り。財布は私しか持って出なかった。先日のホームレスの人の死亡記事で、吝嗇な私も、だいぶ、気持ちが変わった。しかし、次回も、あげないのだろう。

先に、別のルートで入手できることをEさんに教えられ、注文していたアート・スピーゲルマンの*In the Shadow of No Towers*が届く。9・11の衝撃の中から生まれたグラフィック・ノベルだが、二〇〇四年に刊行されているのを見て、その二年前、自分が日本で9・

11の意味をめぐるシンポジウムを企画、主宰したことを思いだす。このとき、ある人が、9・11はそんなに大きな出来事なのか、と疑問を呈した。あれから八年たち、やはり、十年前のあの出来事は、時代を画する出来事だったのではないか、とエジプトの出来事を見ながら、思う。今回の出来事は、9・11に対応しているのである。直接の関係は少ないだろうが、中東に市民運動が生じ、独裁と一緒に原理主義を内部から崩そうとしている。

夕刻、Eさんよりボウルダー到着の報。ニューヨーク・タイムズに感動的なエジプトの反政府デモの報道があったと知らせてくれる。むろんことはそんなに簡単には変わらない。しかし、時間をかけて、少しずつ、この方向に変わっていくはずである。

2月3日（木曜）

午前、「朝日ジャーナル」のための原稿を書きはじめる。午後、久しぶりにあひ寿司で、「握りだけ」ランチを食べ、ホール・フーズで買い物。帰り、バンク・オブ・アメリカでコロラド大学からの小切手を現金に換える。

帰宅すると、Netflixから新しいDVDが届いている。そのうれしさが何かに似ている。昔、（——どこでだったか）契約すると、町の貸本屋さんが月に数冊、雑誌の当月号を届けてくれる。パラフィンに包まれたかぐわしい当月号で、表紙を開くときにかさかさと音を立てる。中学生の兄がY市で下宿していた頃。「ミセス」が、母用、「映画の友」、「スクリーン」が、私用。月が変わっての十日目くらい。その到着がどんなに気持ちのわくわくするできごとであったか（その頃の母はいまの私よりもずっと若い。手には皺があった）。

来たのは、クリント・イーストウッドの『Blood Work』。舞台がカリフォルニアというので、注文したが、見たら、一度すでに見た作品であった。しかし、この度は、見ていると、違うことを思う。イーストウッドはかつて、一期二年間、カリフォルニアの小さな市の市長を務めた。映画では、ヒロインにメキシコ人女性が選ばれ、主人公の隠退した元FBI捜査官はヒロインの殺害された妹の心臓を移植している。そのことで、ヒスパニック系の刑事が主人公に悪態をつく。事件が解決し、今後どうする、という元同僚の問いかけに、彼は、この心臓がガイドしてくれる方向に行くさ、と答える。そのあたりに、イーストウッドのカリフォルニアへの親愛が、現れているのである。

Natoma Avenue。この現在の住所が決まったとき、コペンハーゲンでこれをネイトマ・アヴェニューと英語風に発音していた。けれどもカリフォルニアはもとメキシコ。ナトーマと呼ぶのである。

2月4日（金曜）

午前から見直して、昼、ようやく「朝日ジャーナル」のための原稿を書き終える。締め切りを過ぎている。この間、気持ちのうえで落ち着かなかったので、さすがにほっとする。枚数は一枚ほど出ているが許してもらえればと思う。

先にアメリカの環境問題の雑誌からの原稿依頼をお断りした際、雑誌の要望に応じることのできる原稿を書けるだろう書き手として、三人の学者・著述家の名前をあげ、紹介した。今日、雑誌よりメール、これらのうち、私がメールアドレスをもっている二人について、交渉してみたいと言ってくる。友人でもあるTとH氏。お二人にもメール。何かよい結果が出れば、面白いと思う。

午後、Aと散歩。今日は電気バスで、海沿いの通りを逆に南に走り、動物園まで行く路線に乗る。だいぶ待たされたが、行きと帰り、二五セントずつ。両替機はなく、二五セント・コインがないと一ドル払わされるところが、おおまかというか、この国らしい。

餃子を包むのを手伝い、チーズとアボカドでワインを飲んだ後、夕餐。後片づけ中にご飯の碗を取り落とし、割ると同時に手を傷つける。四つ揃いで買ったもの。高価ではないが、日本産の瀬戸物。愛着をおぼえる茶碗であった。日本からメール、「朝日ジャーナル」原稿、オーケーの回答。ようやく安堵。思うに、後片づけ中、待機の緊張があったかもしれない。

もう一度、スガシカオを最初から、聞き直す。CD五枚中、二枚。私の場合、これだから音楽について書くのは時間がかかるのだ。Aは、昨日、太宰の『津軽』を読み終わった。面白かったが、話を聞いていたので、最後、新鮮に読めず、残念だったと言う。あなたは話しすぎると、苦言。語り手が「おたけさん」と会う場面の素晴らしさを先に、何度か話していたようである。もう少し長いものをというので、漱石『吾輩は猫である』を推す。青空文庫からダウンロード。ふいに寂しくなる後段の精妙さは、言わず。

2月5日（**土曜**）

朝食後、スガシカオのCDをもう一度聴き終え、執筆開始。なかなかはかどらず。気分転換に、午後、車で山の上の豪邸の並ぶモンテシート方面を車で探索するが、美しい風景の前を通りすぎ、停車するものの、落ち着いてぶらぶらするという空間がない。これまでに見たことのないような豪邸が現れるが、宏大な自然の中で、自由な空間は道路だけ。しかも停車スペースもない。山の中の宏大な別荘地で不思議な閉塞感を味わう。迷ったらどうするか、映画にでも出てきそうな光景である。

帰宅して、「朝日ジャーナル」原稿を再見。手直しし、再送。夕食はステーキ、マッシュポテト、ザワークラウトとトマト。食後、スガシカオ論に、再度挑戦。

2月6日（**日曜**）

日本から手元になかった奥田民生の最新のCDのMP3データを送ってくる。お願いしていたもの。それをiTunesに入れ、iPodに移す。奥田、スガの音楽の日本的な部分、非日本的な部分とは何なのか、音楽にとってそれがどういう意味をもつのかを、考えている。彼らとほぼ同年代であるトム・ヨークのバンド、レディオヘッドのアルバムを一緒に聴いておこうと、iTunesで購入する。『Kid A』は以前からもっているが、『OK Computer』と『Hail to the Thief』のほか、シングルで「Last Flowers」、「I Want None of This」なども買う。

何日か前、コンピュータ・データを整理していたらこんなものが出てきたと、日本にいるRがメールをくれた。Rはもうすぐ日本の大学をリタイヤしてアメリカに帰ってくる。そのメールにTさんの生前の写真が添付してあった。宇治のご自宅。奥の和室で、元気な頃のTさんが和服姿で座机に向かっていて、向かいの座布団にはRとEがニューヨークから連れてきた猫が寝ている。

Tさんとは、客員教授として来られたモントリオールで知りあった。帰国後、大学に誘ってくれた人である。ひらめきにみちた学者、批評家であり、退官後、京都の大学から移ってきて、私の勤めた横浜戸塚にある大学で多くの時間をともに過ごした。ニューヨークの大学で教授をし、専門がメディア学で日本とは無関係だったRをニューヨークから横浜の大学に招んだのもこの人である。八〇年代、一人娘のYさんが亡くなった。新進の弁護士、引き受け手の少ない新左翼の爆弾事件の容疑者などの弁護につき、過労から、風邪に肺炎を併発しての逝去であった。東京でのお葬式から数ヶ月後、宇治市のご自宅に伺うと、最近はこればっかし聴いてるのやとぼやいて一枚のアルバムを見せてくれた。それがデイヴィッド・バーンのバンド、トーキング・ヘッズの曲「Stop Making Sense」の入っているアルバムで、映像があり、バーンがぶかぶかの白いスーツ姿で、痙攣ダンスを踊る。トム・ヨークの「レディオヘッド」のバンド名は、デイヴィッド・バーンの歌った曲の題名から来ているのである。

「意味なんか、つけるなっていうんや」。

痙攣ダンスを指さしながらTさんが言う。私は笑って聞いている。

夕食、コッド燻製、キュウリもみ、卵焼きに大根おろし。

2月7日（月曜）

朝、起きてPCを開くと、残り、手元に欠けていた奥田民生のCDデータが届いている。結局、これで奥田民生のCDを、ソロになってからのものはすべて聴くことになる。終日、これを聴く。予想を超える出来。この歌手は天才だろうが、天才はたくさんいる。自ら試練に出会うことのできる天才が少ないのだが、この歌い手は、少数派だろう。もう一度、最初から、書き直すことにする。

午後、海辺を散歩。浜辺に沿った舗道に埋め込んであるモザイクの大きなモチーフで立ちどまる。見ると、ネイティブ・アメリカンの人々の海辺の生活が描かれている。何度も上を歩いたのに気づかなかった。海に向かい、道をはさんでホテルが並ぶ。一区画、櫛の歯が抜けたような空き地があって、そこが芝生になっている。両側を占めるホテルがこれをはさむようにベランダ、パティオ、水盤などをしつらえているが、ホテルの私有地ではないので散歩する際にはそこを通って海に出る。芝生の一角に、この地を最初に開いたネイティブ・アメリカンの集落跡が、この場所にあったと記す石板があった。また、別のホテルの敷地脇の道沿いには、ネイティブ・アメリカンへの感謝を記すプレートもある。舗道のモチーフを構成するのは人と鳥と魚。ワタリガラス（raven）は、カナダのファースト・ネイションズ（カナダでの先住民の呼び名）の海岸近くの部族の始祖として知られている。

数年前、英語を勉強した際に一ヶ月ほど住んだバンクーバーの博物館で見事な彫像を見た。ここを開いた部族の神話でもそうなのか。直径三メートルほどの円形の図のなかに、黒い大鳥と大きな鱶の絵があり、カヤックのような船で海に出るヒトの姿が象眼されている。聖女の名を冠するこの町の由来は知らないのだが、それより前から、海の幸、山の幸に恵まれた場所だったのだろう。

夕食用に時間をかけて作ったスペアリブは、肉が新鮮でなかったらしく、どうしても豚肉臭がとれない。アルバートソンズで買った豚のあばら肉であったが、失敗。ごめんね、と豚肉に謝り、廃棄。代わりに、ベーコンエッグ、アボカド、明太子での夕食をとる。食後、奥田論書き直しの準備。CDの音源を深夜までiPodで聴く。

2月8日（**火曜**）

朝、「文藝春秋」より短い文章の依頼。午前の時間を使って、短い文章を書く。規定の枚数をオーヴァーしているが、一応、送る。午後、ファーマーズ・マーケットで、オレンジ、アーティチョーク、ぼたん海老その他を購入する。

帰宅後、奥田論。夕刻、気分転換に新鮮で大きなアーティチョークに挑戦する。酢と白ワインを加えたお湯で四十分ほど煮て、マヨネーズとマスタードで、ディップを作り、つけて食べる。葉が分厚く、Eさんに教えてもらった食べ方で、歯でこそぐと、何とも美味。ぼたん海老、酢飯、卵焼き、大根おろし、キュウリもみで夕食。ぼたん海老は、少し鮮度が落ちているので、熱湯を浴びせたものを冷やして、食べる。

夜、サッカー・アジアカップ準決勝、韓国戦のDVDを、小さなPC画面を前に二人で観戦。名試合であった。

2月9日（**水曜**）

午前、奥田の曲、あまりによいので、Aに聴かせる。『Lion』に入っている「線路は続かない」、「アーリーサマー」、「歯」。連続して収まっているので、黙っていると、続いてスピーカーから聞こえてくるが、これだけの傑作が三つ並んで入っている。音楽は、一回聴いただけでよいとわかるとは限らない。そこがいいのだが、さすがに、これだけよいと、その限りにあらず。無関心なAも、いいね、と言う。レディオヘッドの、二つの曲も同時に聴かせる。「Last Flowers」と「I Want None of This」。「いいね」。

その後、奥田論にかかり、午後、海沿いを散歩。だいぶ集中したため、疲れあり。海沿いのレストラン、フィッシュハウスで、生牡蠣と、カラマリ(小イカ)のフライ。白ワインを手に、ぼおっと、外を見ている。

毎日同じ日常の繰り返し。端から見ていれば、優雅にも見えるのだろうが、見えない箱に閉じ込められている感あり。苦しい。何かが極端に欠けた生活である。この間、雨の中を車で走っていて気がついた。そう、こういううそ寒い感じ。冷え冷えとした空気。それがここにはほとんどないのだと。夕食は、ミックス野菜のサラダと、アンチョビのスパゲッティ。夜、サッカー(アジアカップ)、オーストラリアとの決勝をDVDで観戦。それ以外は、仕事。

2月10日(木曜)

昼まえ、ようやく奥田論、擱筆。奥田とスガ、それぞれ三十枚見当と言われていたが、奥田だけで六十枚くらいにはなっている。しかし、これは交通事故にあったようなものである。仕方がないとあきらめてもらうしかない。昼、ラーメン。午後、スガシカオに移り、スガのCDを再度、聴く。CD全部で九枚あるうちから、これまでに何度か聴いて印をつけていたものを、順次、時期順に聴いていく。

夜、Netflixで届いたクリント・イーストウッドの『Invictus』。南アフリカ共和国でのラグビー、ワールドカップの際のネルソン・マンデラとラグビーチーム・キャプテンの交流。サッカーの実戦を見た目に、作られたラグビーの試合の迫力のなさが物足りないが、英語に、英語字幕をつけて見るNetflix鑑賞は、我々にはだいぶ具合がよいとわかる。字幕は、耳の悪い視聴者用。TVスクリーン上で車がブレーキをかけると、「ブレーキ音」と説明が出る。深夜、再び、スガシカオ。なかで私の最も高く評価する「黄金の月」をAに聴かせる。「なんていう曲、いいね」。

2月11日（金曜）

数日前、Aが知りあいの写真家Iさんの沖縄での写真展のポスターを寝室を仕切るガラス扉に貼りつけた。日本から持参した際、ぐるぐるに巻かれたためにそりかえっていたポスターが、一日一日、自分の重さでひらたくなってくる。広島の原爆資料館に収納された被爆して亡くなった犠牲者たちのぼろぼろになった衣服の切れ端、断片を、撮ったもの。ポスター上方に、日本語に並び、小さくアルファベットで、「Hiroshima—Okinawa」と書いてある。

爆風でずたずたにされた洋服の切れ端に、ボタンが並んでいて、そのうちの二つ残った赤い大きなボタンが美しい。洋服の生地も、あでやか。いつも行っている原宿の美容師のOさんの美容室に、これが貼ってあり、Aが赤いボタン、きれいねえ、と言ったのを伝え聞いてIさんが、下さった。それをサンタバーバラまでもってきたのである。

Iさんは、原爆の犠牲者の衣服を、ちょうど、コム・デ・ギャルソンの服を撮るように、撮っている。衣服の美しさ、華奢な感じ、また、洗練された構成の写真の配慮が、私の目に入る。見る者の虚を衝くものが、ここにはあるだろう。Iさんは、原爆資料館の衣服を見てみないかと知りあいを介して提案されたとき、「はじめ、迷ったけどね」と、言っていた。我々はこの展覧会を、群馬県立近代美術館で見ている。その後会って、よかったと言ったら、彼女はそう答えた。戦時下、素敵なことへの配慮をもつ人間的な意味。その日の朝のおしゃれが、原爆に遭う。

午前、スガシカオ論の草稿を整理し、本格的に書きはじめる。このところ、ファーマーズ・マーケット以外に、買い物に行っていない。もうワインもなくなったため、最初の十枚ほど書いたところで、車を出し、ニッカとホール・フーズに買い物に出かける。Eさんにお借りした卓上ガスコンロ用のガスボンベが置いてあったので、勢いづき、最初に行ったニッカで、すきやき用牛肉、しらたき、しゃぶしゃぶ用肉まで買ってしまう。肉は冷凍。迷ったあげく、フリーウェイを七マイル分、取って返し、いったん帰宅。肉を冷凍庫に収納した後、再びホール・フーズに向かう。バレンタイン・デイ・サーヴィスとのことで、六本以上買うと三〇パーセント引きというディスカウントに誘惑され、白を一本、赤を五本、計六本を購入。ただし、うち、三本は安売りワインである。そうでないものも、日本で買うのよりはずっと安い。

夕餐は、ファーマーズ・マーケットで買ったサーロインで、ステーキ。しかし、それほどでもなし。牛肉の格付けが日本人の味覚とは少々違うようである。

夜、スガシカオ論続行。

2月12日（土曜）

スガ論、擱筆。昼過ぎ、奥田民生論・スガシカオ論を読み返し、再度推敲。夕刻前、一応、どんなものかと、日本に送る。全部で、九十枚弱。さすがに疲弊。

食後、数日前、元学生の編集者K君が送ってくれた新刊『フェルトリネッリ』を開く。イタリアの大富豪の息子で、かつ共産党員の名高い書店主の伝記。書いているのは書店を継いだ子息である。戦後、フェルトリネッリが労働運動支援のため、活動をはじめる。友人とビュイックで乗りつけ、ビラ貼りに行き人々に驚かれる場面で、本人は、動じず。まったく「気にしていな」い。くもり除去装置はまだ発明されていなかった。夜、会合から戻るとフロントガラスが霜で見えない。小便をかけて霜を取ったという共産党仲間の友達の話が、出てくる。パヴェーゼもパゾリーニも共産党員という、イタリアの共産党と共産主義の面白さ。そういえば、奥田の論も、彼が広島の生まれであること、また父親が当時共産党所属の市議であったことから、書きはじめている。

2月13日（日曜）

日本の音楽の本の編集者Hさんよりメール。奥田論は、とてもいいが、スガ論は、物足りずとの来信に、おお、Hさん、元気そうだと、一安心する。

もう十年ほど前、三年間にわたってこの人の指導のもと、雑誌にJポップ論のコラムを連載した。その際、まだ青いオリーブの実さながら、ギリギリまで絞められ、圧搾された記憶あり。その後、この人が一時元気をなくしたことを心配してきたが、これなら、以前と変わらず。もうだいぶ回復しているのではないか。その一方、この人に奥田論をほめられ、ほっとしている。

憎まれ口を叩きつつお礼の返信。数年をへて、ようやく物欲が出てきた、と返答あり。そこに名高い外国車の名前が出てくるので驚く。

夕刻、今度は、同時に原稿を送付した出版元の編集者Sさんからも来信。奥田論よろし。スガ論も、さほど悪くなし、と自分は思う、とのこと。これで音楽関係、だいたいの目途がたつ。今日から、じゃがたら。このバンドについて書かれた単行本を読み返し、手持ちの六枚ほどのCDを聴いていく。一九八〇年代に活躍した伝説的なバンド。メンバーのうち、中心のシンガーを含む三人が、九〇年代初頭に死んでいる。もう十年ほど前、Hさんに連絡をいただき、日本の音楽について書くことに同意したところ、段ボール一つに余るほどのオリジナルCDとコピーCDが送られてきた。まず聴いて欲しいと言われたのが、このじゃがたらと、この後書く予定のバンド、フィッシュマンズであった。

一月、ロサンゼルスのホテルでトルコ生まれの日本学者Kに聴かせたのも、この二つのバンドである。音楽を専門とするこの若いアメリカ人は、じゃがたらの伝説的なライヴCD『君と踊りあかそう日の出を見るまで』冒頭曲の出だしと、フィッシュマンズの『宇宙 日本 世田谷』の一曲を少しだけ聴かせたら、オッと、色めきたった。

これに関連し、調べていたら、NY－LA間の機内で聴いたゆらゆら帝国が、最新の『空洞です』を最後に、昨年三月に解散していた。内心、しまった、の声あり。もうこれ以上はつきつめられない、とのコメント。まだまだ続く安定したグループという「見くびり」があった。以前、Hさんと、日比谷野音で、「最終回は終わらない」という曲を大音響、大迫力で聴いたことを思いだす。

2月14日(月曜)

午前、陣野俊史著のじゃがたら論を読み直し。必要な個所に付箋をつけていく。先日ニッカに行って買い忘れたものがあった。買ったキムチが発酵していて食べられないので、その返品もかねて再度、行く。帰ってきて、じゃがたらにかかるが、渋滞。いつものことだが、音楽について書くのには距離を見切るまでが一仕事となる。ボクシングで、これは「どちらの距離でしょうかね」とアナウンサーが解説者に聞く。「チャンピオンの距離ですね」などと答えている。それに似ている。それを挑戦者の距離にしなければならない。その距離に立たないと、いいパンチが繰り出せないのだ。

夕食後、気分転換に、Netflixから来たサンタバーバラ・カウンティのワイン栽培地帯を舞台にした映画、

『Sideways』を鑑賞。離婚や失態で人生のゲームの途上、一敗地にまみれた二人の中年男が旅先で新しい女性と知りあう。最後、主人公に幸福をもたらす電話が来て、男が半ば壊れかかった車でサンディエゴの自宅から、ロサンゼルスを越え、サンタバーバラの北郊、ソルバングの町まで駆けつける。映画でだと、十秒くらい。その距離が、たぶん三五〇キロ近くはあるはずと知りながら、見ている。早朝から昼にかけての国道101号線の海岸線の光。到着し、相手の家の扉を叩くところでフェイドアウト。ワインになるブドウの話で、カベルネはどこでも育つ、丈夫な種別だが、ピノ・ノワールは繊細で、手がかかるという話が出てくる。

この映画でピノ・ノワールの人気に火がついたと言う(元学生のSが言っていた)。主人公は、小説家志望の高校教師。訊かれ、新作のタイトルは、The Day After Yesterdayだと言う。えっ、今日、よね、と女主人公。さえない男主人公が、うん、まあ。舞台になったヒッチング・ポストのピノ・ノワールは、ホール・フーズにある。私の気に入りの一つである。

2月15日(火曜)

もう冬はおわったみたいだ。窓から見える木の枝という枝に雀の群れのほか、何羽か羽根に青色のまじった大きめの鳥のつがいがとまっている。なぜ鳥の胸はあのようにふっくらとしているのか。冬は、太宰の短篇の話などをしながら、「寒雀」が食べたいなどと減らず口を叩いていたが、いまは、窓から見えるだけで、「目白押し」。四十羽では、きかない。

昔、ざるを逆さまにして仕掛けを作り、土の上に白米を少々撒いて、じっと三十分ほども隠れて雀を捕らえようとした。何度やっても一羽もつかまらない。馬の尻尾の毛がいいとも聞いて、入手し、絞首台のロープのような輪になったものをいくつか作り、それを割り箸にいくつか渡して新しい仕掛けにした。ワクワクしながら一時間ほど隠れていたが、駄目であった。今なら、とれるのではないか。これだけいるのなら。ましてやコメなど知らないアメリカの雀、メキシコからもそう遠くない。

などと、気がつくとぼんやり、頭が考えている。

雀のいる裏庭には洗濯の度に足を入れる。昨日、隣の家の庭にある木にたわわにレモンがなっているのを見て、こちら側にはみ出ている枝になったのを一つ失敬してきたが、Aがレモンの皮の砂糖漬を作るというので、今日、もう一つ失敬してくる。

じつは、これまで、この裏庭の洗濯機のある小屋の前に、二度まで、脱糞の跡が残っていたことがある。どこから犬が来るのだろう、などと不審に思い、二人で話していたが、どうも人糞であるようだ。ここに来て誰かが用を足していく。紙類はない。動物の糞のようでもあるが、考えてみると、完全な裏庭にまで来て毎回同じ場所に脱糞する犬を想像することは、困難である。

昔、Eさんがニューヨークのアパートに住んでいたとき、玄関先の狭い奥まったスペースに寒さしのぎにホームレスの人が毎夜、通ってきた。朝になると、紙袋がある。排泄物が収納されている。それを焼却しようと何本もマッチが燃やされた痕跡がある。最後はどうしたのだったか、火事の心配が出てきて、困った、という話を前回会ったとき、聞いていた。その時は、へえ、などと言って笑っていたが、ここでもコインなしには町中のトイレが使えないのであれば、ありうる話である。

雀とレモンと脱糞が、春の訪れ。

夕刻まで、じゃがたらについて書き、疲弊。夕食は、季節外れではあるが、お雑煮。それにアボカド。卵焼き、大根おろし。Aに昨日、親しい日本の友達からの手紙が届いた。『吾輩は猫である』を読了。最後、寂しいね、みんな帰っちゃうのね。そう言っていたAがいまは台所で、友達に返事を書いている。

2月16日（水曜）

昨日とは打って変わった天候。夜、聞こえていたのは雨音であった。終日雨。寒い。じゃがたらも、長期戦の様相。なかなか終わらず。このバンドの中心人物が、発足にあたり、メンバー募集した際の、南部ロックというものがどういうものであるか、聴いておこうと、だいぶYouTube内部をさまよう。いくつものグループ、バンドを次から次へと聴いていたら、中で、募集告知に出てくるウェット・ウィリーというバンドの音楽の下の欄に、こんなコメントが出ている。歌は、“Keep on Smiling”、「笑ってようぜ」。

「私は二度ベトナムに行った。一九七〇年に帰国したら、ガールフレンドが友達と結婚していて、男児が一人いた。参った……向こうで多くの仲間を失ったこともある。きつかったとき、この歌に助けられた。いま、こうして聴くとすべてが蘇ってくる。いまはあのときよりももっと悪い。が、キープ・オン・スマイリング。……ピース。LesPaul 4689」。

サンタバーバラに着いたその日に、桟橋のたもとに元ベトナム帰還兵のホームレスの人がおり、砂で毎日見事な彫像を作ってその脇に腰を下ろしていると教えられた。その後、散歩のたびに脇を通ったら、いたり、いなかったりした。彫像は、中国の兵馬俑に似たもの。肌は陽に焼けていた。手前にコインを投げ入れる容器がある。立ち止まる人、写真を撮る人が、そこに投げる。私は写真を撮らなかった。一度だけ、コインを入れたことがある。

その人が、このところ姿を見せない。先日は代わりに若い女性がその場所にいて、へたな人魚の砂の像を作っている。人とにこやかに喋る。カフカの「断食芸人」みたいである。

Aに尋ねられ、次の長編として、青空文庫にある『大菩薩峠』を薦める。気が進まないとしぶるが、最後、受け入れ。

2月17日（木曜）

じゃがたら、ようやく完成。原稿用紙で八十枚ほど。夕刻より、食事をはさみ、数時間かけて、力をふりしぼって読み直し、推敲する。

これをHさん、Sさんにお送りするのを何とか思いとどまり、原稿ができたこと、いくつか調べていただきたい細部のあることを、メールする。深夜、フィッシュマンズの準備。

音楽の世界は、面白い。知らないミュージシャンが出てくると、ウェブを使い、色々と調べ、音源を探し、曲を聴く。じゃがたらのヴォーカル、江戸アケミの歌「BIG DOOR」に出てくる「黄色い雪」というのは何だろうと調べていたら、フランク・ザッパの〝Don't Eat the Yellow Snow〟、「黄色い雪は食べちゃいけない」という歌だった。こんな歌である。

「エスキモーになった夢を見た、ママが言う。ハスキー犬の通った後の黄色い雪は食べちゃダメよ」。犬がおしっこした雪のこと。きっと、小さな子が雪の上を走っていって、黄色い雪を見て、何だろうと思い、口に含むのだ。

セックス・ピストルズを作った元マネージャー、マルコム・マクラーレンは、ファッション・デザイナー、プロデューサーで、自分でも音楽をやる。幼少時、母方の祖母に育てられたが、裕福なダイヤモンド・ディーラーの家の祖母に、「良いことをするのは退屈、悪いことをすることが良いことよ」と教えられた。二〇一〇年、死去。いま、彼のオフィシャル・サイトに入ると、こうある。

Malcolm will return shortly...
To contact Malcolm McLaren,
email: office@malcolmmclaren.com

「マルコムはもうすぐ戻ってきます。／御用の方は、下記へ」。

日本のダダイスト詩人、高橋新吉の名高い詩、「留守と言へ／ここには誰も居らぬと言へ／五億年経つたら帰つて来る」（「るす」）とは逆。なんだか、マクラーレンの方が、好きかな。

2月18日（**金曜**）

終日雨。フィッシュマンズの本、『フィッシュマンズ全書』を読む。日本から取り寄せたもの。このバンドのアルバムが出たごとのアルバム評、インタビュー、証言などが順に並んでいるので、区切りごとにアルバムを聴いていくのに都合がよい。

このバンドの歌については、先に一度、書いている。9・11の直後に、「ポッカリあいた心の穴を少しずつ埋めてゆくんだ」という佐藤伸治の歌詞をタイトルにした短文を、同時多発テロ実行首謀者の一人、モハメド・アタの肖像に重ねて書いた。佐藤は、一九九九年、アタは、二〇〇一年。三十三歳、同じ年齢で死んでいるのである。その後、いくつかの文章をまとめた本を出したときに、これをやはり、タイトルに使わせてもらった。あれから、十年がたつ。十年ぶりに、いまは、アメリカで聴いている。

昨日、去年死んだマルコム・マクラーレンの現在のオフィシャル・サイトのことを書いた。思いついて、今日、カート・ヴォネガットのオフィシャル・サイトに入ると、この人が亡くなった日にサイトに現れた絵が、いまは、扉絵になって残っている。この小説家は、二〇〇七年四月十一日に亡くなった。ちょうど英語で授業を始めて三年目のことで、翌日、文学の授業の時に、劈頭、昨日カート・ヴォネガットが死んだが、この人のものを読んでいる人は手を挙げよ、と言ったら一人、アメリカ人の学生が手を挙げた。「かなしいね」と壇上から、話しかけたように思う。受講者七十名くらいで、一名。

扉絵は、入り口が開いている空になった鳥籠。鳥が飛んで出ていった。

逝去の報のあった日、このラフなペン画がモニター中央に浮かんでいて、そこに、カート・ヴォネガットは昨日、もといた世界に帰りました、云々、と書いてあったのである。

私が日本にいない間に、何人かの知人が亡くなっている。大学時代の友人Y。文筆上での知りあいであった、Iさん、Tさん、Sさん。

カート・ヴォネガットの鳥籠の絵を思いだしたのは、昨日、高橋新吉の詩とマルコム・マクラーレンのサイトの言葉が二つ、私の中で並んだから。Iさんのサイトを覗いてみると、Iさんが主宰されていた劇団からの告知はあるが、Iさんへの回路はない。

亡くなった人は、どこにもいない。

2月19日（土曜）

今日も雨。気温が低い。散歩に出るが雨が強まり、車に逃げ込んで、車で山側の高台の屋敷町のほうまで行ってみる。雨のサンタバーバラを見下ろす景色が、寒々しくて美しい。途中でナビを家に置いてきていることに気づき、帰れなくなると困るので、引き返す。

帰宅したら、雨がやんでいる。そのまま散歩。桟橋の前のレストランに入ると、本日のスペシャルとして、パイナップル・アプサイド・ダウン・ケーキというものが冷えたグラスでサーブされると書いてある。おう、飲み物とケーキのセットで六ドル、安い、とばかり注文する。Aはカプチーノ。ケーキ、半分あげるよ、などと窓際のテーブルで一休みしているが、ケーキがいつまでたっても、来ない。おかしい。よく読んだら、注文したものは、ケーキという名のカクテルなのであった。催促しないでよかったね。Aがテーブルの向こうでにやついている。

出ると、また雨。濡れながら、帰ってくる。

フィッシュマンズを聴いているが、途中で、疲れ、娘が送ってくれたチャルマーズ・ジョンソンの日本語訳の本に切り替える。面白い。前からこの人の書くものには親近感をおぼえていたが、感心し、たしかカリフォルニアにいるはずと、ウェブを見ていたら、サンディエゴで、三ヶ月前に亡くなっていた。享年七十九歳。

鋭敏で、ブリリアントな学者であった。沖縄に行ってから、見方が大きく変わり、沖縄に代表されるアメリカの基地所在地の人々への思いを記した。残念である。

夕食後、Netflixで届いたラッセ・ハルストレムの二〇〇五年作品『An Unfinished Life』を見る。またしても英語プラス英語字幕にして鑑賞。熊が出てくる。少女も出てくる。ワイオミングが舞台の映画だが、北欧人ハルストレムの持ち味の生きた、深く心に残る作品であった。

深夜、フィッシュマンズに戻り、初期のCDを聴く。以前は、後期を中心に聴いたが、こうして一作ずつ聴いていくと、前期の第二、第三アルバムも、かなりよい。歌詞が面白いのは、ドラッグの効果か。

「晴れた日には君を　遊ぶのさ／晴れた日にはまるめて　遊ぶのさ／／寝っころがったりするのさ　タバコをすったりするのさ／紅茶を飲んだりするのさ　そう　つまらないのさ」(「RUNNING MAN」)。

「仔犬と子供　よくわかる仲間／あの外人みたいな髪型で／きっと　同じこと考えてるぜ」(「Smilin' Days, Summer Holiday」)。

少し疲れがあり、フィッシュマンズについて書きはじめるのに日があく気配。フィッシュマンズを書きあげてから一緒に送ることになっているが、その前に、感想をきいておいた方がよいかと気分が変わり、じゃがたら論、手を入れたものを、日本のHさん、Sさんに送付する。

2月20日（日曜）

朝起きると、快晴。遠くの山が白く輝いている。あれは、雪ではないだろう。霜が降りたのだろうか、など話しながら見ていると、下の車寄せから隣人のJがベランダの我々を見上げ、見たかい、雪だよ！と山の方に腕を上げて笑う。うれしそうである。この地ではじめての寒冷の光景。しばらくAと二人して窓のところに立っている。コロラド州の高地ボウルダーでは、池はことごとく凍結していた。帰り、デンバーまでのシャトルバスが吹雪に見舞われ、粉雪の中、雪原をはねて走る野ウサギが見えた。サンタバーバラの氷は、キューブ形をしてスーパーマッケットで売られているが、売られていない氷、雪、初めての「白銀の山」が、いまも消えずに窓の向こうにぽっかりと浮かんでいる。

あまりに気持ちのよい午前なので、洗濯ができるまでの間、iPodとフィッシュマンズの本、歌詞カードに、ビール瓶を一つぶら下げて、芝生のテーブルに腰掛け、イヤホンで聴いている。第四アルバム『ORANGE』。このタイトルは、夕日の色がオレンジみたいだったから、と書かれている。

「やがても蜜柑の如き夕陽、／欄干にこぼれたり。／あゝ！――そのやうな時もありき、／寒い寒い　日なりき」（中原中也「冬の長門峡」）。

空には雲一つない。かもめが海の方に飛んでいく。今度は海の方から来るなと思い、見ていたら、もう少し上空を飛行するセスナ機であった。ゆっくりかもめの速さで飛んでいく。そのさらに上空を、あれはサンタバーバラの空港から離陸したのであろう、ジェット航空機が海の方に向かっているのが見える。やはり、かもめの速さで飛んでいる。

夜、肉じゃがとキムチ。

2月21日（月曜）

フィッシュマンズの続き。後期の音楽を聴く。『空中キャンプ』、『LONG SEASON』、『宇宙　日本　世田谷』。一年半のうちにこれだけの信じがたい高水準のアルバムが出ている。それからおよそ一年半後に、このグループの中核をなしていたヴォーカルの佐藤伸治は死ぬ。

何という魅力的な歌詞を、心に沁みるレゲエ、プログレッシブ・ロック、オルタナティブ・ロックなど多彩なリズム、音響のうちに、歌っていることだろう。

だれのせいでもなくて　イカれちまった夜に
あの娘は運び屋だった
夜道の足音遠くから聞こえる

（ナイトクルージング）

彼らは私の以前勤めていた大学から出てきたバンドである。私がいた頃、同じ戸塚のキャンパスにいて、そこから港区白金台のキャンパスに移ったはずである。

しかし、当時、全く知らなかった。
夜、肉じゃがの残りとオムレツとトマト。

2月22日（火曜）

朝、先に起きたAが「あらあら、Kくん大変、拙論って書いてあるぞ」と言って私を起こしにくる。日本の編集者Hさん、Sさんからの返答だが、先にHさんからかつてHさん執筆のじゃがたら小論を送ってもらっていた。そのおりのメール題名に「じゃがたら、拙論」とあり、三人間の通信メールを以後それへの返信のやりとりの形で使用し続けているので、来信欄は「じゃがたら、拙論」。つけたままのPCモニターにそのタイトルで来信があるのを、PC音痴のAが、Hさんよりのメッセージと勘違いしたらしい。

説明すると、なんだ、と胸をなで下ろしているが、たしかに、回答として編集者から、「じゃがたら、拙論」と書いてくれれば、私もショックを受ける。

お二人ともたまたま多忙で、長い論に対応するのに時間がかかったとのこと。それぞれに、オーケーとのこと。二十年以上にわたり、つねに第一線でJポップ、ロック、海外のポップス、シャンソンなどを聴いてきたHさん、数年前に創立され、いま注目を集める音楽方面の出版社の共同社主であるSさんの眼を無事通過したことに、ひとときの安堵あり。少々、細部に不安があっただけに、Hさんからの「これが最終稿でも、大丈夫と思う」の言葉に力づけられる。

しかし、私のような音楽の素人が、このような形でJポップという音楽の一領域について書くことにどんな意味があるのか、またどんなものが書けるのか。どんなものを書くときに、それは一つの批評行為となるのか。先例がないだけに、断崖に刻まれた細い道を、落石させつつ歩む、心許なさと緊張がある。

これに力を得て、最後の二枚、遺作マキシ・シングル（通常なら複数曲を収録する少し長めのシングルのこと）、「ゆらめき IN THE AIR」、佐藤伸治生前最後のライヴCD『98. 12. 28 男達の別れ』を、後に聴き残す形で、原稿に取りかかる。いずれも、これまで何度も聴いているが、私程度の耳では、どんな音楽も、言及するのにもう一度改めて聴かなくては、頭の中に残像が浮かばない。

このところ、一時の雨が終わり、快晴が続く。毎日、いまでは日課となった海岸べりの散歩を行う。それ以外は終日、仕事、仕事、仕事。

そう、これは出版社などでいう「缶詰」にあたるのだとにわかに納得する。先日感じた妙な閉塞感とは、これであったか。大きな、明るい、見えない缶の中に密閉され、仕事だけをさせられている。いや、日本という言語圏の缶の外側に流刑されている、手袋を裏返した「缶詰」であろう。缶がある。その内側にある缶詰と、その外側にある缶詰と。ブリキの隔壁が二つの「密閉」を作り出している。グローバライゼーションとは、我々みながヴァナキュラーなものから隔離されてしまうところの外側の缶詰なのではないか、という考えが同時に起こってくる。ヴァナキュラーとは昔、イヴァン・イリイチの書くもので知った言葉だが、何と訳せばよいのか。その土地特有の、自国の、とふつう訳されている。iPodに入れている大きなOxford Dictionaryで見ると、初出は十七世紀前期、語源はラテン語のvernaculusとあり、その意味はdomestic, native。語幹の出自はラテン語vernaで、そのまた意味は、home-born slave。最後までたどったら、slave、奴隷という言葉に行きあたる。

人間の初期条件としての被奴隷性。自画像に犬と自分を描き込んだフリーダ・カーロがいま私を見下ろしている（パサデナの美術館で購入したカレンダーである）。彼女のような非欧米的な感受性の持ち主ならまだしも、ふつう、こういう感覚は、アメリカでは、通じにくいであろう。

チャルマーズ・ジョンソンを読んだこともあり、アメリカがもう昔から恐れていたであろう中国の勃興ということを考える。人口が多い。資源もある。この国が健全に発展したらどういうことになるのか。たぶん欧米の政治家、金融資本家たちはこの二百年近くの間、しばしばそう考える機会をもったことだろう。二〇四〇年はアヘン戦争二百周年。日本には日本なりの中国嫌いと中国好きの潮流があり、いま中国は大の日本嫌いの多い国だが、長い、長い尺度で考えると、いま世界で何が起ころうとしているのかが見えてくる。欧米から中国、そしてインドへの比重の転換。その中国等へのシフトの中で、日本が世界の中で果たす役割もあるだろう。それはかなり面白い役割である可能性がある。被奴隷性という言葉も、意味をもつ場面が出てくるかもしれない。

午後、思うところあり、フィッシュマンズとスピッツの比較。両者の違いはどこにあるのか、などについて書く。

夜、ホール・フーズで買ってきたアーティチョーク。ワインとともに食するが、どうも完全にこの奇怪な食用植物の虜になりそうな気配。スペアリブとゆで卵を割ったものに、チコリとキュウリのサラダで夕食。

2月23日（水曜）

フィッシュマンズ、後期に入る。海岸べりのピザ・レストランで昼を食べることにし、午前11時半、仕事を中断して散歩に出る。海岸通りの車の往来が気になるが、海と道路を隔てただけのテーブルで食べるピザがことのほかおいしい。作るまで、時間がかかる。名前を言っておくと、呼び出される。名前は、と言われると、このところ私は、Noriと名乗る。言うと、必ずノリィ？　と確認される。近頃やたらと多くなった新種のアメリカ名の、一つであろうか。

いつになく心地よい涼風が町全体を通過している。しずしずと。何かが起こっているのでは、とつい周りを見回したくなるような爽快さ。上空から高感度カメラで見下ろせば、この海辺を歩く千の人たちの髪、スカートの襞、幅広の襟もとなどが、――薄布でできているなら――かすかに反応しているさまが観察できるだろう。顔を海にむけ、遠くまで続く椰子の列を眺め、浜辺を歩く。波打ち際の小石は、平たい。引き汐が終わり、今度は満ち汐に変わるのが、歩いているとわかる。

帰宅後、終日仕事。夜、しゃぶしゃぶ。これで当地での「鍋料理」が終了。一度、ロサンゼルスでEさんとKと食べたが、それを除けば、すきやき、キムチ鍋、しゃぶしゃぶと、この間、ほぼ一年ぶりの「鍋」の競演であった。あと四十日で帰国なのだ。

深夜、現在アフリカ某国にいるKさんよりAにSkypeでの来信。Aがメールを出した（私が打ち込む）、その返信がてらのお電話。ビデオ電話の向こうに「豪邸」らしき室内が見えている。向こうは朝。もうこの時間から暑いとのこと。三十年前、カナダで知りあって以来の某省勤務の夫君をもつ友人だが、夫君は勤務で不在。公邸のそばに、澄んだ、生活用水の流れこまない川がある。その川に丸木舟式のカヌーが浮かんでいる。そこで人々が釣り糸を垂れるという話を聞く。中東、北アフリカ・マグレブ諸国の話も。彼らは五年ほど前まで数年間、チュニジアに住んでいた。グローバライゼーションで諸物価が高騰し、現地の一般の人々が基本的な糧食にも事欠くようになったことが遠因というのが、今回の中東民主化の口火を切ったチュニジア政変に関するKさんの見方である。これに連動し、モロッコ、某国近隣のコート・ジヴォワールでも、政情不安の兆しありと。

2月24日（木曜）

一転して、雨。

フィッシュマンズ、佐藤伸治論、佳境に入っているが、遅々、微動、匍匐前進。曲を聴き、これまでのインタビュー、発言の全記録からその言動を追うにつけ、この若いミュージシャンの才能、天才ぶりに驚く。外国で売れるとか、そもそも売れるとか、そういうことにまったく意を用いていないが、最初からそうだったのではない、そこに当初は迷いもあり、やがて、そこから抜け出るさまが浮かび出てくる。才能というよりは、思想。その考え方は次の一言に要約される、曰く、「何も起こらないことはなんて素晴らしいんだろう」。

歌詞がまた簡単で素晴らしい。

「歌詞はいつもサラサラッと書くことにしてる。サラッと書いてあんまり見直したりしない。自分がすごくバカでダサくて無力な、社会のクズみたいな気分で、とっても謙虚な気分で書くことにしてる。そうやって誰にも見つからないような歌詞を書くのが好き。もうどうだっていいようなこと、紙クズみたいなもん、それを何年もやるのがいい。この曲もそう、もうずーっとおんなじ感じです。ヨロシク」（「DICTIONARY」no. 49、一九九六年）。

中学のときはいつもジャージー。葛西臨海公園近くに住む、釣り好きのスポーツ少年。

「昔はパンクを聞いてたって読んだんですけど」。

佐藤「あー、パンク聞いてたし、か弱いパンク・バンドもやってたし」（「クイック・ジャパン」vol. 10、一九九六年）。

でも「勉強はでき」て、だいたい学年で十番。聞かれ、「本は全然読まない」、「本嫌い」と答えているが、没後の『フィッシュマンズ全書』の蔵書リストには、村上龍の『海の向こうで戦争が始まる』もある。大江健三郎の『日常生活の冒険』もある。大学に入ったら授業があまりにつまらなくて、とも書いてある。じゃがたらの江戸アケミは教員志望の奨学金受給生、フィッシュマンズの佐藤伸治は十代までの読書家。ともに若死に。大学、つまらず、レゲエ、ロックに「ハマ」るところが、共通している。

しかしこうして、不世出のミュージシャン、バンドを生んでいるのだから、大学も、仕事をしているということであろう。不世出のミュージシャンとは言え、誰も知らない。そのことまでを含めて。

終日、仕事。散歩に出るが、もう午後4時。海辺はやや、さびしい。カモメが川が海に入るところに群れをなして、やはり散歩であろうか、歩いている。

夕食は一昨日のスペアリブ、青菜炒めとアボカド。

2月25日（金曜）

終日、雨。こちらも朝から晩まで机にはりついている。Aは暇にまかせて読書。数日前、『大菩薩峠』を三巻くらいまで読んで、こういうのはいまの気分に合わないというので代わりに『巨匠とマルガリータ』を薦めておいたが、気づかないうちに、読み終わっている。何も言わない。こちらも訊かない。

数日前、雨のときに、台所のテーブルの窓の近くに、小さな鳩くらいの鳥のつがいがきて、半日も同じ枝にとまっていた。まだいる、と教えられ、見に行ったが、今日はきていない。雨が降り続け、フィッシュマンズ、終わらず。アルバム『空中キャンプ』、その後が、最後の『宇宙　日本　世田谷』。ジャケットに、世界各地の時刻を知らせる世界時計の文字盤の列が並び、「宇宙」と「日本」と「世田谷」の現在時刻を告げている。時差は何時間か見ようとするが、iPod の画面が小さくて判読できない。

「タイトルの〝宇宙〟っていうのは？」。

佐藤「子供が夜空を見て、〝オリオン座はずっと遠くにあるんだなあ〟とか、そんな感じですね」（「ミュージック・マガジン」一九九七年八月号）。

論のほうは、最後にきて、足踏み。書いていると、自分が、だんだん野良猫みたいに汚くなっていくのがわかる。だんだん人間ではなく、獣くさくなってくる。

夕食、煮卵とスペアリブをのせた讃岐うどん。マンゴー。Aは私の書棚から、フランクルの『夜と霧』を抜き出して読んでいる。

2月26日（土曜）

まだフィッシュマンズ終わらず。久方ぶりに晴れ、家に何もなくなったので、ファーマーズ・マーケットに行くが、少し遅すぎたのか、もう店じまいしているテントもある。オレンジ、チェリモヤ、近くのカーピンテリア産とあるアボカドを買い、そのままニッカ食料品店へ。だしの素、みりんなどのほか、かりんとうがあったので買ってくる。カステラも。ないとばかり思っていた塩辛を冷凍の売場に発見する。嬉々として購入。

今度こそ、春の到来か、と思わせる。帰りの101号線フリーウェイに、リスが轢かれて死んでいる。帰宅、再び、フィッシュマンズ。今日もうEさんがニューヨークからサンタバーバラに帰着しているはずなのだが、また、UCSBでのゴジラの講演が数日後に近づいているが、これが終わるまでは、動きが取れない。日本の雑誌の連載は今回が最終回、そのゲラも昨日届いているが、手つかず。少し、焦りを感じる。

A、『夜と霧』読了。以前英語で読んで以来、日本語でははじめてとのこと。よかったと一言。

夕食、ステーキ、チコリのソテー、ブロッコリ、トマト。

最後の章、深夜までかかるが終わらない。

2月27日（日曜）

朝、起きて入浴。その後、昼前に、とにもかくにも脱稿。当初の予定を大きくはみだし、奥田、スガ、じゃがたら、フィッシュマンズで、枚数を計算すると、四百字詰原稿用紙で三百五十枚ほどになっている。そのうち半分が、フィッシュマンズの勘定である。疲れがどっと出て、ソファで寝転がり、その後、散歩。電気バスでダウンタウンに出て、六ブロックほどを歩き、郵便を投函する。Aが絵はがきを買いたいというのですぐ前で降りたが、書店バーンズ&ノーブルが閉店していた。これで先月のボーダーズ撤退から日をおかず、サンタバーバラの目抜き通りにあった大書店が二つなくなったことになる。ステートストリートにはもうまともな書店がない。タウン誌「インディペンデント」に、「誰が、そして何が、ボーダーズを殺したか」という記事が載っていた（読んではいない）。

いまどき、誰が本を読むのか。私が、と私の中で犬が答える。

もう少し簡単に英語の本を読めるようになりたい。気持ちは小学生の低学年。しかし、スローラーナーを不景気の波は、待っていてくれない。

以前Eさんに教えられたルノーズ・パティスリに寄り、クロワッサン、ケーキを買う。エスプレッソを飲む。絵はがきを求めに、電気バスで桟橋まで帰還。桟橋の半ばにあるお土産品屋まで行き、帰ってくる。

帰宅後、雑誌連載の最終回分のゲラ直し、送付。これで一年半前からはじめ、こちらにいる間も毎月続けてきた連載が、無事になんとか終了する。感慨、再びなきにしもあらず。最後のやりとりで編集者のSさんにお礼を申し上げる。

夕食、中華三昧、アボカドライムとアスパラガス。

夜、フィッシュマンズ論見直し、午前2時までかかり、終了。第一稿として、日本に送る。

2月28日（**月曜**）

午前、疲れが残っている。久しぶりに音楽の仕事を離れ、数日後のゴジラに関する講演の準備にかかる。発表用のパワーポイントにゴジラの変遷を描くTV映像から一部を抜粋したものをこれまで一部しか埋め込めていなかった。必要個所の全体をうまく取り出せなかったのだが、意を決して、色々と見よう見まねでやっていたら、できた。勢いがついてそのまま、ボウルダーで行った講演の資料を持ち出し、準備にかかる。

講演は、受け入れもとのUCSBの学際人文センター（IHC）というところが企画する「場所の地理学（Geographies of Place）」という一連の講演シリーズの一齣である。場所をめぐる「アイデンティティと記憶、所有と行先」の問題の境界を画定することをめざす講演シリーズとウェブには出ている。数ヶ月にまたがって、十幾つかの講演が続く。三月三日、私のトークの翌週には地理学者イーフー・トゥアンが来て、「ここではない場所としての故郷《ホーム》（Home as Elsewhere）」という魅力的な題目で講演を行う。私のゴジラ論は、なぜゴジラがいつも日本に来て、暴威をふるうか、それが、なぜキング・コングがいつもニューヨークに連れてこられて、縛めをふりほどき、暴威をふるうか、という問題とパラレルでありうる。その一点で、なんとかこの企画テーマとふれているというのが、私なりの理解である。

準備の手順についてEさんに問いあわせると、昼すぎ、Eさんより Skype。どうも昨日、何度か Skype の電話を下さったらしい。携帯の電話も。しかし、何のことはない、当方は外出中。電話をもって出なかった。久闊を叙して、夕刻、大学での教授会の後、寄ってもらい、やきそばを一緒に食べることにする。

午後、晴天のもと、久しぶりに海辺の散歩。さすがに解放感あり。カメラを持ち出し、散歩道のスナップを撮る。夕刻、ゴジラ・トークの謝辞、DVDの説明文などを用意しているところに、Eさん来訪。少し交通事故にあったような気配のやきそば（なぜか、寸断、タイヤで踏まれたみたいな）を、それでも美味しく食べ、ワインとチーズで歓談。Eさんのニューヨークでの授賞式の様子、ミシガン大学での講演と、その夜のワインバーの料理の話などを聞く。ちょうど明後日、大学のキャンベル・ホールという大ホールで英国のドンマ・ウェアハウスで上演されている『リヤ王』をやるというので、急遽、予約。また明日夕餐を、Eさんに招かれる。

夜、見ると、日本の編集者Hさんよりフィッシュマンズ論に関する感想のメールが来ている。あまりに長いので驚かれたらしく、書き手が「素潜りで沈んでいっていくら経ってもあがってこない、不安になった」とのこと。何しろ、当初、一人（一グループ）あたり三十枚くらいで、という話が、やってみたら、三十枚程度でできたのはスガシカオだけで、フィッシュマンズにいたっては百七十枚である。このまま音楽について書いていったら、あなたはきっと佐藤伸治のように過労死するであろう、とも不気味な予言が記してある。たぶん、原稿は脳死状態にでもなっているか。しかし、本人は楽天的。可能であれば——百枚くらいに削れれば、何とかなるであろう。何となく、あれだけ根をつめてやったので、音楽との距離が、一歩、近づき、「親しくなった」。私には、それがうれしい。

3月1日（**火曜**）

昼、忌野清志郎と桑田佳祐について、下調べ。夕刻、ホール・フーズに行って買い物。その後、Eさん宅に招ばれ、ご馳走にあずかる。チーズ、ワインにはじまり、白にんじんのスープと西瓜カブの間にサーモンをはさんだもの（西瓜カブ watermelon radish。はじめて見た）。メインはビスキュイの上に野菜とグレイビーのかかったミンチボール。それにシナモンケーキにマスカルポーネのムースをのせたもの、エスプレッソ（以上Aの説明に従う）。

音楽づいているためか、米国のマタドール、またニュー・アルビオンというレコード会社から出ているEさん好みのミュージシャンの音楽を、次から次へ、色々と聴かせてもらう。キャット・パワー、ニュートラル・ミルク・ホテル、フリッジ、佐藤聡明など。また過去にホイットニー美術館で開かれたアラバマ州の寒村 Gee's Bend で村人に作られてきたキルト展の大カタログ（すばらしいもの）、写真家夫妻（名前忘失）による建物正面の写真を集めた『ファサード』という写真集、Eさん宅に数点所蔵のある写真家安楽寺えみのやはりすばらしいの一語につきる作品などに、話の花が咲く。語らっているうちに、日本ではあまり知られないが米国では知る人ぞ知る作曲家である佐藤という人が、Aの生地の知人の子息トシアキちゃんであることが判明、世の中はわからないものだと全員、感じ入る。二十枚ほど、CDをお借りしてくる。

歓談中、ニュースあり。Eさん曰く、大変なことがわかりました、『リヤ王』、ライヴの映像でした、ごめんなさい、とのこと。オーケー、不介意。謝々。

3月2日（水曜）

午前、忌野清志郎を聴く。どうもこのミュージシャンの歌は、よさがわからないと思っていたが、初期RCサクセションのアルバムを聴くと、なかなかよい。私の耳では、初期のものがよい、ということになるだろうか。このよさが、この後、バンドがしっかりし、活動休止し、ソロ活動が始まった後、時をへて、どうなるのか。そのあたりを聴いていくことにする。先のフィッシュマンズについて、もう一人の編集者Sさんからは、受理のメールの後は、感想未着のまま。だいぶ悩ませてしまっているか。いささか不安ではある。

夜、『リヤ王』。大学のキャンベル・ホールは大劇場。UCSBがなかなか懐の深い大学であることがわかる。劇好きの人々、学生などが大挙してやってきて、満席。映画は劇団案内からはじまる。ナショナル・シアター・ライヴというライヴ映像のシリーズ。専属劇団をもつ劇場ドンマ・ウェアハウスというのは、なかなかよいところであるらしい。またロンドンに行きたくなる。あらすじを一度復習していったので、話は追えるが、セリフがよく聞きとれず。悲しい。しかし、それでも面白い。三女のコーデリアは黒人女性が演じている。途中休みをはさみ、三時間十分の観劇。結局、今回の一年滞在でも、英語はこういうものがわかるところまではとうてい行かなかったと自分に宣告する気分。

帰り、全米で二番目においしいと標榜するチェーン店「In-N-Out Burger」で、一九四八年販売開始という「ふつうのハンバーガー」を食べて帰ってくる。

3月3日（木曜）

午前、午後からの講演の準備。昼すぎ、大学に行き、午後4時からゴジラの講演を行う。N先生やAEが、自分の学生に聴きに行くよう促してくださったためか、多くの聴衆が集まる。何とか無事に終了。後、IHCの用意したレセプション会場で、IHCの所長代理のB先生などと歓談。7時前に、キャマリロから来てくれた元学生のSを加えたEさんと四名で、ダウンタウンに戻る。「Sunken Garden（沈んだ庭）」という名のコートハウス裏の庭を見る。一区画低く設置された宏大な芝生の庭に、夜立ってみると、自然と目が夜空に向く。空には星がちりばめられている。そこからイタリア・レストランに行き、食事。アーティチョークの芯のサラダなど、なかなかおいしい料理を愉しみ、散会。

レストランを出ると、霧が出ている。霧の中で、じゃあね。バイバイ。Eさんは明日、ボウルダーへ行き、会議出席の予定。Sはキャマリロまで101号線で帰る。

さすがに解放感あり。懸案の講演が終わった。とたんに前方に帰国がせりあがってくる。

帰宅し、Netflixから届いていて数日、そのままにしていた二〇〇七年作の西部劇『3:10 to Yuma』を見る。なかなかの傑作。しばらく動けない。

3月4日（金曜）
Aが入浴しながら、歌を歌っている。言葉は聞こえず。ひとがわれ知らず歌を歌う。それを耳にするのはよいことである。
午前、エレクトリシャンが家の電気系統の修理にやってくる。バルコニーの外電灯が点かないのであきらめていたが、これで点くようになる。クローゼットの電灯にも白いガラスのかさが付く。
午後、電気バスで手紙を投函しにいく。当地は、一戸建て住宅の場合、郵便受けに投函する手紙を入れておくと、郵便配達人が受けとってもっていってくれる。街にポストが少ない。われわれのように集合住宅になっている場合は、それができないので、かなり離れたところまで郵便の投函に行かないといけない。それが不便。しかし、郵便ポストに行きがてら、いまは散歩をするのである。

　ダウンタウンの裏通りを歩くと、この町も、いとおしく感じられてくる。いろんな店があるのに、ほんの少ししか覗いていない。最初、幾つかの店に入り、幾つかのレストランで食事をし、それで私たちのこの町にたいする評価が下された。でも、これだけいると、ようやく、徐々に、おいしい店、少々は落ち着くカフェも見つかるようになる。今日は、裏通りのカフェでＡはカプチーノ、私はホームメードのリモナードを飲んだ。

　帰宅。フィッシュマンズ論、あまりの長さに、対応に困っているのではと、問題あるときは気軽に言ってくれるよう、出版社のＳさんに昨夜メールしておいたのだが、その返事が来ている。やはり少しとまどわれたようである。歌詞からの引用部分が多いとはいえ、四百字詰原稿用紙で、フィッシュマンズ論、二百七十枚もあり、驚いた、と書いてある。百七十枚だとばかり思っていたので、こちらも驚く。教えられるところ多いが、まだ未消化、しかし全体としてはシェイプアップできるはず、とのこと。違いない。削除作業には、編集者お二人の力を借りなければならない。私のような素人が、音楽の世界に頭を突っ込むというのは、こういうことなのだといささか、あきれ、暗澹としつつも、どこかで少々安堵も感じる。『Blood Work』というイーストウッドの映画のタイトルが思い出される。見えないまま、血の噴き出すような大手術が、この間、私と音楽の間でなされたのであろう。流されたのは、大量の音楽の血、それから少し、私の血。それにしても、二百七十枚とは。

　午後、Ｅさんからお借りした二十四枚のＣＤをすべてＰＣに取り込む。家にある四枚のＣＤも。

　夕食、豚のショウガ焼き、アスパラガスとブロッコリ。

　深夜、忌野清志郎、ほぼ聴き終わる。このミュージシャンの楽曲、これまで聴いていないものに、よいものがあった。このミュージシャンの「偉大さ」が、自分なりにわかってくる。

3月5日（土曜）

晴れ。昼前、キャマリロのアウトレットへ行く。101号線で二百台を超えるかというオートバイ集団に遭遇。ほぼ全員がDemonsという革ジャンパーを着込んでいる。女性ライダーもいる。車線から広がらないよう三台のパトカーが監視し、フリーウェイから降りるように先導している。私が降りるのと同じ降り口で半分ほどがパトカーに従い、ぞろぞろと降りていく。膨大な牛の集団に囲まれたようである。

広大なアウトレット内のBoseの店の前に駐車、そこで、遮音の完璧な、耳を覆う形のヘッドフォンを購入。これまで見向きもしなかったものだが、完全に音楽に頭が行っているのと、この会社のイヤホンにすっかりお世話になっているのとで、こうなってしまう。そもそも今回は、（日本での近親者へのお土産の購入を考えたのと、いつまでも続く執筆閉塞に少し気分転換が必要という）Aの提案による買い物行なのだが、結局よいものがないと、Aは何も買わず。かえってふだんは買い物を億劫がっている私が、お、いいね、などとヒューゴ・ボスでワイシャツと綿パン（三〇パーセント引き）、カルバン・クラインでGパン二本（半額）を衝動買いならぬ無気力買い、している。

晴天のもと、久方ぶりの海岸沿い101号線のドライブ。約一時間足らずで、午後2時ころ、サンタバーバラへ帰還。ダウンタウンの日本語の通じない店で簡単な寿司を食べて、帰宅する。

新しいヘッドフォンを馴らしがてら、耳にあて、忌野清志郎・RCサクセションの最初のアルバム『初期のRCサクセション』を聴く。これは断然、いい。どうも私は音の貧しい昔の忌野とRCサクセションが好きなのであるらしい。疲れが出て（少しはアルコールも入っている）、いつのまにかそのまま就寝。昼寝。夕刻、Eさんからいただいた西瓜カブという名の美しい西瓜色したカブの甘酢漬けとチーズで、ワインを少々。それから、うどんで夕食。雑誌の忌野特集号などを見る。深夜、忌野論を書きはじめる。

3月6日（日曜）

忌野清志郎を特集する雑誌特別号のインタビューを読み、ついで、手元にあった忌野の本『瀕死の双六問屋』を読むが、すばらしい。漫画をも書く人で、それも載っているが、見開き読み切りのそれを脇の自己解説とともに読むと、この人の自在な諧謔にみちた精神がよくわかる。やはり秀逸。思わず笑う。町田康が解説で適切に書いているけれども、これほど知的に高度なロッカーが存在したことは、驚きである。というより、音楽のほうに、知的な魂が分布しているのか。いまやこのミュージシャンに隷属、屈従、なかばひれ伏す感あり。

『KING』というアルバムあり。当初、自分のイニシャルの『KI』(Kiyoshiro Imawano)を考えていたところ、これでは弱い困りますとレコード会社に言われ、だめかこの案はと、ヨコにNGと書いたら、『KING』になっていた、などと語っている。とぼけているのか、こういう人なのか。これだけ明朗、闊達、不敵、不屈な精神は、稀有である。

今日は一日、曇りだったが、午後、いつもの海岸沿いの散歩。夕食は、牛肉スペアリブの焼肉、アスパラガス、野菜ポトフ。まだ、うまく書き出せない。

3月7日(月曜)

午前、仕事をしていると、部屋のガス・ヒーターの修理をする人がやってくる。四日の工事で全て終わったと思っていたが、電気とガスは、別系統の仕事であるらしい。二時間ほどかかる。パソコンを台所に持ち込み、仕事を続ける。忌野清志郎の残りの一冊、『十年ゴム消し』という十年前の日記を本にしたものを、引っぱり出して読む。引っ越しか何かの折りに出てきた二十代後半のころの日記を、十年後、発表したものであるらしい。どこか、中原中也の二十歳のときの日記と似ている。

いまにも　はきそうだ。

ぼくはスルメ
からからに干されて、
あきらかにあきらめた
一番スルメに
二番スルメ
ぼくもメンス。

やっほー!　(うら声で)

何だか、よくわからないが、面白い。

午後、忌野論、はかどらず。また、音楽を聴いているうち、RCサクセションの出発が一九七二年であることに気づく。第一アルバム『初期のRCサクセション』は、二月、連合赤軍事件のあった月に出ていた。ほとんど誰も言及しない第二アルバム『楽しい夕に』が同じ年の十二月に出ているのでiTunesで購入。聴く。これが何とも素晴らしいので、あっけにとられ、しばらく茫然とする。論はこれでまたやり直し。双六で、何度やっても、振り出しに戻る、になる。しかし、RCサクセションの初期の三枚のアルバムでの忌野は、まさに天才である。

家主に当たる不動産会社の人がまたやってきて、三月半ば、二泊分、外泊してくれとのこと。シロアリ駆除だとのこと。Aは立腹。なんだかんだしているうちに暗くなる。夕食、豚汁と松前漬とスナップ豌豆プラス油揚げの煮物。

3月8日（**火曜**）

このところいつも散歩しているのに、昨日はできなかった。朝、ようやく忌野論、とっかかりをつかむ。午前、ボウルダーのEさんよりSkypeが入る。いまハルトゥーニアンへの反論の英文のチェック等をして下さっている。調べると、私の悪名ぶりを示す文献がまだ色々と出てくるらしい。さすがに、いささか、憂鬱になる。しかしEさんはにこやかで意気軒昂。面白いですね、とモニターの向こうで笑っている。感謝。

午後、久方ぶりに火曜のファーマーズ・マーケットに出向く。春の到来！　はじめて花を買う。カラーと紫の花、赤い花（ともに名称不詳）、それにローズマリーとユーカリが入って五ドル。ほかにチェリモヤ、アーティチョーク（小さいのしかない）、バターレタス、ねぎ、イチゴ、オレンジ、もろもろ。その後、ホール・フーズによって、卵、豚肉などを買って帰宅。

生花を活けると、ローズマリーの匂いが部屋にみちる。忌野清志郎、何とか出帆の気配。夕刻、いつも散歩で海辺沿いの道に出る際に通る芝生の抜け道に面するホテル・オセアナに行って、シロアリ駆除前後の三夜、オーシャンビューの部屋を予約してくる。帰り、いつも見ている別の小ホテルの造園の進捗状況を視察。

このところ顔なじみとなっているガーデナーの女性

と挨拶。一週間ほど前、彼女が仕事をしているかたわらの芝生に、猫がおとなしく腰をおろして座っていた。犬のように。この女性の飼い猫で、名前はソクシー（Socksy）。なぜかというとね、と彼女が猫を転がしたら、白黒猫で、脚の部分が四本とも白。白いソックスをはいているように見える。ソクシーが、走って道路を横断。アアッと（当方だけ）肝を冷やして以来の知りあいなのである。

帰宅後、また仕事。シロアリ駆除は、十七日から十九日まで。それまでに何とか、音楽論を終えなければならない。アーティチョークを煮て、いそいそとワインでいただく。おいしい。夕食は、ホール・フーズで買ってきた寿司（アボカド・プラス・ツナ）に、作り置きの水餃子を六個ずつ。赤ワイン、だいぶ飲んで、酔っぱらう。

そう、もう春である。

3月9日（**水曜**）

午前、忌野論、渋滞。昼前にEさんからハルトゥーニアンへの反論に関する電話をいただく。どうもこの学者は、私の『敗戦後論』を読まないで批判を書いているらしいことが、見えてくる。言及個所の注記をいままでそう厳密には確認していなかったが、検討してみると、穴がたくさん見つかる。ある個所の注が、一一三〜二二一頁などと書いてある。これは、本の三分の一にあたる範囲。一個の論考の全部である。他の論文からの無断使用では、と思われるところもある。

午後、散歩。何とか日課をこなすが、忌野論、なお手強し。

夕食にアボカド、バターレタスに生のクルミを散らしたもの、焼き豚。ファーマーズ・マーケットで買ったアボカド、生のクルミ、よろし。初期の忌野のライヴがYouTubeに映像として出ている。一九七二年前後か。小さな場所のステージに立ち、おかっぱ頭で歌う貧弱なこの天才少年の歌を聴いていると、涙が出る思いがする。「ぼくの自転車のうしろに乗りなよ」。

3月10日（**木曜**）

午後、ようやく忌野論、脱稿。書こうと思ったことの三割か四割。しかし、腹八分よりもっと少なく、イチローの世界で行くこととする。四割でも多すぎる？

四時くらいに海岸通りを散歩。日本の出版社の編集者のSさんが、ハルトゥーニアンへの反論の確認に必要な資料を送ってきてくれる。感謝。帰宅後、ワインを飲みながら、忌野を手直し。夕刻、音楽の本の編集者HさんとSさんに送付。五十五枚。これであと、桑田佳祐を残すのみとなる。しかし、忌野だけで、十日もかかってしまった勘定。

夜、Netflixから来たコーエン兄弟の第一作『Blood Simple』を見ていると、娘からSkypeの電話。いま仙台で震度七の大地震が起きたらしいので、連絡を取ってみてくれ、との知らせ。Skypeで色々とやるがつながらず。地震のときの携帯メールの強さの話を思い出し、義妹にメール。一時間ほどして、「全員大丈夫です」の返信を得て、Aとともに安堵する。仙台はAの実家があり、きょうだいの家族も住んでいる。映画の残りを見終わる。なかなか面白い映画。山形の実家にはもう誰もいない。母は死んで、父は脳梗塞後、老人用マンションにいる。兄は別宅。いずれとも連絡がつかず。

机の上を少し片づけ、今日最終回の抜き刷りの届いた一年八ヶ月間続けた雑誌連載をまとめる。目次一覧を印刷し、抜き刷りの袋に入れる。疲れ、いよいよ深し。

3月11日（金曜）

昨夜、夜遅く、イギリスのGから、地震を心配してのメールが入った。朝早く、ボウルダーのEさんから、やはり地震を心配してくれたSkypeが入る。あと二十分でサンタバーバラに津波が届くという。それも注意して下さいとのこと。元学生のM君が海外でも見られる日本のテレビのサイトを教えてきてくれたので、昨夜遅くからそれを見ている。一夜明け、死者行方不明者が千人を超えた。山形の父、兄とは連絡が取れない。

もう二週間ほども置いたままにしてあった『巨匠とマルガリータ』論のゲラを見直す。ずうっと気がかりであったが、忌野が終わらず、着手できなかった。見直しを終わり、なんとか締め切り前に送付し、ほっとする。これを書いている背後のもう一台のPCが被災地の空からの映像を映している。三月、東北、私の見覚えのある寒そうな景色が、泥に覆われ、火を噴いている。午前6時27分。

UCSBの国際課のようなところから、To Japanese Students and Scholarsへとして、何かできることがあれば遠慮なく言って下さい、できるだけのことをする用意あり、とのメール入る。学内の日本人の教員研究者学生を、すぐに把握できるらしい。

昼を食べた後、U-Haulに帰国に向けての荷物をまとめる段ボール箱、テープを買いに行く。いよいよ、帰国が見えてきた。

夕食は、ハンバーグとアボカドライム、ブロッコリとトマト。ブロッコリの若芽が甘い。その後、Skype、ようやく兄につながる。山形の父も兄も兄の家族も、大丈夫。安堵。

桑田佳祐、雑誌の特集号を読みつつ、音楽を聴く。深夜、福島原発の建物が爆発する映像がBBCで流れているとのメールが来る。それを見る。Eさんからも NHKの映像がケーブルテレビで見られるという知らせが来る。契約しているのだが、なぜか、部屋のテレビには入らず。

3月12日（**土曜**）

原発の保安院会見映像を見る。なかなか前を見て話す人がいない。この映像が世界に流れるという意識があまりない。ローマで泥酔のまま記者会見した財務相の映像を思い出す。

原発爆発の映像は炉心溶融ではなかった。ほっとする。福島には幼い頃からよく知る、医師をしている甥がいる。原町にも義理の弟の友達として四十年来のつきあいのあるS君がいる。

午前、日本の雑誌に「昭和を揺るがした言葉」というアンケート特集の回答。戦争責任については「文学方面の研究」をしていないので答えられないという一九七五年の昭和天皇の記者会見発言をとりあげる。回答よりは、質問が重要か。この質問があったので、（記者が日本人なら）とにかく日本人は一度、昭和天皇に戦争責任についてどう考えていますか、と尋ねたことになるのである。質問者は、ザ・タイムズ記者とも言われ、日本人の取材記者とも言われている。その後、どうしたのだろう。わからず。私が若いノンフィクションライターなら、当然この人物を追うだろう。プリントして確認。その後、送付。

午後、仙台の義妹とようやく電話がつながる。Aの実家は内部がめちゃくちゃとのこと。ほとんどの食器、コーヒーカップ、皿の類が食器戸棚から跳びだし足の踏み場もない。壁も崩れ、一部廊下から空が見えるという。近くに住む義妹の家はそれよりはましだが、電気、水道、ガスが全てとまっている。しかし声を聴いて、Aも一安心。

夕刻、義妹宅に来た両親とA話す。意外に義母、義父は元気である。厚着をし、部屋の中を履き物をはいて歩いているとのこと。

夕食、ポークカツレツとズッキーニのソテー。

Hさんより忌野論の感想。まあ、よし、という意味であると勝手に解釈し、そのまま、桑田の音楽を聴き、書けるところから、書きはじめる。

仙台、夜、零下一度。天気予報の画像を見ている。友人が送ってきた別の画像は、福島原発がチェルノブイリ事故のときのように炉心溶融にいたった場合の放射能の拡散、アメリカ本土への到着進路をシミュレートしている。炉心溶融の場合は、三日ほどでカリフォルニア上空に達するようだ。音楽は、このところ気に入って聴いているThe Black Heart Processionの『Three』。たぶん日本では知られていないグループだろう。本拠地はサンディエゴ。三日後にコンサートがあるがとても行けない。あるグループの音楽が好きだというとき、何が好きなのか。わからない。それでも、とてもいい、それほどでもない、の違いははっきりとしている。深夜、もう一人の音楽の本の編集者Sさんより感想。忌野論、今度は、よかった、とのこと。安堵。

3月13日（日曜）

パリに住むS君から数人の日本人の友人に宛てたメールが私にも届く。関東に住んでいる友人たちに一週間ほど、東京を離れた方がよい、と言っている。フランスでの報道とそこに出てくる写真と、日本での報道があまりに違いすぎる。日本の報道を信じないように。フランスでは遂に在日フランス人に退避勧告を出した、放射能検査を受けてその場で上着を処分されたと答える青年の映像が流れている、など。そうか、とル・モンド紙のサイトに入る。このカタストロフのすぐそばで東京都民が何事もないかのように過ごしていることを、驚きをもって報道している。数日前から日本のNHKほか民間局の地震報道をライヴ映像で見ているが、放射能汚染に関する防護服を着た係員が避難勧告を受けた住民を安全地域との境界でチェックするといった映像はたしかに日本のメディアには出ていないようである。ウェブのニューヨーク・タイムズのトップの写真も、列を作って防護服を着た係員のチェックを受ける住民を写している。ある種の統制が働いているのか。

ＮＨＫのニュースは計画停電の導入による私鉄のダイヤの運行変更を詳しく報道している。何かいつも通りの日本の報道という感じである。ＢＢＣ放送が、日本の原発事故の今後の深刻化を予想している。一方、東武東上線は、池袋・成増間は通常通り、成増・志木間は間引き運転、志木・寄居間は運休。これを見て、私は、志木から一駅目の自宅にいる娘にSkypeをし、志木まで歩いていかなければならないよと伝える。ちょうど起きたところで、ＴＶは見ていない。えーっ。一時間ほどして携帯からメールが入り、教えてくれてありがとう！　と言ってくる。日常的な小さな小さなこと、地球規模の大きな大きなこと。そのどちらが本当なのか。双方が、人の姿になって、チェックポイント前、列に並んでいる情景が頭に浮かんだ。

Ｅさんからも Skype 電話。先に送ってくれたニューヨーク・タイムズの新聞の写真について話す。津波の被災地現場で、娘さんの遺体を見つけた両親の写真。Ｅさんは S さんと、泣いたと言う。

夕食、アボカドライムと鴨汁うどん。

3月14日（月曜）

昨日の電話で、放射能汚染にヨウ素を含む kelp（昆布）のサプリメントがよいらしいというＥさんの助言を受け、日本に送るべくホール・フーズに買いに行くが、もう売り切れている。誰かが来て、全部買っていったらしい。日本に送るために日本人が購入したのか。二種類あるうちの、より効果があるらしいものを、ウェブで調べてもらい、十個注文する。そのまま、ゴリータまで行って、いくつもの店を捜し、五軒ほど訪れた後でようやく在庫のある店を見つける。五個購入するが、この間、三時間。なまぬるい風吹く。とてつもない寂寥の感じに襲われている。

ニューヨーク・タイムズのウェブサイトには二十数枚の地震・津波・原発被災の写真が掲載されている。その多くが人に焦点をあてている。遺体も写っていて、心に食い込むものが多い。朝日新聞のウェブサイトに入ると、あるのは、何気ない、災害写真ばかりである。こういう場合、アメリカの新聞の写真は、何が起こったのかということを、それを全身で受けとめている人間を被写体にして伝える。日本の新聞は、できごとをそのまま事件として伝える。尺貫法の単位が、人間の身体部位を、メートル法の単位が、地球の大きさを、それぞれ元にしていることを思い出す。いま見てみたら、メートルは、さらに地球も離れ、別計算で割り出されるようになっている。曰く、「一秒の約三億分の一の時間に、光が真空中を伝わる距離」。どうも、その時間で、光は一メートル動くらしい。のろのろと。なぜこんなに哀しいのか。寂しいのだろう。

夜、ステーキ、バターレタスとクルミのサラダ。野菜の酢漬け。

ニュースを見つつ、桑田について書き続ける。

3月15日（**火曜**）

朝早く郵便局に行き、カプセル状のサプリメントを送ることのできる保護封筒を買ってきて、福島で医師をしている甥と、東京、埼玉に住む息子、娘、甥に、kelpのサプリメントを送る。調べてみると、安定ヨウ素と言われるものは、四十歳以上の人間には無駄であるらしい。というか、それよりも若い人が、この種の放射線災害の全量の打撃を受けるのである。

音楽、桑田論、続ける。原発の状況は、いよいよ厳しい。

福島の甥が義妹に電話してきて、「孫はあきらめてくれ」と冗談まじりに言ったとのこと。彼は医師をしているので、福島から動けない。私は生きていてもあとせいぜい、二十五年であろう。今回の災害に誰が打撃を受けるのか。自分にはその打撃を全量で受けることができない。自分が全量で打撃を受けられないような失敗は、するなよ。そんな声が、自分の中の、どこかから聞こえる。お前は原発の危険性ということを、なぜ十分に深刻に考えてこなかったのか。この間の寂寥の感じが、子供たちの世代が大変な目に遭うのに、自分が何もできない、また何もしてこなかったという事実から、ゆっくりと立ち上ってくる感情であることが、見えてくる。

夕食、麻婆豆腐とアボカドライム、野菜の酢漬け。

3月16日（**水曜**）

午前、何とか一通り、音楽終わる。偶然、もと教え子で現在インドの古楽器であるタブラ奏者となっているK君からメールが来る。今週あるバンドのライヴに参加する。そんなことをしていてよいのか迷っていると。自分のブログに以前、私に匿名で問いを出して応答のあったウェブ人生相談の答えを勝手に転載したので、事後になったが承諾してもらえるとありがたい、とも。見る。明日死ぬなら、今日音楽を聴きたい、と思う。引用は光栄、と書いて送ると、返事。「光栄」と書いてもらってうれしい、と。

K君には生まれつき、左の手首から先がほんの少ししかない。その左手と、右手で、太鼓を縦にしたようなタブラを敲く。その演奏にはプロの小山田圭吾も顔を出すという若手の有望株である。一年間、休学してインドに行って名手の弟子についた。東南アジアではバスに乗っていると人が寄ってきて、おい、どうしたお前の手? と訊いてくるが、日本では誰もそうは訊いてこない、と一度ゼミがはじまって二回目くらいの時に発言した。私も顔合わせのゼミの飲み会で、笑顔で話しかけてきたK君と飲みながら、ふと見ると、左手の先が小さいので、息を呑んだが、そのとき、そのことを口に出来なかった。そのことを、その折り、教室でK君に謝った。そんなことを思い出す。

今日からシロアリ駆除で、三泊四日で、アパートをあける。その間ホテル住まいをしなければならない。建物全体をテントに包み、ガスを充満させるらしい。Aは立腹、承諾のサインをしないと言っていたが、色々Eさんにも調べてもらい、安全性がかなり高いことがわかり、しぶしぶ納得。やってきた大家会社のNの用紙にサイン。この間の補償の小切手を受けとる。

時をおかず、近くのいつも散歩する芝生の道を敷地にもつホテル、Oceana に移る。三泊の予定。食べ物、家中の衣服、水洗いできないコーヒーメーカなどを二重、三重に指定のポリエチレンの袋に入れ、密閉する仕事に、半日以上を費やす。Aは疲弊。

アメリカ政府が原発から半径五〇マイル(約八〇キロ)の地域からの米国人の退避を勧告したということに関し、Eさんと話す。五〇マイルと一二マイル(約二〇キロ)。放射線が外に出るようになってから、すぐに人体に影響がある量ではない、という政府からの説明がメディアに出てくるようになった。マイクロシーベルトから、ミリシーベルトに変わった時に、単位が変わったとのみ、官房長官が言い、単位が千倍になったとは断らなかった。政治家としては失格、だろう。

いずれも一時間の量。周辺の人々はいま、朝から晩までレントゲン照射を受けているようなものである。

元ニューヨーク・タイムズ取材記者の著述家パトリック・スミス氏から、連絡打診が入る。こちらから電話し、数分間話す。原発の現在の危機を見て、今考えることを、昨年のニューヨーク・タイムズの記事の「Outgrowing the growth（「成長」を成長して脱する）」の趣旨に立って話してほしいとの依頼。いま、こういうときが、自分にとって長期的な観測を行う時期とは思えない、後続する世代への責任を痛感するとだけ、答える。

これまで一〇〇ミリシーベルトだった放射能対策の作業の上限を厚生労働省と経済産業省が二五〇ミリシーベルトに上げた。作業員が法律を盾に、自分は法で定める以上の危険な作業には従事できないと抗弁するのをあらかじめ封じる策であることがはっきりしている。誰もそのことの意味について言及しない。当事者は、この社会の対応に恐怖を感じているのではないか。

ホール・フーズから kelp のサプリメントが入ったと連絡。取りにいくが、前回購入のものと同じ。本格的な安定ヨウ素剤の購入に切り替える。やりとりを見ていた女性が、別の薬局にあったわよと教えてくれる。さっそく出ていこうとすると、年長のほうのもう一人の店員の女性が休憩時間だから、と言って一緒についてくる。外に出ると、これは私からのギフト、ご家族、お大事に、といって一つのボトルを手に握らせてくれる。見ると、Tri-Iodide とあり、ヨウ素サプリメント。二九・九八ドル。驚き、お礼を述べ、ぼんやりしてしまう。そそくさと、そのまま教えられた薬局に行くが、ヨウ素サプリメントは売り切れている。在庫払底とのこと。ここならあるはずという別の店を教えられる。明日、9時開店。帰宅、いただいたサプリメントをAに渡す。

こういう親切をしてくれる人がいることが、信じられない。

夕食は昨日の残りの麻婆豆腐とにんじんとクルミのサラダ、野菜の酢漬け。二回に分けて、荷物をホテルに運ぶ。夜、ホテルで再びパソコンを開く。原子炉に水をかける試みがあまり進展していない。

フランスからのメールでS君が言う。「巨大なプールに小便をかけるようなことをしてごまかしているけれど、実際はもうなすすべがないのではないだろうか？　底に穴が開いていれば水はたまらない」。

3月17日（木曜）

7時半に起きて、朝食。その後、教えられた薬局に行くが、売り切れ。薬剤師の主人に、もうどこでもたぶん入手はできないだろう、と言われる。Sorry と。

帰ってきて日本にいる子供、甥、めい、友人の子供に、ヨウ素のカプセルを一人六〜八個くらいずつにわけて送る。四十歳以上の人間には無意味のもの。

再度出かけ、郵便局から発送。その後、久しぶりにあひ寿司に行き、にぎり寿司定食。ホール・フーズでワインを一本買って、帰ってくる。

夜、近くのピザハウスで、ピザ。私はビール、Aはコーク。テレビで日本のニュースをやっている。Desperate effort と書いてある。もう絶望的段階、という感じ。そのまま帰って、PCで日本のニュースを見る。

日本から、イシグロ論の日本語版を五月号に載せたいとのメールあり。アメリカの雑誌に契約事項の確認をEさん経由で行ってもらう。それまで待ってもらうよう、返事を出す。

3月18日（金曜）

朝、ホテル。私は桑田の見直しがあるが、二人して部屋にこもってばかりいても仕方がないと、近郊のワイナリー地帯に行って、気に入っていたワインを日本に送ろうとするが、海外まで送るサーヴィスはないとのこと。日本で気持ちを疲れさせている友人においしいワインをと思っての遠出だったが、不発。四本のみ購入、サンドイッチを食べて帰ってくる。

午後、ルノーズ・パティスリに行って、明日の小パーティのため、パット・ド・フリュイ、マカロンを購入。そこでエスプレッソを飲み、遠くに山の見える、椰子の揺れる店先を見ていると、何やら哀しくなる。中原中也の「春日狂想」を思い出す。

Aも哀しいと言う。目に涙あり。このいつもながらのふつうの光景を見ると、悲哀の感が襲ってくる。ぼおっとしていて、再び、財布、カード、パスポート入りのショルダーバッグを店に忘れる。ホテルに着いてすぐに気づき、取って返したところ、店の人がカウンターに預かっていてくれた。ほっとする。二度目。肝を冷やす。Aは心配を通り越して、あきれ顔。

ホール・フーズから注文したうち残りのサプリメントが届いたとの知らせ。でも訊くと、届いているのはkelp のサプリメントだという。これは、あるので、ヨウ素のサプリメントがほしいのだと言うと、もう全米中どこでも売り切れだとのこと。それから、ちょっと沈黙があって、自分が個人的にもっているものを、あげてもいい、と言う。一瞬、驚き、感謝し、買わせてもらってよいか、というと、だいぶ固辞した後、オーケー、という。明日、相手の非番のときに、会うことになる。名前はジャスティン。午前11時に電話することになる。

町ごと壊滅した南三陸町という町がもともと志津川という町だったらしいことがわかる。町名を変更していたためわからなかったが、志津川なら知っているとA。そこから人がよく海産物を売りに来た。志津川かと呟いている。

Aが仙台の母に電話すると、二階から父が起きてこないとのこと。妹に連絡。行ってもらうと、疲れて起き上がれなかったとのこと、電話口に出てきて会話を交わし、Aともども、一安心する。

夜、ようやくサンタバーバラに帰還したEさん、Sさんと四人でフランス料理屋で会食。地震と原発の話をする。あまり味は良好でなし。また騒々しい。食事が終わったところで会計をし、あとはEさん宅で、お茶とデザートをいただく。

ホテルで、再度桑田にかかり、午前2時、脱稿。HさんとSさんに送り、就寝。

3月19日（土曜）

シロアリ駆除で十六日夜から続いていたホテル住まいが今日で終わり。チェックアウトし、スーツケースを二つ預かってもらい、食器、その他の紙袋等を車に積んだまま、ファーマーズ・マーケット、ニッカ、ホール・フーズと寄って、買い物を終え、途中、連絡してジャスティンと会う。ヨウ素は、液体のもの。二本。お礼を言い、代価を支払い、ワイナリーで買ったワインをもらってもらう。会合場所は、サンタバーバラ・ヨガ・センター前。ジャスティンはおだやかな顔をしている。お大事に。ワインに、オー、ともいう。一本をEさんのお宅によって、メールボックスに入れてくる。

ようやくアパートに帰る。先日、だいぶきつく要求しておいた甲斐があって、大家会社のNが来ていて、ガスを復活させてくれている。実はこの夜、以前からお礼の小さなパーティを計画していた。それがガス消毒の直後ということになり、急遽、Hさんのお宅を借りて行うことになった経緯がある。Aが台所で料理の下準備を行い、それから一式をもって、我々二人、Hさんのお宅に伺う。その先の料理を台所を貸してもらって行い、6時半からR先生、夫人のYさん、EさんとSさん、あとHさんと夫人のDさんの六人とともに料理を楽しみながら歓談する。豚肉の紅茶煮、ちらし寿司、リーキのマリネ、アスパラガスをAが用意、EさんがムールＡ貝のスープを、Yさんが桃の花とサーモンをはさんだお寿司を持参してくださる。10時半、解散。

雨。部屋は窓を開けていったためか寒い。なかなか暖まらず。布団を整え、就寝。

3月20日（日曜）

終夜雨。テントで建物を包むので人が屋根に上がったせいか、再び雨漏りの音で目が覚める。ベッドの脇にかなりの量の雨漏り。雨降りやまず。昨日までいたホテルに今日は、日本から来た通信社のAさんが投宿しているはず。仕事で忙しいので明日会う、という予定だが、激しい風雨。大丈夫だろうかと心配になる。

Aさんの同僚のKさんの送ってきてくれた外国人書き手による寄稿の中で、台湾の李登輝元総統が、首相はヘリコプターで上空から視察するだけでなく現地に降りたたなければならない、また一人で行くのではなく、自衛隊の幕僚長と官房長官を従えて赴き、今後の救援を全力で行う意思を示さなければならないと述べている。被災者と国民と世界に向けて、ということだろう。

また内田樹がブログで、疎開のすすめを書いている。こういう具体的な意見は、貴重である。

原発は、五号機、六号機に冷却機能復活。少し希望が出てくる。そのほかは相変わらず。チェルノブイリ事故でも使われたと先日紹介のあったものだろう、ドイツ製の特殊放水車が三重県を出発したというニュース。ということは、以前から日本の地にあったのか。

その二台の車の運転手が出てくる。悲壮な言葉に、目頭が熱くなる。

不思議な脱力感のうちに、この間のできごとが第二段階に入ったことが感じられる。放射能は拡散された。原発は壊れた。汚染地区がはっきりと生じ始めている。そのことは否定できない。そのことを受けとめて、この先を考えていく。何かが覆い隠された。覆い隠すシートには、また新しい絵が描かれている。

ウェブで見ているNHKの深夜の放送休止時間に音楽が流れるようになった。昭和天皇重篤時も、湾岸戦争時も、深夜、こうだったのを思い出す。いま聞こえているのはキース・ジャレットの『ケルン・コンサート』である。

3月21日（月曜）

昨日とは一転、晴れ。午前11時、日本からやってきた通信社のAさんとサンフランシスコから来たカメラマンのNさんをお連れして大学へ。途中フリーウェイで豪雨。でも大学に着く頃は晴れている。研究室でEさんのインタビュー。その間、学生センターのロビーでGのケンブリッジ大学博士論文の草稿を見ている。第一章のみ。

1時すぎ、インタビュー終了。Aさんは、Eさんの若さに似合わぬ学識、見識に、感嘆しきり。日本語力にも感心。これまで外国で日本語でのインタビューに応じてもらった相手としては二人目、ないし三人目だと言う。


大学からそのままAさん、Nさんを案内して拙宅へ。ややあってSさんをピックアップしたEさんが合流する。Aの用意したアボカドライム、各種野菜の甘酢漬け、アスパラいため、パエリャと、ワインで歓談。午後3時、Aさんは、Nさんの運転する車でロサンゼルスへ。Eさん、Sさんには、Aが日本から持参した津軽の菜々子塗りの茶托をもらっていただく。やや、疲弊。

夜、Gに論文草稿の感想と、幾つかの指摘。Mさんより昨夜送ったこの日記の第二十四回送付分の感想が来ている。コペンハーゲンを訪れて以来、二週間に一度、編集者のSさんとMさんとにお送りしてきた。そのつどの感想の、今回分だが、深い言葉が記されているいつものことながら、この人の感想に、ありがたさを受けとると同時に、親近感を感じる。

Mさんは、Sさんとともに私にこの日記の執筆を勧めてくれた人だが、私が日本を離れている間に、会社を辞められ、いまはフリーとなっている。夜、大きなアーティチョーク。ワインで。もう完全に病みつき。その後、酢漬けの残りとお茶漬け。

3月22日（火曜）

この日記について、以前にEさんから一つのヒントをいただいていた。これを日本に帰ってからの二週間まで続けてはどうか。コペンハーゲン、サンタバーバラと来て、最後、日本。元の場所、自分の場所に帰って何を感じるか、そこまでで一つ、というアイディアである。

なるほどと思い、そのつもりでここまで書いてきた。けれども、この考えをもう少し進めることにした。この日記は日本に帰ってから、現在の原発の危機が何とか解決の方向に進み、一応の落着を見るところまで、続けようと思う。

私のこの一年の生活は、日本がとてつもなく暑かった夏に、涼しいコペンハーゲンにあり、日本が例年になく寒かった冬には気候温暖なカリフォルニアのサンタバーバラの地にあるという、一般的に言えば「人も羨む」環境で過ごされた。その私が、いま、多くの人が大地震と大津波に襲われ、生命を奪われ、家族、友人を失い、また住まいと暮らしの場をなくして、水も電気もガスも十分でない避難生活を余儀なくされている自分の国へ、原発の放射能汚染の恐怖に脅かされ、余震の続く日本へ帰るのだ。

日本は国際的に言えばいまや禁治産国になってしまった感がある。

たとえば、今日、六年前まで勤務していた大学の学部長のA先生と、この三月に大学をリタイヤし、いまはニューヨークに帰っている元同僚のRが、サンタバーバラに来ることになっていたが、とりやめられた。学生交換留学協定の今後をUCSB側と協議する予定で、私も、Eさんと二人、今夜、彼らと会食の予定だった。UCSBはこの春、日本に交換留学協定の学生を送ることを、中止した。

たぶん、この六月に計画し、準備を進めてきたEさんとSさんの日本への夏季の短期研究滞在もキャンセルになるだろう。保険会社が政府の勧告を根拠に米国から日本への旅行を保険対象から外す動きを見せている。これに従い、大学からも保険が下りない。大学も日本への研究旅行をとりやめるよう通達を出す見通しなのだ。

いま勤務している日本の大学でもすでに卒業式、入学式を中止、春学期の始業を五月六日に延期することが決定されている。たぶん例年は二百人をくだらない外国からの留学生も、キャンセルによって、数が激減するだろう。これからは数年、観光客も減少する。さまざまな食べ物、食品加工物の輸出等にも障害が生じる。原発周辺は、立ち入り禁止地域になる。日本ではこれから、思いもしないことが起こるだろう。でもそれらのことを、この「平和ぼけ」の一年の日々の延長で、地続きに、書いてみたい。そうすることが大切なことだ。このままの頭で、考えてみたい。いつも平時との回路を保っていたいと思う。

今回も、この度の自然災害を「平和ぼけ」した現代の日本に下された鉄槌だ、「天罰」だと述べる人が出ている。十六年前の阪神淡路大震災のときも、そうだった。戦争と敗戦後の混乱期を少年時に過ごした年齢の識者に、そういう論調が目立ち、敬意をもつ小説家までが「バブル」のさなかから、平和ぼけしてきた現代日本のありさまに被災の現場から怒りを発して糾弾の声をあげた。一度、「ぬるま湯」につかった「平和ぼけ」の生活をしていることが、悪いことか。そうした生活を被災の場所から非難糾弾することには断乎反対したい、と、その小説家を名指して小さな反論を試みたことがある。被災している人々は、「ぬるま湯のような日々」を奪われた。何とかそれをもう一度回復したいと願っている、その平穏な生活を「安逸」と呼んで呪詛するのは、おかしい、という内容だった。

それから十数年もたった数年前に、その小さな昔の文を新たに読んだその小説家から、お手紙をいただいた。たぶんそのときはじめて私の批判を知ったのだろう。重篤な病の床からの、君は私の書いたことを正確に受けとめていない、このような批判は断じて受け入れがたい、という趣旨のお手紙だった。二度か三度やりとりがあり、話は平行線を辿り、私は考えを変えなかった。小説家は、ほどなく、亡くなられた。

そのとき思ったことを、いまも感じる。私は「ぬるま湯につかった生活」を送ってきたのだが、そのことを、なしにはできない。また、できるなら、「後ろめたく」感じたくない。そのうえで、いま自分にできることを、災害に遭った人のために、亡くなった人たちのために、しようと思う。またこれから何年もの間、原発の放射能汚染と戦わなければならない社会に、これまで十分にこの問題に取り組んでこなかった自省をこめて、関わっていこうと思う。

一日かけて荷詰め。こちらで買った本が大量になり、運送会社と契約した当初の見通しの枠を超えそうであることから、泣く泣くだいぶ置いていく。これも運命か。日本では手に入りにくいというので、ポンチョ形のレインコート、蠟燭を買いにコストコに行く。蠟燭は？　と訊くと、店員、笑って、キャンドル？　クリスマスでないからね。レインコートは？　と訊くと、どういうもの？　日本に送る、と言うと、雨が降らないからねここは。やはり笑って言う。こちらも苦笑。いろんなアメリカ人がいる。

コストコのあるマーケットプレイス近く、サンタバーバラではじめて中華レストランに入る。塩湯麵。味はまあまあ。二人で餃子を一皿。私はこれに加えて、ノンアルコールビア。

3月23日（**水曜**）

朝起きると、娘からメールが来ている。東京葛飾区金町の浄水場の水から国の基準値を超える放射性物質（放射性ヨウ素）二一〇ベクレル（一リットルあたり）が検出されたことにふれて、こうある。

「シーベルトは放射性物質からでる放射線量の単位。ベクレルは放射性物質の量の単位。

譬えるなら、犬のフンがどれだけ臭いかがシーベルト。

犬のフンがどれだけ道に落ちてるかがベクレル」。

それから、

「あと、ＷＨＯ（世界保健機関）の水の放射性物質（放射性ヨウ素）基準値は一リットル中一〇ベクレル。日本が原発事故後に急遽制定した基準値はその三十倍」。

出所は、弟らしい。そのまた出典は不明である。しかし、この情報が正しければ、この基準値改正は憲法改正と同じではないかと気分が暗くなる。本当に「法」とか「基準値」が問われないときに、これをふりかざして人を規制する。今度は自分が規制されそうになると、いとも簡単に国の都合に合わせ、変える。もしそうだとすれば、「法」と「基準値」の力が本当に必要になるときに、それが歯止めとして働かないことになる。今度の原発災害で、作業許容量の基準値変更に続き、二度目。こういう話は、日本の社会への信頼をいたく損なわせる。これを問題にしているメディアがあってほしいものである。大変なとき、人々を勇気づけることだけがメディアの役割なら、それは、戦争中と変わらない。感動させるのでない、「励ます」のでない、批判的な観点をもつメディアとジャーナリストがこういうときにこそ必要なのだ。

午前、荷物詰め、残置処分の本がかなりの量になった。

昼過ぎ、Aと二人でダウンタウンに出かけ、百貨店でマフラーを見立て、ヨウ素のサプリメントを下さったホール・フーズの女性店員にお礼として贈ることにする。この町で百貨店に入ったのははじめて。二階に昇るとけっこうブランド品などが置いてある。ホール・フーズの売場で、ダイアンは、Aが、Our heartful thanks. と言って渡すと、Oh, so sweet. What have you done! と頬に手を当てる。うれしそうにしてくれる。ジャスティン、そしてダイアン。名前を尋ねたら、こう答えた。苗字は知らない。

夕食、ホール・フーズで買ってきた牛肉でステーキ、野菜の酢漬け、青菜炒め。珍しくステーキ、美味な部分にあたる。

深夜、Eさんに教えられ、「ニューヨーカー」の最新号をウェブで見て、大江健三郎の寄稿を読む。

3月24日（木曜）

朝、イシグロ論のゲラ直しを送付。これで当地でのPDFスキャナー、プリンターが御用済みとなる。荷詰めがほぼ完了。部屋がだんだん、がらんどうになってくる。荷物の八割くらいは本。それでも六分の一くらいは置いていかなければならない。

実は昨日、ジャスティンから譲ってもらった安定ヨウ素剤を福島にいて十代の家族をもつS君に送ろうと住所を調べたところ、S君の住む原町市が今ニュースを賑わせている南相馬市として合併していた。衝撃を受ける。すぐに自宅に電話すると、留守居の人が出てきて、ご家族は全員無事とのこと。今日、二度目の電話を向こうの朝8時半にあたる午後4時半にするが、市議をやっていて朝7時から議会に出かけている。携帯に電話すると、ようやく出てくる。元気な声。ここは放射線量は大丈夫。遺体の回収などがまだ終わっていない。市の問題山積、二〇キロ〜三〇キロの屋内退避ゾーンに当たっているため、外部から物資が来ないので困っていると。ただし安定ヨウ素剤は市に備蓄があるので、大丈夫と、ゆったりと答える。

義弟の同級生でもう三十五年も前、彼らの大学受験の頃、世話しがてらによくつきあった。私が三十歳で赤ん坊を連れてカナダに向かったときには成田まで見送りに来てくれた。私からの伝言を聞いてそのときの赤ん坊である息子に昨日、電話をくれたが、息子は義援金詐欺かと疑い、当初、けんもほろろに応対したと言う。父親の髪型がわかりますかと尋ねたところ、チリチリでしょう、と言われ、そのあたりから、知人であるとわかり、最後、平謝りした。大変失礼したので、そちらからも謝っておいてほしいとのメールが来ていた。

そう伝えると、S君は笑う。材木店を営む。「大変だね」、「公僕ですから」。いまは政治家。電話を切った後、台所で外を見ていたら、なぜかはわからないが、涙が出てくる。

なぜ二〇キロ〜三〇キロ圏内を避難ではなく、屋内退避にしながら、国営放送NHKの原発映像は、三〇キロ地点からなのか。そこから先は危険だと言っているようなものである。二〇キロまでは大丈夫だというのなら、二〇キロ地点からもっと鮮明な映像を送ってきてほしい。メディアというものは、それを誰がどのように見ているかに痛いほど、敏感であってほしいのだ。

私は政府の現地対策本部は、当然、二〇キロ〜三〇キロとは言わないが、安全だという三〇キロ〜四〇キロ圏内には置かれるものだと思っていた。

音楽の本の編集者Sさんからもメール。赤ちゃんがいる。去年の今頃に生れている。

水道水の放射能汚染に関する基準値の変更について、元聴講生のT君からメール。『完全自殺マニュアル』の著者鶴見済氏のサイトに変更理由を官庁に電話で尋ねたことが出ている。

「厚生労働省に問い合わせたところ、（筆者注：放射性ヨウ素の）WHOの値は平常時のもので、今は事故が起きている時なので、（日本の）原子力安全委員会が定めた300ベクレルを使っている、という納得のいかないものだった」。

戦争中の文章で、非常時ということを小林秀雄が書いていた。しかし私は非常時にこそ平常時の値が大事だと思う。平常時と非常時をつなぐものがなければならない。基準が、法が、そうなのではないだろうか。

放射能事故における作業者の基準値が一〇〇ミリシーベルトから二五〇ミリシーベルトに上がったときの

厚労省と経産省の理由も、一〇〇ミリシーベルトのままでは作業ができないから、というものだった。そのとき、このことを話題にしたEさんは、怒っていた。私も、なるほど、国は、基準値を超えてしまい、危険この上ないが、他に方法がないので、作業に従事してもらえないか、と作業員に要請をすべきなのだと思った。

それだと、要請を引き受ける勇気ある作業員に、他の人間、私たちが、頭を垂れ、感謝する、という構図が現れる。基準が変わらないでいると、人間の勇気、犠牲的精神が「出る杭」のように水面の上に突き出てくる。「出る杭は打たれる」とは逆に。日本とアメリカの報道写真の違いと似た、人間の顔の見える見えないの差が、ここにもあると思う。

夕刻、ピザ・レストランでEさん、Sさんと会食。パルマハムのピザ。アーティチョークの芯のサラダ、同じく芯を揚げたものがおいしい。Aはデザートにタルト・タタンを一人で一個食べる。あげく、ご馳走するつもりが逆に年若いお二人のご馳走にあずかる。ありがとう。

夜、帰宅して荷詰めの総仕上げ。

Eさんにいただいた「うえの」のサイデンステッカー追悼号を読む。後味がよいが、その理由は、ほとんどこの人と口をきいたことのない町の人々、行きつけの店、演芸場の主などが書いているからだと読んでいるうちにわかる。思えば、この人に関心ができたのは、最初の翻訳である谷崎潤一郎の『蓼喰う虫』を、Some Prefer Nettles と訳したと聞いてからのことだ。「イラクサを好きな人もいる」とは。何とすばらしい題名だろう。

3月25日（金曜）

朝、起きると、福島原発半径二〇キロ〜三〇キロ屋内退避地域に、自主避難の要請が出ている。対象人員少なくとも一万三三九名とあり、そのうち、「南相馬市が少なくともおよそ一万人」（NHKニュース）。S君の昨日の電話から想像するに、この急転直下の政府指示の変更は南相馬市に住む人々にとって、予想しないものだったろう（当分大丈夫、という口ぶりだった）。昨日、三名の作業員が東電の管理ミスで高濃度の放射線被曝をした。同時に予期以上の深刻な格納容器の損傷が疑われだした。この急遽の変更はその影響である可能性が大きい。政府の見通しの甘さに現地の人々が翻弄されている。

荷物を出す。八個、うち六個が本。行き先が日本なのを見て、運送会社の大きなトラックの運送人が、被害はなかったのか、と訊いてくる。

午後、カギ返却のため大学へ行くが事務所は休み。Eさんの研究室を訪ね、持参したお借りしていた本をお返しする。ウェブ上に毎日新聞の年少者向けめいた記事が出ている。「原発が被災、大事故に　被ばくの危険逃れ7万人超避難」。シンプルな記述で、この間、何が起こったのかがよくわかる。

「東日本大震災では、原子力発電所（原発）の事故も起こった。東京電力の福島第1原発（福島県大熊町、双葉町）で、原子炉の中心部が溶ける炉心溶融という重大なトラブルに見舞われた。建物の爆発も相次ぎ、施設の外に放射性物質が放たれ、被ばくの危険から逃れるために7万人を超す住民が避難した」。

現在も未解決。避難地域は拡大中。

文科省の調査では、「原発の北西30キロ付近、福島県南相馬市と飯舘村の境界付近で1・437ミリシーベルトを計測」とある。「この数値は一般の人が年間に被ばくする線量の限度の1ミリシーベルトを超え、さらに原発の業務にあたる人の年間の限度である50ミリシーベルトもおよそ1か月で超える」（TBS News i）。いったいどういうことか。この数値は一日の値ということか。S君は南相馬市内、計測地点よりも原発に近い場所でもう二週間もの間、市議として働いているのだが。

散歩に行こうか、とAが声をかけてくる。カメラをぶら下げ、五日ぶりに海岸べりを歩く。平和だ。

夕刻、アーティチョークを茹でて、久しぶりのワイン。たぶん最後のアーティチョーク。夕食はハンバーグ、それににんじんとクルミのサラダ。

夜、電話でバークレーに住むMKさんと話す。

3月26日（土曜）

昨日からお湯が出ないため、シャワーを使えず。Eさんが最後の晩餐ならぬ最後のブランチ・パーティを用意して下さる。11時、Eさん宅着。ブラックカラントをしぼったライムエイド。アーティチョーク二玉。

チーズ。クロワッサン。西瓜カブのサーモン挟み。ホタテ貝のカレーとご飯。レンジベークドポテトなど、今日も大変なご馳走。おいしい。N先生、K、Kの夫君のC、それにEさんSさんの五人とともにEさん宅で歓談。N先生はいつも通り呵々大笑。Cは大学者なのに、そのそぶりもなし、身軽。ハワイやアフリカの面白い話をしてくれる。Kはいつも控え目。しかし学者としては闊達。やや遅れてBと夫人のSが生まれて六ヶ月の赤ん坊マイルス・キムを連れてやってくる。私が到着したときに臨月。臨月のSを置いてBはジャズを聴くのに私をソルバングまで車で連れていってくれた。マイルスの名前は、当然、マイルス・デイビスから取っている。キムは夫人の故国韓国から。マイルス・キム・B。著作家の名前としてすでに出来上がっている。思えば、十月初旬にここで歓迎のパーティを開いてもらった。それから五ヶ月半が経つのである。

　しかし、世界は変わった。

　　また来ん春と人は云ふ
　　しかし私は辛いのだ
　　春が来たつて何になろ
　　あの子が返つて来るぢやない
　　おもへば今年の五月には
　　おまへを抱いて動物園
　　象を見せても猫《にゃあ》といひ
　　鳥も見せても猫《にゃあ》だつた

帰宅するとお湯が出る。タンクを取り替えたようである。A、続いて私、と入浴。本棚を解体し、廃棄する。

夕食。鶏汁うどん。アボカドライム。ワインを飲みながら食す。昨日でウェブを通じてのNHKの放送が終わる。考えてみれば、TVの国営放送の脇に、視聴者から即座のツイッターの「呟き」が入っている。政府、東電への批判、それをたしなめる声、それでもやっぱりおかしいよ、など。震災報道としてはこれまでにない、新しい光景。若い人はテレビをもたない。ウェブへの放映サーヴィスの中止は、早すぎやしないか。

3月27日（日曜）

ある時からこの日記を、SさんMさんのほか、二週間ごと、娘にも送るようになっている。その娘から感想がきている。地震が起こってからの分は、読むと、やっぱり気持ちがさめるね、とのこと。日本に帰ってきたらわかるよ。彼女はそう電話でAに言ったそうである。たぶん、そういうことがあるだろう。この、「いい気なものだ」と言われるような生活。しかし、そのような生活をしてきたのである。ある種の緊張の高まりを感じる。宇宙空間から成層圏内に突入。カプセルがしだいに炎に包まれる。その炎が窓から見える。

N先生より心のこもったメールをいただく。

日本に帰ったら、藤村の『夜明け前』を読んでみよう。

現在の日本を外から見ていると、一九四五年ではなく、一八五三年、黒船が襲来し、それに体制側がなすところなかった幕末の日本を見る思いがする。体制の中心には、小栗上野介のような英才政治家もいたが、ほとんどは対応能力を欠いていた。今風に言えば政府、官僚、民間の大手企業、すべて事なかれ主義の体制に覆われて、右往左往するなか、新しい動きが下級武士の脱藩者を中心に別の場所から起こってきた。このたびもそのような新陳代謝が起こりそうな予感がある。予感というより、これは、希望だが。

昼すぎ、車にガソリンを入れ、ガス・ステーションでカーウォッシュ。午後3時。Eさん来訪。日本に荷詰めできなかった本を見ていただく。Eさんは、明日から授業。負担をおかけしている。お借りしていた本も持っていっていただく。紙袋に三つ。その大半は読めなかった。

被曝線量の上限引き上げについて、その後、問題点がわかったので書いておく。

日本の平常時の上限は連続した五年間につき一〇〇ミリシーベルト、年当たり最大五〇ミリシーベルト。これは、この値を一生受け続けるとした場合の上限。事故などが起こった場合には、このほかに、これだけの線量を受け続けても健康上ここまでなら問題がないという別立ての基準があるが、その作業上の上限がこれまでは一〇〇ミリシーベルト。日本政府は今回、これを二五〇ミリシーベルトとした、というのが先の話だったようである。ICRPにも平時の上限と緊急時の上限とがある。ICRPの上限は二五〇ミリシーベルトよりも緩い（五〇〇ミリシーベルト）。先に、この最後の部分を指摘したニューヨーク・タイムズの記事を、Eさんが、どういうことでしょうか、と言っていたのは、このことであった。

問題点は、この平時から緊急時上限への変更の意味を、しっかりと厚生労働省が説明できなかったことにある。その結果、日本政府への不信と不安をあおる結果になった。厚生労働省官僚の認識の浅さを考えると、恐ろしい限りだが、ここで先の日本政府の基準変更についての批判を撤回し、見解を訂正しておきたい。しかし、この間の説明不足の非は、明らかに政府にある。

ゼーバルトの『アウステルリッツ』、中断していたのを、いまは訳書で読みつぐ。庭の外の木に、小さな野鳩の番、再度現れ、止まり、しばらくいる。

夕食、もう一度、アーティチョーク。アボカドライム。それにニッカで買ってきたとんこつラーメン。北米製の麺がおいしい。

夜、EさんとSさん、お別れに来てくれる。Sさんは明日、ボウルダーへと帰る。授業を一齣やって、翌日サンフランシスコへ。三十日、私たちがロサンゼルスから成田に向かう頃、サンフランシスコからハワイに向かう。ハワイではAAS（アジア研究学会）年次総会。Gもイギリスから参加の予定である。

3月28日（月曜）

福島原発、危機脱却難航。とうとう原子力安全委員会の委員長の記者会見映像が私の見ることのできるウェブ環境にまでせり出してきた。この間、ウェブで知った情報で、一つの発見は自民党の河野太郎議員であった。この人物がなかなかしっかりした政治家であることがわかった。この人の再処理工場稼働に向けての動きに反対するという、二年前に作られた広報ビデオは説得力がある。これに対し、経済産業省関係の保安院、原子力安全委員会の面々の迫力のなさは目を覆うばかりである。

河野議員の広報ビデオを見て、別のサイトで、京都大学の原子炉実験所に勤める小出裕章という学者が、日本の原子力政策は核兵器を作るためではないかということを述べていたのを思い出す。河野議員によれば、現在のプルトニウム所有量は、四五トン。五〇キロ所有している北朝鮮のおよそ千倍である。プルトニウムは原子爆弾＝核兵器の材料であるから、目的もなく所有することも、それを生産する再処理工場を持つこともできない。日本は高速増殖炉での利用を謳っているが、その高速増殖炉は、予測が大幅にずれて早くとも二〇五〇年まで商業化できないというのが現在、日本政府の公式見解だと言う。ならばなぜいま再処理が必要なのか。再処理作業に向けての動きを凍結して、今後を見極めよ、というのが河野議員の主張である。

再処理の工場を一度稼働すると、工場は放射能に汚染され、他への転用が不可能になる。しかし稼働開始を急ぎ、九割のウランに一割だけプルトニウムを混ぜ込んだMOX燃料を使うプルサーマル運転という、経済的にも不合理な手段を講じるのは、膨大な量のプルトニウム所有を正当化するためのアリバイ工作ではないか。そういう疑念も浮かんでくる。誰かがそれをめざしているとは思わないが、そのような思惑も含んではじまった国家プロジェクトが三十余年経って困難にぶつかり、行く手をふさがれている。にもかかわらず、これに巨額をつぎ込んできた経産省が、失政を認め、後戻りする勇気を持てないでいるというのが、日本の原子力政策の現状のようである。

何より、原子力政策に対するこれまでの自分の無関心に、自責の念を感じる。原子力エネルギーの危険さには、科学の力をもって対処すべし、反科学には立たず、それが第一義、というのが長い間、敬愛する思想家吉本隆明の所説に説得された私の考えであった。その原則は変わらないが、安全対策の徹底とその監視、それが果たされない場合には、その政策実行に反対する、という社会的経済的政治的過程での選択肢を、もっと厳密に追求すべきであった。半面の義務を怠ったのである。

大学に行き、IHC事務局のNにカギを返却、お別れの挨拶。不在の所長代理B先生によろしくと伝言をことづける。ついでEさんに同道願い、大学のパーキング契約を解除、返金を受ける。一緒に帰って、Aの希望で海沿いの道を走って野鳥の保護区へ。野ウサギの群舞、十羽の仔を見守るアヒルの母鳥を見た後、カリフォルニア州創成期のキリスト教伝道施設、ミッションの庭から海を遠望し、いつものイタリアン・レストラン、オールド・ピッツァリアへ行き、Eさんと会食し、別れる。

3月29日（火曜）

午前、Eさん来訪。二台の車でハーツに行き、車を返す。駐車場で駐車中にたぶん隣の車のドアにぶつけられかすかに横がへこんでいた。気にして、トイレの詰まり除去用のゴム器具で何度かポンッと凹みを戻そうなどとあがいてきたが、返却時、車両の点検もない。拍子抜けしてEさんの車で帰宅。Aが用意したおにぎりを一個ずつ、三人で食べる。お別れ。自分の息子くらいの年頃の人が車に乗り、いなくなるのを見送る。

午後2時、R先生の夫人のYさんが来訪、新しい日本からの訪問学者K先生にもらっていただくものをお渡しし、ついでにロサンゼルスまでのバスのバス停まで連れて行っていただく。バス停のあるホテルのレストランで、Aはノンアルコールのカクテル、私はシメイのビール。カラマリのフライ。

3時20分乗車。ロスまでは大渋滞。交通事故の現場脇を過ぎる。車中、客は四組のみ。

6時前、バス運転手が最後の客である我々をサーヴィスでホテルまで連れていってくれる。

いま午後7時少し前である。眼下のプールで一団が黒いスーツを着てパーティをしている。太陽はまだ沈まない。地平線の上に浮かんでいる。

バスからの続きで、部屋でRCサクセションの『楽しい夕に』を聴く。何度聴いてもこのアルバムはいい。「もっとおちついて」、「ぼくの自転車のうしろに乗りなよ」。何とはなしに、日本に帰ったら、できるだけテレビ、ウェブの情報にさらされずに、音楽を聴いてすごそうと思う。

9・11のとき、ウェブで情報が行きかうということはなかったとEさんは言った。YouTubeは二〇〇五年、ツイッターは二〇〇六年、日本では二〇〇八年から開始。フェイスブックも同じ頃である。もう昔からのなじみのような顔をしているが、ついこの間までは存在していなかった。

この数日、荷造り準備でまとまった時間がとれず、インターネットを通じて日本のニュースに浸る時間が多かった。このまま見ていると、身体が軽い失調となると思い、やめたが、今回の東日本大震災は、この種の小さな情報が双方向に飛び交う、はじめての先進国における大厄災である。テレビ画面、PCのウェブ画面の前にずうっといると、めまいがする。情報も、人を殺さないが、一つの放射能である。

3月30日（水曜）

朝、ホテルの十階の大きく開かれた窓から見えるロサンゼルスの空は、虹がないのが不思議のような、雨上がり時にも似た明るさ。

ぶぅーんと低く聞こえているのは飛行機の離陸、着陸時の爆音らしい。

ちょうど一年前、やはりホテルにいた。もっと小さな、古い石造りのホテルで、すぐ近くに運河があった。食堂は半地下だった。

コペンハーゲンはいまも、まだ鉛色の空に覆われているだろうか。

あれから一年。

これから帰る日本は、一年前に後にした日本とはだいぶ違っているはずである。

さようなら。サンタバーバラ。多くの友達。

海沿いの散歩道。

カモメ、リス、ハチドリ。

たくさんの美しい花と木。

ファーマーズ・マーケット。

お金を渡そうとしたら断った、口で袋を噛んで車椅子で横断していた人。

町を歩くスタイルのよい女性たち。

横断歩道でふいにダンスのステップを踏む剽軽な青年。

何ヶ月も聞き続けた音楽。

お別れの際に名刺をくれた隣人たち。ナトーマ通り一一六番地のMの職業はプライヴェート・シェフ。震災の見舞いに花をくれた一一八番地のRは、太陽エネルギーコンサルタントであった。

午後12時45分離陸。

飛行機の中で眠らない。

いま目の前の画面はあと二時間余りで成田に到着することを告げている。見た映画は、トニー・スコットの『アンストッパブル』、マーク・ロマネクの『わたしを離さないで』、リチャード・リンクレイターの『ニュートン・ボーイズ』。落語は若い落語家のもので聴くに堪えず、やめた。代わりにiPodで忌野清志郎の初期の音楽とThe Black Heart Processionを聴く。Boseのヘッドフォンは航空機仕様。外の音をほぼ完全にシャットアウトしてくれる。無音。このまま機首を下に向け、全然眠らずに、日本に着きそうである。

帰国日記

2011年3月31日〜5月31日

3月31日（木曜）

日付変更線を通過。午後4時過ぎ、予定時刻より早く日本到着。成田からスーツケース二つを宅配便で送り、一時間ほど待って埼玉県志木駅までの直行バスに乗る。成田空港の通路も電灯は、間引き点灯。ところどころにある自動歩行補助装置も止まっている。バスは余りガソリンを消費しないという配慮なのか、暖房が弱く、寒い。街は暗め。うつらうつらし、音楽を聴きながら、帰ってくる。志木駅前も暗い。駅前からタクシーに乗る。運転手さんに聞くと、街灯は同じ、駅前が暗いのはパチンコ屋などの点灯を制限しているからとのこと。そういえば昔、灯火管制というものがあった。私には経験はないのだが。

帰宅し、娘と久闊を叙し、出前のお寿司を食べる。ナイス。成田で鰻丼とラーメンを食べたくなったのを懸命にこらえての勝利。テレビは延々と被災地を映し、被災した人々を取材している。疲労深く、早めに風呂に入り、就寝。

4月1日（金曜）

第六十三回目の誕生日。一年に一回、ロシアのマトリョーシカ人形のように、自分の中から、一年ごとの入れ子になった自分を取りだし、横に一列に並べ、それぞれの自分と会話を交わすというのでもあれば、誕生日も、意義深いだろう。

もし入れ子人形なら、もう何個かは失われている。いくつ私の中に入っているのか。あるいは、中にはもう、何も入っていないか。

「時差ぼけ」で天井を眺めながら、寝床で考えたこと。飛行機で読んだ週刊誌の記事、サンタバーバラでウェブを介して接していた日本での言論を見て、こう思う。

今回のできごとを決して無にせず、今後自分は、自分たちはどうすべきかを考えるとは、どうすることだろう。それは、今回の被災で亡くなった多くの人々、いま現に命をかけて原発の安全停止に立ち向かっている人々、そして被災の打撃のなかで苦しみを味わっている人々のことを頭の片隅におきながら、どうすれば今回のことを今後のために生かせるのか、とできるだけ深く、考えることだろう。

はじめの問いは、いま日本と世界とがともに直面している大きな問題に対して、原子力エネルギーは有効なそして不可欠の選択なのか、ということだ。このことを、十分に各方面からの叡智をもちよって検討しなければならない。本当にそれなしに日本は今後、やっていけないのか。また、資源、環境、人口、南北格差という地球の有限性の問題のなかで、ウランという地下資源に依存し、使用済み燃料の廃棄について汚染の問題を解決できていない原子力エネルギーが、本当に有効な対策でありうるのか。ここからまた新しい持てる国と持たざる国の対立は出てこないのか。それは出てくるが、日本一国を考えるうえでは有効だということなのか。つまり、原発は、世界の総体を視野に収めたうえで、問題解決上、有効な手段なのか。そういうことをしっかり考えなければならない。それが、今回の災害で亡くなった人々、苦しんでいる人々に私なら私が、自分の持ち場で、応えるということだろうと思う。

そのことを日本は、いまこそ、率先して、考えるべきではないのか。原発が日本と、世界の未来構想の上で不可欠なのか、不可欠でないとしても最良の選択であるのか。それを、公平に、全ての材料を取りそろえた上で、考えるべきだろう。政府はそのための国家未来像構想院のようなものを作り、そこでは世界のエネルギー、資源問題の解決にとって原子力が不可欠なのか、最善なのか、の検討がなされ、その一環のなかで、日本の未来像が考量されなければならない。それくらいのことがあってもよい。

これを、国に任せるというのでなく、国に促す力とはどういうものなのだろう。これを国の官僚に任せてよいのか。原発事業に利害をもってきた専門家集団に任せていてよいのか。イデオロギー的視野狭窄をもっているかもしれない反原発運動団体を信頼してよいのか。結局、自分がそれを調べ、考え、関与していくしかない。そうも思う。

そして、もし、原子力が不可欠、最善でないのであれば、また、日本の問題は一定程度解決できても、それで世界の問題を解決できないことがわかった場合は、やはりどうすればこの問題が解決できるか、持続可能な太陽光、風力、地熱発電の可能性というものをも、日本は率先して考えるべきだろうと思う。

スリーマイルアイランド事故は、米国を震撼させ、原子力エネルギーについて根底から考え直させるきっかけとなった。チェルノブイリ事故は、これをきっかけに旧ソ連に自国と世界の未来について考えさせるには大きすぎる課題となって国にのしかかった。その結果、逆に、情報公開、科学と国家のあり方などの再構築の必要などを施策担当者に痛感させ、大きく言えば国家崩壊のきっかけの一つにすらなったかもしれない、といま思う。ソ連の場合は、一九八六年に事故が起こり、その五年後に国家が崩壊しているのだ。

福島第一の事故を、もし国家崩壊のきっかけにしたくないのであれば、日本はこれを、日本と世界、双方の未来を構想するきっかけとしなければならない。今後、二つ書く予定の文章があるが、そこにはそういうことを書いてみたい。

午前から昼をはさんで午後4時まで、留守居のあいだ、地震で崩れた本棚を応急に娘が整理していてくれた、それら膨大な本を、Aと二人で戻す。壊れた本棚の再組み立てからはじめたので一仕事になる。木工作家の人に作ってもらったが、力学的にはだいぶ問題のあるものであった。二個のうち、一個は崩壊、もう一個のねじは補強板を突き破り、天井に突き刺さっている。

夜、志木へ。マルイの一階の食品売場に行ってレジの行列に眩暈する思い。どこで支払うのかわからず、塩辛を手にレジの外にまで出てきてしまう。志木の中華料理屋チャイナドォルへ。息子もやってきて、ささやかな誕生日祝い。酢豚、油淋鶏、卵と木耳の炒め物など。餃子がおいしい。前菜に取った棒々鶏、iPhone購入予定。その買い方などを教わる。

4月2日（土曜）

朝5時過ぎに起床。書斎の本の整理の続き。夕刻、近くの蕎麦屋へ。はたはたの唐揚げ、皮付きポテトフライ、焼味噌を注文し、ビール少々。私はあと、ざるを食す。

しかしなぜか気持晴れず。

気持が下降気味なのは、いろんなところから日本語が聞こえてくるからのようだ。これまではどこを歩いていても人の言葉が一部解せるものとしてしか届かなかった。それがいまは全てわかる。世界がふっと近づいてくる。それが、ややうっとうしい。

むろんそれだけではない、そのことはわかっている。しかし、そのことはまだ、言葉にならない。

4月3日（日曜）

朝、南相馬市にいるS君宅に電話。いま電話中だというので、暇になってから電話をくれるようにと伝言する。

午前、部屋の本とサンタバーバラから持ち帰ってきた書類等の整理。昼近く、Oさんの美容院に行きがてら、大学の研究室を覗く。書棚が倒れ、めちゃくちゃになっているとばかり思い、覚悟していたが、新築のためか、昔、森美術館のミュージアム・ショップで買った喇叭を吹く天使のフィギュアが書架から落下して割れているほかは、本が十数冊落ちているだけである。

一人で、誰もいない部屋に「ただいま」と言う。

早稲田通りに車をとめ、一風堂でラーメン。原宿の裏通りにあるOさんのアパートに到着し、娘が髪を切ってもらっている間、周辺の店などを覗きながらぶらつく。一つ一つの店の何と魅力的な佇まいであることか。店に置かれている陶器類の何気なさ、すばらしさ。アパートに戻り、娘に続き、私、Aの順で髪を切ってもらい、帰り、池袋の銀座アスターで夕食。チャーハン、焼きそば、つゆそばを分けて食べる。美味。窓から見える大都会の光景がまぶしい。

S君から電話、二〇キロ〜三〇キロ圏での生活、何か困っていることはないかを訊く。行って邪魔でなければ新聞に文章を書く予定があるので、取材という形で会いに行きたいが可能か、尋ねる。元気な声。原発爆発時の風向きの関係でなのか、町の二個所で計測している放射線量は低いこと。多くの人が残留しているがスーパーマーケットは閉まっていること。物流が少なく、救援物資と住んでいる人々の必要とするもののミスマッチがあること、セブンイレブンが三日前から再開したことなどを、答えてよこす。

この人が高校生の頃の面影に向かって話しているが、相手は、五十代後半。忙しいんだろうねと言うと、また、「公僕ですからね」。NHKの映像が三〇キロ地点からなのを見るたび、腹が立つ、と言うと、おかしいですよね、と笑う。

帰宅して、十日締め切りの今度の連載の文章のための取材訪問の可能性について、報道機関のKさん、Aさん宛、メール。ややあってお二人よりそれぞれ、検討してみるとの返事。

4月4日（月曜）

例によって時差ぼけ。寝床の中で放射線量のことを考えていた。二〇キロ〜三〇キロ圏内の地域に入るという可能性が出てきただけで、ある種の緊張が生まれている。まわりの世界が違ったふうに見えてくる。

朝、勤めに出る娘を玄関先で見送った後、読書。午後、一昨日アマゾンに注文し、昨日届いていた小宮山宏『「課題先進国」日本』を読了。この人の「課題先進国」という日本のとらえ方に、自分の観点との類似性を感じる。提示の仕方は、だいぶ違うのだが。それでも十分参考になる。

午後、報道機関のKさんよりメール。南相馬市、行くことは不可能ではないが、社内の手続きがけっこうあるとのこと。明日、社に赴くことにする。同じくアマゾンから届いた佐和隆光『グリーン資本主義——グローバル「危機」克服の条件』。だいぶお手軽に作られた本。しかし、経済学者の現状のとらえ方の一例として受けとればそれなりに参考になる。金子勝『新・反グローバリズム——金融資本主義を超えて』。この種の経済の本を読むのははじめて。でもこのたびは、人に任せられない。専門家に頼るということをせずに、すべて自分で考えてみたいのである。読み続ける。

夕食、焼肉、アスパラガスのマリネ、かぼちゃとスナップエンドウの煮物、お味噌汁。留守番をした娘と三人でこうして我が家の食卓を囲むのは、一年ぶりである。

4月5日（火曜）

午前、文章を一つ書く。この間感じていた「悲哀」の感情などをめぐって。昼、昨夜の焼肉の残りとやまうどのきんぴら、コロッケ半分ずつ、プチトマト。2

時過ぎ、報道機関の本社ビルへ。久方ぶりの都心。約束時間にやや遅れて到着。Kさん、Aさんと会って、南相馬市への取材を手配してもらう。編集局長のOさんに挨拶。近くの蕎麦屋でしばらく四人で飲食。今度の連載のイラストに使用する舟越桂の作品集を受けとって帰ってくる。帰宅後、娘の買ってきた「いちご大福」を食べる。美味。

4月6日（**水曜**）

朝、池袋の百貨店により、ワインを三本購入。11時半、報道機関の本社に到着。Aさんを加え、三人で会食。1時、Kさんと報道機関のバスで仙台に向かう。

午後6時半頃、支局に到着。明日の件で挨拶するが、原発から二〇キロ〜三〇キロ圏内に入ることは聞いていないとのこと。支局の部長に本社に尋ねてもらうが、本社の局長とのやりとりから紛糾し、合意に二時間ほどかかる。結局、南相馬市に住むS君に原発から四〇キロ付近にある相馬市役所まで迎えに来てもらい、私は乗り換えて二〇キロ〜三〇キロ圏内に入る、もしその時点で放射線量が本社の安全管理基準に照らして認可できる値である場合にKさんもその乗り換えの車に同乗する。しかし、三〇キロ圏内に入る時点、出る時点で支局に放射線量を報告、安全確認を行う。許容できない値である場合、Kさんはそこで待機、等々の条件をつけたうえで、裁可を得る。ついこの間までアメリカなどにいた素人が、こうして被災地の報道機関を煩わせ、日本の報道機関からは誰も行かないことにしている十分に安全でない地域に入ろうとしている。支局は、ぴりぴりしている。自分の行動がこういう枠組の中にあることをぼんやりと感じている。

放射線の線量計なしでそこに行くのは、やはり躊躇われる。いまの私のものぐさぶりで、行くとすればこういう形しかなかった。お礼とお詫びを申し上げて、支局を辞す。同行記者Kさんのお兄さん、危篤であることが判明。Kさんにも申し訳なく思う。

ワイン、コーヒー等の差し入れの品々を入れたスーツケースを引いて、タクシーをつかまえ、ホテルでKさんと別れ、そのままタクシーで義弟のいる会社、義妹宅、義父・義母の住むAの実家を回って見舞いの品などを届ける。

町並みは暗い。家の前に義妹が衣服を何重にも着込んで着ぶくれした姿でビーグル犬ののん太を連れ、迎えに出ている。のん太は地震恐怖症になり、数日、寝込んだ。いまはだいぶ元気になっている。義父・義母宅に行くと、暗がりの中に電灯が点り、数キロは痩せた面差しの九十歳になる義父、やつれた様子の八十六歳の義母が現れる。自分の挨拶の声が、ふだんよりやや高くなっているのを感じる。

そのまま辞去し、ホテルに帰ると9時半。近くの和食の食事処で会食。ホテルに帰って新聞などを見て寝ようとすると、午前2時近く、Kさんよりメールが入り、明日の帰りの深夜便、ようやく切符が取れたとのこと。感謝。これが取れなければあと一日、仙台に釘付けであった。

4月7日（木曜）

朝、ホテルで朝食。廃棄用の新聞をもらうため早めに報道機関の支局に立ち寄り、放射能線量計の使用法を教えられ、装着し、社の用意したハイヤーで相馬市役所に向かう。仙台南部道路から国道6号線に入るあたりから、海側の田畑の様子ががらりと変わる。平坦な水田地帯にぼこぼことひっくり返ったり、頭から突き刺さった形の大型車、小型車が数十、いや、数百、次々に見えてくる。船もある。誰もおらず。至る所にゴミ。場所によっては国道を越えた側にも車。船。窪地には吹き寄せられたような建材、看板、土砂の山。最初のうち、あー、これはひどい、と声が出るが、同じ風景がどこまでもどこまでも続くと、声が出なくなる。ただ見ている。一、二度、カメラのシャッターを切るが、もう、いいだろう、という声がどこかでする。しばらく無言。

国道を右折し、相馬市街に入り、市役所着。約束の12時前後にS君が小型車に乗って現れる。笑顔。一年と少し前に会っているが、それがほぼ二十年ぶりの再会であった。少しやつれているか。家業の材木店の仕事着のようなものを身につけている。Kさんを紹介。放射線量を測定。支局に報告し、許可を得て、Kさんも同乗することとなり、ハイヤーの運転手さんに待機してもらい、三人で南相馬市に向かう。町ゆく人も、われわれもマスクをしているのに、S君はマスクも帽子も着用せず。大丈夫なのかと訊くと、最初の数日は恐怖と不安で一杯だったが、線量が低いままなのでね。数日前からもうマスクもしてないんですよ、と答える。実は今夜、両親が東京の避難先から帰ってくるんです。

もう一日も早く、帰りたいってうるさくて。弟さんが江戸川区から連れて来られるのだという。

はらまちシーサイドパークは、松並木の続くキャンプサイト。かつてはどんなに風光明媚であったろうかという場所が、いまは瓦礫の除かれた一筋の道の両側に水たまり、厚さが一メートルもあるだろう防波堤の残骸が転がる荒れ地となっている。二〇キロ圏の手前で、今日、二〇キロ圏内の遺体捜索を再開するという警察車両の列を見る。道路が寸断されているが、ところどころに、家から必要なものを取りだそうと住民らしい人が戻っている。

S君の話では、日本の報道機関からは人が来ていない。しかし、ファイナンシャル・タイムズとか南相馬市と姉妹都市のオレゴン州ペンドルトンの地方紙オレゴナー紙など、外国からの報道機関は色々と入っている。南相馬市役所で秘書室長のような職務の人の話を聞き、その後、S君の行きつけの喫茶店へ。喫茶店にはスポニチがある。新聞、あるんですか、と訊くと、客が置いていったとのこと。地方紙の福島民友、福島民報は市役所に来るので、市民がそこに取りに行く。朝の5時から市役所の前に列ができるとのこと。コンビニでセブンイレブンだけがやっているというので、道路を横断して訪ねる。新聞は配送のある毎日、スポニチ、先の地方紙二紙だけ。今朝はなぜかあっというまに、二百部が全部売れた。避難地域の拡大に関する大臣の談話が出たせいらしい。二百部は、一紙でのこと。つまり八百部がこのコンビニであっというまに売れたのである。

それにしても、と思う。この国のメディアは、狂っているのではないだろうか。

おかしいね。

これだけ新聞を必要としている読者のいる場所に、新聞が来ない。また、報道を必要としている場所に、取材記者が入っていない。大きな報道機関が、揃って。これはカルテルではないか、などと埒もない考えが、浮かんでくる。

避難所になっている体育館に入り、人々の間を意味もなく通り過ぎ、頭を垂れて出てくる。いたたまれず。どこにもプライヴァシーがない。何と苦しいことだろう。帰途、放射能汚染検査を受ける。単位はわからず。しかし、〇・四。再び、相馬市まで三十分ほど送ってもらい、S君と別れる。

仙台でお気に入りの寿司屋に入るが、疲労のため食欲なし。ビールも一杯でやめる。ジャズ喫茶に入り、高速バスのチェックインの手続き後、駅前の居酒屋で時間を過ごし、Kさんを前に、余りこれまで人に話していない日本の小説家への否定的な感想を口にする。深夜便のバスで出発する直前、震度六強の地震。バスが横にぐらぐらと揺れ、車中の女性から悲鳴。予定よりもはやい出発かと思ったが、違っていた。何となくアニメ映画のネコバスを思い出す。

4月8日（**金曜**）

前夜、出発時間を一時間ほど過ぎ、午前1時過ぎ、高速道路の閉鎖を受け、下の国道ルートで出発。

車中でKさんよりお兄さんが午後11時半、亡くなったことを知らされる。Kさん窓を向いたまま無言。バスは、途中から再開した高速に入り、二度ほど、サーヴィスエリアに停車し、午前8時過ぎ、新宿西口に到着。いったん自宅に帰るというKさんとお別れし、お礼を申し上げ、当方も山手線、私鉄と乗り継ぎ、午前10時前後、帰宅。

シャワーを浴び、数時間眠る。

午後、池袋で今度終わった連載の単行本の担当をして下さる出版社の出版部責任者Iさんと新しい担当者Nさんと会合。空いた時間に家電量販店でiPhoneを購入。

夕刻、サンシャイン60ビルの五十九階のフランス料理店で連載担当の編集者Sさんと連載終了を祝い、再会、打ち上げ。この人にはお世話になった。高層ビルの窓の向こうに東京の夜景が広がる。これまでコペンハーゲン、サンタバーバラと高層の建築物のない、その建築を厳しく禁じる町に住んできた。久方ぶりの夜景が、美しすぎるという感じ。

魚がおいしい。

4月9日（**土曜**）

午前、新聞社の出版部門に勤めるI君からPR誌への寄稿依頼のあった文章を書きはじめる。今回の地震、津波、原発事故に関するはじめての文章。

日本の社会との肌合いの違いが徐々に感じられてくる。以前、三年と三ヶ月カナダにいて帰ってきたとき、また一年間、フランスにいて帰ってきたときはどうだったか。一九八二年、一九九七年に帰国した。その後、それぞれ、『アメリカの影』、『敗戦後論』というような本を出版した。今回の一年間のデンマークとアメリカでの滞在が、たぶん私の人生における最後の外国でのやや長期の滞在になるだろう。そこからどんな仕事が出てくるのか。これまでとは違うだろう、という気が何となくしている。

仙台、南相馬市への二日間の旅行の疲れが出てくる。夕刻、家族三人で食卓を囲み、お好み焼き。NHKテレビの震災特集番組を見る。元原子力安全委員会委員長という人物と、現在被災地で診療活動を行っている広島のある病院の病院長が出てくる。病院長、傾聴に値する発言。元安全委員会委員長、福島原発の廃炉にいたる作業は世界でも初の国際的なプロジェクトになるだろう、とのこと。変な発言だが、当人はわかっているのか。なんとさまざまな人がいることだろう。

文章、書き終わらず。

4月10日（日曜）

午前中に、PR誌への寄稿の原稿、一応脱稿。午後、元聴講生のT君と駅前の喫茶店で会い、その後、大学近くの居酒屋、かわうちで、元ゼミの学生諸君と会う。総勢二十五名ほど。6時から10時までほぼ貸し切り状態となる。大学を卒業して、二年から三年ほどの新社会人たちは、それぞれに「傷んだ」様子をしている。大学院に進んだ学生も、現在、就職活動中で、同様に「傷んで」いる。それぞれに元教師の目から見ればすばらしい学生達だが、彼らを私のような目で見る社会の人間がどれだけいるのかと思うと、心許ない。しかし、社会というのは多かれ少なかれそういう場所である。この日本のいまの社会は、いまのままでよいのか。若い人間に負荷がかかっていると思う。

午後10時、これから場所を変えてまた旧交を温めようという学生達と別れ、地下鉄で帰ってくる。新潟からやってきたM君が、ご両親の作られたという餅をもってきてくれた。ありがたくいただく。それを抱えて帰宅。深夜、今朝脱稿した原稿を再読。メールに添付して送る。

4月11日（月曜）

一日がかりで南相馬市で見聞きし、感じたことを書くべく苦闘する。内容が強い日本のメディア批判となっていく。バス、ホテル、ハイヤーの手配、線量計の貸与と大変に世話になった報道機関と、お兄さん重篤にもかかわらずこういう機会を作ってつきあって下さったKさんの厚意を裏切り、恩を仇で返すような振舞いになるので、だいぶ苦慮する（先に書いたようにお兄さんは亡くなられた）。

しかし、南相馬市の友人をはじめとするそこに住む人のことを考えると、政府の対応への怒りが鎮まらず。政府と共同歩調を取ってやはり二〇キロ〜三〇キロ圏内に記者を送り込まないメディアの姿勢にも同様に深い疑問を感じる。

福島第一原発の、海沿いに二つ並んで建っていた白い非常用タンクの映像が、この政府とメディアに重なって見えている。そんなことで本当に政府を批判できるのか。大新聞、通信社こぞっての共同歩調。こういうのを、談合とは言わないのだろうか。

4月12日（**火曜**）

朝早く、三鷹の大学病院に行く娘、Aに同行。帰り、いつもの吉祥寺、竹爐山房で昼食。

帰宅し、原稿の続き。だいぶ迷うが、心をできるだけ、冷静にして、書き進む。やはりこれを書く以外に、この先には行けそうにない。そう思い、忘恩の振る舞いにも似て大変心苦しいが、と前置きをおいて、日本の大新聞、通信社、メディアは、「どうかしている、とてもおかしい、狂っている」と書く。

部屋から出てきて、夕食。あじの干物、ホタテのムニエル、カボチャ煮、トマト、蕪とキャベツのおみおつけをありがたくいただく。

前日の計画的避難区域、緊急時避難準備区域設定の方針の公表に続き、災害規模のレベルが「7」へと引き上げられた。S君と、町に戻ってきたご家族はどういう思いでこれを聞いただろうか。家族ともども、レベル引き上げを解説するニュースを見ている。

4月13日（**水曜**）

朝、原稿を報道機関に送る。

昼前、サンタバーバラから送った荷物が到着。Aがやってきて、大変大変、と言う。送料、すごく安かった、すべてで七万円ちょっと、とのこと。えーっ、と絶句。それなら、もっと多くの本を持ってくることができたのに。なぜこれほどヨーロッパへ送った場合と値段が違うのか。しかし、Aの予期通り、たしかに本を置くスペースはもうどこにもない。今となっては仕方なし。

原稿擱筆の心の隙か。音楽の本の編集者のSさんからのメールに、大容量添付書類送付の通知に似た写真送付の案内あり。ついそれを開ける。これがスパムメールで、あっという間にGメールの連絡先にアドレスのある知人に同じメールがばらまかれたらしく、多くの問い合わせが寄せられはじめる。

同時に報道機関のAさんからもメールが来ていて、これは送った原稿への感想。思いつめたご様子がありありと見てとれる。これでは配信する地方紙のどこも採用しないだろう、と書いてある。やはりダメだったか、と怒りよりも先に落胆の気持に襲われる。この原稿をどこのメディアに載せてくれてもよい、どんな批判も甘んじて受ける、しかし、この原稿は受けとれない、とのこと。捨て身の姿勢である。この報道機関の性格から、配信先の地方紙に採用されない原稿では困るというのは、わかる。でも本当に、こういう原稿を地方紙は、受けとらないのか。自分としては、この原稿が悪いとは思わないが、など、何度か怒りをにじませたやりとりをした後、夕刻になり、空を眺め、もう一本、新しく原稿を書くことにする。この人の捨て身の気合いに、しょうがない、という気持ちになった。また、配信形式の寄稿という特別の事情もある。

疲弊したまま、ITの事情に詳しい元学生からの助言に従い、スパムメールについて、開かぬよう依頼するメールを三度に分け、一千近くのアドレスに発信。再び机に向かう。力を使い果たしてゴールインした後、もう一度、マラソンコースに出ろ、と言われたよう。スパムメールの手当に追われ、思い浮かぶものなし。夕刻から書きはじめ、深夜、虚しい模索を続ける。

4月14日（木曜）
朝、編集者のI君と元学生のN君に今日の会合をキャンセルするメールを出す。しかし午前のうちに、第二番目の原稿をなんとか、脱稿。先のキャンセルをさらに取り消す。車のエンジンオイルを追加、ワイパーを取り替えてもらうために近くの自動車修理の店に行くAに同行。その後、Aと別れ、編集者のI君と高田馬場で会い、新聞社出版部門のPR誌の直しズミのゲラを渡す。I君は、元のゼミ学生だが、今月からこの小冊子の編集長になった。

I君に会う直前、電車の中で新しいiPhoneを手にとり、何気なく画面を見ていたら、Gメールの事務局からの来信で、不審な動きについて疑義があるとのこと。本人確認のディテール照合が必要、規定時間内に返信なければアカウントを閉鎖するという通告に、慌てて返事した。そのとき、求められ、パスワードを打ち込んだのがありうべからざる軽率な失敗であった。I君と会食の間、何者かが、送ったパスワードを使い、私になりすまし、再び千にも及ぶ知人のアドレスに、旅行中、財布喪失、借金依頼というスペイン発を装う英語のメールを世界の各方面に送信していた。

大学に着くと、研究室にAから電話。問いあわせ数件あり。事件の概要を知り、研究室に来た元学生のN君に助けられ、色々と試みるが、打開できず。

途中、報道機関のAさんよりメール。今度は、よい原稿であると、安堵している。

夕食、挽肉と野菜の油揚げ詰めと蕪の煮付け。ホタルイカ、蛸の刺身。豆ご飯。もぐもぐと口を動かしながら、何をしているのか、私は、と再び思う。テレビは深刻さの度合いを深める原発の様子について語っている。食事の後、なりすまし詐欺メールの後始末に追われる。深夜、別の雑誌の短文寄稿のゲラ直しが終わり、送ろうとするが、送り先がわからない。多くの連絡先が失われている。カレンダーの予定も消えている。メールアカウントを乗っ取られた後の惨状が、徐々に明らかになってくる。

4月15日（金曜）

昨夜遅く、報道機関のKさんから原稿についてのメールが新しいアドレスにあり、二番目の原稿に南相馬市への訪問のことを入れられないか、説得力が増すと思うがとの助言がくる。

しかし、手を加えないことにする。手を加えると、この原稿執筆の過程で起こった「亀裂」が見えなくなる。それでは南相馬市のS君と他の人に済まない。考えてみると、この取材でお世話になったこの報道機関本社の人々、支局の方々、友人でもあるAさん、Kさんへの「(お世話になったのに) 済まない」という気持ちと、政府にも、メディアにも「距離をおかれ」、「見捨てられている」南相馬市に代表される地域の人々への「(その痛みを知ったのにそれを和らげる方向に動けず) 済まない」という気持ちと、二つの「済まない」の感情が自分のなかにある。ヨコに広がる水平性の「済まない」とタテに沈んでくる垂直性の「済まない」。しかし、このタテの「済まない」に形を与えないと、何のためにこれまで売文業を続けてきたのかわからず。やはり何らかの形で公表しようと心に決める。

最初の原稿、第二番目の原稿は、この度の連載の相棒であるサンタバーバラのEさんにも送った。Eさんとはイシグロ論の翻訳報酬のことでやりとりを続けているが、聡明なEさんは、このことについてはなにも言わない。こちらも何も言わない。太平洋は、波静かである。

4月16日（**土曜**）

朝、A、娘と車で三人で山形へ向かう。修復の跡の残る東北自動車道をあまり速度を出さずに北上、途中から山形道に入り、笹谷トンネルを抜けると、山形盆地である。見覚えのある市中を突っ切り、午後4時前、北郊に位置する父のいる老人用マンションに着く。玄関口に迎えに来るが、老翁、カギを出す様子でなかなか開けてくれない。しかし、入ってみればカギはいらないとわかる。自動ドアのボタン部分を押すだけである。どうしたのだと問うと、一年ぶり、ガラス越しに見たら、知らない人間なので、「開けなかったのよ」と言ってうふ、うふ、笑う。

この人とは昔、よく対立した。年齢も途中から詐称（?）するようになっているので、よくわからないが、九十五歳くらいか。元警察官。昔からTVをほとんど見ない、書斎で時間を過ごすことの多い、やや変わった人物だったが、いよいよその度合いが高まっている。部屋の中は書籍だらけ。塩野七生の『ローマ人の物語』、司馬遼太郎などを読んで、書斎机には詩吟の本。最新号の「文藝春秋」、「中央公論」などが散らばっている。三日前に転倒し、「火花から目が出た」とのこと。いまも額に血がにじんでいる。

親戚の七十余歳になろうという「Sちゃん」が、毎週、和菓子を二つもって訪問してくる。「Sちゃん」は、高校で歴史の先生を続けた後、仙台の予備校で豪腕の進学指導を行い、いまは悠々自適の生活を送っている。孫がイジメに遭うと学校に怒鳴り込み、校長、PTA会長を呼びつけて、説教するという人である。いまは九十翁を訪れて古今東西の歴史の話に花を咲かせ、コーヒーを飲み、その後、お茶でしめる。和菓子はそのお茶受けである。

兄が来る。一年二ヶ月前の頸椎の手術の後、首が重いとのこと。いま、水泳をしている。しょうがないなあ、というが表情はそれほど暗くない。平泳ぎは頸椎によくないのでクロールを練習しているとのこと。五人でいつも行く馬見ヶ崎の土手に近い鰻の店に行って鰻を食べる。

この度の震災で、八十四歳の叔父が、衛生士として災害現場に駆り出され、あるいは自ら志願して行き、自衛官とともに三日間、遺体収容に従事し、避難所に寝泊まりし、三キロ体重を減らして帰ってきた。これに懲りずにその後、もう一度現場に行ったという話を聞く。叔父は戦時下に国の医学校を出たが正式の医師免状をもたず、軍隊で衛生士官として勤務した。戦後は長年、山形市の私立総合病院に勤務した。看護士の人から先生と呼ばれていた叔父を、幼い私は医師だとばかり考えていた。そして、医師というのは、仕事に似合わずそれほど富裕ではない生活をする人なのだと思ってきた。ハイカラ好みでいまもテニスなどをする。偉ぶったところはない。よく働く。この叔父が私の中の医師の原形のうちの、一部分である。

4月17日(日曜)

山形の駅前の常宿のホテルに一泊した後、Oデパートの地下で買い物。食材を大量に買い込んで、父を再度訪問した後、昼過ぎ、仙台に向かう。出発の間際、部屋の障子を開けておいたので、駐車場から覗くと室内の父の様子が見える。外から、じゃあね、とガラスを叩いて挨拶しようとするが、耳の遠い父は補聴器を外していて私たちに気づかず。机の前に腰を下ろして動かない。

午後2時すぎ、仙台着。義父も義母もやはりだいぶ被災後の生活のなかでやつれている。この間ずうっと二人の世話をしてきた近くに住む義妹も五キロ、痩せたといって笑う。さすがに姉が来て、ほっとしている。家は奥の増築部分に延びた廊下の個所で、五センチほど段差ができ、接合部で亀裂が入り、天井が崩れ、屋根が壊れ、青いシートのすきまから空が見える。玄関の階段の一部も崩れている。食器は七割方割れつくしたらしい。重いピアノが八〇センチほども階段下の広間に迫り出してきているが、押し戻そうとしてもびくともしない。しばらくして義妹が、いかに恐るべき地震であったかを話し出す。三十三年前にも大地震があり、そのときは、Aも娘、息子と仙台の実家にいた。ブロック塀が倒れ、食器が凶器のように食器棚から飛び出したという話はAから聞いていたが、比べものにならない規模だったという。横揺れの地震が二分続き、犬ののん太を抱きしめてテーブルの下に避難していたら、さらに激烈な上下動に襲われた。それが三分ほど続き、家が崩壊する、死ぬ、と思ったという。

再会直後、口数少なかった義母、義父も、そのあたりから、話し出す。「夏はコペンハーゲンで、冬はカリフォルニアで、いなかったんだからなあ、言ってもわからないよ。だめだ」と義父からAと私に決定的な失格宣言が言い渡される。

義父は、建設会社の出身で、女川原発の建設にも深く関係した。女川にも行って泊まり込んだこともある。考え方もずいぶんと違う人だが、いま考えると、女川は原発反対の運動がとても強かった。そのため、当初の計画よりも安全対策が強化された。それが女川原発の今回の危機克服に影響した可能性がある、という。「反対運動がよかったんだなあ、いま考えると」。福島原発との違いは激しい反対運動の有無だった可能性がある、とのこと。

夜、しゃぶしゃぶ。義父、義母、それにA、娘、私の五人で、息子が義父に送ってきたという極上のワインをあけ、遅ればせの義父の卒寿祝いをする（これが義父の勘違いで、実は私の先に持参したワインであった）。

4月18日（月曜）

五月の文学賞選考のための候補作を読む。頭に入らず。インターネットをつなぐアクセスポイントを持ってくるのを忘れ、iPhoneで何とか新聞と雑誌への寄稿をめぐるやりとりを行う。

ようやくもう一つの、新しく一文を書くことになっている雑誌の編集者と連絡がつき、そこへの寄稿として、先の没原稿をめぐる文章を書くことにする。

倒れた大棚を横に寝かせ、本を整理して作ったAの実家の奥の部屋のスペースで、午後いっぱいをかけ、寄稿用の文章を書く。

夜、Aがふきのとう、タラの芽、海老、蟹、アスパラ、れんこんなど、被災後の窮乏生活を送ってきた家族に、豪華な天ぷらを振舞う。

4月19日（火曜）

仙台の実家泊三日目。散乱した落下物を片づけた机上で仕事。

事故から一ヶ月をすぎ、各種世論調査の結果が出てきている。原発を「増やす」、「現状維持」、「減らす」、「やめる」の四択中、NHKでも、朝日新聞でも、「増やす」、「現状維持」からなる〝減らす必要なし〟という意見が、多数、ないし過半数を占めている。

この結果を見て、外国のメディアは、先の被災地の日本人の忍耐心、相互扶助の精神に驚きを示したというのとは別の意味で、ショックを受けるのではなかろうか。日本人は、何と原発に寛容なことか、と。

しかし、この結果と、日本の新聞報道のあり方とは、関係があるのではないかというのが私の感想である。これまで、日本の新聞は、原子力発電に対して、不透明な態度で対してきた。有力な広告主に原発関連の会社があり、そこで原発の推進への反対という旗幟を鮮明にすることは、困難な事情が伴うからと言われている。真偽は知らない。しかし、もしそうであれば、新聞各紙は、これまでの事情をしっかりと購読者に開示した上で、原発推進に対する自社の立場を明確にすることが必要なのではないだろうか。

不明確な態度でもかまわない。でもそのこと――明確な態度を示せないこと――を、読者を前に明確にすることが大事である。

新聞が、もう少し、こうした「立場」を明確にすれば後は読者が判断する。とにかく正直に情報を開示し、必要な場合には歯に衣着せぬ批判を政府に浴びせ、浴びせられない場合は、そのことを明示する。それが責任ある報道ということで、こういうあり方を心がけていたら、世論調査の結果も、こうはならないのではないかとも、思う。この結果に、日本のメディアは、深く反省すべきだろう。調査結果は、メディアの報道の産物にほかならないかもしれないからだ。

文章に、そんなことを書く。

最近、メディアの報道に点が辛くなっている。

午後、サンタバーバラのEさんからiPhoneにSkype。Eさんの声を聞くと、別の時間が流れる。アメリカではEさんとはいつも日本語だった。こちらに来て、英語の勉強をしなければと再び思う。

夕刻、家族全員、いつものS寿司の出前をご馳走になる。美味しい。まだ三陸沖の放射能汚染を心配しないでいられるからこうしているが、いつまでこういうことができるだろうか。三陸、金華山沖。昔、仙台のマーケットに行ったときのことを思い出す。これほど海の幸、山の幸に恵まれた土地に、汚染の脅威が迫っていると思うと暗澹たる気持ちになる。

夜、人に教えられたチェルノブイリ関連の新刊の著者インタビューをYouTubeで見る。英語の資料に基づいて調査を行ったIAEAによると、チェルノブイリ原発事故の死者は、約四千人。でもロシア語、ウクライナ語、ベラルーシ語の資料を駆使するこの本の著者らの新たな本格的な調査によると、死者数は、九十八万五千人に及ぶという。

何を信じればよいのか。一つはっきりしているのは、原子力災害とは、これほどの振り幅をもつ新しい種類の災禍だということだ。今日も早朝、身体の底を揺るがす余震があった。

深夜、降雪。その後再び、余震。

4月20日（水曜）

朝、Aの実家のゴミを出して戻る時、A転倒。山形での転倒に続き、二度目である。指を切る。疲労のせいか。その後、二階の和箪笥、上部半分が吹き飛んで畳の上に転がり、抽斗が飛び出し、着物類が散乱していたのを、娘、Aと三人がかりで上半分を元に戻し、抽斗を収め、内容物も整理する。その後、掃除。Aは食器棚を整理し、奥の部屋を掃除し、毎食事を準備。朝から晩まで働きづめ。少々気の毒である。

午後、車で仙台から埼玉へ。帰途につく。

帰宅後、Gメールから来ている新しい指示に従い、先のアドレスを回復するが、アドレスは南アフリカ共和国からのアクセスに乗っ取られていたらしい。内容はすべて消されている。しかし、予定表の情報は、戻ってくる。なんと明日、初の教授会の開催日であった。

4月21日（木曜）

午後、教授会出席。久しぶりの開校時の大学構内は、苦しい。若い人々と、どう口をきけばよいのか見当もつかぬ。こういう人間が大学の教師とは、なんとも困ったことである。中途、ダブルブッキングの結果、教授会は一時間ほどで退席。後を追って会議室を出てきてくれた友人のTと廊下で話す。だいぶ痩せている。哲学の仕事漬けの印象。

そのままI書店を訪れ、友人のMKさんの出版記念会の相談。米国在住のMKさんの執筆機会を増やすためのTさんの提案によるもの。六〇年代文化の担い手の一人であるTさん、冒険家のTさんなど、異色の人々の謦咳に接する。

夕刻、神保町から地下鉄に乗り、六本木の国際文化会館で開かれた伊丹十三賞授賞式に顔を出す。昨夜、編集者のMさんに誘われ、Mさんにお会いするため、お受けした。Mさん、元気そうで、うれしい。この日記の担当編集者のSさんともお会いする。お二人に、コペンハーゲンからのおみやげをお渡しする。今年、この賞の受賞者は、U氏。別件で、人をご紹介し、将来の講演を引き受けてもらうメールを今朝いただいたところだった。お元気そう。選考委員のNさん、Mさんともお会いする。Mさん、最近装丁された友人Tの哲学の本、面白いね、いい本だね、と囁く。帯文に私の名前があったのを記憶されているのだろう。この人にほめられたら、私なら、とっても嬉しい。ふだんはこの言い方は逆なのだろうが、この方の場合、wise なだけではなく、実はきわめて clever。Smart & brilliant。何度かご一緒する機会があり、そのことをよく知っているのである。

同じ会場で、娘の恩師でもあるKさんともお会いする。Kさんは我が家における世界の偉人の一人。家族中、私とAと娘がともに心服する人である。お二人と途中までタクシーをご一緒し、最後、編集者のSさんに、飯田橋まで送っていただき、夜10時前、帰還。

4月22日（金曜）

これもカレンダー紛失による失念のため、予定になかったが、連絡をもらって、急遽友人Kさんの賞の授賞式に、Aとともに参加する。神楽坂の日本出版クラブ会館。Kさんの長い間の批評活動がこうして世間に認められるのに立ち会うのは、うれしい。帰国してから忙しく、まだ受賞作を読んでいない。友人として招待されるのすら、心苦しいのに、急遽、友人代表として壇上でお祝いを言わせられる。本を未読であり、出席の方々にも失礼だと思うが、と断り、四十年間の交遊の一端を紹介。帰るとき、選考委員としてKさんの著書の紹介をされた吉増剛造さんとすれ違い、声をかけていただく。お話しするのははじめてか。会場で会ったやはり旧友のSさん、Aと三人で、飯田橋駅近くのカナルカフェというお堀端のカフェテラスで、二時間ほど話す。

Sさんは詩人。昨日のT同様に、痩せている。三月の災害以来、会う人々はほとんど全員が痩せている。仙台の義妹の五キロをはじめ、仙台の義父、山形の父、兄もだいぶ痩せていた。痩せもせず、むしろ太ったのは、われわれくらいか。帰宅すると旧知の学者Yさんから、メールが入っており、遅れて申し訳なし、できるだけ早くスペインにお金を送りますとあり。慌てて返信し、送金しないで欲しいとメールする。しかし応答はない。

4月23日（**土曜**）

仕事部屋の片付け。大学研究室に送るもの、廃棄するもの、古書店に売却するものに分類。混迷。深夜、本の山の中で、全集売却を決意。

4月24日（**日曜**）

部屋の片付けの続き。知り合いの出版社主のTさんから、奇妙なメールが来る。やりとりの結果、Tさんが、先のなりすまし国際詐欺メールを信じ、「スペインの加藤」宛、二八〇〇ユーロを送金して下さったことがわかる。とうとう実害が出てしまった。再発を防止すべく、昨日のYさんの電話番号を探りあて、ようやく、電話で、お話しし、Yさんには、詐欺であることをわかっていただく。

夜、息子、女友達のNちゃんを伴い、来訪。こういうことは、空前絶後、はじめてなので、家族、こぞって歓迎。Nちゃんは、助産師さんである。銀行を辞めて大学、次いで大学院を終えて、今年から勤務をはじめた。朝、5時に起きて、出勤とのこと。土日も勤務。週日休みを取るらしい。助産師さんとはなんとすばらしい職業か。

先に元の大学の卒業生のM君が毎年送ってきてくれていた極上のワインを開ける。Talbot。きわめてよくできたワインで、美味。M君は、学生時代、いつも悪ぶって、事あるごとに酒代をせびる人であった。それが、就職後、窮乏しているだろうに、毎年、きわめて高額であることのわかる極上のワインを送ってくる。忙しいらしく、一年に一度くらい伊豆で行う元の大学のゼミ会などにもなかなか出席してこない。もう何年も会っていない。人間というものは、なかなか、わからないものである。奥深く、面白い。

4月25日（月曜）

片付け三日目。三日かけてようやく部屋の全ての掃除、整頓を終わる。この後、研究室で同じことをやらなければならない。できるだけ身軽になっていくことを考えなければならない。日本での私は、余りに用件がありすぎる。少し、身を引き、じっくり考え、行動していくようにしたい。

例のなりすまし国際振り込め詐欺メールは、最終的に、Tさんに、お金を「返却」し、被害について朝霞署に連絡。Tさんに最寄りの警察署宛、被害届を出していただくことになった。かなりの高額である。

夜、本の数が少なくなった書斎で、音楽を聴く。佐藤聡明の『Litania』その他。Aが叔母を介し、佐藤さんの母上からどの曲がよかったか知りたいとの問いを戴いている。お答えするために、少しずつ、もう一度、手持ちの数枚のCD音源を聴いていく。

池田清彦、養老孟司の共著『ほんとうの環境問題』を読みはじめる。ずいぶんと面白い。お二人ともよく知る人だが、この方面の主題についてのお二人の考え方ははじめて読んで知る。いまから一万年前、人類は推定で百万〜五百万人しかいなかった。でもこの数にしても「大型の動物としてはかなり多い。現在でいえば、それぐらい数が多い大型動物は地球上にほとんどいない」（池田）のだそうである。一方、養老は、冒頭、環境問題について、文化系の人が書かないことが多い、と言っている。この人の着目点は、二〇世紀は石油の世紀だということ、そこでのアメリカと石油の結びつきである。この二人の言うことは、明朗。理科系の頭と理科系の考え方と、理科系の心がある。その理科系の心からこそ、学ぶべきか。

4月26日（火曜）

終日、家で部屋の整理の続き（細部に問題あり）。ついで来月初旬にもはじまる授業の教材印刷依頼のための準備。見ると、一年生のゼミの受講者数がゼロ。これまでにないことだが、これで「開講」できるのか不安になり、大学に問い合わせる。現在数は、「7」、その回答に「ご安心下さい」との付言あり。

今年は上級ゼミで『大菩薩峠』を読むことにした。大学生に敬遠され、ゼミの受講申請者は一名のみ。大学で教えてはじめてのことだが、一度くらいはこういうゼミをやってみたかったので、これはこれで楽しみだった。しかし「ゼロ」は困る。七名の数に、事務所からの付言に応じ、「一安心」。

時間があれば、友人のKさんが他の人と主催するOさんの会に出るはずのところ、行けず。断りのメールを送る。

Aの指導で、机の中の引き出しを一斉捜査。不用の物を捨て、新しい整理法を学ぶ。

物を捨てられない、というより、捨てない。それが長年来の私の人となりだが、今回の厄災をきっかけにこの習慣を変えられるかもしれない。もう本はできるだけ、持たないようにしようという出来心が生まれている。本棚の一角を占めていた宮沢賢治全集と大岡昇平全集を他の単行本、文庫本とともに、古本屋さんにもっていってもらう。大変な経済的困窮の中、購入したもの。あまり披かなかったが、心の支えにはなったかもしれない。以後、必要な場合は、図書館で借りることにする。

本棚の上から下ろすと、宮沢賢治全集の函の背が激しくかきむしられている。いつもそこで寝ていて、ときどき嫌がらせに余念のなかった猫、ジュウゾウの爪痕である。Aと娘を呼んで、なつかしがる。文字通りの「爪痕」。古書店への売却前、その写真を撮る。

4月27日（水曜）

外出日。昼、池袋のホテルメトロポリタン内のカフェで編集者のAさんと会い、大震災、原発事故をめぐる短いインタビュー。その後、午後、同じ場所で、劇作家Hさん紹介のフランス人の劇作家、詩人Cさんから、ゴジラ論に関する聞き取りを受ける。Cさんは、ゴジラの出てくる演劇を準備中、フクシマとヒロシマを訪れたとのこと。通訳は、若い一橋大の院生で、優秀。二時間弱で、話を終え、そこから5時前にI書店に行き、旧知の編集者Sさんと久闊を叙す。この間のお礼として、酒席を設けたつもりが、逆にご馳走を受ける。その後、この間のやりとりの修復をかねた報道機関のAさん、Kさんとの会合。さまざまなことを話し、10時過ぎ、お別れ。Sさんが貸して下さった傘を持って帰る。

帰宅すると、部屋を綺麗にしたスペースに置くべく注文しておいたBoseの卓上iPhone用ステレオ装置が到着している。それを、本棚の一角に設置する。

音を低く出すと、低く鳴る。

日本は忙しい。これからは、できるだけ、会わなくともよい人とは会わず、いるのかいないのかわからないようにして生きていきたい。大変に難しいことであることは、わかっているが。

4月28日（**木曜**）

授業準備のため、大学に電話し、ウェブサイトによる学生とのやりとりの仕方を学ぶ。久方ぶりにEさんとSkypeでやりとり。こちら側の映像はなかったが、Aも加え、色々と話す。

午後、Kさんの子息のK君、母上のSさんとともに来訪。メールアカウントを乗っ取られた後ウィルスを忍びこまされたらしいPC、レノボの修理をお願いしていたものを持参して下さり、ついで、家のNECのデスクトップも見ていただく。これも独立して故障しているのである。

居間でSさんとAと談笑する間、仕事部屋で、K君、デスクトップを点検。得体の知れないウィルス対策ソフトを見つけ出し、これが悪さをしているようだと言う。対策ソフトの更新中に忍び込んだものであった。

池田清彦の本を読みつぐ。『環境問題のウソ』。夜、感心したため、池田さんにエドワード・ホッパーの絵のハガキを書く。ファンレターである。

4月29日（**金曜**）

池田さんの自伝『だましだまし人生を生きよう』をも読むが、面白い。一日最低一回は、十一階にある家までの階段を上り降りすることにしているが、今日で四回目。少し、息が切れなくなってきている。

一日、授業準備。例のなりすまし国際詐欺メールの影響で、以前教えた学生から、「先生、スペインからもうお帰りですか。今学期の授業、受けます」というメールが来ている。即刻削除せよと返信。文学賞のための候補の小説を読む。二作目。もう自分の読みたいと思わない小説を読む根気がなくなっているのを感じる。

夜、夕飯。豚ロースの味噌漬け、小松菜の炒め物、アボカドライム、キャベツのおみおつけ。

4月30日（土曜）

午前、娘を伴い、Aと三人で小諸の小さな家に来る。庭は荒れ放題。昔作った「森の小径」も、ベトナミアン・カフェも、よれよれで、泥をかぶっている。しかし、緑化センターのUさんに時々見てもらっていたので、周囲の樹木はさほどでもない。この庭は、荒れ地だったものを数年かけて、Aが整えたもの。代償として、膝を痛めた。家の周りは、来るたびに周囲が変わっている。家に続く林の片方も買われた。昔よく散歩した農道沿いの林が、だいぶ多く伐採されている。家の普請の進捗中というところもある。

建築家のNさんがひょいと顔を見せる。地震でどうにかならなかったか、心配して下さっての来訪。奥様もご一緒。

ほどなく、なぜわかったのか、二年前から顔を出している野良猫しまちゃんが顔を見せる。元気そう。目が合うと、何とも親しみがこみ上げてくる。食べ物をあげると、ベランダに、数時間、脚を折って腰を下ろし、庭を眺めている。ガラス戸を開けると、警戒して逃げていく。我慢してガラス越しに時々目を合わせるだけ。文学賞の候補作の二作目を読了。ついで、Eさんの例のハルトゥーニアンへの反論の英文チェックされたものを読みつぐ。だいぶお待たせしてしまったが、読んでいくと、大変な仕事で、どれだけの時間と労力と熱意を注いで下さったかがよくわかる。感嘆しつつ、一方、深い感謝の念を禁じられず。ハンナ・アレント他の文献の出典を確認する。夜、レトルトカレー。深夜も仕事を続ける。

5月1日（日曜）

前日に続き、午後までかかって、ハルトゥーニアン反論——Eさんとの間で「春半」と呼んでいる——の検討を終える。時々、Aに呼ばれ、庭の木の剪定を手伝う。森の小径の向こうまで行って、木にかかる鳥の巣箱二つの底板をドライバーで外し、今年の鳥の来訪に備える。底板の向こうに、枯葉、苔などと羽毛の絡まる固まりが詰まっている。それをごっそりと内壁から剝がすように取り出すと、巣箱の闇が四角い形のまま、現れてくる。そして消える。

午後、浅間サンラインを上田方面に行ったところにある雷電くるみの里の道の駅を覗く。山菜類は、朝早くでないと、買えない。連休で人が沢山つめかけ、午後、めぼしいものはほとんどない。

夕刻、サンタバーバラでずいぶんと楽しみにしていた小諸の和食の店、中吉に行く。ここの串焼き（焼き鳥）は絶品。しかし、連休で混んでいて、だいぶ待たされる。串焼きが出てくるまで一時間。ちぐはぐな気分で帰還する。これにはだいぶ、失望。深夜、コメントを付し、「春半」直し稿の確認稿をEさんに送る。

道の駅で買った朝日新聞に、劇作家Hさんの短文が出ている。去年、選考委員として関係している賞を受賞したKさんの短文も並んでいる。この新聞社の作った震災・原発事故関係の何かの委員会の委員就任の弁だが、何人かの委員中、このお二人の意見に共感をおぼえる。Hさんは東北自由大学の創設を提唱している。こういうものが出来たら、事情が許せば、関与してみたいと思わせられる。Kさんは、国が住民の権利を守るため、屋内退避を含む避難対象地域の「郵便や物資や燃料の搬入を止めてはならなかった」と書いている。先の没になった文章での主張に重なる。こういう指摘は、他の人のものではじめてである。

5月2日（月曜）

娘、早朝、仕事のため、帰京。Aが車で佐久平の駅まで送る。私は眠っていて気づかなかった。今日も文学賞のための読書。候補作三作目。なかなか大儀。ほぼ一日かかってしまう。時々庭に出るが、雨が降ったりやんだり。夕餐は、うなぎの白焼で、即席鰻丼、それにおみおつけ。

食後、ウェブのニュースにオサマ・ビン・ラディン殺害の速報を見て、ふだんは仕舞い込んでいるテレビを取り出し、9時のニュースを見る。オバマ大統領の会見、続いてイギリスの首相が支持と歓迎の声明を行う映像が現れる。しかしこれは、サダム・フセインの場合とは違う。アメリカが一方的に戦争と呼んでいるだけで、白昼（ではないが）堂々、大国がその国に断ることなく他国の領地内に兵士を送り込み、ゲリラ首謀者を殺害した。こういうテロリスト殺害作戦は、国連も、国際法も、認めていないのではないか。誰もそのことを指摘しないことに、疑問を感じる。

深更、最終で再び戻ってくる娘を今度は私が運転して迎えに行く。深夜、家族の寝静まったなか、候補作、第四作にかかる。

5月3日（火曜）

午前、第四作目の候補作を読了。これで、文学賞の選考のための候補作読みが完了する。肩の荷が下りる感じ。久方ぶりに庭に出て、娘と枯葉類を集め、焚き火をしていると、元卒業生のM君から電話。新聞社への就職が決まったとのこと。先にメールで知らせてくれたのが、例のアカウント奪取に遭った際、消えてしまっていたようである。M君は元のゼミ長で、国立大の大学院に進学していた。祝福。ついで、この後、時間ができたというので、春半の注記を逐一、調べるリサーチ・アシスタントの仕事を引き受けてもらう。

ようやく授業準備にかかれる。しかし、二日しかない。春半と文学賞が、大きなプレッシャーとなっていたことがわかる。上級ゼミに向け、『大菩薩峠』の読書にとりかかる。読み進めると、意外に時間がかかるが、しかし、こちらは楽しみ半分。何となくトンネルを出た気分である。

昼、久方ぶりに私が家族に冷やし中華を振舞う。ちょっと紅ショウガを入れすぎたが、おおむね好評。

午後、Aがご病気の木工作家Mさんに肉じゃがを作る。A、娘とともにMさん宅を訪れるがご不在。肉じゃがが、玄関先に餌の置かれた外猫たちに先にご馳走と思われてしまうことを怖れ、明日、再訪することとする。

夕餐は、スーパーマーケットで見つけた尾花沢のダシと鶴岡の豆腐。ともに故郷である山形県産のもの。アスパラの牛肉巻き。これに先立ち、このスーパーで買える定番の三九九円のスペインのワインを飲む。Castillo de Olleria の赤。私は何でもありの質で、安価なワインも、飲めるものなら、大歓迎なのだ。

夜、メールを見ると、ビン・ラディン殺害に関し、バークレーに住むMKさんがアメリカの報道を紹介。それをめぐり、MKさんからの新たな書き込みが来ている。

「Mさん／XXXです。／僕は、人を殺して喜ぶような国民にはなりたくない、です、／……／という返事をある人からもらいました」とあり。続けて、MKさんの考えが記してある。「ビン・ラディンの死を祝うのは間違っているか？」というアメリカのウェブ・ニュースが添付されていて、アメリカでも、このことについては、多くの人が考えているとある。ウェブ・

ニュースの最後のくだりに、こんな意見が紹介してあった、として引用がある。

"If we have any feeling of victory or triumph in the case, it should be because we have succeeded in disabling him, not because he is dead." Mさんの訳。「もし私たちが、この事件が勝利だとか大成功であるという気分をもつのだとしたら、それは彼（ビン・ラディン）を殺したからではなく、彼を活動不能にしたから、でなければなりません」。

MKさんは、なぜこういう側面が日本のメディアで紹介されないのだろうね、と言う。

大事な側面。少なくとも私にとっては、そうである。特に一方に原発災害への懸念をかかえている今、頭の片隅にこういう問題があることは、大事なことだ。原発と、ビン・ラディンと机龍之助。それが今の私である。

5月4日（**水曜**）

朝、家族みんなで目をつけていた付近の散歩道沿いの林の中のタラの芽を採りに行くが、おお何としたことか、綺麗に二本、鋭利なナイフで採取されている！昨日は、まだ時期尚早と見て、一夜待ったらこの結果。誰かも虎視眈々とこの朝の採取を待っていたわけである。仕方なく、家の庭に生えているタラの芽四本から採取。残りの四本は、明日の朝まで待つこととする。

日記を見直し、この日記の第二十七投分を編集者のSさん、Mさんにお送りする。

『大菩薩峠』を読みつぐ。久しぶりに机龍之助の世界に戻ってきたが、やはり、面白い。いわゆる大衆小説における偶然の出会いのもっている鳥籠的な構造を、面白いことと思う。これについては、いつか考えてみたい。

庭の掃除。焚き火。ようやく少し、荒れた感じが収まってくる。しまちゃん来訪。猫缶を食べ、ぐぅーっと伸びをしてから、ベランダの一番遠くの端に行って、しばらく寝そべり、庭を見ている。でも気づくと、帰っている。

昼、佐久平の駅近くのこうべ高麗に行き、焼き肉を食べる。私の四月のお誕生日割引。Hさんの工房に、修理をお願いしたランプシェードを受けとりに行く（クラコウで購入したなつかしい鳥籠様のランプシェードである）。Hさんの敷地奥の沢にそびえる三層からなるツリーハウスは、数年かかってまだ普請中。全て独力でかなりの部分、廃物利用。蛇堀川の濁った流れの脇にドラム缶の浴槽があり、崖の上の本宅からパイプによってお湯が供給される仕掛け。斜面には行者ニンニクなど、山菜が密生している。午後2時から入浴。後はハンモックで昼寝。コーヒーも上の本宅から降りてくる。Hさんは、何で生活しているのか知れぬ鉄の彫刻家。タイでもドラム缶で風呂を作り、道ばたで小銭を稼いだらしい。川上犬の小枝ちゃんとよく家の前を散歩していて、親しくなった。仙人のような人。ツリーハウスにかかる大ブランコに乗せられ、肝を冷やす。

帰り、行者ニンニク、花わさびをいただく。花わさびは熱湯にひたしたものをポリ袋に入れ、「ぐるぐる回す」のだと教えられ、帰宅して、まねごとをして道路に出て「ぐるぐる」回していたら、ポリ袋、破れ、路上に散らばる。拾い集めて試食。辛さ足りず。率直に言うと、失敗か。

夜、よれよれの花わさび、行者ニンニクのほか、ホタルイカとしらすおろしでワイン。茄子の辛み煮。ホタルイカを食べない娘は焼ホタテ。久方ぶりのしらすおろしがありがたい。おいしい。食後、授業準備。

5月5日（木曜）

朝、部屋を掃除し、庭の残りの四本のタラの芽を採り、昼前に出発。タラの芽は、二度までなら採ってもよい。三度採ると枯れる、と聞いて、以前、「タラの芽狩り」という作品題名を思い浮かべたことを思い出す。

三度採られてなお立っているタラの芽たち。

この不在の一年の間に、中部横断道という高速道路の一部が完成しており、そこから入ってみるが、事故渋滞。この中部横断道については、このようなものが本当に必要なのかと、疑問の声があった。総工費、四百十数億円とのこと。こんなことをしていてよいのだろうか。真新しい道路がすぐに途絶え、のろのろの運転がその後も、軽井沢までの十数キロのうち半分ほど続く。

結局四時間ほどかかって帰宅。半分以上をAが運転する。王蘭に行って味噌ラーメンと餃子。今どき珍しいような陋屋の構えを崩さない店。そこで新聞を見ながら、この店名物のおいしいラーメンをいただく。三人とも満足。帰宅し、家の整理。

夕食、木工作家Mさんのためにお作りした肉じゃが、Mさんご不在のため、持ち帰ったものに、はんぺんのおすましを加えてすます。食後、授業準備。明日は、最初の日。英語授業、一年生のためのゼミ、あと、上級ゼミと三つ続く。ウェブでの作業、ほか、深夜に及ぶ。

アメリカのEさんよりの電話。ビン・ラディンについて、翌日、教室では学生からも話は出ず。自分もその話はしなかった、とのこと。東海岸と西海岸は違うのかも知れませんが、とも。首都ワシントンの大学生が殺害の報に「喜んで」騒いだことを指す。

5月6日（**金曜**）

一年ぶりに大学での授業。英語の授業は、受講者五十名、一年生のゼミは、十五名。上級ゼミは一名。T君。それに聴講生がグルジア人の学生TL君とその友達K君。昼は、一階のコンビニで求めた稲荷と海苔巻きに一つだけ残っていたティーバッグの紅茶ですます。

英語の授業は例によって、少々失敗（予定より早く進み、時間つなぎに日本の小説家について、適当なことを喋ったが、不十分であった）。一年生のゼミは、まあまあ。上級ゼミは、三人で、T君の卒論題目をめぐる文章と発表を論評。これだけ参加者が少ないと、非常にやりやすい。終了後、近くの蕎麦屋で、歓談。その後、別れ、帰宅。だいぶ激しく疲れている。心が、傷んでいる。雑誌の寄稿文のゲラが来ている。深夜までそのゲラをめぐり、メールでのやりとりを行う。

教員室のメールボックスに池田清彦さんからの新刊が届いていた。『激変する核エネルギー環境』。二〇〇八年に上梓された本に一章を加えたものだが、非常に説得的な本。先見の明に驚く。深夜までかかって読了。「すばる」最新号に載っている中沢新一「日本の大転換」をも読むが、理系の頭、文系の頭、ということを考える。文系の頭が自分のアイディアを面白いものと思う。そのときそれは、もう、無駄な装飾だ、というように、理系の頭は働くのかも知れない。池田著には無駄がない。中沢文は装飾である。しかし、文学とは、装飾なのだろう、たぶん。

その罠から逃れる術は、たぶん、自分が装飾であることを、知っていることである。

5月7日（土曜）

終日、雨模様。ときどき晴れ。午前、寄稿依頼のあった「暮しの手帖」への随筆と、総合雑誌への「次の総理」をめぐるアンケートを執筆。文芸誌の編集者Mさんより封書来信あり。コピー同封。『巨匠とマルガリータ』論、ロシア文学者のN氏が文芸時評で取りあげてくれていたことを知る。

午後から夜にかけ、明後日の文学賞選考のための準備。候補作四作のうち、ほとんど印象に残っていないものを、もう一度ざっと読み直し、後の二作について、読後感の確認を行う。

夕餐は、小諸の家の庭に生えたタラの芽を中心に、こしあぶら、山ウドなどの山菜に小茄子、海老などを加えた天ぷらに、納豆めかぶ。山菜、特にとりたてのタラの芽、柔らかく、絶妙。ビールでいただく。

夜、春半の注記を頼んだM君よりメール。注記のための調査、終了、ついで春半を読んだ印象、「めちゃ面白い」とのこと。大半は、Eさんの英語への転換によるところが大きい。投稿先への投稿を告知するメールの原稿も、少し考えた末、日本語で書いたのをEさんに英語に直していただくことにする。こういう高度に専門的な（？）やりとりは、まだ学習段階。私の手には負えない。

5月8日（日曜）

晴れ。昨日に続き、明日の文学賞選考のための準備。これはと思う作品が、よいとは思うものの、よくわからなかった。再度、読んでみる。一日かかる。やはりよくわからず。しかし、受賞作はこれしかないのでは、という確信はあり。結果はわからず。

報道機関のKさんよりメール。今月のEさんの原稿についての問い合わせと、やはり『巨匠とマルガリータ』論の感想。珍しく、お褒めにあずかる。

難解な候補作を読みながら、ときどき、席を外し、階段を十一階分、上り下りしたり、ベランダの埃だらけの汚れた木のテーブルを石鹼とタワシでごしごし洗浄したりする。洗浄後、ワックスをかけると、安価なものだが、購入時の塗りが摩滅し、見違えるように渋い木の肌が現れる。

夜は、母の日につき、娘がサラダその他を準備し、ピザの出前を取り、お祝いする。息子とN子さんより、Aにカーネーション届く。娘も、花とケーキを買ってくる。

食後、木のテーブルにもう十年ほどになるさびだらけのインド製のブリキのランタンを鎮座させ、ローソクを灯す。その傍らで読書。作品は、面白い、しかし、難解なまま。

深夜、最近、新聞社をやめられたSさんから、先の没原稿をめぐるメディア批判の文章を、寄稿予定誌のゲラで読んだが、同感するところあり。南相馬市の市議の友人の名前を教えてもらえないだろうかとの丁寧なメールをいただく。Sさんは名前のみ知る日本の代表的ジャーナリストのお一人である。捨てる神あれば拾う神あり。了解の旨を返信。

5月9日（月曜）

昼前、山形の兄より電話。父、現在いる老人用マンションで転倒、大腿骨骨折。救急車で病院に搬送されたとのこと。この人が四十代の頃、山形県新庄市で厳冬、氷結した路上で転倒し、数週間加療したことあり。以来、日々の小さな運動は続けていたものの、遠出の際、ほぼタクシーを自家用車のように愛用するようになった。その加療の時期のことを思い出す。その頃は、夜が寒く、また暗かったものである。

授業準備の後、三鷹市に行き、文学賞選考会に参加。選考難渋、自分でこれなら何とかという作品が受賞作となるが、しかし内容わからず。疑心僅かに残る。

帰途、タクシーから電話。父手術無事終了を知る。元気とのこと。

帰宅後、南相馬市のS君と話す。数週間前に送っておいた南相馬市訪問関係の寄稿文、メールに添付のものを取りだせなかったというので、再度送り、ジャーナリストの人の件を依頼する。

小出裕章『隠される原子力　核の真実』、選考前から読み始め、帰宅後、深夜読了。全てに賛成ではないが、この人の知見と行いは、尊敬に値する。日本では、同じnuclearという言葉を、兵器の場合は核兵器（nuclear weapon）、発電所の場合は、原子力発電所（nuclear power plant）と、それぞれ訳し違えている。この翻訳の二重基準に、この人の指摘を受けるまで気づかなかった。United Nationsが戦前は、連合国、戦後は、国際連合、というのに匹敵する「訳し違え」か。

5月10日（火曜）
Eさんの新聞連載原稿第一回分到着。面白い。報道機関のKさんに転送する。午前、選評を書く。午後、英語授業の準備。娘、焼き鳥をかってくる。軟骨とレバー、おいしい。夕食、あじの干物。冷や奴とザーサイネギキュウリ載せ。野菜サラダ。なすのおみおつけ。春半を在米の何人かの友人に送る。

5月11日（水曜）
英語授業と今週から始まる言語表現法の授業準備。また、焼き鳥と空豆でビール。夕食、野菜付きポークカツレツ、ミネストローネ・スープ。選評送る。

5月12日（木曜）
英語授業は、途中、時間切れ。明日に続く形となる。SA（学生補助員）にはゼミ学生のT君に頼む。T君はこの九月、三年半で卒業の予定。言語表現法は初授業。これを終えた後、会議。完全な授業期間の日々となる。会議というものは、何と非フレンドリーな空間であることか。索然と疲弊して帰宅後、明日のための準備を行う。夕食の準備に、娘と二人で餃子の皮を包む。夕餐、水餃子と、芥子菜の煮浸しと、ひじきの煮物。美味。明日の準備、深更に及ぶ。

5月13日（金曜）
午前、英語授業続き。ついで基礎ゼミ。最後、上級ゼミ。上級ゼミにT君の他、今回から卒業生でいま国立大の院にいるM君が参加。また名古屋大博士課程にいて、ものを書きはじめているI君も顔を見せる。グルジア人学生のTL君を加え、五人で研究室でT君の卒論草稿を検討、討議。しかし来週からT君の卒論主題は、芥川と世紀末芸術へと変わる予定である。
夜、約束のあるTL君を除く四人して近くの韓国料理屋で歓談。やはりゼミを終えてそこに来た友人のTに出くわす。ひととき震災以後の問題などを話す。9時過ぎ、別れる。さすがに疲弊して帰宅。一眠りした後、深夜入浴。その後就寝。

5月14日（土曜）
一日、授業準備。風もなく、気持ちのよい午後。夕食の、鰹のたたき。春の香りがした。深夜、思い立ってサンタバーバラで書いた音楽原稿、編集者のHさんとSさんのチェックを受けたものの見直しに取りかかる。昨日、Sさんより、できれば七月にも刊行したいと言ってきた。二度読んだが、面白いとも。

5月15日（日曜）

午前から、音楽原稿の見直し。原宿の美容院に行く日。昼に到着。最初に髪を切ってもらい、後は、Aと娘が散髪してもらっている間、近くのカフェ二軒を梯子して、読み直しを続行。帰宅し、小諸のFさんが送ってきて下さった驚くべき量のタラの芽、こごみを、ご近所にお裾分けする。夕食は、Aが腕をふるい、海老、ホタテ、かぼちゃ、アスパラなど、他の食材とともに天ぷらでいただく。ともに、新鮮この上なく、甘い。こごみは、おひたしにする。ワインもよろし。

食後、原発災害のテレビ番組を見る。ついで、音楽原稿。深夜、見直しを終了し、Hさん、Sさんにお送りする。こんなに素早くできるとは思わなかった。一歩躓いたら、どうなるかわからず。勝手なもので、自分の分を終えると、早く本にしていただきたくなる。あとは、文芸誌に連載した日本の小説家の短編についての論の見直しが残っている。思いたち、英文の春半を、ニューヨークに住む友人のエディターのEと、元同僚のRにも送る。

5月16日（月曜）

午前、Aと車で山形に行く。午後3時過ぎに父の入院する病院に到着。ややあってやってきた兄に訊くと、大腿骨に人工骨頭を入れる手術をした後、二日ほど、一時的意識譫妄があったとのこと。腕時計を外そうとして、むしった。それが点滴の注射針であった、深夜、立ち上がって、帰ろうとした、など。

父は少し痩せたらしく、入れ歯合わず。発音が少々不明瞭になっている。さらに、わずかに、普通よりもぼんやりしている。今日が何日か、など、私はいつもわからない。その程度なのだが。

しかし、午後、呼ばれて訪ねた医師に、「お父さんは認知症ですから、リハビリ病院では受けつけられないとのことです。そのまま施設に帰ってもらいます。あと一週間しかいられませんからそのつもりで」と宣告される。兄、弟、ともにショックを受けて絶句。

今いる老人用マンションは、病院用語では、「施設」

となる。「施設」からも「認知症」があると書いてきていると言われ、驚く。入院当初、二週間で出てもらうと釘を刺され、兄が早めに手配しようと、数年前、脳梗塞で倒れた際に入院したリハビリ病院を次の入院先の候補にあげた。そのことが、このお医者の手早い「認知症」の判定通知で、仇となった模様。全身麻酔の後遺症もあるので、もう少し辛抱強く見てもらえないかとお願いするが、「いや、半身麻酔です」と冷たい答え。二〇〇四年、母が死んだ時の山形市の病院の対応の酷薄さを思い出す。おお、お医者という職業人の過酷さよ。

Aがいたら、何と言うだろうか、と頭を巡らすが、私には対応できず。再考をお願いするが、まったくリハビリに前向きにならず、仕方あるまいと言われ、病室に帰り、ついでリハビリの担当者に会いに行く。病室で、Aが、「やる気がない」って、お父さんがそうかもしれないけれど、お医者さんも「やる気がない」のじゃ困るわね、と言う。リハビリ担当者に、本人も一生懸命やると思うので、とお願いする。担当者は、若い人。真摯な態度に救われる。

このままでは、九十翁、寝たきりになる恐れあり。三人、暗い思いで、病院を出るが、行くつもりの中華レストランはもう店仕舞いの時刻。仕方なく近くのファミレスへと案内されるが、そこは、できれば避けたいガストであった。三人で食事。結構美味しい。しかし喉が渇く。味付けが濃いようである。

兄と別れ、ホテルへ。父の苦境を思い、Aと二人、言葉数、少なし。

帰る時、リハビリはここが頑張りどきだよ、努力できないかい、と尋ねると、父は、リハビリなど、一度も言われていない、いつ始まるのかとこちらは待ってきたのだと怒って悔しがった。しかし、たぶん意識がとんでいたこともあったのだろう。兄は一度、手術直後に、父が立ち上がれなかったのを見ている。父に頼まれ、『荀子』を送ったのが、二週間ほど前のことである。

5月17日（火曜）

午前、Oデパート地下で食材を買い、知り合いの料亭Kに顔を出し、おかみのSさんにデンマークのおみやげを渡した後、再度、父の病室へ。兄とも話し、昼過ぎ、父と再会を約し、そのままAと仙台へと向かう。

Aの実家で一時間ほど過ごし、義母、義父、義妹に会い、開通なった新幹線で一人、帰京。大宮で降りて、川越線、東上線経由で帰ってくる。

さすがに疲弊。どこかに怒りがうずくまっている。娘がけんちん饂飩、ひじき、青梗菜の煮物を振る舞ってくれる。美味。

5月18日（**水曜**）

午前、文芸雑誌の連載を単行本にするためのゲラ直しをはじめる。午後、授業準備の続き。英語の授業、言語表現法の添削、一年生のゼミのための教材の小説を読む。

夕刻、兄より電話。父、今日はじめて、四階から二階のリハビリセンターまで車椅子で降りたとのこと。よほど、頑張ったのであろうと、涙のこぼれる思いがする。それでも結果は動かないのか。

5月19日（**木曜**）

大学で授業。英語授業、ついで日本語での言語表現法。こちらは定員を大きく超え、二十一名に増えている。事務方がチェックを忘れたらしい。しかし、もう動かせない。3時より、教授会。4時半に抜け出て、研究室で学生S君の進路上の相談を受ける。大学院志望とのことなので、明日のゼミに顔を出すよう、言う。

夕刻前、帰宅。仙台から買ってきた娘大好物の盛岡のぴょんぴょん舎の冷麺をいただく。

入浴後、明日の授業準備。

5月20日（**金曜**）

午前、家を出て、研究室で、二人のSA、T君とTL君と、三人でお昼を食べる。三限から五限まで授業。三限の英語授業にポーランド人で小説家の友人Jが顔を見せる。去年ワルシャワで行ったBによるインタビューの載った女性雑誌をもってきてくれる。今回の授業は、Murakami の *The Second Bakery Attack* を連合赤軍事件とのつながりで論じるもの。とっても面白い授業だったと言ってくれるが、授業参観に来てくれたのに、その後も授業あり。つきあえないのが心苦しい。

この後、一年生のゼミ、上級ゼミ。名古屋大博士課程のI君が、参加してくれる。今日もなかなか面白いことを言う。非凡。

時間通りに終えて、そのままS社へ。文芸雑誌編集部のMさん、この日記の担当者Sさんと三人で銀座に向かう。目当ての山形の料理を出す小料理屋さんに着くと、もう一人の編集者、Mさんがおられる。
一年前、三月にここで、同じ顔ぶれで、お別れ会をひらいていただいた。MさんとSさんに、書いてみないかと言われたのがこの日記のきっかけであった。一年がぐるりと回る。私も西回りに、ちょうど地球を一めぐりしてきた。この一年でいろんなことがあった。まずMさんが出版社をやめられた。小さな天体、一年前のMさんのメールの言葉を思いだす。四月、あの時はアイスランドからの火山灰、それがいまはフクシマの放射能に取って代わられている。
おいしい料理に舌鼓を打ち、午後10時近く、解散。ありがとう。Sさん、そしてもう一人の雑誌編集者のMさんにも、お礼を言い忘れたまま、お別れしたことに車の中で気づく。

5月21日（土曜）
一日、家で授業準備。夕刻、娘とニュータウンの商店街のおそば屋に行く。迷ったあげくおそばのつけ麵を注文するが、失敗。おそばと言えず。

5月22日（日曜）
朝、娘に用意してもらった朝食を食べ、東京から新幹線で京都へ。車中、兄から電話あり。老人用マンションに帰った後、父、必死で機能回復訓練に立ち上がろうとしているとのこと。「そうか、よろしくね」。九十五歳。がんばれ、という言葉が頭に浮かんでいる。
地下鉄と電車を乗り継ぎ、宿舎のある京大近くの出町柳へ。ホテルに荷物を置いた後、歩いてKさんの編集工房に行き、一九八一年に『スリーマイル島』を書いたNさんのお話を聞く会に参加。科学史家のY先生もおられる。ビデオの放映などを含んで、午後2時から休みを含め、9時まで。話はほうぼうに広がりつつ、煥発力にとむ。その後、同じ場所で会食。深夜、12時すぎに帰る。

5月23日（月曜）
朝、起きて、ホテル近くの喫茶店でモーニングサービスを注文、新聞を読みながら、朝食。その後、授業準備をする。毎日新聞で読んだアウンサンスーチーの文章に立ち止まる。何とトルーマン・カポーティの『ティファニーで朝食を』が十代終り頃の愛読書で、「ヒマラヤの研究者だったマイケル」と結婚した後、主人公のホリー・ゴライトリーのようないつも「旅行中」の人生を送ろうと考えたとある。でも、「長年にわたる自宅軟禁の間に、私は、旅が人生ではなく、人生こそが旅なのだと思い至った」。心に残る文章であった。この女性に興味が湧く。

昼、Kさんの編集工房を再訪。現在入院中の大学者のHさんをお見舞いするのにつきあい、その流れでTさん、Yさんご夫妻とお会いする。京都市内の鰻屋でご馳走になる。英語はどうですかと尋ねられ、ダメですねえ、とお答えする。これまでご自分の耳にした日本人の英語ですばらしかったものとして、Tさんは、鈴木大拙の英語をあげられる。ゆっくり、基礎英語を中心に、深く話す英語であったとのこと。もう一人は、MKさんのお父上、MM氏の英語。流暢でなくともよいから、堂々とした自分の英語をもちなさい、と言われているのだとわかる。この人にお会いしていると、自分が、日の光に浴する植物のような気持になる。いつも、ほとんどこちらからは発言しない。ただ聞く。いつ杭になって時間が流れるのを感じている。

深夜、ホテルに帰還。入浴して就寝前、パソコンで参議院行政監視委員会の参考人からの意見聴取の模様をYouTubeで見る。原発反対派の論者として知られる京都大学原子炉実験所の小出裕章助教、地震学の石橋克彦神戸大学名誉教授、ソフトバンクの孫正義社長などが出てくる。特に先の二名の意見発表の態度、話し方がこれまで国会審議の場では見られないような格調高い、説得力あるものであった。午前3時まで見てしまう。こういうものをNHKが放映しないことに、深い疑問を感じる。

5月24日（火曜）

朝、N君に連絡するが不在。一人で銀閣寺、法然院と歩き、その後、哲学の小径の疎水に沿って若王子まで歩く。途中、叶匠壽庵で昼食。ビール小瓶を飲んで、錦小路の市場を覗く。

コンビニで新聞を買うが、朝日新聞には、昨日の参議院行政監視委員会の小出発言の報道は出ておらず。いったいどちらを向いているのか。この新聞も、購読中止を考えなければならなくなったかと暗澹たる気持をおぼえる。

タクシーでホテルに。スーツケースを受けとり、がらがらと引いて、徒歩でKさんの編集工房へ。小説家のYさんに久しぶりでお会いし、その後、Kさん、T、Mさんとともに、赤垣屋で飲んで、新幹線で帰京。疲弊して帰宅する。寄稿した文の載った雑誌が届いている。中のいくつかの文章を読んで、就寝。

5月25日（**水曜**）

朝、Aが友人のSさんとの昼食の約束で外出。Sさんはいま病篤し。一日を、授業準備に費やす。夕刻、A帰宅、ついで娘帰宅。夜は、残りのビーフシチュー、天麩羅、など。残り物に福あり。おいしくいただく。食後、お茶で、錦小路で買ってきた麩饅頭を食べる。ある新聞社からデータベースの更新アンケートが来ている。見ていて出来心で、「座右の銘」というところを埋める。これまでこの種の言葉は書いたことがない。二十年くらい前に頭に入ったが、徐々に熟してきてこの年になって、「座右」にあることに気づかれたか。

「愛せなければ通過せよ」。

ニーチェの『ツァラトゥストラ』に出てくる言葉である。

5月26日（**木曜**）

朝日新聞に先にPR誌に寄稿した文章が取りあげられる。論壇時評。書き手は高橋源一郎。授業を二つこなし、夜、帰ってきて入浴。授業準備にジャック・ロンドンの「火をおこす」を読む。強烈な印象を受ける。昔、『野性の呼び声』を読んで心を揺さぶられた時のことを思い出す。明日を期して早めに眠る。

5月27日（**金曜**）

早朝、起床し、授業の準備。英語の授業にはいつも時間がかかる。気持の負担もまだ大きい。授業は三つ、二つ目の一年生のゼミで、準備がなっていないと、少々立腹。苦言を呈す。この間まで高校生だった人々だが、どこか「流している」感あり。五時限目のゼミで、芥川龍之介の最晩年の仕事を検討し、その後、バスと地下鉄副都心線を使い、新宿の百貨店へ。現在闘病生活をしているSさんの娘さんが、そこのトリコ・コム・デ・ギャルソンの店で、働いているのである。

Uちゃん。二十三歳。おしゃれな若い女の子が、にににこと笑いかける。Sさんと友達であるAが私に彼女を引き合わせる。会うのは、昔、この人が赤ん坊だったとき以来である。

挨拶を交わした後、Aと十四階まで上り、今度はそこで待ち合わせていた別の友人のKさん夫妻とやはり久方ぶりで会う。三十年前、カナダでご一緒したKさんはいまアフリカのある国で大使をしている。一時帰国中。その頃、お互いの子どもたちが、まだ幼稚園くらいであった。四人でさまざまなことを思いだし、歓談し、別れる。奥さんのKさん、最近はツイッターに凝っているとのこと。外務省OBの国際問題専門家の名前を教えられる。深夜、原発関係の夜を徹した番組を見る。数時間つきあい、切り上げ、眠る。

5月28日（土曜）

インターネットを通じて入手される原発事故関係の情報と購読している新聞の情報の落差。インターネット経由の情報の確度がどの程度のものであるかはわからないが、一つはっきりしているのは、新聞に出てこない種類の情報がひどく多いということ。

たとえば、福島県に住む人の体内被曝の問題は、朝日新聞に一切出てこない。二十三日の参議院行政監視委員会での小出裕章、石橋克彦参考人の発言など反原発を主張してきた専門学者の意見は、まず紹介されない。長年、原発の危険に警鐘を鳴らしてきたこれらの学者が、どのような処遇を受け、いま、どんな見解をもっているかについて、一般の読者は大いに関心をもっているだろう。大いに敬意を払うのではないか。自分がそうだから、私にはよくわかる。なぜ一般読者の知りたいことが、こういう大新聞に取りあげられないのか。なぜ朝日新聞の本紙に小出裕章氏の寄稿はなく、また大々的なインタビューも載らないのか。

こうした人々を取りあげるには、まず、新聞自身がこれまで一切彼らの主張を無視してきた態度を改め、反省を行わなければならない。それができないばかりに、従来通りの態度を押し通しているとしか思われない。あとはむろん、広告の問題である。

新聞もテレビも、日本のメディアに対する不信の念が深まり、もう以前のようには、紙面を見ることができない。テレビスクリーンを見ることができない。これだけの不信は、はじめてのことである。いや、思い返してみれば、大学が紛争のさなかにあった「全共闘」の日々がそうであったか。あの頃は、どんな新聞も恃むに足らず。読む気にはならなかった。新聞、ラジオ、テレビなしの生活を数年間続けた。アリの全盛期、アルゲリョなどもいて、プロボクシングの世界タイトルマッチのたび、義弟がテレビを風呂敷に包んでもってきてくれたものである。

雑誌連載を本にするためのゲラ直しの作業に着手。授業準備。

早くも台風二号が沖縄近海を通過の報あり。

5月29日（日曜）

台風の雨の中、Aと小諸に来る。スーパーのツルヤで買い物をして、山の家に向かう。庭はこの一ヶ月足らずのうちに見違えんばかりに緑に埋まっている。芝は伸び放題。どこから手をつけたらよいかわからず。

夕刻、しまちゃん来訪。よほどお腹をすかせているのか、窓を開けても逃げず。かえってふうっと威嚇される。しかし、この対応は初。少しはお近づきになれたか、ごめんなさいねと挨拶。食べ物をさしあげると、いそいそと召し上がる。

当方の夕食は、ヤナギカレイ、しめ鯖。ブロッコリにホッキご飯。授業の準備をしなければならないのだが、単行本のゲラの直しに頭は向かっている。深夜までかかり、冒頭部分の検討。

終日雨。

5月30日（月曜）
午前中、ゲラ直しの仕事。昼過ぎ、Aの作ったロールキャベツをもって木工作家のMさんの仕事場にお邪魔する。Mさん、在宅。同じ長野県にお住まいのお姉さんと妹さんがいらっしゃっている。奥の仕事場はいま人に貸されているとのこと。モーターの音がして、仕事をされているかと思ったのは、当方の勘違いであった。
あごと鼻の下にひげを蓄え、Mさんは少々面窶れされている。お互い口には出さないが、「手術はどうだったんですか」「いや、もう無理だって。やってないんです」。癌が発見され、もうほうぼうに転移していることを前提に話が進む。「この間、一つ椅子を作ったんだけどね、生きているうちにビデオに撮ろうって。でも大変だったなあ、もう無理だなあ」とMさんは言う。どこかゆっくりした口ぶり。六月半ばにMさんの椅子を購入した人が持ちよって、Mさんの百の椅子展を行うとのこと。小諸の家の台所のしつらえ、作りつけの食卓。Mさんのお仕事。材木は安価なものでお願いしたが、すべてMさんの仕事。椅子はそれと別に、二つ造っていただいている。一つ持って行きましょうかというと、にっこりしている。

米国に住む友人が、この仕事展に、来るのだという。Mさんは、米国にも住んでいる。北欧からの若者など、何度も木工の指導をされてきた。来ると、お酒をたしなまれ、そのまま山道伝いに車で帰る。恐ろしいスピード。私もAも、この人が好きなのだ。

帰り、鉄の彫刻家、Hさんの「麦草工房」に寄って Aが先に購入を決めていた草花をいただいてくる。Hさんの奥さんが対応。Hさんは？ とお尋ねすると、いま、TVで「水戸黄門」を見ているとのこと。前回、ここの深い沢にあるツリーハウスに案内され、中空高く舞うブランコに乗せられたときの恐怖感がよみがえる。Hさんはざまあみろ、とでも言いたげな笑いを押し隠した愉快な顔をして見ていた。川上犬の小枝ちゃんは、見当たらず。ともに、「水戸黄門」を見ているのだろう。外猫のジャーゴ（チベットの言葉。意味忘失）が、ふっと寄ってきて去る。

鉄の彫刻家にはポーランド、クラコウで買ったランプシェードを日本の電球用に直していただいた。いま、壁にかかっている。点灯すると、鳥籠のモチーフが浮かびあがる。「電気がつくとけっこういいね」と彫刻家にもほめられた。

もうすぐ六月。コペンハーゲンで掏摸にやられてから、もうまる一年近くになる。直後訪れたアウシュビッツの酷暑が、夢のようである。

5月31日（火）

晴れ。朝、仕事。授業準備。昼過ぎから、芝を刈る。庭が見違えるように広くなる。A喜ぶ。毎日新聞が脱原発に社の姿勢を変えたことを知る。東京新聞が原発関連で頑張っていることも。もうそろそろ潮時か。朝日新聞をやめようかと思っている。原発事故の処理は、見通し立たず。日本の未来は見えず。生まれてこの方、二代にわたって購読してきた新聞をやめる気になるのだから、やはり何かが起こっているのである。

あとがき

サバティカル休暇の語源は、サバト（shabbath）。

安息日。

ユダヤ教徒にとっては土曜日。キリスト教徒にとっては日曜日。

西洋起源の大学の伝統のなかで標準としては七年に一度やってくる、研究のための特別期間の安息年、と手元の本には記してある。

私は、二〇一〇年三月三十日から二〇一一年三月三十一日まで、一年間プラス一日の間、勤務する大学にこの休暇、sabbatical termをもらい、外国で暮らした。

春から夏、そして秋の初めまではデンマークのコペンハーゲンに、秋から冬、そして春の初めまではアメリカ西海岸のサンタバーバラに住んだ。

特別研究の申請書には、こう書いておいた。

課題　村上春樹論、戦後論英文著作、ブリューゲル考（日本文）のための予備調査、準備、執筆、他。

二〇〇五年度から現代文学論、戦後文化・精神史論を英語で授業してきた。その成果をふまえ、二つの主題に関する二冊の英文著作の刊行に向け、準備、執筆作業を行う。また、長年懸案のネーデルラントの画家ピーター・ブリューゲルに関する著作のための予備調査も行う。

まず、半年間、ヨーロッパに滞在し、英文著作のための準備作業として、同地の現代日本文学、戦後日本の文化史・精神史研究の実態を調査する。同時に、ヨーロッパ二〇世紀精神史などをも視野に各地を視察、研究者との交流を深める。ブリューゲル作品を所蔵する美術館めぐりも行う。

四月〜九月は、コペンハーゲン大学の長島要一教授（同大学異文化研究・地域研究所副所長）から近現代日本文学のヨーロッパでの受容等、村上春樹研究などを視野に招聘を受けている。客員研究員として同大学に籍を置き、同大学を中継地に、右の調査研究を行う。村上春樹等の現代日本文学の受容の水準、マンガ・アニメ映画・現代美術等現代日本文化、ヨーロッパの中世・近世・近代・戦後精神史の研究を課題に、ポーランド、フランス、イギリス、オランダ、スペイン等を訪問し、見聞を広める。

その後、特別研究期間の半年延長が認められれば、一〇月〜翌三月、カリフォルニア大学サンタバーバラ校学際人文センター Interdisciplinary Humanities Center に研究滞在先を移し、村上春樹論、日本戦後論の二方向の英文著作に向けた準備を視野に、共同研究者に対し、草稿、腹案等を発表し、批評を受ける形で、執筆作業を進めたい。同大では、John Nathan 教授（三島由紀夫、大江健三郎の訳者）、Michael Emmerich 准教授（高橋源一郎、よしもとばなな、松浦理英子の訳者）との共同作業、共同研究が予定されている。

研究成果は、その後、英文著作、和文著作を何らかの形で公刊。また、本学部での二つの授業（Contemporary Japanese Literature, Intellectual and Cultural History of Post War Japan）にも生かす予定である。

それがどの程度、果たされたかどうかは本文が記す通り。

帰国してから半年になる現在、やろうと思った仕事のうち、ブリューゲル論は、未完成。日本の戦後の文化史、精神史論、戦後思想論は、未着手。英文の仕事としては、論考が一点発表、新聞記事が一点発表、一点が準備中。他は予定立たず。村上春樹論、現代文化論の一環としてのJポップ・日本ロック論は、完成し、その後、本が出ている。

ここに書かれていないうち、私が発見した、あるいは目を開かれたと思うことは、ヨーロッパの南北と東西の対位、北欧の魅力、現代アメリカの諸問題、そして、日本の古典の可能性、といったことどもである。

しかし、この日記が語るように、この一年間、私は主に、それ以外のことをした。

そちらに多くの時間を割いた。

それは、見ること、考えること、そして人とともに生きることである。人とともに生きることの中には、食べること、話すこと、お酒を飲むこと、笑うこと、感じること、そして自分のいたらなさに恥じ入ることが、含まれる。

私は多くのものを見た。ロフォーテン諸島の南端の断崖では、腰を下ろして、「メエルシュトロームに呑まれて」の大渦巻きが大音響とともに穴を開け、それから一時間後、静まるのを、また、翌日、ネモ船長の乗るノーチラス号が沈むのを。アイスランドでは、いまも噴煙をあげ続けるエイヤフィヤトラヨークトル火山が青光りする氷片を黒々と深い空に吹き飛ばすのを。

一方、灼熱のアメリカのモニュメントバレーでは、地平線にうごめき、まだ姿を現さない朝日の前触れに早くも神々しいビュートの一部が反応し、白く浮かびあがるのを、アリゾナの砂漠では、五万年前の大隕石が轟音を立て、頭上遥かから落下してくるのを。また、死火山の底で、平坦な床に横たわり、そこから、頭上遠く、ジェームズ・タレルの蒼穹が輝くのを。

ほかにも、アイルランドのタラの丘では妻に泣かれ、牛だか羊だかの糞をいくつも踏んだし、ナバホの聖地では、隠れて飲んだ飲酒（ワイン）をナバホの人に、たしなめられ、ベッドメイキングをサボられ、チップをただ取りされ、鉄槌を下された（と思っている）。

＊

この日記は、サバティカルの海外滞在の出発前夜に、雑誌「考える人」の当時の編集長松家仁之さんと、副編集長の須貝利恵子さんに、日々考えることを日記形式で今後一年間、書いてみてはどうかと勧められ、出来心からお引き受けしたのが、きっかけである。余裕のある限り、早朝、あるいは、午後の暇な時間を見つけ、書きつけることを日課にした。当座の考え方は、投げ壜通信で、仮題は、「百夜通信」。書いたものを、二週間に一度、架空の壜に突っ込み、コペンハーゲンの北波止場まで行き、そこで、洋上に遠く風力発電の翼が立ち並ぶのを見つつ、壜を投下する。壜は心細そうに一揺らぎするが、岸壁に近く、なかなか私から離れようとしない、という想定であった。

第一投から、第二十九投まで。

その実メールで送られたそれを、そのつど、須貝さんと、松家さんに読んでいただく。このお二人からの感想をささえに、一年と二ヶ月の間、書き続けた。

本文に書いた通り、日記中の一人物にヒントをもらい、日記は、帰国してからの二週間までを加え、四月の第三週まで続けて、終わることとしていた。しかし、三月十一日、予想もしない東日本大震災、福島第一原発の事故が起こる。当座は、一ヶ月くらいで終熄するだろうと、事故収束まで書くつもりで、日記を続けたが、予想は間違っていた。当分事故は終わらない。その後の処理、避難した人々の原状回復までを考えるなら、気の遠くなるほどの時間がかかる。そのことがはっきりした時点で、日記を終えることにした。

したがって、日記には、二〇一〇年三月三十日から二〇一一年五月三十一日までのことが、書かれている。執筆地は、コペンハーゲン（デンマーク）、サンタバーバラ（米国）、そして志木（埼玉県）である。

日記には、登場する人々に関して、固有名を頭文字に変えている。中に少数、あてずっぽうの頭文字があるが、それは個人の特定をさけるためである。

右にあげた「考える人」の担当編集者須貝利恵子さんには、タイトルの決定を含め、文章のこと、事実の確認など、何から何までお世話になった。本文中、タイトルとなる「小さな天体」という言葉を下さっているのは、編集長としてこの日記をささえてくれた松家仁之さんだが、中からこの言葉を見つけ出し、取り出してくれたのは、彼女である。

アイスランドの火山の火山灰から、福島第一原発の放射能まで、地球が、いかに小さな、壊れやすいエアに包まれた天体であるかを、この一年間は私たちに教えてくれた。そういう年に行われた、北欧、米国西海岸、日本と、ジュール・ヴェルヌの『八十日間世界一周』とは逆回りに行われたこれら三点の移動を記すささやかな「一周」の記録として、これ以上ないタイトルを見つけてもらったことを、喜んでいる。須貝さん、そして松家さん、ありがとう。

お二人に、深く、お礼を申し上げます。

滞在中、デンマークでは、コペンハーゲン大学で教える長島要一教授、もとコペンハーゲン大学の院生で現在ケンブリッジ大学博士課程に在籍する若い友人ギッテ・M・ハンセンに、米国では、カリフォルニア大学サンタバーバラ校で教える友人の准教授マイケル・エメリック、コロラド大学ボウルダー校で教える友人の准教授、嶋崎聡子に大変、お世話になった。サンタバーバラ校では、ほかにも、友人の教授ジョン・ネイサン、ケイト・ザルツマン＝リ、ルーク・ロバーツ、長谷川毅といった人々に、大変親切にしていただいた。

本文にあるように、なかで、マイケル・エメリック、サトコ・シマザキの友情には、お礼する言葉を、見つけるのが難しい。彼らを友人とできたことは、私の人生の幸福である。

また、この機会を与えてくれた早稲田大学国際学術院国際教養学部にも、感謝する。皆さん、ありがとう。楽しかった。ここに特に名前を記さない多くの方々にも、お世話になりました。ともにお礼を申し上げます。

最後に。

この一年のとんでもない長い旅行に同道してくれた友人で妻でもある加藤厚子に、感謝。本書は、この一年二ヶ月の間、楽しくも過酷な人生を過ごした、友人でもある父、加藤光男に捧げる。

加藤典洋

二〇一一年秋

＊初出　「考える人」二〇一〇年夏号、秋号、
二〇一一年冬号、春号、夏号に一部掲載
＊ＪＡＳＲＡＣ　出１１１２８５３―１０１

小《ちい》さな天体《てんたい》
全《ぜん》サバティカル日記《にっき》

著者
加藤典洋《かとうのりひろ》

発行
2011年10月30日

発行者　佐藤隆信
発行所　株式会社新潮社
〒162-8711　東京都新宿区矢来町71
電話　編集部 03-3266-5411
　　　読者係 03-3266-5111
http://www.shinchosha.co.jp

印刷所
株式会社精興社
製本所
株式会社大進堂

乱丁・落丁本は、ご面倒ですが小社読者係宛お送り下さい。
送料小社負担にてお取替えいたします。
価格はカバーに表示してあります。

ISBN978-4-10-331211-6 C0095

伊丹十三の本　「考える人」編集部 編

単行本未収録エッセイ、アルバム、愛用品、家族への手紙、スケッチ、幻のフィルム、CM、テレビ番組……一九六〇～七〇年代最高のエッセイスト伊丹十三のすべて。

伊丹十三の映画　「考える人」編集部 編

監督した作品は全十本。それは映画による卓越した日本人論であり、観客動員を誇るエンターテインメントでもあった。映画監督・伊丹十三が、四十三人の熱い証言で蘇る。

したくないことはしない　植草甚一の青春　津野海太郎

外国に行ったこともないのにニューヨーカーみたいで、貧乏なのにお洒落、若者を夢中にさせた老人——百年前に生まれたPOPな男J・J氏の青春を、名編集者が明かす。

ぐるりのこと　梨木香歩

もっと深く、ひたひたと考えたい。生きていて出会う、一つ一つを、静かに、丁寧に味わいたい。喜びも悲しみも自分の内に沈めて、ぐるりから世界を、自分を考える。

沼地のある森を抜けて　梨木香歩

はじまりは「ぬかどこ」だった。先祖伝来のぬか床がうめくのだ——。増殖する命、連綿と息づく想い……。解き放たれてたったひとりの自分を生き抜く力とは?

シズコさん　佐野洋子

あの頃、私は母さんがいつかおばあさんになるなんて、思いもしなかった。母さんごめんね、ありがとう——。ずっと母を嫌いだった娘が、はじめて書いた母との愛憎。

文学のレッスン　丸谷才一

面白くて、ちょっと不穏な、丸谷才一「決定版文学講義」！　小説からエッセイ、詩、批評、伝記、歴史、戯曲まで。古今東西の文学をめぐる目からウロコの話が満載。

之を楽しむ者に如かず　吉田秀和

知識よりも好き嫌い云々よりも、クラシックは楽しむことが一番。まして今は、かつてなかった面白い演奏がきける時代だから——。長年の蓄積全てが注がれたエッセイ。

未《み》見《けん》坂《ざか》　堀江敏幸

母さんは、もう家を出ただろうか——。大人の屈託をみつめる少年、惑いを抱えたまま刻まれてゆく人びとの歳月。『雪沼とその周辺』に続く、名手による十の短篇小説。

リチャード・ブローティガン　藤本和子

『アメリカの鱒釣り』でカウンターカルチャーのイコンとなり、84年ピストル自殺を遂げたブローティガン。翻訳者にして友人でもあった著者が辿るその生涯と作品。

村上春樹の「物語」
夢テキストとして読み解く
河合俊雄

『アフターダーク』の鏡に映った像の正体は？『1Q84』を読み解くキーワード「結婚の四位一体性」とは？　ユング研究の第一人者による村上論の新たなスタンダード。

生きるとは、自分の物語をつくること　小川洋子　河合隼雄

物語は心の薬——人生の危機に当たっても、生き延びる方法を、切実な体験を語りつつ伝える。河合隼雄氏が倒れられる直前に奇跡のように実現した、貴重な対話。